契诃夫文集

汝 龙 / 译

人民文学出版社

5

Anton Tepot

契诃夫像

目　次

一八八六年

复活节之夜 …………………………………… *3*
太太们 ………………………………………… *16*
强烈的感受 …………………………………… *21*
熟识的男人 …………………………………… *27*
幸福的人 ……………………………………… *32*
枢密顾问官 …………………………………… *39*
城外一日 ……………………………………… *59*
在贵族女子寄宿中学里 ……………………… *67*
在别墅里 ……………………………………… *71*
闲 ……………………………………………… *78*
生活的烦闷 …………………………………… *86*
爱情和低音提琴 ……………………………… *102*
怕 ……………………………………………… *109*
药房老板娘 …………………………………… *116*
多余的人 ……………………………………… *123*
终身大事 ……………………………………… *131*
歌女 …………………………………………… *137*
教师 …………………………………………… *144*

不安分的客人 …………………………………… 152
罕见的人 ………………………………………… 160
旁人的灾难 ……………………………………… 161
你和您 …………………………………………… 168
丈夫 ……………………………………………… 175
不幸 ……………………………………………… 181
粉红色长袜 ……………………………………… 196
受苦受难的女人 ………………………………… 201
头等客车乘客 …………………………………… 208
天才 ……………………………………………… 216
食客 ……………………………………………… 221
男一号 …………………………………………… 228
在黑暗里 ………………………………………… 235
小事 ……………………………………………… 241
光明人物 ………………………………………… 252
长舌头 …………………………………………… 256
生活琐事 ………………………………………… 261
难处的人 ………………………………………… 268
报复 ……………………………………………… 277
在法庭上 ………………………………………… 282
怨诉 ……………………………………………… 290
统计 ……………………………………………… 295
求婚 ……………………………………………… 297
不同寻常的人 …………………………………… 299
我的家规 ………………………………………… 304
泥潭 ……………………………………………… 307
房客 ……………………………………………… 329

不祥之夜	335
卡尔卡斯	342
谎!	349
梦想	353
磨坊外	363
好人	371
变故	383
剧作家	389
演说家	392
灾难	396
赶稿	401
艺术品	409
庆祝会	414
怪谁?	422
万卡	427
在路上	432
就是她!	451

题解 ·· 457

一八八六年

复活节之夜

我站在戈尔特瓦河的岸上,等渡船从对岸划过来。平时,戈尔特瓦河是一条中等的小河,静悄悄的,沉思默想,在茂密的芦苇丛外温柔地闪光,可是现在,我面前却展开一个大湖。浩浩荡荡的春潮漫上两岸,泛滥到两边岸上很远的地方,淹没了菜园、草场和沼泽,因此在汹涌的水面上,不时可以见到杨树和灌木丛孤零零地耸立着,在晦暗的天色中看上去像是峻峭的绝壁。

我觉得天气很好。天色黑下来了,可是我仍然能够看见树木、河水、人。……整个天空布满星斗,星光照亮了这个世界。我想不起以前什么时候见到过这么多的星。繁星密得简直连一根手指也插不进去。那些星星有的像鹅蛋那么大,有的却又小得好比大麻籽。……它们大大小小,一个也不剩,统统到天空中来参加节日的盛典,洗得干干净净,焕然一新,喜笑颜开,一个个都在柔和地闪光。天空倒映在水里,星星就沉浸在黑暗的深水当中,随着轻微的涟漪一齐颤抖。空气暖和而宁静。……远处,对面岸上,在伸手不见五指的一片漆黑中,有几团鲜红的火光东一处西一处地发亮。……

离我两步远有个农民的乌黑身影,头戴一顶大帽子,手里拄着一根节节疤疤的粗手杖。

"嘿,渡船这么久还没来!"我说。

"它该来了!"黑身影回答我说。

"你也在等渡船吗?"

"不,我随便在这儿站一会儿……"农民打着呵欠说,"我等着看节日的焰火。我倒想过河去,可是,说实话,我缺那五个戈比的渡船钱。"

"我给你五个戈比好了。"

"不,多谢多谢。……你还不如用那五个戈比替我买一支蜡烛插在那边修道院里的好。……这样有意思些,我呢,就在这儿站一会儿好了。这可奇怪,渡船还没有来!好像沉进水里去了!"

农民走到水边,伸手拿起一根缆绳,喊道:

"叶罗尼木!叶罗尼木!"

仿佛回答他的叫声似的,对岸传来一口大钟的拖着长音的叮当声。钟声浑厚,低沉,好像有人拨了一下低音提琴的最粗的琴弦一样,听上去倒像是黑暗本身发出了沙哑的呼声。顿时,炮声响起来。炮声在黑暗中不住滚动,滚到我背后远远一个什么地方,停住了。农民脱掉帽子,在胸前画十字。

"基督复活了!"他说。

第一下钟声的音浪还没来得及停息,就又响起第二声,这以后立刻来了第三声,黑暗的夜色充满了那种连绵不断而且颤抖不已的叮当声。那些红色的火光旁边又出现新的火光,然后它们一齐移动,不安地闪烁着。

"叶罗尼木!"一个低沉而拖着长音的喊叫声响起来。

"这是对岸的人在叫,"农民说,"可见渡船也不在那边。我们的叶罗尼木睡着了。"

火光和柔和的钟声都在召唤人们到那边去。……我已经开始失去耐性,激动起来,不过后来我凝神望着黑暗的远方,终于看见一个什么东西的轮廓,活像个绞架。那就是我盼望已久的渡船。

它移动得那么缓慢,要不是它的轮廓越来越清楚,人就可能以为它停在原地没动,或者正往对岸驶去。

"快点!叶罗尼木!"我身旁的农民叫道,"有位老爷等船呐!"

渡船爬到岸边来,摇晃一下,吱嘎一声停住了。渡船上站着个高身量的男人,手里拉着缆绳。他身穿修士的法衣,头戴一顶圆锥形帽子。

"为什么耽搁这样久?"我跳上渡船,问道。

"请您看在基督面上,原谅我,"叶罗尼木轻声回答说,"另外没有人了?"

"没有人了。……"

叶罗尼木伸出两只手抓住缆绳,把身体弯成问号的样子,喉咙里发出用力的声音。渡船就吱嘎一响,摇晃一下。头戴高帽子的农民身影开始从我面前慢慢地往后退去,可见渡船已经离岸了。不久叶罗尼木挺直身子,只用一只手干活。我们没说话,抬眼向渡船游过去的对岸眺望。农民盼望的"焰火"已经在那边开始了。水边有些装满树脂的桶子点燃了,好比巨大的篝火。火光映在水里,像初升的月亮那么红,形成一条条又长又宽的带子,迎着我们爬过来。燃烧的桶子照亮它们自己冒出来的浓烟和在火光附近走动着的人们的长影子。然而往远处看,火光后面,在传来柔和的钟声那边,仍然黑乎乎的,没有一点亮光。突然,一支火箭劈开黑暗,盘旋着直上天空,像是一条金黄色丝带。它在空中划了一道弧线,仿佛碰到天空而撞得粉碎似的,只听咔嚓一响,散开来,撒下万点金星。河岸上响起一片呼喊声,类似遥远的欢呼。

"多么美啊!"我说。

"真是美得没法说!"叶罗尼木叹道,"这么好的夜晚,先生!换了在别的时候,谁也不会注意这种火箭,可是今天大家见到任何无谓的东西都感到高兴。您从哪儿来?"

我说了我是从哪儿来的。

"是啊,先生。……今天是个喜气洋洋的日子……"叶罗尼木用低微而又带着叹息的男高音继续说,像是个刚刚痊愈的病人,"天上也好,地上也好,地下也好,都欢欢喜喜。一切生物都在庆祝节日。可是请您说一说,好先生,为什么人就连在兴高采烈的时候也忘不了他们的悲伤?"

我觉得这句出人意外的问话是要引我参加一场"喋喋不休的"拯救灵魂的谈话,大凡闲散无聊的修士都是深切喜爱那种谈话的。可是我没有心思长谈,所以仅仅问了一句:

"那么,神甫,您有什么悲伤吗?"

"我的悲伤照例跟大家一样,好先生。不过今天修道院里出了一件特别使人悲伤的事:做弥撒的时候,临到读经,修士助祭尼古拉死了。……"

"有什么法子呢,这是上帝的旨意!"我模仿修士的口吻说,"大家都要死的。依我看,您还是应当高兴。……据说,凡是在复活节前夕或者当天死掉的人,一定能升天堂。"

"这是实在的。"

我们沉默了。戴着高帽的农民身影同河岸的轮廓合为一体。盛着树脂的桶子越烧越旺。

"不论经书也罢,一般的道理也罢,都清楚地指出悲伤是无益的,"叶罗尼木打破沉默说,"可是为什么我的内心悲悲戚戚,不愿意听从理智的支配呢?为什么我恨不得痛哭一场呢?"

叶罗尼木耸动肩膀,转过身来对着我,很快地说:

"如果我或者别人死了,那也许不会引起注意,可是要知道,死了的是尼古拉啊!不是别人,是尼古拉啊!真叫人难以相信,他已经不在人世了!眼前我在渡船上站着,老是觉得他马上就要在岸上提高喉咙喊叫似的。他怕我在渡船上感到害怕,总是走到岸边来,叫唤我。为此,他晚上常常特意从床上起来。善良的灵魂!上帝啊,他多么善良仁慈!有些做母亲的待自己的孩子都及不上这个尼古拉待我这么好呢!拯救他的灵魂吧,主啊!"

叶罗尼木拉住缆绳,可是立刻又转过身来对我说话。

"再说,先生,他的头脑多么聪明啊!"他用唱歌般的声调说,"他的谈吐多么好听,悦耳!简直就像过一会儿做晨祷的时候大家唱的一样:'啊,亲切的声音!啊,你那极其悦耳的声音!'他除了具备人类的其他种种品质以外,还有不同寻常的才能!"

"什么样的才能呢?"我问。

修士仔细地打量我,仿佛相信可以把他的秘密告诉我似的,高兴地笑起来了。

"他有写赞美歌的才能……"他说,"先生,那纯粹是奇迹哩!要是我告诉您,您就会大吃一惊!我们的修士大司祭神甫是从莫斯科来的,副主持神甫是在喀山学院毕业的,我们这儿还有些头脑聪明的修士司祭和长老,可是,说来奇怪,能写赞美歌的却一个也没有。尼古拉呢,是个普通的修士,是个修士助祭,没有进过什么学校,就连外貌也毫不起眼,可是他偏能写!奇迹!的确是奇迹啊!"

叶罗尼木把两只手一拍,完全忘了拉缆绳,继续入迷地说:

"副主持神甫写一篇布道词都觉得困难。有一回他写我们修道院的院史,把我们这些修士折腾得厉害,前后进过十次城。可是尼古拉却能写赞美歌!赞美歌啊!这可比不得写布道词或者院史!"

"莫非赞美歌很难写吗?"我问。

"难得很……"叶罗尼木摇着头说,"写这种东西,要是上帝没有赐给才能,光凭头脑聪明和心灵圣洁是无能为力的。有些一窍不通的修士说什么写这种东西只要了解你所写的圣徒的身世,再

7

参照一下别的赞美歌的格式就成了。可是,先生,这话不对。当然,写赞美歌的人得了解圣徒的身世,对它非常熟悉,连最小的细节都不能漏掉。嗯,别的赞美歌也得参照,例如应该怎样开头,从哪儿写起,该写些什么。给您举个例子吧,第一节短歌总是一开头就写'上帝的选民'或者'选民'。……头一行老是得从天使写起。在赞美最亲爱的耶稣的歌里,要是您有兴趣听的话,是这样开头的:'天使的创造者和万能的主啊',赞美最神圣的圣母的歌里则是:'从天上派到下界的庇护天使啊',在赞美奇迹创造者尼古拉的歌里却是:'貌似天使实则是人啊',等等。到处都要从天使写起。当然,不参照别的赞美歌不行,不过要知道,主要的却不在于身世,也不在于符合别的赞美诗的格式,而在于美妙和委婉。处处都要写得合乎分寸,简练,细致。每一行都要柔和,亲切,温存,没有一个字粗野,生硬,或者不妥帖。应当写得让祈祷的人们心里欢畅,不住落泪,浮想联翩,浑身战栗。他为圣母所写的赞美歌里就有这样的句子:'你快活吧,人类的思想难于攀登你的崇高!你快活吧,连天使的眼睛也无法看透你的深奥!'在这首赞美歌里,另外还有一个地方写道:'你快活吧,结满光明之果的大树,信徒们靠着你的果实延续生命!你快活吧,张开仁慈的华盖的大树,多少人受到你的庇荫!'"

叶罗尼木仿佛为一件什么事害怕或者害臊似的,用手掌蒙住脸,摇摇头。

"'结满光明之果的大树……张开仁慈的华盖的大树……'"他喃喃地说,"居然找到了这样的辞藻!这样的本领是主赐给他的!为了简练,他一个字里装进很多的字和很多的思想,而且写得多么流畅,细致!他在赞美最亲爱的耶稣的歌里说:'向人间万物输送光明的火炬啊……'输送光明!这样的辞藻不论在谈话里还是书本里都没有,他却偏偏想出来了,从他脑子里找出来了!除了明白晓畅和善于辞令之外,先生,还要给每一行歌词加上种种装饰,要有花,有闪电,有风,有太阳,有人间万物。每句赞叹的话都要写得自然,听着悦耳。他在赞美奇迹创造者尼古拉的歌里写道:'你快活吧,长在天堂里的百合花!'他不是简单地写'天堂里的百合花',而是'长在天堂里的百合花'!这样就比较自然,比较悦耳了。尼古拉就是这么写的!真就是这么写的!我都没法跟您表达他的那种写法!"

"是的,既是这样,他死了也真是可惜,"我说,"不过,神甫,您划船吧,要不然我们就会去迟了。……"

叶罗尼木醒悟过来,往缆绳那边跑去。这时候,岸上的钟一齐响起来。大概,举着十字架的游行行列已经走到修道院附近,因为盛着树脂的桶子后面,那一大片黑乎乎的空场上,如今已经点缀着不住移动的火把了。

"尼古拉把他的赞美歌印成书了吗?"我问叶罗尼木。

"怎么会印成书呢?"他说,叹一口气,"再者,真要是印出来,那倒奇怪了。印它有什么用?我们修道院里没有人对这种东西发生兴趣。大家都不喜欢它。他们知道尼古拉在写东西,可是谁也不放在心上。如今,先生,没人尊重新作品了!"

"大家对他有成见吗?"

"正是这样。如果尼古拉是长老,修士们也许会发生兴趣,可是要知道,他连四十岁都不到。有些人讪笑他,甚至认为他写东西是罪过哩。"

"那么他写东西图的是什么呢?"

"不图什么,多半是给自己找点安慰。在所有的修士当中,只有我一个人读他的赞美歌。我常悄悄到他屋里去,免得让外人瞧见。他看到我有兴趣,也很高兴。他拥抱我,摩挲我的头,用亲热的字眼称呼我,就跟对小孩子似的。他关上修道室的门,叫我跟他并排坐下,我们就津津有味地读起来。……"

叶罗尼木放下缆绳,往我这边走来。

"我们两个人就跟好朋友一样,"他小声说,用亮晶晶的眼睛瞧着我,"他走到哪儿,我也走到哪儿。我不在,他就惦记我。他喜爱我胜过喜爱一切人,这都是因为我读了他的赞美歌常常落泪。我回想起来,心里就感动!现在我简直跟孤儿或者寡妇差不多了。您知道,我们修道院里的人都很好,善良,虔诚,可是……没有一个人温柔体贴,他们就跟粗人一样。他们讲话嗓门很响,走起路来脚步声也响,他们总是吵吵嚷嚷,用力嗽喉咙,然而尼古拉讲起话来却斯文,亲切,要是发现有人在睡觉或者祷告,他就跟苍蝇或者蚊子那样绕过去。他的脸容总是温柔而慈祥。……"

叶罗尼木深深地叹口气,拉住缆绳。我们已经要拢岸了。我们渐渐从黑暗的夜色和寂静的河水当中照直向一个魔境般的王国游去,那儿充满呛人的黑烟、噼啪响的亮光和嘈杂的人声。现在已经可以看清楚,人们正在那些盛着树脂的桶子旁边走动。闪烁的火光给他们的红脸和全身添上一种古怪的、几乎离奇的神情。在那些人头和人脸中间,偶尔闪过马的脸,一动也不动,像是用红铜铸成的。

"他们马上就要唱复活节的赞美歌了……"叶罗尼木说,"可是尼古拉不在,没有人来领会它了。……对他来说,再也没有比这首赞美歌更可爱的作品了。他总是把每个字都推敲一下!过一会儿您就要到那边去,先生,那么您就仔细听一下他们唱些什么:您会听得透不出气来!"

"难道您不到教堂去?"

"我不能去,先生。……我得渡来往的客人。……"

"难道没有人来接您的班?"

"我不知道。……本来八点多钟就应该有人来接我的班,可是您瞧，至今没有人来！……说老实话，我倒很想到教堂去。……"

"您是修士吧？"

"是的，先生。……那就是说，我是见习修士。……"

渡船撞到岸上，停住了。我拿给叶罗尼木五戈比的渡船费，跳上了岸。立刻就有一辆大车，载着一个男孩和一个睡熟的农妇，吱吱嘎嘎响着，登上渡船。叶罗尼木被火光微微涂上一层红色，他把身子伏在缆绳上，弯下腰，把渡船划回去。……

我在泥地里走了几步，随后就走上一条柔软的、新踩出来的小路。这条小路通到修道院那乌黑而又像是洞穴的大门口，一路上烟雾腾腾，可以看到杂乱的人群、从车上卸下来的马匹、农民的大车、讲究的马车。那儿发出车辆的吱嘎声、马的喷鼻声、人的欢笑声。在那些人和马的身上，闪着紫红的火光和浓烟的摇曳的阴影。……简直乱得不得了！可是在这样拥挤的地方，居然有人找出空地安上一门小炮，而且有人在卖蜜糖饼干哩！

修道院的围墙里边，也同样熙熙攘攘，不过那些人比较庄重些，也比较守秩序些。这儿弥漫着杜松和安息香的气味。人们说话声音很响，可是欢笑声和喷鼻声却听不见了。有许多人拥挤在墓碑和十字架附近，带着复活节用的圆柱形面包，或者提着包袱。看来，他们有许多人是特地从远方来为他们的复活节面包行祝圣礼，这时候他们都疲乏了。年轻的见习修士们顺着从大门口一直铺到教堂门口，像是一条宽带子的铁板上跑来跑去，皮靴踩出一片匆忙而清脆的脚步声。钟楼上也在忙碌，有人大呼小叫。

"多么不安宁的夜晚！"我想，"多么好啊！"

人不由得想在整个自然界，从黑暗的夜色起到铁板、坟上的十字架、底下有许多人走来走去的树木止，都能看见这种动荡不宁和彻夜不寐的景象。然而任什么地方的激动和不安都不及教堂里表现得那么强烈。教堂门口,拥进去的人潮和挤出来的人潮正进行一场无休无止的斗争。有些人挤进去了,有些人挤出来,不久却又走回去,为的是多站一会儿,然后再走开。人们从这个地方跑到那个地方,到处走动,好像在找什么东西。浪潮般的人群涌进教堂,在整个教堂里跑来跑去,甚至惊动了前边站着的几排神态庄严、身子笨重的人。讲到聚精会神的祈祷,那是根本办不到的。而且这儿根本就没有人祈祷,所有的只是一种连绵不断而又天真无邪的欢乐,它正寻找机会,竭力要表现出来,化为某种行动,哪怕变成横冲直撞、推推搡搡也好。

就连举行复活节祈祷仪式的时候,这种不同寻常的活跃也仍然一目了然。那些圣障中门都敞开着。空中,枝形大烛架四周,神香的浓重烟雾飘浮不定。无论往哪边看,到处都是烛火、亮光、烛芯的爆裂。……诵读经文已经完全办不到,只有匆忙欢畅的歌声一刻不停地唱到仪式结束。每唱完一首赞美歌,教士们就去更换法衣,然后走出来,摇着手提香炉,这样的事几乎每隔十分钟就要重复一次。

我还没来得及占好地方,前边人群的浪潮就往后退,把我推到后面去。一个高大壮实的助祭拿着一支细长的红蜡烛,从我面前走过去。紧跟着,一个白发苍苍的修士大司祭,头上戴着金黄色法冠,摇着手提香炉,匆匆走过去。等到他们走远,不见踪影了,人群就又把我挤回原来的地点。可是还没过十分钟,新的浪潮就又涌过来,助祭又出现了。这一回跟在他身后的是副主持神甫,也就是叶罗尼木所说的那个编写修道院历史的人。

我夹在人群当中,感染到那种普遍的欢欣激动的情绪,可是一想到叶罗尼木,就难过得受不了。为什么没有人去跟他换班呢?为什么不派一个感情不这么丰富、对事物不这么敏感的人到渡船上去呢?

"锡安①啊,你抬起你的眼睛,往四周看一下吧……"唱诗班唱道,"因为你的儿女从西方和北方,从海洋,从东方,来到你身旁,朝拜你明亮的神光。……"

我打量一下大家的脸。所有的脸都现出活泼的高兴神情,然而没有一个人细听那首歌,谁也没有认真揣摩歌里的词句,"听得透不出气来"的人一个也没有。为什么没有人去替换叶罗尼木呢?我想象得出,如果这个叶罗尼木来到此地,他就会在墙边一个地方温顺地站着,躬起身子,如饥如渴地体会这首圣歌的美妙歌词。现在站在我身旁的人充耳不闻的东西,他却会凭敏感的灵魂一股脑儿吞进去,陶醉得神魂飘荡,透不出气来,整个教堂里再也不会有一个人比他更幸福。可是现在呢,他却在那乌黑的河面上游过来游过去,怀念他去世的弟兄和朋友。

浪潮般的人群从后面涌过来。一个体态丰满、赔着笑脸的修士侧着身子从我身边擦过去,手里拨弄着念珠,不住回头看,给一个头戴女帽、身穿天鹅绒大衣的太太开路。太太身后急匆匆地跟着一个修道院的仆役,手里端着一把椅子,把它从我们头顶上举过去。

我从教堂里走出来。我想看一看去世的尼古拉,那个默默无闻的赞美歌作者。我在围墙附近走动,那儿沿墙有一长排修士的修道室。我在好几个窗口往里张望,却什么也没看见,就退回来。现在我并不因为没有见到尼古拉而惋惜。上帝才知道,要是我见到了他,也许我倒会丧失我的想象力现在为我描绘的那个形象了。这个可爱而又富于诗情的人常常深夜出外呼唤叶罗尼木,用花卉、星斗、阳光点缀他的赞美歌,不为人所理解,孤孤单单,为此我把他想象成一个腼腆而苍白的人,五官清秀,神情温和、忧郁。他眼睛

---

① 耶路撒冷附近的山名,在此指基督。

里除了露出智慧以外,必定还闪着爱抚的光芒,以及一种难以抑制的和稚气的痴迷,这是叶罗尼木为我朗诵赞美歌诗句的时候我从他声调里听出来的。

等到我们做完弥撒,从教堂里走出来,黑夜已经过去。清晨开始了。繁星熄灭,天空现出一片蓝灰色,阴沉沉的。那些铁板、墓碑、树上的幼芽,都蒙着一层露水。空气里有一股特别新鲜的气息。围墙外面已经没有夜里我见过的那种活泼气氛了。马和人都显得疲乏,带着睡意,几乎不大走动。那些树脂桶只剩下一堆堆黑色的灰烬。人疲乏想睡,总是觉得自然界也在经历同样的情形。我觉得树木和嫩草也在睡觉。仿佛连钟声也不及夜间那么嘹亮欢畅。动荡不安已经结束,原先的兴奋如今只剩下愉快的倦怠以及一心想睡觉和取暖的渴望了。

现在我能够看清那条河和它的两岸。河面上的薄雾东一团西一团,不住地飘动。河水冒出凉气和寒意。我跳上渡船,船上已经放着一辆不知什么人的马车,站着二十来个男人和女人。缆绳潮湿了,而且依我看来也带着睡意,它向远处伸展过去,越过宽阔的河面,有些地方消失在白茫茫的薄雾里。

"基督复活了!另外没有人了吧?"一个轻柔的声音问。

我听出那是叶罗尼木的声音。现在再也没有黑暗的夜色妨碍我看清那个修士了。他是个高身量和窄肩膀的人,年纪三十五岁上下,脸庞大而且圆,眼睛半睁半闭,懒洋洋地瞧着一切,胡子是楔形的,没有理顺。他的模样异常忧郁而疲乏。

"还没有人来替换您吗?"我诧异地问。

"替换我?"他转过身来对着我,反问道,他那受冻的脸上沾着露水,现出笑容,"现在不会有人来接班,要等到天色大亮。现在大家就要到修士大司祭那儿去开斋了,先生。"

他身旁站着一个身材矮小的农民,头戴状似卖蜂蜜用的木罐的红褐色皮帽,他和那个农民一起伏在缆绳上,喉咙里一齐发出用力的声音,渡船就离开河岸了。

我们的船游出去,一路上惊扰着懒散地升上去的迷雾。大家沉默不语。叶罗尼木心不在焉地用一只手干活。他用温和而失神的眼睛久久地打量我们,然后把目光停在一个年轻的商人妻子的脸上,那张脸红润,长着两道黑眉毛。她跟我并排站在渡船上,由于晨雾包围着她而沉默地缩起身子。一路上他的眼睛始终没离开过她的脸。

这种长久注视的目光里很少男性的成分。我觉得叶罗尼木好像是在女人的脸上寻找他已故的朋友那副清秀温柔的相貌。

太　太　们

某省国民学校督学官费多尔·彼得罗维奇自命为公平而宽厚的人,有一天在办公室里接见教员符烈敏斯基。

"不,符烈敏斯基先生,"他说,"您退休已经是不可避免的事了。您的嗓音既是这样,就不可能继续担任教员工作。不过您的嗓子怎么会哑了呢?"

"我在出汗的时候喝了冷啤酒……"教员嗓音嘶哑地说。

"太可惜了!一个人工作了十四年,却忽然碰上这种倒运的事!鬼才知道,一个人的前程竟然给区区一件小事断送了。那么今后您打算怎么办呢?"

教员一句话也没回答。

"您成家了吧?"督学官问。

"我有妻子和两个孩子,大人……"教员嗓音嘶哑地说。

紧跟着是沉默。督学官在桌旁站起来,从这个墙角走到那个墙角,神情激动。

"我想不出来该拿您怎么办才好!"他说,"您不能做教员了,可是您还不够资格领养老金。……听任您去受命运的摆布、自生自灭吧,那又不大妥当。对我们来说,您是自己人,工作过十四年,因此我们应该帮助您。……可是怎么帮助呢?我能帮您什么忙呢?您替我设身处地想一想:我能帮您什么忙呢?"

紧跟着是沉默。督学官走来走去，不住地思索。符烈敏斯基满腔愁苦，在椅子边上坐着，也在思索。忽然，督学官眉开眼笑，甚至打了个榧子。

"奇怪，我早先怎么就没想起来！"他很快地开口说，"您听着，我可以给您想这样一个办法。……下星期我们孤儿院里的文书就要辞职退休了。要是您愿意的话，就接替他的职位吧！这就行了！"

符烈敏斯基没料到会得着这样的恩典，也眉开眼笑了。

"好得很，"督学官说，"那您今天就去写申请书吧。……"

费多尔·彼得罗维奇把符烈敏斯基送走以后，觉得心头轻松，甚至颇为畅快！那个嗓音嘶哑的教师的佝偻身躯总算不在他面前晃悠了。他想到他把那个空缺给符烈敏斯基，是本着良心公平办事的，自己不愧是个善良而又十分正派的人，这也使他感到愉快。可是这种良好的心境没有持续很久。等他回到家里，坐下来吃饭，他妻子娜斯达霞·伊凡诺芙娜忽然想起一件事，说：

"哦，是啊，我差点忘记了！昨天尼娜·谢尔盖耶芙娜到我这儿来，替一个青年人说情。据说我们孤儿院里就要有个空缺了。……"

"是的，不过那个职位我已经应许别人了，"督学官说，皱起眉头，"你知道我的原则：我从不凭情面给人职位。"

"我知道，不过对尼娜·谢尔盖耶芙娜，我认为，不妨破一回例。她爱我们就像爱亲人一样，可是我们至今都没替她办过什么事。你千万不要拒绝，费佳①！要是你执意不肯，就不但得罪她，也惹得我不高兴了。"

"那么她推荐的是什么人呢？"

---

① 费多尔的爱称。

"波尔祖兴。"

"哪个波尔祖兴？就是新年在俱乐部里扮演恰茨基①的那个人吗？就是那位先生？那可说什么也不行！"

督学官停住嘴不吃饭了。

"那可不行！"他又说一遍，"求上帝别让我干这种事！"

"那是为什么？"

"你要明白，小母亲，一个青年人不直接出面，却托女人说情，可见他是个没出息的家伙！为什么他不亲自来找我呢？"

饭后督学官在书房里沙发上躺下，开始读他收到的报纸和信。

"亲爱的费多尔·彼得罗维奇！"市长夫人在写给他的信上说，"您有一次说我善于了解人的心，善于了解人。现在您有机会用实际行动来证实这句话了。这几天会有个名叫克·尼·波尔祖兴的人到您那儿去，要求承担我们孤儿院里文书的职位，我认为他是个优秀的年轻人。这个青年很招人喜欢。要是您对他抱同情的态度，就会相信……"等等。

"说什么也不行！"督学官说，"求上帝别让我干这种事！"

这以后，督学官没有一天不收到推荐波尔祖兴的信。在一个天气晴和的早晨，波尔祖兴本人来了。他是个体态丰满的青年人，脸孔像赛马的骑手那样刮得精光，身上穿一套黑色的新衣服。……

"我素来不在这儿接见办理公务的人，而是在办公室里。"督学官听完他的请求后，干巴巴地说。

"请您原谅，大人，不过我们双方都认得的熟人却劝我一定要到这儿来。"

"哼！……"督学官没好气地嘟哝了一声，怀着憎恨的心情瞧

---

① 俄国剧作家格里鲍耶陀夫的剧本《智慧的痛苦》里的人物。

他的尖头皮鞋。"据我所知,"他说,"您父亲有财产,您并不缺钱用,那您何必谋这个职位呢?要知道薪金极少!"

"我倒不是为了薪金,而是……这好歹也算是官府的差事啊。……"

"哦。……我觉得您不出一个月就会厌倦这个职务,丢掉不干了,然而同时,却有些候缺的人把这个职位当作终生的事业。……有一些穷人,对他们来说……"

"我不会厌倦那个差事,大人!"波尔祖兴插嘴说,"我用人格担保,我会努力工作!"

督学官冒火了。

"您听着,"他轻蔑地微笑着说,"为什么您不直接来找我,却认为有必要先去惊动那些太太?"

"我不知道这样做您会觉得不愉快,"波尔祖兴回答说,心慌意乱,"不过,大人,如果您认为那些推荐信毫无意义,那么我可以给您看一个证明文件。……"

他从衣袋里取出一份公文,递给督学官。证明文件是用官厅的文体和笔迹写成的,下边有省长的签名。从种种迹象可以看出,省长并没看内容就签了名,目的仅仅在于摆脱一个纠缠不已的太太。

"这就没有办法了,我鞠躬……我遵命……"督学官读完证明文件说,叹一口气,"明天您把申请书交上来吧。……这就没有办法了。……"

等波尔祖兴走后,督学官压不住满腔憎恶的心情。

"没出息的家伙!"他咬着牙说,从这个墙角走到那个墙角,"他到底还是达到了目的,这个不中用的绣花枕头,专拍太太们的马屁!坏蛋!畜生!"

督学官朝波尔祖兴走出去的门口大声吐一口唾沫,可是忽然,他发窘了,因为这时候正巧有个太太走进书房里来,她是省税务局局长的夫人。……

"我来一下就走,来一下就走……"太太开口说,"您坐下,干亲家,请注意听一下我的话。……喏,据说您这儿出了个空缺。……明天或者今天就会有个年轻人到您这儿来,一个姓波尔祖兴的。……"

太太喊喊喳喳讲个不停,可是督学官却用无光而且失神的眼睛瞧着她,就像快要昏厥似的。他瞧着她发呆,出于礼貌而赔着笑脸。

第二天督学官在办公室里接见符烈敏斯基,很久都下不了决心把真相告诉教员。他游移不定,讲话前言不搭后语,不知道从何说起,也不知道该说什么好。他想对教员道歉,把事情的真相原原本本对教员说一遍,可是他舌头像醉汉一样不灵便,耳朵发烧。忽然,他想到他竟然在自己的办公室里,当着他下属的面,扮演这样一种荒唐的角色,就不由得又气愤又烦恼。他突然拍一下桌子,跳起来,怒冲冲地叫道:

"我这儿没有您的职位!没有,没有!请您不要打搅我!不要折磨我!您干脆躲开我,劳驾!"

说完,他就走出办公室去了。

强烈的感受

事情发生在不太久以前莫斯科地方法院里。有几个陪审员留下来在法院里过夜,他们躺下就寝以前谈起强烈的感受。他们所以谈到这一点,是因为想起一个证人,用他自己的话来说,由于经历过一件可怕的事而变得说话结巴,须发皆白了。那些陪审员决定在入睡以前各人搜索一下各人的记忆,讲点什么事。人的一生是短促的,不过话虽如此,仍然没有一个人能够夸口说他过去没有经历过可怕的事。

一个陪审员讲起他怎样失足落水,另一个陪审员讲起他当初在一个既没有医生,也没有药房的地方居住过,一天晚上怎样错把白矾当作苏打,给他的孩子吃了,使孩子中了毒。孩子倒没死,可是父亲几乎发了疯。第三个年纪还不算老,然而有病,叙述他怎样两次企图自杀:一次是对自己放一枪,另一次是扑到火车底下去。

第四个是身材矮小、装束考究的胖子,讲了下面这件事:

"我在二十二三岁的时候,没命地爱上了我现在的妻子,向她求婚。……现在,我想到我那么早就结了婚,恨不得拿鞭子把自己抽一顿才好,可是当时,如果娜达霞回绝了我,我真不知道我会出什么事呢。我那种爱情是最真诚不过的,就跟长篇小说里描写的一样,疯狂,热烈,等等。我的幸福闹得我透不出气来,我不知道怎样才能躲开它,我一味讲我自己的热恋,惹得我的父亲、朋友、仆人都听厌了。幸福的人是最讨厌和最乏味的人。我惹得人家讨厌极了,甚至现在我还觉得害臊呢。……

"当时,在我的朋友当中,有个新开业的律师。现在这个律师已经在全俄国成名,可是当时他还初露头角,还没发财,他的名气也还没有大到见了老朋友可以装做不认识或者不脱帽子的地步。我每星期总要到他家去一两次。我到了他家,我们两人就在长沙发上舒服地坐下,开始高谈阔论。

"有一次我在长沙发上躺着,讲起再也没有比做律师更费力不讨好的职业了。我打算证明,法庭在审完证人以后很可以结案,无须有检察官和辩护人,因为这两种人不必要,反而碍事。如果一个成年的陪审员神志健全、头脑清楚,相信这块天花板是白的,或者伊凡诺夫有罪,那么不论什么样的德摩西尼①都没有力量同这种信念进行斗争而战胜它。如果我知道我的唇髭是黑的,那么谁能说得我相信我生着红唇髭呢?我听着演说家发表讲演,也许会大动感情,哭起来,可是我的根本信念丝毫也不会改变,因为它大半是建立在毫无疑问的物证和事实上的。可是我熟识的这个律师却口口声声说我还年轻,不懂事,我说的都是孩子气的废话。按他的看法,毫无疑问的事实经认真而内行的人加以阐发,就会变得越发清楚,这是一;第二,才能是一种移山倒海的力量,是飓风,所过之处连岩石都会化为灰尘,更不用说像小市民或者二等商会的商人的信念那类无足轻重的东西了。人类软弱无力,很难对抗才能,犹如硬要看着太阳而不眨眼,或者硬要止住大风一样。一个普通人凭借话语的力量就能把成千上万有坚强信念的野蛮人变成基督徒。奥德修斯②是世界上最坚定不移的人,可是在塞壬③面前却

---

① 德摩西尼(前384—前322),古雅典的著名演说家和政治家。
② 古希腊叙事诗《奥德修纪》中的英雄,诗中叙述他在特洛伊战争结束后的历险情况。
③ 希腊神话中的半女半鸟的海妖,常用歌声诱惑水手,然后将他杀死。奥德修斯在海上漂泊时遇到过她们。

屈服了,等等。全部历史就由这类事例构成,在生活里也每一步都可以遇到这类事例。再者,这也是势所必然,否则聪明而有才能的人就丝毫不会比愚蠢而没有才能的人高明了。

"我坚持我的见解,仍然说信念比任何才能都强,不过老实说,究竟什么叫信念,什么叫才能,我自己也弄不大清。多半我只是为说话而说话罢了。

"'就拿你来说吧……'律师说,'目前你相信你的未婚妻是天使,全城再也没有一个人比你幸福。可是我跟你说:我只要用十分钟或者二十分钟,就足以使你在这张桌子旁边坐下,写信跟你的未婚妻中断关系。'

"我笑起来。

"'你不要笑,我是认真这么说的,'我的朋友说,'只要我愿意,不出二十分钟,你就会想到你不必结婚而觉得幸福了。我没有什么了不起的才能,不过你也不是一个强有力的人啊。'

"'那么来吧,你试试看!'我说。

"'不,何苦呢?我只是随便说说罢了。你是个好孩子,叫你受这样的考验也太残忍。再者我今天也没有那种兴致。'

"我们坐下来吃晚饭。我喝着酒,脑子里想着我所爱的娜达霞,我的全身心就充满了青春和幸福。我的幸福简直广大无边,我甚至觉得坐在对面、生着一对绿眼睛的律师像是个不幸的人,那么矮小,那么灰色。……

"'你试一试!'我缠住他说,'好,我求求你!'

"律师摇头,皱起眉峰。看样子,我已经惹得他讨厌了。

"'我知道,'他说,'等我试验过以后,你会向我道谢,把我叫做救命恩人,不过,我们也要替你的未婚妻想一想。她爱你,你丢弃她,就会害得她伤心。她多么可爱啊!我真羡慕你。'

"律师叹口气,喝了点酒,开始讲我的娜达霞多么可爱。他有一种不同寻常的描绘才能。他说到女人的睫毛或者小手指头,能给您讲出一大套话来。我听得津津有味。

"'我生平见过许多女人,'他说,'不过我用人格向你担保,我凭朋友的资格说,你的娜达丽雅①·安德烈耶芙娜是一颗珍珠,是一个少有的姑娘。当然,说句不怕你见怪的话,缺点是有的,甚至很多,不过她仍然迷人。'

"律师就讲起我未婚妻的缺点。现在我很明白,他其实是在谈一般的女人,谈女人的一般弱点,然而当时我却以为他是专指娜达霞说的。他赞叹她那翘起的鼻子、她那惊叫声、她那尖得刺耳的笑声、她的装腔作势,总之,正好是我不喜欢她的那些地方。所有这些,依他看来,却无限妩媚、优雅、娇柔。不久,我自己也没有留意到,他就已经从热情的口吻渐渐换成父辈的教训口吻,后来又换成轻松的鄙夷口吻了。……法庭的审判长不在我们这儿,因此没有人来制止这个口若悬河的律师。我没有机会张嘴,再者我能说些什么呢?我朋友的那些话并不新奇,是大家早已熟悉的。全部毒素不在于他说了些什么,而在于那种可恶的形式。鬼才知道这是什么形式!当时我听着他讲,不由得相信同一个词有一千种含意和色彩,这要看你说出来的口气,赋予句子什么形式。当然,我不能向你们表达那种口气,那种形式,我只能说我听着这个朋友讲话,从这个墙角走到那个墙角,跟他一块儿愤慨、发怒、鄙视。临到他眼泪汪汪地向我声明说,我是个伟大的人,我理应有比较好的命运,将来我注定会做出一番特别的事业,婚姻却可能妨碍我,我听了竟相信他的话了!

"'我的朋友!'他紧紧握住我的手,叫道,'我央求你,恳求你:趁时机还不太迟,你别这么干!别这么干了!求上帝保佑,你千万

---

① 上文的娜达霞是娜达丽雅的爱称。

不要犯下可怕的大错！我的朋友，你不要断送你的青春啊！'

"信不信由您，反正到头来我在桌旁坐下，给我的未婚妻写退婚信了。我一面写，一面暗自高兴，改正错误的时机总算还没有过去。我封好信，赶紧走到街上，把它送进邮筒。律师也跟我一块儿去了。

"'好得很！太好了！'等到我在黑暗中把我写给娜达霞的信塞进邮筒，他就称赞我说，'我从心底里祝贺你。我为你高兴。'

"律师跟我一块儿大约走出十步，他继续说：

"'当然，婚姻也有它好的一面。比方说，我就是那种把婚姻和家庭生活看得重于一切的人。'

"他就描绘他的生活，于是孤寂的单身生活的种种坏处就呈现在我面前。

"他热情地讲到他未来的妻子，讲到一般的家庭生活的妙处。他赞叹得那么动听，那么诚恳，等到我们走到他家门口的时候，我已经急坏了。

"'你这是在怎么对待我呀，可怕的人？！'我上气不接下气地说，'你害苦我了！为什么你逼着我写那封该死的信？我爱她，我爱她呀！'

"我为我的爱情赌咒发誓，我被我的行动吓坏了，我已经觉得我的行动既荒唐，又毫无意义。诸位先生，要设想一种比我当时体验到的更强烈的感受，那简直不可能。啊，当时我经历了什么样的心境，有过什么样的感受！要是当时有个好心人，拿给我一支手枪，我真会高高兴兴往我额头上放一枪呢。

"'哦，得了，得了……'律师说，拍着我的肩膀，笑起来，'你别哭了。那封信到不了你未婚妻手里。信封上的地址不是你写的，是我写的。我把它写得很乱，邮局的人一个字也认不出来。不过，整个这件事对你倒也是一个教训：凡是你不懂的事，你就不要

争论。'

"现在,诸位先生,我提议由下一位来讲。……"

等到第五个陪审员坐得舒服点,刚张开嘴要讲他的事,斯巴斯高塔上的时钟敲响了。

"十二点了……"一个陪审员数着钟声说,"诸位先生,你们把我们的被告目前经历的感受归到哪一类去呢?他,那个杀人犯,就在这儿,在法院的拘留所里过夜,目前正躺着或者坐着,而且当然,没睡着,在这不眠的一夜里听着这种钟声。他在想些什么?有些什么样的幻想钻进他脑子里去?"

不知怎么,那些陪审员忽然全都忘了"强烈的感受"。他们的同事当初给他的娜达霞写过信后经历到什么样的心情,已经显得不重要,甚至也不那么有趣了。再也没有人开口讲话,大家都一声不响,悄悄地躺下睡了。……

熟识的男人

千娇百媚的万达，或者按她身份证上的称呼，荣誉公民娜斯达霞·卡纳甫金娜，在医院里病愈出院后，发觉自己的处境是以前从没经历过的：不但无家可归，而且身边连一个小钱也没有。怎么办呢？

她头一件事就是动身到当铺去，在那儿当掉一枚绿松石戒指，这要算是她身边唯一贵重的东西了。当铺收下那枚戒指，给了她一个卢布，可是……一个卢布能买什么呢？凭这点钱既不能买一件时髦的短上衣，也不能买一顶高女帽，更不能买一双黄铜色便鞋，可是缺了这些东西，她就感到仿佛赤身露体了。依她看来，好像不但行人，就连马和狗都在瞧她，讪笑她那寒碜的装束呢。她专心想着她的穿戴，至于她怎么吃饭，到哪儿去过夜，这些问题倒一点也没有使她担忧。

"只要能碰见一个熟识的男人就好了……"她想，"那我就会弄到钱。……谁也不会拒绝我，因为……"

可是熟识的男人却没碰见。傍晚在"文艺复兴"①倒不难碰见他们，然而她穿着这身寒碜的衣服，又没戴帽子，"文艺复兴"是不会让她进去的。怎么办呢？万达苦闷了很久，最后懒得再走路，再

---

① 饭馆的名字。

坐着,再思索,她就决定使出最后一个办法:索性到一个熟识的男人住处去,向他要一点钱。

"那么该去找哪一个呢?"她暗自思忖,"到米沙那儿去可不行,他是成了家的。……至于那个红头发的老头子,现在却上班去了。……"

万达想起牙科医生芬凯尔。他是个改信东正教的犹太人,三个月前送过她一个手镯,有一次在德国俱乐部里吃晚饭,她往他的头上泼过一大杯啤酒。她想起这个芬凯尔,高兴得不得了。

"他一定肯给我钱,只要我碰上他在家就成……"她想着,往他家里走去,"他不给钱,我就把他家里的灯统统砸碎。"

她走到牙科医生门口,脑子里已经准备好一套计划:她要一路笑着跑上楼梯,闯进医生诊室,向他要二十五卢布。……可是临到她伸手拉门铃,不知怎的,那个计划却好像自动从她脑子里飞出去了。万达忽然开始胆怯,激动,这是以前她从来都没有过的。她只有在喝醉酒的伙伴当中才胆大,无所顾忌,可是现在她穿着普通的衣服,处在一般告帮人的地位,人家对于这样的人却是可以不接见的,她就感到气馁,感到身份低下。她不由得羞臊,害怕了。

"说不定他已经把我忘了……"她想,不敢拉门铃,"再者,我穿着这样的衣服怎么能见他呢?简直像个叫花子,或者干粗活的。……"

她迟疑地拉了拉门铃。

门里响起脚步声。那是看门人走来了。

"大夫在家吗?"她问。

要是看门人说"不在",她倒会高兴些,可是看门人没有答话,却把她让进前厅,帮她脱掉大衣。依她看来,那道楼梯显得富丽堂皇。不过在富丽的陈设当中首先扑进她眼帘的,却是一面大镜子,她看见镜子里有个装束寒碜的人,没戴女帽,没穿时髦的短上衣，没穿黄铜色的便鞋。万达暗自奇怪：一旦她穿戴得不体面，类似女缝工或者洗衣女工，她就自惭形秽，再也没有那种狂气，那种大胆，而且她私心也不再认为自己是万达，而是从前的娜斯达霞·卡纳甫金娜了。……

"请进！"一个使女把她领进诊室，①说，"大夫马上就来。……请坐。"

万达在一把柔软的圈椅上坐下。

"我干脆就说：您借点钱给我！"她想，"这是堂堂正正的，因为他本来就跟我很熟嘛。只是这个使女要从这儿走出去才好。当着使女的面不便说出口。……她为什么站在这儿不走呢？"

过了五分钟光景，房门开了，芬凯尔走进来。这个改信东正教的犹太人高身量，肤色发黑，生着肥厚的脸颊和一对爆眼睛。他的脸颊、眼睛、肚子、大屁股，都显得那么腻人，可憎，粗俗。在"文艺复兴"和德国俱乐部里，他总喝得有几分醉，为女人花很多钱，颇有耐性地隐忍她们的取笑（例如万达往他的头上泼啤酒的时候，他光是微微一笑，摇着手指头吓唬她一下）。可是现在他却带着阴郁的神色，仿佛没有睡醒，显得道貌岸然，态度冷淡，就像长官似的，嘴里嚼着什么东西。……

"您有什么吩咐？"他问，眼睛没有看万达。

万达瞧了瞧使女严肃的脸容，瞧了瞧芬凯尔饱满的身体，看样子芬凯尔没有认出她来。她脸红了。……

"您有什么吩咐？"牙科医生又问一遍，口气有点气恼。

"我牙……牙痛。"万达小声说。

"哦。……哪颗牙？在哪儿？"

万达想起她有颗牙蛀了个窟窿。

"下面，右边……"她说。

"嗯！……您张开嘴。"

芬凯尔皱起眉头,屏住呼吸,开始检查病牙。

"痛吗?"他用一个什么铁器挖那颗牙,问道。

"痛……"万达撒谎说。

"提醒他一声,"她想,"那他就一定会认出我来。……可是……那个使女!她为什么站在这儿不走呢?"

芬凯尔忽然直对着她的嘴呼呼地喘气,像火车头似的,说:

"我劝您这颗牙不要补了。……反正这牙根对您已经没有什么用处了。"

他又把那颗牙挖了一会儿,经纸烟熏黄的手指头弄得万达的嘴唇和牙床满是烟味,然后他又屏住呼吸,把一个冰凉的东西塞进她嘴里。……万达忽然感到一阵剧痛,大叫一声,抓住芬凯尔的手。

"没关系,没关系……"他喃喃地说,"您不要害怕。……反正这颗牙对您也没有什么用了。您应该放大胆子。"

经纸烟熏黄而如今又染了血迹的手指头,把一颗拔下来的牙送到她眼前。使女走过来,把一个杯子拿到她嘴边。

"您回家用凉水漱口……"芬凯尔说,"那血就可以止了。……"

他在她面前站住,摆出那么一种姿势,好像等着客人快点走掉,好让他消停一下似的。……

"再见……"她说着,回转身,往门口走去。

"嗯!……那么谁来付给我诊费呢?"芬凯尔问道,声音里带着嘲笑的意味。

"哦,对了……"万达想起来了,涨红脸说,把她用绿松石戒指换来的那个卢布递给这个改信东正教的犹太人。

她走出去,到了街上,感到比以前更加羞臊,不过现在她已经不是为贫穷而害臊了。她没有戴高女帽,没有穿时髦的短上衣,可是这些她都不再介意了。她在街上走着,吐着带血的唾沫,而每口鲜红的唾沫都在向她述说她的生活,她那不好的而且难堪的生活,述说她过去遭过的种种侮辱,以及明天,下个星期,来年,她这一辈子到死为止,还会遭到的侮辱。……

"啊,这有多么可怕!"她小声说,"这有多么可怕呀,我的上帝!"

第二天傍晚,她却在"文艺复兴"里跳舞了。她头戴一顶新的而且很大的红色女帽,身穿一件新的时髦短上衣,脚上是一双黄铜色的便鞋。有一个从喀山来的年轻商人带她去吃晚饭。

幸 福 的 人

尼古拉铁路①的一列客车正从包洛果耶车站开出去。二等客车的一节"吸烟乘客专用车厢"中,有五个乘客隐蔽在车厢的昏暗中打盹儿。他们刚刚吃过饭,此刻身子靠在长沙发背上,想要小睡片刻。车厢里一片寂静。

车门开了,一个人走进车厢来,他身材细长,好像一根棍子,头戴红褐色帽子,穿着华丽的大衣,酷似小歌剧里和儒勒·凡尔纳②笔下的新闻记者。

这个人在车厢中央停住脚,不住地喘气,眯细了眼睛,久久地打量那些长沙发。

"不对,这个车厢也不是!"他嘟哝说,"鬼才知道是怎么回事!这简直可恶! 不对,不是那个车厢!"

有个乘客定睛瞧着这个人,发出一声快活的叫喊:

"伊凡·阿历克塞耶维奇! 什么风把您吹来的? 是您吗?"

身材像棍子的伊凡·阿历克塞耶维奇一愣,呆呆地瞧着那个乘客,后来认出他来了,就快活地把两只手一拍。

"啊! 彼得·彼得罗维奇!"他说,"多少个冬天,多少个夏天

---

① 一条行驶在莫斯科和彼得堡之间的铁路,以沙皇尼古拉一世命名。
② 儒勒·凡尔纳(1828—1905),法国作家,著有许多科学幻想冒险小说。

没见面了！我根本不知道您也坐这趟车。"

"您好吗？身体健康吗？"

"挺好。只是，老兄，我忘了我的车厢在哪儿，现在说什么也找不着了，我这个大傻瓜！可惜没有人来拿鞭子抽我一顿！"

棍子样的伊凡·阿历克塞耶维奇微微摇晃着身子，咯咯地笑。

"居然出了这样的事！"他继续说，"刚才敲过第二遍钟后，我出去喝白兰地。当然，我喝了一杯。嗯，我想，既然下一站还远得很，那我就不妨再喝一杯。我正一边想一边喝，不料第三遍钟声响了……我就像疯子似的跑来，见着车就往上跳。喏，我不成了大傻瓜吗？我不成了糊涂虫吗？"

"不过，看得出来，您的心绪倒是挺好嘛，"彼得·彼得罗维奇说，"那您就在这儿坐一坐！欢迎欢迎！"

"不，不。……我得去找我的车厢！再见！"

"天这么黑，说不定您会在车厢外面的过道上跌下去。您坐下，等一会儿到了站，您再去找您的车厢好了。坐吧！"

伊凡·阿历克塞耶维奇叹着气，游移不定地在彼得·彼得罗维奇对面坐下。他分明很兴奋，不住扭动身子，好像坐在针尖上似的。

"您坐这趟车到哪儿去？"彼得·彼得罗维奇问。

"我？到天涯海角去。我的头脑里乱哄哄，连我自己也闹不清我要到哪儿去。命运叫我到哪儿，我就到哪儿去。哈哈。……好朋友，以前您见过幸福的傻瓜吗？没有？那您就瞧瞧吧！您面前就有个天下最幸福的人！对了！难道从我的脸上看不出来吗？"

"看倒是看出来了，您……略微有点……那个①。"

---

① 暗指"醉意"。

"大概眼下我的脸相蠢极了！哎，可惜没有镜子，要不然我倒可以看一看我这副尊容！我觉得，老兄，我变成傻瓜了。这是实话！哈哈。……您猜怎么着，我正在蜜月旅行。瞧，我不是傻里傻气吗？"

"您？莫非您结婚了？"

"就是今天，最亲爱的！我举行过婚礼以后，就直接上了火车。"

跟着就是祝贺和照例必有的问话。

"嘿……"彼得·彼得罗维奇笑道，"怪不得您打扮成这种花花公子的样儿。"

"是啊。……为了显得气派十足，我甚至在衣服上洒了香水。我把心思全用在浮华上了！我心里无牵无挂，一点思虑也没有，光有那么样的一种感觉……鬼才知道该怎么称呼它才好……也许叫做无忧无虑吧？我有生以来还没感到这么痛快过呢！"

伊凡·阿历克塞耶维奇闭上眼睛，摇头晃脑。

"幸福得要命！"他说，"您自己想想吧。我马上就要回到我的车厢去。那边，窗口旁边，一张长沙发上，坐着个女人，也就是所谓把全身心都献给你的人。那么漂亮的一个金发女人，小小的鼻子……小小的手指头。……我的宝贝儿！我的天使！我的小胖丫头！我的灵魂的葡蚜①！那双小小的脚！主啊！要知道，那双脚可不是我们这样的大脚片子，而是一种小巧玲珑、出神入化……可以意会而不可言传的东西！那样的小脚我恨不得一口吞下去！哎，可是您什么也不懂！要知道，您是唯物主义者，您马上就要进行分析，这样那样的！您是枯燥无味的单身汉，如此而已！喏，等您结了婚，您就明白了！您就会说，如今伊凡·阿历克塞耶维奇在

---

① 一种伤害葡萄的害虫。

哪儿？是啊，我马上就要回到我的车厢去。她在那儿等着我呢，已经等急了……巴望着我回去。她会笑吟吟地迎接我。我呢，就挨着她坐下，用两个手指头托起她的下巴。……"

伊凡·阿历克塞耶维奇摇头晃脑，发出一连串幸福的笑声。

"然后我就把我的头枕在她的肩膀上，伸出胳膊搂住她的腰。四下里，您知道，安安静静……周围的昏暗也饶有诗意。在这种时候，我一心想拥抱全世界呢。彼得·彼得罗维奇，您让我拥抱一下吧！"

"请。"

两个朋友就在乘客们好意的笑声中互相拥抱。幸福的新郎继续说：

"为了使自己更加痴迷，或者像小说里常说的那样，为了使幻觉进一步丰满，那就要到饮食部去喝上这么两三盅。于是我的头脑和胸膛里就发生变化，发生在神话里也读不到的那么一种变化。我是个微不足道的小人物，可是我却觉得我似乎广大无边。……我能拥抱全世界啊！"

乘客们瞧着这个醉醺醺而又幸福的新郎，为他的欢乐所感染，再也没有睡意了。本来在伊凡·阿历克塞耶维奇身旁听他讲话的只有一个人，不久就变成五个人了。他不住扭动身子，像坐在针尖上一样，他唾沫四溅，挥动胳膊，唠唠叨叨讲个不停。他放声大笑，大家也跟着放声大笑。

"要紧的是，诸位先生，要少考虑！什么分析不分析，统统见鬼去吧。……要想喝酒，就自管喝，用不着谈什么哲理，说什么有害或者有益。……什么哲学啦，心理学啦，一概见鬼去吧！"

一个列车员走过这个车厢。

"老兄，"新郎转过脸来对他说，"您走过二百零九号车厢的时候，劳驾在那儿找到一位太太，她戴着灰色的帽子，帽子上绣着一只白鸟。请您对她说一声:我在这儿!"

"是。只是这列车没有二百零九号车厢。有二百十九号!"

"哦,那就是二百十九号! 反正一样! 那么请您告诉她,就说她的丈夫安然无恙!"

伊凡·阿历克塞耶维奇忽然抱住头,呻吟着说:

"丈夫。……太太。……这种事发生得多么快呀! 我一下子就成了丈夫。……哈哈。……该挨鞭子的家伙,居然做了丈夫! 哼,大傻瓜! 可是她! 昨天她还是个姑娘……小妞儿……简直叫人没法相信呢!"

"在我们这个时代,见到幸福的人简直有点奇怪,"一个乘客说,"这种人比白象还要少见。"

"是的,可是这该怪谁?"伊凡·阿历克塞耶维奇说,伸出他的长腿,脚上的鞋头很尖,"要是您不幸福,那该怪您自己! 就是这样。是啊,您怎么想呢? 人就是他个人幸福的创造者。您想幸福,您就会幸福,不过您偏偏不想幸福。您执拗地躲开幸福!"

"哪有这种事! 怎么会呢?"

"很简单!……大自然规定,人在生活中某一阶段就要产生爱情。到了那个阶段,就该加紧恋爱才对,可是您偏偏不理睬大自然,您在等待什么。还有……法律上写着,正常的人应该结婚。……不结婚就没有幸福。那么有利的时机一到,就赶紧结婚,用不着拖拖拉拉。……可是您偏不结婚,老在等待什么! 其次,经书上写着醇酒使人心头欢畅。……如果您心境畅快,而又希望再畅快一点,那么不用说,您就该到饮食部去喝一通酒。要紧的是别自作聪明,要按规矩办事! 规矩是了不起的东西!"

"您说人是自己的幸福的创造者。要是一个人害了牙痛,或者碰上一个凶恶的丈母娘,足以弄得人的幸福化为泡影,他还怎么谈得上是什么创造者呢? 一切都要看机会。如果现在您遇上库库耶甫卡惨祸①,那您可就要唱别的歌了。……"

"胡说!"新郎顶嘴道,"车祸一年只有一次。我并不担心出什么事,因为没有理由出这类事嘛。事故是难得发生的!去它们的!我甚至不愿意谈这些了!……哦,看样子,我们快到一个小站了。"

"您现在到什么地方去?"彼得·彼得罗维奇问,"到莫斯科去呢,还是到南方什么地方去?"

"您怎么了!我这是往北边走,怎么会跑到南方什么地方去呢?"

"可是要知道,莫斯科不是在北方。"

"这我知道,我们如今是往彼得堡走嘛!"伊凡·阿历克塞耶维奇说。

"我们是往莫斯科走,求上帝怜恤我们吧!"

"这话怎么讲:怎么会是往莫斯科走?"新郎诧异地说。

"这就怪了。……您买的车票是到哪儿去的?"

"到彼得堡去的。"

"既是这样,我可要跟您道喜了。您搭错车了。"

大家沉默了半分钟。新郎站起来,呆瞪瞪地瞅着这一伙人。

"是啊,是啊,"彼得·彼得罗维奇解释道,"在包洛果耶车站上,您上错了车。……这样看来,您真倒霉,喝过白兰地以后,冒冒失失跳上向对面开的列车了。"

伊凡·阿历克塞耶维奇脸色苍白,抱住头,开始在车厢里很快地走来走去。

"哎,我这个大傻瓜!"他愤恨地说,"哎,我这个混蛋,巴不得

---

① 1882年,在莫斯科—库尔斯克铁路线上,在切尔尼和巴斯狄耶沃两个车站之间,在库库耶甫卡村附近,发生过列车翻车事故。——俄文本编者注

叫魔鬼把我吞下肚去才好！是啊，现在我怎么办呢？要知道，我的妻子还在那列火车上！她孤零零地坐在那边，等着我，心都等焦了！哎，我这个胡闹的小丑！"

新郎倒在长沙发上，蜷起身子，好像有谁踩痛了他的鸡眼似的。

"我这个不幸的人啊！"他哀叫道，"这可叫我怎么办？怎么办呀？"

"得了，得了……"乘客们安慰他说，"这不要紧。……您给您的妻子打个电报，您再设法顺原路坐特别快车赶去。这样您就会追上她了。"

"特别快车！"新郎，这个"自己的幸福的创造者"，哭道，"可是我哪儿有钱买票坐特别快车呀？我的钱全在我妻子那边！"

那些笑呵呵的乘客就交头接耳商量一阵，凑出一笔钱来，交给那个幸福的人。

枢密顾问官①

一八七〇年四月初,我母亲克拉芙季雅·阿尔希波芙娜,一个中尉的遗孀,收到她弟弟,枢密顾问官伊凡,从彼得堡寄来的一封信,信上除了别的话以外,还写道:"我的肝病使我每年夏天不得不到国外生活,可是我目前没有多余的钱到马利恩斯克温泉②去疗养,因此我今年夏天很可能到你的柯楚耶甫卡村去住,亲爱的姐姐。……"

读完这封信后,我母亲脸色苍白,浑身发抖,后来脸上现出又要笑又要哭的神情。果然,她哭起来,而且笑起来了。这种哭和笑的搏斗总使我联想到一支点亮的蜡烛被人泼上一点水而火光摇闪、火星乱爆的光景。我母亲把那封信又读了一遍,然后把全家人召集到一起,激动得嗓音若断若续,向我们说明,公达索夫家一共有弟兄四个:头一个公达索夫还在婴儿时期就死了;第二个去打仗,阵亡了;第三个……说出来请他不要见怪,做了戏子;至于那第四个……

"那第四个爬上高枝儿了,"母亲呜咽着说,"我的亲兄弟啊,我是跟他一块儿长大的。可是我浑身发抖,浑身发抖呀。……要

---

① 帝俄的三等文官,官位很高。又,帝俄时代的大学教授和中学教员都叙官品。
② 捷克的疗养地。

知道,他做了枢密顾问官,成了将军!我怎么跟他,我的天使,见面呢?我这个没受过教育的傻女人,跟他谈些什么呢?我有十五年没跟他见面了!安德留宪卡,"母亲转过脸来对我说,"你高兴吧,小傻瓜!上帝是为了叫你交好运才把他打发来的!"

我们听完公达索夫家族极为详尽的家史以后,庄园里就忙乱起来,像那样的忙乱我往常只有在圣诞节前才会见到。只有天空和河水幸免于难,其余的东西一概遭到清理、刷洗和涂饰。假如天空低一点,小一点,河水流得不那么急,他们也会用砖块把它们刮洗一番,用树皮纤维擦个干净呢。墙壁本来就白得像雪,可是仍然要用石灰来粉刷一通。地板油光发亮,可是每天都要擦洗一遍。一只叫秃尾巴的猫(我小时候用一把切糖块的小刀把它的尾巴割掉整整四分之一,因此它得了秃尾巴的绰号)从正房的敞廊上给移到厨房里去,交给阿尼西雅管束。费季科受到叮嘱,如果有狗走到门廊跟前来,"上帝就会惩罚"他。不过再也没有什么东西比可怜的长沙发、圈椅、地毯更倒霉的了!它们以往任何时候都没有受到过像目前恭候客人光临期间那么厉害的敲打。我的那些鸽子听到棍棒的敲打声而惶惶不安,不时飞上天空。

裁缝师傅斯皮利东从诺沃斯特罗耶甫卡村来了,全县敢于给上流人家做衣服的裁缝师傅只有他一个。这个人从不喝酒,工作勤恳,颇有本领,也不缺少造型艺术方面的某些想象和感觉,然而做出来的衣服却难看得很。他的整个工作给犹豫糟蹋了。……他常常认为他做出来的衣服不够时髦,这就逼得他把每件衣服都改做五次,而且步行到城里去研究花花公子的装束,到最后,他做好的衣服穿到我们身上,就连漫画家看了都会说稀奇古怪,过分漫画化。我们往往穿着窄得不成样的裤子和短得无可再短的上衣,害得我们在小姐们面前老是觉得怪难为情的。

这位斯皮利东费很大的工夫给我量尺寸。他把我横里竖里量个够,好像要给我做一道紧箍似的。他用了不少时间,拿粗铅笔在一张纸上记下尺寸,而且在所有尺寸上都打上三角记号。他替我量过以后,又动手量我的家庭教师叶果尔·阿历克塞耶维奇·波别季姆斯基。我终生难忘的这位教师正当青年人关心自己唇髭的生长、对自己的衣服十分挑剔的年纪,因此,您可以想象斯皮利东是带着多么诚惶诚恐的心情走到我教师跟前的!叶果尔·阿历克塞耶维奇不得不把头往后仰,叉开两条腿,近似倒过来的字母"V"。他时而得举起胳膊,时而又得放下来。斯皮利东给他量了好几次,为此在他身旁绕来绕去,就像一只动了春情的公鸽绕着母鸽打转儿。他一会儿屈下膝头跪着,一会儿弯下身子,像个钩子。……我的母亲操劳过度,累到极点,周身无力,又被熨斗的烟火熏得难受,瞧着这一套冗长的手续,说:

"当心啊,斯皮利东,要是你糟蹋了这些呢料子,上帝就要惩罚你!要是你做得叫人不称心,那你可交不着好运!"

听了我母亲的话,斯皮利东一会儿周身发烧,一会儿大汗淋漓,因为他相信他是不会做得使人称心的。他给我做一身衣服收工钱一卢布零二十戈比,给波别季姆斯基做一身衣服收两卢布,而呢料、衬里、纽扣,都是我们的。这点工钱不能算贵,特别因为诺沃斯特罗耶甫卡村离我们这儿有十俄里①远,这位裁缝师傅为了试衣服却要来四次。每逢我们试衣服,勉强套上那些绷满活络线的瘦裤子和短上衣,我母亲见了总是厌恶地皱起眉头,诧异地说:

"上帝才知道如今的时髦样式是怎么回事!就连瞧一眼都叫人害臊。要不是为了我那住在京城里的弟弟,说真的,我才不会给你们做这种时髦的衣服呢!"

斯皮利东暗暗高兴,因为挨骂的不是他,而是时髦的样式。他

---

① 1俄里等于1.06公里。

就耸起肩膀,叹口气,仿佛想说:"这是没办法的:这是时代的风尚啊!"

我们等候客人光临的那种激动心情,只有招魂术者一分一秒地等着阴魂出现的紧张心情才能相比。我母亲成天闹偏头痛,却还跑来跑去,随时都在掉泪。我吃饭不香,睡觉不稳,不肯上课读书。我那种急于见到将军的愿望就连在梦中也没有离开过我,换句话说,我急于见到一个戴着带穗的肩章的人,绣花的衣领一直竖到耳根,手里举着一把出鞘的军刀,就跟我们大厅里长沙发上方挂着的那幅肖像一样,画上的人瞪起一对可怕的黑眼睛,凝神瞧着每一个敢于抬头看他的人。只有波别季姆斯基满不在乎,逍遥自在。他不害怕,不高兴,只是在倾听母亲讲公达索夫家族历史的时候,偶尔说一句:

"有个新人来谈谈话,倒也是一件愉快的事。"

我们庄园上的人都把我的教师看成一个了不起的人。他是青年人,年纪二十岁上下,脸上生着粉刺,头发蓬松,额头很小,鼻子却特别长。那个鼻子实在大,每逢我的教师要仔细瞧什么东西,就得歪着头,像鸟似的。按照我们的看法,全省再也没有一个人比他更聪明、有教养、彬彬有礼的了。他在中学校读完六年级,然后考进兽医学院,在那儿没有读满半年就被开除了。至于开除的原因,他却一直瞒得很紧,这就使每个有意体谅的人都把我的教育者看成一个受难者,一个有点神秘的人物了。他很少讲话,要讲也只讲些文绉绉的题目,在持斋期间仍然吃荤腥,对周围的生活老是抱着高傲轻蔑的态度,然而这倒没有妨碍他接受我母亲送给他的衣服之类的礼物,也没有妨碍他在我的风筝上画些长着红牙的蠢脸。我母亲不喜欢他的"骄傲",不过对他的聪明才智却是极其佩服的。

客人没有使我们久等。五月初,从火车站驶来两辆大车,上面载满大皮箱。这些皮箱看上去那么堂皇,车夫把它们搬下车来的时候,不由自主地脱掉了帽子。

"大概,"我想,"这些箱子里都是军服和火药吧。……"

为什么有火药呢?多半在我脑子里,将军的概念是同大炮和火药紧密相连的。

五月十日早晨我醒过来,我的保姆就小声通知我说:"你的亲舅舅来了。"我赶紧穿上衣服,好歹漱洗一下,没有祷告上帝就飞出卧室门外去了。在前厅,我碰见一位高大壮实的先生,留着体面的络腮胡子,穿着讲究的大衣。我诚惶诚恐,吓得要死,走到他跟前,想起母亲规定的礼节,就在他面前把脚跟并拢,深深一鞠躬,再探出身子要吻他的手,可是那位先生不让我吻他的手,而且声明说他不是我的舅舅,而是舅舅的听差彼得。这个彼得的装束远比我和波别季姆斯基阔绰,他这种外貌使我极其吃惊,而且说实话,直到今天也还使我吃惊呢。难道这样庄重可敬的人,面容如此聪明严峻,竟然会是个仆役?那是为什么呢?

彼得对我说,舅舅和母亲到花园里去了。我就往花园跑去。

自然景物不知道公达索夫家族的历史和我舅舅的官品,因而比我自由得多,也随便得多。花园里热闹得很,只有市集上才会有那样的光景。无数椋鸟从天而降,划破空气,在林荫道上蹦蹦跳跳,又叫又吵地追逐金龟子。丁香丛中有成群的麻雀,从那儿,温柔芬芳的花朵直扑到人脸上来。不管往哪儿走,到处都响着黄莺的歌声,戴胜鸟和青鹰的尖叫。换了在别的时候,我就会开始追逐蜻蜓,或者拿起石块往乌鸦身上扔过去,这时候正有一只乌鸦立在白杨树下不高的干草垛上,把它的宽嘴扭到一边。可是现在我没有心思玩耍。我的心正怦怦地跳,肚子里一阵阵发凉:我正准备去见一个戴着带穗的肩章、手拿明晃晃的军刀、瞪起一对可怕的眼睛的人!

可是请您设想一下我的失望吧！跟我母亲一块儿在花园里散步的，原来是个瘦小的人，装束考究，穿一身白绸衣服，戴一顶白色帽子。他把两只手揣在衣袋里，头往后仰，不时跑到我母亲前面去，看样子完全像是个青年人。他周身有那么多的活力和生气，直到我走近他的身后，看一眼他帽子的边沿，发现他那剪短的头发已经银白，才识破他原来已到老年。庄严的气派也罢，将军的慢条斯理的动作也罢，我一概没看见，只是觉得他像孩子似的活泼好动。我没看到直竖到耳根的高衣领，只见到一个普通的淡蓝色领结。母亲和舅舅在林荫道上散步，谈话。我悄悄走到他们后面，等着他们当中哪一个回过头来看一眼。

"你这个地方真是迷人啊，克拉嘉①！"舅舅说，"多么可爱，多么好！要是我早知道你这儿这样美，那么这些年来我说什么也不会到国外去了。"

舅舅很快地弯下腰去，闻一下郁金香。不管他的眼睛往哪儿看，一切都在他心里引起痴迷和好奇，仿佛他有生以来没见过花园和阳光普照的白昼似的。这个奇怪的人不住动弹，就像身子底下安着弹簧似的，唠唠叨叨讲个不停，不容我母亲插一句嘴。忽然，在林荫道的拐角上，波别季姆斯基从一丛接骨木后面闪出来。他的出现极其出人意外，弄得舅舅吓一跳，退后一步。这一次我的教师穿着他那件漂亮的带袖披风。他穿着这件披风，特别是从后面看上去，很像一架风车。他的模样庄严肃穆。他照西班牙人那样把帽子按在胸口上，往我舅舅跟前跨出一步，鞠个躬，活像小歌剧里的侯爵：身子往前弯而又略为偏向一边。

"大人，我荣幸地向您介绍我自己，"他大声说，"我是您外甥的教员和导师，以前的兽医学院学生，贵族波别季姆斯基！"

---

① 克拉芙季雅的爱称。

教师这样彬彬有礼，使我母亲很满意。她微微一笑，屏息不动，热切地巴望他再说出一些文绉绉的话来，可是我的教师正等舅舅对他的庄严问候作出庄严的回答，就是说，照将军那样说一声"嗯"，对他伸出两个手指头去，不料舅舅和蔼地笑起来，用力握一下他的手，我的教师就心慌意乱，胆怯了。他叽叽咕咕说了句不连贯的话，嗽着喉咙，退到一旁去了。

"嗯，这不是很有意思吗？"舅舅笑道，"你瞧，他穿上那件披风，自以为是个很聪明的人呢！我倒喜欢这个，我敢对上帝起誓！……要知道，在他身上，在那件可笑的披风上，表现出多少年轻人的自负和生气啊！可是这是谁家的孩子？"他忽然转过身来，看见我，问道。

"这是我的安德留宪卡，"母亲向舅舅介绍我说，脸红了，"他给了我安慰。……"

我在沙地上把两个鞋跟并拢，深深一鞠躬。

"好小子……好小子……"舅舅喃喃地说着，从我的嘴唇上收回他的手，摩挲我的头，"你叫安德留宪卡？好，好……嗯，是啊……我敢对上帝起誓。……你在念书吗？"

我母亲跟所有的母亲一样，加枝添叶，夸大其词地开始叙述我的学业成绩和良好品行。我呢，在舅舅身旁走动，按照礼节不住地向他深深地鞠躬。等到我母亲开始抛出钓钩，试探地说起我既然有出色的才能，那就不妨进入中等武备学校，享受官费待遇，而我按照礼节，必须哭哭啼啼，请求舅舅说情的时候，舅舅忽然停住脚，吃惊地摊开两只手。

"圣徒啊！这是谁？"他问。

原来我们的管家费多尔·彼得罗维奇的妻子达契雅娜·伊凡诺芙娜，正顺着林荫道照直向我们这边走来。她拿着一条上过浆的白衬裙和一块长方的熨衣板。她走过我们身边，透过睫毛朝客人羞怯地看一眼,脸红了。

"这儿的奇迹层出不穷啊……"舅舅从牙缝里吐出这么一句话,亲切地瞧着她的后影,"你这儿,姐姐,每走一步都会遇上一件出人意外的事……我敢对上帝起誓。"

"她是我们这儿的美人……"母亲说,"这是经人说媒,由费多尔从城郊那边把她娶来的……离这儿有一百俄里呢。……"

达契雅娜·伊凡诺芙娜并不是每个人都会称之为美人的。她是个娇小丰满的女人,年纪二十岁上下,身材匀称,眉毛乌黑,老是面色红润,模样动人,然而她的脸容和她的全身却没有一个重大的特征,没有一个大胆的线条足以引人瞩目,仿佛大自然创造她的时候,缺乏灵感和信心似的。达契雅娜·伊凡诺芙娜羞怯,腼腆,品行端正,走路轻柔平稳,很少说话,难得发笑,她的全部生活就跟她的脸和梳光的头发那样平和而安稳。舅舅眯细眼睛瞧着她的后影,微笑着。母亲定睛细看他那张含笑的脸,变得严肃起来。

"那么您,兄弟,至今还没有结婚!"她说,叹口气。

"没有结婚。……"

"什么缘故呢?"母亲轻声问道。

"该怎么对你说好呢,这是生活造成的。我年轻的时候只知道埋头工作,顾不上生活。等到我想要生活,回头一看,已经五十年过去了。我没来得及结婚!不过,谈这些……是乏味的。"

母亲和舅舅同声叹口气,往前走去。我却离开他们,跑去找我的教师,想跟他谈谈我的印象。波别季姆斯基在院子当中站着,庄严地瞧着天空。

"看得出来,他是个很有教养的人!"他摇头晃脑地说,"我希望我能跟他相处得好。"

过了一个钟头,母亲走到我们的房间里来。

"我的亲人,我愁死了,"她开口说,长吁短叹,"要知道,我弟弟是带着听差一块儿来的,可是像那样的听差,求上帝保佑他吧,既不好让他住在厨房里,也不好把他安置在前厅里,非给他一个单独的房间不可。我想不出该怎么办!也许只好这样:孩子们,你们能不能暂时搬到厢房去跟费多尔同住？把你们的房间让给那个听差住,怎么样？"

我们回答说完全同意,因为住在厢房比住在正房,处在母亲眼皮底下,要自由得多。

"简直愁死人了!"母亲继续说,"我的弟弟说他不在中午吃中饭,而要按京城的规矩,下午六点多钟才吃中饭。我简直愁得晕头转向!要知道,到七点钟,中饭的菜可就要在炉子上炖过头了。真的,男人哪怕有很大的聪明才智,对家务事也总是一窍不通。活该我倒霉,只好做两次中饭。你们,孩子们,照旧中午吃中饭。我这个老太婆只好熬到七点钟陪我的亲弟弟吃饭。"

接着,母亲长叹一声,吩咐我要博得舅舅的欢心,说上帝是为了叫我交好运才打发他来的,然后她就跑到厨房去了。当天,我和波别季姆斯基就搬到厢房里去了。他们把我们安置在一个穿堂屋里,在前堂和总管的卧室之间。

尽管舅舅光临,而且我们搬到新住处来,可是生活却出人意外,仍然跟先前一样疲沓而单调。"由于有客",我们就不再上课念书。波别季姆斯基素来什么书也不看,什么事也不干,这时候照例在床上坐着,长鼻子在空中晃来晃去,不知在思索什么。偶尔他下床来试新衣服,过后就又坐上床,一言不发,专心思索。只有一种东西惹得他心烦,那就是苍蝇,他总是无情地伸出手掌把它们拍死。饭后他照例"休息",于是鼾声大起,弄得整个庄园人人发愁。我一天到晚在花园里跑来跑去,或者在厢房里坐着糊风筝。舅舅呢,在最初的两三个星期,我们是很少看到的。他成天价在房间里坐着工作,不顾苍蝇和炎热。他总是坐着不动,像是跟桌子粘在一起了,这种异乎寻常的功夫给我们留下这样的印象:仿佛他在玩一种无法解释的魔术。对我们这些从来没有进行过有系统的工作的懒汉来说,他那种喜爱劳动的习惯简直就是一种奇迹。早晨九点钟光景他醒过来,就在桌旁坐下,不到吃中饭不站起来,吃过中饭后又着手工作,一直做到深夜。每逢我从钥匙眼里偷偷瞧他,我看见的总是那么一幅一成不变的画面:舅舅在伏案工作。工作的情形是这样:他一只手写字,另一只手翻书,而且说来奇怪,他周身都在动:一条腿晃来晃去像钟摆,嘴里不住吹口哨,而且点着头打拍子。这时候他的模样极其随便,轻浮,好像他不是在工作,而是在做游戏。每次我都看见他穿着考究的短上衣,打着潇洒的领结。他身上老是有一种女人常用的香水的清香,甚至隔着钥匙眼也可以闻出来。他只有吃饭的时候才走出房间来,然而他的胃口总是不好。

"我不明白我的弟弟是怎么回事!"母亲抱怨他说,"我每天都特地为他宰一只火鸡和几只鸽子,又亲手给他做糖煮水果,可是他喝上一盆清汤,吃上一小块像手指头那么大的肉,就从桌旁站起来了。我央告他再吃一点,他就回到桌旁,喝一点牛奶。可是牛奶又算得了什么呢?跟泔水差不多!吃这么点东西会饿死的。……我就劝他,可是他光是笑,说两句打趣的话。……是啊,他,这个亲人,不喜欢我们的菜!"

傍晚倒过得比白天快活得多。照例,等到太阳落下去,院子里铺开长长的阴影,我们,也就是达契雅娜·伊凡诺芙娜、波别季姆斯基和我,总是在厢房的门廊上坐着。到天黑为止,我们一直沉默不语。再者,所有的话既然都已经谈完,还有什么可谈的呢?只有一件事是新闻:那就是舅舅的光临,可是就连这个题目不久也谈得无可再谈了。教师老是目不转睛地瞧着达契雅娜·伊凡诺芙娜,深深地叹息。……那时候我不了解这些叹息,没有深究它们的含意,现在我才明白其中是大有文章的。

等到地上的一个个阴影合成一大片,管家费多尔才打完猎回来,或者从田野上回来。我觉得这费多尔是个野蛮、甚至可怕的人。他是伊久姆城一个归化俄罗斯的茨冈人的儿子,肤色黝黑,眼睛又大又黑,头发卷曲,胡子蓬松,我们柯楚耶甫卡村的农民一概叫他"魔鬼"。再者,除了相貌以外,他的性情也有许多地方像茨冈人。例如,他不能守在家里,成天价在田野上过,或者出外打猎。他阴沉,暴躁,不爱讲话,什么人也不怕,不承认有谁可以支配他。他对母亲态度粗鲁,对我称呼"你",看不起波别季姆斯基的学问。所有这些,我们都原谅他了,认为他是个容易发脾气的和病态的人。可是我母亲喜欢他,因为他尽管有茨冈人的天性,却极其诚实,工作勤恳。他按照茨冈人那样热烈地爱他的达契雅娜·伊凡诺芙娜,不过他把这种爱情表现得那么阴沉,仿佛在受苦似的。他在我们面前从不跟他的妻子亲热,反而对她恶狠狠地瞪起眼睛,撇着嘴。

他从野外回来,总是恶狠狠地把他的枪支咚的一声放在厢房里,然后走出来,到门廊上我们身边,挨着他的妻子坐下。他歇一口气,问她几句关于家务方面的话,就此闷声不响了。

"我们来唱歌吧。"我提议说。

教师就调理六弦琴的琴弦,然后用教堂诵经士那种浓重的男低音唱起《在山谷中》。歌唱就开始了。教师唱男低音,费多尔唱男高音,却低得几乎听不见,我唱儿童最高音,给达契雅娜·伊凡诺芙娜伴唱。

等到整个天空布满繁星,青蛙不再聒噪,厨房里的人就给我们送晚饭来。我们走进厢房,开始吃饭。教师和茨冈人狼吞虎咽,嘴里嘎吱嘎吱响,叫人分不清,这究竟是肉骨头在响,还是他们的颚骨在响。我和达契雅娜·伊凡诺芙娜几乎吃不完我们分内的饭菜。晚饭后,厢房就沉入酣畅的睡乡了。

有一回,那是五月末,我们正在门廊上坐着等晚饭,忽然有个阴影闪一下,公达索夫在我们面前出现了,像是从地里钻出来似的。他瞅了我们很久,然后把两只手一拍,快活地笑起来。

"田园诗!"他说,"他们在对着月亮唱歌,幻想呢!美极了,我敢对上帝起誓!我可以跟你们一块儿坐着幻想吗?"

我们沉默着,面面相觑。舅舅在下边一层台阶上坐下,打个呵欠,瞧着天空。紧跟着是沉默。波别季姆斯基早就打算跟新来的人谈谈天,看见机会来了,不由得暗暗高兴,就头一个打破沉默。他谈学问,只有一个题目,那就是兽疫。有时候,您夹在千千万万人当中,不知什么缘故,在那千千万万张脸当中,却只有一张脸久久地印在您的记忆里,波别季姆斯基也是这样,他在兽医学院那半年听到的全部课文当中,只记住了一段:

"兽疫为国民经济带来极大损害。社会应当与政府共同对它进行斗争。"

我的教师对公达索夫讲出这段话以前,嗽了三次喉咙,有好几次激动得把身上的披风裹一裹紧。舅舅听到有关兽疫的这段话,就定睛瞧着我的教师,从鼻子里发出笑声。

"真的,这很有意思……"他喃喃地说,仔细地看我们,就像看商店橱窗里的模特儿似的,"这才是生活。……的确,现实就应当是这样。可是您怎么不说话呢,彼拉盖雅·伊凡诺芙娜?"他转过身去对达契雅娜·伊凡诺芙娜说。

她窘了,咳嗽一声。

"你们谈话吧,诸位先生,唱吧……玩吧!不要错过时机。要知道该死的光阴在飞跑,不等人呢!我敢对上帝起誓,你们来不及回头看一眼,老年可就到了。……那时候再要生活就迟了。事情就是这样,彼拉盖雅·伊凡诺芙娜。……不应当坐着不动,一句话也不说呀。……"

这时候厨房里的人送晚饭来了。舅舅跟着我们走进厢房。有这伙人在一起,他吃了五个煎奶渣饼和一个鸭翅膀。他吃着菜,瞧着我们。我们这些人在他心里引起了欢乐和温情。不管我终生难忘的教师说什么样的傻话,也不管达契雅娜·伊凡诺芙娜做什么事,他都认为有意思,美妙得很。晚饭后,达契雅娜·伊凡诺芙娜在墙角温顺地坐下,动手做毛线活,他就目不转睛地瞧着她的小手指头,唠唠叨叨讲个不停。

"你们,朋友们,要抓紧时间赶快生活……"他说,"求上帝保佑你们,千万不要为了将来而牺牲现在!现在有青春,有健康,有热情,将来却是骗局,是一股烟!二十岁一到,就该开始生活才对。"

达契雅娜·伊凡诺芙娜失手掉下一根织针。舅舅就跳起来,拾起织针,一鞠躬,递给达契雅娜·伊凡诺芙娜。我这才第一次知道,原来世界上还有比波别季姆斯基更文雅的人呢。

"是啊……"舅舅接着说,"你们恋爱吧,结婚吧……做傻事吧。做傻事比我们努力追求合理的生活要有生气得多,也健康得多。"

舅舅讲了很多,很久,惹得我们都厌烦了。我坐在旁边一口箱子上,听着他讲话,打起盹来。这段时间他始终没有理睬过我,这使我心里不好受。深夜两点钟他才从厢房里走出去,那时候我已经困得要命,睡熟了。

从这时候起,每逢傍晚,舅舅总到我们厢房来。他跟我们一起歌唱,吃晚饭,每次都要坐到两点钟才走,唠唠叨叨讲个不停,所讲的总是老一套。他傍晚和深夜的工作,已经丢开不干了。到六月末,枢密顾问官吃惯我母亲的火鸡和糖煮水果,索性连白天的工作也丢开不干了。舅舅离开书桌,一头扎进"生活"里去。他白天在花园里走来走去,嘴里吹着口哨,妨碍工人们干活,硬逼他们给他讲各式各样的事情。每逢他抬起眼睛瞧见达契雅娜·伊凡诺芙娜,他就跑到她跟前,要是她拿着什么东西,就要帮她拿,弄得她非常窘。

随着盛夏季节逐渐来到,我的舅舅变得越来越轻率,浮躁,随便。波别季姆斯基对他大失所望。

"这个人太缺乏见识……"他说,"丝毫也看不出他官品很高。连话也不会说。每说一句话都要添上条尾巴:'我敢对上帝起誓。'不,我不喜欢他!"

自从舅舅开始访问我们的厢房以来,费多尔和我的教师发生了显著的变化。费多尔不再出外打猎,很早就回到家来,变得越发沉默寡言,不知怎的,特别凶恶地睁大眼睛瞪着他的妻子。教师也不再在舅舅面前谈兽疫,他皱起眉头,甚至冷笑。

"我们的灰毛公马①来了!"有一回他看见舅舅朝厢房走来,就嘟哝了一句。

我把他们两人的这种变化解释做他们生舅舅的气。心不在焉的舅舅总是把他们名字叫混,直到他临行为止,始终没有分清楚教师叫什么,达契雅娜·伊凡诺芙娜的丈夫叫什么。他对达契雅娜·伊凡诺芙娜本人也时而叫娜斯达霞,时而叫彼拉盖雅,时而叫叶芙多嘉。他固然为我们所感动,赞赏我们,可是他总是呵呵地笑,对我们像对小孩子似的。……所有这些,当然,都可能使得那两个年轻人感到委屈。然而问题不在于自尊心受到伤害;依我现在的体会,其实在于一种更为细腻的感情。

我记得,有一天傍晚我在箱子上坐着,跟睡意挣扎。我的眼皮似乎涂上一层黏糊糊的糨子。我跑了一整天,身子劳乏得往一边

---

① 借喻"老色鬼"。

歪着。然而我克制睡意,极力睁开眼睛看。那时候已经将近午夜。达契雅娜·伊凡诺芙娜像往常一样面色红润,神态温顺,在一张小小的桌子旁边坐着,给她丈夫做衬衫。费多尔在一个墙角,瞪起眼睛瞧着她,脸色阴沉,闷闷不乐。波别季姆斯基在另一个墙角坐着,把脸藏在他衬衫的高衣领里,愤愤地喘气。舅舅从这个墙角走到那个墙角,正在想心思。四下里一片沉寂,人们只能听见达契雅娜·伊凡诺芙娜手里的麻布窸窸窣窣响。忽然,舅舅在达契雅娜·伊凡诺芙娜面前停住脚,说:

"你们都这样年轻,朝气蓬勃,好得很,你们都在这种恬静的环境里生活得逍遥自在,我都嫉妒你们了。我已经留恋你们这种生活,我一想起我得离开这儿走掉,我的心就痛了。……你们要相信我说的是真心话!"

睡意封上我的眼睛,我昏昏入睡了。后来有个什么响声把我惊醒,舅舅正站在达契雅娜·伊凡诺芙娜面前,温存地瞧着她。他脸上泛起了红晕。

"我这一生白白过去了,"他说,"我没有生活过!您年轻的脸叫我想起我那虚度的青春。我情愿坐在这儿瞧着您,直到我死。我恨不得带着您到彼得堡去才好。"

"这是为什么?"费多尔用沙哑的声调问道。

"我会把您放在我的书桌上,放在玻璃罩里,欣赏您,而且要别人来看您。您知道,彼拉盖雅·伊凡诺芙娜,像您这样的人,在我们那边是没有的。我们那边有富裕,有声望,偶尔也有美丽,可是没有这种真正的生活……没有这种健康的安谧。……"

舅舅在达契雅娜·伊凡诺芙娜面前坐下,拉住她的手。

"您不愿意跟我到彼得堡去吗?"他笑着说,"既是这样,您至少把这只小手伸给我吧。……可爱的小手!您不肯伸给我?哎,您这个吝啬的人,至少也该容许我吻它一下。……"

这时候,一把椅子咔嚓一响。费多尔跳起来,迈开匀称而沉重的步子走到他妻子跟前。他脸色灰白,颤抖着。他抡起胳膊,一拳头砸在小桌子上,用低沉的声调说:

"我不答应!"

跟他同时,波别季姆斯基也从椅子上跳起来。他也脸色煞白,怒容满面,往达契雅娜·伊凡诺芙娜那边走去,也一拳头砸在小桌子上。……

"我……我不容许!"他说。

"什么?怎么回事?"舅舅诧异地说。

"我不答应!"费多尔捶着桌子,又说一遍。

舅舅跳起来,胆怯地眨巴眼睛。他想说话,可是他惊愕而恐慌,一句话也没说出来,光是困窘地笑一笑,踩着老年人的碎步从厢房走出去,把帽子丢在我们这儿没拿走。过了一会儿,惊慌不安的母亲跑进厢房来,当时费多尔和波别季姆斯基仍然像铁匠抡铁锤似的用拳头擂着桌子,说:"我不答应!"

"你们这儿出了什么事?"母亲问,"为什么我弟弟不舒服了?怎么回事?"

母亲看了看面色苍白和神情惊恐的达契雅娜·伊凡诺芙娜,看了看她那怒气不息的丈夫,大概猜出问题在哪儿了。她叹口气,摇摇头。

"得了,得了,不用砰砰响地敲桌子!"她说,"住手,费多尔!不过您为什么也敲桌子,叶果尔·阿历克塞耶维奇?这跟您有什么相干?"

波别季姆斯基醒悟过来,窘住了。费多尔定睛瞧瞧他,又瞧瞧他的妻子,随后在房间里走来走去。等到母亲从厢房里走出去,我看见了很久以后我还认为是梦境的一个场面。我看见费多尔一把抓住我的教师,把他举到空中,扔出门外去了。……

临到我早晨醒过来,教师的床却是空的。我就问,教师到哪儿去了,保姆小声告诉我说,教师的一条胳膊摔断,一清早就给送到医院去了。我听到这个消息,心里很不好受,想起了昨天闹的事,就走到院子里去。这天天气阴霾。天空乌云密布,风在地上流动,卷起了地上的灰尘、纸片、羽毛。看样子快要下雨了。人和牲畜都流露出烦闷无聊的神态。等到我走进正房,就有人要求我把脚步声放轻,说我母亲害偏头痛,在床上躺着。我干什么好呢?我走到大门外,在那儿一条长凳上坐下,开始揣摩我昨天看见和听见的事情的含意。我们的大门外有条路,绕过铁匠铺和永不干涸的水塘,接上那条广阔的驿道。……我瞧着电线杆,四周有尘土飞扬,瞧着立在电线上昏昏欲睡的鸟雀,忽然觉得那么烦闷,就哭起来了。

驿道上有一辆扑满尘土的敞篷马车驶过,满载着城里人,大概是去朝圣的。那辆敞篷马车还没来得及从我眼睛里消失,就有一辆轻便的四轮马车出现,由两匹马拉着。区警察局长阿基木·尼基契奇站在车上,用手拉住车夫的腰带。使我大吃一惊的是那辆马车转一个弯,驶到我们这条路上来,飞速地经过我身边,进了大门。我正纳闷,不知道区警察局长跑到我们这儿来干什么,不料又响起辘辘声,路上又出现一辆三套马马车。县警察局长在那辆马车上站着,对车夫指着我们家大门口。

"这是什么缘故?"我打量着身上扑满尘土的县警察局长,暗想,"多半波别季姆斯基在他们那儿告了费多尔的状,他们是来抓他,把他送进监牢里去的。"

然而这个谜却不那么容易解开。区警察局长和县警察局长的到来,还仅仅是前奏而已,因为没过五分钟,又有一辆轿式马车驶进了我们家的大门。它那么快地闪过我眼前,我虽然往车窗里瞧一眼,却只看见一把棕红色的胡子。

我怎么也猜不透这是怎么回事,又预感到要发生什么祸事,就跑到正房去。在前厅,我首先看见我的母亲。她脸色苍白,战战兢兢地瞧着一个房门,从门里传出男人的说话声。当时她的偏头痛正闹得厉害,那些客人却出其不意地来找她了。

"谁来了,妈妈?"我问。

"姐姐!"舅舅的声音响起来,"你给我和省长拿点吃的来!"

"说说倒容易:拿点吃的来!"母亲小声说,吓得发愣,"我现在可怎么来得及准备?我活到这把年纪却要出丑了!"

母亲抱住头,跑到厨房去了。省长猝然光降,惊动了整个庄园,把人都吓呆了。随后就发生了残酷的屠杀。他们一连宰了十来只母鸡、五只火鸡、八只鸭子,仓促中,我们鹅群的鼻祖,我母亲珍爱的一只老公鹅,也给砍掉了脑袋。车夫和厨师好像昏了头,胡乱地杀那些家禽,既不管大小,也不顾品种。为了烹调一种什么酱汁,我那一对贵重的翻飞鸽也死于非命,而我珍爱它们却不下于母亲珍爱那只老公鹅。我瞧着它们,很久都不能原谅那个省长。

傍晚省长和他的随从人员酒足饭饱,坐上各自的马车,告辞而去。我就走进正房,看一看隆重的酒宴剩下的饭菜。我从前厅往大厅里看一眼,瞧见了舅舅和母亲。舅舅把手抄在背后,烦躁地沿着墙脚走来走去,不住耸肩膀。母亲筋疲力尽,瘦了许多,在长沙发上坐着,她病态的眼睛跟踪着她弟弟的动作。

"对不起,姐姐,不过这样是不行的……"舅舅皱眉蹙额,唠叨说,"刚才我把你介绍给省长,你却不伸出手跟他握手!你弄得他,那个不幸的人,很狼狈!不,这是不行的。……朴素是好事,不过要知道,也得有个限度……我敢对上帝起誓。……还有这顿饭!难道可以请人吃这种菜吗?比方说,他们端上来的那第四道菜是什么玩意儿?"

"那是甜汁鸭子……"母亲轻声回答说。

"鸭子。……对不起,姐姐,我……我胃气痛!我害病了!"

舅舅做出一副愁苦得要哭的脸相,接着说:

"是魔鬼把那个省长支使来的!我才不稀罕他来拜访我!哎哟……胃气痛啊!我没法睡觉,没法工作。……我完全垮下来了。……我真不懂,在这儿,在这个无聊的地方……你们怎么能不干工作而活下去!瞧,我胸口底下痛起来了!……"

舅舅皱起眉头,加快步子走来走去。

"弟弟,"母亲轻声问道,"出国一趟要用多少钱?"

"至少也要三千哟……"舅舅带着哭音说,"我倒想出国,可是上哪儿去找钱呢?我身上一文钱也没有!哎哟……胃气痛啊!"

舅舅停住脚,愁闷地瞧了瞧灰色而阴霾的窗外景色,就又走来走去。

紧跟着是沉默。……母亲久久地瞅着圣像,心里盘算着什么,后来她哭起来,说:

"我,弟弟,给您三千好了。……"

大约过了三天,那些堂皇的箱子运到火车站去了,随后枢密顾问官也坐车走了。他同母亲告别的时候,哭起来,久久地吻着她的手而不肯放开,可是等到他坐上马车,他的脸上却又闪着孩子气的欢乐了。……他眉开眼笑,感到幸福,在车上尽力坐得舒服点,临别向我那哭泣的母亲吻手示意,随后出人意外,突然把他的目光停在我身上。他的脸上现出极其惊讶的神情。

"这是谁家的孩子?"他问。

我母亲一再对我说过上帝是为了让我交好运才打发舅舅来的,如今她听见这句话,伤心透了。不过我却没有心思听那句问话。我瞧着舅舅那幸福的脸,不知什么缘故,非常怜惜他。我忍不住跳上马车,热烈地拥抱这个跟所有的人一样轻浮而软弱的人。我瞧着他的眼睛,想说一句愉快的话,就问:

57

"舅舅,您打过仗吗? 总打过一次吧?"

"哎,这个可爱的孩子……"舅舅说,笑起来,吻我,"真是个可爱的孩子,我敢对上帝起誓。所有这些都那么自然,那么生气勃勃……我敢对上帝起誓。……"

那辆马车走了。……我瞧着它的后影,他那句临别的"我敢对上帝起誓"久久地在我的耳际响着。

城 外 一 日

一场小戏

早晨八点多钟。

一大块灰色的乌云迎着太阳爬过去。在乌云上,时而这儿,时而那儿,闪出一道道电光,像是红色的锯齿。远处传来隆隆的雷声。热风戏弄青草,压弯树木,卷起灰尘。马上就要下一场五月的雨,一场真正的暴风雨就要开始了。

以乞讨为生的六岁小姑娘费克拉在村子里跑来跑去,寻找鞋匠捷连契。姑娘头发淡黄,光着脚,这时候脸色发白。她的眼睛张大,嘴唇颤抖。

"大叔,捷连契在哪儿?"她逢人就问。谁也没有回答她。大家都关心暴风雨就要来了,纷纷躲到各自的小木房里去。最后她碰见教堂工友西兰契·西雷奇,他是捷连契的好朋友。他走过来,让风吹得摇摇晃晃。

"大叔,捷连契在哪儿?"

"在菜园子里。"西兰契回答说。

讨饭的小姑娘就跑到小木房背后的菜园子里,在那儿找到了捷连契。鞋匠捷连契是个高身量的老人,瘦脸上生着麻子,腿很长,光着脚,身穿一件破烂的女人上衣,这时候在菜畦旁边站着,举起昏花的醉眼眺望乌云。他的身子由仙鹤般的长腿支着,在风中摇摇晃晃,像是一个椋鸟巢。

"捷连契大叔!"淡黄色头发的讨饭姑娘对他说,"大叔,亲人!"

捷连契弯下腰来凑近费克拉,他那严厉的醉脸上铺开了笑容,人只有在看见一个傻里傻气,却又极其可爱的小东西的时候才会露出这样的笑容。

"啊,啊……上帝的奴隶费克拉!"他学着小孩的腔调温柔地说,"上帝是从哪儿把你打发来的?"

"捷连契大叔,"费克拉拽住鞋匠的衣襟,哭着说,"哥哥丹尼尔卡惹祸了!我们快去吧!"

"惹了什么祸?哎呀,好响的雷!神圣的,神圣的,神圣的。①……什么祸呀?"

"丹尼尔卡在伯爵的树林里,把一只手伸进树窟窿里,现在拔不出来了。去吧,大叔,你行行好,给他把手拔出来!"

"他怎么会把手伸进去的?干吗伸进去?"

"他想替我从树窟窿里掏出一个杜鹃蛋来。"

"今儿这一天还刚刚开头,你们就闹出了乱子……"捷连契摇着头说,慢腾腾地吐唾沫,"得,现在叫我拿你怎么办呢?只好去吧。……只好去吧,巴不得叫狼吃了你们才好,这些淘气的孩子!咱们走,孤儿!"

捷连契就从菜园里走出去,抬高他的长腿,沿着街道大踏步走下去。他走得快,既不看两旁,也不停住脚,好像有人在后头推他,或者威胁着要追上来似的。讨饭的姑娘费克拉在后边几乎跟不上他。

两个旅伴走出村外,顺着尘土飞扬的道路往远处伯爵的那片

---

① 宗教用语,祈求平安的祷词。

颜色发青的小丛林走去。这儿到那边有两俄里远。乌云已经遮蔽太阳,不久天空就连一小块蔚蓝的地方也没有了。天黑下来。

"神圣的,神圣的,神圣的。"费克拉紧紧地跟在捷连契身后,小声念着。

头一批又大又重的雨点落在铺满尘土的道路上,印下了一个个黑斑。有一颗大雨点落在费克拉脸上,像泪水似的淌下来,一直淌到她的下巴上。

"下起雨来了!"鞋匠咕哝说,他那双骨瘦如柴的光脚扬起尘土,"这要感谢上帝,小家伙费克拉。青草和树木靠雨水活着,就跟我们靠面包活着一样。讲到打雷,那你不要怕,小孤儿。雷何苦来劈死你这么一个小不点儿呢?"

天一下雨,风就住了。只有雨声哗哗地响,像散弹那样打着地里的嫩黑麦和干燥的道路。

"我和你都得淋湿,费克拉!"捷连契咕哝说,"身上别想有一块干地方了。……哈哈,小家伙!雨水顺着脖子流下去了!可是你不要怕,傻姑娘。……草会干,地会干,我和你也会干的。太阳虽说只有一个,可是它照着世上的万物呢。"

闪电在两个旅伴的头上一亮,大约有两俄丈长。隆隆的雷声响起来,费克拉觉得好像有个东西又大又重,而且似乎是圆的,在天空滚转,正好在她头顶上撞破天空,掉下来了!

"神圣的,神圣的,神圣的……"捷连契念道,在胸前画十字,"你不要怕,小孤儿!天打雷不是因为生气。"

鞋匠和费克拉的脚上沾满一块块沉重的烂泥。走路吃力,路又滑,可是捷连契越走越快。……矮小孱弱的讨饭姑娘走得上气不接下气,几乎跌倒。

可是后来他们总算走进了伯爵的丛林。那些树木淋过雨,让猛然袭来的大风一刮,向他们身上灌下水来。捷连契脚底下常绊着树桩,就渐渐走得慢了。

"丹尼尔卡在哪儿?"他问,"你把我领到他那儿去!"

费克拉领着他走进密林里,又走了四分之一俄里,才把丹尼尔卡指给他看。她哥哥是个八岁的小男孩,头发像赭石那么红,脸色苍白,带着病容,这时候站在那儿,身子靠着一棵树,歪着头,斜起眼睛看着天空。他一只手抓住破旧的小帽子,另一只手藏在一棵老椴树的树洞里。男孩仔细观看打雷的天空,显然对他自己的灾难不以为意。他听见脚步声,看见了鞋匠,就苦笑着,说:

"打雷打得好响啊,捷连契!这样的雷我从没见过。……"

"你的手在哪儿?"

"在树洞里。……你行行好,把它拉出来吧,捷连契!"

树洞的边缘有裂口,夹住丹尼尔卡的手:再往里伸倒可以,要抽出来却怎么也不行。捷连契拆下碎片,男孩的又红又皱的手就抽出来了。

"雷打得好响!"男孩又说一遍,搔了搔手,"天上怎么会打雷的,捷连契?"

"这块乌云撞那块乌云呗……"鞋匠说。

三个旅伴从树林里走出来,沿着林边空地往乌黑的路上走去。雷声渐渐小下去,隆隆声已经变远,在村子另一边响着。

"这儿,捷连契,前几天有野鸭飞过……"丹尼尔卡说,仍然在搔他的手,"它们多半在'烂泥滩'那块沼泽地里停下了。费克拉,你要我带你去看夜莺的窝吗?"

"你别碰它,要不然你会惊了那些鸟儿……"捷连契说着,把他帽子上的水拧出来,"夜莺是唱歌的鸟儿,没有罪过。……它长着那样的嗓子,就为了赞美上帝,给人解闷的。惊了它,那可是罪过。"

"那么麻雀呢?"

"惊了麻雀倒没关系,这种鸟心肠歹毒,狡猾。它脑子里那些想法跟骗子差不多。它不喜欢让人过好日子。当初基督给钉在十字架上的时候,它们衔钉子给那些犹太人,还叫道:'活活钉死!活活钉死!'"

天上露出淡蓝色的一块地方。

"快来看啊!"捷连契说,"一个蚂蚁窝给冲开了!那些小坏包都让水淹了!"

几个旅伴就弯下腰去凑近蚂蚁窝看。洪水冲毁了蚂蚁的住处。那些虫子惶惶不安地在泥地上乱爬,在它们淹死的同伴身旁忙忙碌碌。

"你们不会出事,死不了!"鞋匠笑着说,"只要太阳一出来,你们就会活过来。……这对你们这些傻瓜也是个教训。下一回你们就不会住在低处了。……"

他们往前走去。

"这儿有蜜蜂!"丹尼尔卡指着一棵小橡树的枝子,叫道。

枝子上停着好些蜜蜂,淋了雨,受着冻,彼此紧紧地依偎着。那些蜂多极了,连树皮和树叶都被它们盖住,看不见了。许多蜂爬到别的蜂身上去。

"这是蜂群,"捷连契教导说,"它本来飞着找住处,一淋雨就停下了。要是蜂群在飞,只要给它洒上水,它就会停下。现在,比方说,如果你要把它们捉去,你就把那根有蜂群的枝子塞进一个口袋里,抖搂几下,它们就全掉在里头了。"

小费克拉忽然皱起眉头,使劲搔脖子。她的哥哥看看她的脖子,瞧见上面肿了一大块。

"嘻嘻!"鞋匠笑着说,"你可知道,小家伙费克拉,这个灾难是怎么来的?这个树林里有些斑蝥停在树上。水从它们身上流过,正好滴在你脖子上,所以就肿了一大块。"

太阳从云层里钻出来,温暖的阳光倾泻在树林上,田野上,我们这些旅伴身上。严峻的乌云已经走远,把暴风雨也带走了。空气变得温暖而芬芳。空中弥漫着稠李、甜苜蓿、铃兰的清香。

"鼻子出血的时候,就用这种野草来治,"捷连契指着一朵毛茸茸的小花说,"一治就灵。……"

这时候响起了呼啸声和隆隆声,然而不是刚才雨云带走的雷声。一列载货的火车在捷连契、丹尼尔卡、费克拉眼前飞驰过去。火车头喷着汽,冒出黑烟,拖着后面二十几节车。它的力量非同小可。两个孩子很想知道:火车头既不是活物,又没有马来帮忙,怎么就能自己跑动,而且拉着那么重的货车呢。捷连契就开口对他们解释说:

"这儿,孩子们,关键就在于蒸汽。……蒸汽在干活。……喏,它使劲顶车轮旁边那个东西,那个东西就那个……这个……动起来了。……"

几个旅伴穿过铁道的路基,然后走下路堤,往河边走去。他们不是为办事而赶路,却是眼睛看到哪儿就走到哪儿,一路上不住谈话。丹尼尔卡问,捷连契回答。……

捷连契对一切问题都答得上来,自然界简直没有一种能难倒他的秘密。他知道一切。例如,各种野草、野兽、石头的名字,他全知道。他知道什么草治什么病,毫不困难地认出马或者牛有多大年岁。他瞧着太阳落下去,瞧着月亮,瞧着飞鸟,就能说出明天是什么天气。再者也不单是捷连契一个人这样聪明。西兰契·西雷奇、酒店老板、种菜园的人、牧人,总之全村的人,所知道的都不下于他。这些人不是从书本上,而是在野外,在树林里,在河岸上学来的。是那些为他们歌唱的鸟,在下落的时候留下满天红霞的太阳,那些树木和青草,把他们教会的。

丹尼尔卡瞧着捷连契,贪婪地把他讲的每句话都听进去。春天,在人们还没有厌倦温暖的气候和野外那种单调的碧绿的时候,在一切都新奇,到处都有焕然一新的气息的时候,谁不想听人讲一讲金龟子,讲一讲仙鹤,讲一讲吐穗的麦子和潺潺的小溪呢?

这两个人,鞋匠和孤儿,在野外走着,讲个不停,不感到疲倦。他们恨不得无休无止地走遍天下。他们走着,不住地谈大地的美丽,却没留意到那个矮小孱弱的讨饭姑娘迈着细碎的步子跟在他们身后。她举步费力,气喘吁吁。泪水挂在她的眼睛上。她巴不得离开这两个不知疲倦的游客,可是她能到哪儿去,而且去找谁呢?她既没有家,也没有亲人。不管她愿意不愿意,只能跟着他们走,听他们讲话。

将近中午,三个人在河岸上坐下。丹尼尔卡从袋子里取出一块面包,那块面包已经浸透了水,变成一团面糊了。几个旅伴动嘴吃起来。吃完面包,捷连契就祷告上帝,然后在河岸的沙地上直挺挺地躺下,睡着了。他睡觉的时候,男孩看着河水沉思。他有各式各样的东西可想。不久前他见过雷雨、蜜蜂、蚂蚁、火车,现在他眼前又有些小鱼游来游去。有的小鱼只有一俄寸①多长,有的还不及人的指甲盖长。一条蝮蛇昂起头,从这边河岸往那边河岸游去。

直到傍晚,我们的这几个游客才回到村子里。两个孩子走到谷仓里去过夜。那个谷仓以前用来存放村社的粮食,现在已经废弃不用了。捷连契同他们分手后,动身到酒店去。两个孩子在干草上躺下,互相依偎着,睡觉了。

男孩没有睡着。他瞧着黑暗,觉得好像见到了他白天见到的一切:雨云、明亮的太阳、鸟雀、小鱼、身材细长的捷连契。丰富的印象、疲乏、饥饿起了作用。他浑身发烧,像在火里一样,不住翻身。他很想对别人讲讲他目前在黑暗里看见的那一切使他灵魂激

---

① 1俄寸等于4.4厘米。

动的东西，可又找不到可以交谈的人。费克拉还小，她是不能理解的。

"明天我要跟捷连契讲一下……"男孩暗想。

两个孩子想着无家可归的鞋匠，睡着了。夜间，捷连契走到他们这儿来，在他们胸前画十字，把一块面包放在他们头底下。这样的深情厚谊却没有人看见。也许只有月亮看见了，它正在天空飘游，从房顶的窟窿里亲切地朝那个废弃的谷仓里张望。

在贵族女子寄宿中学里

在热夫节姆夫人的私立贵族女子寄宿中学里,时钟敲了十二下。那些女学生精神委顿,体质很差,这时候互相拉着手,在长廊上规规矩矩地散步。女学监们脸色发黄,长着雀斑,露出极其担心的神情,目不转睛地瞅着女学生们,尽管她们非常安静,却还是不时用法国话叫道:"小姐们!安静!"

在教员室这个最神圣不可侵犯的神秘房间里,热夫节姆本人和数学教员迪利亚文坐在那儿。教员早已教完课,这时候应该走了,可是他留下来,想要求他的上司给他加薪。他知道那个"老滑头"是视钱如命的,就没有开门见山,而是转弯抹角地提出加薪的问题。

"我瞧着您的脸,比扬卡·伊凡诺芙娜,就想起了过去……"他说着,不住叹气,"从前,在我们那个时代,有过多么出色的美人儿!主啊,什么样的美人儿!看得你神魂飘荡哟!可是现在呢?美人儿绝种了!真正的女人如今没有了,都是些,求主饶恕我这么说吧,鹈鸪和鳀鱼。……一个比一个差。……"

"不,现在也有许多漂亮的女人!"热夫节姆口齿不清地说。

"在哪儿呢?您指给我看:在哪儿呢?"迪利亚文激昂地说,"得了吧,比扬卡·伊凡诺芙娜!都因为您心好,您才把大白鳣鱼那样的嘴脸也叫做美人儿,我了解您!请您原谅我打这样的比方,总之,我是真心诚意跟您说这话的。昨天我在音乐会上特意端详那些女人,都是一张张丑脸,一条条罗圈腿!喏,就拿我们这儿的最高班来说吧。要知道那些姑娘都是含苞未放的鲜花,都是到了出嫁年龄的大姑娘,都是所谓的精华,可是怎么样呢?她们一共是十八名,然而连一个好看的也没有!"

"这话就不对了!不管您去问谁,人人都会对您说,我的最高班里有许多长得好看的姑娘。比方柯契金娜啦,伊凡诺娃第二啦,巴尔采娃啦⋯⋯巴尔采娃简直就像画里的美女!我是女人,可是就连我也看得入迷呢。⋯⋯"

"这就怪了⋯⋯"迪利亚文嘟哝说,"她没有什么好看的地方嘛。⋯⋯"

"那对漂亮的黑眼睛!"热夫节姆激动地说,"黑得跟墨一样!您看一看她吧:她⋯⋯她真是十全十美!换了在古时候,人家就会按照她的相貌画女神呢!"

迪利亚文有生以来从没见过像巴尔采娃这样的美人,然而贪图加薪的热望压倒了公正的态度,他继续向那个"老滑头"证明现在没有美人。⋯⋯

"只有见到某个上了年纪的女人的脸,才觉得中看,"他说,"虽然青春和娇嫩是见不到了,可是五官端正的面貌总使人悦目。⋯⋯要紧的是五官端正!可是您那个巴尔采娃的脸上,说不上什么五官,只能说是一种像是酸奶油的东西⋯⋯一种酸溜溜的东西。⋯⋯"

"这是说,您没有仔细打量过她⋯⋯"热夫节姆说,"您应当先仔细打量一下,然后再说话。⋯⋯"

"她没有什么好看的地方嘛。"迪利亚文阴沉地叹道。

热夫节姆跳起来,走到房门口,叫道:

"去把巴尔采娃叫到这儿来!您仔细看一看她,"她离开门口,对教员说,"您要注意她的眼睛,注意她的鼻子。……比那再好看的鼻子全俄国也找不到了。"

过了一会儿,巴尔采娃走进教员室里来。她是个十七岁的姑娘,肤色浅黑,身材苗条,生着一对大大的黑眼睛和一个漂亮的希腊式鼻子。

"您走过来一点……"热夫节姆用严厉的声调对她说,"迪利亚文先生对我抱怨说,您……您对数学课不大用心。一般说来您精神不集中,而且……而且……"

"而且在代数方面您学得很差……"迪利亚文嘟哝说,细看巴尔采娃的脸。

"可耻啊,巴尔采娃!"热夫节姆继续说,"这不好! 难道您希望我把您当小孩子那样惩罚吗? 您已经长大成人,应该给别人做出榜样,不应该举止不得体。……可是……您走过来一点!"

热夫节姆另外还说了许多"老生常谈"。巴尔采娃心不在焉地听她讲话,鼻孔一张一合,眼睛越过迪利亚文的头顶,瞅着窗外。……

"为了她,哪怕牺牲一切都嫌不够哟,"数学教员凝神瞧着她,暗想,"这个姑娘美极了! 她的鼻孔不住扇动,这个淘气鬼。……她感觉到六月间她就要离开学校,自由自在了。……一旦让她走出学校,那么这个热夫节姆也罢,蠢货迪利亚文也罢,代数也罢,她就一概丢在脑后了。……她才不稀罕代数呢! 她需要广阔的天地,灿烂的光辉……需要生活。……"

迪利亚文叹口气,继续想道:

"嘿,这两个鼻孔! 不出一个月,我的代数就全都见鬼去了。……迪利亚文成了灰色而乏味的回忆。……你要是遇见她,她就光是扇动鼻孔,也不跟你打个招呼。她不让马车把你压死,就算你万幸。……"

"只有靠了用功和勤奋才能取得良好的成绩,"热夫节姆继续说,"可是您不用心。……如果将来再有人抱怨您,我就不得不惩罚您了。……可耻!"

"你,天使,不要听这个干巴巴的老柠檬皮的话,"迪利亚文想,"这一点也说不上可耻。……你比我和她加在一起还要好得多呢。"

"走吧!"热夫节姆厉声说道。

巴尔采娃行了个屈膝礼,走出去。

"嗯,怎么样?现在您看清楚了吧?"热夫节姆问。

迪利亚文没听见她的问话,仍然在思索。

"怎么样?"女上司又问一遍,"依您看来,她不好看?"

迪利亚文呆呆地望着热夫节姆,醒悟过来。他想起加薪的事,就打起了精神。

"您就是杀了我,我也找不出一点好看的地方来……"他说,"喏,您上了年纪,可是您的鼻子和眼睛却比她好看得多呢。……我敢凭人格担保。……您照一照镜子嘛!"

最后热夫节姆夫人同意了,于是迪利亚文加了薪。

在别墅里

"我爱您,您是我的生命,我的幸福,总之,是我的一切!请原谅我直言不讳,我没有力量再痛苦,再沉默了。我不求您以爱情回报,只求您怜悯我。今晚八时请到那个旧亭子去。……我认为写出我的姓名是多此一举,可是请不要因为我匿名而担心。我年轻,漂亮……此外您还需要什么呢?"

别墅的住客巴威尔·伊凡内奇·维霍德采夫,这个有妻子儿女而且老成持重的人,读完这封信,耸耸肩膀,纳闷地搔了搔额头。

"这是什么鬼把戏?"他暗想,"我是个结了婚的人,不料忽然来了这么一封古怪而……愚蠢的信!这是谁写的?"

巴威尔·伊凡内奇把这封信放在眼睛前面翻来翻去,又读了一遍,吐了口唾沫。

"'我爱您,'……"他讥诮道,"把我当成小孩子!我真就会一本正经跑到亭子里去找你啊!……我的小妞儿,这种浪漫的事情和恋爱之花①,我早就丢开不干了。……嗯,她一定是个瞎胡闹的、没出息的女人。……哼,这班娘们儿!她一定是个极其风骚的女人,才会给不相识的,而且成了家的男人写这样的信,求主宽恕我这么说吧!真正的伤风败俗!"

---

① 原文为法语。

在八年的婚后生活里,巴威尔·伊凡内奇已经丢开细腻的感情,除了贺信以外从没收到过别的什么信,因此,尽管他在自己面前极力装得神气十足,上述那封信却还是惹得他张皇失措,心情激动。

收到信后过了一个钟头,他在长沙发上躺着,暗想:

"当然,我不是小孩子了,不会跑去赴这种荒唐的幽会①。可是话又说回来,我倒很想知道这信是谁写的。嗯。……看信上的字,毫无疑问,是女人的笔迹。……信也写得诚恳,说的是心里话,所以这未必是开玩笑。……多半是个变态心理的女人或者寡妇吧。……一般说来,寡妇总是轻狂、怪僻的。嗯。……这信会是谁写的呢?"

这个问题特别难于解答,因为在整个别墅区里,巴威尔·伊凡内奇除了妻子以外一个熟识的女人也没有。

"奇怪……"他纳闷地想,"'我爱您'。……不过她是什么时候爱上我的呢?怪女人!她就这么爱上了,突如其来,甚至没有跟我相识,也没弄清楚我是个什么样的人。……要是只见过两三次面就能爱上一个人,那她必是过于年轻,幻想太多。……可是……她是谁呢?"

忽然,巴威尔·伊凡内奇想起昨天和前天他在别墅区散步,有好几次遇见一个年纪很轻的金发女人,生着狮子鼻,穿着浅蓝色的衣服。娇小的金发女人不时瞟他一眼,临到他在长椅上坐下,她也在他身旁坐下。……

"莫非是她?"维霍德采夫暗想,"不可能吧!难道那个温柔②娇小的人儿能够爱上像我这样又老又乏味的鳗鱼?不,这不

---

① 原文为法语。
② 原文为拉丁语。

可能!"

吃午饭的时候,巴威尔·伊凡内奇呆望着妻子,暗自思忖道:

"她写道,她年轻漂亮。……可见她不是老太婆。……嗯。……说真心话,凭良心讲,我也还不算老,不算难看,还没到叫人无法爱的地步。……我的妻子就爱我!再说,爱情是盲目的。……"

"你在想什么?"他妻子问他说。

"没想什么……有点头痛……"巴威尔·伊凡内奇撒谎道。

他暗自断定,如果理睬这封情书之类的无聊玩意儿,那是愚蠢的,他就嘲笑这封信以及写信的女人,然而,呜呼!人类的敌人①是强有力的。饭后,巴威尔·伊凡内奇在床上躺下,却没睡觉,暗自想道:

"要知道,她也许在巴望我去呢!她是个蠢娘们儿!可不是,我想象得出,她在亭子里找不到我,就会心乱如麻,急得腰衬②也会在裙子里颤动!可是我偏不去。……滚她的!"

不过,我要再说一遍,人类的敌人是强有力的。

"然而,出于好奇心或许也不妨去一趟……"别墅的住客过了半个钟头暗想,"去一趟,远远地看一下她是个什么样的人就够了!……瞧一眼倒满有意思的!那倒是个乐子呢!说真的,既然有适当的机会,何不逢场作戏呢?"

巴威尔·伊凡内奇从床上起来,开始穿衣服。

"你打扮得这么漂亮上哪儿去?"他妻子发现他穿上干净的衬衫,扎着时髦的领结,问他。

"没什么。……我想出去走一走。……有点头痛。……嗯。……"

---

① 指宗教传说中的魔鬼(的引诱)。
② 19世纪末西欧上层社会妇女用来垫在腰部,使裙子扩展,借以使体态丰盈的衬垫物。

巴威尔·伊凡内奇穿着停当,等到七点多钟就从家里走出去。他放眼望去,只见夕阳照亮的碧绿背景上,五光十色地点缀着许多消夏的客人,男男女女,打扮得漂漂亮亮,他的心就怦怦地跳起来。

"这当中哪一个是她呢?"他想,羞怯地斜起眼睛瞟着消夏的女人们的脸,"那个金发的小女人却看不到。……嗯。……如果信是她写的,那她一定在亭子里坐着呢。……"

维霍德采夫顺着林荫路走去。路的尽头,在高大的椴树的嫩叶后面,露出了"旧亭子"。……他慢腾腾地往那边走去。

"我远远地看一下就是……"他想,迟疑地往前走着,"咦,我为什么胆怯?我又不是去赴幽会!这个……蠢货!自管大起胆子走嘛!即使我走进亭子里去又有何妨呢?不过,算了……何必进去呢!"

巴威尔·伊凡内奇的心跳得越发厉害了。……他无意之中,忽然,不由自主地想象那亭子里半明半暗的情景。……他的想象里闪过那个身材苗条的金发小女人,生着狮子鼻,穿着浅蓝色衣服。……他暗自想象她怎样为她的爱情害臊,周身发抖,怯生生地走到他跟前来,呼吸滚烫……突然把他紧紧抱住。

"要是我没结婚,这倒也没什么关系……"他把那些有罪的想法从头脑里赶出去,暗想,"不过……这样的事一辈子也不妨经历一次,要不然可就白白地死掉,不知道这种事是什么味道了。……还有我的妻子……嗯,她会怎么样?谢天谢地,八年来我一步也没离开过她。……八年来规规矩矩,一点坏事也没做过!跟她也相处得够了。……甚至惹人厌烦了。……管它三七二十一,我偏要捣一下乱,对她变一回心!"

巴威尔·伊凡内奇浑身发抖,屏住呼吸,走到攀附着常春藤和野葡萄藤的亭子跟前,往里看一眼。……有一股潮气和霉味扑到他脸上来。

"似乎没有人……"他想着,走进亭子里,可是立刻看见角落里有个人影。……

从身体的轮廓看,那是个男人。……巴威尔·伊凡内奇仔细一瞧,认出那个人就是他的内弟,大学生米佳,如今在他的别墅里住着。

"啊,是你?……"他用不满的声调嘟哝道,脱掉帽子,坐下来。

"对,是我……"米佳回答说。

在沉默中大约过了两分钟。……

"请原谅我,巴威尔·伊凡内奇,"米佳开口说,"我请求您让我一个人待在这儿。……我在为候补博士论文构思……不管有谁待在这儿,都会妨碍我。……"

"那你到幽暗的林荫路上找个地方走一走……"巴威尔·伊凡内奇温和地说,"在新鲜空气里容易思考些,再者……那个……我想在这儿的长椅上睡一会儿。……这儿不那么热。……"

"您是要睡觉,而我是为论文构思啊……"米佳唠叨说,"论文重要得多。……"

接着又是沉默。……巴威尔·伊凡内奇这时候心猿意马,不时听见脚步声,他忽然跳起来,带着哭声说:

"哎,我求求你,米佳!你比我年轻,应当尊重我。……我不舒服,我……我想睡觉。……你走吧!"

"这是自私自利。……为什么一定得让您待在这儿而不能让我待在这儿呢?这可是原则问题,我不走。……"

"哎,我求求你!就算我是利己主义者,暴君,蠢货吧……可是我求求你!我一辈子只求你这一次!你尊重我吧!"

米佳摇头。……

"简直是畜生……"巴威尔·伊凡内奇暗想,"有他在场,幽会就搞不成了!有他在场可不行!"

"你听我说,米佳,"他说,"我最后一次求你。……你该表明你是个聪明的、有人道主义思想的、受过教育的人才是!"

"我不明白您为什么纠缠不休……"米佳耸起肩膀说,"我已经说过我不走,那我就不会走。这是原则问题,我留在这儿不走了。……"

这时候忽然有一张女人的脸,生着狮子鼻,往亭子里瞧一眼。

那张脸看见米佳和巴威尔·伊凡内奇,就皱起眉头,不见了。……

"她走了!"巴威尔·伊凡内奇暗想,恶狠狠地瞧着米佳,"她一瞧见这个混蛋,就走掉了。这件事全完了!"

再等了一会儿,维霍德采夫就站起来,戴上帽子,说:

"你是畜生,混蛋,流氓!对了!畜生!你下流,而且……而且愚蠢!我们的关系从此一刀两断!"

"好得很!"米佳嘟哝道,也站起来,戴上帽子,"您要知道,您刚才赖着不走,是故意跟我作对,这件事我到死都不会原谅您!"

巴威尔·伊凡内奇走出亭子,气得发昏,迈开大步,很快地往他的别墅走去。……就连看见摆好晚饭的饭桌,他也没消掉火气。

"好不容易一辈子碰上这么一次机会,"他激动地想道,"却给人破坏了!现在她一定觉得受了委屈……伤心极了!"

晚饭席上,巴威尔·伊凡内奇和米佳都瞧着各自的菜碟,阴沉地默默不语。……两个人都痛恨对方。

"你干什么笑嘻嘻的?"巴威尔·伊凡内奇对妻子发脾气说,"只有傻娘们儿才无缘无故地笑!"

妻子瞅着丈夫气愤的脸,扑哧一声笑出来。……

"你今天早晨收到一封什么信?"她问。

"我？……我什么信也没收到啊……"巴威尔·伊凡内奇发窘地说,"你想到哪儿去了……胡思乱想。……"

"嗯,是啊,你讲出来吧!你得承认,你收到了信!要知道,那封信是我寄给你的!我凭人格担保,信是我写的!哈哈!"

巴威尔·伊凡内奇脸涨得发紫,低下头去凑近菜碟。

"荒唐的玩笑。"他嘟哝说。

"可是有什么办法呢?你自己想一想。……我们今天得擦地板,可是怎样才能把你们从家里撵出去呢?只有这样的办法才撵得出去啊。……不过你也别生气,蠢材。……要知道,为了让你在亭子里不至于闷得慌,我也给米佳寄了那么一封信!米佳,你到亭子里去过了吧?"

米佳苦笑一下,不再满心痛恨地瞧他的情敌了。

闲

别墅里的爱情故事

公证人尼古拉·安德烈耶维奇·卡皮托诺夫吃完中饭,点上雪茄烟,走到他的寝室去休息。他躺下来,为了抵挡蚊子而在身上盖一块薄纱,闭上眼睛,可是睡不着。他吃下去的葱加上冷杂拌汤,害得他犯胃气痛,休想睡觉了。

"不,今天我睡不着了,"他大约翻了五次身,暗自断定,"那我就看看报吧。"

尼古拉·安德烈伊奇①起床,披上家常长袍,没穿拖鞋,只穿着袜子,走到他书房去取报纸。他再也没有料到书房里正有个远比胃气痛和报纸有趣的场面等着他去瞧呢!

他刚跨进书房门槛,眼前就展开一幅画面:他妻子安娜·谢敏诺芙娜,一个三十三岁的女人,正在丝绒躺椅上半倚半躺着,把脚放在小凳上,她那漫不经心的慵懒样儿类似通常在画上见到的埃及克娄巴特拉②用毒蛇自杀的姿态。在她的头边,卡皮托诺夫家的家庭教师,技术学院一年级大学生万尼亚·舒巴尔采夫,正弯着一条腿跪在地上。他还是个孩子,脸色绯红,没留

---

① 安德烈耶维奇的简称。
② 公元前51年到公元前30年埃及的末代女皇。

唇髭,年纪在十九岁到二十岁之间。这幅"活画"①的含意是不难理解的:在公证人走进来前,太太和青年的嘴必是合在一起,吻了很久,缠绵而热烈。

尼古拉·安德烈耶维奇一下子站住,像是脚底下生了根似的,屏住呼吸,等着看随后还会发生什么事,可是又忍不住,咳嗽了一声。技术学院学生听见咳嗽声,回过头来一看,瞧见公证人,霎时间愣住了,然后涨红脸,跳起来,跑出了书房。安娜·谢敏诺芙娜窘住了。

"好哇!可爱得很啊!"丈夫鞠着躬,摊开两只手,开口说,"我给你道喜!可爱得很,妙极了!"

"你自己也可爱得很……站在外边偷听!"安娜·谢敏诺芙娜喃喃地说,极力要辩白。

"谢谢②!真是出色!"公证人继续说,嘻开嘴微笑,"这一切,小母亲,表演得那么好,我情愿出一百卢布再看一次呢。"

"根本没什么事。……这都是你自己疑心生暗鬼。……甚至愚蠢得很。……"

"嗯,是啊,那么是谁在接吻呢?"

"接吻……是有的,不过此外却……我简直不懂你想到哪儿去了。……"

尼古拉·安德烈伊奇讥诮地瞧着妻子发窘的脸,摇了摇头。

"年纪大了,想吃小嫩黄瓜了!"他用唱歌般的声调说,"大白鲟鱼肉吃腻了,于是就想尝一尝沙丁鱼。哎,你啊,不要脸!不过这又有什么可奇怪的?到了巴尔扎克的女主人公那种年龄③了!

---

① 一种舞台造型,由活人扮演的静态画面、场面或历史场景。
② 原文为法语。
③ 指三十岁以上的女人,法国作家巴尔扎克的一部长篇小说的题名就是《三十岁的女人》。——俄文本编者注

到了那种年龄真是一无办法！我明白！我明白而且同情！"

尼古拉·安德烈耶维奇在窗旁坐下,用手指头敲着窗台。

"你们就继续干你们的吧……"他打着呵欠说。

"胡说！"安娜·谢敏诺芙娜说。

"鬼才知道天气有多热！你该吩咐他们买点柠檬水什么的。就是啊,太太。我明白而且同情。所有那些接吻啦,惊叫啦,叹息啦……哎哟,我胃气痛！……都不错,挺好,只是,小母亲,不应当去搅扰那个男孩。对了,太太。那孩子善良,很好……头脑清醒,配得上最好的命运。应当顾全他才是。"

"你一点也不明白。这个孩子没命地爱上了我,我呢,不过做了件顺顺他心意的事……让他吻我一下罢了。"

"爱上了你……"尼古拉·安德烈伊奇讥诮说,"在他爱上你之前,恐怕你给他设下过一百个圈套和捕鼠器吧。"

公证人打个呵欠,伸了伸懒腰。

"怪事！"他瞧着窗外嘟哝道,"要是我也像你刚才那样毫无邪念地吻个姑娘,鬼才知道我会遭到什么样的痛骂：坏蛋！勾引女人！色鬼！可是你们这些巴尔扎克笔下的太太们呢,却逍遥法外,没事人似的。下一回冷杂拌汤里不要放葱,要不然这种胃气痛活活要人的命。……哎哟！你快去看看你那个对象[①]吧！那可怜的家伙正顺着林荫路飞跑呢,就像给火烫痛了似的,头也不回。说不定他在想：我会为了你这么一个宝货跟他开枪决斗。俗话说得好：淘气像猫,胆小如兔。你等着就是,草包,我要给你点厉害看看！你反正跑不出我的手心去！"

"不,劳驾,你别对他说什么！……"安娜·谢敏诺芙娜说,"你别骂他,他一点错处也没有。"

---

① 原文为法语。

"我不会骂他,我只随便说几句……开开玩笑罢了。"

公证人打了个呵欠,拿过报纸来,提起长袍的底襟,慢腾腾地走回寝室。尼古拉·安德烈伊奇躺了一个半钟头,看完报纸,就穿上衣服,出外去散步。他在花园里走来走去,兴致勃勃地挥动手杖,可是他远远看见技术学院大学生舒巴尔采夫,就把两条胳膊交叉在胸前,皱起眉头,迈步走过去,像内地的悲剧演员表演一个人准备跟情敌见面似的。舒巴尔采夫在桦树底下一张长椅上坐着,脸色苍白,浑身发抖,准备作出沉痛的解释。他装出雄赳赳的样子,露出严肃的脸色,其实,他却像通常所说的正在心惊肉跳。他见到公证人,脸色越发惨白,呼呼地喘气,把两只脚温顺地缩到椅子底下。尼古拉·安德烈伊奇侧着身子走到他跟前,沉默地站了一会儿,眼睛没有看着他,开口说:

"当然,先生,您明白我想跟您说什么。既然发生了我看见的那件事,我们之间的良好关系就不能延续下去了。是啊!激动妨碍我讲话,可是……不用我说,您也会明白,我和您不可能在同一个房顶下生活下去了。要么我住在这儿,要么您住在这儿!"

"我明白您的意思。"技术学院学生喃喃地说,费力地喘气。

"这个别墅是我妻子的,因此您自管在这儿住下去,我……我走就是。我到这儿来不是为了责难您,不是的!责难和眼泪都不足以挽回一去不复返的东西。我来是要问明白您的意图。……"他讲到这儿,停顿一下,"当然,我没有权利干预您的事,不过您会同意,一个人急于知道自己热爱的女人的未来命运,这在您看来,大概不能算是……完全不能算是一种干预吧。您打算跟我妻子同居吗?"

"这话怎么讲?"技术学院学生发窘地说,把脚越发往长椅底下缩,"我……我不知道。这未免有点奇怪了。"

"我看得出您不愿意作出直截了当的答复，"公证人郁闷地唠叨说，"那么我来直截了当地对您说吧：要么您把您勾引的女人接过去，想法供她生活，要么我们就开枪决斗。爱情使人承担一定的责任，先生，您作为正直的人，得理解这一点！我过一个星期就走，安娜和家里的人就此由您照管。我会为孩子们拨出一定数目的钱。"

"如果安娜·谢敏诺芙娜愿意的话，"青年喃喃地说，"那么我……我既是正直的人，就甘愿承担……不过话说回来，我穷！虽然……"

"您是个高尚的人！"公证人声音沙哑地说，使劲握了握技术学院学生的手，"我向您道谢！不管怎样，我给您一个星期考虑的时间。您好好想一下！"

公证人在技术学院学生的身旁坐下，用两只手蒙住脸。

"可是您在怎样对待我啊！"他呻吟道，"您毁掉我的生活……夺去了我爱得比生命更重的女人。不，我受不了这个打击！"

青年痛苦地瞧着他，搔搔额头。他不由得心惊胆战。

"这都怪您自己不对，尼古拉·安德烈伊奇！"他叹道，"头都砍掉了，那就不要为头发哭泣。您回想一下吧，您跟安娜结婚纯粹是图财……其次，您又不了解她的全部生活，压制她……她的心灵常常迸发出最纯洁高尚的感情，您却全不在意。"

"这是她跟您说的吗？"尼古拉·安德烈伊奇忽然把蒙住脸的手放下来，问道。

"对，就是她说的。我知道她的全部生活，而且……而且请您相信，我所以爱她与其说因为她是女人，不如说因为她在受难。"

"您是个高尚的人……"公证人叹道，站起来，"再见，祝您幸福。我希望刚才在这儿谈过的话只有你我两个人知道，不向外人张扬。"

尼古拉·安德烈伊奇又叹一口气,往正房走去。

半路上他遇见安娜·谢敏诺芙娜。

"怎么,你在找你那个家伙?"他问,"你快去瞧一瞧,我叫他出了好一身大汗!……不过你倒已经对他说过一大堆诉苦的话了!说真的,你们这班巴尔扎克笔下的女人都是什么作风呀!你们不能凭美貌和娇嫩取胜,就用诉苦,用无聊的空话去笼络人!你说了三筐子的谎话!又是我图财结婚啦,又是我不了解你啦,又是我压制你啦,鬼话连篇。……"

"我什么也没有对他说过!"安娜·谢敏诺芙娜红着脸说。

"得了,得了。……反正我心里明白,我了解你的处境。你不用害怕,我不来责骂你。我只是为那个孩子难过。他那么好,老实,诚恳。"

等到傍晚来临,黑暗遮蔽了整个大地,公证人就再一次出外散步。傍晚天气很好。树木沉睡了,似乎任何风暴都不能惊醒它们年纪轻轻的春梦。繁星带着睡意从天空望着下界。花园后边一个什么地方,有些青蛙在懒洋洋地聒噪,一只猫头鹰在尖叫。远处的夜莺传来短促而断续的歌声,就像吹口哨似的。

尼古拉·安德烈伊奇在黑地里散步,走到一棵树顶宽阔的椴树底下,出人意外地碰上了舒巴尔采夫。

"您站在这儿干什么?"他问。

"尼古拉·安德烈伊奇!"舒巴尔采夫开口说,声调激动得发抖,"我同意您的全部条件,不过……这未免有点奇怪。忽然间,您无缘无故变得不幸了……您痛苦,您说您的生活给毁掉了。……"

"对,那怎么样呢?"

"如果您觉得受了侮辱,那么……那么,虽然我不赞成决斗,我还是可以满足您的要求。如果决斗至少能使您感到略为轻松一点,那么,好吧,我准备……哪怕决斗一百次也行。……"

公证人笑起来,搂住了技术学院学生的腰。

"得了,得了……别提这些了!我本来是说着玩的,好朋友!"他说,"这是件瞎胡闹的小事。那个糟透的、渺小的女人不值得您为她说那些好话,心情激动。够了,青年人!咱们一块儿散散步吧。"

"我……我不明白您的意思。……"

"这有什么不明白的。她是个糟透的、恶劣的娘们儿,如此而已!……您缺乏眼力,好朋友。您干吗站住不走了?我讲到我妻子的话,您感到惊讶吧?当然,我不应当对您说这些话,不过目前既然您好歹是个当事人,也就用不着瞒住您。我老实跟您说吧:您对这件事啐口唾沫,丢开算了!得不偿失啊。她对您说的全是谎话,至于什么'受难者',她根本说不上。她是个巴尔扎克笔下的太太,变态心理的女人。愚蠢,信口开河。我用人格担保,好朋友!我不是说笑话。……"

"可是要知道,她是您的妻子啊!"技术学院学生惊讶地说。

"管她呢!我当初也跟您现在一样,后来结了婚,可是现在却巴不得离婚才好,可是……唉,办不到!……您啐口唾沫,丢开算了,亲爱的!要知道,这根本就谈不上什么爱情,纯粹是闹着玩,闲得无聊而已。要是您想闹着玩,那么,喏,娜斯嘉来了。……喂,娜斯嘉,你到哪儿去?"

"去取克瓦斯①,老爷!"一个女人的声音传过来。

"这我倒能理解,"公证人继续说,"至于所有那些变态心理的女人,受难者……滚她们的吧!娜斯嘉是个蠢女人,然而她至少不

---

① 俄国的一种清凉饮料。

装腔作势。……我们还往前走吗?"

公证人和技术学院学生走出花园门外,回过头看一眼,两个人齐声叹了口气,往野外走去。

生活的烦闷

　　根据富有经验的人的观察，连老年人也不容易跟俗世生活分手；每到那种时候，他们往往暴露他们的年龄所固有的吝啬和贪婪，另外还有多疑、胆怯、执拗、不满等。
　　《神职人员实际工作指南》普·涅恰耶夫

　　上校夫人安娜·米海洛芙娜·列别杰娃的独生女，一个到了出嫁年龄的姑娘，死了。她的死亡引来了另一种死亡：老太婆被上帝的光临①震动得目瞪口呆，感到她的全部过去也已经随之死亡，无可挽回了。现在，对她来说，开始了另一种生活，跟过去的生活很少有共同之处了。……
　　她杂乱无章地忙碌起来。首先她寄给阿索斯②一千卢布，把家里的一半银器捐献给墓园的教堂。过不多久她戒绝吸烟，发誓再不吃肉了。然而她做完这些事，却一点也不觉得轻松，正好相反，对自己日益衰老以及死亡临近的感觉变得越发尖锐真切。于是安娜·米海洛芙娜把她在城里的房子三钱不当两钱地卖掉，匆匆搬到她的庄园上来住，却又没有抱着什么明确的目的。

---

① 基督教的说法，意谓上帝来把她的女儿接到天堂去了。
② 指希腊阿索斯山上的东正教修道院。

一旦人的头脑里不论用什么方式提出了生活目标这一问题，出现了探索坟墓里的生活的迫切需要，那么捐献也罢，持斋也罢，从一个地方搬到另一个地方也罢，就都不能使人满足了。然而说来也是安娜·米海洛芙娜侥幸，她刚搬到热尼诺村来，命运就把她引到一件事上去，促使她把日益衰老和死亡临近忘却了很久。恰巧在她到达那天，厨师玛尔廷被开水烫伤了两只脚。他们派马车去接地方自治局的医生，可是他不在家。于是安娜·米海洛芙娜强压下嫌脏和难受的心情，亲手给玛尔廷洗伤口，抹上脂蜡合剂①，给两只脚扎上绷带。她守在厨师床旁坐了一夜。多亏她出力，玛尔廷总算不再呻吟，睡熟了，这时候她心里，如同她后来说的那样，"灵机一动"。她忽然觉得她的生活目标在她眼前出现，清清楚楚。……她面色苍白，眼睛湿润，虔诚地吻了吻睡熟的玛尔廷的额头，开始祷告。

从此以后，列别杰娃开始做医疗工作。在她如今回想起来总不免感到憎恶的那段有罪的和不洁净的生活当中，她由于闲着没事也常去找医生。

此外，在她喜爱的人当中，就有医生，她从他们那儿多少学到点医道。如今这一切对她来说再切合需要也没有了。她订购了常备药箱、几本书籍、《医师报》，大胆地着手治病。起初只有热尼诺村的居民到她这儿来就诊，可是后来附近各村的人也纷纷到她这儿来了。

"您想一下吧，我亲爱的！"她来到此地三个月后，写信给教士的妻子，夸耀道，"昨天我这儿有病人十六名，今天却整整有二十名！我为他们忙得累极了，脚都站不稳。我手头的鸦片都用完了，您想想看！古利诺村痢疾流行！"

---

① 一种消肿拔脓的药膏。

每天早晨醒过来,她想起病人在等她,心里就充满愉快的凉意。她穿好衣服,赶快喝完茶,就开始诊病。诊病的过程给她提供了说不出的快乐。首先她慢条斯理地把病人登记在一个簿子上,仿佛有意延长那种快乐似的,然后依次把每一个病人叫进来。病人病得越重,病状越肮脏讨厌,她反而越觉得这个工作有意思。她一想到她在克制嫌脏的心情,毫不顾惜自己,心里就再快乐也没有了,她清理化脓的伤口总是故意把时间拖长。有些时候她生出难忍难熬、极力要强制自己本性的愿望,仿佛对伤口的污秽和腥臭喜之不尽似的,体验到一种狂妄的得意心情,在这样的时候,她觉得她的工作是至高无上的。她热爱她的病人。她的感情告诉她说,他们是她的恩人,她在理智上不愿意把他们看做个别的人,看做庄稼汉,而想把他们看做一种抽象的东西——人民!正是因为这个缘故,她才对他们异常温和,羞怯,为自己的错误在他们面前脸红,诊病的时候总是露出负疚的样子。……

每次诊病都要占去大半天的时间,完事以后,她筋疲力尽,紧张得脸色发红,浑身不得劲,不过她还是赶紧看书。她读医学书籍或者最合她心意的俄国作者的著作。

安娜·米海洛芙娜自从过新的生活以后,感到朝气蓬勃,心满意足,几乎幸福了。她不再奢望更充实的生活了。此外,仿佛给她的幸福添上最后一笔,犹如正餐结尾加上一道甜食一样,情形发生了这样的变化:她同她的丈夫和解了,而她在丈夫面前是深深感到负疚的。十七年前,女儿出生后不久,她对她丈夫阿尔卡季·彼得罗维奇做过负情的事,不得不同他分居。从那时候起,她就没有再跟他见过面。他在南方一个地方做炮兵连长,有的时候,大约一年两次,给女儿写信来,女儿总是把信仔细收藏好,不让母亲看见。可是女儿死后,安娜·米海洛芙娜出乎意外地收到他的一封长信。他用苍老而无力的笔迹给她写道,自从独生女死后,他失去了最后一个使他同生活保持联系的人,又说他年老多病,巴望着死掉,同时却又害怕死亡。他抱怨说,样样事情都惹得他腻味和厌恶,他跟人们不再能和睦相处,一心等着有朝一日把炮兵连交出去,从此走掉,躲开那些纷扰。他在信的结尾,要求妻子看在上帝面上为他祷告,要求她保重身体,不要过于伤心。两个老人开始热心地通信。根据随后那些总是满纸辛酸、语调阴沉的信,可以了解到,上校失魂落魄不仅仅是因为自己有病和女儿夭亡,他还欠下了债,同上司和军官们发生过争吵,他的炮兵连管理不善,没法交出去,等等。夫妇间的信札往来,延续将近两年,最后老人递上辞呈,回到热尼诺村来长住了。

他是在二月间一天中午到达这里的,当时热尼诺村的房舍掩藏在高雪堆后面,清澄的浅蓝色空间显得死一般的寂静,严寒偶尔把树枝冻得噼啪地响。

他下雪橇的时候,安娜·米海洛芙娜正瞧着窗外,认不出他就是她的丈夫了。他成了个矮小驼背的小老头,老态龙钟,精神委顿。首先扑进安娜·米海洛芙娜眼帘的,是他那长脖子上苍老的皱褶以及膝部僵直不易弯曲的瘦腿,像是一双假腿。他付给马车夫车钱的时候,不知什么缘故对马车夫诉说很久,临了生气地啐一口唾沫。

"就连跟你们讲话都惹人讨厌!"安娜·米海洛芙娜听见苍老的唠叨声,"要明白,讨赏钱是不道德的!人人都只应得到干活挣来的钱,就该这样!"

他走进前厅,安娜·米海洛芙娜看见他那蜡黄的脸,连严寒也没有使它冻得发红,看见他那虾一般的爆眼睛和稀疏的胡子,那胡子本来是棕红色的,现在却夹杂着白须了。阿尔卡季·彼得罗维奇伸出一条胳膊去拥抱他的妻子,吻了吻她的额头。两个老人互相看一眼,仿佛为什么事害怕似的,窘得厉害,倒好像在为各自的衰老害臊一样。

"你来得正是时候!"安娜·米海洛芙娜赶紧开口说,"饭桌刚刚摆好!你一路辛苦,会吃得很香的!"

他们就坐下吃饭。头一道菜默默地吃完了。阿尔卡季·彼得罗维奇从衣袋里取出一个大钱夹来,仔细地看一些字条,他妻子呢,小心地搅和凉拌菜。两个人心里都有成堆的谈话资料,可是他俩都不开口。两个人都感到回忆女儿会引起尖锐的痛苦和滚滚的热泪,往事冒出一股令人窒息的阴郁气味,仿佛打开了装醋的大桶一样。……

"啊,你不吃肉了!"阿尔卡季·彼得罗维奇说。

"是的,我已经发誓不吃肉了……"妻子轻声回答说。

"好,这对健康并没有损害。……如果进行化学分析,那么鱼类和一切斋期食品都是由那些跟肉差不多的成分构成的。实际上根本就没有什么素食。……('我说这些干什么?'老头暗想。)比方说,这黄瓜就是荤菜,跟童子鸡一样。……"

"不。……我吃黄瓜的时候,知道它没有被夺去生命,没有流血。……"

"这,我亲爱的,是眼睛的错觉。你吃黄瓜也顺带吃下去很多纤毛虫,再者黄瓜本身不就有生命吗?要知道植物也是有机体。而且鱼呢?"

"我说这些废话干什么?"阿尔卡季·彼得罗维奇又暗想,立刻很快地讲起现在化学所取得的成就。

"简直是奇迹啊!"他说,费力地嚼面包,"不久人们就会用化学方法做出牛奶,说不定还能做出肉来!是啊!一千年后,每个家庭的厨房就会换成化学实验室,用毫不值钱的煤气之类做出自己想吃的种种东西!"

安娜·米海洛芙娜瞧着他那不安地转动着的、虾一般的眼睛,听着。她觉得老头谈化学不过是为了不谈别的事罢了,可是,他关于荤食和素食的说法,她倒也听得很有趣味。

"你辞职的时候已经做将军了吧?"她等到他突然沉默下来、开始擤鼻子,就问道。

"对,我做将军了。……人家称呼我'大人'了。……"

吃饭的时候,将军一直讲话,唠叨不停,因而显得异常饶舌,这却是以前他年轻的时候安娜·米海洛芙娜没有见过的一种特点。由于他唠唠叨叨,老太婆头痛得厉害。

饭后他走到他的房间里去休息,可是尽管疲劳,却睡不着觉。快要喝晚茶的时候,老太婆走到他房间里去看他,他躺在那儿,盖着被子,蜷起身子,瞪大眼睛瞧着天花板,发出断续的叹息声。

"你怎么了,阿尔卡季?"安娜·米海洛芙娜瞧一眼他那变成灰白的和拉长的脸子,惊吓地说。

"没……没什么……"他说,"风湿病。"

"可是你为什么不早说呢?说不定我能帮助你!"

"你帮不上忙。……"

"如果是风湿病,就该擦碘酒……再服用水杨氧化钠。……"

"这些都没用。……我治过八年了。……你不要把脚顿得这么响!"将军忽然对老太婆的使女吆喝道,气冲冲地对她瞪起眼睛,"像马蹄声那么响!"

安娜·米海洛芙娜和使女已经很久没有听到过这样的口吻,面面相觑,涨红了脸。将军瞧出她们的窘态,皱起眉头,翻过身去,脸向着墙。

"我得预先告诉你,安纽达①……"他呻吟道,"我的脾气糟透了!我年纪一老,变得爱挑剔了。……"

---

① 安娜的爱称。

"应当克制自己……"安娜·米海洛芙娜叹口气说。

"说说倒容易:'应当'! 应当没有病才是,可是大自然偏偏不听我们的'应当'! 哎哟! 安纽达,你走吧。……我发病的时候,有外人在场反而惹得我生气。……说话也费力。……"

一天天,一个个星期,一个个月,过去了。阿尔卡季·彼得罗维奇渐渐处熟了新的地方:他习惯了,别人对他也习惯了。起先他住在家里不出门,然而整个庄园都可以感觉到他的衰老和他难缠的脾气。他照例醒得很早,凌晨四点钟光景就起来,他的一天是以他的苍老刺耳的咳嗽声开始的,这就惊醒了安娜·米海洛芙娜和所有的仆人。为了设法消磨从凌晨起到中饭止这段漫长的时间,如果风湿病没有锁住他的两条腿,他就在各个房间里徘徊,挑剔他在各处见到的凌乱。样样事情都惹得他气愤:仆人太懒,脚步声太响,公鸡啼鸣,厨房冒烟,教堂打钟。……他挑毛病,骂人,支使仆役,然而每一次骂过人后,总要抱住头,用要哭的声调说:

"上帝啊,我的脾气真坏! 这脾气糟透了!"

在饭桌上,他吃得很多,唠叨不停。他讲社会主义,讲新的军事改革,讲卫生。安娜·米海洛芙娜听着,觉得他说这些话无非是要避免谈到女儿,谈到往事罢了。两个人在一起相处仍然感到别扭,仿佛为什么事害臊似的。只有到了傍晚,房间里笼罩着幽暗,炉子后边的蟋蟀悲凉地喔喔叫的时候,这种别扭才消失。他们并排坐着,默默不语,同时他们的心灵却似乎在低声交谈他俩不敢说出口的话。这时候,他们用生命的余热互相温暖着,清楚地知道自己和对方在想些什么。可是有个使女送进一盏灯来,老头就又唠叨起来,或者不住挑毛病。他什么事也不做。安娜·米海洛芙娜有意拉他一起做医疗工作,可是他头一次接诊病人就打呵欠,闷闷不乐。引他看书也办不到。他在任职期间习惯于看一阵书就丢开,因而不能长久看书,不能一连看几个钟头。他只要读上五六页就厌倦,摘掉眼镜了。

可是春天来临,将军骤然改变了他的生活方式。从庄园到碧绿的田野上,到村子里,已经新踩出一条条小径,窗前的树上鸟雀成群了,这时候,出乎安娜·米海洛芙娜意外,他开始到教堂去了。他不但在节日,而且平时也到教堂去。这种宗教上的热忱是从老头瞒过妻子暗自为女儿做安魂祭那一天开始的。做安魂祭的时候,他跪下来,叩头,哭泣,觉得自己在热烈地祷告。其实那不是祷告。他心里充满了做父亲的感情,在记忆里描摹着亲爱的女儿的音容笑貌,眼睛望着圣像,嘴里小声说:

"舒罗琪卡!我亲爱的孩子!我的天使啊!"

这是老年的忧伤的爆发,可是老头却以为他的内心有了反应,起了变化。第二天他又热心地到教堂去,第三天还是这样。……他从教堂回来,总是精神焕发,神采奕奕,满面笑容。吃饭的时候,宗教和神学问题成了他唠叨不休的话题。有好几次,安娜·米海洛芙娜走进他的房间,正碰上他在翻阅福音书。然而可惜,这种对宗教的着迷没有持续多久。后来有一次他的风湿病发得特别厉害,足足闹了一个星期,从此他就再也不到教堂去了:不知怎么,他想不起他该去做弥撒了。……

他忽然打算同外人交往了。

"我不明白没有社交怎么能活下去!"他开始抱怨道,"我得出外去拜访邻居们!就算这种事愚蠢而无聊吧,可是我活着一天,对上流社会的风俗就得遵守一天!"

安娜·米海洛芙娜要他坐马车出去。他就去拜访邻居,可是只去一次,第二次就不肯到他们那儿去了。同外人交往的要求,最后以另一种方式满足:他迈着碎步在村子里走来走去,挑农民的毛病。

有一天早晨他在饭厅里敞开的窗口旁边坐着喝茶。窗前花圃里,紫丁香和醋栗的灌木丛旁边,有些来找安娜·米海洛芙娜医病

的农民在长椅上坐着。老头眯细眼睛瞧了他们很久,然后唠叨说:

"这些庄稼汉①。……所谓公民的悲伤对象②。……你们与其来治病,还不如找个地方去治一下你们的卑鄙下流好。"

安娜·米海洛芙娜热爱她的病人,这时候停住手不再斟茶,一言不发,只是惊讶地瞧着老头。病人们在列别杰娃家里除了见到抚爱和热情的关怀以外,从没遇到过别样的对待,这时候也不免吃惊,从坐着的地方站起来。

"是啊,庄稼汉先生们……这些庄稼汉……"将军接着说,"你们使我吃惊。使我大吃一惊!喏,这些人不是畜生吗?"老头回转身对安娜·米海洛芙娜说。"县里的地方自治局借给他们燕麦供播种用,可他们不管三七二十一,把燕麦换酒喝掉了!不是一个人换酒喝,也不是两个人,是大家都这么干!酒店老板都没处存放燕麦了。……对吗?"将军转过身去对农民们说,"啊?对吗?"

"别说了,阿尔卡季!"安娜·米海洛芙娜小声说。

"你们以为那些燕麦是地方自治局白白得来的吗?既然你们不尊重自己的、别人的以至公共的财产,那你们还算是什么公民?燕麦你们拿去换酒喝掉……你们砍了树也拿去换酒喝掉……你们见什么就偷什么。……我的妻子给你们治病,你们却把她的篱墙偷个精光。……这对吗?"

"够了!"将军夫人哀叫道。

"你们也该清醒一下了……"列别杰夫继续唠叨说,"瞧着你们都叫人害臊!喏,你,红头发的家伙,是来治病的……你腿痛吧?……可是你就不肯费点事在家里把腿洗干净。……粘着一俄寸厚的泥巴!你这个大老粗,指望着这儿有人给你洗吧?他们记

---

① 原文为法语。
② 这是讥刺当时俄国民粹派对贫苦农民的同情。——俄文本编者注

住了他们是农民,就以为能骑到别人脖子上去了。有个教士给一个叫费多尔的本地木匠举行婚礼。木匠一个钱也不给教士。'穷啊!'他说,'我没法给钱!'嗯,好吧,不过教士叫这个费多尔做个小书架子。……你猜怎么着?他倒要钱,到教士那儿大概去了五次!啊?这不是畜生?他自己不给教士钱,可是……"

"教士就是不收费,他的钱也已经够多的了……"一个病人阴郁地用男低音说。

"可是你怎么知道?"将军跳起来,把身子探出窗外,面红耳赤地说,"莫非你翻过教士的衣袋?就算他是个大财主,你也不应该叫他白出力!你自己不肯白给人家干活,也别叫人家白给你干活!你再也想象不到他们能干出多么坏的事来!"将军回过头来对安娜·米海洛芙娜说,"你该到他们的法庭里和村会上去看看!他们都是些强盗哟!"

甚至临到诊病开始,将军的怒气也还没消。他挑剔每个病人,讥诮他们,把所有的病症都归因于酗酒和放荡。

"看你多么瘦!"他伸出一根手指头戳了戳病人的胸脯,说,"这是什么缘故?没东西吃嘛!样样东西都拿去换酒喝了!你必是拿地方自治局的燕麦换酒喝了吧?"

"这还用说吗?"病人叹道,"当初有地主在,日子就好过些。……"

"你胡说!你说假话!"将军发脾气说,"要知道你说这话不是出于真心,而是拍马屁!"

第二天将军又在窗旁坐着,指责病人。这个工作吸引他,从此他天天在窗旁坐着。安娜·米海洛芙娜看出她丈夫不肯罢休,就开始在谷仓里诊病,可是将军也跟踪到谷仓里来了。老太婆温顺地忍受这种"考验",她表示的抗议也只限于涨红了脸,送给挨骂的病人几个钱而已。可是临到将军很不喜欢的病人们到她这儿就诊的越来越少,她就再也忍不下去了。有一天吃饭的时候,将军正为一件什么事取笑病人,她忽然眼睛发红,脸上的皮肉痉挛起来。

"我请求你,别再招惹我的病人……"她厉声说道,"如果你觉得有必要对人发脾气,那就骂我,不要去招惹他们。……都因为你,他们不肯再来看病了。"

"啊哈,他们不再来了!"将军冷笑道,"他们怄气了!朱庇特①呀,你生气了,那么可见你不对。哈哈。……不过,安纽达,他们不来倒好。我很高兴。……要知道你的医疗工作不会带来别的,只会带来害处!他们本来应该到地方自治局的医院,由医生按照科学的规定诊病,现在却到你这儿来,结果你用苏打和蓖麻子油治所有的病。害处很大呀!"

安娜·米海洛芙娜定睛瞧着老人,想了一阵,忽然脸色煞白。

"当然,"将军继续唠叨说,"医疗方面首先需要学识,其次才谈得上慈善事业,缺乏学识的医疗工作等于骗人。……再者,从法律上说,你没有权利医病。依我看,如果你粗鲁地把病人轰到医生那儿去看病,而不是自己动手诊病,那你给病人带来的益处倒会大得多呢。"

将军沉默一会儿,继续说:

"要是你不喜欢我对他们的态度,那么,遵命,我不再开口讲话,不过,其实……如果凭良心说……对他们真诚相待总比沉默和鞠躬好得多。亚历山大·玛凯东斯基是个伟大的人,可是不应当把椅子弄坏②,同样,俄罗斯人是伟大的民族,然而由此却不能得

---

① 古罗马神话中最高的神,即希腊神话中的宙斯。
② 这句话出自俄国作家果戈理的剧本《钦差大臣》第一幕中市长的口,原话是:"当然,亚历山大·玛凯东斯基是个英雄,可是何必把椅子弄坏呢?"——俄文本编者注

出结论说,不能对他们说实话。把人当成小哈巴狗是不行的。这些庄稼汉①跟你我一样也是人,也有缺陷,所以不必宠着他们,纵容他们,而要开导他们,纠正他们……启发他们。……"

"我们不配开导他们……"将军夫人嘟哝说,"我们倒不妨向他们学一学。"

"学什么?"

"那还少吗?……比方说,爱劳动。……"

"爱劳动?啊?你是说爱劳动?"

将军呛得直咳嗽,从桌旁站起来,在房间里走来走去。

"难道我不劳动?"他面红耳赤地说,"不过……我是知识分子,不是庄稼汉②,我上哪儿去劳动?我……我是知识分子!"

老头真生气了,脸上现出小孩的任性神情。

"有成千上万的兵经过我的手训练出来了……我几乎在战场上阵亡,我害了一辈子的风湿病……现在居然说我不劳动!或者,你会说,我该向你那些人民学一学受苦吧?当然,我哪儿受过苦?我失去了我的亲女儿……失去了在这该死的老年使我还能同生活联系在一起的人!居然说我没受过苦呢!"

两个老人猛地想起女儿,忽然哭起来,开始用食巾擦眼泪。

"我们现在不还是在受苦吗!"将军呜咽说,老泪纵横,"人家有生活目标……有信仰,可是我们只有疑问……疑问和恐惧!居然说我们不是受苦呢!"

两个老人同病相怜了。他们并排坐在那儿,互相依偎着,一块儿哭了两个钟头光景。这以后他们才大胆地瞧着彼此的脸,大胆地谈起女儿,谈起往事,谈起阴森的未来。

晚上他们在同一个房间里躺下睡觉。老头讲个不停,吵得他

---

①② 原文为法语。

的妻子无法入睡。

"上帝啊,我的脾气多坏!"他说,"哎,我何必给你讲这些呢?要知道那都是些空想,可是人,特别是到了老年,靠空想生活是很自然的。我唠唠叨叨,结果却夺去了你最后的安慰。你本来会一直到死都给农民治病,而且不吃肉,可是偏偏不成,魔鬼来拉扯我的舌头!没有空想可不行啊。……往往整个国家都靠空想生存下去呢。……有些著名的作家,表面看来像是非常聪明,可是缺了空想也还是不行。喏,你喜爱的那个作家就写过七本有关'人民'的书!"

过了一个钟头,将军不住翻身,说:

"为什么恰恰到了老年,人才注意自己的感受,批评自己的行动呢?为什么年轻的时候就不管这些?到了老年,就是没有这一套也已经够难受的了。……是啊。……年轻的时候整个生活不留痕迹地滑过去,几乎没触动思想,可是到了老年,每一个极小的感受都像钉子那样钉在头脑里,引起一大堆问题。……"

两个老人睡得迟,可是起得早。大体说来,自从安娜·米海洛芙娜丢开医疗工作以后,他们睡得又少又不稳,因而他们觉得日子好像长了一倍。……他们借谈话来消磨夜晚的时光,白天没事做就在各个房间里或者花园里走来走去,探问地瞧着彼此的眼睛。

夏天将近结束,命运给两个老人送来另一个"空想"。有一天安娜·米海洛芙娜走进丈夫的房间,碰上他在做一件有趣的工作:他靠桌子坐着,狼吞虎咽地吃大麻油拌萝卜丝。他脸上,根根青筋都在颤动,嘴角淌下口水。

"快来吃,安纽达!"他提议道,"好得很!"

安娜·米海洛芙娜迟疑地尝了尝萝卜,就吃起来。不久,她脸上也露出了贪馋的神情。……

"你知道,还有一种菜也挺好吃……"将军当天躺下来睡觉的时候说,"要是照犹太人的做法,把梭鱼开了膛,取出鱼子来,你知道,再加上点嫩葱……那新鲜的鱼子……才好吃呢。……"

"行啊,梭鱼倒不难捉到!"

脱了衣服的将军就光着脚走到厨房去,叫醒厨师,吩咐他捉一条梭鱼。到早晨,安娜·米海洛芙娜忽然想吃咸鲟鱼的脊肉,玛尔廷只得赶着车子进城去买。

"哎呀,"老太婆惊恐地说,"我忘了叫他顺便买回薄荷味的蜜糖饼干啦! 我想吃点儿甜东西。"

两个老人把心思都用在品尝美味上了。他俩坐在厨房里不出来,争先恐后地想出种种吃食。将军绞尽脑汁,回想当初在营房里过独身生活的时候,不得不亲自从事烹调,想出种种花样。……他发明出来的各种菜肴当中,两个人特别爱吃的是用稻米、研碎的干酪、鸡蛋、炖烂的肉汁做成的一种菜。那里面加许多胡椒和桂叶。

最后一个"空想"就以这个辣味的菜结束了。它注定成为两个人生活里最后一种心爱的东西。

"天多半要下雨了,"九月间一天晚上将军开始发病,说道,"今天我不该吃那么多米饭。……很难受哟!"

将军夫人摊开四肢躺在床上,费力地呼吸。她觉得透不过气来。……她也跟老头一样,心口底下隐隐作痛。

"再者,见它的鬼,我的腿发痒了……"老头抱怨道,"从脚跟到膝头老是有点发痒。……又痛又痒。……真难受啊,见鬼! 可是我妨碍你睡觉了。……对不起。……"

在沉默中过了一个多钟头。……安娜·米海洛芙娜渐渐习惯了心口底下的胀痛,睡着了。老头在床上坐着,把头支在膝盖上,照这个姿势坐了很久。后来他开始搔小腿肚子。他的手指甲搔得越起劲,腿上反而越发痒得厉害。

过不多久,不幸的老头爬下床来,跛着脚在房间里走来走去。

他瞧了瞧窗外。……那儿,窗子外面,在明亮的月光下,秋季的寒气渐渐封锁了正在死亡的自然界。看得出来,寒冷的白雾罩住凋萎的青草,冻僵的树木睡不着觉,枯黄的残叶不住颤抖。

将军在地板上坐下,抱住膝盖,把头支在膝盖上。

"安纽达!"他叫道。

警觉的老太婆翻过身来,睁开眼睛。

"我在想这么一件事,安纽达,"老头开口说,"你没睡着吧?我在想,老年生活最自然的内容应当是孩子。……你怎么想?可是既然没有孩子,人就应当把心思用在别的事情上。……到了老年做个作家……画家……学者,倒挺好呢。……据说格莱斯顿①没有事做就研究古典作品,很入迷。即使人家把他赶下台,他也还是有这个工作来充实他的生活。研究神秘主义也不错,或者……或者……"

老头搔一搔腿,继续说:

"事实往往是这样:老人变成了孩子,你知道,想种小树,想戴勋章……想干招魂术。……"

老太婆发出轻微的鼾声。将军站起来,又瞧一眼窗外。寒气阴沉地要钻进房间里来,迷雾已经往树林那边爬过去,遮蔽了树干。

"还有几个月才到春天?"老人用额头抵住凉玻璃,暗想,"十月……十一月……十二月……六个月呐!"

不知什么缘故,他觉得这六个月长得没有尽头,就跟他的老年一样长。他瘸着腿在房间里走了一阵,然后在床上坐下。

"安纽达!"他叫道。

"啊?"

---

① 格莱斯顿(1809—1898),当时的英国首相。

"你的药房上了锁吗?"

"没有,怎么了?"

"没什么。……我打算拿碘酒擦一擦我的腿。"

紧跟着又是沉默。

"安纽达!"老头叫醒他的妻子。

"什么事?"

"药瓶上有药名吗?"

"有,有。"

将军慢腾腾地点上一支蜡烛,走出去。

睡意蒙眬的安娜·米海洛芙娜听见光脚的走路声和药瓶的磕碰声响了很久。最后他走回来,咳了一声,躺下。

早晨他没有醒过来。究竟他是自然地死掉的呢,还是因为去了一趟药房才死掉的,安娜·米海洛芙娜就不知道了。再者这时候她也顾不上追究死亡的原因。……

她又杂乱而紧张地忙碌起来。她开始捐献,持斋,发誓,准备朝圣。……

"到修道院去!"她小声说着,害怕地依偎着老女仆,"到修道院去!"

爱情和低音提琴

乐师斯梅奇科夫走出城外到比布洛夫公爵的别墅去,那边由于举行订婚仪式而要"举办"音乐舞会。他背上驮着一个大低音提琴,装在皮盒里。斯梅奇科夫沿着河岸走去,清凉的河水潺潺地流着,虽然并不壮观,却也饶有诗意。

"是不是洗个澡呢?"他暗想。

他没有考虑很久就脱掉衣服,把身体泡在清凉的流水里。傍晚天气很好。斯梅奇科夫的富于诗情的灵魂跟四周的景物水乳交融。然而他往旁边游出大约一百步远,却看见一个美丽的姑娘坐在高陡的岸边钓鱼,他的灵魂里顿时生出一种多么甜蜜的感情啊。他透不过气来,呆呆不动,各种感触涌上他的心头:他想起童年,怀念往事,他的爱情苏醒了。……上帝啊,他本来以为他再也不可能爱上什么人!自从他对人类失去信心(他热爱的妻子跟他的朋友,巴松管乐师索巴基内依私奔了)以后,他胸中就充满空虚之感,变成厌世者了。

"什么叫生活?"他不止一次对自己提出这个问题,"我们活着是为了什么?生活是神话,幻梦……腹语术①。……"

---

① 一种不动嘴唇而能说话的技术,听起来像是由腹内或者由旁边发出的声音;在此借喻"欺骗"。

可是临到他站在那个睡美人(他不难看出她已经睡熟了)跟前,他却忽然违背本意,胸中生出一种类似爱情的东西。他在她面前伫立很久,定睛瞧着她。……

"不过,够了……"他暗想,发出深长的叹息声,"再见吧,美妙的幻影!我现在该到爵爷家去参加舞会了。……"

他再看一眼美人,正想往回游去,忽然他头脑里闪过一个想法。

"应该给她留下点东西作为纪念!"他想,"我要在她的钓钩上拴点什么东西。那就会成为'无名氏'的意外礼物了。"

斯梅奇科夫悄悄游到岸边,摘来一大把陆地上和水上的花朵,用滨藜的茎把它们捆在一起,拴在钓钩上。

那束花沉到水底,顺带把美丽的浮子也拉下水去了。

理智、自然规律、我的主人公的社会地位,都要求这场恋爱到此结束,可是,呜呼!作者的命运却是铁面无私的:由于作者所不能负责的种种情形,这个爱情故事并没有随那一束花而告终。贫穷卑微的低音提琴乐师一反普通的道理和事物的常情,竟然在门第高贵、家财豪富的美人的生活里扮演了重要的角色。

斯梅奇科夫游到岸边,大吃一惊:他没找到自己的衣服。它给人偷去了。……不知是什么歹人,趁他欣赏美人之际,竟把他的衣物一股脑儿卷走,只留下了他的低音提琴和高礼帽。

"该死的!"斯梅奇科夫惊叫道,"唉,人啊,阴险的东西!使我愤慨的与其说是丢失衣服(因为衣服反正会穿破),不如说是我只得赤身露体走路,因而破坏了社会道德。"

他在装着低音提琴的皮盒上坐下,开始想办法摆脱他那可怕的处境。

"总不能赤身露体走到比布洛夫公爵家去啊!"他想,"那儿有女人!再者贼把长裤也偷走,而松香就在裤袋里!"

他想了很久,想得很苦,弄得两个鬓角都痛了。

"有了!"他终于想起来,"离岸边不远有一道小桥,立在灌木丛中。……我可以在小桥底下坐等天黑,傍晚天黑了,我就溜出去,见到农民的小屋就进去。……"

斯梅奇科夫打好这个主意,就戴上高礼帽,把低音提琴驮在背上,往灌木丛慢慢走去。他光着身子,背上又有个乐器,那样子颇像古代神话里半人半神的形象。

现在,读者诸君,趁我的主人公在小桥底下坐着,沉湎于悲愁之中,我们暂时离开他,转到钓鱼的姑娘那边去吧。她怎么样了?美人醒过来,看见浮子不在水面上,就赶紧拉钓丝。钓丝绷紧了,然而钓钩和浮子还是没从水里钻出来。斯梅奇科夫的那束花分明已经浸透水,泡涨,变得沉重了。

"或许有大鱼上钩了,"姑娘暗想,"或许钓钩钩住什么东西了。"

姑娘又拉了一阵钓丝,断定钓钩钩住什么东西了。

"多么可惜啊!"她想,"傍晚,鱼容易上钩!这可怎么办呢?"

这个古怪的姑娘没有考虑很久就脱掉身上轻飘飘的衣服,把美丽的身体浸进河水,只露出大理石般的肩膀。钩丝已经缠在那束花上,要把钓钩从花上摘下来却不容易,然而耐性和辛劳占了上风。过了大约一刻钟,美人眉开眼笑,心情欢畅,从河水里走出来,手里拿着钓钩。

然而恶毒的命运在暗算她。偷窃斯梅奇科夫衣服的坏人把她的衣服也拿走了,只给她留下了鱼饵罐。

"现在我可怎么办呢?"她哭起来,"难道就这个样子走路?不行,绝对不行!宁可死掉!我等天黑下来,就摸着黑走到阿加菲雅大娘家,打发她到我家去取衣服。……眼下呢,我到小桥底下躲一躲。"

我的女主人公就挑选青草稍为高些的地方,弯下腰,向小桥跑去。她钻到小桥底下,却看见那儿已经有个赤身露体的人,留着音乐家的长发,胸脯上满是汗毛,就尖叫一声,昏厥过去。

斯梅奇科夫也吓一跳。起初他把姑娘当做河神了。

"莫非这是塞壬到这儿来勾引我?"他暗想,这个推测倒使他很受用,因为他对自己的外貌素来看得很高,"不过假如她不是塞壬而是人,那么这种古怪的变异该怎样解释呢?为什么她到这儿,到小桥底下来?她出了什么事?"

他正想解答这些问题,美人却渐渐苏醒过来。

"不要害死我!"她小声说,"我是比布洛娃公爵小姐。我求求您!您会得到很多钱的!刚才我在水里摘钓钩,有贼把我的新衣服和鞋子统统偷走了!"

"小姐!"斯梅奇科夫用恳求的声调说,"我的衣服也给偷走了,连同长裤一起拿去了,而长裤的口袋里还放着松香呢!"

所有演奏低音提琴和长号的人,照例都不大机灵,然而斯梅奇科夫却是愉快的例外。

"小姐!"过不多久他说,"我看得出,我这种模样使您发窘。不过您会同意,我没法从这儿走掉,理由也跟您一样。我想出这么一个办法:您愿意躺在我这装低音提琴的盒子里,关上盖子吗?这样一来,您就看不见我了。……"

说完这话,斯梅奇科夫就从盒子里把低音提琴取出来。一时间他觉得把盒子让出去未免亵渎神圣的艺术,可是这种迟疑没有多久就过去了。美人就在盒子里躺下,把身体蜷起来。他捆紧皮带,想到大自然赐给他这样好的头脑,不由得暗暗高兴。

"现在,小姐,您看不见我了,"他说,"您躺在那儿,自管放心吧。等天黑,我就把您背到您父母家去。至于低音提琴,我可以事后再到这儿来取。"

临到天黑下来,斯梅奇科夫就把装着美人的盒子扛在肩膀上,慢腾腾地往比布洛夫的别墅走去。他是这样打算的:他先走到随便哪个农舍里,借到一身衣服,然后再往前走。……

"这叫'因祸得福'啊……"他想着,两只光脚扬起尘土,由于扛着东西而弯下腰,"我对公爵小姐的命运这样殷切关心,比布洛夫一定会慷慨地犒赏我呢。"

"小姐,您躺得舒服吗?"他用殷勤的男舞伴①约请女人跳卡德里尔舞的那种口气问道,"劳驾,您别客气,自管在我盒子里躺着,就跟在自己家里一样!"

忽然,殷勤的斯梅奇科夫觉得前面,在乌黑的夜色笼罩下,好像有两个人影走动。他凝神细看,相信这不是眼睛的错觉:确实有人在走动,而且手里还提着包袱呢。……

"这不就是偷东西的贼吗?"他头脑里掠过这个想法,"他们手里拿着东西。多半就是我们的衣服!"

斯梅奇科夫就把盒子放在路旁,去追那两个人。

"站住!"他叫起来,"站住!抓住他们!"

两个人回头一看,发现有人追来,撒腿就跑。……这以后公爵小姐还听见急促的脚步声和"站住"的喊叫声响了很久。最后一切归于沉寂了。

斯梅奇科夫一个劲儿追下去,要不是机会来得凑巧,美人大概还得在路旁旷野上躺很久。正好这个时候,斯梅奇科夫的同事们,长笛乐师茹奇科夫和黑管乐师拉兹玛海金,也顺着这条路走到比布洛夫公爵的别墅去。他俩脚底下绊着那个盒子,吃惊地面面相觑,摊开了手。

"低音提琴!"茹奇科夫说,"哎呀,这就是我们的斯梅奇科夫

---

① 原文为法语。

的低音提琴啊！可是它怎么会丢在这儿？"

"多半斯梅奇科夫出了什么事，"拉兹玛海金断定，"要就是他喝醉了酒，要就是他遭了劫。……不管怎样，把低音提琴扔在这儿总不妥当。我们把它带走吧。"

茹奇科夫就把盒子驮在背上，两个乐师往前走去。

"鬼才知道有多么重！"长笛乐师一路上抱怨说，"要我演奏这种大笨家伙，我说什么也不会同意。……哎哟！"

两个乐师来到比布洛夫公爵的别墅里，把盒子放在乐队占用的地方，然后就到饮食部去了。

这时候，别墅里的枝形烛架和壁上烛架已经点燃。新郎是七等文官拉凯伊奇，在交通部任职，英俊而可爱，正站在大厅中央，两只手放在衣袋里，跟希卡里科夫伯爵谈天。他们在谈音乐。

"我，伯爵，"拉凯伊奇说，"在那不勒斯①结交过一个提琴家，他创造了不折不扣的奇迹。您不会相信的！他用低音提琴……普通的低音提琴能拉出那么妙的颤音，简直叫人拍案叫绝呢！他拉施特劳斯的圆舞曲！"

"得了吧，这不可能……"伯爵怀疑说。

"我跟您担保！就连李斯特的狂想曲他也拉！我跟他住在同一个房间里，因为没事可做，甚至跟他学会了用低音提琴拉李斯特的狂想曲呢。"

"李斯特的狂想曲。……哼！……您开玩笑了。……"

"您不信？"拉凯伊奇笑起来，"那我马上拉给您听！我们到乐队那边去！"

新郎和伯爵往乐队那边走去。他们走到低音提琴跟前，动手很快地解开皮带……于是，哎哟，不得了！

---

① 意大利的城名。

不过,现在,趁读者诸君驰骋想象力,描摹这次音乐争论的结局,我们转到斯梅奇科夫那边去吧。……可怜的乐师没有追到那些贼,回到他放盒子的地方,却没看见那宝贵的重物。他猜不出是什么缘故,就在那条路上走了几个来回,还是没找到盒子,就断定走错路了。……

"这真要命!"他暗想,揪住自己的头发,浑身发凉,"她在盒子里会活活闷死的!我成了杀人犯!"

斯梅奇科夫在各条大路上走来走去,一直走到午夜,寻找盒子,可是最后筋疲力尽,往小桥底下走去。

"等天亮再找。"他暗自决定。

天亮后他找了一阵,也还是一无结果。斯梅奇科夫就决定在小桥底下等着夜晚。……

"我会找到她!"他喃喃地说,脱掉高礼帽,揪自己的头发,"哪怕找一年,我也要找到她!"

直到现在还有些住在上述地区的农民说,每到夜间就可以看见小桥附近有个赤身露体的人,留着长头发,戴着高礼帽。偶尔,从小桥底下还传出来沙哑的低音提琴声。

怕

我在世界上生活了这许多岁月,其间只害怕过三次。

头一次真正的恐惧,虽然使得我毛发直竖,周身起鸡皮疙瘩,不过讲到原因,却是由一个微不足道而又奇怪的现象引起的。有一次,那是七月间一天傍晚,我闲着没事做,到邮车的车站去取报纸。那是个平静而温暖,几乎可以说是闷热的傍晚,七月间那些单调的傍晚都是这样的。这样的傍晚一旦开始,就会依照一成不变和连绵不断的顺序,一个接着一个,延续一两个星期,有的时候还要长些,后来突然被一场猛烈的风暴打断,于是大雨滂沱,人间万物才能凉爽一阵。

太阳早已落下去了,整个大地上铺开密实的灰色阴影。停滞不动的空气里充满了青草和鲜花像蜜糖那样的甜香。

我坐着一辆普通的运货大车。我的背后是花匠的儿子巴希卡,一个八岁的男孩,他把头枕在燕麦袋子上,轻声打鼾,我带他来是准备在必要的时候要他看守马匹的。我们走过一条狭窄而又像尺那么直的乡间土道,它如同大蛇那样掩藏在又高又密的黑麦中间。傍晚的霞光正黯淡下去。一条明亮的光带被一块狭窄而难看的云截断,那块云时而像一条木船,时而又像一个裹着被子的人。……

我赶着车子走了两三俄里。在晚霞的苍白背景上,开始耸起一棵棵高大挺拔的杨树,杨树后面有一条河闪闪发光。我的面前,突然间,仿佛有谁施了魔法似的,展开一幅瑰丽的画面。这时候我得勒住马,因为我们那条笔直的路在这儿中断,要顺着长满灌木的陡坡往下走了。我们站在坡上,下边,我们的底下,是一块巨大的洼地,宽广而又充满昏光和奇形怪状的东西。在洼地底部,一片广阔的平原上,有个村子,由杨树守卫,被河水泛起的亮光抚爱着。它现在睡熟了。……它那些小木房、带钟楼的教堂、树木,在灰色的昏光中隐约露出轮廓,倒映在平滑的河面上,乌黑一片。

我把巴希卡叫醒,怕他从车上摔下去。然后我开始小心地下坡。

"到卢科沃村了?"巴希卡懒洋洋地抬起头来,问道。

"到了。你揪住缰绳!……"

我牵着马走下坡去,眼睛瞧着村子。我头一眼看过去,就有一种奇怪的情景引起我的注意:钟楼最高一层上,在拱顶和铜钟之间一个极小的窗子里,有个亮光在闪烁。这个亮光近似快要熄灭的长明灯:时而暗下去,时而又亮起来。它会是从哪儿来的呢?我无法理解它的来源。它不可能在窗子里燃亮,因为钟楼的最高一层既没有圣像,也没有长明灯,据我所知,那儿只有房梁、尘土、蛛网。要爬上那层楼是困难的,因为楼的通道已经封死了。

这个亮光多半是外界的光的反照,然而不管我怎样凝神细看,在我面前铺开的广大空间中,除了这个亮光以外,却看不见什么明亮的光点。月亮还没出来。苍白的、已经完全黯淡的一抹晚霞不可能反照到那儿去,因为有亮光的窗子是朝西而不是朝东的。我牵着马下坡的一路上,这种想法和其他类似的想法在我的头脑里不住翻腾。到了底下,我坐上大车,再对亮光那边看一眼。它仍然时隐时现。

"奇怪,"我猜不出所以然来,暗自想着,"奇怪得很。"

一种不愉快的感觉渐渐涌上我的心头。起初我以为这是因为我无法解释这种普通的现象而生出的烦恼,可是后来我忽然惊恐地扭转身避开那个亮光,伸出一只手去抓住巴希卡,我这才明白:我害怕了。……孤独、苦恼、恐怖的心情抓紧了我,仿佛有人违背我的心意,把我抛进这个充满昏光的大洼地,使我独自一人面对钟楼,而它却用那只红眼睛瞅着我。

"巴希卡!"我叫道,吓得闭上了眼睛。

"怎么了?"

"巴希卡,钟楼上是什么东西在发亮?"

巴希卡从我肩膀上望过去,看一下钟楼,打了个呵欠。

"谁知道呢!"

我跟那个男孩短短谈了几句话,才略为定下心来,然而这没维持很久。巴希卡发现我不安,就瞪起大眼睛瞧着亮光,又看了看我,然后再瞧着亮光。……

"我害怕!"他小声说。

这时候,我吓得魂飞天外,伸出一条胳膊搂住男孩,依偎着他,用力扬鞭打马。

"愚蠢!"我对自己说,"这个现象所以可怕,无非是因为无法理解而已。……大凡无法理解的东西都神秘,因而也就可怕。"

我竭力说服自己,同时又用鞭子不断抽马。我到达车站,故意跟站长闲聊一个钟头,看了两三份报纸,可是不安的心情仍然没有离开我。在回去的路上,那个亮光却已经不在了,可是另一方面,那些农舍、杨树、我赶车上去的那道斜坡的轮廓,在我心目中却像是活的东西。至于那个亮光究竟是怎么来的,我至今都不知道。

我经历的第二次恐惧,也是由微不足道的小事引起的。……我跟我的情人相会以后,独自往回走。那是夜里一点钟,那时候大自然照例沉浸在黎明前最安稳酣畅的睡乡里。可是这回大自然却没沉睡，这个夜晚也不能说安静。长脚秧鸡啦，鹌鹑啦，夜莺啦，小滨鹬啦，都在不住叫唤，蟋蟀和蝼蛄唧唧地叫。薄雾在草地上浮游，天上有些浮云跑过月亮旁边，头也不回，不知要到什么地方去。大自然没有睡觉，仿佛生怕在睡乡中错过它一生中最好的时光似的。

我在铁道路基边一条狭窄的小径上走着。月光在铁道上滑过，铁道已经沾满露水。浮云的巨大阴影不时沿着路基奔跑。前面远处有个昏暗的绿色灯光平静地发亮。

"这是说，一切都平安无事……"我瞧着灯光暗想。

我心里平静，安宁，舒畅。我刚赴约归来，目前不急于到什么地方去，也不想睡觉。我每一呼吸，每一举步，都流露出健康和青春，我的脚步声在夜晚单调的闹声中沉闷地响着。我记不得当时我有些什么感触，只记得我心情愉快，愉快得很！

我走出一俄里远，忽然听见背后传来单调的隆隆声，近似大河的流水声。这声音一秒钟比一秒钟响，越来越近。我回头望去，离我百步开外是一片乌黑的丛林，我刚从那儿走出来，铁道的路基在那边绕了个优美的半圆形圈子往右拐过去，消失在树木中间。我茫然站住，等着。在铁道转弯处立时出现一个漆黑的庞然大物，轰隆隆地响，朝我这边飞奔而来，随后像鸟那么快地飞过我身旁，沿着铁道奔驰而去。过了不到半分钟，那个黑点就消失，轰隆声跟夜晚的闹声混在一起了。

那是一节普通的货车。它本身倒没有什么特别的地方，然而它孤零零地出现，没有火车头，而且是在夜间，这就弄得我摸不着头脑了。它会是从哪儿来的呢？是什么力量推着它在铁道上这么飞快地奔驰？它从哪儿飞来，又飞到哪儿去了？

假如我迷信，我就会断定这是魔鬼和巫婆乘车去参加狂欢晚会，我就会自顾走我的路。然而照眼前这样，这个现象在我就全然无法解释。我不相信我的眼睛,纠缠在各种猜测里,就跟苍蝇落在蜘蛛网里一样。……

我忽然感到孤单,独自一人待在整个空旷的原野上。这时候夜晚显得不怀好意,瞅着我的脸,盯住我的脚步。所有的声音,鸟雀的叫声和树木的飒飒声,显得阴森险恶,似乎仅仅是为了恐吓我的想象才存在的。我就拔脚飞奔,像个疯子似的,自己也不知道在做什么,跑啊跑的,极力要跑得快些,再快些。我立刻听到了先前没注意到的声音,也就是电线悲凉的哀叫声。

"鬼才知道是怎么回事!"我羞辱自己说,"这是懦弱,愚蠢!……"

可是懦弱却比合理的想法强而有力。我一直跑到绿灯那儿才放慢脚步,在那儿看见一个乌黑的铁道岗棚,旁边路基上有个人影,大概是看守。

"你看见了?"我问,喘得上气不接下气。

"看见谁?你说什么?"

"有一节火车在这儿跑过去了!……"

"看见了……"那个汉子不大乐意地说,"它跟一列货车脱了钩。在一百二十一俄里的里程碑那儿有一道斜坡……列车爬上坡去。最末一节车厢的链子经不住,脱了钩,往回跑。……如今可追不上它了!……"

奇怪的现象得到了说明,它那离奇的性质也就消失了。恐惧化为乌有,我可以继续走我的路了。

我经历到的第三次恐惧也很厉害,那是在早春季节,有一天我在树林里打猎归来的时候。当时暮色苍茫。刚刚下过一场雨,树林里的道路上满是水洼,脚底下的泥浆咕唧咕唧响。紫红色的晚霞照透整个树林,染红了桦树的白色树干和嫩叶。我身体劳乏,几乎走不动了。

我在林中道路上走着,出乎意外,在离家五六俄里远的地方遇到一条大黑狗,属于潜水犬①品种。这条狗从我身边跑过去,凝神瞧着我,照直看我的脸,然后又往前跑去。

"挺好的一条狗……"我暗想,"是谁家的呢?"

我往四下里看一眼。那条狗在十步开外站住,目不转睛地瞧着我。我们默默地互相看了一会儿,后来那条狗大概瞧见我注意它而心里高兴,慢腾腾地走到我跟前,摇着尾巴。

我往前走。这条狗跟在我身后。

"这是谁家的狗呢?"我问自己,"它是从哪儿来的?"

方圆三四十俄里内的地主我全都熟悉,他们的狗我也认识。他们没有一个人有这样的潜水犬。那么它究竟是从哪儿来的呢?它怎么会来到这儿,来到这个偏僻的树林里?这条路一向没有人乘车经过,只有运木柴的人才来这儿。说它是某个过路人丢失在这儿的,那也几乎不可能,因为地主们是不会从这条路到什么地方去的。

我在一个树桩上坐下休息,开始打量我的旅伴。它也坐下,扬起头,眼巴巴地瞧着我。……它瞅着我,连眼皮也不眨一下。究竟是受到寂静、林中的阴影和声音的影响呢,还是疲劳的结果,我不知道,总之,在那两只普通的狗眼凝神注视下,我忽然心惊肉跳。我想起浮士德和他的叭儿狗,想起神经质的人疲乏后有的时候会产生幻觉。这样一想不要紧,我赶快站起来,赶快往前走。潜水犬跟在我后面。……

"走开!"我叫道。

那条狗多半喜欢我的声音,因为它快活地往前一蹿,跑到我前面去了。

---

① 纽芬兰所产的一种善于游泳的狗。

"走开!"我又叫道。

狗回过头来看一眼,注意地瞧了我一会儿,快活地摇尾巴。显然我的威吓声引起了它的兴致。我本该对它亲热一下才是,可是浮士德的叭儿狗没有在我的头脑里消失,恐惧的感觉越来越尖锐。……紧跟着天黑下来了,这使得我格外心慌意乱,每次那条狗跑到我跟前,用尾巴拍我,我就胆寒地闭上眼睛。当初我见到钟楼上的亮光和那节车厢的时候发生过的情形,如今又重演了:我再也忍不住,撒腿就跑。……

我回到家里,看见一个客人,是我的老朋友。他打过招呼后,开始对我抱怨说,他坐着马车到我家来,在树林里迷了路,他那条贵重的好狗就此走失了。

药房老板娘

某小城一共只有两三条弯曲的街道，这时候已经沉入无法惊醒的睡乡。空气停滞，万籁俱寂。只有远处，大概是城外，有一条狗用沙哑无力的男高音不住吠叫。不久就要破晓了。

一切都早已睡熟。只有本城药房的老板娘，药剂师切尔诺莫尔吉克的年轻妻子没有睡着。她已经躺下过三次，可是怎么也睡不着，不知是什么缘故。她在敞开的窗子跟前坐着，只穿着衬衫，眼睛望着街道。她感到气闷，无聊，烦恼……烦恼得甚至想哭一场，至于这究竟是什么缘故，她也始终不明白。她胸中好像堵着一团什么东西，不时涌到喉头来。……后边，离药房老板娘几步开外，切尔诺莫尔吉克本人蜷起身子贴着墙，鼾声大起。一只贪婪的跳蚤在叮他的鼻梁，可是他全无感觉，甚至微微地笑，因为他梦见似乎全城的人都在咳嗽，陆续不断地到他这儿来买丹麦国王牌药水。现在，不论是拿针扎他也罢，开炮轰他也罢，对他温存也罢，都休想惊醒他了。

这家药房差不多坐落在城边上，因此药房老板娘可以远远地眺望田野。……她瞧见东方天边渐渐泛白，后来又转成紫红，仿佛起了大火似的。出人意外，远处灌木丛后面爬上来一个宽脸膛的大月亮。她脸色发红（一般说来，月亮从灌木丛后面爬上来，不知什么缘故，总是非常怕羞的）。

突然,在夜晚的寂静中,响起了什么人的脚步声和马刺的磕碰声。传来了说话声。

"这是军官们从县警察局长家里出来,回营房去。"药房老板娘暗想。

过了不多一会儿,出现了两个人影,穿着军官的白色上衣:一个又大又胖,另一个比较瘦小。……他们懒懒散散,沿着围墙一步一步地磨蹭,大声谈什么事。到药房跟前,两个人走得越发慢了,眼睛瞧着窗子。

"这儿有药房的气味……"瘦子说,"果然是药房!啊,我想起来了。……上星期我到这儿来过,买蓖麻子油。这儿有个药房老板,一脸的哭丧相,生着驴下巴。喏,老兄,那下巴像这个样子!参孙一定就是用这样的东西打死非列士人的①。"

"嗯,是啊……"胖子用男低音说,"药剂师睡了!老板娘也睡了。这儿的老板娘,奥勃捷索夫,生得倒挺俊的呢。"

"我见过。我很喜欢她。……您说说看,大夫,莫非她能爱上这个驴下巴?莫非能有这样的事?"

"是啊,多半她不爱他,"军医官叹道,从他的口气听来,倒好像他为药房老板难过似的,"如今那个小女人在窗子里睡熟了!奥勃捷索夫,不是吗?她热得摊开了四肢……小嘴微微张开……一条小腿从床上耷拉下来。也许药房老板这个蠢货一点也不懂得这种福分。……大概在他眼里,女人也罢,一瓶石碳酸也罢,全都一样!"

"您猜怎么着,大夫?"军官停住脚说,"我们索性走进药房去买点什么!说不定我们会见到药房老板娘的。"

---

① 按基督教传说,大力士参孙用一块驴腮骨打死一千个非列士人,见《旧约·士师记》。

"您想到哪儿去了:深更半夜的!"

"那有什么关系?他们就是在夜里本来也有义务卖药。亲爱的,咱们进去吧!"

"那也好。……"

药房老板娘正躲在窗帘里,这时候听见沙哑的门铃声响了。她回过头去看一眼丈夫,他仍然睡得很熟,微微笑着。她就披上衣服,光脚穿上拖鞋,跑到药房的店堂里去。

玻璃门外现出两个阴影。……药房老板娘捻亮灯里的火苗,赶紧走到门口去开门,她再也不感到无聊,再也不觉得烦恼,再也不想哭了,只是她的心跳得厉害。胖医官和瘦奥勃捷索夫走进门来。现在可以看清他们的模样了。大肚子医生肤色发黑,留着大胡子,动作不爽利。他只要稍稍一动,他的军服上衣就发出像要裂开那样的声响,他的脸上冒出汗来。另一个军官却脸色红润,没有唇髭,面貌像女人那样秀气,灵活得好比一根英国马鞭。

"您要买什么?"药房老板娘问他们说,抓住自己胸前的衣服。

"您给拿点……呃呃呃……十五戈比的薄荷药片!"

药房老板娘不慌不忙地从货架上取下一个药罐来,开始过秤。两个顾客瞅着她的后背,眼皮也不眨一下。军医官眯细眼睛,活像一只吃饱的猫,中尉却很严肃。

"我头一次看见女人在药房里做生意。"军医官说。

"这没有什么特别的……"药房老板娘回答说,斜起眼睛瞟了瞟奥勃捷索夫红润的脸,"我的丈夫没有助手,我素来帮着他干活。"

"哦。……你们这个小药房倒挺可爱的!这儿有多少各式各样的……药罐啊!您在这些毒药当中转来转去就不害怕?哎呀呀!"

药房老板娘包好药片,交给军医官。奥勃捷索夫给她十五戈比。在沉默中过了半分钟。……两个男人面面相觑,向门口迈出一步,随后又面面相觑。

"您给拿十戈比的苏打!"军医官说。

药房老板娘又懒散无力地移步,往货架上伸出手去。

"这儿,药房里,有没有那种……"奥勃捷索夫活动着手指头,喃喃地说,"那么一种,您知道,打比方说,一种提神的液体……碳酸矿泉水什么的?您这儿有碳酸矿泉水吗?"

"有。"药房老板娘回答说。

"好哇!您不光是女人,简直算得是仙女了。您给我们拿三瓶来!"

药房老板娘匆匆地把苏打包好,消失在门外的黑暗里。

"好一个鲜果!"医生挤了挤眼睛说,"像这样的菠萝,奥勃捷索夫,哪怕在马德拉岛①上都找不着呢。啊?您觉得如何?不过……您听见鼾声吗?这就是药房老板先生在安寝纳福呢。"

过一分钟,药房老板娘回来了,在柜台上放下五个瓶子。她刚到地下室里去了一趟,因此脸色发红,神态有点兴奋。

"嘘……轻一点,"奥勃捷索夫在她拔瓶塞而失手把螺旋拔塞器掉在地下的时候说,"别弄得这么响,会把您丈夫惊醒的。"

"咦,就算把他惊醒了,那又有什么关系?"

"他睡得那么香……一定梦见您了。……为您的健康干一杯!"

"再者,"军医官用男低音说,喝完矿泉水而不住打嗝,"丈夫总是乏味的家伙,要是他能永远睡觉,那就算他做对了。哎,这矿泉水里要是加上点红葡萄酒就好了。"

"亏您想得出来!"药房老板娘笑着说。

---

① 在大西洋,属葡萄牙。

"那才妙呢！可惜药房不卖酒！不过……你们本来就应当把酒当药卖。您有法国红葡萄酒①吗？"

"有。"

"啊啊！您给我们拿来！见它的鬼,您把它弄来吧！"

"您要多少？"

"足量②！……您先给我们的矿泉水里倒上一盎司③,然后我们再看。……奥勃捷索夫,如何？先喝矿泉水,然后再自身④。……"

医生和奥勃捷索夫靠着柜台坐下,脱掉帽子,开始喝红葡萄酒。

"可是这葡萄酒,必须承认,糟糕透了！坏葡萄酒⑤。不过呢,有……呃呃呃……在场,它可就像是琼浆玉液了。您太迷人了,太太！我心里在吻您的小手呢。"

"我宁可付出很高的代价,只求不光是在心里吻您的小手！"奥勃捷索夫说,"我凭人格担保！我情愿献出我的生命！"

"您别这么说了……"切尔诺莫尔吉克太太说,涨红了脸,做出严肃的面容。

"嘿,您可真会卖俏！"军医官轻声笑道,皱起眉头,调皮地瞧着她,"您的小眼睛像是在开枪！劈！啪！我祝贺您：您胜利了！我们都甘拜下风了！"

药房老板娘瞧着他们红彤彤的脸,听着他们饶舌,不久她自己也活泼起来。啊,她简直心花怒放了！她也插嘴谈话,哈哈大笑,

---

① 原文为拉丁语。
② 原文为拉丁语,意谓"多拿点来"。
③ 盎司,此处指旧俄药量单位,1盎司等于29.86克。
④ 原文为拉丁语,意谓"喝酒"。
⑤ 原文为拉丁语。

卖弄风情,甚至经不住顾客们再三请求,也喝了两盎司的红葡萄酒。

"你们这些军官应该常常从营房到城里来才对,"她说,"要不然这儿冷清极了。我简直要闷死了。"

"可不是!"军医官做出吃惊的样子说,"这么样的菠萝……大自然的奇迹,却丢在穷乡僻壤!格利鲍耶陀夫说得好:'到穷乡僻壤去!到萨拉托夫去!'①不过我们也该走了。能跟您认识很高兴……非常高兴!我们该付多少钱?"

药房老板娘抬起眼睛瞧着天花板,久久地努动嘴唇。

"十二卢布四十八戈比!"她说。

奥勃捷索夫从口袋里取出一个大钱夹,在一叠钞票里翻了很久,把账付清了。

"您的丈夫睡得很香……在做梦呢……"他临行握着药房老板娘的手,唠叨说。

"我不喜欢听蠢话。……"

"这怎么会是蠢话呢?正好相反,这完全不是蠢话。……连莎士比亚都说过:'谁年轻的时候年轻,谁就有福。'②"

"放开我的手!"

最后,两个顾客说了很久的话,吻了药房老板娘的手,这才游移不定地走出药房,仿佛在思索有什么东西忘在这儿似的。

她赶快跑回寝室去,在原来的窗边坐下。她看见军医官和中尉从药房出来,懒洋洋地走出大约二十步,然后站住,开始小声说话。他们在谈什么呢?她的心怦怦地跳着,两鬓也跳动,至于这是为什么,她自己也不知道。……她的心跳得厉害,倒好像在那边小

---

① 引自俄国剧作家格利鲍耶陀夫的剧本《智慧的痛苦》。——俄文本编者注
② 出自普希金的诗体小说《叶甫盖尼·奥涅金》。——俄文本编者注

声说话的两个人正在决定她的命运似的。

过了五分钟光景,军医官跟奥勃捷索夫分手,独自往前走去,奥勃捷索夫却走回来了。他走过药房门前一次,又一次。……他时而在门口站住,时而又迈步走开。……最后门铃小心地响了。

"什么?是谁?"药房老板娘忽然听见她丈夫的说话声。"那儿在拉铃,你却没听见!"药房老板厉声说道,"真不像话!"

他下了床,穿上家常长袍,半睡半醒,身子摇摇晃晃,趿拉着拖鞋,走到店堂里去了。

"您……要买什么?"他问奥勃捷索夫。

"给我……给我十五戈比的薄荷药片。"

药房老板呼哧呼哧不住喘气,打呵欠,一边走路一边打瞌睡,膝盖撞在柜台上,摸到货架那儿,取下药罐来。……

过了两分钟,药房老板娘看见奥勃捷索夫从药房里出来,走了几步,把薄荷药片丢在尘土飞扬的路上。从街角那边,军医官迎着他走过来。……两个人聚在一起,指手画脚地议论着,消失在清晨的迷雾里了。

"我多么不幸啊!"药房老板娘说着,愤恨地瞧着她丈夫,这时候他正很快地脱掉衣服,又躺下睡觉。"啊,我多么不幸呀!"她又说一遍,忽然淌下了辛酸的眼泪。"而且谁也不知道,谁也不知道。……"

"我把十五戈比忘在柜台上了,"药房老板喃喃地说,盖上被子,"劳驾,把它收在桌子抽屉里。……"

说完,他立刻睡着了。

多 余 的 人

六月间一天傍晚,六点多钟。一群别墅的住客刚从火车上下来,走出小火车站希尔科沃,慢腾腾地往别墅区走去。他们大多数是一家之长,携带着小蒲包、皮包、女人的帽盒等。大家都神色疲劳,饥肠辘辘,心里有气,好像太阳不是为他们照耀,青草也不是为他们发绿似的。

巴威尔·玛特威耶维奇·扎依金也夹在那群人当中慢腾腾地走着。他是地方法院的法官,高身量,背有点驼,穿着价钱便宜的麻布外套,褪色的帽子上钉着帽徽。他不住出汗,脸色发红,闷闷不乐。

"请问您每天都坐火车到别墅来吗?"一个穿着褪了色而发红的长裤的别墅住客对他说。

"不,不是每天,"扎依金阴沉地回答说,"我的妻子和儿子在这儿常住,我每星期坐车来两次。我没有工夫每天回来,再者那也太破费了。"

"这话不错,那样做太破费,"红裤子说,叹口气,"在城里,人总不能步行到火车站,得雇出租马车,其次,火车票要花四十二戈比……在路上总要买张报纸看一看,酒瘾来了还要喝上一盅。这些都是小开支,一星半点,可是你也别小看它:一个夏天算起来就是二百卢布啊。当然,大自然的怀抱比这更宝贵,这我不来争论……无非是田园之乐等等的,不过要知道,就我们文官的薪俸来说,您也明白,花每个小钱都得打一下算盘呢。不小心胡花了一个小钱,事后就会通宵睡不着觉。……是啊。……我,先生,还没请教尊姓大名,我一年挣将近两千,是个五等文官,可是我吸二等烟草,大夫嘱咐我喝维希①矿泉水治胆石症,可是我身边连一个多余的卢布也没有。"

"总之,糟得很,"扎依金沉默了一会儿,说,"我,先生,有这样的看法:别墅生活是魔鬼和女人想出来的花样。魔鬼干这种事是出于恶毒,女人呢,出于极端的轻浮。求上帝怜悯吧,这不是生活,而是苦役,地狱!眼下又闷又热,呼吸都困难,可是你从这个地方奔波到那个地方,像个游魂似的,怎么也找不着一个安身之处。那边,城里,家具也没有,仆人也没有……一切都运到别墅来了……鬼才知道吃的是什么,茶也喝不上,因为没有人烧茶炊,就连洗个脸都办不到。至于来到这儿,来到大自然的怀抱里,那就对不起,请您在尘土里,在炎热的天气下一步步走吧。……呸!您成家了吧?"

"是的,先生。……有三个孩子。"红裤子叹道。

"总之,糟得很。……我们居然还活在人世,说起来倒叫人奇怪了。"

最后,这两个别墅住客走到了别墅区。扎依金跟红裤子分手,往自己的别墅走去。他正赶上家里死一般地寂静。他只听见蚊子的嗡嗡声,一只苍蝇注定要成为蜘蛛的饭食了,正发出求救声。窗上挂着薄纱的窗帘,隔着窗帘可以看见天竺葵的凋谢的红花。木墙没油漆过,有些苍蝇在彩色画片旁边打盹儿。前堂里,厨房里,饭厅里,连个人影也没有。在那个既叫客厅又叫大厅的房间里,扎依金碰见他的儿子彼佳,一个六岁的小男孩。彼佳靠桌子坐着,大声喘气,努出下嘴唇,正用剪刀剪红方块纸牌上的武士。

---

① 法国的城名。

"哦,是你,爸爸!"他说,没有扭过脸来,"你好!"

"你好。……妈妈在哪儿?"

"妈妈?她跟奥尔迦·基利洛芙娜一块儿出外排戏去了。后天她们公演。她们还会带着我去看呢。……你去吗?"

"哼!……那么她什么时候回来?"

"她说傍晚回来。"

"娜达丽雅在哪儿?"

"妈妈把娜达丽雅带走了,要她在排演的时候帮妈妈化装。阿库莉娜到树林里采蘑菇去了。爸爸,为什么蚊子叮了人,它的肚子就红了?"

"不知道。……因为它们吸了血。那么家里一个人也没有?"

"没人。只有我一人在家。"

扎依金在圈椅上坐下,呆呆地望一阵窗口。

"那么谁给我们做饭呢?"他问。

"今天不做饭,爸爸!妈妈当是你今天不回来,没吩咐做饭。她跟奥尔迦·基利洛芙娜在排戏的地方吃饭。"

"多谢多谢。那你吃什么呢?"

"我喝牛奶。她们给我买了六戈比的牛奶。爸爸,蚊子为什么吸血呢?"

扎依金忽然感到有个什么沉甸甸的东西滚到他肝脏那儿,开始吸它的血。他觉得那么烦恼,委屈,痛心,不由得呼吸费力,浑身发抖。他恨不得跳起来,拿起什么重东西砸在地板上,大骂一通,可是这时候他想起医生严格禁止他激动,就站起来,按捺住怒火,开始用口哨吹《法国清教徒》①的曲调。

---

① 德国作曲家梅耶贝尔(1791—1864)在 1836 年创作的五幕歌剧。——俄文本编者注

"爸爸,你会演戏吗?"他听见彼佳的说话声。

"哎,别拿这些愚蠢的问题纠缠我!"扎依金说,生气了,"讨厌,缠住人不放!你已经六岁了,可你还是跟三年前那么蠢。……愚蠢的、没管教的顽皮孩子!你,比方说,为什么把这些纸牌毁掉?你怎么敢毁纸牌?"

"这些纸牌不是你的,"彼佳转过脸来说,"这是娜达丽雅给我的。"

"胡说!你胡说,没出息的顽皮孩子!"扎依金越来越冒火,"你老是胡说!该拿鞭子抽你一顿才是,这头小猪!我要把你的耳朵拧下来!"

彼佳跳起来,伸长脖子,定睛瞧着他父亲气冲冲的红脸膛。他的大眼睛起初不住地眨巴,后来蒙上了泪水。孩子的脸变相了。

"你干吗骂我?"彼佳尖叫道,"你为什么跟我过不去,傻瓜?我又没招惹谁,又没淘气,我挺听话,可是你……生气了!是啊,你凭什么骂我?"

男孩讲得振振有词,哭得那么伤心,扎依金觉得难为情了。

"真的,我何必跟他为难呢?"他暗想。

"好了,别哭了……别哭了,"他说,碰碰孩子的肩膀,"我不对,彼佳……请你原谅。你是我的乖孩子,好孩子,我喜欢你。"

彼佳用袖口擦干眼泪,叹口气,在原来的地方坐下,开始剪纸牌上的皇后。扎依金走到书房里去了。他在长沙发上直挺挺地躺下,把两只手枕在头底下,沉思不语。男孩刚才淌下的泪水缓和了他的愤怒,他的肝火渐渐平息。他只感到疲劳和饥饿。

"爸爸!"扎依金听见门外有说话声,"要不要把我搜集的昆虫拿给你看?"

"拿给我看吧!"

彼佳走进书房来,递给父亲一个绿色的小长盒子。扎依金还没把它举到耳朵旁边,就听见盒子里有绝望的嗡嗡声和爪子搔盒边的沙沙声。他揭开盒盖,看见许多蝴蝶、甲虫、蟋蟀、苍蝇用大头针给扎在盒底上。所有的虫子,除了两三只蝴蝶以外,都还活着,在动弹。

"这只蟋蟀还活着呢!"彼佳惊讶地说,"它是昨天早晨给捉住的,直到现在还没死!"

"是谁教你把虫子扎在盒子上的?"扎依金问。

"奥尔迦·基利洛芙娜。"

"应该把奥尔迦·基利洛芙娜自己照这样扎死才对!"扎依金厌恶地说,"你把它拿走!虐待动物是可耻的!"

"上帝啊,他受到多么糟糕的教育。"他在彼佳走后暗想。

巴威尔·玛特威耶维奇已经忘记疲劳和饥饿,专心想着孩子的命运了。这当儿,窗外白昼的亮光渐渐暗下去。……可以听见别墅的住客们傍晚洗完澡,成群结队地回来了。不知什么人在饭厅那敞开的窗子外面站住,喊道:"要蘑菇吗?"他喊完,没有听见回答,就迈着光脚啪嗒啪嗒地走开了。……可是后来暮色越发浓重,薄纱窗帘外面的天竺葵已经看不清轮廓,傍晚的清爽空气开始涌进窗口来,这时候前堂的门砰的一声开了,传来急促的脚步声和谈笑声。……

"妈妈!"彼佳尖叫道。

扎依金从书房里往外看,瞧见了他的妻子娜杰日达·斯捷潘诺芙娜,身体健康,脸色红润,跟平时一样。……跟她一起来的是奥尔迦·基利洛芙娜,一个干瘪的金发女人,脸上长着很大的雀斑。另外还有两个不认识的男人,一个年轻,高身量,生着棕红色鬈发和很大的喉核,另一个身材矮壮,脸像演员一样刮得很光,歪着铁青色的下巴。

"娜达丽雅,烧茶炊!"娜杰日达·斯捷潘诺芙娜嚷道,衣服沙沙地响,"听说巴威尔·玛特威耶维奇回来了!巴威尔,你在哪儿啊?你好,巴威尔!"她说着,跑进书房里来,呼呼地喘气,"你回来了?很高兴。……我们的两个业余演员跟我一块儿来了……我们走出去,我给你介绍一下。……喏,那个高一点的是柯罗梅斯洛夫……唱得好极了。另一个矮一点的……姓斯美尔卡洛夫,是个真正的演员……朗诵得很精彩。哎呀,我好累啊!刚才我们排戏来着。……排得可好呢!我们要演《有长号的房客》①和《她等他》②。……后天就上演。……"

"你带他们回来干什么?"扎依金问。

"不能不这样呀,我的心肝!喝完茶以后我们得背一背台词,唱一下。……我是跟柯罗梅斯洛夫合唱的。……对了,差点忘了!你,亲爱的,打发娜达丽雅去买沙丁鱼、白酒、干酪,另外再买点什么别的吧。他们多半要在这儿吃晚饭。……哎呀,我好累啊!"

"哼!……我没有钱!"

"那可不行,我的心肝!那不合适!别害得我脸红啊!"

过了半个钟头,娜达丽雅奉命去买白酒和冷荤菜。扎依金喝完茶,吃完整整一个法国面包,就走到寝室去,在床上躺下。娜杰日达·斯捷潘诺芙娜和她的客人们又说又笑,着手背台词。巴威尔·玛特威耶维奇久久地听见柯罗梅斯洛夫用鼻音念台词,斯美尔卡洛夫用演员腔大呼小喊。……念完台词,接着就是长久的谈话,中间夹杂着奥尔迦·基利洛芙娜尖得刺耳的笑声。斯美尔卡洛夫凭真正的演员资格,用自负而激昂的口气解释台词。……

随后是合唱,合唱后就是盘盏的叮当声。……扎依金在睡梦

---

① 由俄国作家 C.包依科夫改编的一个法国轻松喜剧。——俄文本编者注
② 一个法国轻松喜剧。——俄文本编者注

中听见他们怂恿斯美尔卡洛夫朗诵《女罪人》①,听见他假意推让一阵后开始朗诵。他压低了喉咙念,不住捶自己的胸口,痛哭,用沙哑的男低音扬声大笑。……扎依金皱起眉头,拉过被子来蒙住头。

"你们得走很远的路,天又黑,"过了一个钟头光景,他听见娜杰日达·斯捷潘诺芙娜的说话声,"你们何不就在我们这儿过夜呢?柯罗梅斯洛夫就在这儿,客厅里,这张长沙发上睡下,您,斯美尔卡洛夫呢,睡在彼佳的床上好了。……彼佳可以安置在我丈夫的书房里。……真的,你们就住下吧!"

最后,时钟敲了两下,一切才安静下来。……寝室的门开了,娜杰日达·斯捷潘诺芙娜出现了。

"巴威尔,你睡着了?"她小声说。

"没有。怎么了?"

"你,亲爱的,到书房里去,在长沙发上睡吧。这儿,你的床,我让奥尔迦·基利洛芙娜睡了。去吧,好人!我原想把她安置在书房里,可是她不敢一个人睡。……你就起来吧!"

扎依金坐起来,披上家常长袍,拿着枕头,慢腾腾地往书房走去。……他摸黑走到长沙发跟前,点燃火柴,却看见长沙发上躺着彼佳。男孩没有睡着,睁大眼睛瞧着火柴。

"爸爸,为什么蚊子夜里不睡觉?"他问。

"因为……因为,"扎依金喃喃地说,"因为我和你在这儿是多余的人。……连睡觉的地方都没有!"

"爸爸,奥尔迦·基利洛芙娜的脸上为什么有雀斑呢?"

"哎,别问了!你惹得我厌烦了!"

---

① 俄国诗人和剧作家 A.K.托尔斯泰(1817—1875)的一首长诗。——俄文本编者注

扎依金想了一会儿,就穿上衣服,到街上去透一透新鲜空气。……他瞧着清晨的灰白色天空,瞧着呆呆不动的浮云,听着长脚秧鸡懒洋洋地鸣叫,开始幻想明天他进城去,在法院里下了班,回到家去睡一大觉。……忽然,街角上出现一个人影。

"一定是守夜人……"扎依金暗想。

可是他走近点,仔细一看,才认出这个人就是他昨天碰到的穿红褐色裤子的别墅住客。

"您没睡觉?"他问。

"是啊,不知怎么睡不着……"红裤子叹道,"我在欣赏大自然。……我家里,您知道,来了贵客,是坐夜班火车来的……那是我的岳母。跟她一块儿来的还有我的侄女们……都是些挺好的姑娘。我非常高兴,不过……天气很潮湿!您也是来欣赏大自然吧?"

"是的,"扎依金支吾道,"我也来欣赏。……不过,您可知道,附近有什么酒店或者饭馆?"

红裤子就抬起眼睛望着天空,陷入了沉思。……

终身大事

阿历克塞·包利绥奇刚刚跟午饭后的摩耳浦斯①分手,这时候同他的妻子玛尔法·阿法纳西耶芙娜一起坐在窗旁发牢骚。他不喜欢他的女儿丽朵琪卡跟年轻人费多尔·彼得罗维奇一块儿到花园里去散步。……

"我受不了,"他唠叨说,"一个姑娘家这么满不在乎,连羞耻心都没有了。在花园里幽暗的林荫道上这么散步,我看,除了不道德和放荡以外,就没有什么别的了。你是母亲,可是你什么也看不见。……不过,照你的看法,姑娘家干蠢事倒是该当的。……照你的看法,他们就是在那边偷情也没关系。……你自己到了老年,也还巴不得忘掉羞耻,跑去跟人家幽会呢。……"

"你干吗跟我过不去?"老太婆生气了,"唠唠叨叨,自己也不知道自己说些什么。秃头的丑货!"

"好吧!就按你的意思,随他们去。……随他们在那儿亲嘴,搂搂抱抱吧。……很好……随他们去。……要是这个丫头昏了头,我可不能在上帝面前负责。……亲嘴吧,姑娘!私定终身吧!"

"你先慢着幸灾乐祸。……也许他们会一无结果散掉

---

① 希腊神话中的梦神。

的。……"

"求上帝保佑,一无结果散掉才好……"阿历克塞·包利绥奇叹道。

"你老是跟你的亲儿女作对。……你只巴望丽朵琪卡倒霉,从不巴望好事。……当心,阿历克塞,可别让上帝惩罚你这种歹毒心肠!我替你担忧呢!你本来就活不了多久!"

"你爱怎么想都随你,反正我不容许这种事。……他配不上她,再者她也无须乎着急。……凭我们的财产和她的美貌,她还会有更体面的求婚人。……其实我何必跟你说这些?我才懒得跟你啰唆呢!把他赶走,把丽朵琪卡关在屋里就完事了。……我就要这么办。"

老人一面打呵欠,一面有气无力地说着,仿佛在嚼橡皮似的。看得出来,他所以唠唠叨叨,无非是因为他心口痛,而且好说废话罢了,然而老太婆却把他的话当真听到心里去了。她不住拍手,反唇相讥,呱呱地叫,跟老母鸡似的。暴君啦,恶棍啦,异教徒啦,混蛋啦,还有其他她熟悉的骂人话,纷纷从她舌尖上跳出来,照直扑到阿历克塞·包利绥奇的"丑脸"上去。……这个局面本来会像往常那样以庄严的吐唾沫和流泪水结束,可是这时候两个老人却忽然看见一件异乎寻常的事:他们的女儿丽朵琪卡正蓬松着头发,顺林荫道往正房跑来。同时,远远的,在林荫道拐角上,灌木丛后面,露出费多尔·彼得罗维奇的草帽。……这一回,那个年轻人脸色煞白。他迟疑不定地往前跨出两步,后来又摇摇手,很快地退回去了。这以后他们就听见丽朵琪卡跑进正房,飞一般地穿过整个过道,回到自己房间,咔嚓一声扣上了门。

老头和老太婆带着惊呆的神情面面相觑,垂下眼睛,脸色微微发白。两个人沉默着,不知该说什么好。对他们来说,这个谜底是明明白白的,跟上帝的白昼一样。两个人无须说话就明白而且感觉到:刚才他们在这儿怨天尤人,互相责骂的时候,他们的闺女的命运却已经决定了。姑且不谈父母的心,其实只要最平常的人类感觉就足以理解目前丽朵琪卡关在自己房间里,心里有些什么感触,那个退到远处去的草帽正在她的生活里起着多么重大的决定作用。……

阿历克塞·包利绥奇站起来,哼哼唧唧,开始在房间里走来走去。……老太婆注视着他的动作,心里发紧地等他开口说话。

"这些日子天气多么奇怪……"老头费力地说,"晚上挺冷,白天却热得受不了。"

厨娘端来茶炊。玛尔法·阿法纳西耶芙娜洗茶杯,斟茶,可是谁都不想喝茶。

"应当去……叫丽朵琪卡……来喝茶,"阿历克塞·包利绥奇喃喃地说,"要不然,过后还要特意为她烧茶炊。……我不喜欢乱糟糟的!"

玛尔法·阿法纳西耶芙娜想说句什么话,却没能说出来。……她嘴唇颤动,舌头不听使唤,眼睛蒙上了一层雾。再过一会儿她就要哭出来了。阿历克塞·包利绥奇热切地想安慰惊慌失措的老太婆,他自己也想哭一场,然而自尊心妨碍他这样做:总得咬紧牙关硬撑场面啊。

"这一切都挺好,都不错,"他抱怨说,"只是他应该先跟我们谈一谈才是。……是啊……他,说真的,先应当向我们提出跟丽朵琪卡结婚的要求。……说不定我们根本不同意呢!"

老太婆摇着双手,大声哭出来,走回她的房间去了。

"这是终身大事……"阿历克塞·包利绥奇暗想,"不能这么轻率地作出决定……这得全面地认真考虑一下。……我去问一问她到底是怎么回事,谈一谈,再作决定。……这样可不行!"

老人把身上的家常长袍的前襟掩上,迈着碎步走到丽朵琪卡的房门跟前。

"丽朵琪卡!"他说,迟疑不定地抓住门把手,"你……怎么了?你病了还是怎么的?"

没有回答。阿历克塞·包利绥奇不住叹气,不知什么缘故耸了耸肩膀,从房门那儿走开了。

"这样可不行!"他想,趿拉着拖鞋在过道上走着,"应当全面……考虑一下,谈一谈,商量一阵。……婚姻是一种圣礼,可不能马虎对待。……我要去找老太婆谈一谈。……"

老人迈着碎步走进他妻子的房间。玛尔法·阿法纳西耶芙娜在一口打开的箱子跟前站着,发抖的手在翻衣服。

"一件衬衫也没有……"她嘟哝说,"正正经经的好父母办出嫁妆来,连娃娃的衣服也不缺,可是我们的嫁妆既没有头巾,又没有毛巾。……人家可能以为她不是我们的亲生女儿,而是孤儿呢。……"

"应当谈一谈终身大事,可是你老讲这些穿戴。……瞧着你都叫人害臊。……现在要解决的是生死攸关的问题,可是她却像个女商贩似的站在箱子跟前,数那些破衣服。……这样可不行!"

"那应该怎么样呢?"

"应该考虑一下,全面地商量一下……讨论一下。……"

两个老人听见丽朵琪卡开了房门,打发使女给费多尔·彼得罗维奇送一封信去,然后又扣上房门。……

"她给他送去最后的答复了……"阿历克塞·包利绥奇小声说,"这些蠢人啊,求上帝饶恕吧!根本就没想到跟长辈商量一下!哎,这班人啊!"

"你猜我想起了什么,阿辽沙①!"老太婆说,把两只手一拍,

---

① 阿历克塞的爱称。

"要知道,我们得在城里找个新宅子住了!要是丽朵琪卡不再跟我们同住,那我们还要这八个房间干什么?"

"这都是些无聊事……小事。……现在得考虑终身大事。……"

两个老人直到吃晚饭为止,一直像阴影似的在各处房间里走动,找不着一个安身之处。玛尔法·阿法纳西耶芙娜毫无目的地翻衣服,跟厨娘交头接耳地讲话,不时哭起来。阿历克塞·包利绥奇呢,则不住抱怨,想谈些严肃的话,却胡扯一通。吃晚饭的时候,丽朵琪卡出来了。她脸色绯红,眼睛微微发肿。……

"啊,你好!"老头说,眼睛没有看着她。

他们坐下吃饭,头两道菜默默地吃完了。……大家的脸色,动作,仆人的步态,总之一切,都流露出一种拘谨的庄严意味。……

"应当,丽朵琪卡,那个……"老头开口说,"严肃地商量一下……全面。……嗯,是啊。……要不要喝点酒?格拉菲拉,去取酒来!我们不妨喝点香槟酒,不过是没有的话,也就算了。……嗯,是啊……这样可不行!"

酒送来了。老头一杯接一杯地喝个没完。……

"我们来好好商量一下……"他说,"这是严肃的大事。……这样可不行!"

"爸爸,你的话也太多了!"丽朵琪卡叹道。

"得了,得了……"老头惊慌地说,"我本来不过是随便说说……找个话题罢了。……你可别生气。……"

晚饭后,母女俩交头接耳地谈了很久。

"她们多半在谈些无谓的事,"老头暗想,在房间里走来走去,"她们,这些蠢人,不懂这件事多么严肃……重大。……这样可不行,那可不行!"

夜晚来了。……丽朵琪卡在自己房间里躺着,没有睡着。……两个老人也睡不着,嘀嘀咕咕一直讲到天明。

"苍蝇不让人睡觉!"阿历克塞·包利绥奇埋怨说。

然而这不能怪苍蝇,却要怪幸福的心情。……

歌　女

有一天,那是她还比较年轻漂亮,嗓音也比较清脆的时候,她的捧场人尼古拉·彼得罗维奇·柯尔巴科夫坐在她那别墅的楼上房间里。天气闷热不堪。柯尔巴科夫刚刚吃过中饭,喝过满满一瓶质量很差的烈性葡萄酒,觉得心绪恶劣,浑身不舒服。两个人都感到烦闷,就等着炎热消退,好外出去散一散步。

突然,出人意外,前堂响起了门铃声。柯尔巴科夫本来没穿上衣,趿拉着拖鞋,这时候就跳起来,用疑问的眼光瞧着巴霞。

"大概是邮差,或者,也许是我的女朋友吧。"女歌手说。

不论被巴霞的女朋友还是邮差撞见,柯尔巴科夫一概不在乎,不过为了稳妥起见,他还是抱起他的衣服,到隔壁房间去了。巴霞就跑去开门。使她大吃一惊的是,门口站着的并不是邮差,也不是女朋友,却是个素不相识的女人,年轻,美丽,装束上流,从各种迹象来看,也正是个上流女人。

这个陌生的女人面色苍白,费力地呼吸着,仿佛刚爬上一道很高的楼梯似的。

"请问您有什么事?"巴霞问。

太太没有立刻答话。她往前迈出一步,慢腾腾地对房间里扫一眼,坐下来,看样子似乎累了,或者有病,因而站不住了。后来她那苍白的嘴唇努动很久,极力要说出话来。

"我的丈夫在您这儿吗?"她终于问道,抬起哭得眼皮红肿的大眼睛瞧着巴霞。

"什么丈夫?"巴霞小声说,忽然心惊胆战,手脚一齐冰凉了。"什么丈夫?"她又说一遍,开始发抖。

"我的丈夫……尼古拉·彼得罗维奇·柯尔巴科夫。"

"没有……没有,太太。……我……我根本不认得您的丈夫。"

在沉默中过去了一分钟。陌生女人有好几次用手绢擦苍白的嘴唇,屏住呼吸,为了克制内心的战栗。巴霞站在她面前一动也不动,像是脚下生了根似的,带着困惑和恐惧瞅着她。

"那么您是说他不在这儿?"太太问道,这时候她的声音已经稳定下来,脸上现出古怪的微笑。

"我……我不知道您问的是谁。"

"您卑贱,下流,坏透了……"陌生女人喃喃地说,带着痛恨和憎恶打量巴霞,"对,对……您卑贱。我到底能有机会对您说出这句话,实在高兴得很,高兴得很!"

巴霞感到她给这个身穿黑衣服、眼神气愤、手指头又白又细的太太留下一种卑贱和丑恶的印象,不由得为自己胖胖的红脸蛋、鼻子上的麻斑、额头上的刘海害臊,那绺刘海偏偏无论如何也梳不上去。她觉得要是她长得瘦一点,不涂脂抹粉,不留刘海,那就可以掩盖她那并非上流的身份,她站在这个陌生而神秘的女人面前也就不会这么害怕,这么害臊了。

"我的丈夫在哪儿?"太太接着说,"不过他在不在这儿,我倒也无所谓,可是我得告诉您:盗用公款的事已经败露,人家正在捉拿尼古拉·彼得罗维奇。……人家要逮捕他。这都是您干的好事!"

太太站起来,心情极其激动,在房间里走来走去。巴霞呆望着她,吓得没有听懂她的话。

"今天他们就会找到他,逮捕他,"太太说,哭起来,从这种哭声可以听出她的烦恼和激愤,"我知道是谁把他弄到这种可怕地步的!卑贱的坏女人!可恶的、出卖肉体的畜生!"太太憎恶得撇着嘴唇,皱起鼻子,"我是个弱女子。……您听着,下贱的女人!……我弱,您比我强,不过总会有人来给我和我的孩子撑腰!上帝全看得见!他是公道的!他会为我流过的每滴眼泪,为我熬过的那些失眠的夜晚惩罚您!这一天终究会来到,您会想起我的话的!"

紧跟着又是沉默。太太在房间里走来走去,绞着手。巴霞仍然大惑不解,呆望着她,不明白她的来意,等她说出什么可怕的话来。

"我,太太,什么也不知道!"她说,忽然哭起来。

"您撒谎!"太太嚷道,恶狠狠对她瞪起眼睛,"我全知道!我早就知道您!我知道最近一个月他天天待在您家里!"

"是的。那又怎么样呢?那有什么稀奇?我有很多客人,可是我并没有硬拉什么人来啊。来不来随各人的便。"

"我跟您说:盗用公款的事败露了!他在衙门里盗用了别人的款子!为您这么一个……为了您,他居然决心去犯罪。您听着,"太太在巴霞面前站住,用坚决的口气说,"您不可能有节操,您活着就只为了做坏事,这就是您的目标,可是谁也想不到您堕落得这么深,连一丁点儿人的感情也没有!他可是有妻子儿女的。……要是他受了审,流放在外,我和孩子就会活活饿死。……您要明白这一点!不过眼前还有办法挽救他,挽救我们免得受穷和丢脸。要是今天我交上去九百卢布,他们就不会找他的麻烦。只要九百卢布就成!"

"什么九百卢布?"巴霞轻声问道,"我……我不知道。……我没拿过。……"

"我不是跟您要九百卢布……您没有钱,再者我也不要您的钱。我要的是别的东西。……像您这样的人,男人照例会送给您贵重物品的。只要把我丈夫送给您的物品还给我就成!"

"太太,他没有送给我什么东西!"巴霞尖声叫道,开始明白她的来意了。

"那么钱到哪儿去了?他挥霍了他的钱,我的钱,别人的钱。……可是这些钱都上哪儿去了?您听我说,我求求您!我刚才冒了火,对您说过许多不中听的话,那么我道歉就是。您一定恨我,这我知道,不过要是您还能怜悯人的话,那就替我设身处地想一想!我求求您,把那些物品还给我!"

"哼……"巴霞说,耸一耸肩膀,"我倒乐于奉还,可是,我说了假话就叫上帝惩罚我,他什么东西也没送给我。请您相信我的良心话。不过,您说得也对,"女歌手慌张地说,"有一次他送过我两件小东西。好吧,如果您要的话,我就退还。……"

巴霞拉开梳妆台的一个抽屉,从里面取出一个包金的镯子和一个镶红宝石的细戒指。

"收下吧!"她把那两件东西交给客人说。

太太猛然涨红了脸。她的脸颤抖起来。她觉得受了侮辱。

"您给我什么东西?"她说,"我又不是来乞讨的,我是来要那些不该归您有的东西……那些您利用您的地位逼着我丈夫……这个软弱而不幸的人……买给您的东西。……星期四那天,我看见您和我的丈夫在码头上,那时候您戴着贵重的胸针和镯子。所以您用不着在我面前装成没事人似的!我最后一次问您:那些东西您给不给我?"

"天呐,您这个人可真奇怪……"巴霞说,开始生气了,"我对您保证:我从您的尼古拉·彼得罗维奇那儿,除了这个镯子和戒指以外,什么也没拿到过。他只给我带来些甜馅饼。"

"甜馅饼……"陌生女人冷笑道,"在家里,孩子们什么吃的也没有,这儿却有甜馅饼。您坚决不肯退还那些东西吗?"

太太没有得到回答,就坐下来,望着空中发呆,想心事。

"现在可怎么办?"她说,"要是我交不出九百卢布,那么不但他完了,我和孩子们也完了。我到底该把这个下贱的女人打死呢,还是对她下跪?"

太太用手绢蒙住脸,大哭起来。

"我求求您!"她一面大哭,一面数说,"要知道,是您害得我丈夫破了产,把他断送了,您就救救他吧。……您不顾念他,可是孩子……孩子……孩子有什么过错呢?"

巴霞想象那些小孩站在街上,饿得直哭,她自己就也哭了。

"可是我能有什么办法呢,太太?"她说,"您说我是下贱的女人,我害得尼古拉·彼得罗维奇破了产,可是我,要像在真正的上帝面前一样……向您保证:我一点也没沾过他的光。……我们这个班子里只有莫嘉才有阔绰的姘夫,我们这些人,却只能勉强过日子。尼古拉·彼得罗维奇是个受过教育的、文雅的先生,所以我才接待他。我们不能不接待客人。"

"我要东西!把东西给我!我在哭……我在低声下气。……好吧,我下跪就是!只要您乐意就行!"

巴霞吓得叫起来,挥舞两只手。她感到这个苍白而美丽的太太像在舞台上似的表演得那么高尚,而且真的会纯粹出于骄傲,出于高尚而在她面前跪下,为的是抬高自己而贬低歌女。

"好,我把东西拿给您!"巴霞说,擦着眼泪,开始手忙脚乱,"遵命。不过这些东西都不是尼古拉·彼得罗维奇的。……我是从别的客人手里拿到的。就按您的意思办。……"

巴霞拉开五斗橱的最上面一个抽屉,从中取出一个钻石胸针、一串珊瑚、几个戒指、一个镯子,把它们统统交给那个女人。

"要是您乐意,就都拿去,只是我没有从您丈夫那儿得到过任何好处。您拿去,您发财吧!"巴霞继续说,下跪的威胁使她感到受了侮辱,"如果您是高贵的女人……他的合法的妻子,您就该叫他守在您身边。就是嘛!又不是我叫他来的,是他自己来的。……"

太太泪眼模糊地瞧了瞧拿给她的东西,说:

"东西还没有全拿出来。……这点东西连五百卢布也不值。"

巴霞就急急忙忙从五斗橱里又扔出一个金表、一个烟盒、一副袖扣,摊开两只手说:

"我一点东西也没剩下了。……自管搜吧!"

客人叹了口气,伸出发抖的手把那些东西包在手绢里,一句话也没说,甚至也没点一下头,就走出去了。

隔壁房间的门开了,柯尔巴科夫走进屋来。他脸色苍白,一股劲儿摇头,仿佛刚刚吃了一种很苦的东西似的。他的眼睛里闪着泪光。

"您送过我什么东西?"巴霞朝着他发脾气说,"请问什么时候送过?"

"东西。……东西不东西都是小事!"柯尔巴科夫说,摇一下头,"我的上帝啊!她在你面前哭,低三下四。……"

"我问您:您送过我什么东西?"巴霞嚷道。

"我的上帝啊,她上流、骄傲、纯洁……居然打算……对这个娼妇下跪!是我把她逼到这一步的!是我闹出来的!"

他抱住头,哀叫道:

"不,我为这件事永远也不能原谅我自己!永远也不能原谅!你躲开我……贱货!"他厌恶地叫一声,从巴霞面前往后退,用发抖的手推开她,"她刚才打算下跪,而且是……向谁下跪呀?向你！啊,我的上帝!"

他很快地穿上衣服,厌弃地推开巴霞,走到门口,出去了。

巴霞躺下来,开始放声痛哭。她已经舍不得一时赌气拿出去的那许多东西,她感到委屈。她想起三年前有个商人无缘无故地把她打一顿,就哭得越发响了。

教　　师

　　费多尔·卢基奇·绥索耶夫是由"库里金兄弟纺织工厂"出资创办的工厂学校的教师，这时候正准备去参加一个隆重的宴会。每年，考试结束以后，工厂经理处总要举办一次宴会，应邀赴宴的有国民学校督学官，有主持考试的全体人员，有工厂管理人员。宴会虽然是例行性质的，然而时间素来拖得很长，大家兴致勃勃，吃得蛮有滋味。教师们忘记各自的官品①，只记得各自正直的劳动，和和气气，吃得酒足饭饱，谈话谈到喉咙发哑，夜深才走散，歌声和接吻声惊动整个工厂区。这样的宴会，按绥索耶夫在工厂学校里工作的年数来计算，他已经参加过十三次了。

　　现在他正准备去参加第十四次宴会，极力想使自己的外貌显得喜气洋洋，十分体面。他把他那套新的黑衣服足足刷了一个钟头，临到他穿上时髦的衬衫，又在镜子前面几乎站了同样长的时间。衬衫的袖扣洞太小，扣子不大容易钻进去，这件事引起了一场十足的风暴，惹得他对妻子不住地抱怨、威吓、责难。他那可怜的妻子在他身旁跑来跑去，累得筋疲力尽。再者，他自己最后也累坏了。等到仆人从厨房里给他送来擦亮的半高腰皮靴，他已经没有力气套在脚上了。他不得不躺一会儿，喝点水。

---

　　① 俄国教员是叙官品的。

"你多么衰弱啊!"妻子叹道,"你根本不应该去参加这个宴会。"

"请你不必出主意!"教师生气地打断她的话说。

他的心绪极其恶劣,因为他对最近这次考试很不满意。其实这次考试的结果挺出色,高级班所有的男孩都获得了证书和奖品。工厂的经理部门和政府的官吏对这种成绩感到满意,然而教师却嫌不够。使他心里烦恼的是,学生巴勃金平素从不出错,这次考试却在听写中写错了三个字,学生谢尔盖耶夫紧张得没能把十七乘十三算对,督学官这个年轻而缺乏经验的人为听写选了一篇难文章,而且他请来邻近的学校教师里亚普诺夫主持听写,那个教师"不讲同行的义气",念听写材料的时候不把字念清楚,却好像拿这些字放在嘴里咀嚼似的。

教师由妻子帮忙穿上半高腰皮靴,再对着镜子照一阵,就拿起一根节疤很多的手杖,动身赴宴去了。这个盛典在工厂经理的住宅里举行,教师走到住宅门口,却发生了一件不愉快的小事。他忽然大咳起来。……他咳得浑身颤动,帽子从头上掉下来,手杖从手里摔下地。教师们和国民学校督学官听见他的咳嗽声,就从住宅里跑出来,他却已经坐在底下一层台阶上,一身大汗了。

"费多尔·卢基奇,是您吗?"督学官惊讶地说,"您……来了?"

"怎么?"

"您,亲爱的,应该待在家里才对。今天您身体很不好啊。……"

"今天我跟昨天一样好。不过要是您不愿意我来,那我可以走。"

"咦,这话是从何说起,费多尔·卢基奇?何必说这种话呢?欢迎欢迎!认真说来,这个盛典的主客不是我们,是您啊。求上帝怜恤吧,您来了,我们简直愉快得很呢。……"

工厂经理的住宅里已经为这个盛典准备停当。大饭厅里挂着德国的彩色画片,弥漫着天竺葵和油漆的气味,当中放着两张桌子,一张大的是饭桌,一张小的是放冷荤菜的。窗口那边,中午炎热的阳光从放下的窗帘里隐隐透进来。……房间里的半明半暗、窗帘上的瑞士风景画、天竺葵、碟子里切得很薄的腊肠,都显得那么纯朴,现出姑娘家多愁善感的神气。这一切倒跟房主人本身相称,他是个软心肠的日耳曼人,身材矮小,腆起小小的圆肚子,睁着油亮而亲热的小眼睛。阿道尔夫·安德烈伊奇·勃鲁尼(这就是主人的姓名)在冷荤菜桌旁忙忙乱乱,仿佛那儿起了火似的。他不住斟酒,往盆子里添菜,千方百计讨好客人,逗他们发笑,表示他的友好心情。他拍他们的肩膀,瞧他们的眼睛,嘻嘻地笑,搓手,一句话,像善良的狗那么亲热。

"费多尔·卢基奇,我瞧见的是谁呀?"他见到绥索耶夫,就用发颤的声调讲起来,"我们多么愉快!您尽管有病,却还是来了!……诸位先生啊,请容许我让你们高兴一下:费多尔·卢基奇光临了!"

教师们已经围住那张冷荤菜小桌,吃起来。绥索耶夫皱起眉头,他看见同事们没有等他来就开始吃菜喝酒,心里不痛快。他认出其中有里亚普诺夫,也就是考试的时候主持听写的人。他走到里亚普诺夫跟前,开口说:

"您不讲同行的义气!对了!正派人不这样考听写!"

"主啊,您还在说这件事!"里亚普诺夫说,皱起眉头,"难道您就不嫌腻烦?"

"对,我还要说!我的巴勃金从没出过错!我知道您为什么像那样考听写。您无非是希望我的学生遭殃,好显出您的学校比我的高明。我全明白!……"

"您为什么跟我过不去?"里亚普诺夫顶嘴说,"您干吗缠住我不放?"

"算了,两位先生,"督学官解劝说,做出要哭的脸相,"得了,为一点小事犯不上闹起来。三个错啦……一个错也没有啦……那不都是一样吗?"

"不,不一样。我的巴勃金从不出错!"

"他缠住人不放!"里亚普诺夫继续说,气愤地哼鼻子,"他仗恃他是个病人,不住骂人。哼,老兄,再这样下去,我不来顾您有病没病了!"

"我的病不要您管!"绥索耶夫生气地嚷道,"这关您什么事?您老是病啊病的唠叨没完。……我才不稀罕您的同情!再者您凭哪点说我有病?考试以前我害过病,这是确实的,可是现在我已经完全复原,只是有点衰弱罢了。"

"您复原了,那就应该感谢上帝,"神学教师尼古拉神甫说,这个青年教士穿着讲究的深棕色法衣和长裤,散着裤腿,"您应当高兴才是,可是反而一肚子气,这样那样的。"

"您也妙得很,"绥索耶夫打断他的话说,"考题应当直截了当,意思清楚,可是您老是叫学生猜谜。这样可不行!"

大家同心协力,好歹劝得他平了气,让他在桌旁坐下。他挑选很久,不知该喝哪种酒好,后来露出一脸的哭丧相,喝下半杯某种绿色露酒。随后他要来一小块馅饼,细心地把馅里的鸡蛋和葱剔掉。他吃下头一口,觉得馅饼太淡。他撒上点盐,可是立刻把馅饼生气地推开,因为又太咸了。

在宴席上,绥索耶夫被安置在督学官和勃鲁尼中间。按照久已养成的风气,他们吃过头一道菜后,就开始祝酒。

"我认为,"督学官开口说,"我有愉快的责任感谢不在座的学校董事丹尼尔·彼得罗维奇和……和……和……"

"和伊凡·彼得罗维奇……"勃鲁尼从旁提了一句。

"和伊凡·彼得罗维奇·库里金,他们不惜资金,开办学校,我提议为他们的健康干杯。……"

"从我这方面来说,"勃鲁尼好像被蛇咬了一口似的跳起来,说道,"我提议为尊敬的国民学校督学官巴威尔·根纳季耶维奇·纳达罗夫的健康干杯。"

椅子纷纷移动,一张张脸露出笑容,例行的碰杯开始了。第三个祝酒的素来是绥索耶夫。这一次他也站起来,开口讲话。他拉长脸子,嗽一嗽喉咙,首先声明他没有演讲的口才,也没准备讲话。随后他说,他任职十四年以来,遭到过很多的阴谋、暗算,甚至告密,又说他知道他的仇人和告密者是谁,可是不愿意点出他们的姓名,"生怕破坏某人的胃口",不过尽管有那些阴谋,库里金的学校却"不仅在精神方面,甚至在物质方面"也在全省占第一位。

"别处的教师,"他说,"都挣二百和三百,可是我挣五百卢布,此外我的住宅由工厂出钱装修,置备家具。今年所有的墙都糊了新的壁纸。……"

接着教师大肆宣扬本校的学生同地方自治局和政府的学校学生相比,所得到的文具要多得多。而且依他看来,在这方面,学校应当感激的并不是工厂主,他们住在国外,甚至未必知道这个学校的存在,却应当感激另一个人,这个人尽管是日耳曼血统,信奉路德派新教,却具有俄国人的灵魂。绥索耶夫讲了很久,不时停下来喘气,而且他又喜欢渲染,结果他的发言冗长,听着很不舒服。他好几次提到他的某些仇人,极力含沙射影,说了又说,常常咳嗽,难看地活动他的手指。最后他累了,出汗了,声音放低,断断续续,仿佛在自言自语。他前言不搭后语地结束了他的演讲:

"这样,我提议为勃鲁尼,也就是为阿道尔夫·安德烈伊奇干杯,他就在这儿,在我们中间……一般说来……大家都是明白的。"

他讲完话,大家都轻松地吐口气,就像有人在空中洒了点凉水,解除了暑热似的。看来,只有勃鲁尼一个人没有不愉快的感觉。这个日耳曼人喜笑颜开,转动着多愁善感的眼睛,热情地握绥索耶夫的手,又像狗那么亲热起来。

"啊,我向您道谢!"他说,着重念"啊"字,把左手按在心上。"您了解我,我很幸福!我用整个心祝愿您事事如意!不过我得向您指出,您夸大了我的意义。这个学校的蓬勃发展要完全归功于您,我可敬的朋友,费多尔·卢基奇!缺了您,它就不会跟别的学校有什么不同!您以为这个日耳曼人在说恭维话,这个日耳曼人在说客气话。哈哈!不对,我的好朋友,费多尔·卢基奇,我是个老实人,从来也不说恭维话。如果我们一年付给您五百卢布,那就是说您对我们来说是宝贵的。难道不是这样吗?诸位先生,我说的不是实话吗?换了旁人,我们就不会出这么多的钱。……求上帝怜恤,办好一个学校,对工厂来说是光荣呀!"

"我得诚恳地承认,您的学校的确与众不同,"督学官说,"您不要以为这是奉承。至少我有生以来像这样的学校还没看见过第二所。考试期间我在您的学校里坐着,时时刻刻感到惊奇。……奇怪的是竟有这样的孩子!他们知道得很多,对答如流,同时他们没有吓得战战兢兢,却表现出一种特别的诚恳神态。……看得出来他们都热爱您,费多尔·卢基奇。您是位地地道道的教师,您天生就是一位教师。您样样条件都具备:有与生俱来的素质,有多年的经验,有对事业的热爱。……说来简直叫人奇怪,您虽然体质弱,可是有那么多的精力,对工作理解得那么深……而且,您知道,您有那样大的毅力,信心!在学校会议上有人说您是您这项事业中的诗人,这话说得对。……的的确确是诗人!"

所有在座的人像一个人似的,异口同声讲起绥索耶夫的非凡才能。犹如堤坝决了口,诚恳热情的话语滔滔不绝,像那样的话,人在不喝酒的时候,由于谨小慎微,是不会说出口的。绥索耶夫的演讲也罢,他那难于相处的性格也罢,他脸上那凶恶难看的表情也罢,统统被人忘却了。所有的人,就连那些沉默胆怯、新近任职的教师,那些贫苦受气、见着督学官总得尊称"大人"的青年人,也畅谈起来了。事情很清楚,绥索耶夫在他那一行中是个卓越的人物。

他在任职的十四年当中已经习惯了成就和赞美,这时候听着那些崇拜者的热情洋溢的讲话,毫不动心了。

听到赞美而陶醉的并不是他,却是勃鲁尼。这个日耳曼人把每个字都听进去,眉开眼笑,拍着手心,羞涩得脸色绯红,仿佛那些赞美不是针对教师,却是针对他似的。

"说得好!说得好!"他叫道,"一点不差!您猜中我的想法了!……太好了!……"

他不时瞧着教师的眼睛,仿佛想跟他分享自己的快乐似的。最后他忍不住,跳起来,用他尖细的男高音压过所有的说话声,大声嚷道:

"诸位先生!请允许我说几句!嘘!听了你们说过的那许多话,我只有一句话要讲:工厂的经理部门是不会忘记报答费多尔·卢基奇的!……"

大家都安静下来。绥索耶夫抬起眼睛瞧着日耳曼人泛起红晕的脸。

"我们是善于器重人的,"勃鲁尼放低了喉咙,继续说,做出严肃的脸相,"听了你们讲的话,我必须告诉你们:……费多尔·卢基奇的家属的生活会得到保障,一个月前已经为此在银行里存下一笔钱了。"

绥索耶夫用疑问的眼光瞧了瞧日耳曼人,瞧了瞧同行们,似乎弄不明白:为什么得到生活保障的是家属而不是他本人?这当儿他在所有人的脸上,所有呆望着他的目光中看到的,不是他所不能忍受的同情和怜悯,而是另外一种东西,一种柔和的、温柔的,同时却又极其不祥的东西,类似可怕的真理。一刹那间这使得他周身发凉,心里充满说不出的绝望。他面色苍白,脸相也变了,忽然跳起来,抱住头。他照这样站了十几秒钟,带着恐惧呆呆地瞧着前面,仿佛看见勃鲁尼所说的死亡正在向他逼近似的。随后他坐下,哭起来。

"算了!……您怎么了?……"他听见许多不安的声音说,"水!您喝点水吧!"

过了不久,教师镇静下来,可是先前那种活泼的情绪再也没有回到吃饭的人们身上来。宴会在阴郁的沉默中结束了,而且比往年早得多。

绥索耶夫回到家里,首先照一照镜子。

"当然,我不该在那儿大哭起来!"他瞧着带黑眼圈的眼睛,瞧着凹陷的脸颊,暗想,"今天我的脸色就比昨天好得多。我害的是贫血和胃炎,我咳嗽是胃里的毛病。"

他想到这里放了心,慢腾腾地脱掉衣服,用刷子把他的黑色衣服刷了很久,然后仔细地叠好,锁在五斗橱里。

后来他走到桌子跟前,桌上放着一叠学生的练习簿。他从中抽出巴勃金的练习簿,坐下来,专心欣赏那孩子气的清秀笔迹。……

当他检查学生们的听写试卷的时候,地方自治局的医生,正坐在隔壁房间里,小声对教师的妻子说:不应该让他去参加宴会,因为,看样子,这个人活不到一个星期了。

不安分的客人

在守林人阿尔乔木那矮小歪斜的木房里,有两个人在乌黑的大圣像下面坐着:一个就是阿尔乔木本人,是个矮小精瘦的农民,脸容苍老,布满皱纹,胡子一直长到脖子上;另一个是过路的猎人,身材高大的年轻小伙子,穿着红布新衬衫和不透水的大皮靴。他们在三条腿的小桌旁边一条长凳上坐着,桌上点着一支油烛,插在瓶子里,正在懒洋洋地放光。

窗外,漆黑的夜色里,暴风呼呼地响,大自然在雷雨前照例是这样逞威的。风愤恨地哀号着,压弯的树木痛苦地呻吟不已。窗子上缺一块玻璃,糊着纸,人可以听见从树上吹落的叶子纷纷拍打那张纸。

"你听我说,东正教徒……"阿尔乔木压低喉咙,用沙哑的男高音说,他那对一眨也不眨的、似乎害怕的眼睛瞧着猎人,"狼也罢,熊也罢,各种野兽也罢,我统统不怕,唯独怕人。野兽来了,你可以用枪支或者别的什么武器打死它,救出你自己,可是坏人来了,那就任什么解救的办法也使不上了。"

"当然!见着野兽可以开枪,可是你开枪打死一个强盗,你就要负责,那可就要发配到西伯利亚去了。"

"我,老弟,当守林人差不多已经有三十年,我吃过坏人多少苦头,那都没法说了。前后到我这儿来过的坏人,多得数不清啊。

这间木房就在林间小路上,这条路通车马,好,他们,那些魔鬼,就都来了。不管什么样的恶棍都会闯进来,帽子也不脱,脑门上也不画个十字,照直跑到你跟前来,说一声:'给我面包,你这老家伙!'可是我上哪儿给他找面包去?他凭什么向我要?莫非我是个大财主,应当喂饱每个过路的酒鬼?他,当然,心里冒火了……他们这些魔鬼是不戴十字架的……不管三七二十一,伸出手来就给你一个耳光:'给我面包!'得,给就给吧。……我可不打算跟他们这些蠢材打架!有的人膀大腰圆,拳头跟你的皮靴一般大,可是我呢,你瞧得出来是什么样的体格。他只要动一动小手指头也能把我弄死。……好,你给了他面包,他就大吃一通,在小木房里大模大样躺下,连个谢字也不跟你说。有时候还有要钱的:'你说,钱在哪儿?'我有什么钱?哪儿会有钱?"

"当个守林人,居然会没钱!"猎人笑道,"月月有薪水,再说私下里恐怕还卖木材呢。"

阿尔乔木惊恐地斜起眼睛看了看猎人,他的胡子颤动起来,就像喜鹊尾巴在颤动似的。

"你还年轻,就跟我说这种话,"他说,"你说这种话可要对上帝负责啊。你是哪一路人?从哪儿来的?"

"我是维亚左甫卡村的。村长涅费德的儿子。"

"你玩枪找乐子。……当初我年轻的时候,也喜欢玩这个。是啊。唉,我们的罪孽深重呀!"阿尔乔木打个呵欠说,"糟透了!好人很少,坏蛋和杀人犯,求上帝怜恤我们,多得不行啊!"

"你好像也怕我。……"

"咦,哪儿的话!我怕你干什么?我看得出……我懂。……你走进屋来,不是要这要那,而是在身上画个十字,规规矩矩地鞠个躬。……我懂。……你就是要面包,也可以给的。……我是个死了老婆的人,不生炉子,茶炊也早就卖了……我穷,肉啊什么的都买不起,不过面包呢,你自管吃好了。"

这时候长凳底下发出呜呜的叫声,在这呜呜声之后又响起嘶嘶的叫声。阿尔乔木打了个哆嗦,把脚缩回去,用疑问的眼光瞧着猎人。

"这是我的狗在惹你的猫,"猎人说,"你们这些魔鬼!"他对长凳底下吆喝一声,"躺下别动!你们在找打!可是,老汉,你的猫好瘦呀!只剩下皮包骨了。"

"它老了,到死的时候了。……那么,这样说来,你是维亚左甫卡村的人!"

"你不喂它东西吃,我看得出来。它虽然是一只猫,可到底是活的东西……能吸气吐气。应当爱惜它才对!"

"你们维亚左甫卡村可不光彩,"阿尔乔木继续说,好像没听见猎人的话,"教堂一年遭两次抢。……居然有这种罪该万死的人,啊?可见他们不但不怕人,连上帝也不怕!打劫上帝的财物!就是把他们绞死都不解恨!在从前,省长总是把这种坏蛋严刑拷打。"

"不管怎么惩罚他们,用鞭子抽也罢,从严定罪也罢,都没什么用。坏人的坏心思是任什么办法也改不掉的。"

"拯救和饶恕我们吧,圣母!"守林人喘吁吁地叹了口气,"拯救我们,让我们躲开一切仇人和冤家吧。上星期在沃洛维·扎依米希村,有个割草人拿起镰刀朝另一个割草人的胸膛砍。……他把那个人活活砍死了!这都是何苦哟,求上帝保佑吧!先是一个割草人从酒店里出来……喝醉了。他遇上另一个割草人,也喝醉了。……"

猎人本来专心听着,这时候忽然打了个哆嗦,拉长脸,仔细听一下。

"慢着,"他打断守林人的话,"好像有人在喊叫。……"

猎人和守林人定睛瞧着乌黑的窗子，开始静听。在树林的飒飒声中，响起了在一切风暴中紧张的耳朵都能听到的种种声音，因此，究竟是有人在呼救，还是狂风在烟囱里哭泣，就难于分清了。可是猛的一阵风刮过房顶，敲打窗上的纸，带来了清楚的喊叫声："救命啊！"

"一说杀人犯，杀人犯真就来了！"猎人说，脸色发白，站起来，"有人遭抢了！"

"求主饶恕吧！"守林人小声说，也脸色发白，站起来。

猎人毫无目的地瞧了瞧窗外，然后在屋里走来走去。

"这个夜晚啊，什么样的夜晚啊！"他嘟哝道，"黑得伸手不见五指！正是抢劫的时候！听见了吗？又喊了一声！"

守林人瞧了瞧圣像，再把眼睛从圣像移到猎人身上，然后往长凳上一屁股坐下去，就像一个人听到意外的消息，吓坏了，浑身瘫软似的。

"东正教徒啊！"他用含泪的声音说，"你到前堂去一趟，插上门闩！应当把烛火熄掉才成！"

"这是为什么？"

"保不定他们会跑到这儿来呢。……唉，我们的罪过啊！"

"应当出去救人才对，你却要插上门闩！嘿，你这个脑瓜子可真够聪明的！我们走吧，好不？"

猎人把枪扛在肩上，拿起帽子。

"你穿上衣服，带上枪！喂，弗列尔卡，走！"他对狗喊道，"弗列尔卡！"

从长凳底下走出一条狗来，是猎犬和看家狗的杂种，两个长耳朵被咬坏了。它在主人脚旁伸了个懒腰，开始摇尾巴。

"你呆坐着干什么？"猎人对守林人喊一声，"莫非你不去？"

"上哪儿去？"

"救人去!"

"我哪儿成!"守林人摇一下手,全身缩成一团,"求上帝保佑他吧!"

"为什么你不肯去?"

"刚才谈得那么可怕,现在要去摸黑,我连一步路也走不动。求上帝保佑他吧!我在树林里什么没见过?"

"你怕什么?莫非你没有枪?咱们走吧,劳驾。一个人去害怕,两个人就胆壮了!听见了吗?又喊了一声!站起来!"

"你把我看成什么人了,小伙子!"守林人哀叫道,"难道我是傻子,自己去送死?"

"那么你不去了?"

守林人一声不响。狗大概听见了人的吵嚷声,就发出凄凉的吠叫。

"你去不去,我问你?"猎人大叫一声,恶狠狠地瞪大眼睛。

"天呐,他缠住人不放!"守林人皱起眉头说,"你自己去好了!"

"哼……坏蛋!"猎人嘟哝着,回转身往门口走去,"弗列尔卡,走!"

他走出去,敞开了大门。风刮进小木房来。烛火不安地闪烁着,猛然一下,熄了。

守林人等猎人走后,就去关门上闩,看见林间小路上的水洼和附近一棵棵松树,闪电照亮客人走远的身影。远处响起了隆隆的雷声。

"神圣的,神圣的,神圣的……"守林人小声念叨着,赶紧把粗门闩插在大铁环里,"上帝送来了这样的天气!"

他回到屋里,摸黑爬上灶台,躺下,从头到脚盖好。他躺在皮袄底下,紧张地听着,再也没听见人的喊叫声,然而另一方面,雷却打得越来越猛,越来越响。他听见被风刮过来的大雨点愤怒地敲打窗上的玻璃和纸。

"魔鬼把他支使走了!"他寻思着,暗自想象猎人被雨水淋透,脚底下绊着树桩,几乎跌倒,"恐怕他吓得牙齿在打战哩!"

至多过了十分钟,响起了脚步声,随后就是有力的敲门声。

"谁啊?"守林人喊道。

"是我,"传来猎人的说话声,"开门!"

守林人从灶台上爬下来,摸到油烛,点上,走去开门。猎人和狗都淋得湿透了。他们正赶上最大最密的雨。现在雨水从他们身上淌下来,好像是从没拧过的湿衣服上淌下来似的。

"出了什么事?"守林人问。

"一个村妇赶着一辆大车,走错了路……"猎人回答说,极力压下喘息,"她把车赶进灌木林去,出不来了。"

"瞧这个傻娘们儿!那么她害怕了。……怎么样,你把她带到大路上去了?"

"我不愿意回答你这个混蛋。"

猎人把湿帽子丢在长凳上,继续说:

"我现在算是把你看透了!你是混蛋,是最没出息的人。居然是个守林人,还拿薪水呢!真是个坏蛋。……"

守林人踩着自觉有罪的步子往灶台那边慢慢走去,喉咙里发出嘎嘎的声响,躺下来。猎人在长凳上坐下,沉思一会儿,没脱掉湿衣服,也在长凳上直挺挺地躺下。过了一会儿,他爬起来,吹灭油烛,又躺下。响起了一阵特别响的雷声,他翻个身,啐口唾沫,嘟哝说:

"他害怕。……可万一那个村妇让人杀了呢?谁该去帮她?你居然是个老年人,是个教徒呢。……简直是一头猪。"

守林人清了清嗓子,长叹一声。弗列尔卡在黑暗里不知什么地方使劲抖一下淋湿的身体,往四下里洒下不少水珠。

"这么看来,即使那个村妇被人杀死,你也不放在心上?"猎人继续说,"喏,我说了假话就叫上帝打死我,我没想到你是这么一个人。……"

紧跟着是沉默。风暴已经过去,隆隆的雷声退到远处去了,然而雨还在下。

"打个比方说,要是喊救命的不是村妇而是你呢?"猎人打破沉默说,"要是谁也不跑去救你,你这畜生觉得好受吗?你这种卑鄙惹得我一肚子的气,你这该死的!"

后来,经过一段很长的间歇后,猎人说:

"这样看来,既然你怕人,那你一定有钱!没钱的人就不怕人。……"

"你说这种话可要对上帝负责啊……"阿尔乔木在灶台上用沙哑的喉咙说,"我没有钱!"

"嗯,是啊!坏人永远有钱。……你为什么怕人?可见你有钱!我恨不得捣一下乱,偏要把你的钱抢走,好叫你明白明白!"

阿尔乔木不出声地从灶台上爬下来,点上油烛,在圣像底下坐着。他脸色惨白,定睛瞧着猎人。

"我索性把你的钱抢走,"猎人继续说,站起来,"你觉得怎么样?对你们这号人就得教训一下!你说,钱都藏在哪儿?"

阿尔乔木盘起两条腿,把它们缩在身子底下,开始眨巴眼睛。

"你缩头缩脑干什么?你的钱藏在哪儿?你这个魔鬼,舌头没有了还是怎么的?你怎么不说话?"

猎人跳起来,走到守林人跟前。

"他把眼睛瞪得那么圆,跟猫头鹰似的!怎么样?把钱拿出来,要不然我就要开枪!"

"你为什么跟我过不去啊?"守林人尖声叫道,大颗泪珠从眼睛里扑簌簌滚下来,"这是为什么?上帝什么都看得见!你说这种话要在上帝面前负责。你根本没有权利向我要钱!"

猎人瞧了瞧阿尔乔木哭泣的脸,皱起眉头,开始在屋里走来走去,然后气愤地把帽子戴上,低低地压在额头上,拿起枪来。

"哎……哎……瞧着你都讨厌!"他咬牙切齿地说,"我不能再待在这儿瞧着你!反正我在你这儿也没法睡觉。再见!喂,弗列尔卡!"

大门砰的一响,这个不安分的客人带着他的狗走出去了。……阿尔乔木等他走后,关门上闩,在胸前画个十字,躺下来。

罕 见 的 人①

一个写犯罪小说的作者跟一个警察局暗探谈话。

"请费心领我到骗子和流浪汉的黑窝去一趟。"

"遵命。"

"请给我介绍两三个杀人犯的典型人物。……"

"这也可以照办。"

"我还有必要到秘密的淫窟去看看。"

此外,作者还要求认识伪造钱币者、敲诈者、赌棍、红桃皇后②、面首等,暗探对所有这些要求一概回答说:

"这也可以办到。……要多少有多少!"

"另外还有一个要求,"最后作者要求说,"由于我在长篇小说里必须写两三个光明人物作为对比,那么还要麻烦您给我引见两三个完美无瑕的正人君子。……"

暗探抬起眼睛来望着天花板,思索着。

"嗯……"他支吾道,"好,我们来找找看!"

---

① 原文为拉丁语。
② 纸牌名,在此借喻卖笑的女人。

旁人的灾难

早晨刚六点钟光景,新获法学候补博士学位的柯瓦列夫带着他年轻的妻子坐上一辆四轮马车,沿着乡间道路驶去。他和他的妻子以前从没起过这么早,如今这安静的夏日清晨的美景在他们眼里就无异于仙境了。大地一片碧绿,点缀着钻石般的露珠,显得美丽而幸福。阳光在树林上洒下明亮的光点,在发亮的河面上不住颤抖。异常清澈的空气里弥漫着清新的气息,似乎上帝创造的整个世界刚刚洗过澡,因而变得年轻些,健康些了。

对柯瓦列夫夫妇来说,正如他们后来承认的,这个清晨是他们蜜月当中,因而也是一生当中最幸福的时光。他们无休无止地谈话,唱歌,无缘无故地大笑,打打闹闹,后来想起车上还有马车夫,不由得怪难为情的。幸福,不仅现在向他们微笑,甚至将来也会对他们微笑。他们正坐车去购买一个庄园,"一个饶有诗意的小角落",他们从结婚头一天起就在巴望它。未来的远景给他俩一种极其灿烂的希望。他隐约看到他将来做地方自治局的工作,从事合理化的农业经营,亲自劳动,另外还有他屡屡读到和听到的其他各种快乐。使她动心的,却是这件事的纯粹浪漫性质的一面:幽暗的林荫道啦,钓鱼啦,芬芳的夜晚啦……

他们只顾说说笑笑,却没有注意到马车已经走完十八俄里的路程。他们去察看七等文官米哈依洛夫的庄园,它坐落在又高又陡的河岸上,掩藏在一片桦树林里。……红色的房顶在茂密青翠的树林中隐隐出现,黏土河岸上全部栽满了小树。

"风景不坏啊!"等到四轮马车涉水渡河,走到对岸,柯瓦列夫就说,"房子在山顶上,山脚下又有一条河!鬼才知道这多么可爱!只是你要知道,薇罗琪卡,那条山路简直不成样子……修得那么粗俗,破坏了整个风景。……要是我们买下这个庄园,我们一定要给那条路装上铁栏杆。……"

薇罗琪卡也喜欢这儿的风景。她大声笑着,扭动整个身子,顺着山路往上跑,她的丈夫跟在后面。他俩蓬头散发,气喘吁吁,钻进了密林。在地主的正房附近,他们首先遇见的是个身材魁梧的农民,头发又密又长,带着睡意,神色阴沉。他在门廊台阶上坐着,正在刷一双儿童半高腰皮靴。

"米哈依洛夫先生在家吗?"柯瓦列夫对他说,"你去向他通报一声,就说这个庄园的买主来看房了。"

农民带着惊呆的神情看了看柯瓦列夫夫妇,慢腾腾地走去,然而不是走进正房,却走到正房旁边的厨房去了。顿时,厨房的窗子里闪出许多张脸,一张比一张困倦、惊讶。

"买主来了!"低语声响起来,"主啊,这是你的意旨,米哈尔科沃庄园卖掉了!快来看,他们多么年轻啊!"

不知什么地方一条狗吠起来,传来凶狠的哀号声,类似猫被人踩住尾巴而发出的那种声音。仆人们的惊慌不久就传给了本来在林荫道上心平气和散步的公鸡、公鹅、火鸡。不久,从厨房里急匆匆地跑出来一个汉子,有着听差的相貌,眯细眼睛瞧了瞧柯瓦列夫夫妇,然后往正房跑去,一边跑一边穿上衣。……这种惶惶不安的情景在柯瓦列夫夫妇看来都显得滑稽,他们几乎忍不住扑哧一声笑出来。

"他们的脸相多么可笑!"柯瓦列夫说,跟他妻子互相看一眼,

"他们打量我们就跟打量野人似的。"

最后,有个矮小的男子从正房里走出来,面容苍老,脸上的胡子刮光,头发乱蓬蓬。……他趿拉着绣了金线的破拖鞋走过来,苦笑一下,呆瞪瞪的目光盯紧两个不速之客。……

"是米哈依洛夫先生吗?"柯瓦列夫开口说,举一下帽子,"我荣幸地向您鞠躬。……我和我的妻子读到了地方自治局银行的通告,说是您的庄园出售,现在我们来看一下这个庄园。也许我们会买下。……请多费心,领我们看一看。"

米哈依洛夫又苦笑一下,心慌意乱,开始眨巴眼睛。在困窘中,他的头发显得越发蓬松,刮光胡子的脸上露出一种羞腆和惊呆的滑稽神情,惹得柯瓦列夫和他的薇罗琪卡面面相觑,忍不住微微地笑。

"我很高兴,"他喃喃地说,"愿意为你们效劳。……两位是从远处来吗?"

"从康科沃村来。……我们住在那儿的别墅里。"

"住在别墅里。……原来如此。……太好了!请吧!不过我们刚刚起床,请原谅,屋里有点乱。"

米哈依洛夫苦笑着,搓着手,领着客人朝正房另一面走去。柯瓦列夫戴上眼镜,做出内行的旅行家观赏名胜的样子,开始考察这个庄园。首先他看见一所砖砌的大房子,具有古老而沉重的建筑结构,装点着纹章和狮子,灰泥已经斑驳。房顶很久没有油漆过,窗玻璃闪着虹彩,台阶的缝隙里长出了杂草。一切都显出衰败,荒废,不过大体上这所房子还是招人喜欢的。它显得饶有诗意,朴实,敦厚,好比一个终身未嫁的老姑母。房子前边,离正门的门廊几步开外,有个池塘闪闪发光,水面上漂着两只鸭子和一条玩具船。池塘四周栽着桦树,都一般高,也一般粗。

"啊啊,还有个池塘呢!"柯瓦列夫说,由于阳光而眯细了眼睛,"这真美。那里面有鲫鱼吗?"

"有,先生。……从前还有鲤鱼,可是后来池塘不再疏浚,鲤鱼就全死光了。"

"这可不应该,"柯瓦列夫用教训的口吻说,"池塘应当经常清理,何况淤泥和水草可以做农田的优良肥料。你猜怎么着,薇罗琪卡?等我们买下这个庄园,就在池塘里修一个立在木桩上的亭子,再架一道小桥通过去。这样的亭子我在阿夫隆托夫公爵家里见过。"

"在亭子里可以喝一喝茶呢……"薇罗琪卡美滋滋地吐一口气说。

"对了。……那边,带尖顶的塔楼是什么玩意儿?"

"那是供客人住的厢房。"米哈依洛夫回答说。

"它立在那儿有点不顺眼。我们要把它拆掉。一般说来这儿有许多东西要拆掉。很多很多!"

忽然,传来女人的哭声,可以听得很清楚,很分明。柯瓦列夫夫妇回过头去看正房!可是这当儿有一扇窗子砰的一响关上了,在闪着虹彩的窗玻璃里,两只泪汪汪的大眼睛只闪了一下就不见了。那个哭泣的女人,看来,为她的哭泣害臊,就砰的一响关上窗子,藏到窗帘后面去了。

"你们愿意看一看花园和别的建筑物吗?"米哈依洛夫很快地说,皱起他那张本来就已经布满皱纹的脸,做出苦笑的样子,"我们走吧。……其实最主要的不是正房,而是……而是别的……"

柯瓦列夫夫妇动身去看马房和谷仓。法学候补博士走遍每一个谷仓,仔细瞧一下,闻一闻,卖弄一下他在农业方面的知识。他详细问起庄园上有多少俄亩①的土地,有多少头牲口,痛骂俄国不

---

① 1俄亩等于1.09公顷。

该砍伐树林,责备米哈依洛夫把许多畜粪白糟蹋了,等等。他讲得滔滔不绝,不时看一眼他的薇罗琪卡。她呢,始终没让她那充满热爱的眼睛离开他,心里暗想:"他是个多么聪明的人啊!"

他们察看牲畜棚的时候,哭泣声又响起来。

"您听,这是谁在哭?"薇罗琪卡问。

米哈依洛夫摇一下手,转过身去。

"奇怪,"薇罗琪卡听见啜泣声变成无休无止的号啕大哭,就喃喃地说,"好像有人挨打,或者遭到凶杀似的。"

"这是我妻子在哭,求上帝保佑她吧……"米哈依洛夫说。

"她哭什么?"

"她是个软弱的女人!她不忍心看见她的老巢卖出去。"

"那您为什么卖出去呢?"薇罗琪卡问。

"卖出去的不是我们,太太,而是银行。……"

"奇怪,那您怎么会容许的呢?"

米哈依洛夫惊讶地斜起眼睛看一下薇罗琪卡绯红的脸,耸一耸肩膀。

"要付银行的利息啊,"他说,"每年两千一百卢布!可是这笔钱到哪儿去找呢?人就不由得痛哭流涕了。女人,当然,都是软弱的人。她既为这个老巢难过,又为孩子难过,还为我难过……在仆人面前也觉得难为情。……刚才你们在那边,池塘附近,说这个要拆掉,那个要修建,可是那些话对她来说就像是往她的心里扎了一刀。"

柯瓦列夫的妻子走回去,经过正房,看见窗子里有个剪短头发的中学生和两个小女孩,都是米哈依洛夫的孩子。那些孩子瞧着两个买主,心里在怎样想呢?薇罗琪卡多半了解他们的想法。……等到她坐上四轮马车,动身回家,不论是这个风和日丽的早晨还是想找个饶有诗意的小角落的渴望,对她来说就都失去一切魅力了。

"这一切是多么不愉快呀!"她对丈夫说,"说真的,应该给他们两千一百卢布!让他们在自己的庄园上住下去才好。"

"你可真聪明!"柯瓦列夫笑起来,"当然,应该可怜他们,不过话说回来,这怪他们自己不对。谁叫他们把庄园抵押出去的?为什么他们不好好经营呢?对他们甚至不应当怜惜。如果动脑筋把这个庄园治理一下,采取合理化的经营方法……着手饲养家畜,等等,那么在这儿是可以生活得很好的。……可是他们这些猪却什么也不干。……他一定是个酒鬼和赌徒,你看见他那副嘴脸吗?她呢,一定喜欢打扮,很会花钱。我可知道这班蠢鹅!"

"可是你怎么会知道他们呢,斯捷巴?"

"我知道嘛!他诉苦说没有钱付利息。我就不懂:怎么会挣不出两千来呢?要是采取合理化的经营方法……给土地施肥,着手饲养家畜……要是大体上顺应气候条件和经济条件,那么即使只有一俄亩地,也还是能活!"

在回家的路上,斯捷巴讲个不停。他妻子听着他讲,相信他的每句话,然而先前那种心情却一去不复返了。米哈依洛夫的苦笑和那两只闪了一下就不见了的泪眼,没离开过她的脑际。后来幸福的斯捷巴两次去讲价钱,终于用她的陪嫁钱买下了米哈尔科沃庄园,可是她感到气闷得难受。……她的想象力不断画出米哈依洛夫带着家属坐上马车,哭哭啼啼地离开他们住惯的老家。她的想象越是阴暗,越是伤感,斯捷巴却越是神气十足。他用最强横的权威口气大讲合理化的经营方法,订购大批书籍和刊物,讥笑米哈依洛夫,最后他经营农业的渴望变成大胆而肆无忌惮的夸耀了。……

"你瞧着就是!"他说,"我可不是米哈依洛夫,我要做出个样子,叫人知道工作该怎么干!对了!"

柯瓦列夫夫妇就搬到空荡荡的米哈尔科沃来了,首先扑进薇罗琪卡眼帘的就是原先住在这儿的人们留下的残迹:孩子写的课程表、缺脑袋的玩具、飞下来讨吃食的山雀、写在墙上的"娜达霞是傻瓜"一行字,等等。为了忘却旁人的灾难,有许多东西必须涂掉,糊上纸,或者拆毁才行。

你 和 您

一场小戏

早晨六点多钟。波皮科夫本来是个候补法官，如今担任某市镇的法院侦讯官，这时候睡得正香，只有领到了旅费、住宅费和薪金的人才会睡得这么酣畅。他还没来得及买床，因此目前躺在诉讼案卷上睡觉。四下里一片寂静。甚至窗外也没有声音。可是后来房门外面，前堂里，有个什么东西发出抓挠声和沙沙声，仿佛有一头猪走进前堂来，身体靠着门框蹭来蹭去解痒。过了一会儿，房门发出凄凉的尖叫声，开了，后来却又关上。过了大约三分钟，房门又开了，那尖叫声特别苦恼，闹得波皮科夫打个冷战，睁开了眼睛。

"谁呀？"他不安地瞧着房门，问道。

门口出现一个蜘蛛般的身体，脑袋很大，头发乱蓬蓬的，两道浓眉很长，胡子又密又乱。

"侦讯官老爷住在这儿，是吗？"那个脑袋用沙哑的声音说。

"是住在这儿。你有什么事？"

"你去跟他说，伊凡·菲拉烈托夫来了。我是接着传票才到这儿来的。"

"可是你为什么来得这样早？我在传票上写明十一点钟来！"

"那现在几点钟？"

"现在还没到七点呢。"

"嗯。……还没到七点。……我们,老爷,没有钟。……这么一说,你就是侦讯官?"

"对,就是我。……好,你走吧,去等着。……我还要睡觉。……"

"你睡,你睡。……我等着。等一会儿不碍事。"

菲拉烈托夫的脑袋不见了。波皮科夫翻一个身,闭上眼睛,然而睡意完全消散了。他又躺了半个钟头,舒舒服服伸个懒腰,点上一支纸烟,随后,为了拖延时间,慢条斯理地喝牛奶,一杯喝完又喝一杯,总共喝下三大杯。……

"他把我吵醒了,混蛋!"他抱怨道,"我得告诉女房东,要她晚上把门锁上。……那么,一大早干点什么好呢?见鬼。……我现在就审问他吧,省得待一会儿再审了。"

波皮科夫把脚伸进拖鞋里,在内衣外边披上一件斗篷,使劲打个呵欠,牵动得颧骨都痛了,然后他靠着桌子坐下。

"你到这儿来!"他嚷道。

房门又尖叫起来,伊凡·菲拉烈托夫在门口出现了。波皮科夫翻开面前的《后备兵阿历克塞·阿历克塞耶夫·德雷胡诺夫被控虐待妻子案》,拿起钢笔,开始按法官的气派,用疏朗的笔法很快地写下审讯记录。

"走过来点,"他说,钢笔在纸上沙沙地响,"你回答我问的话。……你是伊凡·菲拉烈托夫?普斯狄烈夫乡,冬金诺村的农民?今年四十二岁?"

"是,老爷。……"

"你做什么工作?"

"我是放牲口的。……给村社放牲口。……"

"从前受过审吗?"

"是,老爷,受过。……"

"那是犯了什么罪,在什么时候?"

"复活节前,我们乡里有三个人给叫到法院里去做陪审员。……"

"这不算受审。……"

"那谁知道呢?把我们扣在法院里,前后差不多有五天呢。……"

侦讯官把身上的斗篷裹一裹紧,放低喉咙说:

"您被传到此地来,是为了给后备兵阿历克塞·德雷胡诺夫虐待妻子一案做证人。我预先向您交代一下:您得始终说实话,而且凡是在这儿说过的话,日后到法庭上宣誓作证的时候也得照着说。好,关于这个案子您知道些什么呢?"

"我先得领盘费,老爷,"菲拉烈托夫叽叽咕咕说,"我坐大车走了二十三俄里的路,可马是人家的,老爷,那得出钱。……"

"盘费以后再谈。"

"怎么能以后再谈?人家跟我说,盘费得当堂要,要不然,过后就领不着了。"

"我没有工夫跟你讲盘费!"侦讯官生气地说,"你说一说这个案子是怎么回事。德雷胡诺夫是怎样虐待他妻子的?"

"我该怎么跟你说呢?"菲拉烈托夫叹道,不住地眨眼,他的浓眉跟着一上一下地活动,"很简单,他打人呗!……那时候我正赶着奶牛去饮水,河里不知谁家的鸭子在游水。……到底是地主家的鸭子还是庄稼人的,那就只有基督知道了,可是那当儿,有个牧童叫格利希卡的,拣起一块石头来,使劲扔过去。……我就问了:'你干什么扔石头?那会把鸭子砸死,'我说,'……你不管打中哪只鸭子,得,那可就把它打死了。'……"

菲拉烈托夫叹口气,抬起眼睛瞧着天花板。

"那石头连人都能活活砸死,别说是鸭子了,鸭子是娇嫩的活物,一根细劈柴都能把它打死。……我说啊说的,可是格利希卡不听。……当然,这孩子还小,一点脑筋也没有。……我就说:'你怎么不听话?我拧你的耳朵!傻瓜!'"

"这跟案情没有关系,"侦讯官说,"请您专讲那些跟案情有关的事。……"

"是,老爷。……那当儿,我刚动手揪住格利希卡的耳朵,没想到德雷胡诺夫不知从哪儿钻出来了。……他跟工厂里的小伙子们在岸上走着,不住抡胳膊。他的脸又肥又红,脑门上那对大眼珠瞪得鼓出来,身子不住摇晃。……他喝醉了,该死的东西!人家还没从教堂里做完弥撒出来,他倒已经灌满一肚子酒,叫魔鬼看着高兴了。他瞧见我揪顽皮的男孩的耳朵,就一个劲儿嚷道:'不准你揪基督徒的耳朵!要不然,'他说,'我揍你一顿!'我就一老一实,规规矩矩对他说了一遍……全是真话。我说:'你走你的路,醉汉。'他冒火了,走过来,老爷,抡起胳膊啪的一声打我的后脑勺!……这是为什么?这是什么道理?我就问:'你又不是调解法官,有什么权利打我?'他就说:'得了,得了,万纽哈,你别生气,打是疼,骂是爱,这是闹着玩的。今天,'他说,'我心里一下子亮堂了。……我这才明白,我是天下最好的人。……我,'他说,'在工厂里领了二十卢布工钱,除了经理以外我再也没有上司了。……我,'他说,'恨不得朝所有的人啐唾沫!今天,'他说,'经我打过的人可不少,各式各样,数都数不清哩!走,'他说,'咱们喝酒去!'我说:'我可不想跟你一块儿去喝酒。……人家还没做完弥撒走出教堂呢,你倒去喝酒。'这时候,跟他一块儿的另外几个小伙子,像一群狗似的把我围住,磨我说:'咱们走吧,咱们走吧!'我一个人怎么也敌不过那么多人啊,老爷!我不想喝酒,可是后来,这班该死的东西!"

"那你们到哪儿去了呢?"

"我们那儿只有一个地方!"菲拉烈托夫说,叹了口气,"我们上阿勃拉姆·莫依塞伊奇的客店里去了。我们每回都上那儿去。那地方糟透了,滚它的!说不定那地方你也知道。……你顺着大路走到冬金诺村,右边是地主谢威陵·弗兰崔奇的庄园,再往右是普拉赫托沃村,客店就夹在它们中间。说不定你认识谢威陵·弗兰崔奇吧?"

"要称呼'您'。……不能总是你啊你的!既然我对你……对您尚且称呼'您',那您就更应该客气点!"

"那是自然,老爷!难道我不明白?不过你听我往下讲。……我正讲到我们上阿勃拉姆·莫依塞伊奇那儿去。……他说:'拿酒来,我给钱!'"

"这是谁说的?"

"就是这个人……就是德雷胡诺夫呗!他嚷道:'拿酒来,没出息的东西,要不然我就把酒桶底砸破!'他说,'我心里一下子亮堂了!'我们一人喝下一大杯,停了一会儿,我们又喝,照这个样子,不出一个钟头,求上帝保佑我的记性,各自喝下八大杯!我有什么不敢喝的?我放开量喝,才不在乎呢:又不是我出钱!哪怕端来一千杯,我也喝得下!我,老爷,什么罪也没犯过!您费心审问阿勃拉姆·莫依塞伊奇就知道了。"

"可是后来怎么样呢?"

"后来没怎么样。喝酒的时候,不错,打过架。不过后来就规规矩矩,心平气和了。"

"打人的是谁?"

"那还用问。……他嚷道:'我一下子心里亮堂了!'他嚷啊嚷的,就动手,不管是谁的脖子都给一拳。他的性子上来了。他又打我,又打阿勃拉姆,又打那些小伙子。……他端过一杯酒来叫你喝,又使足劲打你:'你喝,我要叫你知道知道我的力气!我要朝所有的人啐唾沫!'"

"那么他打过他妻子吗?"

"玛尔法吗?玛尔法也挨了揍。……那当儿我们正喝得痛快,玛尔法到酒店来了。她说:'回家去,斯捷潘兄弟来了!你这个强盗,'她说,'别再喝酒!'他一句难听的话也没说,上去就照准她的脊梁咚的一声!"

"这是为什么?"

"不为什么,没什么缘故。……他说:'叫你尝尝这滋味。……我领了二十卢布。'可她是个单薄的娘们儿,长得精瘦,一个跟头栽下去,连眼珠都往上翻了。她就对我们诉苦,嘴里叫着上帝,可是他又揍她。……他管教了又管教,没完没了!"

"为什么你们不护着她呢?一个发酒疯的人是会把女人打死的,可是你们理都不理!"

"这哪儿用得着我们出头?她的老婆,当然由他管教嘛。……两口子打架,外人可不兴插嘴。……阿勃拉姆要他消停下来,免得酒店里乱得不像样子,他却打阿勃拉姆一个耳光。阿勃拉姆的工人就揍他。……可是他抓住他,举起来,往地上一摔。……于是那一个就骑在他身上,一个劲儿捶他的脊梁。……我们揪住他的腿,把他从他身子底下拉出来。"

"把谁拉出来?"

"那还用问。……就是让人骑在身子底下的那个呗。……"

"谁骑着?"

"就是我说的那个人呀。"

"呸!你说清楚点,傻瓜!你回答我问的话,别说废话!"

"我,老爷,跟你说得清清楚楚……一五一十,都是本着良心说的。德雷胡诺夫管教老婆,这是真事。……哪怕到法庭上宣了誓,我也这么说。"

侦讯官听着,不时从菲拉烈托夫的冗长而不连贯的发言里摘出几个字记下来,钢笔沙沙地响。……他屡次涂改记录。

"我一点罪也没有……"菲拉烈托夫嘟哝说,"你要问谁,老爷,自管去问。……为这么个婆娘犯不上往法院里跑。"

在宣读记录的时候,这个证人呆瞪瞪地瞧了一会儿侦讯官,不住地叹气。

"这些婆娘惹来那么些麻烦!"他声音沙哑地说,"盘费,老爷,是你付给我呢,还是你开个条子?"

丈　夫

　　某骑兵团在军事演习期间来到某小县城里停下来过夜。像军官先生们光临过夜这样的大事，素来使得本城的居民们极其激动，精神为之一振。商店老板们巴望着出清存放过久而发黑的腊肠和在货架上已经陈列十年之久的"最上等"沙丁鱼。饭铺老板和其他生意人通夜不关店门。军事长官、他的办事员以及当地的驻防部队都穿上最讲究的军服。警察们跑来跑去，好像中了邪。至于这对太太小姐们产生的影响，那只有鬼才知道！

　　本县的太太小姐们听说骑兵团开来，就丢下煮果酱的滚烫的铜盆，纷纷跑到街上去了。她们忘了自己衣冠不整，蓬头散发，却迎着骑兵团跑过去，呼吸急促，心里发紧，贪婪地听着进行曲的乐声。瞧着她们苍白而痴迷的面容，你也许会以为那乐声不是从士兵的铜号里发出来，而是从天上降下来的。

　　"骑兵团啊！"她们高兴地说，"骑兵团来了！"

　　可是她们何必这么关心这个素不相识、偶然路过此地、明天拂晓就要开拔的骑兵团呢？后来，军官先生们站在广场中央，倒背着手，商量宿营问题，这时候，她们却已经在法院侦讯官太太的宅子里坐定，七嘴八舌地评论这个团了。上帝才知道她们从哪儿打听出来团长已经成了家，然而没有跟妻子住在一起。她们还知道某高级军官的太太年年生一个死孩子，某副官毫无希望地爱上一个伯爵夫人,有一回甚至自寻短见。她们样样事情都知道。窗外闪过一个麻脸的兵,穿着红色衬衫,她们清楚地知道他就是雷姆左夫少尉的勤务兵,正跑遍全城,为他主人赊买一瓶英国烧酒。那些军官,她们只不过匆匆看过一眼,而且也只是见到他们的后背罢了,可是她们却已经断定其中没有一个长得好看,惹人喜欢的了。……她们讲过一通以后,派人硬把军事长官和俱乐部主任请来,吩咐他们无论如何非办一次跳舞晚会不可。

她们的心愿实现了。傍晚八点多钟,军乐队在俱乐部门前的街道上奏乐,俱乐部里军官先生们同当地的太太小姐们翩翩起舞。太太小姐们感到身上生出翅膀了。她们被舞蹈、乐声、清脆的马刺声所陶醉,把整个心交给萍水相逢的朋友,完全忘记她们那些平民身份的同伴了。她们的父亲和丈夫退到远远的后边去,挤集在前厅寒碜的饮食部旁边。那些司库员啦,秘书啦,管理员啦,都生得干瘦,害着痔疮,举止笨拙,清楚地意识到自己不像样,因而不肯走进舞厅,光是远远地看着他们的妻子和女儿跟那些手脚灵活和身材匀称的中尉们跳舞。

在那些丈夫当中,有个税务官基利尔·彼得罗维奇·沙里科夫。这个爱喝酒的人心胸狭隘,为人恶毒,脑袋很大,头发剪得短短的,厚嘴唇往下撇。当初他念过大学,读过皮萨列夫和杜勃罗留波夫的作品,时常唱歌,可是现在他只说自己是八等文官,别的一概不提了。他倚着门框站在那儿,眼睛一刻也不放松他的妻子。他妻子安娜·巴甫洛芙娜是个娇小的黑发女人,年纪三十岁上下,长鼻子,尖下巴,脸上涂着脂粉,腰身束紧,一刻也不停地跳舞,非到昏倒不肯罢休。她已经跳累了,然而疲乏的是她的肉体,却不是她的灵魂。……她全身表现出痴迷和欢乐。她胸脯起伏,脸颊泛起红晕,一举一动都那么娇憨、飘洒。看得出来,她一边跳舞,一边想起她的过去,遥远的过去,那时候她在贵族女子中学常常跳舞,幻想着奢华欢乐的生活,相信她日后的丈夫一定会是男爵或者公爵。

税务官瞅着她,气得皱起眉头。……他没感到嫉妒,然而心里不痛快,第一,人家在跳舞,害得他没有地方可以打牌了;第二,他受不了吹奏乐;第三,他觉得军官先生们对待平民过于轻慢,高傲;第四,最主要的是,他妻子脸上的快活神情惹恼了他,使他心里冒火。……

"瞧着都叫人恶心!"他嘟哝道,"年纪都快四十了,生得一副丑相,可是你瞧瞧,居然搽胭脂抹粉,卷起头发,穿上了束腰的紧身!她卖弄风情,装模作样,自以为怪不错的呢。……嘿,您啊,好漂亮的美人儿哟!"

安娜·巴甫洛芙娜全神贯注在跳舞上,一眼也没看她的丈夫。

"当然了,我们这些乡巴佬,哪儿配得上!"税务官幸灾乐祸地说,"如今我们算是靠边站了。……我们是海豹,县城里的熊!她呢,成了舞会上的皇后。瞧,她还那么年轻美貌,连军官们都能对她发生兴趣。说不定他们会爱上她呢。"

跳玛祖卡舞的时候,税务官气得脸相大变。跟安娜·巴甫洛芙娜一块儿跳玛祖卡舞的,是个黑发的军官,生着爆眼睛和鞑靼人那样的高颧骨。他庄重而又动情地迈动两条腿,露出严厉的脸色,直僵僵地弯下膝头,看上去仿佛是个由细线牵动的玩偶小丑。安娜·巴甫洛芙娜呢,脸色发白,身子发颤,娇滴滴地伛下身子,转动眼珠,极力做出脚不点地的样子,大概她自己也确实觉得不是在地球上,不是在县城的俱乐部里,而是在远远的,远远的一个什么地方,在云端里!不光她的脸,就连她的全身都表现出快活得飘飘然的神态。……税务官受不住了,一心想讥诮这种快活,让安娜·巴甫洛芙娜领会她已经得意忘形,生活根本不像她目前在陶醉中感到的那么美妙。……

"你等着就是,你尽管嘻开嘴笑好了,我要叫你尝尝我的厉害!"他嘟哝说,"你不是女学生,也不是姑娘家了。老丑婆应该明白自己是丑婆子!"

种种浅薄的感情像老鼠似的猬集在他心里,有嫉妒,有烦恼,有受了伤害的自尊心,也有由于常喝白酒,长期过着停滞的生活而往往在小官们心里产生的那种狭隘的内地人愤世嫉俗的心理。……他等到玛祖卡舞终场,就走进舞厅,朝他妻子走去。这时候安娜·巴甫洛芙娜正跟她的男舞伴坐在一起,扇着扇子,卖弄风情地眯细眼睛,讲起以前她在彼得堡怎样跳舞(她的嘴唇努成心形,因而说成"在我们白都堡"了)。

"安纽达①,我们回家去!"税务官声音沙哑地说。

安娜·巴甫洛芙娜看见丈夫出现在她面前,先是打了个冷战,仿佛想起了她还有个丈夫似的,后来满脸涨得通红,想到自己有这么个干瘦的、阴沉的、平凡的丈夫,不由得害臊。……

"我们回家去!"税务官又说一遍。

"为什么?时候还早呢!"

"我要求你回家!"税务官抑扬顿挫地说,露出气愤的脸色。

"这是为什么?难道出了什么事?"安娜·巴甫洛芙娜惊慌地问。

"没出什么事,可是我希望你马上回家。……我希望如此,就是这么回事。请吧,不用多说了。"

安娜·巴甫洛芙娜并不怕她的丈夫,可是在男舞伴面前却觉得难为情,那军官正惊讶而讥诮地瞧着税务官呢。她站起来,跟丈夫一起走到一旁。

"你在想些什么?"她开口说,"为什么要我回家去?还没到十

---

① 安娜的爱称。

一点呢!"

"我希望如此,就是这么的!走吧,不必多说。"

"你别生什么糊涂想法!你要走,就走你的。"

"好,那我就大闹一场!"

税务官看见他妻子脸上的快活神情渐渐消散,看见她十分羞愧,显得很痛苦,于是他心里似乎略为轻松点了。

"你现在要我回去干什么?"妻子问。

"我不要你干什么,我希望你待在家里。我希望如此,就是这么的。"

安娜·巴甫洛芙娜不肯听从他的话,后来就开始央告他,求她丈夫容许她哪怕再留半个钟头也好。临了,她自己也不知道什么缘故,不住道歉,赌咒发誓,不过这些话都是小声说的,脸上却带着笑容,免得旁人以为她跟丈夫闹别扭。她开始担保说,她不会再待多久,只要十分钟,只要五分钟就行。可是税务官固执地坚持他的主张。

"随你的便,你要留就留下!只是我要大闹一场。"

这时候,安娜·巴甫洛芙娜一边跟丈夫说话,一边却显得干了,瘦了,老了。她脸色发白,咬着嘴唇,差点哭出来,然后走到前厅去,开始穿外衣。……

"您这是干什么?"本地的太太小姐们吃惊地说,"安娜·巴甫洛芙娜,您干吗要走,亲爱的?"

"她头痛。"税务官替他妻子说。

两夫妇从俱乐部里出来,走回家去,一路上沉默不语。税务官跟在妻子后面,瞧着她满心痛苦和委屈,弯下腰,灰心丧气,回想她在俱乐部里那种快活神情惹得他多么生气,感到这种快活如今已经烟消云散,他的心里不禁扬扬得意。他高兴了,满意了,同时却又觉得还缺点什么。他很想转身回到俱乐部,设法闹得大家都扫兴和难堪,让大家都领会到这种生活多么渺小可怜,平淡无味,只要他们在街上摸着黑走路,听见脚底下的烂泥咕唧咕唧响,知道明天早晨醒来,没有别的指望,只好仍旧喝酒打牌,他们就会明白这一点的。啊,那是多么可怕!

安娜·巴甫洛芙娜几乎走不动了。……她仍然处在舞蹈、音乐、谈话、亮光、闹声的影响下。她一面走一面问自己:为什么上帝要这样惩罚她呢?她痛心,委屈,听着丈夫沉重的脚步声而满腔愤恨,连气也透不出来。她一言不发,极力要想出最伤人、最刻薄、最恶毒的话来痛骂她的丈夫,同时却又体会到她那税务官的心是任什么话都打动不了的。他哪里会理睬她的话?就连她最凶恶的仇敌也想不出比这更使她无可奈何的局面来了。

这当儿音乐轰鸣,黑暗里充满了最轻快、最挑逗人心的乐声。

不　幸

公证人鲁比扬采夫的妻子索菲雅·彼得罗芙娜是个年轻美丽的女人,年纪二十五岁上下,这时候跟住在邻近别墅里的律师伊林沿着林间通道缓缓地走着。那是下午四点多钟。这条道路的上空,堆着蓬松的白云,从云层里露出一小块一小块明亮的蓝天。浮云停在空中不动,仿佛被高大的老松树的树顶钩住了似的。四下里安静而闷热。

远处,这条路由不高的铁道路基截断。这时候,不知什么缘故有个哨兵荷着枪在路基上走来走去。路基后边不远,有座六个圆顶的白色大教堂,房顶生了锈。……

"我没料到会在这儿遇见您,"索菲雅·彼得罗芙娜说,眼睛瞧着地下,用阳伞的尖头拨弄去年的树叶,"现在我想到能遇见您,倒很高兴。我要严肃而彻底地跟您谈一谈。我求求您,伊凡·米海洛维奇,要是您真的爱我,尊敬我,就不要再跟踪我了!您像影子似的跟着我走来走去,用不好的眼光瞧我,不住表白爱情,写些奇怪的信,而且……而且我不知道这一切到什么时候才会了结!哎,这会闹出什么下场来呢,我的上帝?"

伊林沉默不语。索菲雅·彼得罗芙娜走出几步,继续说:

"您这种急剧的变化,是在我们相识五年以后最近两三个星期当中发生的。我都认不出您来了,伊凡·米海洛维奇!"

索菲雅·彼得罗芙娜斜眼瞟了一下她的旅伴。他正眯细眼睛，专心瞧着蓬松的浮云。他脸上的表情愠怒，不服气，神思恍惚，就像一个心里痛苦而同时又不得不听人家说废话的人一样。

"奇怪的是您自己怎么会不明白呢！"鲁比扬采娃说，耸了耸肩膀，"您要明白，您在玩一种不大妙的游戏。我已经结了婚，我爱我的丈夫，尊敬他……我有个女儿。……莫非您认为这都无关紧要？除此以外，您既是我的老朋友，就知道我对家庭的看法……对家庭基础的基本看法。……"

伊林烦恼地嗽一嗽喉咙，叹了口气。

"家庭基础……"他喃喃地说，"啊，上帝！"

"是啊，是啊！……我爱我的丈夫，尊敬他，在任何情形下都看重家庭的和睦。我宁可自己死掉，也不愿意给安德烈和他的女儿造成不幸。……我求求您，伊凡·米海洛维奇，看在上帝面上，躲开我吧。让我们像从前那样做知心朋友，至于您那些不合宜的长吁短叹，您都丢开吧。那么这件事就这样解决，定局了！以后再也不提了。我们来谈点别的事吧。"

索菲雅·彼得罗芙娜又斜眼看了看伊林的脸。伊林瞧着天空，脸色苍白，生气地咬着发抖的嘴唇。鲁比扬采娃不知道他为什么生气，冒火，不过他那苍白的脸色却打动了她的心。

"您别生气了，做个朋友吧……"她亲切地说，"同意吗？喏，我向您伸出手来了。"

伊林伸出两只手来接过她胖乎乎的小手，握了握，慢慢送到唇边。

"我可不是中学生，"他嘟哝说，"同我热爱的女人交朋友，这对我是一点引诱力也没有的。"

"行了，行了！事情已经解决，定局了。我们已经走到长椅这儿，那我们就坐一坐吧。……"

索菲雅·彼得罗芙娜心里充满了如释重负的舒畅感觉:最难说出口、最不便启齿的话总算已经讲完,恼人的问题已经解决和定局了。如今她总算可以轻松地吐口气,正视伊林的脸了。她就瞧着他。被人爱着的女人常常感到自己所处的地位高于爱她的人,这种优越感使她沾沾自喜。这个男人强壮魁梧,威武而愠怒的脸上留着大黑胡子,聪明,受过教育,而且据说很有才华,如今却乖乖地坐在她身旁,低下头,她看着暗自高兴。他们默默地坐了两三分钟。

"至今什么事情也没解决,也没定局……"伊林开口说,"您像是对我念了些格言:'我爱我的丈夫,尊敬他……家庭基础。……'这些话,您就是不讲,我也知道,而且要叫我讲,那我还能对您讲很多呢。我恳切而诚实地对您说吧,我自己也认为我这种行为是有罪的,不道德的。莫非还能说得比这更彻底吗?可是,大家都知道的话又何必再说呢?您与其用那些可怜的话喂夜莺,还不如教教我:我该怎么办?"

"我已经跟您说过:您离开此地吧!"

"我已经离开过五次,这您知道得很清楚,可是每次都是走到半路上又回来了!我可以把直达车票拿给您看,我都保存着。要我从您这儿跑掉,我缺乏那种毅力!我挣扎,苦苦地挣扎,可是既然我不果断,我软弱,我怯懦,那么我哪能办到?我拗不过天性啊!明白吗?我做不到!我从这儿跑掉,可是天性拉我的后腿。庸俗而丑恶的软弱呀!"

伊林涨红脸,站起来,在长椅旁边走来走去。

"我一肚子的怨气,像条狗似的!"他悻悻地说,捏紧了拳头,"我痛恨自己,鄙视自己!我的上帝啊,我像个放荡的男孩似的追逐别人的妻子,写傻里傻气的信,低三下四……唉!"

伊林抱住头,干咳了一声,坐下来。

"再说,您又这么不诚恳!"他沉痛地继续说,"要是您反对我这种不妙的游戏,那您为什么到这儿来呢?是什么东西把您拉来的?我在信上要求您的仅仅是坚决而直率的答复:行,或者不行。可是您不但没有作出直截了当的答复,反而极力每天'无意中'跟我相会,而且引用些格言来敷衍我!"

鲁比扬采娃吓一跳,脸红了。她忽然感到困窘,只有正派的女人没穿衣服而被人偶然撞见的时候才会有这种感觉。

"您似乎怀疑我有意要弄您……"她喃喃地说,"我素来直率地答复您,而且……而且今天我还请求过您!"

"哎,可是这样的事难道用得着请求吗?要是您干脆说'走开',那我早就不在这儿了,然而您没有对我说过这话。您一次也没有直截了当地答复过我。奇怪的迟疑!真的,您要么是要弄我,要么是……"

伊林没讲完,用两个拳头支住脑袋。索菲雅·彼得罗芙娜开始把自己的行为从头到尾回想一遍。她想起这些天来她不但在行动上,甚至在最隐秘的思想里也是反对伊林的追求的,不过同时却又觉得律师的话也不无道理。她不知道他在哪方面说对了,因而她不论怎样思索,也找不出话来回答伊林的抱怨。保持沉默是不妥当的,于是她耸了耸肩膀说:

"这反而是我不对了。"

"我不是责怪您不诚恳,"伊林叹道,"我这是随便说说,话到嘴边就讲出来了。……您的不诚恳是自然而然、合乎情理的。如果所有的人都约定,忽然一齐诚恳起来,那么一切事情反而会弄得乱七八糟。"

索菲雅·彼得罗芙娜没心思谈哲学,然而她暗自庆幸谈话总算有个改变题目的机会,就问道:

"那怎么见得呢?"

"因为只有野人和野兽才诚恳。一旦文明给生活带来了对安乐的需要,例如,对女性美德的需要,那么诚恳就不合时宜了。……"

伊林慢慢地用手杖挖掘沙土。鲁比扬采娃听他讲话,有许多地方没听懂,可是仍然喜欢他的谈话。首先使她喜欢的是,这个有才华的人对她,一个普通的女人,谈起"学问上的事"来了;其次,她看着他那年轻、苍白、活泼、仍然愤愤不平的脸不住牵动,心里极其高兴。她有许多地方没听懂,然而有一点她却看得很清楚:现代人解决重大问题和作出最后结论的时候,总是表现出一种毫不迟疑、干净利落的美妙动人的勇敢精神。

她忽然醒悟过来,她是在爱慕他,就吓坏了。

"请您原谅,我不懂:为什么您谈起不诚恳来了?"她连忙说,"那我再把我的要求重复一遍:我们来做知己朋友吧,您让我安静一下吧! 我诚恳地要求您!"

"好吧,那我就再来挣扎一次!"伊林说,叹口气,"我愿意尽我最大的力量。……只是我的挣扎未必会有什么结果。我要么朝我的额头放一枪,要么……昏头昏脑地灌酒。我反正在劫难逃了! 一切事情都有个限度,同自然的事物作斗争也如此。您说说看,人怎么拗得过疯狂呢? 如果您喝酒,您怎么能克制住兴奋? 如果您的音容笑貌在我心里生下根,日日夜夜缠住我,总是出现在我眼前,喏,就像现在这棵松树一样,那我能有什么办法呢? 是啊,既然我的全部思想、愿望、美梦都不由我做主,却听命于一个附在我身上的恶魔,那就请您教教我,我该怎样冲锋陷阵,才能摆脱这种可恶而不幸的处境? 我爱您,爱得神魂颠倒,丢开了工作和亲友,忘了我的上帝! 我有生以来还从没这么爱过!"

索菲雅·彼得罗芙娜没料到有这样的转变,就抽身躲开伊林,惊恐地瞧着他的脸。他眼睛里涌上了泪水,嘴唇在颤抖,他整个脸上布满一种饥渴和恳求的神情。

"我爱您!"他喃喃地说,把他的眼睛凑近她那惊恐的大眼睛,"您这么美!目前我在受苦,可是我起誓,我情愿一辈子照这样坐着,一边受苦,一边瞧着您的眼睛。不过……您别说话,我求求您!"

索菲雅·彼得罗芙娜仿佛冷不防遭到袭击似的,急急忙忙想找出话来拦阻伊林。"我得走!"她暗自决定,可是她还没来得及做出站起来的动作,伊林却已经在她脚跟前跪下了。……他抱住她的膝头,瞅着她的脸,讲得热烈,动听,美妙。她又害怕又心慌,没听清他说的话。不知什么缘故,目前,在这危险的关头,当她的膝头正被人抱紧,她感到那么舒服,好像在洗温水浴一样的时候,她却带着一种凶狠的阴险心理探索她这种感觉的含义。她恼恨她的灵魂里非但没有美德来提出抗议,却充满了软弱、怠惰和空虚,就跟喝醉酒的人那样,把一切都置之度外了。只是她心灵深处,隐约有那么一小块东西幸灾乐祸地讥诮道:"那你为什么不走掉呢?莫非就应当这样?是吗?"

她一面追究其中的含义,一面却不明白:为什么她不缩回手来,却听凭伊林像水蛭似的吸吮它?她何必跟伊林一起急急忙忙往左右两边看,提防外人瞧见呢?松树和白云一动也不动,严峻地瞧着,好比学校里的老职员明明看见学生胡闹,却因为收了贿赂,只好不去报告学校当局似的。哨兵在路基上站定,像根柱子,似乎在张望这张长椅。

"随他去看吧!"索菲雅·彼得罗芙娜暗想。

"可是……可是您听我说!"她终于说道,声音里带着绝望的调子,"这会闹出什么下场来呢?以后会怎么样呢?"

"我不知道,我不知道……"他小声说,挥着手,推开这些不愉快的问题。

这时候响起了火车头的沙哑刺耳的汽笛声。这种日常生活中的单调声音显得冷冰冰,突如其来,使得鲁比扬采娃全身一震。

"我没有时间……该走了!"她说,赶快站起来,"火车来了。……安德烈回来了!他要吃饭的。"

索菲雅·彼得罗芙娜把火烧般的脸往路基那边转过去。起初火车头慢慢地爬过来,紧跟着出现了车厢。这不是鲁比扬采娃猜想的那班送别墅住客回来的列车,而是一列货车。在教堂的白色背景上,那些车厢一个跟着一个,像人类生活中的岁月那样连成一条长线,陆续开过去,似乎没完没了!

不过后来列车终于走完,最后那节挂着灯的列车长车厢也消失在一片苍翠之中了。索菲雅·彼得罗芙娜猛地转过身,眼睛没瞧着伊林,很快地沿着林间通道走回去。她已经控制住自己。她羞得脸色通红,倒不是受了伊林的侮辱,不是的,却是受了她自己的懦怯,她自己的不知羞耻的侮辱,因为她这个有道德的、纯洁的女人,竟然容许别人抱住她的膝头。现在她专心想着一件事:赶快回到她的别墅去,回家去。律师在她后面几乎跟不上她。她从林间通道拐弯,走上一条狭窄的小径,回过头去很快地看他一眼,只瞧见他膝盖上的沙土,就向他挥一下手,要他离开她。

跑到家里,索菲雅·彼得罗芙娜在她的房间里呆站了大约五分钟,时而瞧着窗子,时而瞧着她的写字台。……

"坏女人!"她骂自己,"坏女人!"

她偏要跟自己捣乱,就索性仔仔细细、毫不隐讳地回想这些天来她如何反对伊林的追求,却又一心想去对他解释清楚,而且,每逢他在她脚边跪下,她心里总是格外舒服。她回想着这一切,毫不怜惜自己,羞得喘不过气来,恨不得连连打自己耳光才好。

"可怜的安德烈啊,"她暗想,极力使她的脸在她想起丈夫的时候现出十分温柔的神情,"瓦莉雅,我可怜的小女儿,你不知道你母亲是个什么样的人哟！你们原谅我吧,亲爱的！我非常爱你们……非常爱呀！"

索菲雅·彼得罗芙娜想对自己证明她还是好妻子和好母亲,邪魔还没侵袭到她对伊林说过的"家庭基础",就跑到厨房去,对厨娘大嚷一通,怪她不该至今还没给安德烈·伊里奇摆好餐具。她极力想象她丈夫疲劳饥饿的模样,嘴里说着怜惜他的话,亲自动手给他摆餐具,这却是她以前从没做过的。后来她找到她的女儿瓦莉雅,把她抱起来,热烈地搂在怀里。她觉得女儿沉甸甸,冷冰冰,可是她不愿意对自己承认这一点,却开始对她说明,她爸爸多么好,多么诚实,多么善良。

然而过了不久,安德烈·伊里奇回来了,她却几乎没跟他打招呼。那种不自然的感情的高潮已经过去,并没向她证明什么,反而由于虚假而惹得她生气,恼怒。她在窗旁坐下,痛苦而懊恼。人只有在困境中才能理解要做自己的感情和思想的主人是多么不容易。索菲雅·彼得罗芙娜事后说,当时她心里"一团乱麻,很难理得清,就像极快地飞过一群麻雀,很难数得清有多少只似的"。比方说,她并不因为丈夫回来而高兴,也不喜欢他在吃饭时候的一举一动,由此她就忽然得出结论,认为她开始恨丈夫了。

安德烈·伊里奇又饿又累,无精打采,等不及菜汤端上来就吃开了腊肠,狼吞虎咽,嚼得很响,两鬓都在蠕动。

"我的上帝啊,"索菲雅·彼得罗芙娜想,"我爱他,尊敬他,可是……他嚼东西的样子为什么那样惹人讨厌?"

她的思想混乱得不下于她的感情。鲁比扬采娃如同那些要跟不愉快的思想作斗争却又没有经验的人一样,用尽全力不去想她的烦恼,然而她越是努力,她脑海里反而越是活生生地现出伊林的模样、他膝盖上的沙土、蓬松的浮云、列车。……

"我这个傻子,今天为什么要去呢?"她痛苦地暗想,"难道我是个把握不住自己的人吗?"

恐惧的眼睛是巨大的①。等到安德烈·伊里奇吃完末一道菜,她已经下定决心:索性对丈夫全都说穿,就此避开危险!

"我,安德烈,想跟你认真谈一下。"饭后,她看到丈夫脱掉上衣和皮靴,准备躺下休息,就开口说。

"什么?"

"我们离开这儿吧!"

"哦……到哪儿去?回城里去还嫌太早。"

"不,出外去旅行,或者别的这一类活动也成。……"

"旅行一趟……"公证人嘟哝说,伸个懒腰,"我自己也巴望旅行,可是上哪儿去找这笔钱呢?而且我把事务所托付给谁呢?"

他略为想一想,补充说:

"确实,你闷得慌。要是你乐意的话,你就自己去吧!"

索菲雅·彼得罗芙娜同意了,然而她立刻想到伊林倒会为这个机会高兴,会跟她搭乘同一次列车,坐在同一个车厢里。……她思索着,瞧着她那吃饱肚子,可是仍然懒洋洋的丈夫。不知什么缘故,她的目光停留在他的脚上,那双脚小得很,几乎跟女人的脚一样,穿着花条的短袜,两个袜尖上都露出一根细线头。……

有一只丸花蜂在放下的窗帘里撞着窗玻璃,嗡嗡地叫。索菲雅瞧着细线头,听着丸花蜂叫,想象她在火车上的情景。……伊林会一天到晚坐在她对面②,目不转睛地瞧着她,怨恨自己软弱,痛苦得脸色惨白。他会说自己是个行为放荡的坏孩子,辱骂她,扯自己的头发,可是等到天色黑下来,趁旅客们睡熟或者出外到火车站上去,他就会在她面前跪下,抱紧她的腿,就跟刚才在长椅那边一

---

① 意谓"越害怕就越感到危险"。
② 原文为法语。

样。……

她忽然醒悟过来,明白自己在胡思乱想。……

"你听我说,我不一个人去!"她说,"你得跟我一起去!"

"你胡想,索福琪卡①!"鲁比扬采夫叹道,"人得严肃点,只希望那些可能办到的事才好。"

"你知道了是怎么回事,就会去的!"索菲雅·彼得罗芙娜暗想。

她决定非走不可,于是感到脱离危险了。她的思想渐渐恢复正常,她高兴起来,甚至放任自己去想各式各样的事。不管怎样想,不管怎么胡思乱想,都无所谓,反正就要走了!她丈夫睡熟后,黄昏渐渐来临。……她在客厅里坐下,弹钢琴。黄昏时分窗外热闹起来,她听着音乐声,特别是想到自己聪明能干,已经把一件麻烦事应付过去,她的心情就完全欢畅了。她那平静的良心对她说:换了别的女人处在她的地位,多半会难以自持,晕头转向,她呢,却羞得要命,心里痛苦,如今正在逃脱危险,而且说不定那种危险根本就不存在!她的美德和果断使她深受感动,她甚至照了三次镜子。

等到天色大黑,客人就来了。男人们在饭厅里坐下来打牌,女人们占据了客厅和露台。来得最迟的是伊林。他神色悲哀,闷闷不乐,仿佛生了病。他在一张长沙发的角落上坐下,整个傍晚就此没站起来过。他平素是兴高采烈,谈笑风生的,可是这一回却始终沉默不语,皱起眉头,不时搔几下眼睛四周的皮肤。每逢他不得不回答别人问的话,他总是只动一下上嘴唇,勉强笑笑,简短地回答几个字,带着一股怨气。他大约有五次说俏皮话,然而那些俏皮话一说出口,却尖刻伤人。索菲雅·彼得罗芙娜觉得他快要发歇斯

---

① 索菲雅的爱称。

底里了。直到现在,她在钢琴旁边坐着,才第一次清楚地领会到这个不幸的人是认真对待这件事的,他心里真正有病,站也不是,坐也不是。为了她,他在毁掉事业,毁掉青春的最好岁月,把最后一点钱都用在别墅上,撇下母亲和妹妹无人照管,然而最糟的是他跟自己不住苦斗而筋疲力尽了。即使出于单纯的、普通的仁爱心,也应该认真对待他了。……

这一切她了解得清清楚楚,连她的心都痛了。如果这时候她走到伊林跟前去,对他说一声"不行",那么她的声音就会具有一种使人很难违抗的力量。可是她没有走过去,也没有说那句话,再者她也根本没有往这方面想。……在她身上,年轻人的浅薄和利己主义似乎从来也没像今天傍晚这样厉害地表现出来过。她领会到伊林不幸,坐在长沙发上就跟坐在针尖上一样,她为他难过,然而同时,有一个爱她爱到了痛苦不堪的人在座,却又使她十分得意,体会到自己的力量。她觉得自己年轻,美丽,高不可攀,于是她(好在她已经决定走了!)在这天傍晚索性纵情欢笑。她就卖弄风情,笑个不停,唱得特别动情,很有味道。一切都使她高兴,她觉得样样事情都可笑。她想起长椅那边的情景,想起那个瞭望的哨兵,都觉得好笑。客人们、伊林的伤人的俏皮话、他领结上那个以前她从没见过的别针,都惹得她发笑。那个别针做成红色小蛇的形状,眼睛上镶着钻石。她觉得这条小蛇那么可笑,恨不得凑过去吻它几下才好。

索菲雅·彼得罗芙娜激动地唱着抒情歌曲,仿佛喝得半醉似的,声调有点激昂。她好像要嘲笑别人的愁苦,专唱些悲凉忧郁的曲子,唱词里讲到破灭的希望、往事、老年。……"老年啊,一步步逼近……"她唱道。可是老年跟她有什么相干呢?

"我好像有点不对头……"她在欢笑声和歌唱声中偶尔暗想。

十二点钟客人们走散了。最后走的是伊林。索菲雅·彼得罗芙娜还有足够的勇气把他送到露台的末一层台阶。她想对他说明她就要跟她丈夫一起走了,看一看这个消息会对他产生什么影响。

月亮藏在浮云里,然而天色还是很亮,索菲雅·彼得罗芙娜看得见风在戏弄他的大衣底襟和露台的帷幔。她还可以看见伊林脸色苍白,撇着上嘴唇勉强微笑一下。……

"索尼雅①,索尼雅……我亲爱的女人!"他喃喃地说,不容她开口讲话,"我的宝贝儿,亲人!"

他情意缠绵,说话声里带着哭音,对她吐露许多亲热的字眼,一个比一个温柔,对她已经用"你"称呼,就跟对待妻子或者情妇一样了。出乎她的意外,他忽然伸出一条胳膊搂住她的腰,另一只手抓住她的胳膊肘。

"亲爱的,我的美人儿……"他喃喃地说,吻她脑后的颈项,"你诚恳点,马上到我那儿去吧!"

她从他怀里挣脱出来,昂起头,想大发脾气,发泄她的激怒,可是结果她没有发怒,她那些值得称赞的美德和纯洁却只能使她说出凡是普通女人在同类情况下所常说的那句话:

"您疯了!"

"真的,我们走吧!"伊林继续说,"我刚才在长椅那边,就已经相信您,索尼雅,跟我一样软弱了。……您也躲不过去!您爱我,目前却白费劲地跟您的良心争论。……"

他看出她要离开他,就抓住她的花边袖口,很快地把话说完:

"不是今天就是明天,反正您会认输的!那又何必拖延时间呢?我宝贵的、亲爱的索尼雅,既然已经判了刑,又何必推迟执行呢?何苦自己欺骗自己呢?"

索菲雅·彼得罗芙娜抽身躲开他,溜进门去。她回到客厅里,

---

① 索菲雅的爱称。

随手盖上钢琴,久久地瞧着乐谱上的小饰图,坐下来。她已经站不住,也没法思索了。……她先前那么兴奋活泼,这时候却只剩下可怕的衰弱,以及懒散和苦闷了。她的良心悄悄对她说,她今天傍晚的举动不得体、愚蠢,活像个疯疯癫癫的傻丫头,又说她刚才在露台上让人搂住,甚至现在她腰上和胳膊肘那儿还觉得有点不对劲。客厅里一个人也没有,只点着一支蜡烛。鲁比扬采娃在钢琴前面的圆凳上坐着,一动也不动,仿佛等着什么事。一种强大而无法抗拒的欲望,似乎趁着天黑,趁着她感到极度疲乏,一步步把她抓紧。它好比一条大蟒,缠紧她的四肢和灵魂,随时在长大,再也不像先前那样威胁她,却赤身露体,明明白白立在她面前了。

她坐了半个钟头,呆然不动,没有拦阻自己去思念伊林。随后她懒散地站起来,慢慢走到寝室去。安德烈·伊里奇已经躺在床上。她在敞开的窗子旁边坐下,听凭欲望煎熬她。她头脑里的"混乱"已经不复存在,她的全部感情和思想已经和谐一致地围绕着那唯一的、清楚的目标了。她本来打算挣扎一下,可是立刻摇一摇手,算了。……她现在才明白敌人是多么有力和顽强。为了对它作斗争,就得有力量,就得坚定,可是她的出身、教育、生活却没有给她什么可以倚仗的东西。

"不道德的女人!坏女人!"她为自己缺乏力量而痛斥自己,"原来你是这样的人?"

她这种软弱玷辱了她的清白,这使她极其恼火,她用尽她所知道的种种骂人字眼辱骂自己,对自己说出许多刻薄难听的真话。例如,她对自己说,她从来就不是有道德的女人,以前所以没有堕落,无非是因为一直缺乏机会罢了,她又说,今天她这一整天的斗争是可笑的,无异于一出喜剧。……

"就算你斗争过吧,"她想,"可是这算是什么斗争!就连卖淫的女人在卖淫以前也要斗争的,不过临了还是去卖淫。好一个斗争:像牛奶一样,一天之内就结成块了!一天之内啊!"

她揭穿自己说,驱使她离开家庭的并不是感情,也不是伊林这个人,而是在前面等待她的旖旎风光。……她像许多人一样,是个住在别墅里闲着没事做的太太!

"'当小鸟的母亲被打死的时候。'"窗外有人用沙哑的男高音唱道。

"要是去的话,现在就该去了。"索菲雅·彼得罗芙娜暗想。她的心突然跳得厉害。

"安德烈!"她几乎大叫起来,"你听我说,我们……会一块儿走吧?是吗?"

"哦。……我已经跟你说过:你自己一个人去吧!"

"可是你听着……"她费力地说,"要是你不跟我一块儿走,你就有失掉我的危险!我……似乎已经在……恋爱了!"

"爱上谁了?"安德烈·伊里奇问。

"对你来说,不管爱上谁反正都一样!"索菲雅·彼得罗芙娜叫道。

安德烈·伊里奇坐起来,让两条腿在床边垂下去,惊讶地瞧着妻子的黑身影。

"想入非非!"他说,打了个呵欠。

他不信,可是他仍然害怕。他沉吟一下,对妻子提出几个无关紧要的问题,然后讲他对家庭,对负情的见解……他无精打采地讲了十分钟左右,就睡下了。他的箴言没有奏效。世界上的见解是很多的,可是其中倒有一大半都是那些没经历过烦恼的人想出来的!

尽管时间已经很晚,窗外却还有别墅住客们在走动。索菲雅·彼得罗芙娜披上一件薄斗篷,站了一会儿,想一想。……她还有足够的果断对她那昏昏睡去的丈夫说:

"你睡着了吗？我去散散步。……你愿意跟我一块儿去吗？"

这是她最后的希望了。她没有得到回答，就走出去。外面有风，空气清爽。她既没感到风，也没觉得天黑，只顾往前走。……那种无法抗拒的力量催逼着她，似乎她一停下来，它就会推她的后背似的。

"不道德的女人！"她随口嘟哝说，"坏女人！"

她呼呼地喘气，羞得脸上发烧，感觉不到下身有两条腿了，然而那种推着她往前走的力量，却比她的羞耻心，比她的理智，比她的恐惧强大得多。

粉红色长袜

阴霾的雨天。天空乌云四布,久久不散,看不出这场雨什么时候才会停。房外是稀泥、水洼、淋湿的寒鸦。房间里光线暗淡,冷得很,恨不能生炉子才好。

伊凡·彼得罗维奇·索莫夫在书房里从这个墙角走到那个墙角,抱怨天气。窗上的雨珠和房里的阴暗,使他满心苦恼。他烦闷得难受,没有办法消磨时间。……报纸还没有送来,出外打猎又不行,而且一时还不会开饭。……

书房里不光是索莫夫一个人。在他的写字台旁边坐着索莫夫太太。她是个娇小俊俏的女人,穿着薄罩衫和粉红色长袜。她在专心写信。走来走去的伊凡·彼得罗维奇每次经过她身旁,总要从她肩膀上边望过去,瞧一眼她写的字。他看见歪歪扭扭的大字,字体细长,带着难看的尾巴和小钩。墨点啦,污斑啦,手指印啦,多得不得了。索莫夫太太不喜欢用移行符号,每一行字写到纸边上,就可怕地抽搐起来,像瀑布那样顺流而下了。……

"丽多琪卡,你写了这么多,是写给谁的?"索莫夫瞧见他妻子开始写第六张信纸,问道。

"写给我妹妹瓦丽雅的。……"

"嘿……好长!你给我读一下,也好解解闷!"

"你拿去读吧,只是读起来没什么趣味。……"

索莫夫接过写好的信纸,继续走来走去,开始阅读。丽多琪卡把胳膊肘支在圈椅的靠背上,注视他脸上的表情。他读了头一页,脸就拉长了,现出一种类似惊慌的神情。……读到第三页,索莫夫皱起眉头,慢腾腾地搔后脑壳。他读到第四页,就停住脚,不时害怕地瞧妻子一眼,沉思不语。他略微沉吟一下,叹口气,又开始看信。……他脸上流露出困惑,甚至吓坏了的神情。……

"啊,莫名其妙!"他看完信,把信纸丢在桌子上,喃喃地说,"简直莫名其妙!"

"怎么了?"丽多琪卡惊慌地问。

"怎么了! 写满六张信纸,足足耗费了两个钟头,可是……可是等于什么也没写! 连一点点思想也没有! 读啊读的,越读越糊涂,就跟认茶叶盒上古里古怪、难解的中国字似的! 哎呀呀!"

"是的,这是实话,万尼亚①……"丽多琪卡说,涨红了脸,"我写得潦草。……"

"什么潦草? 潦草的信总还有含意,有格局,有内容,可是你的信……对不起,我都不知道该叫它什么才好! 纯粹是胡说八道! 有字,有句子,可是内容却丝毫也没有。你的信从头到尾活像两个顽皮的孩子讲话。一个说:'今天我们家里做油饼!'另一个说:'有个兵到我们家里来了!'淡而无味! 拖得很长,反反复复老是那一套。……你那些可怜的思想像筛子里的魔鬼那样蹦蹦跳跳,谁也闹不清事情是从哪儿开头,到哪儿结束的。……哎,怎么能写成这个样子呢?"

"要是我写得细心,"丽多琪卡辩白说,"那就不会出错了。……"

"啊,我还没谈到写错的地方呢! 可怜的语法在哇哇地叫呀!

---

① 伊凡的爱称。

没有一行文字不是对语法的侮辱！不用逗点，不用句点，而且别字啊……呸！把'喉咙'写成了'喉龙'。字迹呢？那不是写字，那是要人的命！我不是说着玩的，丽多琪卡。……你这封信惹得我又惊讶又震动。……你别生气，亲爱的，不过我，当着上帝说实话，没料到你的语法这么不通。……可是，论地位，你属于受过教育的知识界，你是念过大学的人的妻子，又是将军的女儿！我说，你上过学没有？"

"那还用问？我是在冯·梅勃恺的贵族女子寄宿学校毕业的。……"

索莫夫耸了耸肩膀，叹口气，继续走来走去。丽多琪卡领会到自己不学无术，害臊了，也不住叹气，低下眼睛。……在沉默中过了十分钟左右。……

"你听我说，丽多琪卡，这真是太可怕了！"索莫夫忽然在妻子面前站住，惊恐地瞧着她的脸说，"要知道你是母亲……明白吗？是母亲！你自己尚且什么都不懂，那你怎么教孩子呢？你脑筋挺好，可是如果连基本知识都没掌握，这种脑筋还有什么用？哦，姑且不谈知识……知识是孩子在学校里也能学到的，可是要知道，你就是在精神方面也有问题！是啊，有的时候你乱说一通，简直叫人听不下去！"

索莫夫又耸了耸肩膀，把身上的长袍裹一裹紧，继续走来走去。……他又心烦又气恼，同时又怜惜丽多琪卡。她没有顶嘴，光是眨巴眼睛。……两个人都感到沉重，痛心。……两个人只顾愁闷，却没留意到光阴在流逝，吃饭的时候到了。……

索莫夫素来喜欢津津有味、心平气和地用餐，这次坐下来吃饭，就喝下一大杯白酒，开始谈别的事情。丽多琪卡听他讲，随声附和，可是菜汤端上来的时候，忽然，她眼睛里满是泪水，抽抽搭搭地哭了。

"这都怪妈不好!"她说,用食巾擦眼泪,"当初大家都劝她把我送进中学,我从中学出来,准定会进高等女校!"

"进高等女校……念中学……"索莫夫喃喃地说,"这未免走极端了,小母亲!穿蓝色长袜①有什么好处呢?蓝色长袜……鬼才知道是怎么回事!男不像男,女不像女,不三不四,非驴非马。……我讨厌蓝色长袜!我决不娶女学究。……"

"谁也闹不清你是怎么回事……"丽多琪卡说,"你看出我没有学问,就生气,同时又讨厌有学问的女人。你看出我信里没有思想,就不高兴,可又反对我上学。"

"你抓住我的语病了,亲爱的。"索莫夫说着,打个呵欠,由于烦闷而给自己斟了第二杯酒。……

在酒足饭饱的影响下,索莫夫变得快活些,和善些,也温柔些了。……他瞧着他那漂亮的妻子带着操心的模样拌凉菜,一股对妻子的爱怜、大度包容、原谅一切的感情,猛然涌上他的心头。……

"我今天平白无故害得她这个可怜虫垂头丧气……"他想,"我何必对她说那么些无聊的话呢?不错,她有点愚蠢,不开窍,见解有点狭隘,不过……话说回来,一枚奖章有正反两面嘛②,另一面的话也该听③。……据说女人的浅薄是由女人的天职决定的,这话倒也许千真万确呢。我们不妨假定,女人生来就是为了爱丈夫,生孩子,切生菜的,那么她要知识有什么鬼用场呢?可不是!"

这时候他不由得想起,有学问的女人一般说来都是难于相处的,她们苛刻,严格,寸步不让,而跟有点愚蠢的丽多琪卡一块儿生

---

① 借喻"女学究"。
② 意谓"有一弊必有一利"。
③ 原文为拉丁语。

活,正好相反,倒是蛮轻松的,她什么也不过问,懂得不多,也不挑他的毛病,批评他。跟丽多琪卡相处,倒可以耳目清静,也不致遭到受她控制的危险。……

"去她们的吧,那些聪明而有学问的女人!跟头脑简单点的女人一块儿生活舒服得多,也安宁得多哩,"他暗自想着,从丽多琪卡手里接过一碟童子鸡来。……

他想起有的时候文明的男人很想找个聪明而有学问的女人谈一谈,交流一下思想。……

"那有什么关系?"索莫夫想,"如果打算跟聪明的女人谈话,那我就去找娜达丽雅·安德烈耶芙娜好了……要不然去找玛丽雅·弗兰采芙娜也行。……很简单嘛!"

受苦受难的女人

丽左琪卡·库德陵斯卡雅是个年轻的太太,有很多的崇拜者。她忽然得了病,而且病得那么重,弄得丈夫没法去上班,甚至给她那住在特威尔城的母亲打了个电报。她是这样讲她得病的经过的:

"我先是坐火车到列斯诺耶去找我的姨母来着。我在那儿住了一个星期,后来就跟大家一起到表姐瓦莉雅家里去了。瓦莉雅的丈夫,您知道,生性孤僻,是个暴君(要是我有那样的丈夫,我就会一枪把他打死),不过我们在那儿,日子过得倒挺快活。第一,我参加了业余演出。我们上演一出《贵族家庭的丑事》。赫鲁斯达列夫演得精彩极了!临到幕间休息我喝了点凉柠檬水,凉极了,还加上白兰地。……柠檬水一加白兰地,那味道可就很像香槟酒了。……我喝完,倒也没觉得怎么样。演完戏,第二天,我跟这个阿多尔弗·伊凡内奇一块儿骑马出去逛了一通。天气有点潮,我吹了风。大概那时候我着凉了。过了三天光景我坐车回家,看看我那亲爱的瓦夏①,我的好瓦夏在怎样生活,顺便取一件绸裙,就是那件带小花的。当然,我回到家里没碰见瓦夏。我就到厨房去叫普拉斯科维雅烧茶炊,一看,她案子上放着些小圆萝卜和小胡萝

---

① 她丈夫的名字瓦西里的爱称。

卜,像些小玩意儿。我吃了一根小胡萝卜,嗯,另外还吃了一个圆萝卜。我吃了很少一点点,可是您猜怎么着,忽然我的肚子绞痛起来。……痛得我不住地抽筋,抽筋,抽筋。……哎呀,真要把我活活痛死了!瓦夏就从机关跑回来。自然,他揪住他的头发,脸色煞白。他们跑出去请大夫。……您明白吗?我要死了,我要死了!"

抽筋是在中午开始的,两点多钟医生来了,六点钟丽左琪卡睡熟了,一直酣畅地睡到夜里两点钟。

时钟敲了两下。……小小的夜灯的亮光透过天蓝色灯罩微弱地照出来。丽左琪卡在床上躺着。她那顶白色花边包发帽衬着红枕头的深色背景特别显眼。灯罩的带花纹的阴影印在她苍白的脸上和丰满的圆肩膀上。她的丈夫瓦西里·斯捷潘诺维奇坐在她脚旁。这个可怜人看到妻子终于回到家里而感到幸福,同时又给她的病吓坏了。

"哦,你觉得怎么样,丽左琪卡?"他发觉她醒过来,就小声问道。

"我好点了……"丽左琪卡呻吟说,"我已经不抽筋了,可就是睡不着。……我没法睡觉!"

"你,我的天使,该不该换压布了?"

丽左琪卡慢腾腾地坐起来,脸上露出苦难深重的神情,优雅地歪着头。瓦西里·斯捷潘诺维奇战战兢兢地给她换压布,手指几乎没碰到她热乎乎的身体。丽左琪卡缩起身子,由于水凉而发痒,就笑起来,然后又躺下去。

"你真可怜,没法睡觉!"她呻吟说。

"我怎么能睡觉呢!"

"我是神经出了毛病,瓦夏。我是个很神经质的女人。大夫给我开了胃药,可是我觉得他不了解我的病。这是神经出了事,不是胃,我敢对你赌咒,这是神经作怪。我只是担心,我的病别加重才好。"

"不会,丽左琪卡,不会!明天你就会复原的。"

"不见得!我倒不是为我自己担心……我无所谓,甚至巴不得死了才好,可是我为你难过哟!你一下子就孤孤单单,只剩下一个人了。"

瓦夏很少有机会跟妻子作伴,早已过惯孤独的生活,不过丽左琪卡的话还是使他担心。

"上帝才知道你在说什么,小母亲!怎么生出这种阴暗的想法呢?"

"这有什么关系?你会哭一场,伤心一阵,然后也就习以为常了。你甚至还会再娶一个呢。"

丈夫抱住头。

"得了,得了,我不说就是,"丽左琪卡安慰他说,"只是你也得做好万一的准备。"

"万一我真的死了呢!"她想着,闭上眼睛。

丽左琪卡就暗自想象她死亡的景象。她的母亲、丈夫、表姐瓦莉雅和丈夫、亲戚们、她的"才能"的崇拜者们,把她临终的病榻团团围住,她呢,小声说着:"永别了。"大家都哭个不停。后来她真死了,脸色白得可爱,头发乌黑,人家就给她穿上粉红色的衣衫(她穿上这一件最好看),把她放进一口贵重的棺材,里面装满鲜花,棺材的腿是镀金的。空中弥漫着神香的气味,蜡烛噼啪地爆响。丈夫一步也不肯离开棺材,她的"才能"的崇拜者们目不转睛地瞧着她:"她多么像活人啊!她在棺材里还那么美!"全城都在议论,说她过早地夭折了。后来她的棺材给抬进教堂。抬棺材的有伊凡·彼得罗维奇,有阿多尔弗·伊凡内奇,有瓦莉雅的丈夫,有尼古拉·谢敏内奇,还有教她喝柠檬水加白兰地的黑眼睛大学生。只是可惜没有人奏乐。做完安魂祭后举行告别式。教堂里充满痛哭声。棺材盖抬来了,上面蒙着带穗子的覆布,于是……丽左琪卡跟白昼的世界永远告别了。敲钉子的声音响起来。咚咚咚!

丽左琪卡打了个冷战,睁开眼睛。

"瓦夏,你在这儿吗?"她问,"我尽想些阴森可怕的事。上帝啊,难道我就这么不幸,要睡觉也睡不成?瓦夏,你可怜可怜我,给我讲点什么吧!"

"可是给你讲什么好呢?"

"随便讲点什么……爱情故事就行,"丽左琪卡娇滴滴地说,"要不然讲点犹太人的生活故事也行。……"

瓦西里·斯捷潘诺维奇什么事都乐意干,只求他的妻子快活起来,不再谈到死。他把长鬓发拉下来盖住耳朵①,做出滑稽的脸相,走到丽左琪卡跟前。

"您要油(修)一油表吗?"他问。

"要,要!"丽左琪卡大笑说,把小桌上她那只金怀表拿给他,"你修吧!"

瓦夏接过表来,久久地观看表里的机器,然后把身子缩成一团,扭扭捏捏地说:

"这表不能油了。……这儿有个齿轮厥(缺)了两个牙。"

全部表演到此结束。丽左琪卡哈哈大笑,不住拍手。

"妙极了!"她叫道,"精彩得很!你猜怎么着,瓦夏?你不参加业余演出,真太傻了!你有了不起的才能嘛!你比绥苏诺夫强多了。我们演过《我是寿星》,有一个业余演员,姓绥苏诺夫的,参加了。他是头一流的喜剧天才!你想想吧:鼻子有芜菁甘蓝那么粗,眼睛发绿,走路像仙鹤似的。……我们都看得哈哈大笑。等一

---

① 旧派犹太人常把长鬓发盖在耳朵上。

等,我来给你表演一下他走路的样子。"

丽左琪卡跳下床,没戴包发帽,光着脚,开始在地板上走来走去。

"您好!"她模仿男人的腔调用男低音说,"有什么好消息吗?普天之下有什么新闻吗?哈哈哈!"她扬声大笑。

"哈哈哈!"瓦夏也跟着大笑。

两夫妇只顾大笑,忘了疾病,在卧室里互相追逐。最后瓦夏抓住妻子的衬衫,贪婪地吻她,这场奔跑才算结束。在一次特别热烈的拥抱以后,丽左琪卡忽然想起她病得很重。……

"多么荒唐!"她说,做出严肃的脸色,盖上被子,"大概你忘了我有病!不用说,你真聪明啊!"

"对不起……"丈夫发窘地说。

"病势加重了,那就得怪你。没心肝!坏心肠!"

丽左琪卡闭上眼睛,沉默了。先前那种娇滴滴的和苦难深重的神情回到她的脸上,轻微的呻吟声又响起来。瓦夏给她换过压布,想到妻子待在家里,没有跑到姨母那儿去,不免感到心满意足,就在她脚旁温顺地坐着。他没有睡觉,一直熬到早晨。十点钟医生来了。

"哦,觉得怎么样?"他一面号脉,一面问,"睡觉了吗?"

"睡得不好,"丈夫替丽左琪卡回答说,"很不好!"

医生走到窗口去,瞅着一个过路的扫烟囱工人。

"大夫,我今天可以喝咖啡吗?"丽左琪卡问。

"可以。"

"那么我今天可以起床吗?"

"这,也许,可以吧,不过……最好还是再躺一天。"

"她心绪恶劣……"瓦夏凑着他的耳朵小声说,"思想阴郁……有点悲观。我为她担心极了!"

医生挨着小桌坐下,用手心擦着额头,给丽左琪卡开了溴化钠①的药方,然后点头告辞,答应傍晚再来一趟,就走了。瓦夏没有去上班,一直在他妻子脚旁坐着。……中午,她的"才能"的崇拜者纷纷来了。他们忧心忡忡,担惊害怕,送来许多鲜花和法语小书。丽左琪卡戴着雪白的包发帽,穿着薄罩衫,躺在床上,露出迷茫的神情,仿佛不相信自己会复原似的。"才能"崇拜者们瞧见她丈夫,虽然觉得有他在座未免讨嫌,不过很快就原谅他了:在病榻旁边,他们和他由同一种灾难联合在一起了!

傍晚六点钟丽左琪卡睡熟了,又一直睡到夜里两点钟。瓦夏仍旧在她脚旁坐着,竭力克制睡意,换压布,表演犹太人的生活故事。然而,丽左琪卡度过第二个痛苦之夜,到了早晨,却已经在镜子前面转来转去,戴上帽子了。

"你到哪儿去,我的朋友?"瓦夏用恳求的目光瞧着她,问道。

"怎么了?"丽左琪卡吃惊地说,做出吓坏的样子,"莫非你不知道今天玛丽雅·尔沃芙娜家里排戏吗?"

瓦夏把她送走后,没有事可做,闷得慌,就拿起皮包,上班去了。一连两夜没睡,他头痛起来,痛得那么厉害,弄得左眼不听支配,自动闭上了。……

"您这是怎么了,老兄?"他的上司问他说,"出了什么事?"

瓦夏摆一摆手,坐下。

"您不用多问,大人,"他说着,叹口气,"这两天我多么痛苦……多么痛苦啊!我的妻子病了!"

"主啊!"上司惊恐地说,"您的妻子?她怎么了?"

瓦西里·斯捷潘诺维奇光是摊开两只手,抬起眼睛望着天花板,那意思仿佛想说:"这也是造物主的意志,有什么办法呢!"

---

① 一种镇静剂。

"哎呀,我的朋友,我满心同情您!"上司叹道,眼珠往上翻,"我的好朋友,我已经失去我的妻子了……我明白。那是了不得的灾难……了不得的灾难啊!真可怕……真可怕!我想,现在您的妻子病好了吧?是哪个大夫给她看的病?"

"冯·希捷尔克。"

"冯·希捷尔克?不过您最好还是去请玛格努斯,要不然就请谢曼德利茨基。不过,您脸色惨白!您自己也成病人了!这真可怕!"

"是啊,大人……我一直没睡觉……多么痛苦……受了多少煎熬!"

"可是您却来上班!您何必来呢?我不明白。难道可以硬撑吗?难道可以这样糟蹋自己的身体?您回家去,待在家里,一直到养好病再来!您回去,我命令您!热心公务固然是青年文官的优良特点,可是不要忘记罗马人是怎么说的:健康的精神寓于健康的身体①,也就是说有健康的身体才有健康的头脑!"

瓦夏同意了,把公文放回皮包,向上司告辞,回家睡觉去了。

---

① 原文为拉丁语。

头等客车乘客

有一个头等客车乘客刚刚在火车站上吃过饭,这时候略微带点醉意,在丝绒长沙发上躺下,舒服地伸个懒腰,开始打盹。他睡了不过五分钟光景,就睁开油亮的眼睛瞧着他的对面①,笑着说:

"我那已故的父亲,吃过饭后,总喜欢叫个农妇来搔他的脚后跟。我完全像他,所不同的只是我每次吃过饭后要搔的不是脚后跟,而是舌头和脑筋。我这个有罪的人,吃饱了肚子就喜欢闲聊一阵。您允许我跟您谈谈天吗?"

"奉陪。"对面的乘客说。

"对我来说,美餐一顿以后,只要有一星半点的理由,就足以使得我头脑里生出重大无比的思想。比方说,先生,刚才我跟您在食堂柜台附近看见两个青年人,您听见其中的一个祝贺另一个成了名。'我祝贺您,'他说,'您已经出了名,开始有声望了。'显然,他们是演员或者小报的撰稿人。然而问题不在这儿。现在,先生,使我发生兴趣的是这样一个问题:所谓名气或者声望究竟是什么意思?您是怎样看的?普希金把声望说成破衣服上一块花花绿绿的补丁②,我们都是按普希金的方式,也就是或多或少以主观的态

---

① 原文为法语。
② 引自俄国诗人普希金的诗《书商和诗人的谈话》(1824)中书商的话:"声望是什么?歌手的破烂衣衫上一块花花绿绿的补丁。"——俄文本编者注

度来理解它的,然而至今还没有人对这个词下过一个清楚而合乎逻辑的定义。我倒情愿付出很高的代价来寻求这样的定义呢!"

"您为什么这样需要它呢?"

"您要明白,如果我们知道声望是什么,我们或许也就知道成名的方法了,"头等客车乘客沉吟一下说,"必须对您说明一下,先生,当初我年轻的时候,一心一意想成名。扬名天下成了我的所谓魔怔。为了成名,我学习,工作,通宵不睡,吃得很少,作践了身体。要让我公平地下一句断语,那么,我似乎具备成名的一切条件。第一,我在职业上是工程师。我活到现在,已经在俄国造了大约二十座宏伟的桥,在三个城市铺过水管,在俄国、英国、比利时……工作过。第二,我写过许多专业论文,都涉及我的本行。第三,我的先生,我从小喜爱化学。我利用闲暇时间研究这门科学,发明了取得某些有机酸的方法,因此您会在国外一切化学教科书里找到我的姓名。我一直在机关里任职,已经升到四等大官,而且我的履历是毫无污点的。我不想再列举我的劳绩和工作来冒渎清听了,我只想说一句,我的成就远比别的名人多。可是怎么样呢?喏,现在我已经老了,可以说准备入土了,可是我的名气也就跟眼前在路基上奔跑着的那条黑狗不相上下。"

"何以见得呢?或许您也出名了。"

"嗯!……那我们现在就来试试看。……您说吧,您以前可曾听见过克利库诺夫这个姓!"

对面的乘客抬起眼睛望着天花板,想一想,笑起来。

"不,没有听见过……"他说。

"这就是我的姓。您是知识界的人,又上了年纪,却从来也没听人说起过我,这正是一个有说服力的证据!显然,我只是求名心切,可是我的做法完全不对。我一直不知道真正的方法,我想揪住名声的尾巴,然而却走错路了。"

"那么真正的方法该是怎样的呢?"

"鬼才知道!您说说看:要有才能?有天才?超凡入圣?完全不对,我的先生。……有些人跟我在同一个时代生活,跟我相比都只能算是些浅薄、渺小,甚至卑鄙的人,结果却飞黄腾达了。他们做的工作及不上我的千分之一,从没下过苦功,也不见得有才能,也没有求名的心,可是您瞧瞧他们!他们的姓名不断在报纸上和谈话里出现!如果您听着不嫌厌烦,我就举个例子来说明一下。几年前我在某城造桥。我得对您说明,那个糟糕的小城乏味透了。要不是有女人和纸牌,我似乎要发疯了。嗯,反正事情已经过去,说说也不妨,总之,我闷得慌,就跟一个歌女姘居了。鬼才知道她是怎么回事,所有的人都赞叹这个歌女,可是依我看来……该怎么对您说好呢?……她其实是个普通的俗物罢了,像那样的人多得很。这个丫头浅薄,任性,贪得无厌,同时又是个蠢货。她吃得多,喝得多,一觉睡到下午五点钟才醒,此外似乎就什么也说不上了。人家把她看做妓女,这也正是她的职业,不过每逢人们有意用文雅的言辞说到她,就把她叫做女演员或者女歌唱家。从前我是个热爱戏剧的人,因此这种以女演员称号欺世盗名的把戏,鬼才知道惹得我多么愤慨!我的歌女没有一丝一毫的权利自称为女演员以至女歌唱家。这个人完全没有才能,缺乏感情,甚至不妨说,一无可取。按我的看法,她唱得难听,她的'艺术'的妙处全在于她到必要的时候能把腿扬得高高的,遇到有人走进她的化妆室,她能不羞不窘。她照例选中由外语翻译过来的轻松喜剧上演,戏里有歌可唱,还可以穿上男人的衣服,紧箍在身上,出一出风头。一句话,呸!好,先生,我请您注意地听下去。据我至今记得,临到新桥落成,我们那儿举行过一次盛大的通车典礼。有祈祷式,有演讲,还发了电报,等等。我呢,您知道,在我的产儿身旁走来走去,老是担忧我那颗心会由于我是造桥人而激动得炸开来。反正这是过去的事了,我也不必假意谦虚,我索性对您说吧,我那座桥造得出色极了!那不是桥,而是一幅画,看得人神醉心迷!全城都来参加通车典礼,那你怎能不兴奋!'好,'我心想,'这样一来,众人的眼睛就要一齐盯住我看了。这叫我躲到哪儿去才好?'可是,我的先生,我白担心了,唉!除了官方人士以外,根本就没有人把我放在心上。岸上站着一群人,像山羊似的瞧着那座桥,至于桥是谁造的,他们不闻不问。见他们的鬼!顺便说一句,从那时候起我就痛恨我们这些最可敬的公众了。不过我要接着说下去。忽然,公众激动起来,人声鼎沸。……他们脸上绽开了笑容,肩膀活动起来。'他们必是瞧见我了。'我暗想。哪有这种事,痴心妄想!我一瞧,原来我的歌女挤进人群来了,身后跟着一大帮浪荡子弟。人群的目光急忙跟住这个行列不放。大家七嘴八舌地小声议论起来:'她就是某某人。……可爱得很!迷人啊!'这时候人家也注意到我了。……有两个后生,大概是当地的舞台艺术爱好者吧,瞅了我一阵,互相看一眼,小声说:'他就是她的情夫哩!'试问您听了是什么滋味?还有一个其貌不扬的人,头戴高礼帽,很久没刮过脸,在我身边站了很久,一会儿用这只脚支住身子,一会儿又换那只脚。后来他转过身来对我说:

"'您知道在对岸走的那个女人是谁吗?她就是某某人。……她的嗓音很差,不值一提,不过她倒把它运用得挺巧妙!……'

"'您能告诉我,'我问这个其貌不扬的人说,'这座桥是谁造的吗?'

"'说真的,我不知道!'这个人回答说,'总是一个什么工程师吧!'

"'那么你们城里的大教堂,'我问,'是谁造的呢?'

"'这我也说不上来。'

"随后我又问,城里大家认为最好的教师是谁,最好的建筑师是谁,其貌不扬的人对我提出的问题一概回答说不知道。

"'那么劳驾,请您告诉我,'最后我问道,'那个女歌唱家跟谁姘居?'

"'跟一个叫克利库诺夫的工程师。'

"是啊,我的先生,您听了是什么滋味?不过,我接着往下讲。……中世纪游唱歌手和俄罗斯古代歌手在当今世界上已经不复存在,如今名声几乎全要靠报纸来制造了。大桥落成典礼后第二天,我就贪婪地拿起当地的《先驱报》,在那上面寻找有关我的事。那张报纸一共有四版,我翻来覆去看了很久,最后总算找到了:喏,这就是!好哇!我开始阅读:'昨日举行新桥落成典礼,天气晴和,人如潮涌,并有省长大人某某及其他政府人员出席,等等'。结尾是:'又天才女演员某某,素为我城公众之宠儿,亦光临参加典礼,美艳动人,全场为之轰动,自不待言。该明星身穿……'等等。关于我,却只字不提!半个字也没有!说来也许无聊,不过信不信由您,当时我简直气得要哭!

"我就安慰自己说,内地人是愚蠢的,对他们不必苛求。要成名,就要到智力活动中心,到京城去。正巧当时我有一篇论文在彼得堡,是送去参加竞赛的。竞赛的时期快要到了。

"我就跟这个城告别,坐上火车到彼得堡去。从这个城到彼得堡,有很长的一段路程。喏,为了不致烦闷无聊,我就在火车里定了一个单间,而且……当然,把歌女也带去了。我们坐上火车,一路上吃东西、喝香槟,哇哇地唱歌。后来我们到了智力活动中心。我正好在竞赛那天赶到,而且,我的先生,我荣幸地庆祝我的胜利,原来我的论文获得头奖了。乌拉!第二天我到涅瓦大街,花了七十戈比,把各家报纸统统买全。我赶紧回到我的旅馆房间里,在长沙发上躺下,按捺住我的颤抖,赶紧看报。我翻看一份报纸,什么也没有！我再翻看一份，还是一无所获！最后我在第四版上看到这样一条消息：'昨日著名内地女演员某某乘特别快车抵达彼得堡。我们愉快地发现，南方气候对于我们熟悉的这位女演员颇有裨益，她美妙的舞台风度……'下面的话我就记不得了！在这条消息底下很低很低的地方用极小的铅字刊登了一行：'昨日某竞赛会上某工程师获头奖。'如此而已！而且我的姓也给印错了：应当是克利库诺夫，却成了克库利诺夫。这就叫智力活动中心啊。然而事情还不止于此。……一个月后我离开彼得堡，各报都争先恐后地议论'我们的举世无双、出神入化、才华盖世的女演员'，而且已经不称呼我的情妇的姓，却称呼她的本名和父名①了。……

"过几年后我到了莫斯科。我是由市长写了亲笔信请去的，为了承担莫斯科以及当地报纸已经喊叫了一百多年的一项工程。我用公余时间在当地一家博物馆里发表过五次公开演讲，目的在于为慈善事业筹款。这似乎足以使我在全城至少扬名三天吧，不是吗？可是，唉！莫斯科报纸不论是哪一家，都对我的演讲只字不提！什么火灾啦，小歌剧啦，睡觉的市议员啦，酒醉的商人啦，总之，样样事情都发表消息，唯独对我的工作、计划、演讲一声不响。可爱的莫斯科公众啊！我有一回搭乘公共马车。……车上挤满了人，有上流女人，有军人，有男大学生，有高等女校学生，总之什么人都有。

"'据说市议会约请一个工程师来承担某项工程，'我对邻座的乘客说，声音响得全车都能听见，'您可知道这个工程师姓什么？'

"邻座的乘客否定地摇一下头。其余的乘客瞟我一眼，我从

---

① 为了表示尊重。

他们的目光看出他们似乎在说:'不知道。'

"'据说有个人在某博物馆发表演讲来着!'我抓住乘客不放,想攀谈一下,'据说讲得很有趣!'

"连一个点头的人也没有。显然,大家都没听过演讲,那些上流的太太甚至不知道有这样一家博物馆。这都还不算什么,可是,您猜怎么着,我的先生,突然间乘客们跳起来,扑到窗口去。怎么了?出了什么事?

"'您看,您看!'邻座的乘客推着我说,'您看见出租马车上坐着的那个黑发男子吗?他就是著名的赛跑健将金①!'

"于是全车的人上气不接下气,纷纷议论当时轰动莫斯科的赛跑健将。

"我还可以给您列举许多别的例子,不过我看,举了这些也就够了。现在,姑且假定我对我自己的看法是错误的,我爱吹牛,其实庸庸碌碌,然而除我自己以外,我还可以给您举出我的许多同辈,他们都是才华出众、异常勤劳的人,却无声无臭地死了。所有那些俄国的航海家、化学家、物理学家、机械工程师、农学家,他们出名吗?我们这班受过教育的人知道俄国的画家、雕塑家、文学工作者吗?有一个老文学工作者,写作很勤,颇有才能,三十三年来踏破不少编辑部的门槛,写过鬼才知道多少张稿纸,为诽谤罪受审二十来次,可是他的名声仍然没有越出他的小窝!我们文学界的泰斗,您简直一个也举不出来,至多也只有因为决斗而丧命,得了疯病,流放在外,或者打牌作弊才名扬天下的!"

头等客车乘客讲得那么起劲,弄得雪茄烟从嘴上掉下地,他就坐起来。

"是啊,先生,"他继续激烈地说,"跟那些人相对照,我却可以

---

① 英国赛跑健将,1883年夏天曾在莫斯科表演。——俄文本编者注

给您举出上百个各种卖唱的、卖艺的、演小丑的,他们的名字连吃奶的娃娃都知道。是啊,先生!"

车门吱扭一响,穿堂风吹进来,接着,一个人走进车厢里来,脸色阴沉,披着斗篷,戴着高礼帽和蓝色眼镜。这个人看一下所有的座位,皱起眉头,往前走去。

"您知道这人是谁吗?"从车厢远远的一个角落里传来胆怯的低语声,"他就是某某人,著名的图拉省骗子,由于某银行一案受过审。"

"您瞧瞧!"头等客车乘客说,笑起来,"图拉省的骗子他倒知道,可是您问他知不知道谢米拉茨基①、柴可夫斯基,或者哲学家索洛维约夫,他就要对您不住摇头了。……糟糕透了!"

在沉默中过了三分钟光景。

"请您容许我反过来对您提出一个问题,"对面的乘客说着,胆怯地嗫嚅,"您可知道普希科夫这个姓?"

"普希科夫?哦!……普希科夫。……不,我不知道!"

"这就是我的姓……"对面的乘客腼腆地接着说,"那么您不知道?我在俄国一所大学里已经当了三十五年教授……而且是科学院院士,先生……我发表过不止一篇论文呢。……"

头等客车乘客和对面的乘客互相看一眼,不禁扬声大笑。

---

① 谢米拉茨基(1843—1902),俄国画家。——俄文本编者注

天　才

绘画工作者叶果尔·萨维奇住在一个尉官的遗孀的别墅里,这时候坐在床上,心里充满早晨常有的那种忧郁情绪。户外已经有秋意。一层层沉重难看的乌云遮蔽天空,寒冷刺骨的风刮个不停。树木带着悲凉的哭声,往一边歪过去。人们可以看见黄色的树叶在空中和地面上不住盘旋。别了,夏天!这种自然界的萧索气象,如果用画家的眼睛去看,倒也另有一种美和诗意,可是叶果尔·萨维奇无心欣赏美。他满腔烦闷,只有转念想到他明天不再住在这个别墅里,心里才感到宽慰。床上,椅子上,桌子上,地板上,到处都堆着枕头、揉乱的被子、筐子。房间里没有打扫,窗上的花布窗帘已经摘下来。明天就要搬到城里去了!

寡居的女房东不在家。她已经出外去租大车,准备明天运行李。她女儿卡嘉是个二十岁左右的姑娘,趁严厉的母亲不在家,早就在这个年轻人的房间里坐着了。明天绘画工作者就要离去,她有许多话要跟他说。她说啊说的,却觉得应该说的话连十分之一也没说完。她眼睛里噙满泪水,瞧着他的乱蓬蓬的头,眼神又悲又喜。叶果尔·萨维奇头发蓬松得不像样子,活像一只野兽。他的头发披到肩胛骨上,脖子上、鼻孔里、耳朵里全生得有胡子,眼睛藏在两道突出的浓眉底下。他的须发那么密,那么乱,要是有一只苍蝇或者蟑螂钻进去,那可就永生永世也休想从这个茂盛的树林里飞出来了。叶果尔·萨维奇听着卡嘉讲话,不住打呵欠。他厌倦了。等到卡嘉抽抽搭搭哭起来,他就皱起眉头,一双眼睛从倒挂下来的眉毛里阴沉地瞧着她,用低沉有力的男低音说:

"我不能结婚。"

"那是为什么呢?"卡嘉轻声问道。

"因为画家,以及一般为艺术活着的人,是不能结婚的。画家必须自由。"

"可是我会在哪方面妨碍您呢,叶果尔·萨维奇?"

"我不是说我自己,我是泛泛而论的。……著名的作家和画家都绝不结婚。"

"您将来会成名,这我知道得很清楚,可是您要替我设身处地想一想才好。我怕我妈。……她很严厉,动不动就冒火。只要她知道您不打算结婚,就这么一场空……那她可就要收拾我了。哎呀,我好苦!再说,您又没有付给她房钱!"

"见她的鬼,我会付给她的。……"

叶果尔·萨维奇站起来,开始走来走去。

"要能出国一趟就好了!"他说。

绘画工作者紧跟着讲起再也没有比出国更容易的事了。要做到这一点,只消画好一张画,把它卖掉就成。

"当然!"卡嘉同意说,"那你今年夏天为什么不画呢?"

"可是在这样糟糕的房子里住着怎么能工作?"绘画工作者懊恼地说,"而且在这地方叫我上哪儿去找模特儿?"

楼下,有人恶狠狠地把门关得砰砰响。卡嘉时刻担心母亲会回来,这时候就站起来,跑出去了。屋里只剩下绘画工作者一个人。他从这个墙角走到那个墙角,来回走了很久,一路上绕过椅子和一堆堆家用的破烂东西。他听见回来的寡妇把盘盏弄得叮当响,大声骂几个农民,因为他们要她付给每辆大车两卢布的车钱。

叶果尔·萨维奇闷闷不乐,在小立柜跟前站住,皱起眉头,对一个酒瓶瞧了很久。

"啊,巴不得叫你挨一枪才好!"他听见寡妇对卡嘉发脾气说,"你怎么不死哟!"

绘画工作者喝下一杯酒,于是笼罩在他心头的乌云渐渐消散。他觉得他肚子里的五脏六腑好像一齐微微地笑了。他就开始幻想。……他的想象力描绘他日后怎样成名。至于他将来的作品是什么样子,他却想象不出来,可是他清楚地看见报纸都在议论他,商店里出售他的照片,朋友们在他身后嫉妒地瞧他。他极力想象自己在一间豪华的客厅里给许多漂亮的女崇拜者团团围住,然而他的想象力描绘出来的景象却有点模糊不清,因为他平生从没见过客厅。那些漂亮的女崇拜者们也不怎么清晰,因为除卡嘉以外他从没见过别的女崇拜者,也没见过别的正派姑娘。不熟悉生活的人照例根据书本描绘生活,然而叶果尔·萨维奇连书也不看,他本来准备看果戈理的作品,可是读到第二页就睡着了。……

"偏偏烧不燃,该死的!"寡妇在楼下烧茶炊,嚷道,"卡嘉,拿炭来!"

正在幻想的绘画工作者觉得需要对外人谈谈他的希望和幻想。他就走下楼去,来到厨房里,那儿正烧茶炊,烟雾弥漫,胖寡妇和卡嘉在乌黑的火炉旁边忙碌着。他就在大瓦罐旁边的一张长凳上坐下,开口说:

"做画家真好!我想上哪儿就上哪儿去,想干什么就干什么。不用上班,也不必耕地。……上边没有上司,根本没人管。……自己当自己的主人。可是我的工作却又给人类带来益处!"

饭后他躺下来"休息"。照例,他一觉要睡到天黑。可是这次饭后不久,他觉得有人拉他的腿,有人笑着叫他的名字。他睁开眼睛,看见他的朋友,风景画家乌克列依金来了,这个人一直出门在外,整个夏天都是在科斯特罗马省度过的。

"啊!"他高兴地说,"我瞧见的是谁呀?"

握手和问话开始了。

"哦,你带回什么了?恐怕已经描了几百张画稿吧?"叶果尔·萨维奇瞧着乌克列依金从皮箱里取出日用品来,说。

"嗯,是啊。……好歹画了一点。……你怎么样?画好什么画了?"

叶果尔·萨维奇在床后边找来找去,满脸涨得通红,从那儿取出一幅油画画稿,绷在一个木框上,上面布满灰尘和蛛网。

"喏。……《同未婚夫分手后独坐窗前的少女》……"他说,"这已经画过三次。不过离画完还远得很呢。"

画面上勾出卡嘉的轮廓,她在敞开的窗前坐着,窗外是花圃和淡紫色的远方。乌克列依金不喜欢这幅画。

"嗯。……气氛很浓,而且……有点传神,"他说,"远方画出来了,不过……这丛灌木刺眼……太刺眼了!"

酒瓶上场了。

将近傍晚,叶果尔·萨维奇的一个住在邻近别墅里的朋友,专画历史画的柯斯特列夫到他家里来了。他是个三十五岁左右的汉子,也是新手,前途颇有希望。他蓄着长发,穿着工作服,衣领仿莎士比亚的样式,举止尊严。他见到白酒,皱起眉头,抱怨胸口痛,可是经不住朋友们敦劝,喝下一杯。

"我想出一个画题,两位老兄……"他带着酒意说,"我想画那么一个尼禄①……希律②,或者克列片契扬③,总之,你们知道,就

---

① 尼禄(37—68),古罗马帝国皇帝,以暴虐著称,曾迫害基督徒。
② 按基督教传说,希律是犹太王,曾迫害耶稣。
③ 这是为了逗笑而仿效罗马皇帝的名字的发音杜撰出来的名字。——俄文本编者注

是这一类坏蛋……而且要用基督教思想来同他对抗。……一方面是罗马；另一方面，你们知道，是基督教。……我想画出那种精神。……明白吗？精神！"

楼下，寡妇不时叫道：

"卡嘉，拿黄瓜来！母马！到西多罗夫小铺去买克瓦斯！"

三个同行，就跟关在笼子里的狼似的，在房间里从这个墙角走到那个墙角。他们一刻也不停地讲话，讲得诚恳而激烈。这三个人心情兴奋，眉飞色舞。如果听一下他们讲的，那么前途啦、名望啦、金钱啦，他们已经都到手了。他们竟没有一个人想到：光阴荏苒，日子一天天过去，他们吃掉别人很多面包，自己的工作却还没有做出一点成绩。他们也没有想到：他们三人都受一条铁面无情的规律约束，根据这条规律，一百个大有希望的新手只有两三个能够出人头地，其余的一概成为废品，扮演着炮灰的角色而消灭得无影无踪。……他们却兴高采烈，快乐逍遥，大胆地面对未来！

夜里一点多钟，柯斯特列夫告辞，翻起他的莎士比亚式衣领，回家去了。风景画新手留下，在风俗画新手这儿过夜。临上床睡觉，叶果尔·萨维奇拿起蜡烛，摸到厨房里去找水喝。在狭长而乌黑的过道里，卡嘉坐在一口箱子上，两只手放在膝头上合在一起，抬起眼睛看他。她那苍白而疲乏的脸上洋溢着幸福的笑容，眼睛亮晶晶的。……

"是你吗？你在想什么？"叶果尔·萨维奇问她说。

"我在想您将来怎样成名……"她压低喉咙说，"我一直在想您会成为一个什么样的大人物。……刚才你们讲的话，我全听见了。……我就不住幻想……幻想。……"

卡嘉发出一连串幸福的笑声，随后又哭起来，恭敬地把手放在她的偶像的肩膀上。

食　　客

小市民米哈依尔·彼得罗夫·左托夫,一个七十岁左右衰迈而孤单的老人,在寒冷和老年人那种周身筋骨痛中醒过来。房间里乌黑,圣像前面的长明灯已经灭了。左托夫撩起窗帘,看看窗外。布满天空的云层已经开始转成鱼白色,太空变得澄清,可见现在至多也不过四点多钟。

左托夫喉咙里咔咔地响着,咳嗽几声,冷得缩起身子,下了床。他按历年养成的习惯在圣像前面站住,祷告很久。他念完《我们的父》、《圣母》、《我信仰》,提到一长串的姓名。至于这都是谁的姓名,他早已忘却,只是拗不过习惯才念一遍。他同样遵照习惯打扫房间和前堂,然后给他的小茶炊生火,那小茶炊是红铜做的,粗壮,安着四条腿。要不是左托夫有这些习惯,他真不知道该怎样来打发他的老年了。

生上火的小茶炊慢慢地燃旺,忽然出人意外地叫起来,发出颤抖的男低音。

"哼,叫起来了!"左托夫嘟哝说,"你叫吧,早晚叫你倒霉!"

这时候老人连带想起昨天夜里他梦见了火炉。梦见火炉却是一种凶兆。

只有梦境和预兆还能促使他思考。这一回他特别热心地左思右想,一心要解答他的疑问:茶炊为什么叫呢?火炉预告什么可悲的事呢？一开头，梦境就应验了：左托夫洗好茶壶，要煮茶，却发现他的小盒里一丁点儿茶叶也没有了。

"苦役般的生活哟！"他埋怨道，用舌头把嘴里的一小块黑面包转来转去，"简直是狗过的日子！茶叶都没有！如果我是普通的庄稼汉倒也罢了，可我到底是个小市民，自己还有房子呢。丢脸！"

左托夫嘟嘟哝哝，自言自语，穿上他那件好像女人钟式裙的大衣，把脚伸进一双难看的大套靴（那是一八六七年①鞋匠普罗霍雷奇做的），走到院子里。外面晦暗，寒冷，阴沉而又平静。大院子里生着蓬松的杂草，地上铺着枯黄的树叶，整个院子在秋天的细雨下略微带点银白色。没有风，没有响声。老人在歪斜的门廊台阶上坐下，于是立刻发生了每天早晨准定会发生的事：他的狗雷斯卡走到他跟前来了。那是一条大看家狗，白色，带黑点，脱了毛，半死不活，闭着右眼。雷斯卡胆怯地走过来，战战兢兢地扭动着，好像它的爪子不是踩着地面，而是踩着烧红的铁板似的。它整个衰老的身子表现出忍气吞声的样子。左托夫装得没有看见它，可是等到它微微摇着尾巴，照先前那样扭动着身子，舔一下他的套靴，他却生气地跺脚了。

"滚开，巴不得你死了才好！"他叫道，"可恶的东西！"

雷斯卡就走到一旁去，坐下，用它那只独眼瞧着主人。

"魔鬼！"左托夫接着说，"你们只差骑到我脖子上来了，磨人精！"

随后他怀恨地瞧着他的板棚，棚顶已经歪斜，生满杂草，门里露出一匹马的大头，正瞧着他。那匹马见到主人注目，大概受宠若惊了，就摇摇头，往前移动。于是从板棚里露出马的整个身子，它

---

① 这篇小说发表于1886年，可见这双套靴已经穿过二十年了。

也像雷斯卡那么衰老,那么胆怯,低声下气。它腿很细,鬃毛发白,肚子瘪进去,背上露出骨节。它从板棚里走出来,迟疑不定地站住,仿佛怕难为情似的。

"你们怎么就不死哟……"左托夫接着骂道,"你们怎么还没咽气,让我眼前干净点,该服苦役的害人精。……恐怕尊驾要吃东西吧!"他冷笑说,皱起气愤的脸,做出鄙薄的笑容。"遵命,马上照办!这么一匹价值连城的骏马,就该吃最好的燕麦,由着性子吃!吃吧!马上就送来!还有这条贵重的出色的狗,也得好好喂!要是像您这么贵重的狗不想吃面包,那就吃牛肉好了。"

左托夫唠唠叨叨说了半个钟头,越说越有气。最后,他受不住胸中沸腾着的气愤,跳起来,顿着套靴,哇哇地叫,声音响得满院子都能听见:

"我可没有责任非养活你们不可,寄生虫!我又不是财主,能供你们吃饱喝足!我自己都没东西吃,你们这些可恶的瘦鬼,叫你们得了霍乱才好!你们没有给我带来过一点快活,也没带来过一点好处,光是害得我发愁,倾家荡产!为什么你们就不咽了气?你们算是什么了不得的大人物,连死神都不来收拾你们!你们自管活着好了,见你们的鬼,反正我不愿意养活你们了!我够了!我不愿意养活了!"

左托夫怒气冲冲,大发脾气,那匹马和狗一声不响地听着。至于这两名食客是不是明白它们因为吃了他的粮食而受到责难,我就不知道了,不过它们的肚子更加瘪进去,身子缩成一团,神态更加灰溜溜,更加低声下气了。……它们这种温顺的样子越发惹恼了左托夫。

"滚出去!"他忽然灵机一动,嚷起来,"从我家里滚出去!让我的眼睛别再瞧见你们!我可没有责任在院子里养各式各样的废物!滚出去!"

老人迈着小碎步走到大门口,推开大门,从地上拾起一根棍子,着手把他的食客赶出院子。那匹马摇一下头,扭动肩胛骨,瘸着腿往门外走,狗也跟在它后面。它俩来到街上,走出二十步光景,在围墙旁边站住。

"我要给你们点颜色看看!"左托夫威胁它们说。

他把食客们赶走,才定下心来,着手打扫院子。他偶尔往街上瞧一眼,马和狗都站在围墙旁边,像是生了根,垂头丧气地瞧着大门口。

"你们离开我,自己去过活好了!"老人嘟哝说,觉得心里的气消了一点,"让别人来照料你们就是!我又吝啬又凶……跟我一块儿过不舒服,那就跟别人一块儿去过好了。……是啊。……"

左托夫欣赏食客们沮丧的模样,把牢骚发够了,这才走出门外,脸上做出恶狠狠的神情,嚷道:

"喂,你们呆站着干什么?你们在等谁啊?你们站在马路当中,妨碍人家走路!回到院子里来!"

马和狗垂下头,带着自觉有罪的样子,往门口走来。雷斯卡大概感到自己不配得到宽恕,就凄凉地尖叫起来。

"你们要在这儿过,也随你们,可是讲到吃食,那可休想!"左托夫把它们放进来,说,"哪怕你们饿死也白搭。"

这当儿太阳倒穿透晨雾,钻出来了!斜射的光芒在秋天的细雨里滑过来。外边响起了说话声和脚步声。左托夫就把扫帚放回原处,走出院外,去找他的干亲家和邻居玛尔克·伊凡内奇,那个人开着一家小杂货铺。他走到干亲家那儿,在一把折叠椅上坐下,庄重地叹口气,摩挲着胡子,谈起天气。两亲家从天气谈到新来的助祭,又从助祭谈到唱诗班歌手,这场谈话就扯远了。谈话当中,时间不知不觉地过去,等到店里的学徒提来一只装满开水的大茶壶,两亲家开始喝茶,时间就过得更快,像鸟似的飞掉了。左托夫周身暖和,兴致勃勃。

"我想求你一件事,玛尔克·伊凡内奇,"他喝完六杯茶,用手指头敲着柜台,开口说,"你务必……行一行好,今天再给我八分之一斤①的燕麦吧。"

玛尔克·伊凡内奇在大茶壶另一边坐着,发出深长的叹息声。

"你行行好,给我吧,"左托夫接着说,"茶叶呢,就算了,今天你别给了,只给我燕麦吧。……我不好意思求你,我因为穷,已经麻烦过你好多次了,可是……马在挨饿啊。"

"给倒是可以给,"干亲家叹口气说,"何尝不可以呢?不过,你说说,你养着这些瘦鬼干什么用?要是那匹马还能使唤,倒也罢了,可是,呸!瞧着都叫人害臊。……还有那条狗,只剩下骨头架子了!你何苦再养活它们呢?"

"可是叫我拿它们怎么办呢?"

"自有办法嘛。你把它们牵到伊格纳特的死兽剥皮场去,就万事大吉了。它们早就该到那儿去。那才是它们真正的去处。"

"这话当真不错!……我看,也只好这样。……"

"你自己四处讨吃,却还养着牲口,"干亲家接着说,"我倒不是舍不得燕麦。……求上帝保佑你,可是,老兄,每天都给……也太划不来。你的穷没有个头儿啊!给啊给的,我都不知道给到哪天才算完事。"

干亲家叹一口气,摩挲着自己的红脸。

"你还不如死了好!"他说,"你这么活下去,自己也不知道自己为什么活着。……是啊,这是真话!不过呢,主偏又不让你死,那你就该想法到养老院或者流浪汉收容所去。"

"这是为什么?我还有亲戚。……我有外孙女。……"

---

① 此处指俄斤,1俄斤等于0.41公斤。

左托夫开始冗长地叙述他的外孙女格拉霞是他侄女卡捷莉娜的女儿,住在某地一个农庄里。

"她得养活我!"他说,"我的房子就是留给她的,那她就得养活我!我马上就去。这,你知道,我说的是格拉霞……卡捷莉娜的女儿。讲到卡捷莉娜,你知道,就是我哥哥潘捷列的老婆的前夫的女儿……明白吗?房子留给她了。……让她养活我就是。"

"行啊,早就该到她那儿去,这总比讨饭强多了。"

"我会去的!我说了假话就叫上帝惩罚我,我会去的。她得养我!"

过了一个钟头,两亲家各自喝下一小杯酒,左托夫就在店铺当中站住,兴奋地说:

"我早就准备去找她!我今天就去!"

"当然啦!早就该到农庄去,比这么闲逛荡活活饿死强多了。"

"我马上就去!我去了就说:我的房子归你,你养活我,敬重我。她就得这样!要是你不愿意,我就既不给你房子,也不给你祝福!再见,伊凡内奇!"

左托夫再喝下一小杯酒,被新的想法鼓舞着,赶紧回家去了。……他喝过酒,浑身发软,头发昏,可是他没躺下,却把所有的衣服收拾好,打了个包,祷告一阵,拿起棍子,走出院外。他头也不回,用手杖敲着石头,嘴里唠唠叨叨,走完整条街,走到野外。此地离农庄有十俄里到十二俄里远。他顺着干燥的道路走去,瞧着从城里来的畜群懒洋洋地咀嚼黄草,不由得想到刚才他多么果断地作出决定,使他的生活发生了急剧的转折。他还想到他的食客们。刚才他从家里出来,没关大门,这样就可以让它们爱到哪儿就到哪儿去了。

他在野外还没走出一俄里远,就听见身后响起了脚步声。他回头一看,生气地把两只手一拍,原来那匹马和雷斯卡垂着头,夹着尾巴,悄悄跟着他走来了。

"回去!"他对它们挥一下手。

它们就站住,互相看一眼,再瞧着他。他往前走去,它们就又跟在他后面。于是他停下来,开始思索。带着这些动物到不大熟识的格拉霞家去,是不行的,至于往回走,把它们关在家里,他也不愿意,再者,要关也关不住,因为大门已经不中用了。

"它们关在板棚里会饿死,"左托夫想,"是不是干脆到伊格纳特那儿去一趟?"

伊格纳特的小屋坐落在牧场上,离拦路杆不过一百步远。左托夫还没作出最后决定,不知道该怎么办才好,就举步往那边走去。他头晕,眼前发黑。……

至于在伊格纳特的死兽剥皮场里究竟发生过一些什么事,他却记不大清了。他只记得他走进伊格纳特的小屋,闻到兽皮的浓重刺鼻的臭气和伊格纳特正在喝的白菜汤的香味。他好像做梦似的瞧着眼前发生的事,伊格纳特叫他等了两个小时,长久地准备着什么东西,换上衣服,跟一个女人谈到升汞。他记得那匹马给放到马架子上,这以后就发出两下低沉的响声:一下是打在头盖骨上的声音,一下是巨大的马尸倒在地上的声音。雷斯卡瞧见它的朋友死了,就尖叫一声,向伊格纳特那边扑过去,于是发出第三下响声,顿时把尖叫声止住了。后来,他记得,他见到两具尸体,就醉意蒙眬,糊里糊涂地走到马架子跟前,把自己的头也伸过去。……

后来,直到那天傍晚,他的眼睛上老是蒙着一层雾,他甚至看不清自己的手指了。

男 一 号

男一号①叶甫根尼·阿历克塞耶维奇·波德查罗夫,体态匀称,风度潇洒,生着一张椭圆脸,眼睛下面浮肿,目前为了赶演戏季节,来到南方一个城市。他办的头一件事就是极力跟当地几个有声望的人家应酬周旋。

"是啊,先生②!"他常说,优雅地摆动腿,露出红袜子,"艺术家必须间接地和直接地影响群众。头一种目的可以通过舞台上的表演达到,第二种目的却要依靠跟市民们交往才能达到。说实话,说实话③,我就不懂我们的演员同行们为什么不肯跟别人的家庭来往。这是为什么?姑且不谈宴会、命名日盛会、馅饼、例行晚会④,姑且不谈这些快活事吧,只要想想他对社会能够产生多么大的精神影响就够了!你体会到你在把一星火花投到某人麻木的脑瓜子里去,这岂不愉快?而且会碰见各种典型人物哩!还有女人!我的上帝⑤,什么样的女人啊!叫你看得头昏眼花!你摸进一个商人的大宅子,溜进深闺密室,摘下一只又嫩又红的小橙子,嘿,神仙般的快活啊!说实话!"

在这个南方城市,除了别的人家以外,他还认识了工厂主赛巴

---

①③④⑤　原文为法语。
②　原文为意大利语。

耶夫的有声望的家庭。可是如今,他每逢回想这次结交,总是鄙夷地皱起眉头,眯细眼睛,烦躁地揪表链。

有一回,那是在赛巴耶夫家的命名日宴会上,这个艺术家坐在他的新相识的客厅里,照例高谈阔论。他四周的圈椅上和长沙发上坐着"各种典型人物",和蔼地听他讲话,隔壁房间里传来女人的笑声和喝晚茶的声音。……他把一条腿架在另一条腿上,讲他在舞台上的成就,每说一句话就喝一口加罗木酒的茶,脸上极力做出满不在乎的厌烦神情。

"我主要是内地的演员,"他说,谦虚地微笑,"不过也在京城演过戏。……我要顺带讲一件事,它充分表现了现代人的心理状态。有一次在莫斯科,那是我的福利演出场①,青年们送给我那么一大堆桂冠,我敢凭我认为神圣的一切东西起誓,我都没有地方放它们了!说实话!后来,正赶上我缺钱用,就把桂叶②送到商店去卖掉。……你们猜猜看:桂叶有多重?两普特③零八斤④呐!哈哈!这笔钱别提多么经用了。一般说来,艺术家常常很穷。今天我手上有成百上千,明天却又分文不名了。……今天我连一块面包也吃不上,明天却大吃牡蛎和安抽鱼⑤,见鬼。"

市民们规规矩矩地凑着茶杯喝茶,听他讲话。心满意足的主人,不知道该怎样款待这个受过教育而且有趣的客人才好,就把从外地来的他那远亲巴威尔·伊格纳捷维奇·克里莫夫介绍给他,那人是个四十岁上下的胖子,穿着长礼服和极肥的裤子。

"我来介绍一下!"赛巴耶夫介绍克里莫夫说,"他爱好戏剧,

---

① 借某一演员生日等机会举行专场演出,使该演员多得收入。
② 烧菜时可作调味用。
③ 1普特等于16.38公斤,约合我国33市斤。
④ 此处指俄斤。1普特等于40俄斤。
⑤ 都是名贵的菜肴。

以前自己就演过戏。图拉省的地主！"

波德查罗夫和克里莫夫就攀谈起来。使得他俩大为愉快的是，图拉省地主居住的那个城恰好就是男一号在那儿一连演过两个季节戏的城市。他们就开始谈那个城市，谈双方都认识的熟人，谈剧院。……

"您要知道，我非常喜欢那个城！"男一号说，露出红袜子，"多么好的马路，多么可爱的公园啊……什么样的社交界！多么好的社交界呀！"

"是啊，很好的社交界。"地主同意说。

"那是个商业城，可是文化空气非常浓！……比方说，嗯嗯嗯……中学校长啊，检察官啊……军官啊。……县警察局长也不坏。……这个人，正如法国话所说的，是中心人物①。还有那些女人！真主②啊，什么样的女人哟！"

"是的，女人……确实……"

"也许我偏心吧！不过，事实上，我也不知道为什么，在你们城里，我在恋爱方面走运极了，简直可以写出十部长篇小说来呢。比方就拿这段风流韵事来说。……当时我住在叶果烈夫斯克街，就是地方金库所在的那幢房子里。……"

"就是那幢没粉刷过的红房子吧？"

"对，对……没粉刷过。……我现在还记得，我隔壁的柯谢耶夫家住着当地的美人儿瓦莲卡。……"

"就是瓦尔瓦拉·尼古拉耶芙娜？"克里莫夫问道，高兴得眉开眼笑，"的确是个美人儿。……在城里首屈一指呢！"

"称得上在城里首屈一指！古典的脸型……又大又黑的眼

---

① 原文为法语。
② 伊斯兰教对上帝的称呼。

睛,大辫子齐到腰上!她看过我演的《哈姆雷特》。……她模仿①普希金的达吉雅娜②,给我写了一封信。……我呢,当然,回了信。……"

波德查罗夫往四下里看一眼,相信客厅里没有女人,就转动眼珠,忧郁地微微一笑,叹口气。

"有一天散戏后,我回到家里,"他放低声音说,"她正在我的长沙发上坐着呢。于是流泪啦,诉说爱情啦……接吻啦……就都开始了。……啊,那真是神魂颠倒的一夜,妙不可言的一夜!后来,我们的恋爱持续了两个月,然而都及不上那一夜。多美的一夜啊,说实话!"

"对不起,这是怎么回事?"克里莫夫嘟哝说,涨红脸,睁大眼睛瞧着演员,"我对瓦尔瓦拉·尼古拉耶芙娜了解得很清楚。……她是我的外甥女!"

波德查罗夫心慌了,也睁大眼睛。

"这是怎么回事,先生?"克里莫夫继续说,摊开两只手,"我了解这个姑娘,而且……而且……这真使我感到惊讶。……"

"我很抱歉偏巧发生了这样的事……"演员支吾道,站起来,用小手指揉他的左眼,"不过……当然,您作为舅舅……"

客人们本来一直愉快地听演员讲话,报以微笑,这时候也觉得难为情,垂下眼帘了。

"不,劳驾把您的话收回去……"克里莫夫极其困窘地说,"我请求您这样做!"

"如果这话……嗯嗯嗯……伤了您,那就遵命!"演员回答说,还做了个意义不明的手势。

---

① 原文为法语。
② 俄国诗人普希金的诗体小说《叶甫盖尼·奥涅金》中的女主人公,她在信中吐露了自己的爱情。

"那么请您承认您说了谎话。"

"我?不……嗯嗯嗯……我没说谎话,不过……很抱歉,我没加考虑就说出口了。……可是,总的来说……我不明白您怎么用这种口气说话!"

克里莫夫沉默不语,从这个墙角走到那个墙角,仿佛在思考,或者举棋不定似的。他的胖脸涨得越来越红,脖子上暴起青筋。他来回走了两分钟光景,然后走到演员跟前,带着哭音说:

"不,劳驾,请您承认您说的关于瓦莲卡的事是谎话!劳驾!"

"奇怪!"演员说着,耸了耸肩膀,勉强微笑,摇着腿,"这……这简直是欺人太甚!"

"那么您不愿意承认?"

"我真不懂!"

"您不愿意吗?既是这样,那就对不起了。……我不得不采取不愉快的步骤。……先生,要么现在我当场辱骂您一番,要么……如果您是个高尚的人,就请您接受我的要求,来一次决斗。……我们互相射击!"

"遵命!"男一号清楚地说着,做出鄙夷的姿势。"遵命!"

客人们和主人慌张极了,不知道该怎么办才好,就把克里莫夫拉到一旁,要求他别闹出笑话来。女人们惊讶的脸纷纷在门口出现。……男一号转悠一阵,唠叨几句,然后做出仿佛受了侮辱而不能在这所房子里久留的样子,拿起帽子,没有告辞就走掉了。

男一号走回家去,一路上鄙夷地微笑,耸动肩膀,可是回到旅馆房间里,在长沙发上躺下,却感到惶惶不安。

"见鬼!"他想,"决斗倒没什么关系,他打不死我的,不过麻烦的是同事们都会知道这件事,他们十分明白我是胡扯。糟糕!那我就会在全俄国丢脸了。……"

波德查罗夫沉思一下,吸一阵烟,接着,为了叫自己镇定下来,就上街去了。

"应当跟这个大老粗谈一谈,"他想,"要给他那蠢笨的脑瓜子开一开窍,叫他知道他是蠢材,傻瓜……我根本不怕他。……"

男一号走到赛巴耶夫的房子前边,站住,瞧着窗子。花边窗帘里,仍然灯火辉煌,人影移动。

"我等他出来!"演员决定。

天色乌黑而阴冷。讨厌的秋雨淅淅沥沥下个不停,就跟从细箩里筛出来的一样。……波德查罗夫把胳膊肘倚在路灯的灯柱上,心里乱糟糟的。

他淋湿了衣服,疲惫不堪。

夜里两点钟,客人们才从赛巴耶夫家里走出来。……图拉省地主最后一个在门口出现。他叹一口气,声音响得整条街都能听见,然后他那双沉重的套靴踩在人行道上,发出嚓嚓的响声。

"对不起!"男一号追上他,开口说,"您等一会儿!"

克里莫夫停住脚。演员微笑一下,游移不定,吞吞吐吐地开口说:

"我……我承认……我说的是谎话。……"

"不行,先生,请您当众承认这一点!"克里莫夫说,脸又涨得通红,"这件事我不能就这样放过去。……"

"这我不是在道歉吗!我在求您……您难道不明白?我来求您是因为,您也会同意,决斗会惹出闲话来,我呢,在工作……我有许多同事……上帝才知道他们会怎么想。……"

男一号极力装得满不在乎,微微笑着,把身体挺直,然而他的本性却不听从支配,他嗓音发抖,眼睛负疚地眨巴,头低下去。他叽叽咕咕说了很久。克里莫夫听他讲完,想了想,叹口气。

"好,就这样吧!"他说,"求上帝饶恕您。只是下一次不要再说谎话,年轻人。再也没有比说谎更使人失身份了。……是啊!

您年轻,又受过教育。……"

图拉省地主好心好意,用父辈的口吻教训了一番。男一号听着,温和地微笑。……等到那一个讲完,他就赔着笑脸,不住鞠躬,然后缩起身子,迈着负疚的步伐往他的旅馆走去。

过了半个小时,他躺下睡觉,已经感到脱离险境,心情畅快了。他定下心来,由于那场纠纷这样顺利结束而心满意足,就盖上被子,很快睡着了,而且睡得踏踏实实,一直到第二天早晨十点钟才醒过来。

在 黑 暗 里

一只不大不小的苍蝇钻进副检察官和七等文官加京的鼻子里去了。究竟它是受好奇心的驱使呢,还是出于轻率而飞进去,或者由于黑暗而失足,这都不得而知,反正鼻子不能容忍异己的物体存在,就发出打喷嚏的信号。加京果然打了个喷嚏,打得畅快极了,发出尖细的呼哨声,而且响极了,震得床铺猛的一颤,弹簧受到惊扰而吱吱嘎嘎响。加京的妻子玛丽雅·米海洛芙娜是个高大丰满的金发女人,这时候也猛地一颤,醒过来了。她瞧瞧黑暗,叹口气,翻一个身。过了大约五分钟,她又翻个身,把眼睛闭紧点,可是她再也睡不着了。她不住叹气,翻了几次身,后来索性坐起来,爬过丈夫的身子,穿上拖鞋,走到窗前去。

外面漆黑。她只能看清树木的轮廓和堆房的黑房顶。东方已经微微泛白,可是就连那点鱼白色也快被乌云遮蔽了。空气在沉睡,包缠在昏暗里,一片寂静。别墅区的守夜人原是要敲响梆子、打破夜间的寂静才可以领工钱的,这时候却没敲,甚至长脚秧鸡这种不怕跟京城来的别墅住客们作伴的唯一野禽,也默不作声。

打破寂静的倒是玛丽雅·米海洛芙娜自己。她站在窗前,朝院子里望着,忽然尖叫一声。她觉得仿佛有个黑影从花圃旁一棵剪过枝子的细杨树那边溜到正房这儿来。起初她以为那是一头奶牛或者马,后来揉了揉眼睛,才看清那是个人影。

后来她又仿佛看见那个黑影走到厨房窗子跟前,站了一会儿,分明游移不定,然后举起一条腿,伸到窗框上……爬进乌黑的窗口去了。

"贼!"她头脑里闪过这个想法,脸色顿时变得死白。

一刹那间,她的想象力勾勒出别墅女住客极其害怕的一幅画面:那个贼钻进厨房,从厨房溜进饭厅……偷立柜里的银器……随后摸进卧室……手拿斧子……露出一副强盗的嘴脸……偷金首饰。……她膝盖发软,背上起了鸡皮疙瘩。

"瓦夏①!"她摇着丈夫的身子说,"瓦西里!瓦西里·普罗科菲奇!哎呀,我的上帝啊,你像是死人!醒一醒,瓦西里,我求求你!"

"啊?"副检察官咕哝一声,吸进一口气去,嘴里发出咀嚼的声音。

"看在造物主的分上,你醒一醒!贼钻进我们厨房里来了!我站在窗前往外瞧,不料有个人爬进窗子来了。他会从厨房溜到饭厅……那儿的立柜里有银汤匙呐!瓦西里!去年玛芙拉·叶果罗芙娜家里也有贼像这样溜进去过。"

"你……谁?"

"上帝啊,他没听见!可是你要明白,呆子,我刚才瞧见有个人爬进我们厨房来了!彼拉盖雅会吓坏的,而且……而且立柜里有银器啊!"

"胡扯!"

"瓦西里,这真叫人忍无可忍!我跟你讲危险,你却只顾睡觉,哼哼哈哈!你究竟要怎么样?你要人家把我们偷光,再杀死我们?"

---

① 瓦西里的爱称。

副检察官慢腾腾地爬起来,在床边坐下,弄得空中满是响亮的呵欠声。

"鬼才知道你们这班人是怎么回事!"他抱怨说,"莫非夜里都不让人消停?为一丁点小事就把人吵醒!"

"可是我对你赌咒,瓦西里,我确实看见一个人爬进窗子来了!"

"哦,那又怎么样?要爬就让他爬吧。……这大概是彼拉盖雅的消防队员来找她。"

"什么?你说什么?"

"我说这是消防队员来找彼拉盖雅。"

"那就更糟!"玛丽雅·米海洛芙娜叫道,"这比贼还坏!我不能容忍我家里有这种厚颜无耻的事!"

"哎哟,这种美德可真是少见。……'我不能容忍厚颜无耻的事。'……可是难道这算是厚颜无耻?何必乱用外来语①呢?这种事,我的小母亲,是古来就有,相沿成习了。做消防队员的,本来就常找厨娘相好。"

"不行,瓦西里!可见你不了解我!我不能容许我家里发生这种……这种事。……请你马上就到厨房去吩咐他滚蛋!你马上就去!明天我会对彼拉盖雅说,叫她不要放肆,不许她再干这样的事!等我死了,你们自管容许家里发生这种无耻的事,现在我可不许你们胡来。请走一趟!"

"见鬼……"加京懊恼地嘟哝说,"哎,你用你那妇道人家的小脑筋好好想一想:我何苦跑到那儿去呢?"

"瓦西里,我马上就要昏倒了!"

加京吐口唾沫,穿上拖鞋,又吐口唾沫,就往厨房走去。一路

---

① 原文是"динизм",在俄语中,此词来自希腊语 kynismos。

上黑得就跟在封口的大木桶里一样,副检察官不得不摸索着走。在路上他摸到儿童室的门口,叫醒保姆。

"瓦西里莎,"他说,"昨天傍晚你把我的长袍拿去刷了,放在哪儿了?"

"我把它,老爷,交给彼拉盖雅去刷了。"

"这还成个什么章法?拿倒拿走了,可又不放回原处。……现在只好不穿长袍四处逛荡!"

他走进厨房,往放锅的搁板走去,厨娘就睡在搁板下面一口箱子上。

"彼拉盖雅!"他摸到她的肩膀,推一下说,"你!彼拉盖雅!喂,你装佯干什么?反正你也没睡着!刚才是谁爬进窗子找你来着?"

"嗯!……您好!爬进窗子来!谁爬进来了?"

"可是你……别蒙哄人了!你还是叫你那个混蛋趁早走掉的好。听见没有?这儿没有他的事干!"

"您疯了,老爷?这话是从哪儿说起啊。……哪有这样的蠢娘们儿。……我整天价累得要命,东奔西跑,一刻也不得消停,可是到晚上还要听这种数落。我一个月只挣四卢布……茶叶和糖都要我自己出钱买,可是除了这种话以外,谁也不好好待承你。……从前我在商人家里干活,就没受过这种气。"

"得了,得了……用不着发牢骚!马上叫你那个撒野的兵离开这儿!听见了吗?"

"您造孽啊,老爷!"彼拉盖雅带着哭音说,"您是知书明礼的老爷……又是贵族,可是您就不明白,要欺负我们是很容易的……反正我们苦命……反正我们的日子悲悲惨惨……"她哭起来,"又没有人给我们撑腰。"

"得了,得了……其实我倒无所谓!这是太太打发我来的。

要按我的意思,你就是把个妖精放进窗里来,我也满不在乎。"

副检察官如今所能做的,只有承认他这样质问她不对,然后回到妻子那边去。

"你听我说,彼拉盖雅,"他说,"你把我的长袍拿去刷了。它在哪儿?"

"哎呀,老爷,对不起,我忘了把它放到您的椅子上了。它就挂在炉灶旁边的小钉子上。……"

加京在炉灶旁边摸到长袍,把它穿上,然后吃力地走回卧室去。

玛丽雅·米海洛芙娜看到丈夫走后,就在床上躺下,等他回来。她安静地躺了三分钟光景,可是后来开始提心吊胆了。

"啊,他去得太久了!"她想,"如果那家伙……只是个无耻之徒,倒也罢了,可万一是个贼呢?"

她的想象力又勾勒出一幅画面:丈夫走进乌黑的厨房……一把斧子迎头劈下来……他一声也没吭就死了……地下一摊血。……

五分钟,五分半钟,最后六分钟过去了。……她额头上冒出冷汗来了。

"瓦西里!"她尖叫道,"瓦西里!"

"哎,你喊什么?我就在这儿……"她听见丈夫的说话声和脚步声,"有人要杀你还是怎么的?"

副检察官走到床跟前,在床沿上坐下。

"那儿根本就没有外人,"他说,"你这是一时看花了眼,你这怪人。……你自管放心,你那个傻娘们儿彼拉盖雅就跟她的女主人一样贞洁。你也真是胆小!你这个人啊……"

副检察官就开始讥诮他的妻子。他兴致勃勃,再也不想睡觉了。

"你简直是个胆小鬼!"他笑着说,"你明天还是到大夫那儿去治一下眼花的毛病吧。你神经错乱了!"

"这儿有煤焦油的气味……"妻子说,"煤焦油或者葱一类的气味……白菜汤的气味。"

"嗯,是啊。……空气里是有那么一种气味。……反正我们也睡不着!这样吧,我来点上蜡烛。……我们的火柴在哪儿?我顺便把高等法院检察官的照片拿给你看看。昨天他跟我们告别的时候,送给大家每人一张照片。还亲笔签了名呢。"

加京在墙上擦亮火柴,点上蜡烛。可是他还没来得及迈步离开床前去取照片,身后就传来一声撕裂人心的尖叫。他回头一看,却瞧见他妻子两只大眼睛朝着他看,充满了惊愕、恐惧、震怒。……

"你把你的长袍脱在厨房里了?"她脸色苍白地问。

"什么?"

"你看你身上!"

副检察官瞧一瞧自己,不由得叫一声"哎呀"。原来他肩膀上披着的不是他的长袍,而是消防队员的军大衣。它是怎么跑到他的肩膀上来的?他正思考这个问题,他的妻子却在她的想象里勾出一幅吓人的而且糟糕透顶的新画面:一片幽暗、寂静无声、喁喁私语,等等,等等。……

小　　事

　　那是八月间的一个中午,阳光灿烂,我跟一个家道中落的俄国穷公爵坐着马车,到通常称为沙别尔斯基的大树林去,打算在那儿寻找松鸡。我的穷公爵由于在这篇小说里所占的地位,理应得到详细的描写。他是个身材修长而匀称的黑发男子,年纪还不算老,然而已经饱经沧桑,蓄着警察局长那种长唇髭,生着黑色的爆眼睛,具有退役军人的气派。他智力不高,言谈举止像是东方人,可是为人诚实而耿直,不是一生气就动武的人,也不是花花公子,更不是沉湎于酒色的人,然而这些优点在社会人士心目中却成了毫无光彩和微不足道的证明。社会上的人都不喜欢他(本县的人无不称他为"呆爵爷"),可是我个人倒极其同情他,因为他这一辈子不断遭到各种不幸和挫折。首先,他穷。他并不打牌,也不纵酒,更不办事业,从来也不瞎管别人的事,总是沉默寡言,可是他父亲留下的三四万家财,他却不知怎么统统花光了。只有上帝才知道那些钱都到哪儿去了,我只知道有许多钱是因为缺乏管理而被总管、管家以至听差盗去,有许多钱却是借出去,赠送外人,为人作保而赔掉了。在本县,很少有哪个地主不欠他钱。他素来有求必应,这与其说是出于发善心或者对人信任,倒不如说是故意摆出上流人的风度,他仿佛在说:你拿去吧,领教一下我的体面①吧!我跟

---

① 原文为法语,在此指"贵族气派"。

他相识,是在他已经负债累累,领略过第二次抵押①的味道,陷入泥淖不能自拔的时候。有些日子他吃不到饭,烟盒是空的,可是人们永远看见他装束整齐,穿着时新的衣服,身上永远冒出浓重的加拿楷树②的香味。

公爵的第二种不幸是孤身一人。他没结婚,也没有至亲好友。他那不爱说笑、落落寡合的性格,以及他越要遮掩贫穷就越引人注目的体面,都妨碍他同别人接近。至于谈情说爱,他又太沉闷,疲沓,冷漠,因而很难跟女人合得来。……

我和这个穷公爵到达树林旁边,下了马车,顺着狭长的林中小径走去,这条小径隐藏在蕨丛的大叶子的阴影里。可是我们还没走出一百步远,就有一个瘦长的人从一棵新生的、只有一俄尺③高的小云杉后边闪出来,仿佛从地底下钻出来一样。他生着长长的椭圆脸,身穿破旧的短上衣,头戴草帽,脚上穿着漆皮长靴。这个陌生人一只手提着装菌子的筐子,一只手戏弄着他坎肩上一条价钱便宜的表链。他见到我们,局促不安,理了理坎肩,殷勤地嗽一下喉咙,愉快地微微一笑,仿佛见到我们这样的上流人很高兴似的。后来,他完全出乎我们意外,迈开长腿,沙沙响地踩着草地,弯下整个身子,愉快地微笑着,走到我们跟前,举了举帽子,用狗叫般的谄媚声调说:

"哦哦哦……两位先生,尽管我难于说出口,却不得不预先警告你们:这个树林里是禁止打猎的。请原谅,我不认识你们,却斗胆打搅你们,不过……请容许我介绍自己,我姓格龙托夫斯基,是康杜陵娜夫人的庄园总管!"

"跟您认识很高兴。可是为什么不可以打猎呢?"

---

① 指不动产,特别是田产,在银行作过抵押后再作抵押。
② 一种热带植物,可用以提取香水和香油。——俄文本编者注
③ 1俄尺等于0.71米。

"树林的女主人定下了这条规矩!"

我和公爵面面相觑。在沉默中过了一分钟。公爵站在那儿,呆呆地瞧着脚旁边他用手杖打落的一个大毒蝇蕈。格龙托夫斯基仍然愉快地微笑。他整个脸都在颤动,现出甜得像蜜那样的表情,连他坎肩上的表链好像也在微笑,极力要向我们表示殷勤似的。困窘的阴影正像沉静的天使那样飞过空中,我们三人都感到不自在。

"胡说!"我说,"只不过上个星期,我还在这儿打过猎!"

"这很可能!"格龙托夫斯基说着,从牙缝里发出嘻嘻的笑声,"事实上大家都不顾禁令在这儿打猎,不过我既然遇见你们,那么我的职责……我的神圣的责任就是预先警告你们。我是奉命办事的人。如果这片树林是我的,那么凭格龙托夫斯基的人格担保,我不会反对你们的愉快的消遣。然而格龙托夫斯基却是奉命差遣,概不由己,这又能怪谁呢?"

这个身材细高的人叹口气,耸了耸肩膀。我开始争论,冒火,证明,可是我讲得越是响亮,有道理,格龙托夫斯基的脸就越是甜蜜,越是惹人腻味。显然,他感到他拥有支配我们的某种权力,这使他得到极大的乐趣。他欣赏他自谦的口气、他的彬彬有礼、他的风度,带着特殊的感情念出他的响亮的姓,大概他是很喜欢这个姓的。他站在我们面前觉得很自在。只是他偶尔用难为情的目光瞟一下他的筐子,由此可以断定,只有一种东西败坏他的心境,这就是那些菌子,它们显得那么女人气、土气,大煞风景,伤了他的面子。

"我们偏不回去!"我说,"我们已经走了十五俄里路!"

"有什么法子呢! 即使你们不是走了十五俄里,而是十万俄里,哪怕美国的或者别的遥远国家的皇帝来到此地,我也认为我有责任……所谓神圣的职责……"

"这树林是娜杰日达·尔沃芙娜的吧?"公爵问。

"对,先生,是娜杰日达·尔沃芙娜的。……"

"现在她在家吗?"

"在家,先生。……这样吧,你们索性到她那儿去一趟,离这儿至多不过半俄里。要是她给你们开一张条子,那我……当然从命!哈哈……嘻嘻。……"

"也好,"我同意说,"去找她总比往回走近得多。……您就到她那儿去一趟吧,谢尔盖·伊凡内奇①,"我转过身来对公爵说,"您认识她。"

公爵本来一直瞧着被他打落的毒蝇蕈,这时候抬起眼睛瞧着我,沉吟一下,说:

"以前我倒认识她,可是……我去找她不大合适。再者我穿得也不整齐。……您去吧,您跟她不认识。……您倒方便些。"

我同意了。我们坐上双轮轻便马车,由格龙托夫斯基的笑脸护送着,沿林边往地主庄园走去。娜杰日达·尔沃芙娜·康杜陵娜娘家姓沙别尔斯基,我以前不认识她,早先从没跟她见过面,只是对她有所耳闻。我知道她非常富有,全省没有一个人比得上。她父亲沙别尔斯基地主只有她一个女儿,他死后给她留下好几处田产、一个养马场和许多钱。我听说,她虽然只有二十五六岁,却生得不美,缺乏光彩,跟一般人那样平庸,只因为家财豪富,才跟本县的一般太太小姐有所不同而已。

我素来以为财富是可以感觉到的,富人一定有穷人无从领略的特殊感受。往常我路过娜杰日达·尔沃芙娜的大果树园,看见其中矗立着一座沉重的大厦,窗上永远下着窗帘,总是暗想:"目前她有什么感觉?那边,窗帘里边,有幸福吗?"有一次我远远看

---

① 谢尔盖·伊凡诺维奇的简称。

见她坐在一辆上等的双轮轻便马车上,赶着一匹漂亮的白马,不知从哪儿来,于是我这个罪人不但羡慕她,甚至认为她的神态、她的动作都有一种不富裕的人所缺乏的特别之处,这就像奴性十足的人遇到比自己身份高贵的人,往往从他们普通的外貌就一眼看出他们出身上流一样。关于娜杰日达·尔沃芙娜的内心生活,我只从别人的闲话当中听到一点。据本县人说,五六年前,她还没出嫁,她父亲还在世的时候,她热烈地爱上了目前跟我并排坐在马车上的谢尔盖·伊凡诺维奇公爵。当时公爵喜欢到她的老父亲家去,往往整天在他的台球房里打台球,总也玩不厌,一直玩到胳膊和腿都酸痛了才罢休。可是老人去世的半年前,公爵突然不到沙别尔斯基家里去了。本县那些爱说闲话的人看到这种急剧的转变,找不到可靠的根据,就做出各式各样的解释。有人说,公爵已经发现相貌不美的娜杰日达钟情于他,却又无法回报,便认为自己既是正派人,就应当中止这种来往。另外又有人断言,沙别尔斯基老人发现他女儿何以憔悴,就向不富裕的公爵建议同她结婚,公爵却想不开,认为这是要收买他和他的爵衔,一怒之下说了许多蠢话,吵翻了脸。这些闲话究竟是真是假,那很难说,不过公爵一向避免谈到娜杰日达·尔沃芙娜,可见那些闲话多少总有一点道理。

我知道娜杰日达·尔沃芙娜在父亲死后不久,嫁给一个从外地来的法学候补博士康杜陵,这人家道不富,却工于心计。她嫁给他不是因为爱他,而是法学候补博士的爱情打动了她的心,据说他出色地扮演了热恋的情人的角色。在我描写的这个时期,她丈夫康杜陵不知什么缘故住在开罗,常写些《旅行札记》寄给他的朋友,本县的首席贵族。她呢,由一群靠她养活的女食客包围着,在放下窗帘的屋子里苦恼地过下去,做些零星的慈善工作来打发她那寂寞的日子。

公爵在去庄园的路上谈兴大发。

"我已经有三天没回家了,"他小声说着,斜起眼睛看马车夫,"瞧,我活这么大,又不是娘们儿,也不信邪,可就是受不了民事执行吏①。我在家里一见到民事执行吏,就脸色发白,周身打抖,甚至腿肚子抽筋。您知道,罗戈仁把我告到法院,逼着我还债呢!"

一般说来公爵是不喜欢抱怨他的困境的。凡是涉及穷寒的事,他总是绝口不提,极爱面子,做出道貌岸然的神情,因此他这些话使我暗暗吃惊。他久久地瞧着树林中被太阳晒暖的黄色空地,然后抬起眼睛眺望一长串仙鹤在蔚蓝色的天空中飘飞,随后回过头来瞧着我。

"九月六号以前我要筹足一笔款子交给银行……付田产的利息!"他大声说着,不再顾忌马车夫了,"可是到哪儿去筹款呢?总之,老兄,我一筹莫展!唉,简直一筹莫展!"

公爵看了看他枪上的扳机,不知什么缘故对它吹一口气,然后抬起眼睛寻找那些不见踪影的仙鹤。

"谢尔盖·伊凡内奇,"我沉默了一会儿,问道,"您想一想,要是您的沙契洛甫卡田产卖掉抵债了,那您怎么办?"

"我?不知道!沙契洛甫卡总归保不住了,这就跟二乘二等于四一样,可是我又没法想象这样的灾难。我不能想象我连每天的面包都没有着落。我怎么办呢?我几乎没受过什么教育,至今也没工作过,如今再开始到机关去任职已经嫌迟了。……再者,进什么机关任职呢?我在什么地方任职合适呢?我们姑且假定,在地方自治局任职用不着多大的聪明才智,可是我……鬼才知道是怎么回事,总是有点胆怯,一丁点儿勇气也没有。我真要是到机关里去任职,就会老是觉得走错了地方。我不是理想主义者,不是空想主义者,也不信奉什么特别的原则,大概只不过是愚蠢、懦弱无

---

① 法院职员,往往在债务诉讼案件中奉命到负债人家中索债或查封财物。

能而已。我是个精神病患者,懦夫。总之我跟别人不一样。所有的人都差不多,唯独我是那么一种……那么一种怪人。……上星期三我遇见过纳里亚京。您知道他,他是酒鬼,衣冠不整……欠了钱不还账,蠢头蠢脑,"公爵皱起眉峰,摇摇头,"……是个糟透了的人!他身子摇摇晃晃,对我说:'人家要推选我做调解法官了!'当然,他是选不上的,不过,说实在的,他倒相信自己适合做调解法官,认为能胜任这个工作呢。他又有勇气又自信。我还坐车去看望过我们的法院侦讯官。那个人一个月领二百五十薪金,可是几乎什么事也不做,只知道成天价光穿着衬里衣裤在屋里走来走去,可是您问他,他却相信他在做事,诚实地履行他的职责呢。这我就做不到!我就会不好意思正眼看会计主任的脸。"

这时候,格龙托夫斯基骑着一匹不高的枣红马神气活现地在我们面前经过。他左臂肘上挎着篮子,白色的菌子在篮子里跳动着。他追上我们,向我们龇牙一笑,挥一下手,像是见到了老相识。

"蠢货!"公爵瞧着他的背影,咬着牙说,"说来奇怪,有的时候看见心满意足的脸子,心里厌恶极了。这是愚蠢的兽性感情,多半是由饥饿产生的。……刚才我讲到哪儿了?哦,对了,讲到工作。……我会不好意思领薪金的,不过,其实,这是愚蠢的。如果往大处看,严肃地考察一下,那么,就连现在我吃的东西也不是我的。不是这样吗?可是不知什么缘故,这倒不叫人害臊。……这也许是习惯的缘故吧……要不然,就是没能理解自己真正的处境。……这种处境多半是可怕的!"

我瞧着他:莫非公爵在卖弄聪明?可是他脸色温和,眼睛忧伤地瞅着那匹不高的枣红马越跑越远,倒好像他的幸福也随着它一齐逃跑了似的。

显而易见,他的心境激愤而忧伤,每逢这种时候,女人就会没来由地悄悄落泪,男人就一心想要抱怨生活,抱怨自己,抱怨上帝。……

在庄园门口,我下了马车,公爵说:

"有一回,有个人要叫我难堪,就说我生着骗子的相貌。我自己也发现骗子往往是黑发男子。听我说,我觉得,即使我真的天生是个骗子,我也会至死是个正派人,因为我缺乏作恶的勇气。我老实告诉您,我这一生,本来有过发财的机会。我一生只要做一次假……只要对我自己和另外一个……另外一个我知道会原谅我做假的人做一次假,我就会把一百万现款装进我的腰包。可是我做不到!没有那种胆量!"

从大门口到正房,要穿过一片密林,顺着一条像尺那么直的长路往前走,两旁栽着茂密而且剪过枝的丁香花丛。正房显得沉重,乏味,从正面看去像个剧院。它笨拙地耸立在一片青翠之中,着实刺眼,好比绿茸茸的草地上丢着一颗大石子。在正门的门口,我遇见一个年老的胖听差,穿着绿色的礼服,戴着银边大眼镜。他没有进去通报,光是嫌恶地打量一下我扑满尘土的衣服,把我领进屋去。我走上铺着软地毯的楼梯,不知什么缘故闻到一股浓重的树胶气味,等到走进楼上的前厅,我就被一种在档案室、地主家大厦、商人旧式住宅里特有的空气笼罩着。那似乎是一种早已过去的东西的气味,那种东西以前存在过,后来消失了,然而它的灵魂却留在房里没走。我从前厅穿过三四个房间,走到客厅。我至今还记得那亮晃晃的浅黄色地板、用纱布包严的枝形吊灯架和狭长的条毯,这种条毯不是像通常那样从这个门口照直铺到那个门口,而是沿着墙根铺着,因此我只得在每个房间里沿着四壁兜一个圈,免得我那双沾泥的笨重皮靴有碰到发亮的地板的危险。听差把我留在客厅里,独自走了。客厅里放着些祖传的老家具,一概蒙着白套子,笼罩在幽暗的光线里。这些家具显得阴森,古老,四周一点声音也没有,仿佛对它们的宁静表示敬意似的。

甚至时钟也不响。……塔拉康诺娃公爵小姐似乎在金边镜框里睡熟了,水和老鼠仿佛被人施了魔法似的一动也不动①。白昼的亮光好像不敢破坏这儿的安宁气氛,只略微射进放下的窗帘,把昏睡般的苍白色光带投在柔软的地毯上。

三分钟过去了,一个身材高大的老太婆不出声地走进客厅来,脸颊上扎着绷带,身上穿着黑衣服。她对我鞠躬,拉起窗帘。明亮的阳光一照进来,画里的老鼠和水就顿时活了,塔拉康诺娃醒过来,那些阴沉而古老的圈椅却皱起了眉头。

"夫人马上就来……"老太婆歇口气,说,也皱起眉头。

又等了几分钟,我才见到娜杰日达·尔沃芙娜。首先引我注目的是她确实不美,矮小,消瘦,背有点驼。她那浓密的栗色头发却蓬松好看,脸容纯洁、颖慧,带有青春的朝气,眼神显得聪明而清亮,可是由于嘴唇又大又厚,脸的角度太尖,她头部的全部魅力也就消失了。

我通报我的姓名,说明我的来意。

"真的,我也不知道该怎么办才好!"她犹豫说,低下眼睛,微笑,"我不想拒绝,同时却又……"

"请答应吧!"我要求她说。

娜杰日达·尔沃芙娜瞧着我,笑起来。我也笑起来。引她发笑的,多半就是使得格龙托夫斯基沾沾自喜的东西,也就是准许和禁止的权利。我觉得我的来访忽然变得稀奇古怪了。

"我不打算破坏早已定下的规矩,"康杜陵娜说,"我们土地上禁止打猎已经有六年了。是啊!"她果断地摇一下头说,"对不起,我不得不拒绝您。要是答应您,就也得答应旁人。我不喜欢不公

---

① 指俄国画家弗拉维茨基在1865年所画的一幅画:塔拉康诺娃公爵小姐因冒充公主而被囚禁在彼得保罗要塞里,濒于死亡。——俄文本编者注

道。要么一概答应,要么一个都不行。"

"可惜!"我叹道,"尤其叫人难过的是我们坐着马车赶了十五俄里的路才到此地。我不是一个人来的,"我补充说,"跟我一路来的还有谢尔盖·伊凡内奇公爵。"

我说出公爵的名字并不是别有用意,不是出于什么特别的考虑和目的,而是不假思索,随意说出口的。康杜陵娜听见这熟悉的名字,身子突然震颤一下,目光久久地停在我身上。我发现她的鼻子变白了。

"这也一样……"她说着,低下她的眼睛。

我是站在窗前跟她说话的,窗子面对着那片密林。我看得见整个密林和林荫道、池塘以及我刚才走过的那条路。路的尽头,大门以外,现出我们的双轮轻便马车的黑色后影。公爵在大门旁边站着,背对正房,叉开两条腿,在跟身材细长的格龙托夫斯基谈话。

康杜陵娜始终在另一个窗子跟前站着。她偶尔往密林那边看一下,可是自从我说出公爵的名字以后,她就再也没有从窗口那边掉过头来。

"请原谅我,"她说,眯细眼睛瞧着通道和大门口,"只准许你们打猎,那是不公平的。……再说,把飞禽打死又有什么乐趣呢?何苦呢?莫非它们碍你们的事?"

禁锢在四堵墙当中,住在光线暗淡的房间里,闻着朽坏的家具的浓重气味,像这样的孤独生活是会使人多愁善感的。康杜陵娜无意中说出口的想法值得尊敬,然而我还是忍不住说:

"如果这样考虑问题,就应当光着脚走路。靴子就是用杀死的牲畜的皮制成的啊。"

"必要和任性是应该加以区别的。"康杜陵娜闷声闷气地回答。

她已经认出公爵,眼睛一刻也不放松他的身影。她那不美的脸上交织着欢乐和痛苦,很难加以描写!她的眼睛含着笑意,光芒四射,嘴唇发抖。她笑起来,脸更凑近玻璃窗。她双手扶着一个花盆,略微跷起一只脚,屏住呼吸,那姿态活像狗发现了猎物而趴在地上,急不可待地等着猎人叫一声:"抓住它!"

我瞧了瞧她,又瞧了瞧生平不肯做一次假的公爵,想到真实和虚伪在人们的私人幸福中起着那么强大的作用,不由得又是气恼,又是沉痛。

公爵忽然全身一震,把枪口瞄准,放了一枪。一只鹞鹰原在他头顶上飞翔,这时候拍着翅膀,像箭似的飞到远处去了。

"他把枪举高了!"我说,"那么,娜杰日达·尔沃芙娜,"我叹道,从窗前走开,"您不允许打猎。……"

康杜陵娜一言不发。

"我荣幸地告辞,"我说,"请您原谅我打搅您。……"

康杜陵娜本来想转过脸来瞧我,而且已经略微转过来,可又立刻把脸藏到窗帘里,仿佛感到眼睛里噙着泪水,有意遮盖似的。……

"再见。……对不起……"她轻声说。

我对她的背影鞠躬,然后迈开步子,不再踩着地毯,索性就在浅黄色地板上走了。我巴不得离开这个小小的王国,躲开它这种金光闪闪的苦闷和悲伤。我急忙走去,仿佛想摆脱一场荒唐的噩梦以及那梦中昏暗的光线、塔拉康诺娃和枝形吊灯架。……

我走到正房大门口,一个使女追上我,交给我一张字条。我读那张字条:"兹特准许持条人打猎。娜·康。"……

光 明 人 物

"理想主义者"的故事

我的窗子对面矗立着一幢棕红色大厦,房顶生锈,檐板积着污垢,遮住了照到我这边的太阳。然而这个阴沉难看的外壳却包藏着一个美妙珍贵的内核!

每天早晨我总看见尽头的一个窗子里露出一个女人的小头。我得承认,这个小头在我无异于那被遮住的太阳!我倒不是因为她漂亮而喜欢她。……那对细小的灰色眼睛、脸上的大雀斑、头上老是有报纸做成的卷发纸,都说不上什么漂亮。我喜欢她是因为她那高度发展的智力具有她个人的特色。

每天早晨我总看见那年轻的女人穿着白色短上衣,戴着卷发纸,走到窗前来,如饥似渴地抓住放在窗台上的报纸。读者诸君,我看见她打开报纸,就目光炯炯地急忙浏览那些乏味的内容。……在这种时候,我想恳求您观察一下她脸上的表情。这种表情往往随情况不同而大不一样。……有的时候她脸上洋溢着快乐的笑容,满面春风,眼睛发亮,她开始在房间里欢蹦乱跳,有的时候她却又感到可怕的、说不出的绝望,脸容大变,抱住头,像疯子似的从这个墙角走到那个墙角。……我从没看见她心平气和过。……日子一天天过去,幸福和绝望相互交替。……今天她幸福得要命,明天她却抱住卷发纸不放。她的快乐和痛苦总也完不了!……

我多多少少算是个心理学家,很能揣摩人的心理。我在那个窗子里观察到的心理现象,我是能够理解的,就像乘法的九九表一样。每逢青年女人的脸上浮起快乐的笑容,我的头脑里就涌出这样的想法:

"嗯。……显然,今天报纸上报道的消息挺顺心。……我真为她高兴。……大概,仓科夫的行动和格莱斯顿最近的演说引得这个我不认得的女人心花怒放了。也许,俾斯麦和卡尔诺克这一次大有希望的会谈使她感到愉快而兴奋。①……也很可能她在今天的报上看到俄国的一个新天才诞生了。……不管是哪种情形,反正我都很高兴。……很少有女人能够领略这种具有崇高性质的欢乐心情!"

我神魂颠倒,开始从这个墙角走到那个墙角,高声叫道:

"神奇而罕见的人啊!这是妇女解放运动的最新成果!啊,这样的女人要多一点才好!我们需要的恰恰就是这样的女人!"

每逢这不相识的女人悲观失望,脸容大变,我就暗想:

"哎,可见你根本就不该拿起报纸看!事情糟透了!多半,我对面的邻居被卡拉威洛夫或者穆特库罗夫惹恼了。……奥地利言过其实,我还认为它那种暧昧不明的把戏以及米朗的行动都伤害了她正直的天性。……她痛苦,然而这种痛苦给她添了多少光彩呀!"

我走来走去,心情激动,高声叫道:

"瞧瞧她,这才是真正的女人!她能怀着公民的悲痛!她能

---

① 本篇发表在 1886 年 6 月,小说的这一段和下面的第四段涉及当时发生的国际事件:保加利亚 8 月发生宫廷政变,政府首脑亚历山大·巴登堡大公被推翻,政变有利于德国和奥匈帝国而不利于俄国。巴尔干半岛在普遍反俄的政治影响下,塞尔维亚国王米朗宣布同俄国籍妻子娜达丽雅离婚。所提到的人名都是保加利亚和西欧的政治活动家的名字。——俄文本编者注

为人类痛苦呢！……"

我对这个罕见的女人心醉神迷。……一到早晨,我就站在我的窗前,等着不相识的女人在对面窗子里出现。每天晚上我总是渴盼早晨,等待早晨到来,白天我总是在屋里走来走去。……是的,读者诸君,她是个不同平常的女人啊!

夏天我的窗子和她的窗子都开着,我不止一次听见歇斯底里的哭声和幸福的笑声。……有一次我甚至看见她抱住头,听见她又急又气地叫道:

"坏蛋！害人精！"

然后她把报纸撕得粉碎。……

我惋惜我的住所里没有住着艾奥尔巴赫①、斯皮尔哈根②或者其他寻找"新人"的长篇小说作家。……他们会利用我这个不相识的女人做题材呢。……

我感到我那虔敬的心情渐渐变成热烈的爱情了。对,我爱她！上帝啊,一道什么样的深渊把我和她隔开了！她的心充满公民的悲痛,我呢,却早已失去我的理想,为环境所迫,跟那许多为庸俗的利益活着的人同流合污了。……

不过话虽如此,我仍然没法克制自己,忍不住走到那所红房子跟前,拉铃找扫院人。两枚二十戈比硬币解开了他的舌头,经我详细打听后,他告诉我说,不相识的女人住在第五号住宅,有丈夫,不按期付房钱。她丈夫每天早晨总是跑到不知什么地方去,夜深才回来,胳肢窝底下夹着一瓶白酒和一包吃食。……丈夫的身份证

---

① 艾奥尔巴赫(1812—1882),德国小说家。——俄文本编者注
② 斯皮尔哈根(1829—1911),德国小说家。——俄文本编者注

上写着他是十二等文官的儿子,不相识的女人就是他的妻子。……

我一连失眠三夜,然后打发人把我的名片送到她那儿去。今天我看见她读完报纸,伸出拳头捶窗台。啊,你们这些卡拉威洛夫、穆特库罗夫、萨留斯贝尔、公共马车售票员、制糖厂厂主!你们给她招来这么多的痛苦,为什么我就没有力量替她向你们报仇呢?

今天(九月十日)她的丈夫把我推下楼来。我却感到幸福。我为她不惜牺牲一切!……我推迟到明天再去认真倾吐我的爱情。

九月十一日。今天我到她家去,正碰上她在看报。她匆匆看完两三张报纸,忽然在椅子上颓然坐下,发出呻吟声。……

"我亲爱的,"我对她说,吻她的手,"您为什么激动?您把您的悲痛告诉我吧,请您相信,我会珍重您的信任!好,您说说,您现在究竟为什么哭?"

"我怎么能不哭呢?"我那不相识的女人说,"您来评一评理吧:今天我们要付房钱,可是我那个糊涂丈夫只给报纸写了六十行!哎,难道我们能这样生活下去吗?昨天他写的东西倒足足挣到十一卢布四十戈比,今天我算来算去,连三卢布也挣不上!哎呀,我不是倒了霉吗?是啊,就连恶毒的鞑靼女人,我都不咒她们做新闻记者的老婆哟!他这个混蛋!恶棍!不好好工作,却在萨甫拉森科夫饭馆里闲坐着!你等着就是,他会回来的!……"

莎士比亚说:"唉,女人啊,女人!"现在我才算弄明白她们的心理状态。……

长 舌 头

娜达丽雅·米海洛芙娜是个年轻的太太,早晨刚从雅尔塔回来,正在用午饭,而且喊喊喳喳唠叨不停,对她丈夫述说克里米亚如何美丽。丈夫高兴得很,深情地瞧着她兴奋的脸,听着她讲,偶尔问一两句话。……

"不过,听说,那边物价很贵吧?"他顺便问一句。

"怎么跟你说好呢?依我看来,物价昂贵是言过其实,小父亲。魔鬼并不像人家画的那么可怕。比方说,我和尤丽雅·彼得罗芙娜就租下一个很舒适而又像样的旅馆房间,每天才二十卢布。一切,我的好朋友,都要看你会不会过日子。当然,如果你要骑马上山去玩……比方到艾-彼德利山上去……又要租马,又要雇向导,嗯,那当然就破费大了。贵得要命!可是,瓦塞奇卡,那些山倒也真好呢!你想象一下高而又高的山,比教堂高一千倍。……山上满是雾,雾,雾。……山下全是极大的石头,石头,石头。……还有意大利松树。……嘿,我一回想,心里就痒得难忍难熬呢!"

"顺便说一句……你走后,我在这儿一本杂志上读到过在那边做向导的鞑靼人。……简直下流得很!怎么,他们真是些特别的人吗?"

娜达丽雅·米海洛芙娜做出鄙夷的怪相,摇一摇头。

"其实都是些普通的鞑靼人,没有什么特别的……"她说,"不过,我只是远远地看见,瞟一眼罢了。……人家指着他们要我看,可是我才懒得理睬他们呢。小父亲,我对那些彻尔克斯人啦,希腊人啦……摩尔人啦,素来有成见!"

"听说,他们都是些糟糕透顶的好色之徒。"

"也许吧!坏女人是有的,她们……"

娜达丽雅·米海洛芙娜忽然跳起来,仿佛想起什么可怕的事似的,用惊恐的眼睛看了丈夫半分钟,然后拖长每个字的字音说:

"瓦塞奇卡,我跟你说吧,有些女人不要脸!啊,真不要脸!我说的,你要知道,不是普通人家或者中等人家的女人,而是上流女人,自以为了不起的正派女人①!吓人得很,我都不相信我的眼睛了!我到死也忘不了!是啊,一个女人能浪荡到这种地步,居然……哎,瓦塞奇卡,我甚至不想说了!就拿我的旅伴尤丽雅·彼得罗芙娜来说吧……她有那么好的丈夫,又有两个孩子……自己是个上等人,平时装得像个圣徒似的,不料忽然间,你猜怎么着……只是,小父亲,这话,当然,只是我们两人之间说说②。……你能用人格担保,这话不对外人张扬吗?"

"咦,你想到哪儿去了!当然,我不会张扬出去。"

"用人格担保?要当心啊!我信任你。……"

这个小女人就放下餐叉,脸上做出鬼鬼祟祟的神情,小声说:

"你再也想不到会有这样的事。……这个尤丽雅·彼得罗芙娜骑着马上山去。……那天的天气好得很!她跟她的向导走在前头,我跟在后头,离她们不远。我们走出三四俄里,忽然,你猜怎么着,瓦塞奇卡,尤丽雅大叫一声,抓住自己的胸口。她的鞑靼人就搂住她的腰,要不然,她就会从鞍子上摔下去了。……我带着我的

---

①② 原文为法语。

向导策马走到她跟前。怎么回事?出了什么问题?她叫道:'哎哟,我要死了!我头昏!我没法再往前走了!'你再也不能想象我有多么害怕!我就说,'那我们往回走吧!''不行啊,'她说,'娜达丽雅,我不能往回走!哪怕再走一步,我也会活活痛死!我浑身抽筋了!'她就央求我和我的苏列曼看在上帝面上务必回到城里去一趟,给她取贝斯土热夫药水来,治她的病。"

"等一等。……你的话我没大听懂……"丈夫搔着额头,叽叽咕咕地说,"先前你说过,你只是远远地见过那些鞑靼人,可是现在你却讲起一个什么苏列曼来了。"

"咦,你又抓我的语病!"小女人皱起眉头说,一点也不慌张,"我受不了这种怀疑!我受不了!这是愚蠢,愚蠢!"

"我不是抓语病,不过……何必说假话呢?既然你跟鞑靼人一起骑马出去玩过,好,那就自管出去玩吧,求上帝跟你同在……这又何必躲躲闪闪呢?"

"哼!……这个人才奇怪!"小女人愤慨地说,"他吃苏列曼的醋!我想不出不带向导怎么能上山!我想不出!要是你不知道那儿的生活,你不懂,那就顶好闭上嘴。闭上嘴,别谈这些!在那边,缺了向导是一步路也走不了的。"

"可不是!"

"劳驾,别露出这种愚蠢的笑容!我可不是什么尤丽雅。……我并不想替她辩白,可是我……哼!我虽然不想装成圣徒,可是总还不至于那么忘了身份。我的苏列曼素来不越过界线。……是啊!尤丽雅的玛美特库尔老是守在她房间里不走,可是在我这儿,时钟一敲十一点,我就立刻说:'苏列曼,走吧!出去!'我那个傻鞑靼人就乖乖地走了。我把他管得很紧,小父亲。他一唠叨钱或者别的事,我马上就说:'怎么?什么?你说什么?'于是他吓得魂灵出窍了。……哈哈哈。……他的眼睛,你知道,瓦塞奇卡,黑而又黑,像煤一样,那张鞑靼人的小脸,愣头愣脑,可笑得很。……我把他管得可紧了!真的!"

"我想象得出……"丈夫嘟哝说,把面包屑搓成一个个小球。

"这是愚蠢,瓦塞奇卡!是啊,我知道你有些什么想法。我知道你怎么想。……可是我向你担保,就是逛山的时候,他也没有做什么出格的事。比方说,不管是骑马上山,还是去看乌昌-苏山的瀑布,我总是对他说:'苏列曼,你骑着马在后头走!走吧!'他呀,可怜的人,就老是走在后头了。……哪怕在那种时候……在顶动情的时候,我也还是对他说:'不过你还是不要忘记你只不过是个鞑靼人,我却是五等文官夫人!'哈哈。……"

小女人高声大笑,然后很快地回过头去看一眼,做出惊恐的脸色,小声说:

"可是尤丽雅!哎呀,这个尤丽雅哟!我明白,瓦塞奇卡,有的时候人也不妨逢场作戏,摆脱俗世的空虚,乐一乐!这都是可以的……你要逢场作戏,那就请便,谁也不会责怪你,可是把这种事看得太认真,为此闹得天翻地覆……我就随便怎么样也不明白了!信不信由你,她居然吃醋!喏,这不是荒唐吗?有一回,玛美特库尔,她的心肝宝贝,来找她。……正巧她不在家。……好,我就把他招呼到我的房间里……我们谈起天来,说说这个,谈谈那个。……他们这种人,你要知道,有趣极了!一个傍晚不知不觉就这么过去了。……忽然间,尤丽雅闯进来。……她朝着我,朝着玛美特库尔大发脾气……闹得不可开交。……呸!这我真不明白,瓦塞奇卡。……"

瓦塞奇卡嗽了嗽喉咙,皱起眉头,在房间里走来走去。

"不用说,你们在那儿过得倒挺快活!"他悻悻地说,脸上露出嫌恶的笑容。

"哼,这多么愚蠢!"娜达丽雅·米海洛芙娜不高兴地说,"我知道你在想什么！你老是生出那些可恶的想法！那我再也不跟你讲什么！我再也不讲了！"

小女人噘起小嘴，不说话了。

生活琐事

尼古拉·伊里奇·别里亚耶夫是彼得堡的房产主,常去看赛马。他年纪还轻,才三十二岁,保养得很好,面色红润,有一天将近傍晚,到奥尔迦·伊凡诺芙娜·伊尔宁娜太太家去。他眼下跟她同居,或者,按他的说法,正把一件冗长乏味的风流韵事拖下去。确实,这件风流韵事的最初几页虽则有趣,令人入迷,却早已读完,然而现在这本书还在拖下去,没完没了,新奇有趣的东西却一点也没有了。

我的男主人公恰好碰上奥尔迦·伊凡诺芙娜不在家,就在客厅里一张睡椅上躺下,开始等她。

"傍晚好,尼古拉·伊里奇!"他听见一个孩子的声音说,"妈妈马上就回来。她带着索尼雅到女裁缝那儿去了。"

原来奥尔迦·伊凡诺芙娜的儿子阿辽沙也在这个客厅里,躺在一张长沙发上。他是个八岁的男孩,身材匀称,养得挺娇,打扮得像画中的人,穿着丝绒上衣和黑色的长袜。他躺在缎子的椅垫上,分明在模仿不久以前在杂技场见过的艺人,时而抬起这条腿往上踢,时而又踢那条腿。等到他那两条好看的腿踢得累了,他就抡胳膊,要不然就猛地跳下来,手脚一齐挨地,打算把两条腿举到空中去。所有这些动作他都是带着最严肃的脸色做的,累得呼哧呼哧地喘气,仿佛上帝赐给他这么不肯安静的身体,他自己也感到不高兴似的。

"啊,你好,我的朋友!"别里亚耶夫说,"是你吗?可是我简直没瞧见你。妈妈身体好吗?"

阿辽沙伸出右手,抓住左脚的脚尖,用极不自然的姿势翻一个身,跳起来,从毛茸茸的大灯罩后面朝别里亚耶夫瞥一眼。

"该怎么跟您说好呢?"他说,耸了耸肩膀,"实际上,妈妈老是不舒服。是啊,她是女人,尼古拉·伊里奇,女人总归有这样那样的病。"

别里亚耶夫闲着没事做,就开始打量阿辽沙的脸。这以前他跟奥尔迦·伊凡诺芙娜相好的这段时期,他根本就没留意过那个男孩,完全没有理会有个孩子活着,只看见一个男孩在他眼前晃来晃去,至于他为什么在那儿,是个什么样的人,不知怎的,连想也不愿意想一下。

在苍茫的暮色里,阿辽沙的脸,以及苍白的额头和一眨也不眨的黑眼睛,出乎意外地引得别里亚耶夫想起奥尔迦·伊凡诺芙娜在这件风流韵事最初几页中的模样。他不由得想对男孩亲热一下。

"你过来,小娃娃!"他说,"让我好好看看你。"

男孩从长沙发上跳下来,跑到别里亚耶夫跟前。

"哦,"尼古拉·伊里奇开口说,把手放在他的瘦肩膀上,"怎么样?你过得好吗?"

"怎么跟您说好呢?我们从前的日子过得好多了。"

"为什么呢?"

"很简单!以前我跟索尼雅只学音乐和识字,现在他们却教我们学法国诗了。哦,您最近刚理过发!"

"对,最近理的。"

"我一眼就瞧出来了。您的胡子短一点了。让我摸一摸。……痛吗?"

"不,不痛。"

"为什么揪一根胡子就痛,揪许多胡子反而一点也不痛呢?哈哈!您猜怎么着,您不留络腮胡子可不应该。喏,这些胡子该刮掉,可是这两边的胡子……喏,该留着。……"

男孩侬偎着别里亚耶夫,动手玩弄他的表链。

"等我进中学,"他说,"妈妈就会给我买一块怀表。我要央求她也给我买这么一条表链。……这个圆牌牌多么好!爸爸正好也有这么一个圆牌牌,不过您这上头是花纹,他那上头刻着字。……他那圆牌牌中间嵌着妈妈的照片。现在爸爸换了一条表链,不是用小圆圈穿起来的,是一根长带子。……"

"你怎么知道的?莫非你见着爸爸了?"

"我?嗯……没有!我……"

阿辽沙脸红了,心慌意乱,感到自己说谎给人揭穿了,就起劲地抠那个圆牌牌。别里亚耶夫定睛瞧着他的脸,问道:

"你见着爸爸了?"

"没……没有!……"

"不,你得老老实实,凭良心说话。……要知道我从你的脸色看出你在说假话。既然你已经说漏了嘴,那就用不着再遮盖。你说吧:你见着了?好,把我当做朋友,自管说出来吧!"

阿辽沙沉思不语。

"您不会告诉妈妈吧?"他问。

"那自然!"

"您用人格担保?"

"用人格担保。"

"那您起个誓!"

"嗨,这孩子真叫人受不了!你把我当成什么人了!"

263

阿辽沙回过头去看一眼,睁大眼睛,压低声音说:

"只是看在上帝面上,千万别告诉妈妈。……反正您见了谁都别说,因为这是秘密。求上帝保佑,可别让妈妈知道,要不然,不管是我,还是索尼雅,还是彼拉盖雅,全得遭殃。……好,那您听着。我和索尼雅每星期二和星期五都跟爸爸见面。吃中饭前彼拉盖雅总要带着我们出去散步,我们就乘机到阿普费尔点心店去,爸爸已经在那儿等我们了。……他老是在一个小单间里坐着,您要知道,那儿有一张挺不错的大理石桌子,还有烟灰缸,做成鹅的形状,可就是没有背脊。……"

"你们在那儿干些什么?"

"不干什么!起初我们向爸爸问好,后来就围着小桌坐下,爸爸请我们喝咖啡,吃馅饼。索尼雅,您知道,总爱吃肉馅饼,可我见了肉馅就吃不下!我喜欢吃白菜鸡蛋馅的。我们吃个饱,过后到吃中饭的时候又怕妈妈瞧出来,就死命地多吃。"

"那你们都谈些什么呢?"

"跟爸爸吗?什么都谈。他吻我们,抱我们,讲各式各样有趣的笑话。您知道,他说,等我们长大了,他就带我们到他那儿去住。索尼雅不愿意,可是我答应了。当然,没有妈妈会闷得慌,不过反正我可以给她写信嘛!我的想法也许奇怪,可是我们遇到假日甚至可以去探望她呢,不是吗?爸爸还说,他要给我买一匹马。他可真是个大好人!我弄不懂为什么妈妈不叫他住到我们这儿来,而且不准我们跟他见面。要知道,他很爱妈妈。他老是问我们她身体怎么样,她在干什么。听说她病了,他就照这样抱住头……一个劲儿跑来跑去。他总要我们听她的话,孝敬她。您说,我们真的很不幸吗?"

"嗯。……为什么问这话呢?"

"爸爸就是这么说的。他说,'你们是不幸的孩子。'这话听着简直奇怪。他说,'你们不幸,我不幸,妈妈不幸。'他说,'你们为自己,也为她祷告上帝吧。'"

阿辽沙把目光停在一只剥制过的鸟身上,沉思不语了。

"哦……"别里亚耶夫嘟哝说,"原来你们在干这种事。你们在点心店里聚会。那么妈妈不知道?"

"不知道。……她怎么会知道呢?反正彼拉盖雅任凭怎么样也不会说出来。前天爸爸请我们吃梨来着。可甜了,就跟果子酱一样!我吃了两个。"

"嗯。……哦,这个……你听着,爸爸说起过我吗?"

"说起您?怎么跟您说好呢?"

阿辽沙试探地瞧了瞧别里亚耶夫的脸,耸耸肩膀。

"他没说过什么特别的话。"

"举个例子,他说过什么呢?"

"那么您不会生气?"

"哎,哪儿会!莫非他骂过我?"

"他没骂过,不过,您知道吗……他生您的气。他说,就因为您,妈妈才变得不幸,又说您……把妈妈断送了。是啊,他这个人真是奇怪!我对他解释说,您挺和气,从来也不骂妈妈,可是他一个劲儿摇头。"

"原来他说我把她断送了?"

"是的。您可别生气,尼古拉·伊里奇!"

别里亚耶夫立起来,呆站了一会儿,开始在客厅里走来走去。

"这话又古怪又……可笑!"他嘟嘟哝哝,耸起肩膀,不住地冷笑,"这全怪他自己不对,反而说我断送了她,啊?瞧瞧,好一只无辜的羔羊。原来他对你说过我断送了你母亲?"

"是的,不过……您说过您不会生气的!"

"我没生气,不过……不过这不关你的事!是啊,这……这简

265

直可笑！我自己倒了霉，像一只鸡给扔进了白菜汤，现在反而怪我不对！"

门铃声响了。男孩猛地从坐着的地方跳起来，跑出去。过了一分钟，一个太太带着一个小姑娘走进客厅里来，她就是阿辽沙的母亲奥尔迦·伊凡诺芙娜。阿辽沙跟在她身后，大声唱着歌，蹦蹦跳跳，摆动着双手走进来。别里亚耶夫点一下头，继续走来走去。

"当然了，不把罪名推在我身上，还能推在谁身上？"他喷着鼻子，唠唠叨叨说，"他说得对！他是受了委屈的丈夫嘛！"

"你这是在说什么？"奥尔迦·伊凡诺芙娜问。

"说什么？……你听一听你那位丈夫在散布些什么议论吧！原来我是坏蛋和流氓，断送了你和孩子。你们都不幸，唯独我幸福极了！幸福得不得了，不得了！"

"我不明白，尼古拉！这是怎么回事？"

"那你就听这位小少爷讲一讲吧！"别里亚耶夫说，指了指阿辽沙。

阿辽沙脸红了，随后又忽然变白。他惊恐得面容大变。

"尼古拉·伊里奇！"他压低声音说，可是声音很响，"嘘！"

奥尔迦·伊凡诺芙娜惊讶地瞧瞧阿辽沙，又瞧瞧别里亚耶夫，随后再瞧瞧阿辽沙。

"你问他好了！"别里亚耶夫继续说，"你那个彼拉盖雅，十足的蠢娘们儿，领着他们到点心店去，在那儿安排他们跟亲爹相会。可是问题不在这儿，问题在于他们的亲爹在受苦受难，我呢，却成了流氓，成了恶棍，破坏了你俩的生活。……"

"尼古拉·伊里奇！"阿辽沙哀叫道，"您可是用人格担保过的呀！"

"哎，你走开！"别里亚耶夫挥一下手，"这件事比任何用人格担保过的话都要紧得多！惹得我愤慨的是伪善，是假话！"

"我不懂!"奥尔迦·伊凡诺芙娜说,泪水开始在她眼眶里发亮。"你听我说,阿辽沙,"她对儿子说,"你跟父亲见面了?"

阿辽沙却没听见她的话,他正惊呆地瞧着别里亚耶夫。

"不可能!"母亲说,"我去问一下彼拉盖雅。"

奥尔迦·伊凡诺芙娜走出去了。

"您听着,您不是用人格担保过的吗?"阿辽沙说,周身发抖。

别里亚耶夫对他挥一下手,继续走来走去。他心里满是委屈,尽管那个男孩就在眼前,他却像以前那样根本没把这个孩子放在心上。他是个严肃的大人,完全没有心思顾到孩子。阿辽沙呢,在墙角坐下,心惊胆战地告诉索尼雅,他怎样遭到了欺骗。他浑身发抖,说话结巴,不住流泪。这是他生平第一次那么难堪地面对面碰到了虚伪,以前他从来也不知道在这个世界上,除了甜梨、馅饼、贵重的怀表以外,还有许多在孩子的语言里叫不出名字的东西。

难处的人

叶夫格拉甫·伊凡诺维奇·希利亚耶夫是个小地主,出身于教士家庭(他去世的父亲姚安神甫得到过将军夫人库甫欣尼科娃馈赠的一百多俄亩土地)。这时候他正站在墙角上一个铜脸盆跟前洗手。他的神色照例焦虑而阴沉,胡子乱蓬蓬的,没梳理整齐。

"哼,这是什么天气!"他说,"这不是天气,简直是主的惩罚。又下雨了!"

他不住抱怨,他家里的人却坐在桌子旁边,等着他洗完手好开始吃饭。他的妻子费多霞·谢敏诺芙娜、在大学读书的儿子彼得、大女儿瓦尔瓦拉和三个小男孩已经在桌旁坐定,等他很久了。那些男孩,柯尔卡、万卡和阿尔希普卡,都生着翘鼻子,肮里肮脏,脸蛋胖乎乎的,满头的硬发已经很久没有剪过,这时候他们不耐烦地挪动着椅子。至于那些大人,却坐着不动,显然,吃饭也罢,等着也罢,他们觉得都无所谓。……

希利亚耶夫仿佛要锻炼他们的耐性似的,自顾慢吞吞地擦干手,慢吞吞地祷告,不慌不忙地在桌旁坐下。白菜汤立刻端上来了。院子里传来木工斧子的劈砍声(希利亚耶夫家里在盖新板棚)和工人福木卡逗弄雄火鸡的笑声。稀疏的大雨点敲打着窗玻璃。

大学生彼得戴着眼镜,背有点驼,这时候吃着白菜汤,时不时地跟母亲互相看一眼。他有好几次放下汤匙，嗽喉咙，打算开口讲话，可是定睛看一下父亲，就又埋头吃菜汤了。最后，等到麦粥端上来，他才果断地嗽一下喉咙，说道：

"我今天得乘晚班火车动身。我早就该走了，现在走，已经耽误了两个星期。九月一日就要开课！"

"那你就动身吧，"希利亚耶夫同意说，"何必在这儿再待下去呢？干脆动身吧，上帝保佑你。"

在沉默中过了一分钟。

"他要路费，叶夫格拉甫·伊凡内奇……"母亲轻声说。

"路费？是啊！没有钱走不成。既要钱用，现在就拿去吧。你早就该来拿了！"

大学生轻松地吐了口气，快活地跟母亲互相看一眼。希利亚耶夫不慌不忙，从上衣的里边口袋里取出钱夹，戴上眼镜。

"你要多少？"他问。

"单是到莫斯科的车票钱，就要十一卢布四十二戈比。……"

"哎，钱啊，钱啊！"父亲叹道（他一见到钱，总要叹气，哪怕收到钱也如此），"喏，这是十二卢布。这里头，孩子，还有点零头，你可以留着路上用。"

"谢谢您。"

过了一会儿，大学生说：

"去年我没有一下子找到教家馆的工作。我不知道今年会怎么样，多半也不会很快找到的。我想请您给我十五卢布的膳宿费。"

希利亚耶夫想了一会儿，叹口气。

"给你十卢布也就够了，"他说，"喏，拿去！"

大学生道谢。本来还应当要点钱做衣服，缴学费，买书本，可是他定睛瞧一瞧父亲，决定不再麻烦他了。然而母亲却像所有的

母亲那样不识趣,不慎重,忍不住说:

"你,叶夫格拉甫·伊凡内奇,应该再给他六卢布买双皮靴。是啊,你瞧,他穿着这样的破鞋怎么好到莫斯科去呢?"

"让他穿我的旧靴子吧。其实那双靴子还新着。"

"至少也该给他点钱买一条长裤。他那样子,看着都丢脸。……"

这以后就立刻出现了全家一见都要发抖的风暴信号:希利亚耶夫的短而肥的脖子突然发红,变得跟大红布一样。这种红晕慢慢蔓延到耳朵,再从耳朵扩展到鬓角上,渐渐布满整个脸。叶夫格拉甫·伊凡内奇在椅子上扭动身子,解开衬衫领子,免得透不过气来。看得出来,他在跟那种控制着他的感情斗争。死一般的沉寂来临。孩子们屏住呼吸。可是费多霞·谢敏诺芙娜仿佛不明白她丈夫起了变化似的,继续说:

"要知道他已经不是小孩子了。他穿得太差,觉得难为情了。"

希利亚耶夫突然跳起来,用尽力气拿他的厚钱夹往桌子正中一扔,把盘子上一块面包碰飞了。他脸上现出难看的表情:又是愤怒,又是委屈,又是贪婪,混杂在一起。

"都拿走就是!"他叫道,嗓音都变了,"你们把我的钱都抢去!都拿走! 把我掐死算了!"

他从桌旁跑开,抱住头,踉踉跄跄,满房间跑来跑去。

"你们把我剥得一丝不挂吧!"他尖声叫道,"把我最后一滴血挤出去! 抢光我的钱! 勒紧我的脖子,掐死我算了!"

大学生涨红脸,低下眼睛。他再也吃不下去了。费多霞·谢敏诺芙娜和丈夫相处了二十五年,但是对他的坏脾气还没习惯,这时候,她把身子缩成一团,嘴里嘟哝着什么,极力为自己辩白。她那张鸟一般的瘦脸,素来神色呆板而惊恐,如今却换成惊愕,吓呆了。那几个男孩和大女儿瓦尔瓦拉,一个脸色苍白、相貌不美的年轻姑娘,都放下汤匙,直僵僵地坐着。

希利亚耶夫却越来越凶,说出来的话一句比一句吓人。他跑到桌子跟前,把钱夹里的钱一股脑儿抖搂出来。

"拿去!"他唠唠叨叨,周身发抖,"你们吃饱了,喝足了,喏,还有钱给你们用。我什么也不要!你们去做新皮靴、新制服就是!"

大学生脸色煞白,站起来。

"您听我说,爸爸,"他开口说,上气不接下气,"我……我请求您不要这样,因为……"

"闭嘴!"父亲对他大喝一声,声音那么响,连他的眼镜都从鼻子上掉下来了,"闭上你的嘴!"

"以前我……我还能容忍这种大吵大闹的场面,可是……现在我受不下去。您要明白!我受不下去了!"

"闭嘴!"父亲顿着脚,嚷道,"我说什么,你就得听什么!我想说什么就说什么,不准你还嘴!我在你这种年纪已经挣钱了,可是你这个混蛋,你知道你叫我花了多少钱吗?我把你赶出去!寄生虫!"

"叶夫格拉甫·伊凡内奇,"费多霞·谢敏诺芙娜嘟哝说,急得手指头不住动弹,"要知道他……要知道彼佳……"

"闭嘴!"希利亚耶夫对她吆喝一声,甚至气得眼睛里涌上了泪水,"这都是你把他们惯坏的!你!全怪你!他不敬重我们,不祷告上帝,不挣钱!你们十个人合成一伙,专跟我一个人作对。我把你们统统从家里撵出去!"

大女儿瓦尔瓦拉张开嘴,久久地瞧着母亲,后来把呆瞪瞪的眼光移到窗子上,脸色发白,大叫一声,头往后仰,身子倒在椅背上。父亲挥一下手,吐口唾沫,跑到院子里去了。

希利亚耶夫家的这种家庭戏剧照例是这样结束的。然而这一回,不幸,一种无法克制的愤恨突然紧紧地抓住了大学生彼得。他也性子暴,脾气坏,跟他父亲和祖父一样,他祖父做过大司祭,常用手杖敲教民的头。他脸色煞白,捏紧拳头,走到母亲跟前,把他的男高音提到无可再高的程度,嚷道:

"这种责难惹得我讨厌,恶心!你们的钱我一个也不要!一个也不要!我宁可活活饿死,也不愿意再吃你们一块面包皮!喏,把你们的臭钱拿回去!拿去!"

母亲把身子贴住墙,摇着手,仿佛她面前站着的不是儿子,而是妖怪似的。

"我有什么错处呀?"她哭着说,"我有什么错处呀?"

儿子也像父亲那样挥一下手,跑到院子里去了。希利亚耶夫的房子孤零零地坐落在山沟旁边,那条山沟蜿蜒不断,在草原上伸出大约五俄里远。沟边上生满小橡树和赤杨,沟底有一条小溪流过去。房子有一边朝着山沟,另一边对着旷野。房子四周没有围墙和篱笆,只有各式各样的建筑,彼此挤紧,在房子前面圈出不大的一块空地,算是院子,有些鸡鸭和猪在那儿走来走去。

大学生走到外边,顺着一条泥泞的道路往野外走去。空中弥漫着秋天那种寒冷刺骨的潮气。道路泥泞,这儿那儿有些小水洼闪着光。枯黄的旷野上,秋天正从草地里向外张望,显出一派萧索、衰败、暗淡的气象。道路右边是一片菜园,菜已经割完,地里坑洼不平,景色冷清,零零落落地立着些向日葵,垂着颜色已经发黑的头。

彼得暗想,索性步行到莫斯科去,而且就照眼前这样,不戴帽子,穿着破靴,身边分文没有,一路走去,倒也不坏。等他走出一百俄里远,他父亲就会蓬松着头发、惊恐万状地追上他,央求他回去或者收下钱,可是他连看也不看他一眼,只顾往前走去。……光秃的树木会换成荒凉的旷野,旷野后面就是树林。不久就会下头一场雪,大地变白,河面上结冰。……到了库尔斯克或者谢尔普霍夫附近,他已经衰弱无力,饿得要命,就会在一个什么地方倒下,死了。人们会发现他的尸首,各报就登出消息,说某大学生在某地饿死了。……

有一只白狗,尾巴上粘着泥,在菜园里徘徊,找东西吃,这时候瞧他一阵,就缓缓地跟着他走去。……

他顺着道路往前走,想着他的死亡,想着亲人的悲伤,想着父亲精神上的痛苦,于是他幻想各式各样的旅途奇遇,一个比一个离奇,例如山清水秀的名胜、可怕的夜晚、意外的相逢。他想象络绎不绝的香客,想象树林里的小屋,只有一扇小窗子在黑暗里亮着灯光,他就在小窗跟前站住,央求放他进去过夜……人家就让他进去,不料他看见一伙强盗。或者,局面好一点,他走进一个地主的大宅子,人家问明他是什么人,就招待他吃饱喝足,为他弹钢琴,听他诉苦,于是主人的美丽的女儿爱上他了。

年轻的希利亚耶夫满心愁闷,浮想联翩,一步也不停地往前走。……前边,很远很远的地方,有一家客栈,背衬着灰色的浮云,看去发黑。过了那家客栈,再往远看,地平线上有个小小的高岗,那就是铁路的车站。高岗使他想起他当前所在的地方和莫斯科之间的联系,想起莫斯科点着路灯,车水马龙,大学开始上课了。他又愁又急,差点哭出来。眼前庄严的景物整齐而美丽,四下里,万籁俱寂,这却惹得他万分反感,心里又绝望又憎恨!

"小心!"他听见身后传来嘹亮的说话声。

一个他熟识的老女地主,坐着一辆漂亮的轻便敞篷马车,走过他面前。他向她点头,满面笑容。他立刻觉得自己在笑,这跟他的阴郁心境却完全不相称。既然他满心烦恼和愁闷,这微笑是从哪儿来的呢?

他暗想,多半是大自然本身赐给人类这种做假的本领,以便人在心灵紧张的困难时刻也能掩盖自己家里的秘密,就跟狐狸或者野鸭一样。每个家庭都有各自的欢乐和悲苦,然而不论这种悲欢多么重大,外人的眼睛却难于看清,这是秘密。例如刚才路过的女地主,她的父亲获罪于沙皇尼古拉,沙皇盛怒之下,使他受了半世的苦;她的丈夫是个赌徒,四个儿子没有一个成材的。可以想象,她家里发生过多少可怕的场面,流过多少眼泪啊。话虽如此,老太婆却显得幸福,满足,见他微笑就也以微笑相报。大学生想起他的同学们都不乐意讲自己的家庭,想起他的母亲每逢讲到丈夫和儿女,几乎总是说假话。……

直到天黑为止,彼得始终顺着道路走着,离家很远,沉湎在闷闷不乐的思想里。后来下起蒙蒙细雨,他才走回家去。回家的路上,他决定无论如何也要同父亲谈一下,干脆向他说明:同他一起生活是难堪而可怕的。

他走到家里,发现那儿一片寂静。妹妹瓦尔瓦拉在隔板后面躺着,由于头痛而发出轻微的呻吟声。母亲带着惊愕而负疚的脸色在她旁边一口木箱上坐着,补阿尔希普卡的裤子。叶夫格拉甫·伊凡内奇从这个窗口走到那个窗口,对着天气皱眉头。凭他的步态,凭他的咳嗽声,甚至凭他的后脑勺,都可以看出他觉得自己不对。

"那么你不打算今天走了?"他问。

大学生觉得可怜他了,可是他立刻压下这种感情,说:

"您听我说。……我要认真跟您谈一谈。……是的,认真谈一谈。……我素来敬重您,从来也不敢用这种口气跟您讲话,可是您的行为……最近的举动……"

父亲瞧着窗外,一声不响。大学生仿佛在考虑措辞似的擦着额头,极其激动地接着说:

"您没有一回吃饭或者喝茶不大闹一场的。您的面包卡在大家的喉咙里,叫人咽不下去。……人家吃您一点面包,您就随口骂人,再也没有比这更伤人、更欺压人的了。……您虽然是父亲,可是不论什么人,上帝也罢,大自然也罢,都没有给您权利这么恶狠狠地侮辱弱者,欺压弱者,朝弱者发泄您的坏脾气。您折磨母亲,害得她战战兢兢,唯命是从,妹妹已经吓破了胆,而我……"

"你没有资格教训我。"父亲说。

"不,我偏要管!您尽可以嘲骂我,爱怎么嘲骂都由您,可就是不准您碰母亲!我不容许您折磨母亲!"大学生继续说,两只眼睛亮闪闪的,"您让大家纵容坏了,因为至今还没有一个人敢顶撞您。大家在您面前都发抖,不敢开口,可是现在这个局面结束了!粗暴而没有教养的人!您粗暴……明白吗?您粗暴,难于相处,铁石心肠!连农民都受不了您!"

大学生已经失掉思路。他不是在讲话,却像是吐出一个个互不相干的字眼。叶夫格拉甫·伊凡诺维奇听着,一言不发,好像愣住了。可是突然,他脖子通红,这颜色爬满整个脸,他的身子动了一下。

"闭嘴!"他嚷道。

"好哇!"儿子却不肯罢休,"您不喜欢听真话?好得很!行啊!您自管嚷吧!好得很!"

"闭嘴,我跟你说!"叶夫格拉甫·伊凡诺维奇大吼一声。

费多霞·谢敏诺芙娜在门口出现了,脸色惨白,十分惊慌。她想说一句什么话,可又说不出来,光是动着手指头。

"这得怪你!"希利亚耶夫对她嚷道,"这都是你把他宠成这个样子的!"

"我不愿意再在这个家里过下去!"大学生嚷道,哭起来,气愤地瞧着母亲,"我不愿意跟你们一起生活!"

女儿瓦尔瓦拉在屏风后面大叫一声,哇哇地痛哭。希利亚耶夫挥一下手,跑出房外去了。

大学生走回自己的房间,静悄悄地躺下。他一直躺到午夜,动也不动,也不睁开眼睛。他既没感到愤恨,也不感到羞愧,只有那么一种模模糊糊的精神痛苦。他不怪罪父亲,也不怜悯母亲,更没受到自己良心的责备。他明白全家人都在经受那样的痛苦,至于这该由谁负责,谁痛苦得重些,谁痛苦得轻些,那就只有上帝知道了。……

到午夜,他叫醒一个长工,吩咐他早晨五点钟以前备好到火车站去的马匹。然后他脱掉衣服,盖好被子,可是总也睡不着。他听见父亲没有睡觉,慢腾腾地从这个窗口踱到那个窗口,唉声叹气,一直熬到清晨。谁都没有睡觉,大家难得讲话,只是偶尔有喁喁私语声。他母亲两次走到屏风后面来看他。她仍然现出原来那种惊呆的神情,久久地在他胸前画十字,心神不宁地颤抖。……

早晨五点钟,大学生温柔地跟全家人告别,甚至哭了一阵。他走过父亲的房间,往门里看一眼。叶夫格拉甫·伊凡诺维奇没脱衣服,至今还没有睡下,仍然站在窗前,手指敲着窗玻璃。

"再见,我走了。"儿子说。

"再见……钱在小圆桌上……"父亲没有回转身来,回答说。

长工赶着马车把他送到火车站去,天上下着寒冷而讨厌的雨。向日葵把头弯得越发低,杂草也显得越发黑了。

报　　复

　　列甫·萨维奇·土尔曼诺夫是个普通的市民,颇有家财,头顶已经秃掉一大块,却娶了个年轻的妻子。有一天他参加朋友的命名日盛会,打纸牌。他输掉不少钱,出了一身汗,随后,忽然想起有很久没喝白酒了。他就站起来,踮起脚尖,稳重地摇晃着身子,从许多牌桌中间穿过去,路过年轻人跳舞的客厅(在这儿他露出老气横秋的笑容,用父辈的气派拍了拍年轻瘦弱的药剂师的肩膀),然后从一个小门溜出去,来到餐室。这儿有一张小圆桌,上面放着酒瓶,有些长颈玻璃瓶里装着白酒。……酒瓶旁边放着冷荤菜、青葱、香芹菜,其中有一盘咸青鱼,已经给人吃掉一半了。列甫·萨维奇给自己斟上一杯白酒,在空中活动着手指头,好像准备发表演说似的。他喝下酒,做出一脸苦相,然后举起餐叉,往咸青鱼那边扎过去。……可是这当儿隔壁传来了说话声。

　　"也好,也好……"一个女人的声音活泼地说,"不过那要在什么时候呢?"

　　"这是我的妻子嘛,"列甫·萨维奇听出来了,"她这是在跟谁说话?"

　　"随你的便,我的朋友……"隔壁有个低沉而又悦耳的男低音回答说,"今天不大方便,明天我又整整一天都有事。……"

　　"这是杰格佳烈夫啊!"土尔曼诺夫听出男低音是他的一个朋

友在说话,"'布鲁图,原来你也在这儿!'①莫非她已经把他也勾搭上了?好一个贪得无厌,总也不肯安分的婆娘!缺了风流事就一天也过不了!"

"是啊,明天我有事,"男低音接着说,"要是你乐意的话,明天给我写封信吧。……我会高兴,感到幸福的。……不过我们应该把通信的事布置妥当。这得想出一个什么巧招来才成。交邮局寄不大妥当。要是我写信给你,你那只雄火鸡就可能从邮差手里把信截住。要是你写信给我,我的老婆就会趁我不在把信收下,大概还会拆看。"

"那怎么办呢?"

"这得想出一个什么巧招来才成。叫仆人传递也不成,因为你的索巴克维奇②一定把男女仆人全抓在手心里了。……怎么,他是在打牌吗?"

"是啊。老是输钱,蠢货!"

"这是说,他在恋爱方面倒会交运呢!"杰格佳烈夫笑起来,"啊,小母亲,我想出了这么一条妙计。……明天下午六点整,我下班回家,会路过市立公园,要在那儿跟主任见面。那就这么办,我的宝贝儿,至迟六点钟以前,你务必设法把你的信放在那个大理石花瓶里,你知道,它就在攀着葡萄藤的亭子左边。……"

"我知道,我知道。……"

"这个办法又富于诗意,又神秘,又新奇。……不论是你那个大肚皮还是我的夫人,都不会知道。明白吗?"

列甫·萨维奇又喝下一杯白酒,回到牌桌那边。他刚才发现的这件事并没使他震动,也没让他吃惊,而且丝毫也没惹得他愤

---

① 据传说,这是古罗马统帅、政治家恺撒(前100—前44)遇刺身死前所说的一句话,布鲁图原是他的朋友,也参与了行刺。——俄文本编者注
② 俄国作家果戈理的长篇小说《死魂灵》中一个粗鲁蛮横的地主。

慨。讲到愤慨,吵闹,辱骂以至打架,那种时期早已过去了。他对他轻佻的妻子的风流事已经挥一下手,如今睁一只眼闭一只眼了。可是他仍然觉得不痛快。像雄火鸡、索巴克维奇、大肚皮之类的说法,伤了他的自尊心。

"不过,这个杰格佳烈夫可真不是东西!"他一面记下输掉的牌账,一面暗想,"每次在街上遇见,总是装成挺亲热的朋友,龇着牙笑,摩挲人家的肚皮,可是现在,你瞧瞧,放了些什么样的冷箭!当面叫人朋友,可是背后,我在他嘴里却成了什么雄火鸡和大肚皮。……"

他输掉的钱越多,那种受侮辱的感觉也就越重。……

"乳臭未干的娃娃……"他暗想,生气地把记牌账的粉笔也弄断了,"毛头小伙子。……我只不过是不愿意多事罢了,要不然,我倒要叫你见识见识什么叫索巴克维奇!"

晚饭席上,他一见到杰格佳烈夫的脸就心里不舒服。可是那个人却仿佛故意捣乱似的,偏偏缠住他问个没完!赢了钱吗?为什么这么闷闷不乐?等等。他甚至老着面皮,凭着好朋友的资格,大声责怪他妻子不该对丈夫的健康漫不经心。妻子呢,却仿佛没事儿人似的,用油亮的眼睛瞧着丈夫,快活地发笑,若无其事地谈天,弄得魔鬼都不会怀疑她有了外心。

回到家里,列甫·萨维奇一肚子的闷气,很不自在,倒好像晚饭席上吃的不是小牛肉,而是旧套靴似的。他本来也许会克制自己,安然入睡的,可是妻子的唠叨声和她的笑容却每一秒钟都让他想起雄火鸡、蠢鹅、大肚皮……

"应当给他一个耳光,混蛋……"他想,"应当叫他当众丢尽脸才成。"

他心想,现在要是把杰格佳烈夫揍一顿,或者跟他决斗,把他当麻雀似的一枪打死……或者弄得他革掉官职,再不然在大理石花瓶里放上一点不体面的、臭烘烘的东西,例如死耗子,那才妙呢。……要是事先从花瓶里把妻子的信偷出来,然后掉个包,把一首淫秽的诗放进去,署上"你的母鲨鱼"或者这一类的名字,那才称心。

土尔曼诺夫在卧室里来回走了很久,沉湎在这类幻想里。忽然他停住脚,拍一下额头。

"有了,好哇!"他叫道,甚至高兴得眉开眼笑,"这个办法太好了!太好了!"

等到他妻子睡熟,他就在桌旁坐下,经过长久的思考以后,故意改变自己的字迹,硬造出语法错误,写出如下的一封信:"商人杜林诺夫收。先生!倘若今天九月十二日傍晚六时前您不在市立公元葡萄亭左边大理石花瓶里放入二百卢布,则您将被人杀死,您的百货店也将炸毁。"写完这封信,列夫·萨维奇高兴得跳起来。

"这办法想得如何,啊?"他搓着手,嘟哝道,"妙极了!比这再好的报复连恶魔也想不出来了!自然,这个买卖人会害怕起来,立刻报告警察局的,于是警察就在六点钟以前埋伏在灌木丛里,等到他走过去取信,就一下子把他抓住,乖乖!……这家伙准会吓得没了魂!他这个坏蛋,先得吃够苦,坐够牢,才能把事情弄清楚哩。……好哇!"

列甫·萨维奇在信封上贴好邮票,亲自把它丢进邮筒。他带着极其快乐的笑容睡着了,而且很久以来都没睡得这么酣畅过。早晨他醒过来,想起自己的巧计,快活得嘴里呜呜地叫,甚至撩一下他那负情的妻子的下巴。他动身上班,后来在办公室里坐着,一直笑眯眯的,想象杰格佳烈夫落进陷阱惊恐万状的样子。……

到五点多钟,他忍不住了,往市立公园跑去,想亲眼欣赏一下他的仇人狼狈不堪的局面。

"啊哈,果真来了!"他遇见一个警察,暗自想道。

他走到布满葡萄藤的亭子旁边,在灌木丛里藏好,眼巴巴地盯住花瓶,开始等候。他急得像热锅上的蚂蚁似的。

六点钟整,杰格佳烈夫出现了。这个年轻人显然心情畅快极了。他的高礼帽大模大样地歪戴在后脑勺上,甚至他的灵魂也好像从敞开怀的大衣和坎肩里往外张望似的。他嘴里吹着口哨,吸着雪茄烟。……

"瞧着吧,你马上就会明白什么叫雄火鸡和索巴克维奇!"土尔曼诺夫幸灾乐祸地暗想,"你等着就是!"

杰格佳烈夫走到花瓶跟前,懒洋洋地把手伸进去。……列甫·萨维奇略微欠起身子,定睛瞧着他。……那个年轻人从花瓶里取出一个不大的纸包,翻来覆去看了一阵,耸了耸肩膀,然后游游疑疑地打开纸包,又耸了耸肩膀,脸上露出大惑不解的神情:原来纸包里装着两张花花绿绿的钞票!

杰格佳烈夫把两张钞票颠来倒去看了很久。最后他仍然耸动着肩膀,把钞票塞进口袋里,嘴里说:"谢谢①。"

倒霉的列甫·萨维奇听见了这声"谢谢"。这以后他在杜林诺夫商店的对面站了一个傍晚,对着招牌摇晃拳头,气愤地唠叨说:

"胆小鬼!臭商人!叫人看不起的大鲸鱼!胆小鬼!大肚皮的兔子!……"

---

① 原文为法语。

在 法 庭 上

某县城有一幢官府的深棕色房子,平时,地方自治局执行处、调解法官会审法庭以及掌管农务、酒类专卖、军事的衙门和其他许多衙门,轮流在那儿开会。这一天是秋季那种阴云密布的日子,地方法院分院巡回到此地,在那所房子里开庭审案。当地一个官员讲起上述那幢深棕色房子,俏皮地说:

"这儿又有尤斯契齐雅,又有波丽齐雅,又有米丽齐雅①,完全成了贵族女子中学。"

然而,大概,正如谚语所说的,"七个保姆反而带出个瞎眼的孩子",这所房子外貌阴森,好比营房,旧得快要坍了,里里外外的设备一点也没有舒适的影子,弄得新来的、没有官职的人见了,无不感到吃惊,心里发闷。甚至在春光明媚的日子,它也好像被浓重的阴影覆盖着。每到月光明亮的夜晚,树木和小民房就连成一大片阴影,沉入安宁的睡乡,唯独它高踞在朴实无华的景物之上,凭着它那堆石头,压得人透不出气来,有点荒谬而不合时宜,破坏了周围普遍的和谐;它没有睡觉,仿佛过去犯下种种不可饶恕的罪恶,如今无法摆脱沉痛的回忆似的。房子内部完全像个谷仓,一点也不招人喜欢。看起来也真奇怪,那班风度优雅的检察官、委员、

---

① 上述三个词原意是"司法、警察、军事",但其读音颇像俄国女人的名字。

首席贵族,在自己家里往往因为屋里有一点淡淡的煤烟味,或者地板上有一块小小的污斑就大吵大闹,如今在这儿,通气窗嗡嗡地响,冒烟的蜡烛发散着刺鼻的气味,污黑的墙壁老是挂着水珠,他们反倒满不在乎了。

地方法院九点多钟开庭。审讯毫不迟延地进行,显然要加紧办完。案子一个个提出来,结案很快,就跟不唱诗的弥撒一样,因此那许许多多各不相同的人脸像春汛的潮水般奔流过去,人们的动作、发言、灾难、真情、假话也一闪而过……任何人的头脑都不能由此得出具体而完整的印象。……临到下午两点钟,已经办完很多案子:两个犯人被判做苦工,一个享有特权的犯人①被判褫夺公民权,关进监狱,一个犯人宣告无罪释放,一个案子延期审理。……

两点钟整,庭长宣布审问"农民尼古拉·哈尔拉莫夫被控杀害妻子"一案。法庭仍然由审讯上一案的法官们组成,只有辩护人的位子由新人接替,他是候补法官,年纪很轻,没有胡子,穿一件礼服,纽扣发亮。

"带被告!"庭长下命令道。

可是被告事先已经押来,这时候往被告席走去。他是个高大壮实的农民,年纪大约五十五岁,头顶完全光秃,蓄着棕红色大胡子,毛茸茸的脸上露出冷漠的表情。他身后跟着一个矮小孱弱的兵,荷着枪。

差不多就在被告席旁边,押解兵出了一点小岔子。他忽然脚底下绊一下,手里的枪掉下来,可是他没容它掉下地就抓住,枪托猛地砸在膝盖上。旁听席上响起了轻微的笑声。这个兵满脸涨得通红,大概是因为砸痛了,或者因为自己笨手笨脚而害臊。

---

① 指贵族身份的犯人。

法庭上先是照例问明被告的姓名、籍贯等,调换陪审员,传唤证人,带领他们宣誓,这以后就开始宣读公诉状。书记官生着窄肩膀,脸色苍白,身子太瘦,因而制服显得很肥,他脸颊上贴着一块膏药,这时候用低沉的男低音读起来,读得很快,就像助祭念经的声调那样不高也不低,仿佛生怕累坏他的胸肺似的。法官桌子后面的通风窗就来给他帮腔,不住地嗡嗡响,两种声音合起来,给法庭的寂静添上一种催人入睡的麻醉性质。

庭长还不算老,脸容极为疲倦,眼睛近视,这时候坐在圈椅上,纹丝不动,把手掌放在额头旁边,仿佛在挡住阳光,不让它照到眼睛似的。他在通气窗和书记官发出的嗡嗡声中想自己的心事。临到书记官略为停顿一下,换口气,开始念新的一页,他忽然全身一震,用暗淡无光的眼睛看一下众人,然后低下头去凑近旁边法官的耳朵,叹口气问道:

"您,玛特威·彼得罗维奇,是在杰米扬诺夫旅店里住着吧?"

"对,在杰米扬诺夫那里住。"法官回答说,也全身一震。

"下一回,大概我也要在那家旅店住了。求上帝怜恤吧,契皮亚科夫旅店里简直没法住!通宵吵吵闹闹,乱哄哄的!脚步声啦,咳嗽声啦,孩子哭哭啼啼。……不像样子!"

副检察官是个丰满而富态的黑发男子,戴着金边眼镜,留着一把梳理整齐的漂亮胡子,这时候坐着不动,好比一尊塑像,用拳头支住脸,在读拜伦的《该隐》。他眼睛里充满读得入神的表情,眉毛惊讶地越扬越高。……他偶尔往椅背上一靠,冷漠地瞧着前面出神,过了一分钟,又埋下头去看书。辩护人用铅笔没削过的一头在桌子上划来划去,偏着头沉思。……他那年轻的脸上没有别的表情,只有呆板而冷漠的烦闷,这样的表情只有那些每天必得坐在同一个地方,看见同样的脸和同样的墙的小学生和职员们才会有。他过一会儿就要发言,可是这丝毫也不使他激动。再者,他的发言又算得了什么呢？他是根据上司的指示，按照沿用已久的陈词滥调把它写成的，自己都觉得它毫无光彩，枯燥乏味，过一会儿，在陪审员面前，他会不动感情、有气无力地把它念完了事，这以后就坐上马车，冒着雨，经过泥泞的道路，去火车站，回到城里，然后很快又接到命令要到某县去，再宣读新的发言……实在无聊！

被告先是焦躁不安地对着袖口嗽喉咙，脸色煞白，可是不久那寂静、那无处不在的单调、那烦闷，也感染他了。他呆板而恭敬地瞧着法官们的制服，瞧着陪审员们疲乏的脸，平心静气地眨着眼睛。原先他关在监狱里，一想起法庭的环境和审讯就提心吊胆，如今他倒十分放心了。他在这儿遇到的情形跟他原来预料的全不一样。他头上本来压着杀人致命的罪名，可是他在这儿却没碰见恐吓的脸、震怒的目光、关于严惩的响亮语句，更谈不到有人来关心他那不同寻常的命运。坐在上面的法官，谁也没有把长久而好奇的目光停在他身上。……阴暗的窗子啦，墙壁啦，书记官的声音啦，副检察官的姿态啦，一概浸透了官场的淡漠，冒出凉气，仿佛杀人犯无非是普通的办公用具，或者那些审问他的都不是活人，而是一种肉眼看不见的、上帝才知道是由谁开动着的机器罢了。……

那个放宽心的农民却不明白：这儿的人对生活的戏剧和悲剧早已习以为常，司空见惯，就跟医院里的人看待死亡一样，而且正是这种机器般的冷漠无情，才包藏着他的处境的惨痛和无望。看来，他即使不是温顺地坐着，而是站起来，开口恳求他们，声泪俱下地央求他们大发慈悲，沉痛地忏悔，绝望地死去……这一切也还是会在早已麻木的神经和习惯上撞得粉碎，就跟海浪撞在岩石上一样。……

等到书记官念完，庭长不知什么缘故摩挲着他面前的桌子，眯细眼睛久久地瞧着被告，然后懒洋洋地转动着舌头问道：

"被告，您承认六月九日傍晚犯了杀害妻子的罪行吗？"

"不承认,老爷。"被告站起来,回答说,抓住他衣服的前胸。

这以后法庭匆匆忙忙着手审问证人,一连审问了两个农妇、五个农民和一个调查过案情的乡村警察。这些人身上都粘着泥浆,他们步行很久,又在证人室里一直坐等,早已筋疲力尽,神色沮丧而阴郁。他们的供词一模一样。他们供道:哈尔拉莫夫像大家一样,跟他的老太婆相处得"不错",只有喝多了酒才动手打她。六月九日太阳下山的时候,有人发现老太婆倒在前堂里,头盖骨破裂,身旁一摊血里丢着一把斧子。大家就找尼古拉,要把这个灾难通知他,可是他既不在家,也不在街上。大家就开始在村子里找他,跑遍所有的农舍和酒店,都没找到他。他失踪了,到第三天,他却在乡公所里出现,脸色苍白,衣服破烂,周身发抖。人们就把他绑起来,关押在看守所里。

"被告,"庭长对哈尔拉莫夫说,"您能向法庭说明一下发生凶杀案以后那两天您在什么地方吗?"

"我在野外走来走去。……什么也没吃,什么也没喝。……"

"如果您没杀人,那为什么躲起来呢?"

"我吓坏了。……我怕吃官司。……"

"哦。……好,坐下吧!"

最后一个受审的是给死去的老太婆验尸的县医生。他把他还记得的验尸报告里的话以及今天早晨他到法庭来的路上想起来的话对法庭陈述了一遍。庭长眯细眼睛瞧着他那身乌黑发亮的新衣服,瞧着他讲究的领结,瞧着他活动的嘴唇,听他讲话,可是不知怎的,却有个懒洋洋的想法在他头脑里自动冒出来了:"现在大家都穿短上衣,为什么他做了件长的呢?为什么偏穿长的而不穿短的呢?"

庭长身后传来皮靴慎重的响声。这是副检察官走到桌子这边来,要取一个文件。

"米哈依尔·符拉季米罗维奇,"副检察官低下头凑着庭长的耳朵说,"这个柯烈依斯基办理的侦讯工作马虎得出奇。被告的亲哥哥他没审问,村长他也没审问,那所小屋的情形也没有写清楚,一点也看不懂。……"

"有什么办法呢……有什么办法呢!"庭长往圈椅的椅背上一靠,叹口气,"他老朽了……不中用了!"

"顺便说一句,"副检察官继续低声说,"请您注意旁听席上第一排右边起第三个人……论相貌像是个戏子。……他却是当地的大财主。有将近五十万家当呢。"

"是吗?从外表倒看不出来。……怎么样,老兄,我们要退庭休息一阵吗?"

"审完这一案再休息吧。"

"随您的便。……哦?"庭长抬起眼睛瞧着医生说,"那么您认为她是当场毙命的?"

"是的,由于脑部受到严重的损伤。……"

医生讲完,庭长就瞧着副检察官和辩护人中间的那块空当,问道:

"有什么问题要问吗?"

副检察官眼睛没有离开《该隐》,否定地摇一下头。可是辩护人出乎意外地活动起来,嗽了嗽喉咙,问道:

"请您说一下,大夫,凭伤口的大小能够判断……判断犯人的精神状态吗?换句话说,我是想问一下:伤势的轻重能否使人有权利认为被告处在感情激动的状态?"

庭长抬起睡意蒙眬、神色淡漠的眼睛瞧着辩护人。副检察官丢下《该隐》,瞧着庭长。他们光是呆呆地瞧着,既不微笑,也不惊奇,更不困惑,他们的脸上什么表情也没有。

"也许吧,"医生迟疑地说,"如果考虑到犯人……呃呃呃……

用斧子劈下去的力量……不过……对不起,我不大明白您问这话是什么意思。……"

辩护人提出问题却没有得到回答,再者他觉得也无须回答。他自己也知道得很清楚:这个问题本来是不知怎么钻进他头脑里来的,只因为受到寂静、烦闷、通气窗的嗡嗡声的影响,才从舌头上滑出来了。

法庭叫医生退席,开始检查物证。头一样检查的是一件农民长外衣,袖子上有一块深棕色的血迹。法庭审问这块血迹的来源,哈尔拉莫夫供道:

"老太婆去世大约三天前,片科夫给他的马放血。……我正好在那儿,喏,当然,我就帮了帮忙,这才……这才把衣服弄脏了。……"

"可是刚才片科夫供述,他不记得放血的时候有您在场。……"

"我不知道。"

"坐下吧!"

他们开始检查那把使老太婆死于非命的斧子。

"这不是我的斧子。"被告申明说。

"那么是谁的呢?"

"我不知道。……我没有斧子。……"

"庄稼人一天也不能没有斧子。您的邻居伊凡·季莫费伊奇跟您一块儿修理过雪橇,他供述这正好就是您的斧子。……"

"我不知道。不过,我敢当着上帝起誓,"哈尔拉莫夫往前伸出一只手,张开手指,"……我敢当着真正的造物主起誓。我以前什么时候有过斧子,现在可记不清了。以前倒真是有过那么一把,好像比它小一点,可是我的儿子普罗霍尔把它弄丢了。在他当兵的大约两年前,他去砍柴,跟伙伴们喝开了酒,就把它弄丢了。……"

"好,坐下吧!"

这种自始至终的不信任,这种不愿意听他讲话的态度,惹恼了哈尔拉莫夫,他怄气了。他开始眯眼睛,颧骨上泛起红晕。

"我敢在上帝面前起誓!"他伸直脖子,继续说,"要是您不相信,那就请您问我儿子普罗霍尔吧。普罗霍尔,斧子哪儿去了?"他猛地转过身对着押解兵,忽然用粗声粗气的男低音问道。"哪儿去了?"

这真是沉重的一刹那!所有的人都好像蹲下去,或者矮了半截似的。……凡是法庭里的人,头脑里统统像闪电似的掠过同一个吓人的、令人无法相信的想法:这可能是不祥的巧合吧。没有一个人敢大起胆子瞧一瞧兵的脸。人人都情愿不相信自己的想法,认为自己听错了。

"被告,同看押人讲话是不许可的。"庭长赶紧说。

谁也没看见押解兵的脸,恐怖像肉眼看不见的人,戴着面具,飞过法庭。民事执行吏悄悄离开位子站起来,踮起脚尖,张开胳膊稳住身子,走出法庭去了。过了半分钟就传来兵士换岗所常有的那种脚步声和响声。

大家就都抬起头来,极力装得好像没有发生什么事似的,继续做他们的工作。……

怨　　诉

远方来信

亲爱的朋友！现在我刚收拾完我的房间。我累得要命,手都写不好字,可是话虽如此,我仍然在桌旁坐下,赶紧跟您这样的好人谈一谈话,也算是精神上进一顿美餐。昨天我已经搬到另外一个村子里来住,离克拉斯诺亚尔斯克①近得多,不过我的通信地址暂时跟以前一样。我现在住的农舍倒挺宽敞,相当明亮,每月的宿费再加上茶炊费一共三卢布。只是一到生火的时候,屋里就烟气腾腾,夜里我总感到脑袋发重。我的女房东是个很老的老太婆,耳朵聋,呆头呆脑,从各种迹象看来,大概是个旧教徒,至少我一吸烟,她就打喷嚏,而且不愿意跟我谈话。我的生活像先前一样暗淡无光,昏昏沉沉,单调乏味。白昼一天天过去,夜晚也一个接一个度完。不过我倒不像以前那么烦闷了。我习惯了早睡,而且正在学习绘画,用木头锯出各式各样的小玩意儿。报纸偶尔也能见到,我总是一口气从头看到尾,连广告也不放过。我闲着没事做,就试着写我的《忏悔录》,结果写得废话连篇。在我的笔下,银行经理、检察官、陪审员都像是野兽,辩护人像是阿勃利科索夫食品厂的牛奶软糖,我自己成了羔羊。受审前拘押在监的情形描写得多情善

---

① 西伯利亚中部的城市,暗示写信人是在西伯利亚服流放刑的罪犯。

感,悲悲切切,矫揉造作。……再者,我亲爱的,不论是描写恋爱,还是着重指出我并没挥霍金钱,而是我所爱的女人花掉的,这都俗不可耐!您在最近的那封信上替我辩白,可是您这个人真怪,要知道会计员不是她而是我呀!不过,这些事不提也罢。……

前天我收到妹妹娜嘉从鲁库青商店买来的一个烟盒和一打短袜。随着包裹还寄来一封信,可怜的姑娘写了四张信纸,为我的健康担忧。好朋友,您让她放心吧。您就说我活得挺好,健康得像一头牛。我也要向您保证,我身体健康。我凭人格担保,我没得痨病,也不咳嗽,这话丝毫也不夸大。不过最近,我的身体出了一点没法理解的怪毛病,情形还不算严重,大概是神经性的。我倒不放在心上,可是仍然不得不为它忙一阵。我发的病近似神经错乱。我没有因此瘦下来,然而这毕竟是不愉快的事。……麻烦您问一下莫斯科的随便哪个医生:我该怎么办才能治好这种病呢?叫我把病情大致叙述一下,这我办不到,不过我来给您写一下最近发病的经过和情景吧。一个星期前,星期二深夜,我牙痛得很,忽然醒过来。您知道,原先我也常牙痛,不过这一回,我牙痛得特别厉害。我醒来后,痛得难忍难熬,死去活来。……整个脸都像针刺那样痛,甚至手上都痛了。我东奔西跑,又蹦又跳,哇哇地哭,时而把头塞到枕头底下,时而伸到寒冷的前堂里。……我想到没处就医,又没有药吃,就越发痛得难受。……我极力回想当初在家里遇到这类情形所采取的办法。……我想起花露水、碘酒、各种甘香油剂、解痛的白兰地等等,总之都是我在此地没有的东西。……我向房东要点白酒漱口,可是他们不给,推说他们没有。这可怕而漫长的一夜我吃的苦,我亲爱的,都没法跟您说了!……您就设想一下那黑暗、煤烟、羊皮的气味吧。……时间拖啊拖的,一直拖下去,无穷无尽,仿佛停在一点上不动了。我的四周一个活人也没有。……彻底的孤单可以从我每一下脚步声和每一个呻吟声中听出来。……回忆是可怕的,又没法抱什么希望。……此外,寒冷的秋雨仿佛有意对我的痛苦表示毫不在意,单调而冷漠地敲打乌黑的窗子。……我的朋友,请原谅我的感伤心情:如果有一天,在这样的夜晚,您遇上一个挨饿受冻的病人,那我请求您给他一个躲避风雨的地方吧!有些人坐在暖和而明亮的房间里,竟然认定给人一星半点的施舍和临时的帮助毫无道理,请您不要相信他们的话!您不要拒绝给他五个戈比,好让他到夜店里去度过一夜。(最后这几行原来已经涂掉,不过仍然可以认出来)……我不记得天色怎样破晓,早晨怎样开始。……我只记得到了早晨我也还是哭个没完,又蹦又跳,两只手捧着半边脸。我的牙痛照例要持续三四天,可是这一回却结束得特别快。事情是这样的:我早晨八点多钟接到可敬的奥西普·伊凡诺维奇寄来的几份报纸,我在给您的信上谈起过这个人(他不但送我茶具,还送我报纸,那些报纸他是从别人那里得到的)。我在一张报纸上看见用红铅笔标出的一条新闻,大概是以助人为乐的奥西普·伊凡诺维奇亲笔标出的。您再也想不出我有多么惊讶!那条新闻涉及我个人。……其中讲到某银行的前任会计员犯伪造文件和盗用公款罪受审,如今流放在外。……我看了"从可靠来源向本报提供的消息",才知道:原来我目前坐着高头大马拉着的马车到处游逛,为情妇在巴黎定制新衣服,喝香槟如同喝白水一样,操纵着俱乐部的命运等等。我连弄一口白酒治牙痛都办不到,不料我摇身一变,居然成了当地时新装束的倡导人,而且过着荒淫无耻的生活,闹得当地乌烟瘴气,总之,我不但贪污过许多钱,而且善于把钱藏起来,如今正扬扬得意呢!编造这许多谎言还不够,另外又添上各种恭维我的称号,例如翩翩佳公子、阔少爷、风流才子、赌棍等。总之,这是要读者抱怨惩罚无效,要读者讥笑我,唾弃我。……

我把这"可靠的消息"读了三遍,简直不相信我的眼睛了。……我是小人物,不是大人物。……按理,我应该不理睬这种事,丢在脑后,可是我做不到,反而听任我的懦弱性格作怪。于是我发病了。我先是哭泣,悲悲惨惨,声音响亮,就跟小孩一样。随后我又怒火中烧。……我气得发昏,像疯子似的把报纸撕成小碎片,伸出脚来不住乱踩,对着空中破口大骂,骂得难听极了,跟马车夫一样。……我满屋子跑来跑去,发牢骚,顿脚,擂拳头,捞起凳子来砸一条没有任何过错的狗。……孤苦伶仃的心绪、回忆、思乡、青春断送的感觉、牙痛,这一切凝成一个沉重的硬块,压紧我的脑子,害得我暴跳如雷,着了疯魔。我记得最后我躺在床上,要求人家不要管我,我的头上即使不压湿布也已经够凉的了。……我已经不觉得牙痛,我顾不上这些了。……

他们何苦打一个已经倒下的人呢?不过,问题不在这儿。……发病以后大约过了两天,我像个挨了打的人,头痛,四肢也酸痛。我的病情就是这样。请您问一下您认识的随便哪个医生,这究竟是什么病,怎样才能治好。如果大夫根据这封信了解到这是什么病,那就请他,要是他乐意的话,开个方子吧。请您买了药寄给我,在我妹妹那儿拿钱好了。不过我的病千万不要告诉娜嘉。

请您在信里附几张邮票来。后天就是我的生日。我要满二十八岁了。好人在这样的年纪几乎刚结束学业,我呢,却像个到处闯祸的"我们的淘气鬼",已经从头到尾过完整整的一生:既念完大学,又置过房产,还受过审判,甚至跑到西伯利亚来了。……世界上竟然有这种罕见的、得天独厚的人!确实,有的人有才能,有的人有双倍的才能,有的人却一点也没有。如果您有心慷慨解囊,那就请您不要汇款给我。您最好寄点烟草、茶叶来,尽量不要买太差的,再寄点香水来(要英国货,好朋友)。现在我才看出来我已经娇到什么程度了。比方说,我看到我在用便宜的信纸写信,就浑身不自在。……我看了总不免觉得奇怪：这种纸很脆，不光滑，而且没带着当初她来找我的时候衣服上总带着的那种难忘的香气。……

不过，再见了。不要忘记我，给我写信来。紧紧地握您的手。
　　　　　　　　　　　　　　　完全属于您的
　　　　　　　　　　　　　　　某某

　　　　　　　　此信经查明与原文无误：
　　　　　　　　安·契洪捷

统　　计

　　有一个哲学家说,如果邮差知道他们的邮袋里装着多少愚蠢、庸俗、荒唐的废话,他们就不会跑得那么快,而且一定会要求加薪。这是实话。有的邮差拼命爬上六层楼,喘得上气不接下气,可是他送去的信上只有一行字:"宝贝儿!我吻你!你的米希卡!"或者只有一张名片:"奥杰科隆·潘达洛诺维奇·波德勃留希金"①。有的邮差可怜得很,在房门口足足按一刻钟门铃,身子冻僵,苦恼不堪,可是送去的信却是用淫秽的笔墨描绘叶皮什金大尉家里如何纵酒行乐。有的邮差像中了邪似的,满院子跑来跑去,寻找打扫院子的仆人,托他把一封信交给房客,而信上要求说:"别让我碰见你,要不然我就给你一个耳光!"或者:"吻亲爱的孩子们,祝安纽托琪卡过生日好!"可是谁瞧见那些邮差,谁都会以为他们简直把康德或者斯宾诺莎②装在邮袋里了!

　　有一个闲暇无事的希彼金③,平素喜欢东张西望,打听"欧洲有什么新闻",后来编出一种类似统计表的东西,对科学作出了宝

---

①　这姓名可意译为"花露水,长裤,肚皮底下"。
②　康德(1724—1804),德国哲学家,德国古典唯心主义的创始人;斯宾诺莎(1632—1677),荷兰哲学家。
③　俄国作家果戈理的喜剧《钦差大臣》中的邮政局长。他出于好奇,常常拆看别人邮寄的信件。——俄文本编者注

贵的贡献。凭这种多年观察的结果,可以看出市民信函的内容大体上依照季节不同而有所变动。春天以谈爱和求医的信居多,夏天大多是谈庄园管理的信和夫妇之间互相告诫的信,秋天的信大都谈婚姻和打牌,冬天则着重谈职务,挑拨是非。如果把全年的信汇总在一起,并且运用百分比方法加以分类,那么每一百封信当中:

有七十二封是闲得无聊,写着玩玩的,这仅仅是因为手头有纸和邮票而已。这类信常描写舞会和风景,废话连篇,空洞无物,或者问:"为什么您不结婚呢?"抱怨烦闷无聊,发牢骚,通知对方说安娜·谢敏诺芙娜怀了孕,要求对方问候"所有的人!所有的人"!骂对方不到他们家里来,等等;

有五封是情书,其中只有一封提出了求婚;

有四封是贺信;

有五封是借钱的信,答应一领到薪金就奉还;

有三封是非常乏味的信,出于女人的手笔,婆婆妈妈的;这些信推荐"年轻人",或者要求弄一张剧院免费入场券之类,借新书等等;信尾总是道歉,说是字迹不清,写得潦草;

有两封是附有诗稿,寄到编辑部去的信;

有一封是"文绉绉"的信,在信上,伊凡·库兹米奇对谢敏·谢敏诺维奇大发议论,讲保加利亚问题或者公开审判之害;

有一封是丈夫以法律的名义要求妻子回家以便"共同生活"的信;

有两封是写给裁缝的信,要求做新裤子,并且延期付清旧账;

有一封是重提旧债的信;

有三封是接洽事务的信;

有一封很可怕,充满眼泪、恳求、抱怨:"爸爸马上就要死了",或者"柯里亚开枪自杀了,您快回来吧!"等等。

求 婚

为姑娘们写的故事

瓦连青·彼得罗维奇·彼烈杰尔金是个年轻人,相貌好看,戴着高礼帽,穿着礼服和漆皮鞋,鞋头尖得像刺,这时候坐着马车,几乎按捺不住心头的激动,到公爵小姐薇拉·扎皮斯金娜家去了。……

啊,您不认识公爵小姐薇拉,这太可惜了!她是个千娇百媚的美人,生着温柔的天蓝色眼睛,丝绸般的鬈发像波浪一样起伏。

海浪一撞上岩石就粉碎了,然而任何石头碰上她鬈发的波浪,却反而会被碰碎而化为齑粉。……人一定得是感觉迟钝的蠢材,才抵得住她的微笑和她那仿佛雕塑成的娇小身材不住发散着的脉脉温情。啊,每逢她说话,发笑,露出白得耀眼的牙齿,一定得是麻木的牲畜,才能不感到飘飘欲仙!

彼烈杰尔金被公爵小姐请进去。……

他就在公爵小姐对面坐下,激动得浑身无力,开口说:

"公爵小姐,您能听我讲几句话吗?"

"哦,行!"

"公爵小姐……请原谅,我不知道从哪儿说起。……这件事在您非常出乎意外……简直是冷不防呢。……您会生气的。……"

他伸手到衣袋里取手绢擦一擦汗,这时候公爵小姐妩媚地微笑着,探问地瞧着他。

"公爵小姐!"他继续说,"自从我见到您的那天起,我心里……就生出一种无法遏制的愿望。……这个愿望黑夜白日不容我消停……要是它不能实现……那我……我就惨了。"

公爵小姐沉思地低下眼睛。彼烈杰尔金沉吟一下,继续说:

"当然,您会感到惊讶……您是高于人间万物的,不过……对我来说您却是个再适合不过的人了。……"

紧跟着是沉默。

"特别是因为,"彼烈杰尔金叹道,"我的田产正好跟您的田产交界……我有钱。……"

"不过……到底是怎么回事呢?"公爵小姐轻声问道。

"到底是怎么回事?公爵小姐啊!"彼烈杰尔金站起来,热烈地开口讲道,"我恳求您不要拒绝我。……请您不要用您的推辞来打乱我的计划。……我亲爱的,请您允许我向您求婚!"

瓦连青·彼得罗维奇赶紧坐下,低下头凑近公爵小姐,小声讲起来:

"这桩婚事划算极了!……咱们一年之内就能卖掉一百万普特的脂油呢!咱们可以在连成一片的两家田产上合伙开办一家脂油精炼厂!"

公爵小姐想一想,说:

"遵命。……"

凡是期待着会有缠绵悱恻的结局的女读者,可以休矣。

不同寻常的人

夜里十二点多钟。担任助产士的老处女玛丽雅·彼得罗芙娜·柯希金娜的门外,站着一个高身量的上流人,戴着高礼帽,穿着带风帽的制服大衣。在黑暗的秋夜,他的脸和他的手都看不清楚,可是他咳嗽和拉铃的神态却流露出庄重,沉稳,甚至有几分威严。他拉过三次门铃后,房门打开,玛丽雅·彼得罗芙娜本人出来了。她穿着白裙子,外面披一件男大衣。她手里举着一盏小小的灯,扣着绿罩子,灯光把她那带着睡意和布满雀斑的脸、精瘦的脖子以及从包发帽里溜出来的稀疏的棕色头发一概染成绿色了。

"我可以见一见助产士吗?"那个上流人问。

"我就是助产士。您有什么事?"

上流人走进前堂,玛丽雅·彼得罗芙娜看见面前站着一个高身量的男人,身材匀称,年纪已经不轻,可是生着一张英俊而严峻的脸和浓密的连鬓胡子。

"我是八等文官基利亚科夫,"他说,"我来请您到我妻子那儿去一趟。劳驾快一点。"

"好,先生……"助产士同意说,"我马上去换衣服,麻烦您在客堂里等我一下。"

基利亚科夫脱掉大衣,走进客堂。小灯微弱的绿光照着价钱便宜的家具以及打过补丁的白色布套,照着寒碜的花朵,照着攀附着常春藤的门框。……屋子里有股天竺葵和石碳酸的气味。墙上的小挂钟胆怯地嘀嗒响着,仿佛看到外来的男人感到难为情似的。

"我准备好了,先生!"大约过了五分钟,玛丽雅·彼得罗芙娜走进客堂来,她已经换好衣服,洗过脸,精神抖擞地说,"我们走吧,先生!"

"是的,得赶快去……"基利亚科夫说,"顺便,我想提一个不算多余的问题:您接生要多少钱?"

"说真的,我也不知道……"玛丽雅·彼得罗芙娜说,不好意思地微笑,"随您给吧。……"

"不,我不喜欢这样办事,"基利亚科夫说,冷冰冰地定睛瞧着助产士,"俗语说:诺言重于金钱。我不想沾您的光,您也不要沾我的光。为了避免纠纷,我们还是事先讲定价钱比较妥当。"

"我,说真的,不知道。……这没有固定的价钱。"

"我自己也工作,因此习惯于尊重别人的工作。我不喜欢不公道。如果我没有给足您钱,那就跟您多要了我的钱一样,在我是同样的不愉快,为此我坚决主张您说出您的价钱。"

"要知道,价钱很不一样!"

"嗯!……您决定不下来,这我不能理解,不过既然如此,我只好自己来定价钱。我可以给您两卢布。"

"您说什么呀,求上帝怜恤吧!……"玛丽雅·彼得罗芙娜说,脸红了,往后倒退一步,"我都觉得不好意思了。……与其拿两卢布,我还不如不要钱的好。这样吧,要是您愿意的话,五卢布好了。……"

"两卢布,一个钱也不添了。我不要沾您的光,可是我也不打算多出钱。"

"那也随您,先生,不过只给两卢布,那我不去。……"

"可是按照法律您没有权利拒绝。"

"好吧,那我不要钱,白去一趟就是了。"

"我不打算白白麻烦您。各种工作都应当得到报酬。我自己也工作,我明白。……"

"只挣两卢布,我不去,先生……"玛丽雅·彼得罗芙娜温和地申明说,"要是您乐意,我不要钱去一趟倒行。……"

"既是这样,我很抱歉,白白打搅您了。……我荣幸地向您告辞。"

"您这个人啊,说真的……"助产士说着,把基利亚科夫送到前堂,"那么这样好了,要是您乐意,给三卢布,我就去。"

基利亚科夫眯细眼睛,聚精会神地瞧着地板,整整考虑了两分钟,然后坚决地说:"不行!"他说完,就走到街上去了。助产士又惊讶又难为情,等他走后,就关上门,回到卧室去了。

"这个人相貌漂亮,气度庄严,可是多么古怪呀,求上帝跟他同在吧……"她躺下,暗自想道。

可是还没过半个钟头,门铃又响了。她从床上起来,不料在前堂里又看见原先那个基利亚科夫。

"如今的世道真也乱得出奇!"他说,"药房里的人也罢,警察也罢,扫院人也罢,谁也不知道别的助产士的住址,这样我就不得不同意您的条件了。我给您三卢布就是,不过……我要预先申明一下:我雇用女仆,以及一般说来使用别人的劳力,总是事先讲定,到付钱的时候决不加钱,也不给小费什么的。各人应当拿各人该得的收入。"

玛丽雅·彼得罗芙娜听基利亚科夫讲话没有多久就已经觉得他讨厌,惹人反感了,他那四平八稳的话语压在她心上像一块沉甸甸的东西。她换好衣服,跟他一块儿走到街上。四下里静悄悄的,可是天气寒冷,乌云密布,连路灯的亮光也看不大清。稀泥在脚底下咕唧咕唧响。助产士凝神细看,却瞧不见出租马车。……

"大概路不远吧?"她问。

"不远。"基利亚科夫阴郁地回答说。

他们穿过一条胡同,又穿过一条,再穿过一条。……基利亚科夫只顾迈步走着,就连他的步态也流露出庄重和沉稳。

"多么可怕的天气啊!"助产士跟他攀谈说。

可是他庄重地沉默着,显然极力在平滑的石头上走,免得踩坏他的套靴。经过长久的步行,助产士终于走进一个前堂,从那儿可以看见布置得很体面的大客厅。各处房间里连一个人影也没有,甚至产妇躺着的卧室里也是如此。……大凡在分娩的地方,亲戚和老太婆总是多得不计其数,可是这儿却一个也看不见。只有厨娘带着呆板而惊恐的脸相东奔西跑,像中了邪似的。传来响亮的呻吟声。

三个钟头过去了。玛丽雅·彼得罗芙娜在产妇的床上坐着,小声说话。两个女人已经趁这段时间互相认识,彼此熟悉,一块儿闲谈、惊叹了。

"您可不能说话呀!"助产士不安地说,可是她自己又不住地问这问那。

后来房门开了,基利亚科夫本人静悄悄地走进卧室来,神态庄重。他在椅子上坐下,摩挲着连鬓胡子。紧跟着是沉默。……玛丽雅·彼得罗芙娜胆怯地瞧了瞧他那漂亮而不带感情、像木石一般的脸,等着他开口讲话。可是他死不开口,不知在想什么心事。助产士白等了很久,就决定自己开口,说了一句在分娩的场合照例要说的话:

"是啊,感谢上帝,世界上要添一个新人了!"

"是的,这是愉快的,"基利亚科夫说,脸上保持着木石一般的神情,"不过从另一方面来看,多一个孩子就要多一笔开支。孩子不是天生就吃饱穿暖的。"

产妇的脸上露出负疚的神情,仿佛她没得到批准,或者出于无聊的奇想，就把一个活人生到世界上来了。基利亚科夫叹口气，站起来，庄重地走出去。

"他是个什么样的人啊，求上帝保佑他……"助产士对产妇说，"脾气那么严厉，连笑都不笑一下。……"

产妇说，他素来就是这样。……他为人诚实，公正，慎重，精打细算，然而所有这些品质都达到了不同寻常的程度，弄得一般人都感到受不了。亲戚同他不和，仆人干了一个月就待不下去，没有人跟他来往，妻子儿女老是心情紧张，每走一步路都要担惊害怕。他不打人，不骂人，他的美德远比缺陷多，不过每逢他离家外出，大家却感到自在得多，轻松得多。为什么会这样，连产妇自己也不明白。

"那些盆子得收拾干净，放到储藏室去，"基利亚科夫又走进卧室里来，说，"这些小瓶也要收起来，将来有用处。"

他讲的话都很简单，平常，可是不知什么缘故，助产士却心惊胆战。她开始怕这个人，每次听到他的脚步声就打冷战。早晨她准备辞去的时候，看见基利亚科夫的小儿子，一个面色苍白、头发剪短的中学生，正在饭厅里喝茶。……基利亚科夫站在他对面，用四平八稳的声调说：

"你会吃饭，那你也得会工作。喏，你刚喝下一口茶，可是你大概没有考虑到喝这口茶是要花钱的，至于钱，是靠劳动挣来的。你要一面吃，一面想才是。……"

助产士瞧着男孩呆板的脸容，觉得连空气都沉重了，再过一会儿，那四堵墙也会经不住这个不同寻常的人的威风而倒下来。她害怕得心慌意乱，对这个人生出强烈的反感，就拿起她的小包袱，匆匆走出房外。

半路上，她想起她忘记索取那三卢布了。可是她停住脚，站一会儿，想了想，却挥一挥手，仍然往前走去。

我 的 家 规[1]

早晨我醒过来,下了床,站在镜子跟前打领结,这时候我的岳母、妻子、姨妹就轻手轻脚,规规矩矩走到我房间里来。她们排成一行,恭敬地赔着笑脸,向我问早安。我就对她们点点头,发表演讲,向她们说明,我就是一家之长。

"你们这些混蛋,我供你们吃,供你们喝,教你们走正路,"我对她们说,"我把你们这些笨货开导得有了点灵性,所以你们得尊重我,敬仰我,惧怕我,对我的作品佩服得五体投地,乖乖地听我的话,不准有一星半点的放肆才是。如若不然……啊,你们这些邪魔外道,要提防着我!仔细我揭你们的皮!我要给你们个厉害看看!"等等。

家人们听完我的演说,就走出去,着手办正事。岳母和妻子拿着我的文章跑到编辑部去:妻子到《闹钟》[2]去,岳母到《每日新闻》去同里普斯凯罗夫[3]接洽。姨妹坐下来誊写我的小品文、中篇小说、论文。至于领稿费,我总是打发岳母去。倘使出版人不舍得给,老是搪塞说"明天再来",那么我打发她去领稿费以前,先要叫她吃三天生肉,把她耍弄得心里冒火,在她心里勾起对出版人的不

---

[1] 《家规》是俄国16世纪的一部法典性作品,要求家庭生活无条件地服从家长。
[2] 莫斯科出版的一种滑稽周刊(这篇作品就发表在那个刊物上)。
[3] 当时《每日新闻》的出版人。——俄文本编者注

共戴天的仇恨。她就涨红脸,怒不可遏,张牙舞爪,直奔编辑部去领钱,结果,没有一次她空着手回来。此外她还担负一项职责,就是替我抵挡债主们的纠缠。如果债主很多,妨碍我睡眠,我就使用巴斯德①的方法把恐水病②的病毒接种到岳母身上去,再把她安置在大门口,弄得一个坏蛋也不敢上门!

吃午饭的时候我大吃菜汤和烤鹅加白菜,妻子就在钢琴旁边坐下,给我弹奏《薄伽丘》③、《伊连娜》④和《柯尔涅维尔的钟》⑤,岳母和姨妹就在饭桌旁边翩翩起舞,跳的是三拍子的西班牙舞。谁特别招得我心花怒放,我就答应送给谁一本我的著作集,由作者亲笔签名,可是,这个走运的女人要是当天干出一件什么事,惹得我大发脾气,因此丧失了得奖的权利,我就不履行我的诺言。饭后我躺在长沙发上养神,往四周喷出雪茄的烟气,我的姨妹就朗诵我的作品,岳母和妻子静静地听着。

"啊,多么好!"她们必须赞不绝口,"妙极了!多么深刻的思想!感情澎湃,如同大海!太迷人了!"

等到我开始打盹,她们就在一旁坐着,交头接耳地讲话,不过声音要响得能够让我听见。

"他是才子啊!可不是,他是个了不起的才子!人类如果不极力来了解他,损失可就太大了!我们这些微不足道的人倒跟这样的天才住在同一个房顶底下,这是多么幸运啊!"

如果我睡熟,值班的女人就在我枕头旁边坐着,给我扇扇子,赶苍蝇。

---

① 巴斯德(1822—1895),法国杰出的生物学家。
② 即狂犬病,巴斯德曾发明这种传染病的预防接种法。
③ 德国作曲家祖佩所编的小歌剧,1875年上演。——俄文本编者注
④ 法国作曲家奥芬巴赫所编的小歌剧,全名是《美丽的伊连娜》,1864年上演。——俄文本编者注
⑤ 法国作曲家普朗凯特所编的小歌剧,1877年上演。——俄文本编者注

我一醒来就嚷道：

"笨货，拿茶来！"

可是茶已经准备下了。她们把茶端给我，一边鞠躬，一边恳求道：

"您喝吧，父亲和恩人！这儿是果酱，这儿是甜面包。……请您接受我们这种力所能及的贡礼吧。……"

喝完茶后，我照例处罚她们违背良好家风而犯下的过失。如果没有什么过失，那也还是要处罚，只是记在将来的账上罢了。处罚的轻重依过失的大小而定。

因此，如果我对誊写、舞蹈或者果酱感到不满，犯罪的人就得把商人生活的几个场面背得烂熟，或者跷起一条腿来在各处房间里蹦蹦跳跳，再不然就到我不投稿的编辑部去领稿费。有谁胆敢不听命令或者表示不满，我就采取更加严厉的措施，索性把她关进储藏室去，或者硬叫她闻阿莫尼亚水的臭味，等等。倘使岳母吵闹起来，我就打发人把警察和扫院人叫来。

夜里，我在睡觉，我家的三个女人却一概不睡，巡查各处房间，小心守卫，以免我的作品给贼偷走。

泥　　潭

一

　　一个年轻的男人穿着雪白的军官制服,身子在马鞍上潇洒地摇晃着,走进"莫·叶·罗特施泰因继承人"酿酒厂的大院子。太阳无忧无虑地朝着中尉的小星章微笑,朝着桦树的白树干微笑,朝着院子里东一堆西一堆的碎玻璃微笑。万物都带着夏天白昼那种明亮而健康的美,任什么东西都拦不住绿油油的嫩叶快活地颤抖,跟晴朗的蓝天互相眨眼。就连砖房那经烟熏过的肮脏外貌和杂醇油那令人窒息的气味也没有破坏到处存在的美好情调。中尉快活地翻身下马,把马交给一个跑过来的仆人,伸出手指摩挲着他稀疏的黑唇髭,走进正房的前门。他走上一道旧楼梯,那儿光线明亮,铺着地毯。他在最高一个梯级上遇见一个使女,年纪已经不轻,神情有点傲慢。中尉默默地把名片递给她。

　　使女拿着名片走进内室,看到名片上印着"亚历山大·格利果利耶维奇·索科尔斯基"几个字。过了一忽儿,她走回来,对中尉说,小姐不能接待他,因为身体不大好。索科尔斯基举目望着天花板,努出下嘴唇。

　　"这真伤脑筋!"他说,"听着,亲爱的,"他急急忙忙讲道,"请您再去一趟,对苏萨娜·莫伊塞耶芙娜说,我很需要跟她谈一谈。

很需要！我只耽搁她一分钟。请她原谅我。"

使女只耸了耸一个肩膀,然后懒洋洋地走去见女主人。

"好吧!"她过了不久走回来,叹口气说,"请进!"

中尉跟在她身后,穿过五六个陈设华丽的大房间,经过一条长过道,终于走进一个宽敞的四方形房间。他一走进房间,就不由得暗暗吃惊,因为那儿摆着极多的花卉,茉莉花的甜香浓得令人恶心。沿墙的篱形支架上长满了花,枝叶遮蔽窗户,而且从天花板上倒挂下来,各个墙角也爬满枝叶,弄得这个房间与其说是住人的地方,倒不如说像个花房。山雀、金丝雀、金翅雀吱吱地叫,在绿叶中间跳来跳去,撞在窗玻璃上。

"请原谅我在这儿接待您!"中尉听见一个女人清脆的说话声,字母P的声音读得含混不清①,却又好听,"昨天我的偏头痛发作了,今天我怕再发作,就极力不动弹。您有什么贵干?"

原来有个女人坐在正对门口的一把老年人用的大圈椅上,头往后靠在枕头上,穿着贵重的中国式长睡衣,包着头。从她那针织的毛线头巾里只露出一只大而且黑的眼睛和一个白净的长鼻子,鼻梁略微拱起,鼻端很尖。肥大的长睡衣遮住了她的身材和体态,不过凭她美丽的白手,凭她的说话声,凭她的鼻子和眼睛却可以断定她的年纪至多不过二十六岁到二十八岁。

"请原谅我这样固执地要求见您……"中尉把两个靴跟并拢行礼,马刺碰出当的一响,开口讲道,"我荣幸地介绍我自己,我姓索科尔斯基!我是受我表哥的嘱托到这儿来的,他就是您的邻居阿历克塞·伊凡诺维奇·克留科夫,他……"

"啊,我认得他!"苏萨娜·莫伊塞耶芙娜打断他的话说,"我认得克留科夫。请坐,我不喜欢这么大的一个人立在我面前。"

---

① 指犹太人口音(她的姓名也表明她是犹太人)。

"我表哥嘱托我要求您帮一下忙,"中尉再一次把马刺碰响,坐下,继续说,"事情是这样,您去世的父亲去年冬天在我表哥那儿买过燕麦,欠下他一笔不大的款项。表哥拿到的借据要到下个星期才到期,不过表哥恳切地请求您:这笔账能不能今天就还清?"

中尉说着话,斜起眼睛往两旁瞟一眼。

"是啊,我好像是在她的卧室里吧?"他暗想。

这个房间有个角落,绿叶最密最高,那儿放着一张床,支着棺罩般的粉红色帐子,床上被子凌乱,还没收拾整齐。床旁有两把圈椅,上面堆着揉成一团的女人衣服,衣襟和袖子滚着花边和皱边,如今已经揉乱,垂到地毯上。地毯上东一处西一处地乱丢着白色的小带子、两三个烟蒂、夹心糖果的包皮纸。……床底下露出一长排尖头和圆头的各色拖鞋。中尉觉得甜腻的茉莉花香气似乎不是从花里而是从床上和那排拖鞋上发散出来的。

"那么借据上开着多少钱呢?"苏萨娜·莫伊塞耶芙娜问。

"两千三。"

"嘿!"犹太女人说着,把另一只又大又黑的眼睛也露出来了,"您居然说这笔款项不多呢! 不过,今天付清也罢,过一个星期付清也罢,反正都一样,可是我父亲死后,这两个月当中,我付出去那么多的钱……碰到那么多的麻烦事,闹得我头都昏了! 我一再要求到国外去休养,可是他们硬逼我干这些无聊的事。什么白酒啦,燕麦啦……"她抱怨道,微微闭上眼睛,"燕麦啦,借据啦,利息啦,或者用我的大总管的说法,'利吉'啦。……这真可怕。昨天我干脆把收税员轰走了。他带着他的特拉列斯①来找我纠缠。我就对

---

① "特拉列斯"是一种确定酒中的酒精含量的器具,由德国物理学家特拉列斯发明。——俄文本编者注

他说:您跟您的特拉列斯一齐滚蛋吧,我什么人也不接待!他吻了吻我的手,就走了。您听我说,您的表哥不能再等两三个月吗?"

"这个问题提得太残忍了!"中尉笑道,"表哥倒是再等一年也没关系,可是我等不及了!要知道,这笔钱,我得向您说明,是为我自己张罗的。我无论如何非弄到一笔钱不可,可是表哥手边,偏偏不巧,一个闲钱也没有。我不得不骑着马出来收债。刚才我到一个租他地的农民家里去过,现在呢,在您这儿坐着,我从您这儿出去还要到别处去,直到收齐五千为止。我急等着钱用!"

"得了吧,年轻人要钱干什么用呢?这是邪心思,瞎胡闹。您吃喝玩乐落下了亏空,或是欠下了赌债,还是要结婚?"

"您猜中了!"中尉笑道,略微欠起身子,磕响马刺,"的确,我就要结婚了。……"

苏萨娜·莫伊塞耶芙娜定睛瞧着客人,做出一脸的苦相,叹口气。

"我不明白,人为什么热衷于结婚!"她说着,在自己身旁寻找手绢,"生命这样短促,自由这样稀少,可是他们偏偏还要捆住自己的手脚。"

"各人有各人的看法。……"

"对,对,当然,各人有各人的看法。……不过,您听我说,莫非您娶的是个穷姑娘?是出于热烈的爱情吗?而且为什么您一定要五千,而不是四千,不是三千呢?"

"嘿,她可真够贫嘴的!"中尉暗想,然后回答说:

"事情是这样:军官依法不能在二十八岁以前结婚。如果一定要结婚,那就要么退役,要么上缴五千保证金。"

"啊,现在我懂了。您听着,刚才您说各人有各人的看法。……也许您的未婚妻是个了不起的、出色的女人,不过……我简直不懂正派人怎么能跟女人一块儿生活。您即使把我杀了,我也不懂。谢天谢地,我已经活了二十七岁,可是生平一次也没见过一个勉强说得过去的女人。她们都是些装腔作势的、不道德的、说假话的家伙。……只有使女和厨娘我还受得了,至于所谓上流女人,哪怕离我有大炮射程那么远,我也不容许。是啊,谢天谢地,她们也恨我,不到我这儿来。如果她们要钱,就打发她们的丈夫来,自己说什么也不来。这倒不是因为骄傲,不是的,不过是胆小罢了,生怕我跟她们大闹一场。啊,她们那种忌恨,我了解得很清楚!当然了!她们有些心思极力瞒住上帝和外人,我却把它们公开摆出来。既是这样,她们哪能不恨我呢?她们跟您谈起我,多半已经说了一大车坏话了。……"

"我来此地还不太久,所以……"

"得了,得了,得了……我凭您的眼神已经看出来了!莫非您到这儿来,您的表嫂就没向您交代过什么话?让年轻的男人跑到这么糟糕的女人这儿来而不预先警告几句,那怎么行呢?哈哈。……不过,怎么样,您的表哥好吗?他是个挺好的人,长得真漂亮。……我望弥撒的时候见过他几次。您为什么这样瞧着我?我经常到教堂去的!大家都信一个上帝嘛。对受过教育的人来说,外貌总不及思想重要。……对不对?"

"是的,当然……"中尉说,微微一笑。

"是啊,思想。……不过您长得完全不像您的表哥。您也漂亮,可是您的表哥还要漂亮得多。说来也怪,怎么就不大像呢!"

"这并不奇怪:我们不是亲兄弟,而是表兄弟。"

"对,这是实话。那么您今天一定要这笔钱?为什么非今天不可呢?"

"我的假期过几天就满了。"

"哦,拿您有什么办法呢!"苏萨娜·莫伊塞耶芙娜叹道,"那就这样吧,我给您钱就是,不过我知道,日后您会骂我的。等到婚后您跟妻子吵起架来,就会说:'要不是那个邋遢的犹太女人给我钱,那我现在也许自由得像只鸟呢!'您的未婚妻好看吗?"

"是的,挺不错的。……"

"嗯!……反正长得像样点,漂亮点,总比不漂亮强。不过,对丈夫来说,女人长得再漂亮也弥补不了她的浅薄无聊。"

"这就奇了!"中尉笑道,"您自己是女人,却又这么恨女人!"

"女人……"苏萨娜冷笑道,"上帝给我这么一个躯壳,难道也能怪我?这可不能怪我,就跟您长着唇髭也不能怪您一样。该选什么样的提琴盒,那是不能由提琴自己做主的。我倒很喜欢我自己,不过每逢人家提起我是女人,我就开始恨我自己了。好,您出去一下,我要换衣服。您在客厅里等我吧。"

中尉走出去,头一件事就是深深地呼出一口气,好吐尽茉莉花的浓香,这种香气已经熏得他脑袋发晕、喉咙发痒了。他暗暗吃惊。

"多么奇怪的女人啊!"他暗想,往四下里看,"她讲话倒是蛮有条理的,可是……话未免太多,也说得太敞了。她好像有点精神不正常。"

他此刻站在客厅里。这儿陈设阔绰,力求华丽而时髦。这儿有刻着浮雕的深色铜盘,桌上有尼斯①和莱茵河的风景画片。另外还有古式的烛架、日本的小塑像。可是所有这些摆设,尽管追求豪华和时髦,却反而显得缺乏美感,那些涂金的墙檐、花花绿绿的壁纸、鲜艳的丝绒桌布、沉重的镜框里镶着的低劣彩色画片都强烈地显出这一点。这儿似乎还没有布置完毕,却已经过于拥挤,这就进一步表现了美感的缺乏,使人觉得这儿好像还少一点什么,同时又有许多东西应当丢掉。显而易见,全部陈设并不是一次买齐,而

---

① 法国疗养地。

是趁着减价出售的有利时机,东一件西一件地拼凑起来的。

中尉自己的审美能力也不怎么高明!可是连他都发觉全部陈设具有一种典型的特点,不论是华丽还是时髦都不能将它消除,那特点就是完全缺乏女性操持家务的手留下的痕迹,可是那样的手,大家都知道,是会给房间的布置添上温暖、诗意、舒适的色彩的。这儿的气氛冷冰冰,就跟车站候车室、俱乐部、剧院休息室里一样。

真正犹太人的东西,这个房间里几乎一样也没有,也许只有一大幅描绘雅各和以扫①相会的画应当除外。中尉往四下里看一眼,想到他的奇怪的新相识,想到她随随便便的态度和讲话的方式,就耸了耸肩膀。可是这时候房门敞开,她本人在房门口出现了,身材苗条,穿着长长的黑色连衣裙,腰部勒得很细,仿佛是由旋工旋出来的。现在中尉不单看见鼻子和眼睛,而且看见一张又白又瘦的脸和一头像羊毛那么卷曲的黑发。他虽然并不觉得她难看,可还是不喜欢她。一般说来,他对非俄罗斯人的脸形是抱着成见的,现在呢,除此以外,他还发现女主人那张白脸跟她的黑色鬈发和浓眉很不相称,白得使他不知怎的想起茉莉花的甜香。他还发现她的耳朵和鼻子白得出奇,像是死人脸上的,或者像是用透明的蜡捏成的。她微微一笑,露出一口白牙以及发白的牙床,这也惹得他不喜欢。

"这是萎黄症②……"他暗想,"大概她神经质,跟母火鸡似的。"

"喏,我来了!我们走吧!"她说着,很快地在他前面走去,一路上摘掉花枝上的黄叶,"我马上就给您钱,要是您愿意的话,我还要请您吃早饭呢。两千三百卢布!发了这么一笔大财,您吃起

---

① 《旧约·创世记》中的两个传说性人物,是犹太人的祖先。
② 妇女的贫血症。

饭来胃口就开了。您喜欢我的房间吗？此地的太太们说，我这儿有大蒜味。她们那些小聪明都用在这种厨房式的刻薄话上了。我要赶紧向您保证，就连我的地窖里也没存着大蒜。有一回一个医生来看我，冒出一股大蒜味，我就请他拿起帽子，坐上马车到别的地方去发散他的香气。我这儿没有大蒜味，只有药味。我父亲瘫痪了一年半，弄得整个房子里都是药味。一年半啊！我怜惜他，不过他死了，我也高兴：他太痛苦了！"

她领着军官穿过两个类似客厅的房间，再穿过一个大厅，在她的书房里停住脚。那儿搁着一张女人用的写字台，上面放满小摆设。旁边地毯上丢着几本翻开的和折着书页的书。书房里有个不大的门，从那儿望出去可以看见一张桌子，上面已经摆好早饭。

苏萨娜不住嘴地唠叨着，从衣袋里取出一串小钥匙，打开一个做得精巧的柜子，柜顶的盖子是斜着往下弯的。盖子掀开的时候，柜子就呜呜响，发出悲凉的音调，使得中尉想起了风吹琴①。苏萨娜另拿一把钥匙，又发出咔嗒一响。

"我家里有地道，有暗门，"她说着，取出一个不大的上等山羊皮皮包，"这柜子挺可笑，是不是？这个皮包里装着我四分之一的家产呢。您瞧，它的肚子鼓得多么大！您总不会把我掐死吧？"

苏萨娜抬起眼睛瞧着中尉，好意地笑起来。中尉也笑了。

"她真招人喜欢！"他暗想，看着那些钥匙在她的手指头当中转来转去。

"找着了！"她挑出开皮包的小钥匙，说，"好，债主先生，请您把借据拿出来。实际上金钱是多么无聊的东西！它多么渺不足道，可是话说回来，女人又多么爱它呀！您要知道，我是个彻头彻

---

① 一种因风吹而响的乐器。

尾的犹太人,满心喜欢希穆尔和杨凯尔①,不过我们闪族人的血液里却有一种东西惹得我厌恶,那就是发财的热望。他们总是攒钱,自己也不知道攒钱是为了什么。人应当生活和享乐,他们却生怕多花一个小钱。在这方面与其说我像希穆尔,倒不如说像骠骑兵。我不喜欢让钱放在一个地方长久不动。一般说来,似乎我不大像犹太人。我的口音弄得我完全露出了马脚吧,啊?"

"该怎么跟您说好呢?"中尉支吾道,"您俄国话讲得很好,不过有个别字母念不清。"

苏萨娜笑起来,把小钥匙塞进皮包的锁眼里。中尉从衣袋里取出一小叠借据来,连同笔记本一齐放在桌子上。

"犹太人的口音最容易使他们露马脚,"苏萨娜接着说,快活地瞧着中尉,"不管犹太人怎么冒充俄国人或者法国人,可是您要他说'布',他却说成'白'。……可是我咬字很准:布!布!布!"

两个人都笑起来。

"天呐,她可真招人喜欢!"索科尔斯基暗想。

苏萨娜把皮包放在椅子上,往中尉那边跨出一步,把脸挨近他的脸,快活地继续说:

"除犹太人以外,我最喜欢的莫过于俄国人和法国人了。我在中学里学得很差,对历史一窍不通,不过我总觉得世界的命运就在这两个民族手里。我在国外住过很久……就连在马德里也住过半年……人见得多了,我就得出一种信念:除了俄国人和法国人以外,再也没有一个像样的民族了。您就拿语言来说吧。……德语像马嘶,英语呢,您再也没法想象还有比它更难懂的了,满口的叽里呱啦!意大利语只有讲得慢才好听。不过,要是听意大利人饶舌,那就跟听犹太人说土话差不多。波兰语吗?我的上帝,主啊!

---

① 两个犹太人的名字,在此泛指"犹太人"。

再也没有比波兰语更难听的了。'涅彼普希,彼特谢,彼普谢木威普沙,包莫热希普谢彼彼希特斯威普沙彼普谢木。'这意思是说:彼得,别把胡椒粉撒在乳猪上,要不然乳猪就太辣了。哈哈哈!"

苏萨娜·莫伊塞耶芙娜转动眼珠,笑起来,声音那么好听,那么感染人,招得中尉瞧着她,也快活得扬声大笑。她抓住客人的一个纽扣,继续说:

"您,当然,不喜欢犹太人。……我不打算争论,他们的缺点是很多的,就跟一切民族一样。不过,这难道能怪犹太人吗?不,这不能怪犹太男人,要怪犹太女人!她们头脑不开窍,贪得无厌,一点诗情也没有,枯燥无味。……您从来也没有跟犹太女人一块儿生活过,不知道其中的妙处哟!"

最后这句话苏萨娜·莫伊塞耶芙娜是拖着长音说出口的,已经不那么热烈,也没带笑声了。她沉默下来,像是给自己的坦率吓坏了似的。她忽然脸相大变,样子奇怪,不可理解了。她的眼睛一眨也不眨,呆望着中尉,嘴唇嘻开,露出咬紧的牙齿。她整个脸上,脖子上,以至胸脯上,有一种凶恶的、猫一般的神情在颤动。她眼睛没有离开客人,身体却很快地往旁边弯过去,猛一下,像猫似的,抓走了桌子上一个什么东西。这一切只是几秒钟的事。中尉注意她的行动,一眼看见她那五个手指头正把他的借据团在手里,那张沙沙响的白纸在他眼前闪一下就消失在她的拳头里了。从好意的欢笑一变而为犯罪,这种急剧而不寻常的转变,弄得他大吃一惊,不由得脸色煞白,后退一步。……

她没让惊恐和试探的眼睛离开他,同时把捏紧的拳头伸到她的臀部去,寻找衣袋。那只拳头像一条被捉住的鱼似的颤动,在衣袋附近挣扎,无论如何也没法伸进袋口。再过一会儿,借据就会落进女人衣服的深处去了,可是这当儿中尉轻轻喊叫一声,与其说是出于考虑,不如说是出于本能,一把抓住犹太女人的手腕,正好掐住捏紧的拳头上面一部分。那女人越发龇出牙来,用尽全力猛一扭动,把手挣脱了。于是索科尔斯基伸出一条胳膊搂紧她的腰,另一条胳膊抱住她的上身,两个人开始角斗。他怕伤着女人的体面,又怕碰痛她,就光是极力不让她动,想抓住她那只捏着借据的拳头。她呢,像鳗鱼似的,在他怀里扭动她那柔软而富有弹性的肉体,极力抽身躲开,用胳膊肘撞他的胸膛,伸手抓挠他,闹得他的手碰遍她的全身,不由自主地撞痛她,顾不得她的体面了。

"这种事真少见!多么奇怪啊!"他暗想,惊讶得莫名其妙,简直不相信自己了,同时他又全身心感到茉莉花的香气熏得他要呕。

他们一言不发,呼呼地喘气,脚下绊着家具,从这个地方移到那个地方。苏萨娜越斗越起劲。她涨红脸,闭上眼睛,有一次甚至不顾体统,把脸贴紧中尉的脸,在他的嘴唇上留下了淡淡的甜味。最后他总算抓住了她的拳头。……他掰开拳头,却发现借据已经不在,才放开了犹太女人。他们红着脸,头发蓬松,呼吸急促,互相瞧着。犹太女人脸上那种猫一般的凶恶神情渐渐换成好意的笑容。她哈哈大笑,猛地往后一转身,朝准备好早饭的房间走去。中尉慢腾腾地跟在她身后。她在桌旁坐下,仍然红着脸,呼吸急促,喝下半杯波尔特温酒①。

"您听我说,"中尉打破沉默说,"我想,您是在闹着玩吧?"

"根本就不是闹着玩。"她回答说,把一小块面包塞进嘴里。

"嗯!……那么请问,这件事该怎么理解呢?"

"随您的便。坐下吃早饭吧!"

"可是……要知道这不正派!"

"也许吧。不过请您不必费心给我讲大道理。我对事情自有我的看法。"

---

① 一种烈性的葡萄酒。

"您不还给我吗?"

"当然不!如果您是个穷人,遭遇不幸,饿着肚子,那倒是另外一回事了,可是您却是要结婚!"

"可是这钱并不是我的,而是我表哥的!"

"您的表哥要钱干什么用?给老婆做时髦的衣服?您的嫂子①有衣服也罢,没有衣服也罢,我完全不放在心上。"

中尉再也顾不到他是在生人家里,跟一个不相识的女人在一起,他不再拘礼了。他满房间走来走去,眯细眼睛,烦躁地拉扯他的坎肩。犹太女人干出不正派的事,在他的眼睛里降低了身份,因此他觉得胆大多了,也随便多了。

"鬼才知道是怎么回事!"他喃喃地说,"您听我说,我不拿到您手里的借据就不离开这儿!"

"啊,那更好!"苏萨娜笑道,"您索性在这儿住下,我倒更快活呢。"

中尉给那场角斗弄得精神兴奋,瞧着苏萨娜笑眯眯的、不知羞耻的脸,瞧着她那张嚼吃食的嘴,瞧着她由于喘气而大起大伏的胸脯,越来越胆大、放肆了。他不再想借据,却不知什么缘故,带着一种贪婪的心情,回想他表哥给他讲过的这个犹太女人的风流事,她那肆无忌惮的生活方式,这些回忆只能使他更加放肆。他干脆在犹太女人身旁坐下,不再想借据,开始吃饭。……

"您喝白酒还是葡萄酒?"苏萨娜笑呵呵地问,"那么您留下来等借据了?可怜的人啊,为了等借据,您得在我这儿度过多少个白昼和夜晚啊!您的未婚妻不会见怪吗?"

---

① 原文为法语。

二

五个钟头过去了。中尉的表哥阿历克塞·伊凡诺维奇·克留科夫穿着长袍,趿着拖鞋,在自己庄园上各处房间里走来走去,着急地瞧着窗外。他是个又高又壮的男人,蓄着一大把黑胡子,相貌英俊,那个犹太女人说得不错,他很漂亮,其实他已经到了男人往往身子发胖,皮肉松弛,头顶光秃的年龄。论气质和智慧,他恰好是我们知识界为数众多的那种人:诚恳、温和、有教养,对科学、艺术、信仰都不陌生,对荣誉有最崇高的观念,然而思想不深刻,懒懒散散。他喜欢吃好菜,喝好酒,是个理想的牌手,善于品评女人和马,可是在其他方面他却无动于衷,跟海豹一样。要使他脱离这种逍遥自在的状态,就必得发生一件不同寻常而且非常令人愤慨的事,那时候,他就会忘掉世上的一切,表现得极其活跃:大声嚷着要决斗,给大臣写出七张纸的呈文,快马加鞭跑遍全县,当众骂人"混蛋",打官司,等等。

"怎么我们的萨沙①到这时候还没回来?"他瞧瞧窗外,问他妻子说,"这不,都该吃中饭了。"

克留科夫一家人等着中尉,一直到六点钟才坐下来吃中饭。傍晚,临到要开晚饭,阿历克塞·伊凡诺维奇听着脚步声,听着敲门声,不住耸肩膀。

"奇怪!"他说,"这个可恶的大少爷多半耽搁在佃户家里了。"

晚饭后,克留科夫上床睡觉,干脆断定中尉在佃户家里作客,痛饮了一番,就留在那里过夜了。

亚历山大·格利果利耶维奇直到第二天早晨才回到家里来。

---

① 亚历山大的爱称。

他的模样极其狼狈,垂头丧气。

"我要单独跟你谈一谈……"他鬼鬼祟祟地对表哥说。

他们走进书房。中尉扣上房门,没开口讲话,却先在房间里走来走去,走了很久。

"出了一件怪事,老兄,"他开口说,"我都不知道该怎么跟你说好了。你不会相信的。……"

他就吞吞吐吐,涨红了脸,眼睛没看表哥,把借据的事讲了一遍。克留科夫叉开腿,低下头听着,皱起眉头。

"你这是说笑话吧?"他问。

"哪是说笑话?谁还有心思说笑话!"

"我不懂!"克留科夫喃喃地说,涨红脸,摊开手,"从你这方面来说,这简直是……不道德。那个骚娘们儿当着你的面干出鬼才知道的事,犯下刑事罪,做出下流的勾当,可是你倒凑上去跟她亲嘴!"

"可是连我自己也不明白怎么会这样!"中尉小声说,负疚地眨着眼,"老实说,我真不明白!我有生以来还是头一次碰上这么一个怪物!她降伏我,不是凭美貌,也不是凭聪明,而是,你知道,凭老脸皮,无耻。……"

"老脸皮,无耻。……你也太不嫌肮脏了!你真要是这么喜欢老脸皮和无耻,那你就索性从泥地里拉出一头猪来,把它活生生地吞下肚去!那样至少破费不多,可是,现在呢,两千三啊!"

"看你说得这么不堪入耳!"中尉皱着眉头说,"我以后还给你两千三就是!"

"我知道你会还,可是问题难道是在钱上?滚它的吧,那些钱!惹我生气的是你这么草包,窝囊……该死的懦弱!你还是未婚夫呢!居然有了未婚妻!"

"可是你少提这些……"中尉涨红脸说,"现在连我自己都厌恶我自己。我巴不得钻进地缝里去才好。……我满心厌恶和懊丧:现在我为那五千只好去麻烦姑母了。……"

克留科夫怒气不息,唠叨很久,然后平下气来,在沙发上坐下,开始嘲笑表弟。

"好一个中尉!"他说,声调里带着鄙夷的讥诮,"好一个未婚夫!"

忽然,他像给蛇咬了一口似的跳起来,顿一下脚,满房间跑来跑去。

"不,这件事我不能就这么放过去不管!"他晃着拳头,开口说,"我要把借据收回来!非收回来不可!我要给她点厉害看看!一般说来,男人不兴打女人,可是我要把她打得遍体鳞伤……叫她一块好肉也剩不下!我可不是什么中尉!老脸皮和无耻打动不了我的心。不行,见她的鬼!米希卡,"他叫道,"你跑去吩咐一声,替我把那辆轻便马车套上快马!"

克留科夫很快地穿上外衣,不听忧心忡忡的中尉的劝,坐上马车,果断地挥一下手,直奔苏萨娜·莫伊塞耶芙娜家去了。中尉久久地望着窗外,瞧见克留科夫的马车后面卷起滚滚的烟尘,就伸个懒腰,打个呵欠,走回自己的房间。过了一刻钟他就睡熟了。

五点多钟,有人叫醒他去吃中饭。

"阿历克塞可真好!"表嫂在饭厅里迎着他说,"他逼得大家都等他,没法吃中饭!"

"莫非他还没回来?"中尉打着呵欠说,"嗯……大概到佃户家里去了。"

可是临到开晚饭,阿历克塞·伊凡诺维奇还是没回来。他的妻子和索科尔斯基断定他在佃户家里打纸牌入了迷,多半就在那儿过夜了。其实,所发生的事跟他们推测的全然不同。

克留科夫第二天早晨才回来,跟谁也没打招呼,一言不发,径自溜到他的书房里去了。

"哦,怎么样?"中尉睁大眼睛瞧着他,小声说。

克留科夫摇一下手,鼻子里哼一声。

"可是怎么了？你笑什么？"

克留科夫倒在长沙发上,把头塞到靠垫底下,极力忍住大笑,不由得全身发抖。过了一分钟他坐起来,用笑得流出泪水的眼睛瞧着惊讶的中尉,开口说：

"你把门关上。嘿,这娘们儿可真行啊,我跟你说！"

"借据拿回来了吗？"

克留科夫挥一下手,又哈哈大笑。

"嘿,这娘们儿可真行！"他接着说,"老弟,能认识这样的女人倒要道一声谢谢①呢！她是个穿着裙子的魔鬼。我到了她家,走进去,你知道,活像朱庇特,连我自己都害怕自己……皱着眉头,满脸怒容,为了显得威风些,甚至捏紧了拳头。……我说：'太太,跟我可开不得玩笑！'照这样说了一套。我搬出法院和省长来吓唬她。……她先是哭,说她是跟你闹着玩的,甚至把我领到柜子跟前去,要还我钱,后来口口声声说欧洲的前途掌握在俄国人和法国人手里,而且痛骂女人。……我也跟你一样听得入了迷,我这头蠢驴。……她称赞我长得漂亮,拍拍我的胳膊,就在靠近肩膀的那个地方,看我到底有多么结实,于是……于是,你看得明白,我现在刚从她那儿出来。……哈哈。……她倒挺喜欢你呢！"

"好一个娃娃！"中尉笑道,"居然是个成了家的上流人

---

① 原文为法语。

呢。……怎么,害羞了?厌恶了?不过,老兄,不是说笑话,你们这个县里倒有个塔玛拉女王①呢。……"

"何止是我们县里?你走遍全俄国也找不着另外这样一条变色龙②!我有生以来从没见过这样的女人,其实我跟女人打交道要算是个行家了。我简直跟巫婆都勾搭过,可就是没见过这样的女人。她确实凭老脸皮和无耻降伏人。讲到她吸引人之处,那就是急剧的转变、颜色的转换,那就是该诅咒的瞬息万变。……呸!借据全完了。没有指望了。我俩都是大罪人,我们的罪应该分担才对。我认为你不是欠我两千三,只欠一半。当心啊,你要跟我妻子说我到佃户家里去了。"

克留科夫和中尉把头塞到靠垫底下,开始大笑。他们抬起头,四目相视,然后倒在靠垫上了。

"好一个未婚夫!"克留科夫讥诮道,"好一个中尉!"

"好一个有妇之夫!"索科尔斯基回嘴说,"好一个上流人!还是一家之长呢!"

吃中饭的时候,他们讲了些隐语,互相挤眉弄眼,屡次用食巾捂住嘴笑,惹得一家人暗暗吃惊。饭后,他们心绪仍然非常好,扮成土耳其人,手拿武器互相追逐,给孩子们表演打仗。傍晚他们争论很久。中尉口口声声说,收妻子的陪嫁钱,甚至在双方热烈相爱的情形下,也是下流而卑鄙的。克留科夫却伸出拳头捶着桌子说,这是荒谬,凡是不愿意妻子有财产的丈夫,都是利己主义者和暴君。两个人大嚷大叫,拍桌子瞪眼,谁也不想了解谁,灌下不少的酒,临了各自提起各自的长袍底襟,回到各自的卧室去了。他们不久就睡熟,而且睡得很香。

---

① 12世纪格鲁吉亚的女王,以美貌和残酷闻名。——俄文本编者注
② 蜥蜴的一种,善于很快地转变皮肤的颜色以适应四周的环境。

生活仍然照先前那样平稳、懒散、无忧无虑地流过去。阴影铺满大地,云端响起隆隆的雷声,偶尔大风悲凉地哀号,仿佛想证明大自然也能哭泣似的。可是任什么东西也不能惊扰这些人习以为常的安宁。关于苏萨娜·莫伊塞耶芙娜,关于借据,他们都绝口不提了。不知怎的,两个人都不好意思大声谈论这件事。不过这件事他们心里都记得,一想起来就高兴,仿佛偶然间,生活出人意外地为他们演了一出新奇的闹剧,到了老年回忆起来也会觉得愉快。……

克留科夫在会晤犹太女人以后第六天或者第七天早晨,坐在自己的书房里,给姑母写一封贺信。亚历山大·格利果利耶维奇默默地在桌旁踱来踱去。中尉夜里睡得不好,醒来心绪恶劣,这时候感到烦闷无聊。他走来走去,想着假期就要满了,未婚妻在等她,想着人们永生永世住在乡下怎么会不闷得慌。他在窗前站住,久久地瞧着树木,一连吸了三支纸烟,忽然回转身来对他的表哥讲话。

"我有一件事想求你,阿辽沙①,"他说,"今天你借一匹马给我骑一下。……"

克留科夫瞧着他,眼光里露出寻根究底的神情,然后皱起眉头,继续写信。

"那么你借给我了?"中尉问。

克留科夫又瞧着他,然后慢腾腾地拉开书桌抽屉,从那儿取出一大卷钞票,交给表弟。

"这是五千……"他说,"虽然这钱不是我的,不过求上帝保佑你,那也没关系。我劝你马上派人去叫驿车来,动身走掉吧。真的!"

---

① 阿历克塞的爱称。

这回轮到中尉寻根究底地瞅着克留科夫了。他忽然笑起来。

"你倒真猜中了,阿辽沙,"他说,脸红了,"我本来确实想去找她。昨天傍晚洗衣女工把我那次穿过的该死的军服交给我,军服上还带着茉莉花的香气,我……我就想去找她!"

"你该动身走了。"

"是的,确实该走了。顺便说一句,我的假期也已经满了。真的,今天我就动身。我当着上帝说,一定走!不管住多久,到头来总还是得走。……我要动身了!"

当天中饭前,驿车叫来了。中尉就跟克留科夫一家人告别,他们祝他一路平安,他就动身走了。

又一个星期过去了。这天天色阴霾,然而又热又闷。从凌晨起克留科夫就漫无目的地在各处房间里走来走去,瞧着窗外,或者翻阅早已看厌的照片簿。他一瞥见妻子或者儿女,就生气地嘟嘟哝哝。这一天,不知什么缘故,他总觉得孩子们一举一动都惹人讨厌,妻子管教仆人不严,开支超过收入。这一切都表明"老爷"心绪不佳。

临到吃中饭,他对汤和烤菜一概不满意,饭后吩咐套上那辆轻便马车。他慢腾腾地坐上去,出了院子,缓缓地走出四分之一俄里,然后停住了。

"要不要去……去找那个魔鬼?"他瞅着阴霾的天空暗想。

克留科夫甚至笑起来,仿佛那一天他还是第一次向自己提出这个问题似的。他顿时感到心里的烦闷消散,懒散的眼睛里闪出快活的光芒。他扬鞭打马。……

一路上,他的想象力描绘着犹太女人见到他会多么诧异,他怎样笑,怎样谈天,然后又怎样精神焕发地回到家里。……

"每个月都该做一次……不平常的事来提一提神,"他暗想,"那样的事要能在停滞的机体里产生很厉害的震动……引起反应才行。……哪怕是痛饮一番,哪怕是……找苏萨娜也未尝不可。不这样是不行的。"

他的马车驶进酿酒厂的院子里,天色已经黑了。从厂主的房屋那些敞开的窗口传出笑声和歌声:

比闪电还亮,比火焰还烫。……①

一个有力而深沉的男低音唱道。

"哎呀,她家里有客人!"克留科夫暗想。

他想到她有客而怏怏不快。"要回去吗?"他摸到门铃,暗想,可是他仍旧拉了一下,登上那道熟悉的楼梯。他走到前厅,往大厅里看一眼。那儿大约有五个男人,都是他熟识的地主和文官。有一个又高又瘦的男人坐在钢琴旁边,用长手指按着琴键,嘴里在唱歌。其余的都在听,高兴得龇出牙来。克留科夫照了照镜子,正要走进大厅,这时候,苏萨娜·莫伊塞耶芙娜本人轻飘飘地走进前厅来了,她兴高采烈,身上仍旧穿着那件黑连衣裙。……她见到克留科夫,一刹那间呆住了,随后却快活得叫起来,眉开眼笑。

"是您吗?"她说,抓住他的手,"多么意想不到啊!"

"啊,她来了!"克留科夫说,微微一笑,搂住她的腰,"那么,怎么样?欧洲的命运还掌握在俄国人和法国人手里吗?"

"我真高兴!"犹太女人笑道,小心地推开他的胳膊,"喏,您到大厅里去吧。那儿都是熟人。……我去吩咐一声给您送茶来。您的名字是叫阿历克塞吧?好,请进,我马上就来。……"

她举起手,对他做了个飞吻的手势,就从前厅跑出去,身后留下了那种甜得发腻的茉莉花香气。克留科夫抬起头来,走进

---

① 引自俄国作曲家格林卡的抒情歌曲《致莫里》,歌词系俄国作家库柯里尼克所作。——俄文本编者注

大厅。他跟所有那些在大厅里的人都熟识,然而他只略微向他们点点头,他们对他也略微点头作为回答,仿佛他们相逢的地点不成体统,或者他们心里有了默契:对他们来说还是装得互不相识比较妥当。

克留科夫穿过这个大厅走进一个客厅,再从那儿走进另一个客厅。一路上他碰见三四个客人,也是熟识的,然而他们似乎没认出他来。他们脸上带着醉意,神态快活。阿历克塞·伊凡诺维奇斜起眼睛瞧着他们,心里纳闷,不懂这些成了家的、体面的人受过穷,吃过苦,怎么会自甘堕落,竟然以这种可怜的无聊事为乐!他耸动肩膀,微微笑着,往前走去。

"有些地方清醒的人觉得恶心,"他想,"可是喝醉的人却喜欢得不得了。我记得我去看小歌剧,听茨冈姑娘唱歌,没有一回是清醒着去的。酒能使人的心软下来,于是安心干坏事了。……"

忽然,他停住脚,像在地里生了根似的,伸出两只手去扶住门框。原来中尉亚历山大·格利果利耶维奇正坐在苏萨娜的书房里写字台旁边。他在跟一个肥胖而皮肉松弛的犹太男人小声谈天,见到表哥来了,就一下子涨红脸,低下眼睛去看照相簿。

在克留科夫心里,正派人的感觉猛地一动,血涌上了他的头。他又惊又羞又气,心乱如麻,沉默地走到写字台附近。索科尔斯基把头垂得越发低了。他感到羞愧难当,脸容大变。……

"哦,是你来了,阿辽沙!"他说,极力抬起眼睛,微笑一下,"我原是顺便到这儿来告别的,可是,你瞧……明天我一定要动身走了!"

"唉,我能跟他说什么呢?说什么呢?"阿历克塞·伊凡诺维奇想,"既然我自己也来了,怎么配骂他?"

他就一句话也没说,光是嗽了嗽喉咙,慢慢地走出去。

不要说她是天仙，不要叫她离开人间。……①

男低音在大厅里唱道。过了不久，克留科夫的轻便马车在尘土飞扬的大路上辘辘地响着。

---

① 引自俄国作曲家格林卡所作的抒情歌曲，歌词系尼·费·巴甫洛夫所写。——俄文本编者注

房　　客

　　勃雷科维奇年纪还轻，却已经谢顶。他以前做过律师，如今没有工作，靠他那富足的妻子养活，她开着一家"突尼斯公寓"。有一天半夜，他从他的住房里跑到过道上，用尽全力砰的一声关上门。

　　"啊，恶毒、愚蠢、没心肝的畜生！"他捏紧拳头嘟哝道，"魔鬼把我和你拴在一起了！呸！要把这个巫婆哇哇叫的嗓音压过去，非放大炮不可！"

　　勃雷科维奇又气又恨，喘得上气不接下气，要是眼下在路上，在他走过的突尼斯公寓长过道上，碰到一只碗盏或者一个带着睡意的仆役，他就会高兴地伸出手去乱打一通，借此出出气。他一心想辱骂，嚷叫，顿脚。……命运仿佛明白他的心意，甘愿为他效劳似的，果然叫他迎面遇见了不按时交房钱的第三十一号住房的房客，音乐师哈里亚甫金。这个人正在自己的房门前站着，身子大摇大晃，把钥匙塞进锁眼。他呼呼地喘气，嘴里不知在骂什么人，可是钥匙不听使唤，每一次都没有塞进锁眼。他一只手颤动着塞那钥匙，一只手拿着提琴盒。勃雷科维奇像老鹰似的向他扑过去，气冲冲地嚷道：

　　"啊，原来是您？您听着，先生，您到底什么时候才付房钱？您已经有两个月没付了，先生！我要吩咐仆人不给您生火！见鬼，我要把您撵出去,先生!"

"您……您别来搅扰我……"音乐师平静地回答说,"再见①!"

"您该害臊才是,哈里亚甫金先生!"勃雷科维奇继续说,"您一个月挣一百二十卢布,本来能够按时付钱!这是昧良心,先生!在您那方面来说,这简直是下作!"

钥匙终于咔嗒一响,房门开了。

"是啊,先生,这是不正派!"勃雷科维奇跟着音乐师走进房间,继续说,"我要警告您,要是明天您还不付钱,那我就把您告到调解法官那儿去。我要给您点颜色看看!而且请您不要把烧着的火柴丢在地板上,您会在我这儿闹出火灾来的!我一看见我的公寓里住着好酒贪杯的人就受不了。"

哈里亚甫金用快活的醉眼瞧着勃雷科维奇,冷冷地一笑。

"我简直不明白您为什么这样动肝火……"他嘟哝道,点上纸烟,把手指头烫了一下,"我不明白!就算这是因为我没付房钱吧。不错,我是没付,可是,请您说说看,这跟您什么相干呢?这关您什么事呢?您也没付房钱啊,可是我就没对您啰唆。您不付,那好吧,求上帝保佑您,不付就算了!"

"这话怎么讲?"

"没什么。……在这儿……在这儿当家做主的不是您,而是尊夫人。您在这儿……您在这儿就跟那个吹长号的房客一样,跟别人一样。……这个公寓不是您的,您又何必操心呢?比方拿我来说,我不是就没操这份心吗?您一个房钱也没付过,那又怎样呢?不付就算了。我一点也不操心呢。"

"我不明白您这话是什么意思,先生!"勃雷科维奇嘟哝道,摆

---

① 原文为法语。

330

出受侮辱的人的架势,准备随时维护自己的荣誉。

"哦,对不起!……我都忘了:您是把这个公寓作为您太太的陪嫁收下的。……对不起!不过呢,如果从道德观点来看,"哈里亚甫金继续说,身子摇摇晃晃,"那么您仍然不必动肝火。……这公寓您本来就是白白……白白拿到手的,不费吹灰之力。……如果往大处看,那么它既是您的,也是我的。……凭什么您就把它归……归了您呢?就因为您是丈夫?……这有什么了不得的!做丈夫是毫不困难的。老兄,您自管去找一百个女人,统统带到我这儿来,我来做这伙女人的丈夫就是,而且一个钱也不要!请您费心去找吧!"

音乐师的醉话显然打中了勃雷科维奇的痛处。他涨红脸,很久都不知道该回答什么话才好。后来他跳到哈里亚甫金跟前,恶狠狠地瞧着他,使足力气一拳头擂在桌子上。

"您怎么敢跟我说这种话?"他声音嘶哑地说,"您怎么敢?"

"请容许我说一句……"哈里亚甫金喃喃地说,后退一步,"这简直成了最强音①!我不明白您为什么怄气。我……我说那些话本不是要气您,而是……是要称赞您。我碰上一个开公寓的女人也一准会娶她……请您费心帮忙好了!"

"可是……可是您怎么敢侮辱我?"勃雷科维奇嚷道,又伸出拳头捶桌子。

"我不明白!"哈里亚甫金耸起肩膀说,不再微笑了,"不过,我喝醉了……也许真的侮辱您了。……既是这样,就请您原谅,对不起!好老兄,原谅这个第一提琴手吧!我根本就没有得罪您的意思。"

"这简直是肆无忌惮……"勃雷科维奇说,听到哈里亚甫金讨

---

① 原文为意大利语。

饶的声调而心软了,"有些事是不能用这种方式讲出口的。……"

"好,好……我不说了!好老兄,我不说了!我们握手吧!"

"特别是因为我又没有招惹您……"勃雷科维奇用受屈的声调说,完全心软下来,可是没有伸出手去,"我没做过什么对不起您的事嘛。"

"的确,本来就不应该谈……谈这种不便说出口的问题。……我喝醉了酒就冒冒失失讲出来了。原谅我,老兄!真的,我简直是畜生!我马上用凉水浇一下头,就清醒过来了。"

"生活本来就已经很糟,惹人厌恶,可是您还要出口伤人!"勃雷科维奇说,激动得满房间走来走去,"谁也没看见事情的真相,人人都由着性儿胡想,胡说。我想得出来公寓里的人背着我都说了些什么!我想得出来!不错,我不对,我有错:半夜三更为钱来找您的麻烦,这在我是愚蠢的。我有错,不过……您也该原谅我,替我想一想,可是……您却不顾脸面,说了些不三不四的难听话!"

"好朋友,可是我本来就喝醉了!我后悔了,我觉出来了。说真话,我觉出来了!好老兄,房钱我也会付!下月一号我一领到钱,马上就付清!那么咱们讲和了?!好哇!啊,我的好人,我就喜欢受过教育的人!我自己也进过音耀(乐)学院……这几个字真绕嘴,见鬼!……我在那儿学习过。……"

哈里亚甫金眼泪汪汪,拉住走来走去的勃雷科维奇的衣袖,凑上去吻他的脸。

"啊,亲爱的朋友,虽说我醉得迷迷糊糊,可是我心里全明白!好老兄,盼咐茶房给第一提琴手烧个茶炊吧!你们这儿有一条规矩,过了十一点钟既不准在过道上闲走,也不准要茶炊,可是我从戏院里回来,真想喝点茶!"

勃雷科维奇拉了拉铃。

"季莫费依,给哈里亚甫金先生烧个茶炊来!"他对走来的茶房说。

"不行!"季莫费依用男低音说,"太太不准十一点钟以后烧茶炊。"

"我吩咐你烧嘛!"勃雷科维奇嚷道,脸色发白。

"既是不准,吩咐又有什么用呢……"茶房嘟哝着,走出房外,"既是不准,那就不行。有什么可说的呢!……"

勃雷科维奇咬住嘴唇,扭转身子对着窗口。

"这个局面啊,先生!"哈里亚甫金叹道,"嗯,是啊,这也没话可说。……得了,你也不用在我面前难为情,反正我明白……你的心思我全摸得透。我们懂得这种心理学。……好吧,既然不给茶喝,就只得喝酒了!喝白酒吧,啊?"

哈里亚甫金从窗台上拿过白酒和腊肠来,在长沙发上坐下,准备喝酒吃菜。勃雷科维奇悲哀地瞅着这个酒徒,听他唠叨个没完。也许因为他看见那个蓬松的头,看见酒瓶,看见便宜的腊肠吧,总之,他想起他不久以前的生活了,那时候他也这么穷,却自由自在。于是他脸色越发阴沉,想喝酒了。他走到桌子跟前,喝下一杯酒,嗽了嗽喉咙。

"日子过得真糟!"他说,摇一下头,"糟透了!喏,刚才您侮辱我,后来茶房又侮辱我……这样的事没完没了!这都是何苦来!实际上,太没意思了。……"

喝完第三杯以后,勃雷科维奇在长沙发上坐下,用手支住头,沉思不语,然后悲哀地叹口气,说:

"我错了!啊,我犯了多大的错误呀!青春也罢,事业也罢,原则也罢,我都出卖了,于是生活现在就来报复我。报复得好狠哟!"

他喝了白酒,头脑里生出种种悲哀的思想,脸色变得很白,甚至似乎瘦了。他好几次灰心得抱住头,说:"唉,这是什么样的生活啊,但愿你能尝尝这个滋味!"

"不过你老实告诉我,凭良心告诉我,"他定睛瞧着哈里亚甫金的脸,要求说,"你凭良心告诉我,一般说来,这儿的人……对我都有些什么看法。住在那些房间里的大学生都怎么说?恐怕你总有所耳闻吧。……"

"有所耳闻。……"

"他们说些什么呢?"

"他们倒也没说什么,只不过……看不起你。"

这以后两个新朋友就什么也没再谈。一直到天亮,过道里开始生炉子了,他们才分手。

"那么房钱……你一个钱也不用给她……"勃雷科维奇临走嘟哝说,"你一个小钱也别给她!……随她去。……"

哈里亚甫金在长沙发上歪下身子,把头枕在提琴盒上,大声打起鼾来。

第二天深夜他们又凑在一起了。……

勃雷科维奇尝到了友好的豪饮的甜头,从此一夜也不白白放过,如果发现哈里亚甫金不在家,他就到别人的房间里去,在那儿抱怨命运,然后喝酒,喝了酒又抱怨命运,天天晚上都如此。

不祥之夜

素　　描

　　狗吠声响起来，先是断断续续叫几声，后来惊慌地低叫着，只有狗闻出了敌人，却又不知道是谁，在什么地方，才会发出这样的叫声。秋天乌黑的空气里，飞扬着各种声音，打破夜晚的寂静：人们含混的说话声和忙乱不安的奔跑声，旁门吱吱扭扭的开关声，奔驰的马蹄的嘚嘚声。

　　嘉德金庄园的院子里，主人正房的露台前面，有三个黑影站在荒芜的花圃上，一动也不动。不难认出，那个身穿钟形皮袄、腰上勒着绳子、皮袄上一绺绺羊毛耷拉下来的，就是值夜的看守谢敏。跟他并排站着的是听差加甫利拉，他身材瘦长，生着招风耳，穿着短上衣。第三个人穿着坎肩，衬衫下摆散在裤腰外边，身材壮实而笨拙，是马车夫，也叫加甫利拉，他那傻大黑粗的样子近似做成农民形状的木头玩偶。三个人都用手扶着不高的篱栅，往远方眺望。

　　"拯救我们，怜恤我们吧，圣母啊，"谢敏用不安的声调说，"可怕呀，多么可怕！主震怒了。……主宰一切的圣母啊。……"

　　"那地方不远，伙计，"听差加甫利拉用男低音说，"至多也不过六俄里光景。……我觉得那是在日耳曼人的田庄上。……"

　　"日耳曼人的田庄在左边一点，"马车夫加甫利拉打断他的话说，"要是你瞧着那棵桦树的话，日耳曼人的田庄是在那边。这却是在克烈宪斯科耶村。"

"是在克烈宪斯科耶村。"谢敏同意道。

不知什么人光着脚跑过露台,脚后跟咕咚咕咚响,砰的一声关上门。主人的正房沉在睡乡里。窗子黑得像煤烟似的,看上去阴森森,大有秋天的气象,只有一个窗子里点着一盏小灯,扣着粉红色罩子,射出微弱的亮光。年轻的太太玛丽雅·谢尔盖耶芙娜就在点小灯的房间里安歇。她的丈夫尼古拉·阿历克塞耶维奇出去打牌了,至今还没回来。

"娜斯达霞!"传来喊叫声。

"太太醒了,"听差加甫利拉说,"慢着,伙计,我去给她出个主意。让她答应我带领所有的工人和马,动身到克烈宪斯科耶去,赶紧把那儿的事办好。……老百姓不懂事,笨头笨脑,总得有人指挥一下,该干些什么,该怎么干才成。"

"嗯,是啊,你去指挥!你倒想指挥,可是你吓得牙齿都打战呢。那边就是没有你,人也已经够多的了。什么区警察局长啦,乡村警察啦,老爷啦,只怕都去了。"

露台上玻璃门当的一响,开了,太太本人走出来。

"怎么回事?为什么这么闹哄哄的?"她走到三个人影这边来,问道,"谢敏,是你吗?"

谢敏还没来得及回答她的话,她就害怕得不住往后倒退,把两只手一拍。

"我的上帝,什么样的灾祸啊!"她叫起来,"这已经很久了吗?是在哪儿?你们怎么就没叫醒我?"

原来整个南边的天空布满一大片深红色火光。天空烧红了,空气紧张,险恶的色彩在那儿闪烁,颤抖,就跟脉搏的跳动一样。在广大的紫红色背景上,浮雕般地现出了浮云、高岗、光秃的树木。那边传来匆忙而急促的警钟声。

"这真可怕,可怕呀,"太太说,"哪儿起火了?"

"不远,在克烈宪斯科耶村。……"

"哎呀,我的上帝,我的上帝!尼古拉·阿历克塞伊奇不在家,我不知道该怎么办。总管知道了吗?"

"知道了。……他坐着车子,带着三个大木桶去了。"

"那些可怜的人啊!"

"主要的是,太太,他们那边没有河。只有一个不像样的小池塘,可是就连它也不在村子里。"

"难道用水就能浇灭这场火?"听差加甫利拉说,"这当儿要紧的是,应该不让火往四下里窜。这就得有懂事的人在场指挥拆房才成。您让我去一趟吧,太太。"

"用不着你去,"玛丽雅·谢尔盖耶芙娜回答说,"你在那儿反而碍事。"

加甫利拉委屈地噘喉咙,走到一旁去了。谢敏和另一个加甫利拉本来就受不了穿短上衣的听差那种自作聪明和自高自大的口气,这时候听见太太的话,就感到很满意。

"可不是,他去了反而碍事!"谢敏说。

两个人,看守和马车夫,仿佛有意在太太面前表现他们的稳重似的,讲出许多敬神的话来:

"主惩罚人的罪过了。……就是这么的!人犯了罪,却不去想自己是怎么回事,于是主降下了惩罚。……"

火灾的景象对所有的人起着同样的作用。太太也罢,仆人也罢,统统感到心里战栗而发凉,凉得胳膊、头、声调都发抖。……这场火引起了很大的恐惧,然而人们的焦急却比恐惧还要厉害。……大家都想登高一望,亲眼看看火、烟、人!追求强烈的感受的渴望,胜过了恐惧,也胜过了对别人痛苦的同情。等到火光淡了些,或者似乎小了些,马车夫加甫利拉就快活地叫道:

"喏,火像要熄了!上帝保佑!"

可是从他的语声里还是可以听出惋惜的音调。临到火光又旺起来,火势似乎更大了,他就连声叹息,绝望地摇手,不过从他极力踮起脚尖以便站得高一点,不免气喘吁吁的样子可以看出,他多少也有点高兴。大家都觉得见到了可怕的灾难,不住地发抖,可是万一大火突然灭了,他们却又会感到不满意呢。这样的两面性是自然而然的,为此而对利己主义的人类加以责备,就大可不必了。

不管美丽多么凶险,可是仍然不失为美丽,人的感觉也就不能不向往它。

这时候响起了轻微的隆隆声:不知什么人踩响了铁皮房顶。

"万卡,是你吗?"谢敏嚷道。

"是我和娜斯达霞!"

"你会摔下来的,鬼东西!你看得见吗?"

"看得见!就在克烈宪斯科耶村,伙计!"

"大概在天窗那儿才看得清,"玛丽雅·谢尔盖耶芙娜说,"要不要到那儿去瞧一瞧?"

灾难的景象使得人们互相接近了。太太忘了她的身份,同谢敏和两个加甫利拉一起走进正房。他们害怕得脸色苍白,浑身发抖,而又急于观看火景,就穿过所有的房间,登上楼梯,爬到阁楼上。到处都漆黑一片,听差加甫利拉举着蜡烛照不亮任何东西,只在他四周投下些朦胧的光点。太太生平第一次看见阁楼。⋯⋯那梁木、乌黑的墙角、火炉的烟囱、蛛网和灰尘的气味、脚下古怪的黄土,都在她心里留下了童话里景物的印象。

"这就是家神住的地方吧?"她暗想。

从天窗望出去,火势显得更大更旺。火苗都可以看见了。地平线上铺开一条灿烂的金黄色长带。它活动着,滚转着,跟水银一样。

"喏,那儿起火的不只是一所房子。那儿,看样子,伙计,有半个村子都卷进火里去了!"马车夫加甫利拉说。

"你听!警钟不敲了。可见就连教堂也着火了。"

"那儿的教堂是木头造的!"太太说,闻到谢敏的羊皮袄发散出来的难闻气味而透不过气来,"什么样的灾难啊!"

他们看够了才走下来。不久尼古拉·阿历克塞耶维奇老爷回来了。他出外作客,喝多了酒,如今躺在马车里,蜷起身子,大声打鼾。人们把他叫醒了。他呆瞪瞪地瞧着大火,喃喃地说:

"拉一匹马……马来给我骑!快……快点!"

"不行!"玛丽雅·谢尔盖耶芙娜反对说,"算了,你这副样子哪能去?你去睡觉!"

"马……马!"他吩咐道,身子摇摇晃晃。

有人给他牵来一匹马。他爬上马鞍,摇晃着头,消失在黑暗里。这时候那些狗汪汪地叫着往前冲,仿佛闻出狼的气味来了。谢敏和两个加甫利拉身旁围上许多农妇和小男孩。她们哭诉,惊叫,叹息,在胸前画十字,没完没了。一个骑马的人飞驰到院子里来。

"烧死了六个人,"他喃喃地说,上气不接下气,"半个村子烧光了!牲口烧死了不知多少。木匠斯捷潘的老婆子烧死了。"

太太的焦急达到了顶峰。活动和谈话越发闹得她心神不宁。她吩咐套好马车,自己也坐上车到火场去了。夜晚黑暗而寒冷。土地受到黎明前的薄寒而略微变硬,马蹄踩上去,声音发闷,就跟踩在地毯上一样。听差加甫利拉跟马车夫并排坐在赶车座位上,焦急得不住扭动身子。他往四下里看,嘴里嘟嘟哝哝,不时略微欠起身子,看他那样子倒好像他能左右克烈宪斯科耶村的命运似的。……

"主要的是不要给火开道……"他嘟哝说,"样样事都得会办,可是普通的庄稼汉怎么能懂呢?"

马车走出五六俄里远,太太看见一种不同寻常的奇观,像那样的奇观不是每个人都能看到的,有人即使看到,一生中也只能有这样一次,而且是任何丰富的想象力也画不出来的。村子熊熊地燃烧,像是一大堆篝火。人的视野被一片火海挡住,火光跳动,明亮刺目,农舍、树木、教堂一齐淹没在火海里,犹如淹没在迷雾中一样。火光几乎跟阳光那么耀眼,夹杂着一缕缕黑烟和迷蒙的热气。金色的火舌溜来溜去,舔着黑色的房架,微微地笑,快活地眨眼,发出狼吞虎咽的爆响声。红色和金色的烟尘很快地腾上天空,好比一团浮云。仿佛要使这场大火更像幻觉似的,有些心慌意乱的鸽子在那团云雾里飞上飞下。各种声音在空中古怪地混杂在一起:爆裂声惊天动地,火苗呼啦呼啦响,仿佛有几千只鸟在拍翅膀;人声喧哗,牛羊乱叫,车轮吱吱嘎嘎响。教堂的样子吓人,它那些窗口往外冒出火焰和滚滚的浓烟。钟楼像黑色巨人似的挺立在弥漫着金色灰尘的火海里。它已经全部起火,可是那些钟仍然挂在那儿,至于它们怎么能安然不动,那就很难理解了。……

道路两旁拥挤不堪,近似赶集,或者等候涨大水后的头一班渡船。这儿挤满了人、马、大车、成堆的什物、木桶。所有这些都在活动,挨挤,声音混杂。太太瞧着这场混乱,听见她丈夫尖厉的叫声:

"把他送到医院去!你们给他泼水呀!"

听差加甫利拉站在一辆大车上,挥动胳膊。他被火光照亮,身后投下长长的阴影,身材似乎比平时高了。……

"这是有人放火,没错儿!"他嚷道,身子转动不停,像是晨祷前的魔鬼,"喂,你们!不能给火开道!给火开道可不行!"

不管往哪儿看,到处都是苍白的、发呆的、木石般的脸。狗不住地嘷,鸡咯咯地叫。……

"留神马车!"邻近的地主纷纷坐车来了,马车夫们嚷道。

不同寻常的图景啊!玛丽雅·谢尔盖耶芙娜不相信自己的眼睛了,只有炽烈的热气才使她感到这不是在做梦。……

卡 尔 卡 斯①

喜剧演员瓦西里•瓦西里伊奇•斯威特洛维多夫年纪五十八岁,是个强壮结实的老人,这时候醒过来,惊讶地往四处看。他眼前有一面不大的镜子,两旁放着两支油烛,快要点完了。安稳而懒散的烛火朦胧地照亮这个不大的斗室以及刷过油漆的木墙,屋里满是烟草的迷雾和昏光。往四周瞧,可以看出不久以前巴克科斯②和美利波美娜③在这里相逢的痕迹,这次相逢是秘密的,然而放浪形骸,不成体统,近乎淫乱。椅子上和地板上丢着上衣、长裤、报纸、配着花花绿绿的衬里的大衣、高礼帽。桌子上乱七八糟,样子奇怪:空酒瓶啦,玻璃杯啦,三顶花冠啦,镀金烟盒啦,玻璃杯的底托啦,湿了一角的第二期彩票啦,装着金饰针的盒子啦,都凑在一处,混在一起。在那一大堆杂乱的东西上,还扔了许多烟蒂、烟灰、撕碎的小纸片。斯威特洛维多夫坐在一把圈椅里,穿着卡尔卡斯的服装。

"我的天啊,我是在化装室里!"喜剧演员环顾一下,说,"这真没想到!我怎么就会睡着了呢?"

---

① 古希腊史诗中的祭司和先知,在此指法国作曲家奥芬巴赫所作小歌剧《美丽的伊连娜》中的一个人物。——俄文本编者注
② 罗马神话中的酒神(男性)。
③ 希腊神话中的悲剧女神,舞台艺术的象征。——俄文本编者注

他听着。四周寂静得像在坟墓里。烟盒和彩票使他清楚地想起今天是他的福利演出场,他演得很成功,每次幕间休息他都跟光临化装室的捧场人一起喝下许多白兰地和红葡萄酒。

"我是什么时候睡着的呢?"他又说一遍,"啊,老家伙,老家伙!你这条老狗!看来,你喝得太多,坐着就睡着了!真有你的!"

喜剧演员高兴起来。他扬声大笑,笑声带着醉意,夹着咳嗽。他举着一支油烛,走出化装室外。舞台上黑洞洞的,连一个人也没有。从舞台深处和两侧,从观众席上,吹来轻微而又可以感觉到的清风。这几股微风像幽灵似的在舞台上漫游,互相碰撞,卷成旋风,戏弄油烛的火苗。烛火颤抖,往旁边弯下去,微弱的亮光时而照在一长排化装室的门上,时而照在旁边立着一个大木桶的红色侧幕上,时而照在舞台中央丢着的一个大镜框上。

"叶果尔卡!"喜剧演员叫道,"叶果尔卡,鬼东西!彼得鲁希卡!他们都睡着了,鬼东西,巴不得叫你们咽了气才好!叶果尔卡!"

"啊……啊……啊!"回声接应着。

喜剧演员想起,他看在今天是他的福利演出场就送给叶果尔卡和彼得鲁希卡每人三卢布的酒钱。他们既然得到这样一笔赠金,就不见得会留在剧院里过夜了。

喜剧演员嗽了嗽喉咙,在凳子上坐下,把油烛放在地板上。他头重,醉醺醺,全身刚开始"发散"他喝下的那许多啤酒、葡萄酒和白兰地。他坐着睡了一觉,这时候觉得浑身不舒服,发软,打不起精神。

"我这嘴里像是有个骑兵连在过夜似的……"他吐着唾沫说,"哎,不应该喝酒啊,老糊涂!不应该!腰也酸,头也痛,周身觉得冷。……老了。"

他瞧一下前面。……他只隐约看见提词人的小亭、按字母排列的包厢和乐队池中的乐谱架,整个观众席却好比乌黑的无底洞,张开血盆大口,冒出寒冷严峻的黑暗。……观众席平时是朴实而舒适的,可是现在,到了夜里,却显得深不可测,空空荡荡像是坟墓,连一个人影也没有。……喜剧演员瞧了瞧黑暗,随后瞧了瞧油烛,继续唠叨。

"是啊,老了。……不管你怎么做假,不管你怎么充好汉,不管你怎么装傻,反正已经五十八岁,全完了!这一辈子算是交待了!嗯,是啊,瓦森卡①。……不过我在舞台上工作了三十五年,夜里看见剧院却好像还是头一遭呢。……这可是怪事,真的。……是啊,头一遭!这叫人有点毛骨悚然,见鬼。……叶果尔卡!"他站起来叫道,"叶果尔卡!"

"啊……啊……啊!"回声接应道。

远远的一个地方,似乎就在张开的大口的深处!随着回声,响起了召人去做晨祷的钟声。卡尔卡斯在胸前画了个十字。

"彼得鲁希卡!"他叫道,"你们在哪儿呀,鬼东西?主啊,为什么我总是想起鬼呢?你少说这个字,你戒掉酒吧,总之你已经老了,到死的时候了!人家一到五十八岁就总去做晨祷,做好死的准备,可是你……主啊!"

"主怜恤我吧,多么阴森可怕!"他唠叨说,"是啊,照这样通宵坐在这儿,能把人活活吓死。要召唤阴魂来相会,这倒是个绝妙的地方呢!"

一提到"阴魂"两个字,他就越发心惊胆战。……漫游的微风和闪烁的光点勾起他的想象,把它刺激得极其紧张。……喜剧演员不知怎的缩起身子,脸容憔悴,弯下腰去拿油烛,最后一次带着

---

① 喜剧演员的名字瓦西里的爱称。

孩子般的恐惧斜起眼睛朝那个黑洞看一眼。他那涂了油彩而难看的脸露出呆板的样子,几乎毫无表情。他还没拿到油烛就忽然跳起来,凝神瞧着那片黑暗。他呆站了半分钟,然后害怕得不得了,抱住头,连连跺脚。……

"你是谁啊?"他尖起嗓子嚷道,声音变了,"你是谁啊?"

有个包厢里站着一个白白的人影。等到烛光往那边照过去,就可以看清那个人的胳膊、脑袋以至白胡子。

"你是谁啊?"喜剧演员用气急败坏的声调又问一遍。

白人影迈出一条腿,跨过包厢的障壁,跳进乐队池,然后,像阴影似的,不出声地往舞台这边走来。

"是我,先生!"他说着,爬上了舞台。

"是谁?"卡尔卡斯叫道,往后倒退。

"是我,尼基达·伊凡内奇……提词人。您不用担心。"

喜剧演员吓得浑身发抖,呆若木鸡,瘫软地在凳子上坐下,低下头。

"是我,先生!"那个人走到喜剧演员跟前说,他生得又高又瘦,头顶光秃,胡子花白,只穿着内衣内裤,光着脚,"是我,先生。是提词人,先生。"

"我的上帝啊……"喜剧演员说,伸出手掌摩挲着额头,呼呼地喘气,"原来是你,尼基达?你……你在这儿干什么?"

"我在这儿的包厢里过夜。此外就没有地方过夜了。……只是您不要告诉阿历克塞·福米奇。"

"你,尼基达……"衰弱无力的卡尔卡斯喃喃地说,对他伸出发抖的手,"我的上帝,我的上帝啊!……大家叫我谢幕十六次,送给我三顶花冠和许多东西……大家都喜欢我,可就是没有一个人来叫醒这个喝醉的老人,把老人送回家去。我是个老人了,尼基达。我五十八岁。我有病!我这衰弱的精力一天天地差了。"

卡尔卡斯往提词人那边探出身子去,周身发抖,抓住他的手。

"你别走,尼基达……"他喃喃地说,像在说梦话,"我年老,有病,该死了。……可怕呀!"

"您,瓦西里·瓦西里伊奇,该回家去了。"尼基达带着温情说。

"我不去。我没有家!我没有,没有!"

"主耶稣啊!莫非您忘记您住在什么地方了?"

"我不愿意到那儿去,不愿意……"喜剧演员有点发急地说,"我在那儿孤孤单单……一个亲人也没有,尼基达,既没有亲人,也没有老伴,更没有孩子。……单身一个人,跟野外的风一样。……我死了,谁也不会想起我。"

喜剧演员的战栗也感染了尼基达。……醉醺醺的、激动的老人拍他的手,颤巍巍地握紧它,让油彩和泪水弄脏了它。尼基达冷得缩起身子,耸动肩膀。

"我怕孤单……"卡尔卡斯喃喃地说,"没有一个人亲近我,安慰我,把这个醉汉扶上床去睡觉。我是属于谁的?有谁需要我?谁爱我呢?谁也不爱我啊,尼基达!"

"观众爱您,瓦西里·瓦西里伊奇!"

"观众走了,去睡觉了。……不,谁也不需要我,谁也不爱我。……我既没有妻子,也没有儿女。"

"哎呀,您何必为这些悲伤!"

"我也是人,活生生的人啊。……我原是贵族,尼基达,出身于上流人家。……当初我没有掉进这个无底洞以前,做过军人,在炮兵营里当差。那时候我是翩翩佳公子,美少年,性子烈,胆量大。……后来我成了出色的演员,我的上帝,我的上帝!所有这些往事都到哪儿去了?那些岁月在哪儿啊?"

喜剧演员抓住提词人的手,站起来,使劲眨眼睛,仿佛刚从黑地里走进灯光辉煌的房间似的。大颗的泪珠顺着他的脸颊淌下来,在油彩上留下一道道印迹。……

"那是什么样的岁月呀!"他继续像梦呓般地说,"如今我瞧着这个黑洞,都想起来了……样样都想起来了!这个黑洞吞掉我三十五年的生命,那一段生活多么好,尼基达!我现在瞧着它,看得一清二楚,就跟看你的脸似的!……我想起当初我还是个年轻的演员,刚开始演得出色的时候,有个女人看过我的表演就爱上了我。……她优雅,苗条得像一棵杨树,年轻,纯洁,聪明,而且火热,活像夏天的朝霞!我相信即使天上没有太阳,地上也仍然会明亮,因为任何夜晚都敌不过她的美丽!"

卡尔卡斯讲得热烈,头和手都发颤。……他面前站着尼基达,只穿着内衣内裤,光着脚,听他讲话。两个人被黑暗包缠着,那支无力的油烛几乎赶不散黑暗。这是奇怪而独特的一场戏,世界上没有一个剧院上演过,观众却只是那个死气沉沉的黑洞。……

"她爱上我了,"卡尔卡斯喘吁吁地接着说,"是啊。我记得有一次我站在她面前,就跟现在站在你面前一样。……那一次,她从来也没有这么漂亮过,她那对眼睛瞧着我的样子,我就是躺在坟墓里也忘不了!她的目光亲切,柔和得像是丝绒,闪着青春的光辉,深不可测!我陶醉了,满心快活,在她面前跪下,请求她给我幸福。……"

喜剧演员换一口气,压低喉咙继续说:

"可是她说:'您离开舞台吧!'明白吗?她可以爱演员,可是做他的妻子却办不到!我记得我那天演了戏。……我的角色很糟,嬉皮笑脸。……我一边演戏,一边心里像是有猫在抓挠,有蛇在咬。……我没有离开舞台,没有,可是我的眼睛直到那时候才算睁开!我明白我是奴隶,是别人消闲的玩具,根本就没有什么神圣的艺术,一切都是胡说,骗人。我了解那些观众!从那时候起我再

347

也不相信鼓掌,花冠,欢呼!是啊,老兄!他们对我鼓掌,花一卢布买我的照片,可是我在他们眼里却是外路人,我在他们眼里是一摊烂泥,几乎是个妓女!他们出于虚荣心才极力要跟我结交,然而他们不会自甘下流,把自己的姊妹或者女儿许给我做妻子!我不相信他们,痛恨他们,他们在我眼里是外路人!"

"您该回家去了,先生。"提词人胆怯地说。

"他们那班人我了解得很清楚!"卡尔卡斯嚷道,对着黑洞摇拳头,"从那时候起我就心里有数了。……我年纪还轻就已经识破真相,看明白了。……这一识破不要紧,我却为此付出了很大的代价呀,尼基达。自从那件事以后……自从发生过那个姑娘的事以后,我就吊儿郎当,一味鬼混,不往前看了。……我表演各种丑角,龇牙咧嘴,败坏人的思想……我耍贫嘴,乱抓眼,丧失了人的尊严。……唉唉!这个洞活活把我吞掉。以前我倒没感觉到,可是今天……我醒过来,回头一看,原来我已经活过五十八年!直到现在我才看出我老了!我的歌已经唱完了!"

卡尔卡斯仍旧索索地抖,呼呼地喘气。……过了一忽儿,尼基达把他搀进化装室,动手给他脱衣服,他却已经完全泄了气,四肢瘫软,不过依然不住地唠叨,哭泣。

谎！……

伊凡·叶果罗维奇·克拉斯努兴是个平平常常的为报纸写稿的人，这天深夜回到家里，皱紧眉头，神色严肃，不知怎的，显得心事重重。他的模样看起来就像是等着警察来搜捕，或者起意要自杀似的。他在他的房间里闲走一阵，然后停住脚，揪乱头发，用莱阿替斯①准备为妹妹报仇的那种口气说：

"一个人已经筋疲力尽，精神劳累，心里又郁积着愁闷，可是对不起，你得坐下来写东西！这就叫做生活？！一个作家明明心情忧郁，却不得不逗读者发笑，或者明明兴高采烈，却不得不按照编辑部的命令大流眼泪，他心里这种痛苦的冲突，为什么至今就没有人描写一下呢？我不得不嬉皮笑脸，冷着心肠，老说俏皮话，可是你要知道，那当儿我实在是满腔悲伤，比方说，我有病，我的孩子快要死了，我的妻子正在分娩！"

他一面说，一面摇拳头，瞪大了眼睛。……后来他走进卧室，叫醒妻子。

"娜嘉，"他说，"我要坐下来写东西了。……劳驾，别让外人打搅我。要是孩子啼哭，再有个厨娘打鼾，那就没法写。……还有，你去安排一下，把茶准备好……再煎一块肉排什么的。……你

---

① 莎士比亚的悲剧《哈姆雷特》中的人物。——俄文本编者注

知道,我不喝茶就写不出东西来。……在工作中,只有茶才能给我提神。"

他回到自己的房间,脱掉上衣、坎肩、皮靴。他慢慢地脱完,然后脸上做出无辜受屈的神情,在写字台旁边坐下。

桌子上没有一件东西是偶然放在那儿的日常用品。所有的东西,哪怕是最小的摆设,都带有深思熟虑和严格规划的性质。那儿有大作家的半身像和照片,有成叠的手稿,有折了书页的别林斯基著作,有一块作烟灰碟用的后脑骨,还有一张报纸是随意折叠着的,不过折叠得恰好露出一段用蓝铅笔标出的文字,页边空白处写着两个大字:"卑鄙!"这儿还有十来支新削的铅笔和安了新笔尖的钢笔,这些东西放在那儿,显然是不让外在的原因和偶然的事故,例如钢笔损坏等等,使他那纵情驰骋的文思哪怕中断一秒钟。……

克拉斯努兴把身子往圈椅的椅背上一靠,闭上眼睛,考虑他已经想出来的题材。他听见他妻子趿拉着拖鞋,去劈小木柴,好烧茶炊。她还没完全醒过来,这可以从茶炊盖和刀子不时从她手里掉下地听出来。不久就传来茶炊和煎肉的嘶嘶声。他妻子不停地劈小木柴,在炉边碰响炉盖、风门、炉门。忽然,克拉斯努兴打个哆嗦,睁开惊恐的眼睛,开始闻空气。

"我的上帝啊,烟气!"他呻吟说,痛苦地皱起脸,"烟气!这个讨厌的女人存心要毒死我!是啊,看在上帝面上,请说一句吧,我在这样的环境下能够写作吗?"

他跑进厨房,在那儿发出演戏般的哀叫声,大闹一场。过了不久,他妻子踮起脚尖,小心地走来,端给他一大杯茶,他呢,仍旧坐在圈椅上,闭着眼睛,思考他的题材。他一动也不动,用两只手指轻轻敲着额头,做出没听见他妻子走来的样子。……他脸上依然露出无辜受屈的神情。

犹如一个少女看到人家送给她一把贵重的扇子一样,他在下笔写上标题以前,先久久地对自己卖弄风情,扭扭捏捏,装腔作势。……他按紧两个鬓角,先是扭动身子,把脚缩到圈椅底下,仿佛身子酸痛似的,后来又懒洋洋地眯细眼睛,活像一只趴在长沙发上的猫。……最后他有点迟疑不定地往墨水瓶那边伸出手去,带着像是签署死刑判决书的神情,写下了标题。……

"妈妈,给我点水喝!"他听见他儿子叫道。

"嘘!"母亲说,"爸爸在写东西呐!嘘……"

爸爸写得很快很快,既不涂改,也不停笔,几乎连翻稿纸的工夫也没有。那些名作家的半身像和相片一动也不动,瞧着他走笔如飞,似乎在想:"嘿,老兄,你可真行啊!"

"嘘!"笔尖叫道。

"嘘!"那些作家说,随着他膝盖的碰撞,他们跟桌子一起颤动。

忽然,克拉斯努兴挺直身子,放下钢笔,侧耳倾听。……他听见一种平稳单调的低语声。……这是邻居福玛·尼古拉耶维奇在隔壁房间里祷告上帝。

"您听我说!"克拉斯努兴叫道,"您不能小点声祷告吗?您妨碍我写作!"

"对不起,先生……"福玛·尼古拉耶维奇胆怯地回答说。

"嘘!"

克拉斯努兴写满五页稿纸,伸个懒腰,看一看怀表。

"上帝啊,已经三点钟了!"他哀叫道,"人家都睡了,可我呢……唯独我不能不工作!"

他浑身散了架,劳累不堪,歪着头,走进卧室,叫醒妻子,用懒洋洋的声调说:

"娜嘉,再给我弄点茶来!我……我精力不济了!"

他一直写到四点钟,要不是题材已经耗尽,本来是会一口气写到六点钟的。他这样远远地避开别人窥探和观察的眼睛,对自己和对没有生命的物品悄悄卖弄风情,忸怩作态,他这样在自己的小窝里对那些不得不受他支配的人称王称霸,都成了他生活里的盐和蜜①。这个暴君在这儿,在家里,跟我们在编辑部里习常见到的那个低声下气、沉默寡言、毫无才华的小人物相比,是何等不同!

　　"我累得恐怕睡不着觉了……"他说着,躺下去睡觉,"我们的工作,这种该死的、费力不讨好的、苦役般的工作,与其说劳累人的身体,倒不如说劳累人的灵魂。……我该服点溴化钾②才对。……啊,上帝看得见,要不是有这个家,我早就丢开这种工作不干了。……按编辑部的命令写东西!这真要命哟!"

　　他一直睡到十二点或者下午一点钟,睡得踏实而酣畅。……啊,如果他做了有名的作家,主编,或者哪怕做了发行人,那他会睡得更加酣畅,而且会做多么好的梦,会多么痛快啊!

　　"他写了整整一夜!"他妻子做出惊恐的脸色,低声说,"嘘!"

　　谁也不敢说话,不敢走动,不敢弄出响声。他的睡眠是神圣之至的,谁要侵犯它,谁就得付出很高的代价!

　　"嘘!"这个声音传遍整个屋子,"嘘!"

---

① 借喻"莫大的乐趣"。
② 一种镇静剂。

梦　　想

　　有两个乡村警察，一个长着黑胡子，身材矮壮，腿短得出奇，要是从他身后看去，他的腿就像是在比一般人低得多的地方长出来的；另一个却瘦长而笔直，好比一根木棍，蓄着稀疏的深棕色胡子，他俩押着一个身世不明的流浪汉到县城去。头一个警察大摇大摆地走着，往四下里看，嘴里时而嚼一根细干草，时而嚼自己的衣袖，手不住拍胯股，鼻子里哼小曲，总之他的神态无忧无虑，吊儿郎当。另一个尽管生着瘦脸和窄肩膀，眉宇之间却庄重，严肃，老成，论周身的气派和表情，他俨然是旧教的教士，或者古代圣像上画着的武士。俗语说，"上帝看他才智过人就多给他一个额头"，也就是说，他已经谢顶，这就使他越发像上述那两种人了。头一个叫安德烈·普达哈，第二个叫尼康德尔·萨波日尼科夫。

　　他们押解的那个人，跟一般人具有的流浪汉概念截然不同。他是个矮小虚弱的人，体力不济，带着病样，五官细小，缺乏光彩，极不起眼。他的眉毛稀稀拉拉，目光温顺而柔和，唇髭几乎还没生出来，其实这个流浪汉的年纪已经过了三十岁。他迈步走路有点畏缩的样子，拱起背脊，把手拢在袖管里。他穿一件并非农民式的旧呢大衣，绒毛已经磨损，衣领一直竖到帽边上，结果只有他的小红鼻子大着胆子伸出来，窥探上帝创造的世界。他讲话用的是尖细的男高音，带着谄媚的口气，不时嗽一下喉咙。要说他是个隐姓埋名的流浪汉,那是很难叫人相信的,很难。倒不如说他像教士的失意的儿子,为上帝所遗弃,沦为乞丐了,或者像是个文书,由于酗酒而被革职了,再不然就像是商人的儿子或者侄子,在演戏的行业中试了试他微薄的力量,如今正走回家去,以便表演浪子寓言①的最后一幕。他在秋天泥泞难行的道路上不声不响,耐着性子挣扎前进,凭这一点看来,或许他是笃信宗教的修道院僧侣,走遍俄国的修道院,顽强地寻求"和平而摆脱罪恶的生活",却又找不到。……

这几个行人已经走了很久,可是好像怎么也走不出一块不大的土地。他们前边总有大约五俄丈②长的深褐色泥路,身后也总有那么一段泥路,至于远处,不管往哪儿看,总有一堵白雾的高墙,挡住人的视线。他们走啊走的,可是土地仍然是那样,高墙也没有移近一点,那一小块土地也还是那一小块土地。他们偶尔见到一块有棱角的白石头、一条小沟或者过路人丢下的一抱干草。偶尔闪出一个混浊的大水洼,不久也就消失了。再不然,前边,突然间,出人意外地显出一个轮廓不明的阴影,越走近,阴影就越小越黑,再走近点,这几个行人面前就出现一块里程碑,歪着立在那儿,上面的字迹已经模糊,要不然就是一棵可怜相的小桦树,湿漉漉,光秃秃,像是路旁的乞丐。小桦树的黄色残叶在喁喁私语,有一片树叶脱落了,懒洋洋地飘飞到地上来,……随后又是迷雾、泥泞、路旁的褐色杂草。草上挂着混浊的、不祥的眼泪。这不是那种充满宁静的喜悦的眼泪,不是大地迎来和送走夏季的太阳的时候流着的眼泪,也不是每到黎明时分用来供鹌鹑、秧鸡、苗条而又嘴长的麻鹬解渴的眼泪!这几个行人的脚陷在沉重而稠粘的烂泥里。每迈

---

① 指基督教经书《新约·路加福音》中浪子回头而受到父亲欢迎的故事。
② 1俄丈等于2.134米。

一步都要费不小的劲。

安德烈·普达哈有点激动。他不住回头看流浪汉,极力要弄明白这个清醒的活人怎么能不记得自己的姓名。

"你总该是正教徒吧?"他问。

"是正教徒。"流浪汉温和地回答说。

"嗯!……那么你受过洗吧?"

"怎么会没受过洗呢?我又不是土耳其人。教堂我也去,到斋期我也持斋,不吃荤腥。我是严守教规的。……"

"哦,那你叫什么名字?"

"你要怎么叫就怎么叫吧,伙伴。"

普达哈耸起肩膀,大惑不解地拍自己的胯股。另一个乡村警察尼康德尔·萨波日尼科夫保持庄严的沉默。他不像普达哈那么天真,看来完全知道是什么原因促使这个正教徒对外人隐瞒自己的姓名。他那富于表情的脸冷漠而严正。他独自走他的路,不屑于跟同伴们闲谈,仿佛极力向大家,甚至向大雾表明他稳重而老练似的。

"上帝才知道应该把你看成什么人才是,"普达哈继续纠缠说,"农民不像农民,老爷不像老爷,有点不三不四。……前几天我在池塘里洗筛子,捉到那么一条小蛇,喏,只有手指头那么长,长着腮和尾巴。起初我当它是鱼,后来一看,该死的东西!原来生着爪子呢。像鱼不是鱼,像蝮蛇不是蝮蛇,鬼才知道它是个什么玩意儿。……你也是这样。……你是什么出身?"

"我是农民,出身农家,"流浪汉叹口气说,"我妈是地主家的农奴。论相貌,我不像农民,这话是不错的,因为我命中就注定了这样,好人。我妈在老爷家当保姆,吃穿讲究,我是她的亲骨肉,跟着她在老爷家里过。她老人家疼我,宠我,打定主意要把我从老百姓提拔成上流人。我睡的是床,每天吃上等伙食,穿长裤和半高腰皮靴,活像贵族家的少爷。我妈吃什么,我也吃什么,主人家送给她衣料,她就给我做衣服穿。……日子过得可好了!我小时候吃过那么多的糖果和蜜糖饼干,要是现在拿来卖掉,准能买回一匹好马呢。我妈教我读书写字,叫我从小就敬畏上帝,把我管教得至今都不会说庄稼汉的粗话。白酒我不喝,伙伴,衣服总是穿得整整齐齐,在上流社会里周旋应对都很得体。她老人家要是还活着,那就求上帝保佑她平安吧,要是她已经死了,那么,主啊,在你那容让规矩人安息的天国里,也让她的灵魂安息吧!"

流浪汉脱掉帽子,露出头上竖起的稀疏的硬发,抬起眼睛望着天空,在胸前画了两次十字。

"主啊,赐给她富饶的地方,安息的地方吧!"他拖着长音说,他的声调与其说像男人,不如说像老太婆,"主啊,用你的道理开导她,开导你的奴隶克谢尼雅吧!要不是亲爱的妈妈,我现在就成了普通的庄稼汉,什么也不懂了!如今呢,伙伴,不管你问我什么,我全懂:世俗的文字也罢,宗教的圣书也罢,各种祈祷词也罢,教义问答也罢,我全懂。我就是按圣书上的话活着的。……我不得罪人,守身如玉,照教规持斋,按时进餐。别人觉得只有喝酒和说下流话才算是乐趣,可是我有了空闲,却到墙角上去坐着看书。我一边看书,一边止不住掉泪,哭。……"

"你哭什么?"

"书上写得可怜啊!有的小书花五戈比就能买到手,可是看得你止不住哭,止不住唉声叹气。"

"你父亲死了吗?"普达哈问。

"不知道,伙伴。我不知道我的亲爹是谁,这罪孽也用不着瞒人了。我是这么想的:我必是我妈的私生子。我妈一辈子住在地主家里,不愿意嫁给普通的庄稼汉。……"

"她就跟老爷勾搭上了。"普达哈说,冷冷一笑。

"她失身了,这是实在的。她老人家笃信宗教,敬畏上帝,可是没有保住贞操。这当然是罪孽,大罪孽,这用不着多说,不过另一方面,说不定我身上也就有贵族的血了。说不定我只在名分上是农民,实际上却是贵族老爷呢。"

这个"贵族老爷"用轻微的、甜滋滋的男高音说出这些话来,皱起窄小的额头,冻红的小鼻子里发出一种刺耳的响声。普达哈听着,惊讶地斜起眼睛瞧着他,不住耸动肩膀。

两个乡村警察押着流浪汉走出六俄里光景,在一个高土墩上坐下休息。

"就连狗都记得自己的名字,"普达哈嘟哝说,"我叫安德烈他叫尼康德尔,各人有各人神圣的名字,这说什么也忘不了!说什么也忘不了!"

"谁有必要知道我的姓名呢?"流浪汉叹道,用拳头支住脸颊,"我说了对我有什么好处呢?要是我说了就可以爱到哪儿去就到哪儿去,那倒也罢了,可是实际上却会比现在更糟。我懂法律,两位正教教友。现在我是个记不得姓名的流浪汉,那么至多也就判我流放到西伯利亚东部去,再抽上三四十下鞭子罢了,可我要是对他们说出真姓名和真出身,那他们就会把我发配去做苦工了。我懂!"

"莫非你做过苦役犯?"

"做过,亲爱的朋友。剃了头发,戴着镣铐,足足有四年呢。"

"犯了什么案?"

"杀人案,好人!我小时候,十八岁上下,我妈一不小心,原该在老爷的杯子里放上苏打的,却放了砒霜。储藏室里各式各样的药盒多得很,很容易拿错。……"

流浪汉叹口气,摇摇头,说:

"她老人家是个笃信宗教的人,可是谁知道她呢,别人的灵魂好比一片密林啊！这也许是不小心,可也许是老爷跟另外一个使女亲近,她心里受不了这种气。……说不定砒霜是有意给他放的,上帝才知道! 我那时候年纪小,不大懂。……现在我还记得,老爷确实另找了个姘妇,我妈伤心得很。后来我们差不多打了两年官司。……我妈判了二十年苦役刑,我年纪小,只判了七年。"

"为什么也把你判刑呢?"

"因为是同谋犯。那个杯子是我拿给老爷的。素来都是这样:我妈冲好苏打水,由我拿给他。不过,两位老兄,这些话,我是照基督徒那样,当着上帝的面,给你们讲的,你们可别告诉外人啊。……"

"放心吧,别人是连问也不会问我们的,"普达哈说,"那么,这样说来,你是从做苦工的地方逃回来的?"

"是逃回来的,亲爱的朋友。逃跑的一共有我们十四个人。求上帝保佑他们,那些人不但自己逃跑,也把我带上了。现在你想想看,伙伴,凭良心说,我有什么理由说出我的底细呢?要知道,他们会又把我押回去做苦工的!可是我怎么能做苦役犯呢?我是个娇贵的人,有病,喜欢睡在干净的地方,吃讲究的伙食。我祷告上帝的时候,喜欢点上一盏小灯或者一支小蜡烛,四周要没有吵闹声才好。临到我叩头,地板上应该没有垃圾,没有痰。每天一早一晚,我要为我妈叩四十个头呢。"

流浪汉脱掉帽子,在胸前画十字。

"不过,随他们把我流放到西伯利亚东部去好了,"他说,"我不怕!"

"莫非这样倒好些?"

"那完全是另一种光景!在做苦工的地方,你活像一只虾,给人扔进了筐子:万头攒动,挤来挤去,磕磕碰碰,就连透一口气的地方也没有,活生生的一个地狱,像那样的地狱只求圣母别让我们落进去才好！你是强盗,那就叫你尝一尝做强盗的滋味,比狗都不如哟。吃不好,睡不稳,祷告上帝也说不上。可是在流放地,那就不一样了。在流放地,首先,我登记入村社,跟别的社员一样。当局依法得给我一块份地……是啊！据说,那儿的土地不值钱,简直像雪片,你要多少就给多少！伙伴,那他们就会给我一大片地,又能种庄稼,又能种菜,又能盖房子。……我呢,就跟别人那样耕地,播种,买牲口,置办各种农具,养蜂,养羊,养狗。……西伯利亚种的猫也要养,免得田鼠和家鼠吃掉我的存粮。……老兄,我要搭起木架盖房,我要买圣像。……上帝保佑,我还会娶亲,生儿养女哩。"

流浪汉嘴里唠叨着,眼睛没看听讲的人,却瞧着旁边远处。不管他的幻想多么天真,却是用诚恳热切的口气说出口的,因此使人很难不相信。流浪汉嘻开小嘴微笑。他乐不可支地玩味遥远的幸福,他的整个脸、眼睛、小鼻子一动也不动,他出神了。两个乡村警察严肃地听着他讲,瞧着他,不由得同情他。他们也相信了。

"我不怕西伯利亚,"流浪汉继续唠叨说,"西伯利亚也是俄国嘛,那儿的上帝和沙皇也就是这儿的上帝和沙皇,那儿的人也像正教徒那么讲话,跟你我一样。不过那儿自由得多,人们的生活也富裕得多。那儿样样都比这儿强。比方拿那儿的河来说,就比这儿的不知好多少倍！鱼啦,野禽啦,多得数不清！我呢,老兄,最喜欢的就是钓鱼。不给我面包吃倒没关系,只要让我在河边坐着钓鱼就成。真是这样。我有时候用钓竿钓鱼,有时候用钩子,有时候用篓子,等河上结的冰流动了,我就撒网捕鱼。我没有力气拉网,那就花五戈比雇个庄稼汉好了。主啊,那会多么快活！捉到一条江鳕或者大头鲻,就好比见了亲兄弟呢。你猜怎么着,各种鱼有各种鱼的钓法:有的是用饵鱼去钓,有的就用蚯蚓,有的却用青蛙或者蝨斯。这可全得在行！比方说江鳕吧。江鳕这种鱼可不客气,见了棘鲈就吞下肚去。梭鱼喜欢吃鲍鱼,大头鱼喜欢吃蝴蝶。大头鲈，要是在湍急的河水里去捉，天下可就再也没有比这更快活的事了。你把细钓丝扔出大约十俄丈远去，上面不加铅锤，只拴上蝴蝶或者甲虫，让钓饵漂在水面上，你脱了长裤站在水里，让钓丝顺着水漂，大头鲈就会来上钩！不过这时候要想法叫它，叫这个该死的东西别把食饵扯掉。它刚一扯你的钓丝，你就赶紧一拉，不能等。我这辈子捉到的鱼不知有多少！当初在逃回来的路上，别的犯人都在树林里睡觉，我却睡不着，总是到河边去。那儿的河又宽又急，河岸高陡，吓人啊！岸上满是茂密的树林。树木高极了，你抬头一看树顶，头都发晕。要是按此地的价钱，那儿每棵松树都能卖十卢布呢。"

这个可怜的人头脑里充满了幻想、往事的经过美化的形象和对幸福的甜蜜的憧憬。在这种纷至沓来的压力下，他沉默了，光是努动嘴唇，仿佛在跟自己小声说话。呆头呆脑的快乐笑容一直没离开他的脸。乡村警察沉默了。他们低下头，沉思不语。在秋天的寂静中，寒冷而严峻的迷雾从地上升起来，压在人的心头，像狱墙那样横在人的眼前，证明人的意志是受着限制的，在这样的时候想着宽阔而湍急的河流以及辽阔高陡的河岸，想着无法通行的密林和一望无际的草原，倒是很畅快的。他们的想象力缓慢而平静地描绘着凌晨天空的红霞还没褪尽，却已经有一个人在荒无人烟的陡岸上行走，像是一个小小的黑点。河流两旁，层层叠叠，净是古老而挺拔的松树，严峻地瞧着这个自由的人，阴沉地发出抱怨声。树根啦，大石块啦，带刺的荆棘啦，拦住他的去路，可是他身体强壮，精神抖擞，不怕松树，不怕石头，不怕孤单，不怕每走一步路都会引来的洪亮回声。

两个乡村警察暗自描绘他们从没经历过的自由生活的画面。至于这究竟是他们模糊地想起了很久以前听说过的故事中的形象呢，还是自由生活的概念原是他们从遥远而自由的祖先那里连同血肉一并继承下来,在他们心里生下了根的,那就只有上帝才知道了!

头一个打破沉默的是尼康德尔·萨波日尼科夫,他至今还没有吐露过一句话。也许他嫉妒流浪汉的渺茫的幸福吧,或者,也许他心里感到幸福的梦想跟灰白色的迷雾和深棕色的泥泞格格不入,总之他严峻地瞧着流浪汉,说:

"话是不错的,这都挺好,不过,老兄,你走不到那个自由的天地。你怎么能行呢?你走上三百俄里,就会把灵魂交给上帝了。瞧瞧你,身子多么弱!你才走了六俄里,就已经喘得不行了!"

流浪汉慢腾腾地转过脸瞧着尼康德尔,脸上的快乐笑容消失了。他惊恐而负疚地瞧着乡村警察庄重的脸色,大概想起了什么心事,低下头去。沉默又来了。……三个人都在沉思。两个乡村警察费尽心思,竭力想象也许只有上帝才能想象的事,那就是他们和自由天地之间相距有多么远,而且远得多么可怕。可是流浪汉的脑子里挤满各种画面,它们鲜明、清楚,而且比那距离还要可怕。他眼前生动地现出办事拖拉的法院、临时羁押监狱和苦役犯的监狱、囚犯所乘的船只、沿途令人困顿的停歇、严寒的冬天、疾病、同伴的死亡。……

流浪汉负疚地眯着眼睛,举起衣袖擦掉额头上冒出的小颗汗珠,不住地喘气,仿佛刚从热烘烘的澡堂里跑出来,然后举起另一只衣袖擦一下额头,战战兢兢地回过头去看。

"你也真走不到!"普达哈同意说,"你哪儿是能走路的人呢?你看看你那样儿:皮包骨头!你会死掉的,老兄!"

"当然会死掉!他哪能行呢?"尼康德尔说,"他现在就该送进医院去了。……真的!"

这个身世不明的人惶恐地瞧着两个凶险的旅伴那严峻而冷漠的脸,帽子也来不及脱就瞪大了眼睛,赶快在胸前画十字。……他周身发抖,脑袋颤摇,四肢开始扭动,像是一条毛毛虫被人踩了一脚似的。……

"好,我们也该走了,"尼康德尔说着,站起来,"歇够了!"

过一会儿这几个行人顺着泥泞的道路走下去。流浪汉越发拱起后背,两只手更深地拢进袖管。普达哈不讲话了。

磨 坊 外

磨坊主人阿历克塞·比留科夫是个矮壮而结实的中年男人,论身材和相貌,颇像孩子们读过儒勒·凡尔纳的作品以后常梦见的那些举止粗野、动作笨拙、脚步沉重的水手。他坐在他那小屋的门槛上,懒洋洋地吧唧着已经灭了的烟斗。这一回他穿着兵士的灰色粗呢长裤和沉重的大皮靴,然而没穿上衣,没戴帽子,其实外面已经是深秋天气,潮湿而阴冷了。潮湿的雾气自由自在地钻进他敞开怀的坎肩,可是磨坊主人的粗大身体像鸡眼那么硬,分明没感到寒意。他那又红又肥的脸照例神情淡漠,皮肉松弛,仿佛半睡半醒似的。他那埋在一堆肥肉里的小眼睛阴郁地从眉毛底下往四下里瞧,时而瞅着水坝,时而瞅着两间带宽檐的堆房,时而瞅着难看的老柳树。

堆房旁边有两个刚来的修道院修士在忙碌:一个叫克辽巴,是个高身量的白发老人,穿着溅了污泥的法衣,戴着打了补丁的旧法冠;另一个叫焦朵尔,黑胡子,黑脸膛,大概是格鲁吉亚人,穿着普通的农民式羊皮袄。他们正从大车上卸下一袋袋黑麦,是运到这儿来磨成面粉的。离他们稍远点,在一块乌黑而泥泞的草地上,坐着磨坊的工人叶甫塞,是个年轻而没生唇髭的小伙子,穿着短小的破羊皮袄,已经喝得大醉。他手里揉着一张渔网,做出修补的样子。

磨坊主人转动眼睛,东张西望很久,没开口说话,后来把目光停在搬袋子的修士身上,用男低音粗声粗气地说:

"你们这些修士,为什么在这条河里打鱼?是谁准许你们这么干的?"

修士们一句话也没回答,甚至没看磨坊主人一眼。

磨坊主人沉默一会儿,点上烟斗,继续说:

"你们自己打鱼不算,还容许城关的小市民来打鱼。我已经从城郊,从你们那儿包下这条河,付过你们钱,可见鱼是我的,谁也没有权利来打鱼。你们经常祷告上帝,可又认为偷偷摸摸不算罪过。"

磨坊主人打个呵欠,沉默一会儿,继续抱怨说:

"你瞧,他们养成了什么习气!他们当是他们做了修士,日后准保能做圣徒,对他们就没有个管束了。瞧着吧,我不管那套,偏要到调解法官那儿去告一状。调解法官才不管你穿没穿法衣,你就要在他的看守所里坐个够哩。要不然,也不用找调解法官,我自己就能对付。往后我碰上谁在河边钓鱼,就狠狠地给他一个脖儿拐,叫他直到世界末日也不愿意再钓鱼了!"

"您不该说这样的话,阿历克塞·陀罗费伊奇!"克辽巴用文静的男高音说,"凡是敬畏上帝的好人,对狗都不会说这样的话,何况我们是修士!"

"修士,"磨坊主人讥诮道,"你要吃鱼?不是吗?那你就花钱在我这儿买,别偷嘛!"

"主啊,难道我们在偷吗?"克辽巴皱起眉头说,"为什么说这种话呢?我们的见习修士打过鱼,这话是不错的,不过他们原是经修士大司祭许可才这样做的。修士大司祭认为:您交的钱不是包下整条河,只是您有权在我们的岸边撒网罢了。并不是把整条河都包给您了。……河不是您的,也不是我们的,而是上帝的。……"

"修士大司祭也跟你差不多,"磨坊主人嘟哝说,拿烟斗敲他的靴子,"他也喜欢变着法儿骗人!我可不来管他是什么人。在我眼里,修士大司祭跟你,或者,喏,跟叶甫塞,是完全一样的。往后我在河边碰上他打鱼,也照样会揍他一顿。……"

"既然您存心要打修士,那也随您。等我们到另一个世界,这在我们倒好些。您已经打过维萨里昂和安契庇,那就再打别人吧。"

"别说了,你不要去惹他!"焦朵尔拉着克辽巴的衣袖说。

克辽巴醒悟过来,闭上嘴,开始搬口袋,可是磨坊主人仍然骂个不休。他懒洋洋地发牢骚,每说完一句就吧唧一阵烟斗,吐一口唾沫。打鱼问题讲到无可再讲以后,他想起以前他自己有过两袋面粉,似乎被修士们"蒙混"去了,就开始为那两袋面粉骂街。后来他发觉叶甫塞喝醉了酒,不干活,就丢下修士,朝着那个工人发脾气,弄得空中满是刁钻古怪而又难听的骂人话。

两个修士先是隐忍着,光是大声叹气,可是不久克辽巴就受不住了。……他把两只手合在一起,带着哭音说:

"神圣的主宰啊,再也没有比要我到磨坊来更苦的差事了!这儿是个活地狱!地狱,真是地狱呀!"

"那你就别来!"磨坊主人顶他一句。

"圣母啊,我倒情愿不来,可是另外我们到哪儿去找磨坊呢?你自己想一想吧,这一带除了你的磨坊再也没有第二家了!简直只好活活饿死,要不然就把没磨过的麦粒生吞下去!"

磨坊主人不肯干休,继续向四面八方抛出叫骂声。看得出来,发牢骚和谩骂在他已经养成习惯,跟吧唧烟斗一样了。

"你至少不要提魔鬼吧!"克辽巴恳求道,惊慌地眨巴眼睛,"得了,你少说几句吧,劳驾!"

磨坊主人不久就沉默了,然而这倒不是因为克辽巴央求他。原来水坝上出现一个身材矮小而驼背的老太婆,面容忠厚,穿一件古怪的、像甲虫的背脊般的花条长外衣,随身带一个小包,挂着一根小拐杖。……

"你们好,神甫!"她吐字不清地说,对修士们深深地鞠躬,"上帝保佑!你好,阿辽宪卡①!你好,叶甫塞!……"

"您好,妈妈。"磨坊主人嘟哝道,眼睛没瞧着老太婆,皱起眉头。

"我到你这儿做客来了,我的好孩子!"她说,不住微笑,温柔地瞧着磨坊主人,"我很久没有见到你了。大概从圣母升天节②起,我们就没见过面了。……不管你愿意不愿意,跟我一起待会儿吧!不过你好像瘦了。……"

小老太婆在磨坊主人身旁坐下。在这个大汉身旁,她穿着那件小小的长外衣越发像是甲虫了。

"是啊,从圣母升天节起就没见过面了!"她继续说,"我一直惦记着你,想你把心都想痛了,儿子,可是临到我要动身来看你,不是天下雨,就是我得病了。……"

"现在您是从城郊来吧?"磨坊主人闷闷不乐地问。

"从城郊来。……从家里照直上这儿来的。……"

"您既然有病,体质又这么单薄,就该待在家里,不该出来做客。嗯,您到这儿来干什么?您也不怕磨破鞋底!"

"我来看看你呗。……我呢,有两个儿子,"她转过脸去对修士说,"这是一个,另外还有一个瓦西里,住在城郊。一共只有这么两个。我活着也罢,死了也罢,他们都无所谓,可是,在我的眼里

---

① 阿历克塞的小名。
② 基督教节日,在 8 月 15 日。

他们到底都是亲人,是我的安慰。……他们缺了我倒能活下去,我呢,缺了他们就好像一天也活不下去。……不过,神甫,我年纪老了,从城郊走到他这儿,觉得吃力了。"

紧跟着是沉默。修士们已经把最后一个袋子抬进堆房里,在大车上坐着休息了。……醉醺醺的叶甫塞手里仍旧揉搓着渔网,睡意蒙眬地频频点头。

"您来得不是时候,妈妈,"磨坊主人说,"我马上就要坐车到卡里亚席诺村去了。"

"去吧!上帝保佑你!"老太婆叹道,"不要为了我就丢开正事不办。……我歇上一个钟头就回去了。……瓦夏①和他的孩子都问你好,阿辽宪卡。……"

"他还在灌酒吗?"

"喝得倒不算太多,不过喝总是喝的。这种罪孽也用不着隐瞒,他是在喝酒。……你知道,他也没有钱喝很多的酒,除非有好心的人请他喝。……他的日子过得苦啊,阿辽宪卡!我瞧着他就难受。……家里没有东西吃,孩子穿得破破烂烂,他自己也不好意思上街,裤子全破了窟窿,皮靴也没有。……我们一家六口挤在一个房间里睡觉。真是穷极了,穷极了,没法想象还有比这更苦的了。……我就是来特为求你的。……阿辽宪卡,你就看在我这个老婆子面上,帮帮瓦西里的忙吧。……他到底是你的亲兄弟!"

磨坊主人一言不发,眼睛瞧着一旁。

"他穷,可是你呢,赞美上帝吧!你又开磨坊,又有菜园,又做鱼生意。……主赐给你聪明才智,把你抬举得比众人都高,叫你吃得饱饱的。……况且你独身一人。……可是瓦夏有四个孩子,我这个该死的又拖累他,他的工钱一共就只有七卢布。他怎么养活

---

① 瓦西里的小名。

得了这么些人?你帮帮他吧。"

磨坊主人一言不发,专心地装他的烟斗。

"你肯给点吗?"老太婆问。

磨坊主人一言不发,仿佛嘴里装满了水似的。老太婆没有听到回答,就叹口气,抬起眼睛看了看修士们和叶甫塞,站起来说:

"好,求上帝跟你同在,不给就算了。我早就知道你不肯给。……我一大半是为纳扎尔·安德烈伊奇的事才来找你的。……他哭得很厉害,阿辽宪卡!他吻我的手,不住央告我到你这儿来求你。……"

"他要怎么样?"

"他求你还他的东西。他说,'我先前把黑麦运到他那儿去磨,可是他没给我面粉。'"

"您用不着管人家的闲事,妈妈,"磨坊主人抱怨道,"您的事就是祷告上帝。"

"我一直在祷告,可是不知怎的,上帝不理我的祷告。瓦西里成了叫花子,我自己也沿街讨饭,穿着别人的长外衣走来走去,你呢,倒过得挺好,可是上帝才知道你长着一颗什么心。哎,阿辽宪卡,贪婪的眼睛把你毁了!你样样都好:又聪明,又漂亮,又是体面的商人,可就是不像个真正的人!你不和气,从来也没有个笑脸,一句好话也不会说,一点慈悲心肠也没有,活像头野兽。……瞧瞧你这张脸!人家都在背后数落你,我听得好伤心哟!喏,你就问问这两位神甫吧!他们胡乱说你吸人的血,横行霸道,晚上带着你的强盗伙计们打劫过往的行人,偷人家的马。……你的磨坊就像一个被上帝诅咒的地方。……姑娘和男孩都不敢走近,大家都躲着你。人家给你取的外号不是别的,而是该隐和希律①啊。……"

---

① 该隐是亚当的大儿子,因嫉妒而杀死弟弟,见《旧约·创世记》;希律是犹太王,在耶稣诞生的时候,要捉拿和杀死他,见《新约·马太福音》。

"您胡闹,妈妈!"

"你走到哪儿,哪儿就不生草;你在哪儿呼吸,哪儿就没有苍蝇飞。我老是听见人家说:'唉,只求有人快点把他打死,或者定了罪才好!'做母亲的听了这些话是什么滋味?什么滋味啊?你到底是我亲生的孩子,我的血肉呀。……"

"不过我得走了,"磨坊主人说着,站起来,"再见,妈妈!"

磨坊主人从堆房里拖出一辆大板车,牵出一匹马,把它像小狗似的往车杠中间一推,开始拴马。老太婆走到他身旁,瞧着他的脸,泪汪汪地眨巴眼睛。

"好,再见!"她说,这时候,她的儿子很快地穿上长外衣,"托上帝的福,你就在这儿住下去吧,可是别忘了我们。等一等,我送给你一点礼物……"她压低喉咙说,解开小包,"昨天我到助祭太太家里去,他们给我吃东西……我就藏起一个留给你。……"

老太婆向儿子伸出一只手去,手里拿着一块不大的薄荷饼干。……

"您走开!"磨坊主人叫道,推开她的手。

老太婆窘了,饼干从她手中掉下地,她慢腾腾地往水坝走去。……这个场面给人留下沉重的印象。姑且不谈修士们大叫一声,吓得摊开了手,就连喝醉酒的叶甫塞也愣住了,惊恐地呆望着他的主人。不知道是磨坊主人理解了修士们和工人脸上的表情呢,还是也许有一种沉睡已久的感情在他的胸膛里动了一下,总之,他脸上掠过一种类似惊吓的神情。……

"妈妈!"他叫道。

老太婆打了个哆嗦,回过头来看。磨坊主人匆匆地把手伸进衣袋,从那儿取出一个皮革制的大钱包。……

"给您……"他喃喃地说着,从钱包里取出一把钱来,有钞票,有银币,"您拿去吧!"

他手里攥着那把钱,揉搓着,不知什么缘故转过头去看一眼修士们,然后又揉搓。钞票和银币顺着手指缝里漏下去,一个个回到钱包里去了,结果手里只剩下一枚二十戈比银币。……磨坊主人把它细细看一遍,用手指头摩挲着,然后嗽一下喉咙,涨红脸,把它交给母亲了。

好　　人

从前，在莫斯科住着一个人，名叫符拉季米尔·谢敏内奇·里亚多夫斯基。他毕业于大学法学系，在某铁路局供职，可是假如您问他做什么工作，他就会睁着亮晶晶的大眼睛从金边的夹鼻眼镜①里坦率爽朗地瞧着您，用平静、柔和、吐字不清的男中音回答您说：

"我做文学工作！"

大学毕业后，符拉季米尔·谢敏内奇在一家报纸上发表过一篇剧评。他从剧评转到书报评介栏，一年后就发展到每星期发表一篇评论性的小品文了。然而根据这一点却不应当得出结论说：他是业余工作者，他的写作具有偶然的和暂时的性质。每逢我看见他那装束整洁的瘦小身材、宽大的额头和马鬃般的长发，每逢我听着他讲话，我总觉得他的写作似乎不是取决于他写什么，怎样写，而是一种生来就有的生理现象，犹如心跳一样，他还在娘胎里的时候，似乎他的全部文学纲领就已经在他的头脑里形成，像瘤子一样了。我甚至在他的步伐、手势、弹烟灰的姿态里也看到这个纲领，从头到尾，连同它的种种叫嚣、乏味、庄严之处，都清清楚楚。遇到他带着充满灵感的脸容把花圈放在某一名人的棺材上，或者

---

① 原文为法语。

带着尊严而郑重的神情为一封贺电征集签名的时候,他俨然是个以写作为业的人。他那种极力要结交著名文学家的热情,那种在没有才能的地方也能找到才能的本领,那种经常热情洋溢的神态,那种每分钟达到一百二十次的脉搏,那种对生活的无知,在为青年学生募捐的音乐会和文学晚会上像女人那样大惊小怪地奔忙张罗的样子,那种力求接近青年人的心情,即使他没有写过文章,也足以给他造出"作家"的名声来了。

像他这样的作家,很适合于说:"我们这种人是不多的!"或者"缺了斗争,那还算是什么生活?前进啊!"其实他从来也没有跟什么人斗争过,也从来没有前进过。临到他开口畅谈理想,那也不会显得肉麻。每到大学周年纪念日,在达契雅娜节,他总是喝得醉醺醺的,唱起《我们欢乐吧》①来,总是荒腔走板,同时他那眉开眼笑、不住流汗的脸仿佛在说:"您瞧,我喝醉了,我在纵酒行乐啊!"可是就连这样,对他也是很相称的。

符拉季米尔·谢敏内奇真诚地相信他的写作权利,相信他的纲领,不存任何怀疑,显然对自己很满意。只有一件事使他伤心,那就是他发表文章的报纸却订户很少,名气也不大。不过符拉季米尔·谢敏内奇相信他迟早会在大杂志上立足,发挥才能,大显身手,因此他那小小的悲哀在灿烂的希望面前也就黯然失色了。

我常到这个可爱的人家里做客,认识了他的亲妹妹,女医生薇拉·谢敏诺芙娜。乍看上去,这个女人神色疲倦,她那病恹恹的样儿使我吃惊。她年轻,身材苗条,相貌端正,粗眉大眼,然而跟活跃的、优雅的、健谈的哥哥相比,却显得乖僻,萎靡,疏懒,阴沉。她的动作、笑容和话语有点勉强,冷淡,漠然,人们都不喜欢她,认为她骄傲,头脑不那么聪颖。

---

① 原文为拉丁语,一首古老的大学生歌曲的头一句。——俄文本编者注

可是实际上，我觉得，她是在休养。

"我亲爱的朋友，"她哥哥常对我说，叹口气，用好看的、作家的手势把头发撩到后边去，"永远不要凭外貌评断人！您瞧这本书吧：它早已被人读过，翻旧，卷了边揉皱，丢在尘土里，像是没用处的东西了，可是您一翻开，它就会使您脸色发白，流下泪来。我的妹妹就像这本书。您掀开她的封面，瞧一瞧她的灵魂，就会吓一大跳。前后不过三个月的工夫，薇拉经历到的事不下于人家一辈子的经历呢！"

符拉季米尔·谢敏内奇不住地回头看，拉住我的衣袖，放低声音说：

"您要知道，她毕业以后，跟一个建筑师恋爱，结婚了。十足的悲剧啊！新婚夫妇还没过完一个月，那丈夫，唉！就得伤寒病死了。可是事情还不止于此。她自己也从丈夫那儿传染了伤寒，临到养好病，却听说她的伊凡死了，就吞下大量吗啡自杀。要不是她的女朋友们出力，我的薇拉早就升天了。您听听，难道这不是悲剧？难道我的妹妹不像一个女一号①，已经演完了一生的五幕剧？让观众去看轻松喜剧吧，可是这位女一号却要回家休息去了。"

薇拉·谢敏诺芙娜熬过那不幸的三个月以后，就搬到她哥哥这儿来住。行医不合她的心意，没有使她感到满足，反而使她厌倦。再者，她也没有给人留下精通医学的印象，跟她的科学有关的话我一次也没有听她谈起过。

她已经丢开医学，什么事也不做，沉默寡言，跟囚徒一样，低下头，垂下手，懒散而缺乏光彩地打发她的青春。只有一件事总算还能引起她的兴致，而且多少给她的暗淡生活带来点光明，那就是她所爱的哥哥近在身旁。她爱他本人，爱他的纲领，钦佩他的小品

---

① 原文为法语。

文,遇到别人问她哥哥在做什么,她就压低喉咙,仿佛生怕惊扰他或者妨碍他似的,回答说:"他在写作!……"照例,他一写东西,她就在他身旁坐下,眼睛不放松他写作的手。这时候她就像是害病的动物在晒太阳取暖。……

冬天一个傍晚,符拉季米尔·谢敏内奇坐在桌旁,正给报纸写评论文章,旁边坐着薇拉·谢敏诺芙娜,照例瞅着他的写作的手。批评家写得快,既不涂改,也不停顿。笔尖嚓嚓响,吱吱叫。桌子上,在他写作的手的旁边,放着一本厚杂志,已经翻开,刚裁开书页。

杂志上有一篇写农民生活的小说,署名是两个大写字母。符拉季米尔·谢敏内奇读得兴高采烈。他发现作者在描写方式上得心应手,自然景物的描写近似屠格涅夫,笔调真诚,非常熟悉农民的生活。批评家本人不过是靠书本和传说来了解这种生活罢了,然而他的感觉和内心的信念却促使他相信这篇小说。他预言作者会有光辉的前途,强调说他急不可待地等着看小说的结尾,等等。

"精彩的小说啊!"他说,往椅背上一靠,愉快地闭上眼睛,"主题思想极其动人!"

薇拉·谢敏诺芙娜瞧着他,大声打个呵欠,忽然提出一个意外的问题。一般说来,每到傍晚,她已经养成习惯,常常烦躁地打呵欠,提出简短而奇突的问题,往往跟正事无关。

"沃洛嘉①,"她问,"什么叫勿抗恶②?"

"勿抗恶?"哥哥睁开眼睛,反问道。

"是啊。你是怎么理解的?"

"是这么回事,亲爱的,假定有贼或者强盗来找你的麻烦,要

---

① 符拉季米尔的爱称。
② 指俄国作家列夫·托尔斯泰的勿以暴力抵抗邪恶的思想。

打劫你,可是你非但不……"

"不,你下一个理论上的定义吧。"

"理论上的定义?嗯!……哦,那又何尝不可?"符拉季米尔·谢敏内奇踌躇不决地说,"勿抗恶指的是对于道德范围里被称为恶的事情一律采取置之不理的态度。"

说完这话,符拉季米尔·谢敏内奇就埋头去研究一个中篇小说了。这个中篇小说是一个女人写的,描绘一个上流社会的女人同她的情夫和私生子同住在一所房子里,她的不合法的地位何等难堪。对动人的主题思想也罢,对情节也罢,对表现手法也罢,符拉季米尔·谢敏内奇一概感到满意。他简略地转述中篇小说的内容,摘录几个最好的段落,然后添上他自己的话:"不是吗,这一切多么忠于现实,多么富于生活气息,多么美丽如画!作者不但是小说艺术家,而且是细腻的心理学家,善于看透人物的心灵。为了举例,我们不妨指出女主人公同丈夫相遇的时候,作者对她的内心状态的生动描写",等等。

"沃洛嘉!"薇拉·谢敏诺芙娜打断他那评论家的文思,说道,"有一个奇怪的想法从昨天起就盘踞在我的头脑里了。我一直在想:如果人类生活建立在勿抗恶的原则上,我们会成为什么样子呢?"

"大概会消灭。勿抗恶使犯罪的意志得到充分自由,于是这个世界就会大乱,文明当然也就完了。"

"那么会剩下些什么呢?"

"强盗和妓院。在下一篇文章里我也许会谈一谈这个问题。谢谢你提醒我。"

过一个星期我的朋友果然履行他的诺言了。这样做很合时宜,当时是八十年代,我们社会上和报刊上正在纷纷议论勿抗恶,议论审判、惩罚、战争的权利,在我们圈子里有的人开始不用仆人,或者到农村去种地,或者断绝肉食和性爱。

读完哥哥的文章,薇拉·谢敏诺芙娜想了想,几乎叫人看不出来地耸了耸肩膀。

"写得很可爱!"她说,"不过我仍旧有许多地方不理解。例如列斯科夫①的《神职人员》里,有个种菜的怪人为所有的人种菜:为买主,为乞丐,也为打算偷菜的人。他的做法合理吗?"

根据妹妹脸上的表情,根据她的口气,符拉季米尔·谢敏内奇明白她不喜欢他这篇文章,他那作家的自尊心大约生平第一次受到了震动。他不免懊恼地回答说:

"盗窃是不道德的现象。为盗贼种菜无异于承认盗贼有权利存在。如果我办一家报纸,分成两部分,除了宣传正直的思想以外,还要照顾敲诈勒索,那你会怎么说呢?按照那个菜园主的逻辑,我岂不应当也给敲诈者和坏蛋留出地盘,来宣传他们的思想?不是吗?"

薇拉·谢敏诺芙娜什么话也没回答。她从桌旁站起来,懒洋洋地走到长沙发跟前,躺下。

"我不知道,我什么也不知道!"她沉思地说,"你的话也许是对的,不过我认为,我有这样的感觉,我们对恶进行的斗争有一种虚伪的味道,仿佛有什么东西没有说穿,或者掩盖着似的。上帝才知道是怎么回事,也许我们抵制恶的办法属于偏见之列,这类偏见已经在我们的头脑里根深蒂固,我们再也没有力量丢开,因此再也不能正确地判断它们了。"

"这话怎么讲?"

"我不知道该怎样才能向你说清楚。也许人们认为必须对恶进行斗争,认为有权利这样做,其实是想错了,就像,比方说,认为

---

① 列斯科夫(1831—1895),俄国作家。

人的心脏形状同纸牌上的心相似,也是错误的。很可能,我们在对恶进行斗争的时候没有权利用武力,而该用同武力相反的东西,举个例子来说,如果你希望你这张画不被人偷去,那就不要把它藏起来,而要交出去。……"

"高明,高明得很!要是我想娶一个有钱的商人女儿,那么为了阻止我做这种卑鄙的事,那个商人女儿倒应当赶快主动嫁给我呢!"

兄妹俩一直谈到半夜,互不相让。如果有个局外人听见他们谈话,就未必闹得清这一个争什么,那一个又争什么。

每到傍晚,兄妹俩照例坐在家里。他们没有熟识的家庭可去,再者,他们也没感到有必要去结识别人的家庭。至于剧院,只有上演新戏的时候他们才去,这是当时写作者的风气。音乐会他们是不去的,因为他们不喜欢音乐。……

"你要怎么想都由你,"薇拉·谢敏诺芙娜第二天说,"可是对我来说,这个问题倒已经部分地解决了。我深深地相信:由别人施之于我本人的恶,我没有任何理由反抗。有人要杀死我吗?那就请便。杀人者不会因为我自卫而变得好起来。现在,对我来说,只有这个问题的另一半需要解决:对于施之于别人的恶,我应当采取什么态度呢?"

"薇拉,你可别发疯呀!"符拉季米尔·谢敏内奇说,笑起来,"依我看来,勿抗恶成了你的固定的观念①了!"

他有心把这场乏味的谈话变成玩笑,可是不知怎的,这已经没法变成玩笑,他脸上的笑容显得勉强而做作。妹妹再也不在他桌旁坐着,再也不恭恭敬敬地瞅着他那写作的手了。他每天傍晚都感到身后的长沙发上躺着一个同他意见不合的人。……于是他的

---

① 原文为法语。

后背似乎发麻,发僵,他的灵魂里似乎吹来一股凉气。作家的感觉是记仇的,不依不饶的,永远也不会原谅人。妹妹成了头一个,而且是唯一的一个挑起和触动这种不安的感觉的人,这种感觉宛如装满盘盏的木箱,拆散倒容易,再要把它按原样放好,就办不到了。

若干星期,若干月过去了,可是妹妹没有放弃她的思想,也不在桌旁坐着了。春季有一天傍晚,符拉季米尔·谢敏内奇在桌旁坐着写文章。他在分析一个中篇小说,其中描写一个乡村女教师拒绝一个她所爱而且也爱她的、富有的知识分子,这仅仅是因为一结婚,她就不能继续做她的教师工作了。薇拉·谢敏诺芙娜躺在长沙发上想心思。

"上帝啊,多么枯燥无味!"她伸个懒腰说,"生活过得多么没劲,多么空虚啊!我不知道自己该怎么办才好,你呢,却把最好的岁月消耗在上帝才知道是怎么回事的工作上。你像炼金术士似的,老是翻这种没人要的旧垃圾。啊,我的上帝!"

符拉季米尔·谢敏内奇放下笔,慢腾腾地回过头去瞧他的妹妹。

"瞧着你都乏味!"妹妹接着说,"《浮士德》里的瓦格纳挖蛆,不过他总算是在找宝贝,你呢,却是为找蛆而挖蛆。……"

"这话叫人摸不着头脑!"

"是的,沃洛嘉,这些日子我一直在想,想得很久很苦。我终于相信你是个无可救药的蒙昧主义者和墨守成规的人。喏,你问一问自己吧:你这种热心而勤恳的工作究竟能给你带来什么呢?你说:能带来什么呢?是啊,你老是翻这堆陈旧的垃圾,可是其中凡是可以提取的东西,早已由别人提取出来了。不管你怎样在研钵里捣水,不管你怎样分解水,可是除了化学家已经说过的话以外,你再也说不出什么新的名堂来了。……"

"原来是这样!"符拉季米尔·谢敏内奇站起来,拖着长音说,

"不错,所有这些都是旧垃圾,因为这些思想是永恒的,可是照你的看法,什么才是新的呢?"

"你做的是思想领域里的工作,想出新的东西来是你的本分。不应该由我来开导你。"

"我成了炼金术士!"批评家讥诮地眯细眼睛,惊讶而愤慨地说,"艺术和进步居然是炼金术?!"

"你要明白,沃洛嘉,我觉得你们这些有思想的人如果专心致志于解决大问题,那你现在极力要解决的那些小问题,也就自然而然地顺带解决了。如果你坐着气球上天,看一看全城,那么你也就不由自主、自然而然地看见了田野、农村、河流。……人们制造硬脂,同时,作为副产品,也就得到了甘油。我觉得当代的思想似乎停在一个地方,粘住不动了。它充满偏见,萎靡不振,畏畏葸葸,害怕广阔浩渺的翱翔,犹如我和你怕登高山一样。这就是保守思想。"

这类谈话不会不留下痕迹。兄妹之间的相互关系一天比一天坏。有妹妹在场,哥哥就不能工作。他知道妹妹躺在长沙发上,瞧着他的后背,就心里生气。每逢他试着回到过去的局面,打算跟她分享他的喜悦心情,她却病态地皱起眉头,伸懒腰。每天傍晚她都抱怨乏味,谈思想的自由,谈墨守成规。薇拉·谢敏诺芙娜给她的新思想吸引着,口口声声说她哥哥热衷的工作其实是偏见,无非是保守思想徒劳无益地试图维系已经过了时的并且正在退出历史舞台的东西罢了。她的比拟无穷无尽。她时而把哥哥比作炼金术士,时而比作守旧的分裂派经学家,那种人是宁可死掉也不接受新信念的。……

她的生活方式也渐渐地起了变化。她能一天到晚躺在长沙发上,什么事也不做,什么书也不看,光是沉思,同时她的脸上露出冷漠严峻的神情,这是思想偏执、信心强烈的人常有的。她开始拒绝仆人服侍她,亲自打扫自己的房间,把垃圾倒出去,亲自擦半高腰皮靴,刷衣服。哥哥瞧着她做粗活露出的冷峻神色,就不能不气愤,甚至痛恨。她总是带点庄严的神情干这种活儿,他却觉得这有点生硬,虚伪,认为这是伪善和做作。他已经知道他没有力量触动她的信念了,就索性像小学生那样挑她的毛病,讥诮她。

"你不抗恶,可是又反抗我用仆人!"他挖苦说,"如果用仆人是恶,那你为什么反抗?这是自相矛盾嘛!"

他痛苦,愤慨,甚至羞愧。每逢他妹妹当着外人的面做那些胡闹的事,他就不由得害臊。

"可怕呀,好朋友!"他私下里对我说,绝望地摇手。"原来我们的女一号还要演一出轻松喜剧呢。她精神变态到了极点!我已经灰心了,随她要怎么想就去怎么想,可是她何苦说出来,何苦惹得我心情激动呢。她应当想一想:我听了她的话是什么滋味?她居然当着我的面,用亵渎神明的态度,拿基督的教义来肯定她的错误,我听了是什么滋味呢?我连气都透不出来了!我那小妹妹居然宣扬她的学说,极力曲解福音书来为她自己辩护,故意不提耶稣把做买卖的人赶出圣殿①那件事,把我气得简直浑身发烧!老兄,这就是一知半解、思想浅薄的结果!这都是不容许人全面发展的医学系造成的。"

有一回符拉季米尔·谢敏内奇下了班,回到家里,碰见妹妹在哭。她坐在长沙发上,低下头,绞着手,眼泪扑簌簌地顺着她的脸淌下来。批评家善良的心痛苦地收紧了。他的眼睛里也淌下泪水,他一心想亲近妹妹,原谅她,也请她原谅,照老样子生活下去。……他就跪下去,吻她的头、手、肩膀。……她微微一笑,笑得

---

① 出自《圣经》传说,见《新约·马可福音》第11章,第15至17节。这几节中记述耶稣把做买卖的人赶出圣殿后说:"……经上不是记着说,'我的殿必称为万国祷告的殿'么?你们倒使他成为贼窝了!"——俄文本编者注

那么古怪,那么辛酸。可是他快活地大叫一声,从桌上拿过一本杂志来,热烈地说:

"好哇!我们要照老样子生活了,薇罗琪卡①!求主保佑吧!我给你准备了一篇多么好的作品啊!我们与其喝讲和的香槟酒,不如一块儿把它读一读!精彩美妙的作品啊!"

"哎呀,不,不……"薇拉·谢敏诺芙娜推开那本书,惊恐地说,"我已经读过!不用了,不用了!"

"你是什么时候读过的?"

"一年前……两年前……我早就读过,我知道,我知道!"

"嗯!……你害了狂热病!"哥哥冷冷地说,把杂志丢在桌子上。

"不!你才害了狂热病,不是我!是你!"

薇拉·谢敏诺芙娜又泪流满面。哥哥站在她面前,瞧着她颤抖的肩膀,沉思了。他心里想的并不是凡开始按新方式、按自己的方式思索的人都会经历到的孤独之苦,也不是人在严肃的思想转变时期难免遇到的痛苦,而是他那受到侮辱的纲领和他那受到伤害的作家的自尊心。

从此以后,他对待妹妹就冷漠,漫不经心,任意讥诮,虽然容忍她在他的寓所里住着,却像容忍一个寄食的老太婆似的。她也不再跟他争论,对他的信念、讥诮、挑剔一概用鄙夷的沉默回报,这就越发惹得他生气了。

夏季有一天早晨,薇拉·谢敏诺芙娜穿着上路的衣服,背一个小包,走到哥哥跟前,冷冷地吻他的额头。

"你上哪儿去?"符拉季米尔·谢敏内奇诧异地说。

"到某某省去做种牛痘的工作。"

---

① 薇拉的爱称。

哥哥送她出门,走到街上。

"瞧你这个胡闹的人,简直是想入非非……"他嘟哝说,"你要钱用吗?"

"不要,谢谢。再见。"

妹妹握一下哥哥的手,走了。

"你怎么不雇一辆出租马车?"符拉季米尔·谢敏内奇喊道。

女医生没有回答。哥哥在她后面瞧着她那褪色的夏季长外衣,瞧着她脚步懒散、身体摇晃的样子,勉强叹一口气,可是心里没有生出惜别的感情。妹妹在他眼里已经成为陌生人了。而且在她眼里,他也成了陌生人。至少她一次也没有回过头来看他。

符拉季米尔·谢敏内奇回到自己的房间,立刻挨着桌子坐下,着手写文章。

此后我就一次也没有见过薇拉·谢敏诺芙娜了。如今她在哪儿,我不知道。符拉季米尔·谢敏内奇却仍旧在写文章,放花圈,唱《我们欢乐吧》,为"莫斯科定期刊物撰稿人互助基金"奔走。

有一次他得了肺炎,卧床三个月,先是在家里,后来在戈里岑医院里。他的膝盖上生出一条瘘管。大家纷纷议论,说应该把他送到克里米亚去疗养,就开始为他募捐。可是克里米亚没有去成,他死了。我们把他葬在瓦冈科夫斯克墓园里,靠左边葬着许多演员和文学工作者的地方。

有一天我们这些写作工作者在鞑靼饭馆里坐着。我讲起不久以前我到瓦冈科夫斯克墓园去过,见到符拉季米尔·谢敏内奇的坟墓。那座坟墓已经完全荒芜,几乎跟地面平齐,十字架也倒了,必须把它修整一下,为此就得募点钱。……

可是大家听完我的话,毫不动心,一句话也没有回答,于是我一个钱也没有募到。谁都不记得符拉季米尔·谢敏内奇。他完全给人忘却了。

变　　故

早晨。儿童室里窗玻璃上布满了冰花，可是灿烂的阳光照透冰花，射进来了。万尼亚是个六岁左右的男孩，头发剪短，鼻子像是一颗纽扣。他妹妹尼娜是个四岁的小女孩，头发卷曲，胖乎乎的，身材矮得跟年龄不相称。他们醒过来，隔着小床的栏杆互相气冲冲地瞧着。

"哎呀呀，这两个不害臊的！"保姆嘟哝说，"规规矩矩的人早已喝完早茶了，你们呢，却怎么也睁不开眼睛。……"

阳光在地毯上，墙上，保姆的衣裾上快活地玩耍，仿佛邀人跟它一块儿游戏似的，可是两个孩子没有注意这些。他们一醒过来就心绪不佳。尼娜噘起嘴唇，做出一脸的苦相，开始拖着长音说：

"喝茶呀！保姆，喝茶呀！"

万尼亚皱起额头，心里寻思：该找个什么借口来哭他一场呢？他已经眯巴眼睛，张开嘴了，可是这时候客厅里传来妈妈的说话声：

"别忘了给猫喝牛奶，现在它有小猫了！"

万尼亚和尼娜拉长了脸，大惑不解地互相瞧着，然后他俩一齐喊叫起来，跳下小床，只穿着小衬衫，光着脚，往厨房跑去，弄得空中满是他们的尖叫声。

"猫下崽子了！"他们嚷道，"猫下崽子了！"

厨房里长凳底下放着一只不大的盒子,这是斯捷潘给壁炉生火的时候用来搬运焦炭的。母猫正在盒子里往外看。它那张灰色的脸表现出极度的疲乏,绿色的眼睛以及狭长的黑色瞳孔显得劳累,感伤。……从它的脸容可以看出来,要叫它的幸福圆满,只差一件事了,那就是"它",小猫的父亲,不在盒子里,想当初,它是那么毫无私心地献身于它的啊!它想咪呜地叫一声,就张大嘴,可是喉咙里只发出沙哑的声音。……响起了小猫吱吱的叫声。

两个孩子就在盒子跟前蹲下,一动也不动,屏住呼吸,瞧着盒子。……他们惊讶,震动,没有听见保姆不住抱怨,跟在他们身后追过来。他俩的眼睛里闪着极其真诚的欢乐。

家畜在孩子们的教育和生活中起着难以察觉而又无疑有益的作用。我们这些人有谁不记得那些强壮而慷慨的狗、好吃懒动的巴儿狗、关在笼里郁郁死去的鸟雀、迟钝而傲慢的火鸡、温柔的老母猫呢?我们为了解闷往往踩住老母猫的尾巴,惹得它们疼痛难熬,它们却仍然原谅我们。有的时候,我甚至觉得我们的家畜固有的耐性、忠心、原谅一切的秉性、真诚之类的品质,对孩子的头脑所起的作用,比起神情严峻、脸色苍白的卡尔·卡尔洛维奇的长篇教诲,或者女家庭教师极力向孩子们证明氢和氧构成水的时候那种叫人摸不着头脑的空谈来,要有力得多,也有成效得多。

"多么小啊!"尼娜说,瞪大眼睛,发出一连串快活的笑声,"像耗子似的!"

"一只,两只,三只……"万尼亚数着说,"三只小猫。那么,一只归我,一只归你,一只归另外一个什么人。"

"咪呜……咪呜……"生下孩子的母亲见到有人关心它,就受宠若惊,叫起来,"咪呜。"

孩子们把小猫瞧了个够,把它们从母猫身子底下抱过来,放在手里揉一阵,然后,觉得这样还不满足,索性用衬衫的底襟把它们兜着,跑到房里去了。

"妈妈,猫下崽子了!"他们嚷道。

母亲在客厅里陪着一个他们不认识的先生坐着。她看见孩子们没有漱洗,没有穿好衣服,把衬衫的底襟撩起来,就发窘了,瞪起严厉的眼睛。

"把衬衫放下来,不害臊!"她说,"快出去,要不然我就要罚你们了。"

可是孩子们既没理会母亲的吓唬,也没理会有外人在座。他们把小猫放在地毯上,发出震耳的尖叫声。产后的母猫在他们身旁走来走去,用恳求的声调叫着。过了一会儿,孩子们给拖到儿童室去穿衣服,做祷告,喝茶,可是他们充满热烈的愿望,一心想赶快摆脱这种平淡无味的例行公事,再跑到厨房去。

他们平素要做的事和游戏都丢在脑后了。

小猫的出世压倒一切,成了活的新闻和当前的大事。哪怕有谁向万尼亚或者尼娜提议,用一普特的糖果或者一千枚十戈比银币掉换一只小猫,他们也会毫不犹豫地拒绝这笔交易。直到吃中饭为止,尽管保姆和厨娘提出激烈的抗议,他们却在厨房里盒子旁边坐着不走,摆弄小猫。他们脸色严肃,聚精会神,露出关切的神情。他们不但为小猫的现在,而且也为它们的未来操心。他们决定把一只小猫留在家里陪伴老猫,好让老猫得到安慰,把另一只搬到别墅去,叫第三只住到地下室去,那儿有很多老鼠。

"可是它们为什么不睁开眼睛看人呢?"尼娜纳闷地说,"它们的眼睛是瞎的,就跟叫花子一样。"

这个问题也惹得万尼亚心里不安。他着手翻开一只小猫的眼睛,嘴里呼哧呼哧地吐气,喘了很久,然而他的手术终于不见成效。他们给小猫送来肉和牛奶,可是小猫执意不吃,这也使得他们大为不安。凡是放在它们小脸跟前的吃食,统统由灰毛妈妈吃掉了。

"咱们来给小猫造小房子,"万尼亚出主意说,"它们住在各自的家里,大猫就到它们家里去做客。……"

于是厨房的各个角落里放了些硬纸做的帽盒。小猫给安置在帽盒里住下。可是这样分家,未免为时过早:大猫脸上保持着恳求和感伤的神情,走遍各个帽盒,把它的孩子都带回原地去了。

"它们的母亲是大猫,"万尼亚说,"可是它们的父亲是谁呢?"

"是啊,父亲是谁呢?"尼娜也跟着说。

"它们没有父亲可不行。"

万尼亚和尼娜考虑很久,要决定小猫的父亲应该是谁,最后他们选中了枣红色大马,尾巴已经被扯掉,如今丢在楼梯底下的储藏室里,跟别的玩具一起,没人要了。他们就从储藏室里把它搬出来,放在盒子旁边。

"要注意!"他们告诫它说,"你就站在这儿管住它们,叫它们规规矩矩。"

这一切都是以极其严肃的方式说出来、做出来的,他们的脸上露出操心的神情。在万尼亚和尼娜的心目中,世界上除了盒子和小猫以外,别无他物了。他们的欢乐是无边无际的。不过他们也不得不经历沉重而痛苦的时刻。

吃中饭前,万尼亚在父亲的书房里坐着,瞧着桌上出神。一只小猫在灯旁一张盖着官印的公文纸上打滚儿。万尼亚瞅着它的动作,时而用铅笔,时而用火柴戳它的小嘴。……忽然,仿佛从地里生出来的一样,他父亲在桌旁出现了。

"这是什么东西?"万尼亚听见气愤的说话声。

"这……这是小猫,爸爸。……"

"我要叫你知道什么叫小猫!你瞧你干的好事,可恶的孩子!你把我的公文纸全弄脏了!"

使得万尼亚大吃一惊的是,爸爸不像他那样喜爱小猫,非但不

赞叹和高兴,反而拧着万尼亚的耳朵,叫道:

"斯捷潘,把这讨厌的东西拿走!"

吃饭时候也出了乱子。……饭桌上的人正在吃第二道菜,突然听见吱吱的叫声。大家开始追查原因,发现尼娜的小围裙底下有一只小猫。

"宁卡①,离开饭桌!"父亲生气地说,"马上把小猫都扔到污水坑里去!家里不准有这种讨厌的东西!……"

万尼亚和尼娜吓坏了。让小猫死在污水坑里,除了残忍以外,还会害得母猫和木马失去它们的孩子,盒子就要空荡荡,又会破坏未来的计划,那个美妙的未来的计划:让一只小猫安慰它的老母亲,另一只住到别墅去,第三只在地下室里捉老鼠。……孩子们哭起来,为小猫讨饶。父亲同意了,可是有个条件,不准孩子们到厨房去动小猫。

饭后万尼亚和尼娜在各个房间里逛荡,苦恼不堪。禁止到厨房去的命令弄得他们无精打采。他们不要吃糖果,他们闹脾气,对母亲撒野。傍晚彼得鲁沙舅舅来了,他们就把他拉到一旁,对他抱怨父亲,说父亲要把小猫丢到污水坑里去。

"彼得鲁沙舅舅,"他们央求舅舅说,"你跟妈妈说一声,把小猫搬到儿童室来住。你说一声吧!"

"行了,行了……好吧!"舅舅说,对他们摇摇手,要他们走开,"可以。"

彼得鲁沙照例不是一个人来的。涅罗也跟着他来了,那是一条丹麦种的大黑狗,耳朵耷拉着,尾巴跟棍子那么硬。这条狗不大叫唤,神态阴沉,充满个人尊严感。它见到两个孩子,理也不理,从他们身旁走过去,摇着尾巴拍打他们,就像拍打椅子似的。两个孩

---

① 尼娜的小名。

子满心痛恨它,可是这一次,实际的考虑压倒了他们的感情。

"你猜怎么着,尼娜?"万尼亚睁大眼睛说,"就让涅罗代替那匹马做小猫的父亲吧!那匹马是死的,涅罗到底是活的嘛。"

整个傍晚,他们一直盼着爸爸坐下来打纸牌,他们就可以趁人不注意,把涅罗领到厨房里去。……最后爸爸总算坐下来打牌了,妈妈忙着张罗茶炊,没顾到两个孩子。……幸福的时刻来临了。

"咱们走吧!"万尼亚小声对妹妹说。

可是这时候斯捷潘走进来,笑着宣布说:

"太太,涅罗把小猫全吃了!"

尼娜和万尼亚脸色煞白,惊恐地瞧着斯捷潘。

"真的,太太……"听差笑着说,"它走到盒子跟前,就吃开了。"

孩子们以为,这所房子里所有的大人都会大吃一惊,找坏蛋涅罗算账。可是那些大人却心平气和,坐在那儿一动也不动,光是为那条大狗的胃口诧异。爸爸和妈妈都笑了。……涅罗在桌旁走来走去,摇晃尾巴,洋洋得意地舔嘴唇。……只有母猫惶惶不安。它竖起尾巴,在各个房间里走动,怀疑地瞧着那些大人,呜呜地哀叫。

"孩子们,现在已经九点多钟了!该睡觉了!"妈妈嚷道。

万尼亚和尼娜躺下睡觉,他们流着泪,久久地想着受了委屈的母猫和残忍、无耻、却又没有受到惩罚的涅罗。

剧 作 家

一个萎靡不振的人走进医生的诊室,目光暗淡,外貌显出他患着炎症。从他鼻子之大和脸上阴沉忧郁的神情来看,这个人同烈酒、慢性鼻炎、哲学是不会无缘的。

他在圈椅上坐下,讲起病情,说他常常气喘,打嗝,胃气痛,心境忧郁,嘴里有苦味。

"您做什么工作?"医生问。

"我是剧作家!"这个人有点自豪地申明道。

医生一刹那间对病人生出了敬意,恭敬地赔着笑脸。

"啊,这是那么出色的专业⋯⋯"他喃喃地说,"这是繁重而伤神的纯脑力劳动!"

"我想是这样。⋯⋯"

"作家是极少的⋯⋯他们的生活不可能跟普通人相同⋯⋯因此我请求您向我叙述一下您的生活方式,您的工作、习惯、环境⋯⋯总之您的工作使您付出了什么代价。⋯⋯"

"遵命⋯⋯"剧作家同意说,"我平时总是十二点钟左右起床,我的先生,不过有的时候也早一点。⋯⋯我一起床,就立刻吸一支烟,喝上两杯白酒,有的时候喝三杯。⋯⋯不过偶尔也喝四杯,这要看前一天晚上喝多少了。⋯⋯是啊。⋯⋯要是我不喝,我的眼睛里就会冒金星,脑袋胀痛。"

"大概,您平时总是喝得很多吧?"

"不对,哪儿会喝很多呢?要是我空着肚子喝酒,我认为,那也纯粹是心绪烦躁的缘故。……然后我穿好衣服,到里沃尔诺饭馆或者萨夫拉森科夫饭馆去吃早饭。……一般说来我的胃口总是差。……我早饭吃得极少:一份肉饼或者半份辣根拌鲟鱼肉。我特意喝上三四杯,可还是没有胃口。……早饭后喝点啤酒或者葡萄酒,那就要看我的经济状况如何了。……"

"哦,后来呢?"

"后来我就到一家啤酒店去,从啤酒店出来,又回到里沃尔诺饭馆去打台球。……玩到六点钟光景,就吃正餐。……正餐我总是吃得很糟。……信不信由您,有的时候喝上六七杯,可是胃口却一点也没有!我瞧着人家,心里总是羡慕:大家都在喝汤,唯独我见着汤就讨厌,没法吃,就改喝啤酒。……吃完这顿饭,我就到剧院去。……"

"嗯。……戏剧大概使您激动吧?"

"不得了!我激动而且兴奋,再者我又总是碰见朋友,他们说:喝酒去,喝酒去!我就跟这个一块儿喝白酒,跟那个喝红葡萄酒,跟第三个喝啤酒,可是后来,您猜怎么着,戏还没演到第三幕,我就站都站不稳了。……鬼才知道我的神经是怎么回事。……散戏以后我坐车到沙龙①去,或者到罗东②那儿去参加假面舞会。……您自己也知道,在沙龙或者假面舞会上是不能很快就抽身走掉的。……要是早晨能在家里醒过来,那就要谢天谢地。……有的时候整整一个星期都不在家里过夜呢。……"

"嗯。……您是在观察生活吧?"

---

① 莫斯科城郊的夜间游艺场所。
② 罗东是莫斯科滑稽歌剧院的喜剧演员。

"哦,是啊。……有一回我的神经坏极了,甚至整整一个月没有住在家里,连我的住址都忘了。……结果只好到居民住址查询处去问。……喏,您看,几乎天天都这样!"

"哦,那么您什么时候写剧本呢?"

"剧本?怎么跟您说好呢?"剧作家耸着肩膀说,"这就要看情形了。……"

"请您费心叙述一下您的写作过程吧。……"

"首先,我的先生,我凑巧碰到,或者从我的朋友那儿拿到一本法国的或者德国的作品,反正我自己没有工夫注意这些新书!要是它合用的话,我就把它拿到我妹妹那儿去,或者花五卢布雇一个大学生。……他们把它翻译出来,我呢,您明白,按俄国风俗把它改编一下,把外国姓名换成俄国姓名,等等。……过程就是这些。……不过,这工作真难!啊,难得很呀!"

这个萎靡不振的人不住地转动眼珠,叹气。……医生就开始敲他的胸脯,听诊,抚摸。……

演 说 家

　　一天早晨,风和日丽,八等文官基利尔·伊凡诺维奇·瓦维洛诺夫下葬,这个人死于我国广泛流行的两种病:老婆太凶,喝酒过多。等到送殡的行列从教堂往墓园走去,死者的一个同事,姓波普拉夫斯基的,就坐上出租马车,赶紧到他那虽然年轻却已经颇有名气的朋友格利果利·彼得罗维奇·扎波依金家去。扎波依金,正如许多读者知道的,具有罕见的才能,善于在婚礼上、纪念会上、葬礼上发表即席演说。他随便什么时候都能讲话:半睡半醒也行,空着肚子也行,酩酊大醉也行,发着高烧也行。他的演说总是平稳流畅,像是排水管里的流水,滔滔不绝。他那演说词汇里动人心弦的字眼远比随便哪家小饭铺里的蟑螂要多。他演说素来动听而冗长,因此有的时候,特别是在商人的婚礼上,为了制止他讲下去,只好找警察来帮忙了。

　　"我来找你,老兄!"波普拉夫斯基发现他在家,就开口说,"你马上穿好衣服,我们一块儿走。我们有个同事死了,现在正把他打发到另一个世界去,所以,老兄,在告别之际就非说些废话不可。……全部希望都寄托在你身上了。要是死了一个小人物,我们倒不会来麻烦你,可现在这人是个秘书……在某种意义上说,是衙门里的栋梁呢。给这么一个大人物下葬而不发表演说,那可是欠妥的。"

　　"哦,秘书!"扎波依金打呵欠说,"就是那个酒鬼吧?"

"对,酒鬼。这回有油饼吃,有冷荤菜吃……你还会领到车马费呢。我们走吧,亲爱的! 你到了坟墓上,像西塞罗①那样海阔天空地胡扯一通,大家都会感激不尽的!"

扎波依金欣然同意了。他把头发弄乱,脸上做出愁苦的神情,跟波普拉夫斯基一块儿走到街上。

"我认识你们那个秘书,"他在出租马车上坐下,说,"老奸巨猾,骗子,祝他升天堂吧,那样的人真是少有。"

"得了,格利沙②,辱骂死人可不合适。"

"当然了,aut mortuis nihil bene③,不过他毕竟是个滑头。"

两个朋友追上送殡的行列,插进去。人们抬着死人走得很慢,因此他们在到达墓园以前居然有工夫三次跑进饭铺,为死人灵魂的安息喝上一小杯酒。

在墓园里做了安魂祈祷。死人的岳母、妻子、姨妹按照风俗流了许多眼泪。临到棺材放进墓穴,妻子甚至叫道:"把我也放到他身边去吧!"不过她总算没有随着丈夫跳进坟墓,大概是想起了抚恤金吧。等到大家安静下来,扎波依金就走到前边,对大家扫一眼,开口说:

"我能相信我的眼睛和耳朵吗? 这口棺材、这些泪痕斑斑的脸、这些呻吟和哭号,岂不是一场噩梦! 唉,这不是梦哟,我们的视觉并没有欺骗我们! 这个人,不久以前我们还见到过,本来那么活泼,朝气蓬勃,纯洁,这个人不久以前还站在我们眼前,好比不知疲倦的蜜蜂,把自己的蜜送进国家福利的总蜂房里,这个人……这个人如今却变成一堆骸骨和物质的幻景了。无情的死神对他伸出了

---

① 西塞罗(前106—前43),古罗马演说家、政治家、作家。
② 格利果利的爱称。
③ 说错了的拉丁语警句,应是 de mortuis aut bene aut nihil:关于死人,要么什么话也不说,要么说好话。——俄文本编者注

僵硬的手,而他尽管到了驼背的年龄,却还精力充沛,充满灿烂的希望。不可弥补的损失啊!对我们来说,谁能代替他呀?优秀的官吏我们有很多,然而普罗科菲·奥西培奇却可以说是独一无二的。他直到灵魂深处都忠于他诚实的职责,不吝惜自己的力量,通宵不睡,毫无私心,不收贿赂。……对那些为损害公共利益而极力收买他的人,对那些用诱人的生活福利勾引他背弃职责的人,他是何等藐视啊!是的,我们亲眼见到普罗科菲·奥西培奇把菲薄的薪金散给最穷的同事,现在你们亲自听到了靠他周济活着的孤儿寡妇的痛哭声。他把全部精力都用在公务和好事上了,没有领略过生活的欢乐,甚至放弃了家庭生活的幸福,你们知道,他至死一直是单身汉!作为我们的同事,谁能代替他呢?我现在好像看见那张刮光胡子、温情脉脉的脸对我们现出好意的笑容,我现在好像听见他那柔和亲热的声调了。愿你的骸骨安宁,普罗科菲·奥西培奇!安息吧,正直高尚的劳动者!"

扎波依金继续讲下去,可是听众却开始议论纷纷。他的演说倒使得大家满意,而且博得了一些眼泪,可是演说中有许多话却显得奇怪。第一,使人不可理解的是演说家何以把死者称为普罗科菲·奥西波维奇①,因为死者名叫基利尔·伊凡诺维奇。第二,人人都知道死者一辈子跟他那合法的妻子吵架,因而不能说是单身汉。第三,他蓄着浓密的棕红色胡子,从来也不刮脸,因此谁都不明白演说家为什么把他的脸说成刮光了胡子。听众心里纳闷,面面相觑,耸动肩膀。

"普罗科菲·奥西培奇啊!"演说家瞧着墓穴,热情洋溢地说,"你的脸不漂亮,甚至难看,你阴沉而严峻,不过我们都知道,在肉眼看得见的躯壳里,却跳动着一颗诚实友爱的心啊!"

---

① 上文普罗科菲·奥西培奇是普罗科菲·奥西波维奇的简称。

不久,听众就开始发现,连演说家自己也起了奇怪的变化。他定睛瞧着一个地方,不安地扭动身子,自己也耸动肩膀了。忽然他停住口,惊讶地张开嘴,回转身去对波普拉夫斯基说话。

"你听我说,他活了!"他惊恐地瞪起眼睛说。

"谁活了?"

"就是普罗科菲·奥西培奇呀!喏,他站在墓碑旁边呢!"

"他本来就没死!死的是基利尔·伊凡内奇①嘛!"

"可是要知道,你自己说你们的秘书死了!"

"基利尔·伊凡内奇才是我们的秘书。你这个怪人弄错了!普罗科菲·奥西培奇以前做过我们的秘书,这是实在的,可是两年前他已经调到第二科去做科长了。"

"啊,魔鬼才闹得清你们在搞什么名堂!"

"可是你怎么停住嘴不讲了?讲下去啊,不讲可不合适!"

扎波依金回转身去对着坟墓,施展他先前的口才把中断的演说继续下去。墓碑旁边果然站着年老的文官普罗科菲·奥西培奇,脸上没留胡子。他瞧着演说家,生气地皱起眉头。

"你这是何苦!"文官们行完葬礼,跟扎波依金一块儿走回去,笑着说,"把个活人埋葬了。"

"这可不好啊,年轻人!"普罗科菲·奥西培奇抱怨说,"您的演说对死人也许合用,可是用在活人身上简直成了嘲笑!求上帝怜悯我们吧,您都说了些什么呀?什么毫无私心啦,不被收买啦,不收贿赂啦!要知道,用这种话讲活人,只有在讥诮的时候才说,先生。再者,谁也没有请您,先生,宣扬我的脸。什么不漂亮啦,难看啦,就算是这样吧,可是何必当着众人的面出我的丑呢?真可气,先生!"

---

① 基利尔·伊凡诺维奇的简称。

灾　　难

　　像尼古拉·玛克辛梅奇·普托兴所遇到的灾难,对天性开阔、无忧无虑的俄国人来说,犹如坐牢和讨饭一样,是无从避免的:原来他偶然喝多了酒,醉醺醺地忘记家庭和公务,在花天酒地的场所整整流连了五天五夜。在这放浪形骸的五昼夜里,那些醉脸啦,花裙子啦,酒瓶啦,扬起的腿啦,在他的记忆里只留下一团杂乱无章的印象,好比一锅粥。他极力回想,可是他记得清楚的却只有一件事:一天傍晚,那正是点亮街灯的时候,他跑到朋友家里去,原想谈一会儿正事就走,不料那个朋友请他喝啤酒。……普托兴喝了一杯,两杯,三杯。……等到喝完六瓶以后,两个朋友就动身到一个名叫巴威尔·谢敏诺维奇的人那儿去,那个人招待他们吃熏鲑鱼,喝马德拉葡萄酒。喝完了马德拉,又打发人去买白兰地。然后又到别处去,又喝,不过这以后的事却被迷雾遮住,普托兴隔着雾只能看见一种类似梦乡的情景:一个瑞典女人扬起淡紫色的脸,嚷道:"男人,请我喝黑啤酒!"有个长长的舞厅,天花板不高,挤满了女人和听差的脸,他自己也在那儿,把大拇指塞在坎肩的口袋里,两条腿不知在跳什么舞。……然后他像做梦似的看见一个不大的房间,墙上挂着俗气的木版画和女人的连衣裙。……他想起泼洒的黑啤酒的气味,花露水和甘油肥皂的气味。……在这种杂乱无章的一锅粥里,只有他睡醒过来的画面略微显得清楚点:他头昏脑涨,心绪恶劣,甚至觉得阳光都讨厌。……

他想起他在衣袋里没有找到他的怀表和表坠,就系上别人的领带,急忙去上班,由于喝多了酒而头昏眼花。他站在上司面前,羞得脸色通红,正赶上醉后发烧而身子颤抖,可是上司没有看他,用淡漠的声调说:

"您不必费神辩白了。……我甚至不明白您何必大驾光临,多此一举!……讲到您以后不再在我们这儿工作,这已经成了定局,先生。……我们不需要这样的工作人员,您作为通情达理的人,是明白这一点的。……是啊!"

上司这种淡漠的口气和眯细的尖刻的眼睛,同事们为顾全礼貌而沉默不语的神态,在那团杂乱无章的印象里明显地浮现出来,再也不像梦境了。……

"糟透了!不像样子!"普托兴跟上司谈过话后,在回去的路上嘟哝说,"既出了丑,又丢了工作。……不像样子,一团糟!"

可恶的宿醉感觉浸透他的全身,从嘴里蔓延到几乎走不动的两条腿上。……"骑兵连在嘴里住过夜"①的感觉惹得他周身,以至灵魂都不好受。他不由得又是羞愧,又是害怕,又是恶心。

"简直到开枪自杀的时候了!"他嘟哝说,"这叫人又是心里羞愧,又是恼恨得透不出气来。我都走不动路了!"

"是啊,事情是不妙!"送他回去的同事费多尔·叶里塞伊奇同意说,"本来倒还没什么,糟糕的是丢了工作!这比什么都坏,老兄。……真到开枪自杀的时候了。……"

"我的上帝,我头痛……头痛啊!"普托兴痛得皱起眉头,嘟哝说,"痛得要命,像要炸开似的。不行,随你怎么样,反正我要到小饭铺里喝几口酒解一解醉。……咱们走吧!"

---

① 借喻嘴里有酒臭味。

两个朋友走进一家小饭铺。……

"我怎么会灌了那么多的酒,真不明白!"普托兴喝完第二杯,心有余悸地说,"本来我已经有两年滴酒不进,还在圣像面前对我妻子起过誓,可是忽然间,全完了!工作丢了,而且休想安宁了!要命呀!"

他摇摇头,接着说:

"我回家就像去受死刑似的。……丢了表,花完了钱,失去了工作,我都不可惜。……所有这些损失,再加上头痛啦,上司的教训啦,我都准备不计较……可是有一件事却弄得我心神不定:我怎么跟我妻子见面呢?我对她怎么说呢?我有五夜没在家里睡觉,把钱全用在灌酒上,现在又丢了工作。……我能跟她说些什么呢?"

"没关系,她骂你一阵也就过去了!……"

"她现在一定觉得我讨厌,不成样子。……她素来受不了喝醉的人,依她看来凡是纵酒的人都可恶。……她倒是对的。……照我这样把过日子的钱全喝光,工作也丢了,难道不可恶?"

普托兴喝下一杯酒,吃了点腌白鲟鱼肉,沉思了。

"这样看来,明天不得不去一趟当铺,"他沉默一阵,然后说,"工作是不会很快就找到的,于是饥饿就会大摇大摆地光临我们的家门。……女人,我的老兄,什么事都能原谅,喝醉啦,变心啦,殴打啦,年老啦,都不在话下,可就是不能原谅穷。在她们眼里,穷比一切恶习都糟。我的玛霞一旦习惯了天天吃几道菜的正餐,那你哪怕去偷钱,也得给她准备下正餐。她会说:'不正经开饭可不行;倒不是我贪吃,而是没脸见仆人啊。'是的,老兄。……这些娘们儿我仔细研究过。……我的五天放荡生活她倒能原谅,可就是不能原谅饥饿。"

"是啊,免不了要挨一顿痛骂呢……"费多尔·叶里塞伊奇叹道。

"她不会好好想一想的。……她明明知道我心里负疚,深深地不幸,可是她才不放在心上呢。这关她什么事?女人不管这些,特别是如果她是当事人的话。……人家心里难过,羞愧得叹气,恨不得把子弹打进脑门才好,可是她光想:谁叫他不守规矩,造了孽,那就得给他苦头吃。……要是她痛痛快快骂你一顿,打你几下,倒也罢了,可是不然,她见着你总是冷冷淡淡,一言不发,用轻蔑的沉默足足惩罚你一个星期,挖苦你,说些无聊的话怄你。……你想得出来那种活受罪的味道。"

"那你就向她讨饶!"同事出主意说。

"那是白费劲。……她唯其贤德才不原谅有罪的人。"

尼古拉·玛克辛梅奇从小饭铺里出来,走回家去,一路上盘算着该说些什么话来回答他的妻子。他暗自想象她那气得发白的脸、泪汪汪的眼睛、滔滔不绝的刻薄话,他的心里就充满小学生们所熟悉的那种战战兢兢的恐惧感。

"唉,管它呢!"他在家门口拉一下门铃,暗自决定道,"要出什么事就让它出吧!要是我受不住,我走就是。我对她把话讲完,就出外去流浪。"

他走进家门,他妻子玛霞正站在前厅里,用疑问的眼光瞧着他。

"让她开始吧。"他暗想,瞧着她惨白的脸,游移不定地脱下套靴。

可是她没开口。……他走进客厅,然后走进饭厅,可是她一直沉默着,用疑问的眼光看他。

"我要往脑门里放一枪!"他暗自决定,羞得脸上发烧,"我再也经不住!我没有力量了!"

他从这个墙角走到那个墙角,走了五分钟光景,下不了决心开口讲话,然后很快地走到桌子跟前,拿起铅笔,在一张报纸上写道:"我纵酒,结果革了职。"他妻子读了一遍,拿起铅笔来写道:"不要灰心。"他读完了,赶快走掉……回到书房里去了。

过一会儿,他妻子坐在他身旁,安慰他。

"万事总会有个解决办法的,"她说,"你拿出男子汉的气概来,不要泄气。……上帝保佑,我们会熬过这场灾难,找到更好的工作的。"

他听着,不相信自己的耳朵了。他不知道该怎样回答才好,却像孩子似的发出一连串幸福的笑声。他妻子给他吃饱,让他喝点酒解一解醉,然后服侍他上床睡下。

第二天,他精神抖擞,兴致勃勃,出外找工作,不出一个星期就找到了。……他经历的这场灾难使他起了很大的变化。他见到喝醉酒的人,不再像先前那样讥笑、责难了。他喜欢周济醉醺醺的乞丐,常常说:

"恶习不在于我们灌酒,而在于我们不理解醉人。"

也许他的话是对的。

赶　稿

巴威尔·谢尔盖伊奇想起他答应过一个周刊的主编写一篇"比较可怕而又动人的"圣诞节小说,就在他的写字台跟前坐下,抬起眼睛望着天花板沉思。他头脑里有几个合适的题材在徘徊。他伸出手擦着脑门,想了一阵,就选定其中的一个,也就是在他出生和读书的城里十年前发生过的一起凶杀案。他用钢笔蘸一下墨水,叹口气,写起来。

书房隔壁的客厅里坐着几个客人:两个太太和一个大学生。巴威尔·谢尔盖伊奇的妻子索菲雅·瓦西里耶芙娜把乐谱翻得沙沙地响,在钢琴上胡乱弹出几个和音来。

"诸位先生,谁给我伴奏啊?"她用含泪的音调说,"娜嘉,好歹您来给我伴奏吧!"

"唉,亲爱的,我已经有三个月没坐下弹琴了。"

"上帝啊,多么扭扭捏捏!好,那我索性不唱了!您该害臊才是,其实伴奏是极容易的事!"

两个太太争执很久以后,挨着钢琴坐下:一个弹琴,一个开始唱抒情歌曲《你不要说青春已经断送》①。巴威尔·谢尔盖伊奇皱

---

① 俄国作曲家普里戈席根据涅克拉索夫的诗《她背上了沉重的十字架》谱成的茨冈抒情歌曲。——俄文本编者注

起眉头,放下笔。他听一会儿,把眉头皱得更紧,跳起来,往门口跑去。

"索菲雅,你唱得不对!"他开口叫道,"你的调门太高,至于您,娜杰日达·彼得罗芙娜,弹得太快,好像人家在敲您的手指头似的。应当这样:特拉,特拉……达……达……"

巴威尔·谢尔盖伊奇开始摇胳膊,顿脚,表示该怎样唱歌,怎样弹琴。大约过了五分钟,他哼着他妻子唱的曲调,回到书房里,继续写下去:

"乌沙科夫和文凯尔都年轻,年龄几乎相同,两个人在同一个衙门里工作。乌沙科夫像女人,温柔,神经质,胆怯。文凯尔却跟他的朋友相反,以粗野、残暴、蛮横闻名,只要他的情欲得不到满足就决不罢休。他是极其罕见而独特的利己主义者,有些人认为他精神不正常,这倒是我乐于相信的。乌沙科夫和文凯尔很要好。究竟是什么东西把这两个相反的性格联系在一起,我简直不理解。他们只有一个共同点:家财豪富。乌沙科夫是独生子,母亲很有钱。大家公认文凯尔是他伯母的继承人,她是将军夫人,喜欢他,把他看做亲儿子。在人们的相互关系中,金钱是绝妙的联系因素。两个人都能挥霍钱财,花钱打动最美的女人的心,装束考究,坐着三套马的马车飞奔,惹得大家眼热,这也许就是把两个愚蠢的孩子联系在一起的基石吧。

"乌沙科夫和文凯尔的友谊没有维系很久。两个人同时爱上女裁缝卡萨特金娜,就此变成了不共戴天的仇人。其实那个女人没什么长处,然而很风骚,以头发蓬松好看闻名。她图财心切,乐得委身于两个朋友。那个风骚的女人十分放荡,贪图实惠,善于挑拨两个孩子争风吃醋,因为天下再也没有一种东西比情人的嫉妒心更能使女人大发横财了。胆怯而腼腆的乌沙科夫忍气吞声,对情敌无可奈何,可是野蛮而荒淫的文凯尔,正如人们应该预料到的,完全放任他的感情,一发而不可收了。"

"巴威尔·谢尔盖伊奇!"客厅里的人开始喊叫,"您到这儿来!"

巴威尔·谢尔盖伊奇跳起来,跑到太太们那边去。

"你跟米谢尔二部合唱!"他妻子说,"你唱第一部,他唱第二部!"

"行!定调门吧!"

巴威尔·谢尔盖伊奇挥一下还闪着墨水亮光的钢笔,顿一下脚,做出悲悲切切的脸色,开始跟大学生合唱《疯狂之夜》①。

"好哇!"他唱完歌,搂住大学生的腰,大笑说,"咱俩配得真好!要能再唱一支才好,可是,见鬼,我得去写东西了!"

"您别写了!何苦呢!"

"不行,不行。……我答应人家了!你们不要诱惑我!这篇小说今天就得写出来!"

巴威尔·谢尔盖伊奇摇着手,跑回自己的房间,继续写道:

"有一天,晚上十点钟光景,乌沙科夫正在衙门里值班,文凯尔溜进值班室,悄悄走到他的情敌身后,用一把不大的斧子砍他的头。法医发现乌沙科夫头部伤口有十一处之多,由此可见文凯尔杀人的时候是多么残暴凶狠。凶手在杀人当中和杀人以后,都没考虑周到。他砍死情敌后,身上溅满血,没有放下手里的斧子,却不知什么缘故爬到阁楼上,钻出天窗,走到房顶上,衙门里的守夜人久久地听见有人在铁皮房顶上迈步走动。文凯尔从这所官家房屋顺着排水管滑到邻近屋子的房顶上,再从这所房屋转到另一所房屋,照这样在房顶上徘徊不定,直到被捕为止。"

---

① 俄国作曲家柴可夫斯基于 1886 年根据阿普赫京的诗歌谱成的抒情歌曲。——俄文本编者注

"全城的人送上花圈，奏着哀乐，为遇害的乌沙科夫送葬。社会舆论对凶手深表愤慨，于是人们成群结队往监狱走去，想看一下狱墙，当时文凯尔正在那里面服刑。遇害者下葬后过了两三天，坟墓上立起一个十字架，上有仇深似海的题词：'死于杀人犯之手'。可是乌沙科夫之死对任何人的影响都不及对他母亲大。不幸的老太婆听到独生子死了，几乎发疯。……"

巴威尔·谢尔盖伊奇接着又写完一页稿纸，一连吸完两支纸烟，在躺椅上躺下来，后来又挨着桌子坐下，继续写道：

"乌沙科娃老太婆由人搀进法庭，坐在圈椅上陈述她的意见。她陈述的时候，周身发抖，回转头去对着被告，向他摇着拳头叫道：

"'害死我儿子的就是你！你！'

"'我本来就没有否认……'文凯尔阴沉地嘟哝说。

"'你也不敢否认！'老太婆继续说，不理庭长的话，'就是你害死的！'

"文凯尔的伯母，年老的将军夫人，伤心得呆若木鸡，在陈述意见以前，茫然瞧着她的侄子有三分钟光景，然后用那种使得庭上的人打冷战的声调问道：

"'尼古拉，你干了什么事啊！'

"此外她再也说不出话来了。两个老太婆的出现给听众留下郁闷的印象。据说，她们在法庭的走廊上相遇，彼此大闹一场，甚至把法警们气得直掉泪。老太婆乌沙科娃痛苦得很，索性横下了心，朝将军夫人猛扑过去，破口大骂。她对她讲话不说'您'而说'你'，指责她，骂她，搬出上帝来威胁她，等等。文凯尔的伯母起初沉默地听着，露出谦恭依顺的神情，光是说：

"'您发发慈悲吧！您不骂，他和我也已经受到惩罚了！'

"可是后来她忍不下去，就用辱骂还报辱骂。

"'要不是您的儿子，'她叫道，'我的尼古拉现在就不会坐在这儿！您的儿子把他毁了。'等等。

"两个老太婆吵得难解难分。……文凯尔经陪审员判处苦役刑十年。"

"尼康诺夫的男低音好听得很！"巴威尔·谢尔盖伊奇听见他妻子说,"他的男低音好听,低沉,有韵味。……我不明白,亲爱的,为什么他不去唱歌剧呢？"

巴威尔·谢尔盖伊奇瞪大眼睛,跳起来。……

"你说尼康诺夫的男低音好听？"他探出头去往客厅里张望,问道,"尼康诺夫的男低音也能算好听？"

"对,我说的就是尼康诺夫的男低音。"

"得了吧,小母亲,可见你什么也不懂……"巴威尔·谢尔盖伊奇摊开手,说,"你那个尼康诺夫好比一头母牛！哇哇地喊,嗓子沙哑,倒像谁要把他的肚肠拉出来似的。嗓音颤动,发抖,仿佛空酒瓶里塞进了软木塞！我就听不下去！你那个尼康诺夫对音乐的感觉跟这张长沙发差不多。"

"尼康诺夫居然成了歌唱家！"大约五分钟后他回到桌边,坐下写东西,悻悻地说,"我的上帝啊,她的鉴赏力可真差！这个尼康诺夫只配到街头去卖唱,根本不能唱什么歌剧。"

他继续愤愤不平,生气地把钢笔蘸一下墨水,开始写道：

"文凯尔将军夫人动身到彼得堡去奔走,想让她的侄子免去上枷示众的处罚。她出门后,文凯尔设法从监狱里逃出去了。"

"多好的天气啊！"大学生在客厅里叹道。

"后来,"巴威尔·谢尔盖伊奇继续写道,"人们在火车站的货车底下找到他,费了很大的劲把他从那儿拉出来。显然,这个人希望还能自由地生活下去。……这个不幸的人对押解兵淡淡地一笑,等到人家把他押回监狱,他就伤心地哭了。"

"现在到城外去玩一趟才好！"索菲雅·瓦西里耶芙娜说,"巴威尔,你别在那儿写了,真的!"

巴威尔·谢尔盖伊奇烦躁地搔了搔后脑壳,继续写道:

"伯母的疏通没有奏效。……文凯尔在离开故乡的城市以前必须受到上枷示众的处罚,然而骄傲的伯母坚持己见,在文凯尔受刑的前一天,服毒自尽了。人们把她葬在墓园外边专为自杀者下葬的地方。……"

巴威尔·谢尔盖伊奇看一下窗外繁星密布的天空,嗽一嗽喉咙,往客厅走去。

"是啊,现在坐上雪橇出城去兜风倒挺好!"他在圈椅上坐下,说,"这样的天气真是少见!"

"哦,那又何尝不可呢?我们就走吧!"他妻子说,坐不住了,"那我们就去吧,诸位先生!"

"哎呀,见鬼!我得写完那篇小说才成!几乎连一半都没写成呢。……不过,要是叫两辆三套马的雪橇来倒挺好……那就马上叫车夫滚开,我们自己坐到赶车座位上去,喊一声:走,快点跑!嘿,见它的鬼,马跑得跟飞一样!不过呢,先得在家里略为喝一点酒才成。"

"好得很!那我们就走!"

"不,不……说什么也不行!不写完那篇小说,我一步也不能动!你们别要求我了!"

"那您就去快点写完!趁人家去叫雪橇,送葡萄酒来,您足足能写完五次呢。……"

太太们把巴威尔·谢尔盖伊奇团团围住,死说活说硬要他答应。他挥一下手,同意了。大学生就跑出去叫雪橇,买葡萄酒,太太们忙乱起来。巴威尔·谢尔盖伊奇跑回房间,拿起笔,用拳头捶一下底稿,继续写道:

"乌沙科娃老太婆每天都到儿子的坟上去。不管天气如何,下雨也罢,暴风雪肆虐也罢,她的马车每天早晨九点多钟总是停在墓园大门旁边,她自己在坟墓旁边坐着,不住落泪,眼巴巴地瞧着题词,仿佛在欣赏似的:'死于杀人犯之手'。"

大学生回来了,巴威尔·谢尔盖伊奇就一口气喝下不少葡萄酒,写道:

"她到墓园一连去了五年,一天也没放过。墓园成了她的第二个家。到第六年,她得了肺炎,足足有一个月没去看她的儿子。"

"您也写得够了!"大家纷纷催促巴威尔·谢尔盖伊奇说,"别写了!喏,再来喝点!"

"马上就去,马上就去。……现在正写到最有趣的地方。……你们等一下,好朋友,别打搅我。……"

"老太婆病后来到墓园里,"巴威尔·谢尔盖伊奇继续写道,"使她惊骇的是,她发现她忘记儿子的坟墓在什么地方了。这场病夺去了她的记忆力。……她在大雪齐腰的墓园里跑来跑去,央告看守人。……看守人能够对她指出她儿子埋葬的地点,可是也只能指出大概的方位,因为,说来也是老太婆倒霉,在她很久不来的那段时期,坟上的十字架给专门售卖坟墓十字架的乞丐们偷去了。

"'他在哪儿?'老太婆东奔西跑,'我的儿子在哪儿?我的儿子第二次被人夺走了!'"

"你到底有完没完啊?"索菲雅·瓦西里耶芙娜嚷道,"逼着五个等一个,这也太没心肝!别写了!"

"马上就去,马上就去,"巴威尔·谢尔盖伊奇嘟哝着,喝干一大杯葡萄酒,皱起额头,"马上就去。……哎,你在碍我的事!"

巴威尔·谢尔盖伊奇使劲揉搓额头,呆呆地瞧四周的东西,烦躁地跺着鞋后跟,写道:

"老太婆一路上没找到坟墓,脸色煞白,没戴头巾,举步困难,疲乏得闭上眼睛,往大门口走去,想回家了。可是她还没坐上马车,就又遇到一件麻烦事。原来她在墓园的门口碰见了文凯尔的伯母。"

"这样的先生只能这样对付!"一个女客说着,从桌上把草稿一把抢过来,"走!"

巴威尔·谢尔盖伊奇先还抗议,可是后来摇一下手,索性撕掉草稿,不知什么缘故还把主编骂了一通,然后嘴里打着唿哨,跑到前厅,帮太太们穿外衣去了。

艺 术 品

萨沙·斯米尔诺夫,他母亲的独生子,腋下夹着一件东西,用第二二三号《交易所新闻》①包着,露出愁眉苦脸的神情,走进柯谢尔科夫医生的诊室。

"啊,可爱的小伙子!"医生迎着他说,"嗯,身体怎么样?有什么好消息告诉我吗?"

萨沙开始眨巴眼睛,把手按住心口,用激动的声调说:

"我妈妈问候您,伊凡·尼古拉耶维奇,吩咐我向您道谢。……我是母亲的独根苗,您救了我的命……治好我的重病。……我俩都不知道该怎样向您表示谢意才好。"

"得了,小伙子!"医生插嘴说,快活得浑身发软,"我所做的不过是别人处在我的地位也会做的事。"

"我是我母亲的独根苗。……我们是穷人,当然,没法报答您出的力……我们很难为情啊,大夫,不过呢,妈妈和我……我母亲的独根苗,恳切地要求您收下我们的谢礼……喏,就是这个东西……它很贵重,是古铜的……珍贵的艺术品。"

"不要这样!"医生皱起眉头说,"哎,这是何必呢?"

"不,劳驾,您千万不要推辞,"萨沙继续嘟哝说,打开纸包,

---

① 莫斯科的报纸名。

"您不收,就伤了我和妈妈的心。……这东西很好……是古铜的。……这是去世的爸爸传给我们的,我们一直保存着,当作贵重的纪念品。……我爸爸收买古铜器,转卖给爱好古董的人。……现在妈妈和我也干这个行当。"

萨沙拆开这件东西的纸包,郑重地把它放在他的桌子上。这是个不高的古铜大烛台,艺术品。那上面雕着人像:有两个全身的女人立在台座上,装束得跟夏娃一样①,至于描写她们的姿态,我却既缺乏勇气,又缺乏适当的气质。那两个女人撩人心弦地微笑着,总之从外貌来看,要不是她们必须支撑烛台,似乎就会从台座上跳下来,在房间里打打闹闹,可是那样的情景,读者诸君,就连想一下都是不成体统的。

医生看着礼物,慢腾腾地搔着耳背,嗽一下喉咙,游移不决地擤鼻子。

"是啊,这东西确实挺好,"他支吾道,"不过……怎么跟您说好呢,未免……未免太不文雅了。……这比不得穿露胸衣服的女人,鬼才知道这是什么东西。……"

"您怎么这样讲呢?"

"就连诱惑人的蛇精也想不出比这再糟的模样了。是啊,在桌上摆这么一个妖形怪状的东西,就把整个住宅都弄得乌烟瘴气了!"

"您,大夫,对待艺术的态度多么奇怪啊!"萨沙不高兴地说,"要知道这是艺术品,您瞧嘛!那么美丽,那么优雅,使人的心里充满敬仰的感情,泪水禁不住涌上喉头!见到这样的美,就会忘掉人世间的一切。……您瞧,多么活泼,什么样的气氛,什么样的神韵啊!"

---

① 即赤身露体。

"所有这些我都非常明白,我亲爱的,"医生打断他的话说,"可是要知道,我是个有妻子儿女的人,我房里常有孩子跑来跑去,也常有太太小姐们光临。"

"当然,如果用世俗的眼光来看,"萨沙说,"那么,当然,这个具有高度艺术性的作品就变成另一种东西了。……不过,大夫,您应该比俗人站得高些,特别是因为您不肯收,就深深伤了我和妈妈的心。我是我母亲的独根苗……您救了我的命。……我们把我们认为最宝贵的东西送给您了。……只有一点我觉得惋惜:大烛台只有一个,没法配成一对。……"

"谢谢,好朋友,我很感激。……请您问候妈妈,不过,说真的,您自己来判断一下吧:我这儿常有孩子跑来跑去,常有太太小姐们光临。……是啊,不过呢,就把它留在这儿吧!反正跟您是讲不通的。"

"本来就用不着多讲嘛,"萨沙高兴地说,"您把大烛台放在这儿,喏,放在花瓶旁边好了。真是可惜:没有配成对!太可惜了!好,再见,大夫。"

萨沙走后,医生久久地瞧着大烛台,搔着耳背,沉思不语。

"这东西好得很,这是无须争论的,"他想,"丢掉未免可惜。……可是留下也不行。……嗯!……这就成了难题!该把它送给谁,或者捐给谁呢?"

他沉思很久,想起他的好朋友乌霍夫律师给他办过事,他还欠着律师的情。

"好极了,"医生暗自决定,"他既是我的朋友,就不好意思收我的钱,要是我把这个东西送给他,倒很合适。那我索性把这个鬼东西送给他吧!恰巧他是个单身汉,而且对这种事又满不在乎。……"

医生没有把这件事推到以后去办,他穿上外衣,拿着大烛台,到乌霍夫家去了。

"你好,朋友!"他发现律师在家,就说,"我来找你。……你为我出过力,我是来对你表一表谢意的,老兄。……你不肯要钱,那么,喏,你至少收下这个东西吧……瞧,老兄。……这东西可真美!"

律师见到这个东西,说不出的高兴。

"原来是这么一个玩意儿!"他大笑道,"啊,见它的鬼,这是魔鬼才想得出的玩意儿!妙极了!迷人啊!你是从哪儿弄来这么一个可爱的东西的?"

律师先还喜之不尽,后来却战战兢兢地瞅着门口,说:

"不过你,老兄,把你的礼物拿走吧。我不能收。……"

"为什么?"医生惊恐地说。

"因为……我母亲和托我打官司的人常上我这儿来……再者我也不好意思叫仆人看见。"

"不行,不行……不准你推辞!"医生摇着手说,"这你就太不对了!这是艺术品……那么活泼……传神。……我都不愿意再说了!你要惹我生气了!"

"至少也该给它涂上点颜色,或者挂上点小小的无花果叶子。……"

可是医生越发使劲地摇手,从乌霍夫的寓所跑出来,想到礼物总算脱了手,很满意,就坐车回家了。……

他走后,律师瞅着大烛台,伸出手指头去把它前后左右都摸一阵,后来也像医生那样,为一个问题绞尽脑汁,想了很久:该怎么处置这个礼物呢?

"这东西挺好,"他想,"丢掉是可惜的,留下来又不像样。最好把它送给别人。……那就这么办,今天傍晚我索性把这个大烛台送给喜剧演员沙希金吧。那个坏包喜欢这类东西,再者今天正碰上他的福利演出场。……"

他说到做到。当天傍晚,大烛台就给包得严严实实,送到喜剧演员沙希金那儿去了。整个傍晚喜剧演员的化装室里涌进许多男人,特意来欣赏那个礼物。化装室一直充满兴奋的叫声和类似马嘶的笑声。要是有个女演员走到房门跟前来,问一声:"可以进来吗?"喜剧演员的沙哑的声调就立刻响起来:

"不行,不行,亲爱的!我没穿好衣服!"

散戏后,喜剧演员耸起肩膀,摊开手说:

"喏,我把这个劳什子放到哪儿去呢?我是住在别人的住宅里啊!女演员常上我那儿去!这又不是照片,可以藏在抽屉里!"

"您,先生,把它卖了吧,"理发师正帮着喜剧演员脱掉戏装,就出主意说,"这儿城郊住着一个老太婆,收买古铜器。……您去一趟,找斯米尔诺娃就行。……大家都认得她。"

喜剧演员听从了他的话。……过了两天光景,医生柯谢尔科夫在诊室里坐着,把一个手指头放在额头上,正在思索有关胆酸的问题。突然房门开了,萨沙·斯米尔诺夫冲进诊室里来。他满面笑容,神采焕发,整个身子露出幸福的气派。他手里拿着一个东西,用报纸包着。

"大夫!"他上气不接下气地开口说,"您想想我的高兴劲吧!说来也是您走运,我们总算给您的大烛台配成了对!……妈妈快活极了。……我是母亲的独根苗。……您救了我的命。……"

萨沙由于满心感激而发抖,把一个大烛台放在医生面前。医生张开嘴,原想说一句话,可是什么也没说出来:他的舌头僵住了。

庆 祝 会

卡尔斯旅馆里正在举行小小的庆祝仪式:演员同行们为悲剧演员季格罗夫设宴,借以纪念他在戏剧界工作二十五周年。长饭桌旁边坐着剧院全体人员,只有剧团经理除外,他素来舍不得花钱,因而没有在设宴人名单上签名,不过答应在宴会结束的时候来一趟。"尊敬的同事"是庆祝仪式的当事人,在最主要的座位上坐着,那是一把圈椅,椅背高而且直。他脸色通红,大汗淋漓,呷呷地清喉咙,眨巴眼睛,总之,觉得很不自在。他这样激动,究竟是因为庆祝会使他心情激动呢,还是因为他在赴宴以前已经喝得"醺醺然",那就难于弄清楚了。他右边坐着贵妇①里卡尼达·伊凡诺芙娜·斯维烈彼耶娃,剧团经理的对象②,戴着玳瑁的夹鼻眼镜,鼻子上扑了不少粉,左边坐着女一号③索菲雅·丹尼索芙娜·乌内洛娃。桌子两旁,在那两个女人身旁,坐着两行面颊刮得光光的男人。

上汤菜以前,那是演员们喝白酒、吃冷荤菜的时候,扮演说教者角色的演员巴别尔曼杰勃斯基站起来,说:

"诸位先生!我建议为接受庆祝的人瓦西里斯克·阿夫里坎

---

① 原文为法语,在此指常扮演贵妇角色的演员。
② 原文为法语,此处指情人。
③ 原文为法语。

内奇·季格罗夫的健康干杯！乌拉……拉！"

演员们高喊一声"乌拉"，离开座位站起来，涌到被庆祝的人那边去。演员们久久地碰杯，接吻，然后落座，这时候男一号①维奥兰斯基站起来了，这个人没有什么才能，却享有学识渊博的演员的名声，无非是因为他用鼻音讲话，屋里有一本《三万外来语词典》，又是个发表长篇演说的能手而已。

"尊敬的同事！"他转动着眼珠，开口说，"自从你踏上艺术的荆棘丛生的小径以来，到今天已经满了一个世纪的四分之一。是啊！你回顾你走过的这条道路不免暗自惊讶，有点胆寒，我看见你的前额已经布满了皱纹。是啊，那是一条可怕的路！你的星在远处闪烁。……你被伸手不见五指的黑暗包缠着，眼巴巴地朝着那颗星走去，可是你的路上有深渊和绝壁，布满嗞嗞叫的蛇、两栖动物和爬虫。"

随后，演说家讲到演员的仇人比谁都多。他把一个个思想接连抛撒到空中，发表了如下的看法：哪怕是在穷乡僻壤演草台戏的平庸演员，他们带给人类的益处也比造桥的斯特鲁威或者发明电灯的亚勃洛奇科夫大得多，因此剧院和铁路究竟哪一样有益，这还有什么可争论的呢？他越讲越激昂，干脆申明说，人世间没有艺术，世界就会变成沙漠，又说由于唯物主义盛行，世界正在灭亡，艺术工作者的责任就在于"燃烧"金牛②的奴仆的心。鬼才知道他还有什么话没说。临到结束演说，他就对窗子挥拳头，拉下他脖子上的餐巾，说是只有感恩的后代子孙才可能敬重季格罗夫。

他停住嘴后，演员们又高叫"乌拉"，然后离开椅子，大呼小喊地站起来，涌到接受庆祝的人那边去。维奥兰斯基吻季格罗夫三

---

① 原文为法语。
② 指"崇拜金钱"，典出《浮士德》。

次,代表全体同事赠给他一本不大的绒面照片簿,上边用金丝线绣着两个字:"瓦·季"。悲剧演员大为感动,哭了,拥抱所有在座的人,然后快活得浑身发软,往他的圈椅上一坐,伸出颤抖的手指开始翻阅照片簿。整个照片簿有将近二十张照片,可是稍稍像样的人脸一张也没有。那简直不能算是脸,都那么奇形怪状,有歪着嘴的,有瘪了鼻子的,眼睛要么眯得太细,要么瞪得老大,有点反常。领结没有一个端正的,所有的脸都现出狰狞的神情。提词员普多耶朵夫的头有两道轮廓,其中一道在修版中弄得一塌糊涂。(事情是这样的:演员们在圣尼古拉节参加过三个命名日宴会后才去照相,而给他们照相的是"华沙的摄影师杰尔加巧夫",这个人身材矮小,视力很弱,兼做三种行业:照相,拔牙,典当。)

上烤菜以前,扮演老实人角色的演员讲话了,他没有身份证,据他说,名叫格利果利·包尔肖夫。他伸直脖子,把手按在心上,说:

"你听我说,瓦夏①。……我说的是老实话……我说了假话就让主惩罚我,你确实有才能!人人都会对你说有才能。……要不是这个东西作怪,"演说人弹一下脖子②,"要不是你那种狗脾气,本来你会有远大的前途的。……鬼才知道你是怎么回事,你到处跟人打架,吵嘴,就连在不必要的地方也要争面子。……你,老兄,要原谅我才好,我说的是良心话……我是当着上帝说的!你脾气未免太坏,任谁也跟你处不来。……这是实情!你,老兄,要原谅我才好,要知道我是喜欢你的……大家也都喜欢你。……"

包尔肖夫探出身子,吻被庆祝的人的脸颊。

"原谅我,我的好人,"他继续说,"你确实有才能!不过你不

---

① 瓦西里斯克的爱称。
② 指喝酒的嗜好。

要那个……不要多喝波尔特温葡萄酒。喝过白酒再喝这种坏酒，简直要人的命！"

包尔肖夫说完后，接受庆祝的人自己开口讲话了。他站起来，现出热烈的、要哭的面容，眨巴着眼睛，手里撕扯手绢，用发抖的声音开口说：

"我亲爱的、尊贵的朋友们！请允许我在这个欢乐的日子向你们说出在这儿，我的胸膛里，我那精神大厦的拱顶下积聚着的种种思想。……站在你们面前的是个老人，白发苍苍，一条腿已经伸进坟墓了。……我……我哭了。可是人的眼泪是什么东西？不过是懦弱的变态心理，如此而已！振作起来吧，老头子！不要流泪！你不要神经衰弱啊！你要高高地、笔直地举起胳膊！在你们面前，朋友们，站着微不足道的演员季格罗夫，可是他曾经使得三十六家剧院的墙壁发抖，他创造过贝利萨留①、奥赛罗、弗兰茨·穆尔②的形象！三十六座城市知道我的姓名。……喏！"

季格罗夫把手伸到上衣的里边衣袋里，从那儿取出一卷饭馆的账单来，在空中抖了抖。

"这就是证据！"他叫道，骄傲地扬起头，"这儿有莫斯科城'大饭店'的账单，有哈尔科夫城'美景旅馆'的账单，还有平扎城的'瓦连佐夫旅馆'、塔甘罗格城的'欧罗巴旅馆'、萨拉托夫城的'京城旅馆'、奥连堡城的'欧罗巴旅馆'、坦波夫城的'大饭店'、阿尔汉格尔斯克的'金锚旅馆'，等等！瞧！三十六座城！可是怎么样呢?！我这一辈子没有一天不遭到卑鄙的暗算。"

---

① 德国剧作家艾杜阿尔德·宪克的悲剧《贝利萨留》的男主人公，拜占庭的统帅（该剧本由奥包多夫斯基译成俄语，自1839年起在俄国上演）。——俄文本编者注
② 德国作家席勒的剧本《强盗》的男主人公（该剧本于1793年译成俄语）。——俄文本编者注

季格罗夫发言的这种转折是不会使人感到奇怪的:冥冥中自有一种自然规律,俄国演员哪怕讲天气也不会不提到阴谋的。……

"任何人,只要能做到,就一定在我面前撒下阴险和伪善的网!"悲剧演员继续说,气冲冲地瞪起眼睛,"我要把这些事全说出来!让你们的头发一根根竖起来吧,让血在血管里凝住吧,让墙壁发抖吧,可是一定要叫真相大白于天下!我什么也不怕!"

然而真相却没有来得及大白于天下,因为房门开了,剧团经理费尼克索夫-季阿曼托夫走进大厅来,这人生得又高又瘦,论相貌像个退休的讼师,耳朵里塞着大团的棉花。他是按一切俄国剧团经理平素走路的架势走进来的:迈着碎步,搓着手,战战兢兢地回头看,仿佛刚才偷过鸡,或者挨了妻子一顿痛骂似的。他像所有的剧团经理一样,带着缩手缩脚的负疚样子,用难听而又讨好的男高音说话,随时给人留下一种印象,就像他急着要走掉,有什么东西掉在别处似的。

"你好,瓦西里斯克·阿夫里坎内奇,"他走到接受庆祝的人跟前,很快地开口说,"我庆贺你,好朋友。……唉,我累坏了!嗯,求上帝保佑,这你是明白的。……是啊,我认识你十五年了!是啊,当初你在米洛斯拉夫斯基剧团里工作的情形,我至今都记得!唉,我跑得累极了。"

季阿曼托夫战战兢兢地回头看一眼,搓着手,在桌旁坐下。

"刚才我到市长那儿去过一趟,"他继续说,疑虑重重地瞅着菜碟,"他约我喝茶,可是我推辞了。……我跑得简直筋疲力尽!我好像没在设宴人的名单上签过名,不过我仍旧要……喝点白酒。"

"你接着说,你接着说!"演员们对接受庆祝的人挥着手说。

季格罗夫把眉头皱得更紧,开口说:

"如果,诸位先生,有谁不喜欢我的话,那就让他出去,反正我习惯了实话实说,而且……而且任什么魔鬼我都不怕。……谁也别想禁止我说话。……是啊。……我想说什么,我就说什么。……我是自由的!"

"好,你就说吧!"

"总之,我想对你们说:近年来舞台艺术走……走下坡路了。……这是什么缘故呢?这是因为它落在……"悲剧演员做出狰狞的脸色,压低喉咙,咬牙切齿地说,"……落在卑鄙的贪财汉手里了,他们是些可鄙的、专门抓钱的奴仆,艺术的刽子手,天生只会在艺术之宫里爬来爬去,不配当头脑!一点不假!"

"等一下,等一下,"季阿曼托夫正把鹅肉烧白菜放到自己的盘子里,打断他的话说,"根本不是这么回事!艺术确实在走下坡路,然而是什么缘故呢?因为看法变了!现在有个风气,要求舞台上有生活气息。我的老兄,舞台上才不需要生活气息呢。什么生活气息,滚它的吧!那种东西你到处都可以看到:小饭铺里有,家里有,市集上有,至于戏院里,要的是强烈的表演!这儿要的是强烈的表演!"

"什么强烈不强烈!这儿需要的是少一点骗子和流氓,不是强烈!要是演员们一连几个月拿不到薪金,哪里还说得上什么强烈!"

"你看看你这个人啊!"剧团经理叹道,脸上做出要哭的样子,"你老是爱说刻薄话!何必这么绕着弯子,说半句留半句?你该痛痛快快照直说出来。……不过我没有工夫了,要知道我跑到这儿来只能待一会儿就得走。……我还要跑到印刷厂去。……"

季阿曼托夫跳起来,在桌子旁边犹豫一下,悲伤地斜起眼睛瞥一下鹅肉,然后向大家一鞠躬,迈着碎步往门口走去。

"这把圈椅你们是从剧院里拿来的!"他一边往门口走,一边指着接受庆祝的人坐着的圈椅说,"别忘了搬回去,要不然,往后上演《哈姆雷特》的时候,克劳迪斯①就没有圈椅坐了。祝你们健康!"

他走后,接受庆祝的人愤愤不平。

"正派人可不是这么办事的,"他发牢骚说,"你们也太不像话了。……为什么你们不支持我?我原想把那条狗臭骂一顿。……"

上甜食后,两个女演员起身告辞,走掉了。接受庆祝的人无精打采,嘴里骂着难听的话。葡萄酒的瓶子都空了,因此演员们重新喝白酒。人们围着饭桌纷纷讲故事,等到大家肚子里的故事讲完,就开始回忆以往的经历。这类回忆素来是演员聚会场合最好的点缀。每逢俄国演员态度诚恳,不谈阴谋、艺术的衰败、报刊的偏私之类的废话,而叙述他们的所见所闻,他们总是无限动人的。……有的时候只要倾听一个消瘦憔悴的喜剧演员回忆过去,您的脑海里就会生出一个极其动人而且饶有诗意的形象:这个人固然极其轻狂,任性,往往沾染了恶习,然而不知疲倦地四处漂泊,像石头那样坚忍不拔,性格热烈,不肯安宁,充满信心而又永远不幸,论性情的开阔、无忧无虑的胸襟、不平常的生活方式,都类似古代的勇士。……您只要听一听这种回忆,就能原谅这个追述往事的人犯过的一切有意无意的过失,倾心于他,嫉妒他了。

九点多钟,参加宴会的人开始付清宴席费用,这当然免不了要费很多唇舌,甚至把旅馆老板叫来。不过这时候睡觉还嫌太早,所有的演员从"卡尔斯"出来后,就往"格鲁吉亚"走去,在那儿打台球,喝啤酒。

"诸位先生,喝香槟!"接受庆祝的人兴致勃勃地说,"今

---

① 《哈姆雷特》中的丹麦国王。

天……我想喝香槟！我请大家喝！"

可是香槟没有喝成，因为悲剧演员的口袋里一文钱也没有了。

"格利沙！"他跟包尔肖夫和维奥兰斯基一块儿从"格鲁吉亚"走出来，嘟哝说，"我们应该再到'布拉格'去。……现在睡觉还太早！到哪儿去弄五卢布来呢？"

演员们站住，开始思索。

"你猜怎么着？"维奥兰斯基说，想出了一个主意，"把照片簿拿到杰尔加巧夫那儿去吧！你要它有什么用？真的！他给三卢布，咱们就够用了！"

接受庆祝的人同意了。不出一刻钟，这三个行人已经在敲杰尔加巧夫的大门了。

怪　　谁？

我的叔叔彼得·杰米扬内奇是个身体枯瘦而肝火很旺的六等文官,活像那种风干的、肚子里撑着一根木棍的熏鲑鱼。有一天他准备到他教拉丁语的中学校去,却发现他的句法教科书的封面被老鼠咬坏了。

"你听我说,普拉斯科维雅,"他走进厨房,对厨娘说,"我们的耗子都是哪儿来的? 求上帝怜恤吧,昨天我的礼帽给咬坏了,今天这本句法教科书又毁了。……照这样子,恐怕它们要咬衣服了!"

"可是叫我有什么办法! 耗子又不是我养的!"普拉斯科维雅回答说。

"总得想个办法嘛! 你该养只猫什么的。……"

"猫倒已经有了,可是又有什么用呢?"

普拉斯科维雅就指一指墙角上扫帚旁边蜷起身子睡觉的一只骨瘦如柴的小白猫。

"为什么不中用呢?"彼得·杰米扬内奇问。

"它还小,又笨。大概它还没满两个月。"

"嗯!……那就该教一教它! 它这么躺着可不行,该让它学学。"

说完这话,彼得·杰米扬内奇就心事重重地叹口气,从厨房里走出去。小白猫抬起头来,懒洋洋地瞧一下他的背影,又闭上眼睛。

　　小白猫没有睡觉，而是在思索。思索什么呢？它还没熟悉现实生活，没有积累什么生活印象，因此只能凭本能思考，根据它从祖先老虎那儿（请参看达尔文的著作）连同血肉一并继承下来的种种概念描绘生活。它的思想具有睡意蒙眬的幻想性质。它那猫的想象力描绘出一幅画面，类似阿拉伯沙漠，那上面掠过一些影子，像是普拉斯科维雅、炉灶、扫帚。影子当中突然出现一小碟牛奶。小碟生出些爪子，活动起来，有心逃跑，小猫就往前一蹿，由于渴血的欲望而屏住呼吸，把脚爪扑到小碟上。……等到小碟消失在迷雾里，就又出现一小块肉，是普拉斯科维雅丢给它的。那块肉胆怯地吱吱叫着，要往旁边跑去，可是小猫往前一蹿，伸出脚爪。……凡是在这个年轻的梦想家面前出现的东西，一概引得它往前一蹿，伸出爪子，龇出牙齿。……别人的灵魂往往是一片乌黑，不易理解的，猫的灵魂就更不消说了，然而刚才描写的画面在多大程度上接近真实，却可以从下边的事实看出来：小猫沉湎在睡意蒙眬的幻想里，忽然跳起来，闪着亮晶晶的眼睛瞅着普拉斯科维雅，竖起身上的毛，往前一蹿，伸出爪子抓住厨娘的衣裾。看来，它天生是捕鼠的能手，完全不愧为它那些渴血的祖先的子孙。命运规定它日后会成为地下室、储藏室、谷仓里的霸王，而且，要不是它所受到的教育，……然而，我们不要提前讲以后的事吧。

　　彼得·杰米扬内奇从中学回家的路上，走进一家小杂货铺，花十五戈比买到一个捕鼠器。吃饭的时候，他把一小块肉饼安在钩子上，把捕鼠器放在长沙发底下，那儿堆着一些学生的练习簿，是普拉斯科维雅留着料理家务用的。傍晚六点钟整，可敬的拉丁语教师正坐在桌子旁边，批改学生作业，这时候长沙发底下忽然发出啪的一响，声音那么大，弄得我叔叔打了个哆嗦，钢笔也失手掉下来了。他马上走到长沙发跟前，取出捕鼠器。有一只干干净净的小老鼠,只有顶针那么大,正在闻铁丝网,吓得索索地抖。

"啊哈!"彼得·杰米扬内奇嘟哝说,幸灾乐祸地瞧着老鼠,仿佛打算给它批个一分似的,"落网了,坏蛋!你等着吧,我要叫你尝尝啃句法教科书的滋味!"

彼得·杰米扬内奇把这个落难者看了个够,然后把捕鼠器放在地板上,喊道:

"普拉斯科维雅,耗子落网了!快把小猫送来!"

"马上就来!"普拉斯科维雅应道,过了一分钟,她抱着老虎的后代走进来。

"好极了!"彼得·杰米扬内奇搓着手,喃喃地说,"我们来教会它。……把它放在捕鼠器前面。……这就行了。……让它闻一阵,看一会儿。……这就行了。……"

小猫惊讶地看看我叔叔,看看圈椅,纳闷地闻闻捕鼠器,然后大概害怕明亮的灯光,害怕大家对它的瞩目,就猛一扭身,吓得往门口跑去。

"站住!"叔叔喊道,揪住它的尾巴,"站住,这个坏东西!笨蛋,它怕耗子!你瞧:这是耗子!你倒是瞧呀!啊?我跟你说:你瞧呀!"

彼得·杰米扬内奇抓住小猫的脖子,把它的脸塞到捕鼠器上。

"瞧啊,死东西!你把它接过去,普拉斯科维雅,抓住它。……把它放在小门前边。……等我把耗子放出来,你就立刻松手,把它放开。……听明白了吗?你要立刻就松手!行了吗?"

叔叔脸上做出鬼鬼祟祟的神情,拉开小门。……老鼠游移不定地走出来,闻了闻空气,箭也似的飞奔到长沙发底下去。……小猫早已放开,却竖起尾巴,跑到桌子底下去了。

"它跑了!跑了!"彼得·杰米扬内奇做出狰狞的脸相,叫起来,"它到哪儿去了,坏包?跑到桌子底下去了?你等着就是。……"

叔叔从桌子底下拖出小猫,把它提到半空中摇撼不停。……

"你这可恶的东西,……"他揪着它的耳朵,叽咕说,"给你一下子!给你一下子!下回你还把耗子放跑吗?可恶的东西。……"

第二天普拉斯科维雅又听见喊叫声:

"普拉斯科维雅,有只耗子落网了!快把小猫送到这儿来!……"

小猫受过昨天的侮辱以后,通宵躲在炉灶底下,不肯出来。等到普拉斯科维雅把它拉出来,提着它的脖子,送进书房,把它放在捕鼠器前面,它就浑身发抖,哀声地咪咪叫。

"好,让它先习惯一下!"彼得·杰米扬内奇命令道,"叫它瞧着,闻一下。你要瞧着,学着点!站住,你这该死的!"他发现小猫在捕鼠器前面往后倒退,就叫道,"我要揍你!揪住它的耳朵!这就对了。……好,现在把它放在小门前面。……"

叔叔慢慢地拉开小门。……老鼠正好在小猫的鼻子底下溜过去,撞在普拉斯科维雅的手上,跑到立柜底下去了,小猫呢,觉得自己自由了,就死命一蹿,钻到长沙发底下去了。

"又放跑一只耗子!"彼得·杰米扬内奇叫起来,"这算是什么猫?!这是草包,废物!该揍它一顿!把它放在捕鼠器旁边揍它!"

等到第三只老鼠落网,小猫一看见捕鼠器和里面的囚徒就周身发颤,抓挠普拉斯科维雅的手。……第四只老鼠跑掉以后,叔叔大发脾气,一脚踢开小猫,说:

"把这草包弄走!从今以后不准它再待在家里!把它丢掉!一点用处也没有!"

一年过去了。消瘦虚弱的小猫变成壮实灵敏的大猫了。有一天它溜进后院,去赴爱情的幽会。它快要走到目的地了,却忽然听见一阵沙沙声,紧跟着就看见一只老鼠从排水槽里钻出来,往马房跑去。……我的主人公、就竖起身上的毛,拱起背脊,嘶嘶地叫着,周身颤抖起来,胆怯地一溜烟跑掉了。

　　唉!有的时候我觉得我自己也处在那只逃跑的猫的可笑地位。如同小猫一样,我当初也荣幸地在叔叔那儿学过拉丁语。现在每逢我有机会见到这种古典语言的著作,我非但不能津津有味地欣赏它,反而想起了 ut consecutivum①、不规则动词、叔叔的铁青脸色、ablativus absolutus②,……我就脸色惨白,毛发直竖,像大猫那样丢脸地逃之夭夭了。

---

①② 拉丁语的语法结构专用名词。——俄文本编者注

万　卡

　　九岁的男孩万卡·茹科夫三个月前被送到靴匠阿里亚兴的铺子里来做学徒。在圣诞节的前夜，他没有上床睡觉。他等到老板夫妇和师傅们外出去做晨祷后，从老板的立柜里取出一小瓶墨水和一支安着锈笔尖的钢笔，然后在自己面前铺平一张揉皱的白纸，写起来。他在写下第一个字以前，好几次战战兢兢地回过头去看一下门口和窗子，斜起眼睛瞟一眼乌黑的圣像和那两旁摆满鞋楦头的架子，断断续续地叹气。那张纸铺在一条长凳上，他自己在长凳前面跪着。

　　"亲爱的爷爷，康司坦丁·玛卡雷奇！"他写道，"我在给你写信。祝您圣诞节好，求上帝保佑你万事如意。我没爹没娘，只剩下你一个亲人了。"

　　万卡抬起眼睛看着乌黑的窗子，窗上映着他的蜡烛的影子。他生动地想起他的祖父康司坦丁·玛卡雷奇，地主席瓦烈夫家的守夜人的模样。那是个矮小精瘦而又异常矫健灵活的小老头，年纪约莫六十五岁，老是笑容满面，眯着醉眼。白天他在仆人的厨房里睡觉，或者跟厨娘们取笑，到夜里就穿上肥大的羊皮袄，在庄园四周走来走去，不住地敲梆子。他身后跟着两条狗，耷拉着脑袋，一条是老母狗卡希坦卡，一条是泥鳅，它得了这样的外号，是因为它的毛是黑的，而且身子细长，像是黄鼠狼。这条泥鳅倒是异常恭顺亲热的,不论见着自家人还是见着外人,一概用脉脉含情的目光瞧着,然而它是靠不住的。在它的恭顺温和的后面,隐藏着极其狡狯的险恶用心。任凭哪条狗也不如它那么善于抓住机会,悄悄溜到人的身旁,在腿肚子上咬一口,或者钻进冷藏室里去,或者偷农民的鸡吃。它的后腿已经不止一次被人打断,有两次人家索性把它吊起来,而且每个星期都把它打得半死,不过它老是养好伤,又活下来了。

眼下他祖父一定在大门口站着,眯细眼睛看乡村教堂的通红的窗子,顿着穿高统毡靴的脚,跟仆人们开玩笑。他的梆子挂在腰带上。他冻得不时拍手,缩起脖子,一会儿在女仆身上捏一把,一会儿在厨娘身上拧一下,发出苍老的笑声。

"咱们来吸点鼻烟,好不好?"他说着,把他的鼻烟盒送到那些女人跟前。

女人们闻了点鼻烟,不住打喷嚏。祖父乐得什么似的,发出一连串快活的笑声,嚷道:

"快擦掉,要不然,就冻在鼻子上了!"

他还给狗闻鼻烟。卡希坦卡打喷嚏,皱了皱鼻子,委委屈屈,走到一旁去了。泥鳅为了表示恭顺而没打喷嚏,光是摇尾巴。天气好极了。空气纹丝不动,清澈而新鲜。夜色黑暗,可是整个村子以及村里的白房顶,烟囱里冒出来的一缕缕烟子,披着重霜而变成银白色的树木、雪堆,都能看清楚。繁星布满了整个天空,快活地眨着眼。天河那么清楚地显出来,就好像有人在过节以前用雪把它擦洗过似的。……

万卡叹口气,用钢笔蘸一下墨水,继续写道:

"昨天我挨了一顿打。老板揪着我的头发,把我拉到院子里,拿师傅干活用的皮条狠狠地抽我,怪我摇他们摇篮里的小娃娃,一不小心睡着了。上个星期老板娘叫我收拾一条青鱼,我从尾巴上动手收拾,她就捞起那条青鱼,把鱼头直戳到我脸上来。师傅们总是耍笑我,打发我到小酒店里去打酒,怂恿我偷老板的黄瓜,老板随手捞到什么就用什么打我。吃食是什么也没有。早晨吃面包,午饭喝稀粥,晚上又是面包,至于茶啦,白菜汤啦,只有老板和老板娘才大喝而特喝。他们叫我睡在过道里,他们的小娃娃一哭,我就根本不能睡觉,一股劲儿摇摇篮。亲爱的爷爷,发发上帝那样的慈悲,带着我离开这儿,回家去,回到村子里去吧,我再也熬不下去了。……我给你叩头了,我会永远为你祷告上帝,带我离开这儿吧,不然我就要死了。……"

万卡嘴角撇下来,举起黑拳头揉一揉眼睛,抽抽搭搭地哭了。

"我会给你搓碎烟叶,"他接着写道,"为你祷告上帝,要是我做了错事,就自管抽我,像抽西多尔的山羊那样。要是你认为我没活儿干,那我就去求总管看在基督面上让我给他擦皮靴,或者替菲德卡去做牧童。亲爱的爷爷,我再也熬不下去,简直只有死路一条了。我本想跑回村子,可又没有皮靴,我怕冷。等我长大了,我就会为这件事养活你,不许人家欺侮你,等你死了,我就祷告,求上帝让你的灵魂安息,就跟为我的妈彼拉盖雅祷告一样。

"莫斯科是个大城。房屋全是老爷们的。马倒是有很多,羊却没有,狗也不凶。这儿的孩子不举着星星走来走去①,唱诗班也不准人随便参加唱歌。有一回我在一家铺子的橱窗里看见些钓钩摆着卖,都安好了钓丝,能钓各式各样的鱼,很不错,有一个钓钩甚至经得起一普特重的大鲶鱼呢。我还看见几家铺子卖各式各样的枪,跟老爷的枪差不多,每支枪恐怕要卖一百卢布。……肉铺里有野乌鸡,有松鸡,有兔子,可是这些东西是在哪儿打来的,铺子里的伙计却不肯说。

---

① 指基督教的习俗:圣诞节前夜小孩们举着用箔纸糊的星星走来走去。

"亲爱的爷爷,等到老爷家里摆着圣诞树,上面挂着礼物,你就给我摘下一个用金纸包着的核桃,收在那口小绿箱子里。你问奥尔迦·伊格纳捷耶芙娜小姐要吧,就说是给万卡的。"

万卡声音发颤地叹一口气,又凝神瞧着窗子。他回想祖父总是到树林里去给老爷家砍圣诞树,带着孙子一路去。那种时候可真快活啊!祖父咔咔地咳嗽,严寒把树木冻得咔咔地响,万卡就学他们的样子也咔咔地叫。往往在砍树以前,祖父先吸完一袋烟,闻很久的鼻烟,讪笑冻僵的万卡。……那些做圣诞树用的小云杉披着白霜,站在那儿不动,等着看它们谁先死掉。冷不防,不知从哪儿来了一只野兔,在雪堆上像箭似的蹿过去。祖父忍不住叫道:"抓住它,抓住它……抓住它!嘿,短尾巴鬼!"

祖父把砍倒的云杉拖回老爷的家里,大家就动手装点它。……忙得最起劲的是万卡喜爱的奥尔迦·伊格纳捷耶芙娜小姐。当初万卡的母亲彼拉盖雅还活着,在老爷家里做女仆的时候,奥尔迦·伊格纳捷耶芙娜就常给万卡糖果吃,闲着没事做便教他念书,写字,从一数到一百,甚至教他跳卡德里尔舞。可是等到彼拉盖雅一死,孤儿万卡就给送到仆人的厨房去跟祖父住在一起,后来又从厨房给送到莫斯科的靴匠阿里亚兴的铺子里来了。……

"你来吧,亲爱的爷爷,"万卡接着写道,"我求你看在基督和上帝面上带我离开这儿吧。你可怜我这个不幸的孤儿吧,这儿人人都打我,我饿得要命,气闷得没法说,老是哭。前几天老板用鞋楦头打我,把我打得昏倒在地,好不容易才活过来。我的生活苦透了,比狗都不如。……替我问候阿辽娜、独眼的叶果尔卡、马车夫,我的手风琴不要送给外人。孙伊凡·茹科夫草上。亲爱的爷爷,你来吧。"

万卡把这张写好的纸叠成四折,把它放在昨天晚上花一个戈比买来的信封里。……他略为想一想,用钢笔蘸一下墨水,写下地址：

寄交乡下祖父收

然后他搔一下头皮，再想一想，添了几个字：

康司坦丁·玛卡雷奇

他写完信而没有人来打扰，心里感到满意，就戴上帽子，顾不上披皮袄，只穿着衬衫就跑到街上去了。……

昨天晚上他问过肉铺的伙计，伙计告诉他说，信件丢进邮筒以后，就由醉醺醺的车夫驾着邮车，把信从邮筒里收走，响起铃铛，分送到世界各地去。万卡跑到就近的一个邮筒，把那封宝贵的信塞进了筒口。……

他抱着美好的希望而定下心来，过了一个钟头，就睡熟了。……在梦中他看见一个炉灶。祖父坐在炉台上，耷拉着一双光脚，给厨娘们念信。……泥鳅在炉灶旁边走来走去，摇尾巴。……

在 路 上

> 一朵金黄色的浮云，
> 停在悬崖巨人的胸膛上过夜。……①
>
> 　　　　　　　　　莱蒙托夫

小饭铺里有一个房间，小饭铺的主人，哥萨克谢敏·契斯托普留依，称之为"客房"，也就是专供过路的行人留宿的。这时候房间里有个高身量和宽肩膀的男人，年纪四十上下，在没上过漆的大桌旁边坐着。他把胳膊肘撑在桌子上，两个拳头支住头，睡着了。一支油烛插在本来盛香膏的小罐里，如今只剩下一截烛头，照着他那淡褐色的胡子、粗大的鼻子、晒黑的脸颊和乌黑的浓眉，那两道眉毛很长，竟然挂在闭紧的眼睛上了。……他的相貌，拆开来看，鼻子也罢，脸颊也罢，眉毛也罢，都又粗又大，就跟"客房"里的家具和火炉一样，然而合在一起，倒也互相配称，甚至有点英俊了。这也正是所谓天数，俄国人的脸容往往是这样：五官越是粗大突出，相貌反而显得越发温和忠厚。这个男人穿着上流人的上衣，不过已经很旧了，用宽阔的新绦子滚了一道边。另外，他还穿着棉绒的坎肩和肥大的黑长裤，裤腿塞在大皮靴里。

---

① 俄国诗人莱蒙托夫的诗篇《悬崖》中的头两行。——俄文本编者注

沿墙放着一排长凳,连绵不断,其中一条长凳上睡着一个小女孩,八岁左右,穿一件小小的深棕色连衣裙,脚上穿着黑色长袜,身子底下铺着狐皮大衣。她脸蛋白净,头发浅黄,肩膀窄小,整个身子消瘦而单薄,不过鼻子挺大,像一个粗大难看的肉疙瘩,也跟那个男人一样。她睡得沉酣,没有感到她的半圆形梳子已经从头上掉下来,刺着她的脸了。

这间"客房"有过节的气氛。空中弥漫着新刷过的地板的气味。一根绳子悬在空中,斜穿过整个房间,平时是晾衣服用的,现在却没挂什么东西。墙角上,桌子上方点着一盏长明灯,在常胜者圣乔治的圣像上投下一团红光。从圣像起,墙角两侧排着两行民间木版画,依照极严谨的顺序从神的世界过渡到人的世界。在烛头的昏光和长明灯的红光下,那些图画好像成了一条绵延不断的长带,上面布满黑色的墨点,不过有的时候瓷砖火炉要跟天气同声合唱,呜呜响地把空气吸进去,炉中的木柴仿佛睡醒了,燃起明亮的火焰,气呼呼地咆哮,于是木墙上有些红色的光点开始跳动,借此可以让人看见在睡熟的男人头上忽而出现长老谢拉菲木,忽而出现波斯王纳斯尔-厄丁,忽而出现一个深棕色的胖娃娃,瞪大眼睛,凑着一个少女的耳朵低声说话,那少女生着一张异常呆板淡漠的脸。……

恶劣的天气正在房外闹腾。不知一个什么东西发了疯,狂暴凶狠,可是又深深不幸,在小饭铺周围窜来窜去,像野兽那样狰狞,极力要冲进屋里来。它拍响房门,敲打窗子和房顶,乱抓墙壁,时而气势汹汹,时而不住哀求,时而沉寂片刻,随后又带着欢畅而阴险的吼声钻进火炉的烟囱里来,可是这当儿木柴熊熊地燃起来,炉火好比套着链子的狗,怒气不息地迎着敌人冲过去,于是格斗开始,这以后就是哀号,尖叫,咆哮如雷。在这一片响声中,人可以听出一个过去习惯于打胜仗的生物如今却感到咬牙切齿的悲伤,满腔仇恨没处发泄,受尽欺侮而又无力还手。……

这间"客房"被野蛮的、非人的音乐镇住,似乎永远僵死,不能苏醒了。可是后来房门吱扭一响,小饭铺的学徒穿着细棉布的新衬衫走进房来。他一条腿有点瘸,眨巴着睡意蒙眬的眼睛,伸出手指去掐掉烛花,在火炉里添些木柴,又走出去了。立刻,离小饭铺三百步远,罗加契村的教堂开始鸣钟,报告午夜到了。风戏弄钟声就跟戏弄大片的飞雪一样。它追逐钟声,害得它们在广阔的天地间转来转去,结果有的钟声一下子中断,或者拖成长声,时高时低,有的钟声全然消失在原有的那片闹声中。有一个钟声特别清楚地在房间里飘荡,仿佛原就在窗子跟前敲响的。躺在狐皮上的女孩打个冷战,抬起头来。她茫茫然看一会儿乌黑的窗子,看一会儿这时候正好被紫红色炉火照亮的纳斯尔-厄丁,然后把目光移到睡熟的男人身上。

"爸爸!"她说。

可是男人没有动弹。女孩气愤地皱紧眉头,躺下去,蜷起腿。房门外边,小饭铺里,有个人打了个响亮的长呵欠。紧跟着传来门上滑轮的尖叫声和含糊的说话声。有个人走进来,抖掉身上的雪,沉重地顿着两只穿毡靴的脚。

"啥事?"一个女人的声音懒洋洋地问。

"伊洛瓦依斯卡雅小姐来了……"一个男低音回答说。

门上的滑轮又尖叫起来。大风呼的一响冲进门口。有个人,大概就是瘸腿的学徒,跑到"客房"门前来,恭敬地清一下喉咙,碰碰门闩鼻。

"请到这间屋里来,大小姐,"一个女人的歌唱般的声音说,"我们这个房间挺干净,美人儿。……"

房门敞开了,门口出现一个大胡子农民,穿着马车夫的长襟外衣,肩上扛一口大皮箱,从头到脚都是雪。在他身后紧跟着进来一个女人的身子,既看不到她的脸,也瞧不见她的手,身量不高,几乎比马车夫矮一半,周身裹得严严实实,活像一个包袱,上下沾满了雪。马车夫和"包袱"带来一股好像地下室里冒出的潮气,烛火也闪摇起来了。

"真是胡闹!""包袱"愤愤地说,"本来可以挺好地赶路嘛!只剩下十二俄里的路程了,大都是穿过树林,不会迷路的。……"

"会迷路也罢,不会迷路也罢,可是马不肯走了,小姐!"马车夫回答说,"主啊,这是你的旨意,倒好像我故意不走似的!"

"上帝才知道你把我们送到哪儿来了。……不过,小声点。……这儿好像有人睡觉呢。你出去吧。……"

马车夫把皮箱放在地板上,同时肩膀上撒下一片片白雪来。他吸溜一下鼻子,走出去了。随后女孩看见从"包袱"的中部钻出两只小小的手,举到上边,生气地解开一大堆头巾、围巾、披巾。起初地板上掉下一块大披巾,后来又掉下一顶风帽,再后掉下一块白色的针织头巾。这个过路的女人卸掉头上戴着的种种东西,再脱下肥大的外套后,她的外形就顿时缩小一半。现在她身上穿一件灰色长大衣,钉着大纽扣,衣袋鼓鼓囊囊。她从一个衣袋里取出一个纸包,里面包着不知什么东西,又从另一个衣袋里取出一长串钥匙,漫不经心地随手一丢,惊得睡熟的男人打一个冷战,睁开眼睛。他呆瞪瞪地往两旁看一会儿,仿佛不明白他是在什么地方似的,随后摇一下头,走到墙角边坐下。……过路的女人脱掉了大衣,因而外形又缩小一半,然后脱下棉绒的长靴,也坐下来。

现在她再也不像包袱了。原来她是个矮小清瘦的黑发女人,年纪二十上下,身子细得像条蛇,生着白净的鹅蛋脸和卷曲的头发。她的鼻子长而尖,下巴也长而尖,睫毛挺长,嘴角却尖,由于处处都尖,她脸上也就显得带点凶相。她穿着紧身的黑色连衣裙,领口上和袖口上镶着大量花边,臂肘尖尖的,粉红色的小手指很长,因而她的模样很像中世纪英国贵妇的肖像。她脸上那种严肃而聚精会神的表情越发加强了这种相似。……

黑发女人环顾整个房间,斜起眼睛瞧一下男人和女孩,耸了耸肩膀,移到窗子跟前坐下。潮湿的西风刮得乌黑的窗子发抖。大片雪花白茫茫的,落在窗玻璃上,可是立刻被风刮走,不见了。野蛮的音乐越发强烈了。……

经过长久的沉默以后,女孩忽然翻一个身,开口说话了,气愤地咬清每个字的字音:

"主啊!主啊!我多么不幸!比所有的人都不幸呀!"

男人站起来,迈着负疚的碎步往女孩那边走过去,这样的步态跟他魁梧的身材和大胡子却完全不相称。

"你没睡着吧,小乖乖?"他用抱歉的口气问,"你要干什么?"

"我什么也不要!我肩膀痛!爸爸,你这个人真不好,上帝会惩罚你!你等着瞧吧,会惩罚你的!"

"我的好孩子,我知道你肩膀痛,可是我有什么办法呢,小乖乖?"男人用喝醉酒的丈夫对严厉的妻子道歉的口吻说,"你,萨霞,是因为路上辛苦才肩膀痛的。明天我们到了目的地,休息一下,就会好的。……"

"明天,明天……你天天跟我说明天。我们还要走二十天呢!"

"可是,小乖乖,爸爸用人格担保,明天我们一准会到。我从没说过谎话,不过要是暴风雪挡路,那就不能怪我了。"

"我再也受不住了!我办不到,办不到了!"

萨霞使劲踢蹬腿,弄得满房间响起她那尖利刺耳的哭号声。她父亲摆一摆手,茫然失措地瞧着黑发女人。那一个就耸了耸肩膀,迟疑不决地走到萨霞跟前。

"你听我说,亲爱的,"她说,"何必哭呢?不错,肩膀痛是不好受的,可是有什么办法呢?"

"您瞧,小姐,"男人很快地讲起来,仿佛为自己辩白似的,"我们有两夜没睡,一直坐着糟糕的马车赶路。是啊,当然,她生病和心烦都是自然的。……再加上,您要知道,我们碰上个喝醉酒的马车夫,我们的一口箱子被人偷去了……风雪又始终不停,可是,小姐,哭有什么用呢?不过,这么坐着睡觉却使得我劳乏,我像喝醉了似的。真的,萨霞,就是你不闹,也已经叫人难受得恶心了,可是你还要哭!"

男人摇着头,挥一下手,坐下来。

"当然,你不该哭,"黑发女人说,"只有小娃娃才哭。要是你痛,亲爱的,那就应该脱掉衣服睡觉。……我来给你脱!"

等到女孩脱掉衣服,安静下来,沉默就又来了。黑发女人在窗旁坐下,纳闷地瞅着小饭铺的这个房间、圣像、火炉。……不论是房间,还是生着大鼻子、穿着男孩的短衬衫的女孩和女孩的父亲,分明都使她暗自纳罕。那个奇怪的男人坐在墙角边,神思恍惚,像个醉汉,瞧着两旁,伸出手掌来揉脸。他沉默不语,眨着眼睛。瞧着他那负疚的神态,人家很难断定他马上就会开口讲话。然而他却首先开口了。他摩挲着膝头,清一下喉咙,微微一笑,说:

"这是一出喜剧,真的。……我瞧啊瞧的,都不相信自己的眼睛了:是啊,命运把我们打发到这个不像样的小饭铺里来,搞的是什么名堂呀?这究竟是什么意思呢?有的时候,生活会干出翻跟头①之类的把戏,惹得你瞧着只能莫名其妙地眨眼。您,小姐,要走远路吗?"

"不,不远了,"黑发女人回答说,"我们的庄园离这儿有二十俄里光景,我从那儿出来,要到我们的一个农庄上去找我的父亲和

---

① 原文为意大利语。

哥哥。我姓伊洛瓦依斯卡雅,那个农庄就叫伊洛瓦依斯科耶,离这儿大约有十二俄里远。多么糟糕的天气!"

"再糟也没有了!"

瘸腿的男孩走进来,把一个新烛头插在香膏罐里。

"你,孩子,给我们烧个茶炊吧!"男人对他说。

"现在还有谁喝茶?"瘸腿的学徒笑嘻嘻地说,"望弥撒以前喝茶是有罪的。"

"没关系,孩子,反正入地狱,遭火烧的不是你,是我们。……"

喝茶的时候,两个新相识攀谈起来。伊洛瓦依斯卡雅这才知道跟她谈话的人名叫格利果利·彼得罗维奇·里哈烈夫,也就是邻县首席贵族里哈烈夫的亲弟弟,本人原先也是地主,然而"早已破产"了。然后里哈烈夫听伊洛瓦依斯卡雅说起,她叫玛丽雅·米海洛芙娜,她父亲有大宗田产,然而掌管家业的却只有她一个人,因为她父亲和哥哥懒得管事,无忧无虑,只喜欢养猎狗。

"我父亲和哥哥住在田庄上,很是孤单,"伊洛瓦依斯卡雅说着,活动她的手指头(她谈话的时候有个习惯,喜欢在她的尖脸前边晃动手指头,每说完一句话就伸出尖尖的小舌头舔一下嘴唇),"他们,这两个男人,都是无忧无虑的人,就是自己的事也不肯动一下手指头。我想不出,开斋的时候有谁弄东西给他们吃!我们的母亲不在了,我们的仆人又不中用,我不在,他们就连一块桌布也铺不好。现在父亲和哥哥的处境如何,就可想而知了!他们在那儿没法开斋,我却不得不在这儿坐一夜。这真是莫名其妙!"

伊洛瓦依斯卡雅耸了耸肩膀,呷一口茶,说:

"某些节日有一种特别的意味。每到复活节、三一节、圣诞节,空中自有特别的气氛。就连不信神的人也喜欢这些节日。比方说,我哥哥平时口口声声说没有神,可是一到复活节,他总是头一个跑去做晨祷。"

里哈烈夫抬起眼睛瞧着伊洛瓦依斯卡雅,笑起来。

"人们口口声声说神是没有的,"伊洛瓦依斯卡雅也笑起来,继续说,"可是,请您告诉我,有名的作家、学者,总之聪明人,为什么到了晚年总是信神呢?"

"凡是青年时期不善于信仰的人,小姐,哪怕他是个大作家,到了老年也还是不会信仰什么的。"

从咳嗽声听来,里哈烈夫的说话声该是男低音,然而这当儿,他大概害怕说话声太响,或者因为过于拘谨,他却用次中音说话。他沉默一会儿,叹口气,说:

"我是这么理解的:信仰是一种精神的能力。它跟才能一样,是与生俱来的。我凭自己,凭我这辈子见过的那些人,凭我周围发生过的种种事情来判断,这种能力是俄国人个个都有的,而且达到了极高的水平。俄国的生活就是连绵不断的一系列信仰和热衷,至于无信仰和否定,那么,不瞒您说,俄国人至今还没有领教过呢。如果俄国人不信神,那就等于说他信仰别的东西。"

里哈烈夫从伊洛瓦依斯卡雅手里接过茶杯,一口气喝下半杯,继续说:

"我来跟您谈一谈我自己吧。大自然在我的灵魂里放进一种异乎寻常的信仰能力。我这半辈子……这话不要在晚上说才好……一直是无神论者和虚无主义者,然而我有生以来没有一个钟头没有信仰。一切才能照例都在人很小的时候显出来,所以我的信仰能力也是当我还在桌子底下走来走去的时候就表现出来的。我母亲喜欢叫孩子多吃东西,她每次给我吃饭,总是说:'吃吧!人生在世第一要紧的是吃汤!'我相信了,就一天喝十次汤,像鲨鱼那样吞下去,喝得我大倒胃口,几乎昏厥过去。保姆常讲神话,于是我相信家神,相信树精,相信各种妖魔鬼怪。我常在父亲

439

那儿偷点升汞,把它撒在蜜糖饼干上,送到阁楼上去,您知道,这是要让家神吃了死掉。等到我学会读书,看懂我读的书的时候,那就更起劲了!我一会儿要跑到美洲去,一会儿要入伙做强盗,一会儿要进修道院去修行,一会儿雇些孩子来为信奉基督而鞭笞我。请注意,我的信仰总要见之于行动,不是光想想的。既然我要跑到美洲去,那就不是一个人去,而是劝一个跟我同样的傻瓜一块儿去,临到在城外冻得要死,而且挨了一顿打,我反而挺高兴呢。既然我入伙去做强盗,就一定给人打得鼻青眼肿才回来。您瞧,多么不安宁的童年啊!等到家里把我送进中学,我在那儿学到各种真理,例如地球绕着太阳旋转,或者白色不是白的,而是由七种原色合成的,我听得头都昏了!我脑子里乱糟糟的,时而想到约书亚①能使太阳停留,时而想到母亲以先知伊利亚的名义否定避雷针,时而想到父亲对我了解的真理漠不关心。可是我的新知识鼓舞着我。我在家里,在马房里像着了魔似的走来走去,宣扬我的真理,为人们的愚昧心惊胆战,痛恨那些认为白色只是白色的人。……不过,这都是小事,都是孩子气的行径。所谓严肃的、成人的热衷是从我进大学开始的。您,小姐,进学校念过书吧?"

"我在诺沃切尔卡斯克城的顿河贵族女子中学里念过书。"

"那么没念过高等学校?这样看来,您不知道学问是什么东西。各种学问,把世界上所有的学问统统算在内,都有一个同样的特点,缺了它,任何学问都会毫无意义,那就是追求真理!每一门学问,哪怕是生药学之类,其目的也不在于追求利益,不在于追求生活上的便利,而在于追求真理。了不起啊!您着手研究某种学问,首先使您震惊的是它的开端。我跟您说吧,再也没有什么东西

---

① 据《圣经》传说,约书亚是继摩西之后的犹太人的首领。《旧约·约书亚记》载:约书亚之所以能战胜敌人,是因为他能使整个自然界都受他的支配,他能叫河流停止流动,太阳停留……

比一门学问的开端更吸引人,更宏伟,更震动人,更能使人透不过气来的了。一开头,您刚听过五六堂课,最灿烂的希望就已经使得您精神抖擞,您就觉得自己成为真理的主人了。我呢,就把我自己毫无私心地、满腔热情地献给各种学问,就像献给心爱的女人一样。我成了它们的奴隶,除了它们以外,我不愿意承认另外还有什么太阳。我日日夜夜埋头钻研,死背强记,硬啃书本,见到有人为个人目的利用科学,就痛哭失声。不过我入迷不算久。问题在于每一门学问固然有开端,可是简直没有结尾,犹如循环小数一样。动物学发现三万五千种昆虫,化学发现六十种元素。将来这些数字后边即使加上十个零,动物学和化学离着结束也仍旧会像现在这样遥远,当代的全部科学工作恰好就在于扩大数字。我正是在发现第三万五千零一种昆虫,却没感到满足的时候才领悟这个道理的。是啊,不过我也没有绝望,因为不久就有新的信仰把我抓住了。我一头扎进虚无主义①以及它的宣言、黑分派②和诸如此类的玩意儿里去了。我到民间去,在工厂做工,当润滑工人,做纤夫。后来我走遍俄国,阅历了俄国生活,就变成这种生活的热烈崇拜者了。我热爱俄罗斯民族,爱得心都痛了。我热爱而且相信它的上帝、语言、创作。……如此等等。有一个时期我成了斯拉夫派③,常写信去打搅阿克萨柯夫④。我做过乌克兰派⑤,研究过考古学,收集过民间创作的优秀作品。……我对各种思想、人物、事件、地

---

① 指俄国民粹派革命运动。
② 俄国1879年从"土地与自由党"中分化出来的一个民粹派组织。
③ 俄国19世纪40和50年代的一种社会思想流派,主张俄国社会发展的独特道路,公社、正教、国家政权和人民的"结合"。
④ 指康·谢·阿克萨柯夫(1817—1860),俄国斯拉夫派的领袖。他的弟弟伊·谢·阿克萨柯夫(1823—1886)和他持同样观点。
⑤ 俄国19世纪在乌克兰发生的民族运动,宣扬保存和发展乌克兰民族的语言、文学、文化的独特性。

点都入过迷……一刻也没有间断过！五年前我致力于否定私有财产，我最近的信仰是勿抗恶。"

萨霞断断续续地叹着气，身子开始活动。里哈烈夫站起来，向她那边走去。

"我的好孩子，你想喝茶吗？"他温柔地问道。

"你自己去喝吧！"女孩粗鲁地回答说。

里哈烈夫窘住了，迈着负疚的步伐走回桌旁。

"这样看来，您生活得很快活，"伊洛瓦依斯卡雅说，"有许多事情可以回忆呢。"

"嗯，是啊，在坐着喝茶，有一个好同伴可以谈天的时候，倒是挺快活的，不过您不妨问一声，我为这种快活付出过多大的代价。我的生活称得上丰富多彩，可是我付出了什么样的代价呀？要知道，小姐，我不是像德国哲学博士那样信仰，不是装模作样，我也不是在沙漠里生活，我的每一种信仰都使我疲于奔命，焦头烂额哟。您自己来下断语吧。原先我很富裕，跟我的哥哥一样，可是如今却成了叫花子。在那些昏天黑地的入迷岁月里，我既花光了自己的财产，又花光了妻子的财产，还花掉别人很多钱。现在我四十二岁，老年近在眼前了，我却无家可归，就像黑夜里车队丢下的一条狗。我一生一世从没领略过什么叫安宁。我的灵魂不断地苦恼，我甚至为各种希望痛苦。……我干种种繁重杂乱的工作，累得筋疲力尽，我忍饥受寒，我坐过五次监狱，我步履艰难地走遍阿尔汉格尔斯克省和托博尔斯克省①，……回想起来都心痛哟！我生活过，可是在那些昏天黑地的岁月里并没有感觉到我在生活。信不信由您，我记不起随便哪年春天的情景，也从没留意过我的妻子怎样爱我，我的孩子们怎样诞生。我还能给您讲些什么呢？我驱使

---

① 指流放到遥远地区。

一切爱我的人遭到不幸。……喏,我的母亲已经为我悲伤了十五年,我那些高傲的弟兄不得不为我痛心,脸红,低头,花钱,到头来痛恨我就跟痛恨毒药一样。"

里哈烈夫站起来,又坐下去。

"如果仅仅是我自己不幸,我倒要感谢上帝了,"他没瞧着伊洛瓦依斯卡雅,继续说,"每逢我想起在那些入迷的岁月我常常做出荒唐的事,背离真理,不公平,残酷,危害别人,我个人的不幸倒显得无足轻重了!那些我应当热爱的人,我常常多么痛恨而且藐视啊,反过来,有些应该痛恨而且藐视的人,我却常常热爱。我变过一千次心。今天我信仰,膜拜,可是明天我却像胆小鬼似的躲开我今天的神和朋友,逃之夭夭,只好忍气吞声地听着人家在背后骂我坏蛋。只有上帝才看见我怎样常常为我的入迷害臊得哭泣,咬我的枕头。我有生以来一次也没故意说过谎话,做过坏事,然而我的良心却不清白!小姐,我甚至不能夸口说我的良心没有承担过害死人命的罪孽,因为我的妻子就是看不惯我的胡闹,在我眼前憔悴而死。是的,我的妻子!您听我说,目前,在我们的社会生活里,盛行着两种对待女人的态度。有些人测量女人的颅骨,打算证明女人比男人低下。他们寻找女人的缺点,以便嘲笑她们,在她们眼里显出男人高明,为男人的兽性辩护。另一些人却竭尽全力把女人提高到自己水平上来,也就是逼她们背诵三万五千种昆虫,照男人所说和所写的那样说些和写些蠢话。……"

里哈烈夫的脸阴沉下来。

"我告诉您说吧,女人素来是而且将来也还会是男人的奴隶,"他用男低音讲起来,伸出拳头捶一下桌子,"女人是又柔又软的蜡,男人要把她捏成什么样,就总能捏成什么样。主啊,我的上帝,为了男人所热衷的无聊事情,女人往往不惜剪短头发,抛弃家庭,死在异乡啊。……女人为种种思想牺牲自己,可是其中没有一个是女人的思想。……舍己为人、忠心耿耿的奴隶！我没量过颅骨的大小,我是根据沉痛辛酸的经验说这种话的。如果我有机会把我所热衷的事情告诉她们,那么就连最高傲、最有主见的女人也会不假思索地跟着我走,问也不问一声,我要她做什么,她就做什么。我曾经把一个修女改造成虚无主义者,后来我听说,她开枪打死一个宪兵。我的妻子在我漂泊期间一分钟也没离开过我,并且像风向标似的,随着我改变入迷的对象,也改变她的信仰。"

里哈烈夫跳起来,在房间里走来走去。

"至高无上的奴性啊!"他把两只手合在一起,说,"女人生活的高尚意义恰好就在于此!我跟女人交往的整个时期,在我头脑里积累下种种杂乱无章的印象,可是其中像经筛子筛过那样保留在我记忆里的,却不是思想,不是聪明的话语,不是哲学,而是这种异乎寻常的对命运百依百顺的态度,这种不同凡响的宽恕一切的善心。……"

里哈烈夫握紧拳头,呆望着一个地方出神,脸上现出热烈而紧张的表情,仿佛在推敲每个字眼似的,从咬紧的牙关里吐出他的话来:

"……以及这种……这种宽宏大量的坚忍精神,彻头彻尾的忠诚,心灵的诗。……生活的意义恰好就在于这种毫无怨言的殉道精神,在于这种能把顽石也泡软的眼泪,在于这种宽恕一切的无限热爱,这种热爱给混乱的生活带来光明和温暖。……"

伊洛瓦依斯卡雅慢慢地站起来,往里哈烈夫跟前迈出一步,定睛瞅着他的脸。凭他睫毛上闪着的泪光,凭他颤抖而热烈的声调,凭他脸颊上的红晕,她看得清楚:女人并不是偶然出现的话题,也不是简单的话题。女人是他新近着迷的对象,或者按他的说法,新的信仰对象!伊洛瓦依斯卡雅生平第一次亲眼看见一个着迷的、热烈信仰的人。他不住做手势,眼睛闪闪发光,依她看来,就跟发了狂,着了魔一样,然而他眼睛的光芒、他的话语、他整个魁梧身材的动作,却显得那么优美,她连自己也没理会,竟在他面前站住,像生了根似的,热情洋溢地瞧着他的脸。

"您就拿我的母亲来说吧!"他讲道,向她伸出手去,做出恳求的脸色,"我毒害了她的生活,而且按她的看法,我败坏了里哈烈夫家族的门风,我给她带来了只有最恶毒的敌人才能带来的那么多祸害,可是,怎么样呢?我的弟兄常给她几个小钱供她在教堂里买圣饼,做祈祷用,她呢,却按捺住她的宗教感情,把那些钱攒起来,悄悄地打发人送给她那不成器的格利果利!单是这件小事就远比一切理论、聪明的话语、三万五千种昆虫更强有力地教育和提高人的灵魂!这样的例子我可以给您举一千个。喏,就拿您来说!外边是暴风雪,黑夜,您呢,却坐着雪橇赶到您哥哥和父亲那边去,为的是在节日用您的照拂使他们感到温暖,其实,说不定,他们并没想念您,把您忘记了。您等着瞧吧,您爱上一个人,就会跟着他到北极去。您会去的,不是吗?"

"是的,如果……我爱他的话。"

"说的就是啊!"里哈烈夫高兴地说,甚至顿一下脚,"真的,我跟您认识,高兴极了!我的命运太好,我总是遇见好人。不论哪一天我都能结识这种人,为这种人我简直甘愿献出我的生命。在这个世界上,好人远比坏人多。您看怪不怪,我和您已经开诚相见,掏出心来谈话了,就跟相识了一百年似的。我跟您说吧,有的时候一个人克制自己十年之久,沉默寡言,不愿意向朋友和妻子倾吐衷曲,可是在火车上遇到一个军事学校的学生,却把心里的话都对他倒出来了。我还只是第一次荣幸地跟您见面,可是我却直言不讳地向您讲出我心底里的话,在这以前,我可从来没有这样做过。这是什么缘故呢?"

里哈烈夫搓着手,快活地微笑,在房间里走来走去,又讲起女人。这当儿教堂里打起钟来,召人去做晨祷。

"主啊!"萨霞哭起来,"他说个没完,不容人睡觉!"

"啊,对了!"里哈烈夫醒悟过来说,"这怪我不好,小乖乖。你睡吧,睡吧。……除了她,我还有两个男孩,"他小声说,"他们,小姐,都在伯父家里住着,这一个呢,缺了父亲就一天也活不下去。她难过,抱怨,可是缠住我不放,就跟苍蝇见了蜜似的。我,小姐,唠叨得太多,恐怕您也该休息了。我给您铺床,可以吗?"

他没等她许可,就把那件湿外套抖搂一下,在长凳上铺开,毛皮朝上,然后把丢在那里的披巾和头巾收集在一处,把大衣卷成筒状,当作枕头。他默默地做着这些事,脸上现出卑顺的崇敬神情,倒好像他手里摆弄的不是女人的衣物,而是圣器的碎片似的。他全身露出负疚而困窘的神态,仿佛他在一个弱女子面前为他的身量和力气觉得难为情似的。……

等到伊洛瓦依斯卡雅躺下,他就熄掉蜡烛,在火炉旁边的矮凳上坐下。

"是啊,小姐,"他小声说,点上一支粗纸烟,把烟雾喷到火炉里,"大自然赐给俄国人异乎寻常的信仰能力、追根究底的智慧、苦思冥想的才能,然而这些东西一碰到闲散、懒惰以及轻率的幻想,就都粉碎了。……真的,小姐。……"

伊洛瓦依斯卡雅惊奇地瞅着黑暗,只看得见圣像上面的一块红光和里哈烈夫脸上闪烁着的炉中火光。黑暗、钟声、风雪的怒号、瘸腿的学徒、抱怨的萨霞、不幸的里哈烈夫以及他那番话,统统混在一起,形成一个庞大的印象,上帝创造的这个世界在她心目中显得光怪陆离,充满奇迹和魅力。刚才听到的一番话还在她耳朵里响着,人类的生活,依她看来,就跟一篇优美的、饶有诗意的、没有结局的神话似的。

庞大的印象越变越大,使得她的知觉越来越模糊,终于把她送

进了睡乡。伊洛瓦依斯卡雅睡着了,不过仍旧看见长明灯和大鼻子,一块红光在那鼻子上跳动。

她听见哭声。

"亲爱的爸爸,"孩子的声音温柔地恳求说,"我们回到伯父家里去吧!那儿有圣诞树!斯捷巴和柯里亚也在那儿呢!"

"我的小乖乖,我有什么办法呢?"男人用男低音柔声劝说道,"你要明白我的话才好!是啊,要明白才好!"

孩子的哭声外,又添上了男人的哭声。在风雪的怒号声中,这种人类悲伤的声音飘进姑娘的耳朵里,像是富于人情味的美妙音乐,使她听得心醉神迷,禁不住也哭了。随后她听见那巨大乌黑的阴影悄悄走到她跟前来,拾起掉下地的披巾,盖在她的腿上。

后来,有一种奇怪的喊叫声把伊洛瓦依斯卡雅惊醒了。她跳起来,惊奇地看一下周围。窗子有半截埋在雪里,蓝色的曙光隔着窗子照进来。房间里满是灰白色的昏光,从中清楚地显出火炉、睡熟的女孩、纳斯尔-厄丁的轮廓。火炉和长明灯都熄了。从敞开的门口望出去,可以看见小饭铺的大房间以及那儿的柜台和桌子。有一个人,长着一张呆板的、茨冈人的脸,站在大房间中央,睁着惊讶的眼睛,脚下是一摊溶化的雪水,手拿一根木杖,上边有一颗大红星。一群小男孩在他四周站着,纹丝不动,像是些塑像,身上沾满雪。星光照透红纸,染红了他们的湿脸。这群人扯开嗓子唱歌,歌声杂乱,伊洛瓦依斯卡雅只听清其中的一段歌词:

  喂,你啊,年轻的后生,
  拿起你的利刃,
  我们要杀死,杀死那犹太人,
  那可悲的子孙。……

里哈烈夫在柜台旁边站着,动情地瞧着那些歌手,微微顿着脚打拍子。他看见伊洛瓦依斯卡雅,就满面笑容,走到她跟前。她也微笑。

"过节好!"他说,"我看见您睡得挺香。"

伊洛瓦依斯卡雅瞧着他,没有说话,仍旧微笑。

经过昨晚的谈话后,他在她的眼里就不再是高身量,宽肩膀,却显得矮小了,犹如一艘极大的轮船在我们听说它漂洋过海以后,就显得小了一样。

"好,现在我该上路了,"她说,"应当穿外衣了。那么请您告诉我,您现在要到哪儿去?"

"我? 先到克里努希基火车站,坐火车到谢尔吉耶沃,再从谢尔吉耶沃坐马车,走四十俄里,到一个煤矿去,那是一个蠢货,沙希科夫斯基将军的产业。我的弟兄们给我在那儿谋到了总管的职位。……我要去挖煤了。"

"请您容我说一句,我知道这个矿场。沙希科夫斯基就是我的舅舅。可是……您到那儿去干什么?"伊洛瓦依斯卡雅问道,惊讶地瞅着里哈烈夫。

"去做总管。管理矿场。"

"我不明白!"伊洛瓦依斯卡雅耸着肩膀说,"您要到矿上去。可是要知道,那儿是光秃秃的草原,没有人烟,乏味极了,您连一天也待不下去!煤质很差,谁也不买,而且我舅舅是个狂徒,暴君,破了产。……您连薪水都会拿不到!"

"那也没关系,"里哈烈夫不在乎地说,"能到矿上工作,也就该谢天谢地了。"

伊洛瓦依斯卡雅耸着肩膀,激动地在房间里走来走去。

"我不明白,我不明白!"她说,她的手指在她的脸前晃动,"这不行,而且……而且这是胡来。您要明白,这……这比流放都不如,那是一座埋葬活人的坟墓呀!唉,主啊,"她激昂地说着,走进了睡乡。伊洛瓦依斯卡雅睡着了,不过仍旧看见长明灯和大鼻子,一块红光在那鼻子上跳动。

她听见哭声。

"亲爱的爸爸,"孩子的声音温柔地恳求说,"我们回到伯父家里去吧!那儿有圣诞树!斯捷巴和柯里亚也在那儿呢!"

"我的小乖乖,我有什么办法呢?"男人用男低音柔声劝说道,"你要明白我的话才好!是啊,要明白才好!"

孩子的哭声外,又添上了男人的哭声。在风雪的怒号声中,这种人类悲伤的声音飘进姑娘的耳朵里,像是富于人情味的美妙音乐,使她听得心醉神迷,禁不住也哭了。随后她听见那巨大乌黑的阴影悄悄走到她跟前来,拾起掉下地的披巾,盖在她的腿上。

后来,有一种奇怪的喊叫声把伊洛瓦依斯卡雅惊醒了。她跳起来,惊奇地看一下周围。窗子有半截埋在雪里,蓝色的曙光隔着窗子照进来。房间里满是灰白色的昏光,从中清楚地显出火炉、睡熟的女孩、纳斯尔-厄丁的轮廓。火炉和长明灯都熄了。从敞开的门口望出去,可以看见小饭铺的大房间以及那儿的柜台和桌子。有一个人,长着一张呆板的、茨冈人的脸,站在大房间中央,睁着惊讶的眼睛,脚下是一摊溶化的雪水,手拿一根木杖,上边有一颗大红星。一群小男孩在他四周站着,纹丝不动,像是些塑像,身上沾满雪。星光照透红纸,染红了他们的湿脸。这群人扯开嗓子唱歌,歌声杂乱,伊洛瓦依斯卡雅只听清其中的一段歌词:

> 喂,你啊,年轻的后生,
> 拿起你的利刃,
> 我们要杀死,杀死那犹太人,
> 那可悲的子孙。……

里哈烈夫在柜台旁边站着,动情地瞧着那些歌手,微微顿着脚

447

打拍子。他看见伊洛瓦依斯卡雅,就满面笑容,走到她跟前。她也微笑。

"过节好!"他说,"我看见您睡得挺香。"

伊洛瓦依斯卡雅瞧着他,没有说话,仍旧微笑。

经过昨晚的谈话后,他在她的眼里就不再是高身量,宽肩膀,却显得矮小了,犹如一艘极大的轮船在我们听说它漂洋过海以后,就显得小了一样。

"好,现在我该上路了,"她说,"应当穿外衣了。那么请您告诉我,您现在要到哪儿去?"

"我?先到克里努希基火车站,坐火车到谢尔吉耶沃,再从谢尔吉耶沃坐马车,走四十俄里,到一个煤矿去,那是一个蠢货,沙希科夫斯基将军的产业。我的弟兄们给我在那儿谋到了总管的职位。……我要去挖煤了。"

"请您容我说一句,我知道这个矿场。沙希科夫斯基就是我的舅舅。可是……您到那儿去干什么?"伊洛瓦依斯卡雅问道,惊讶地瞅着里哈烈夫。

"去做总管。管理矿场。"

"我不明白!"伊洛瓦依斯卡雅耸着肩膀说,"您要到矿上去。可是要知道,那儿是光秃秃的草原,没有人烟,乏味极了,您连一天也待不下去!煤质很差,谁也不买,而且我舅舅是个狂徒,暴君,破了产。……您连薪水都会拿不到!"

"那也没关系,"里哈烈夫不在乎地说,"能到矿上工作,也就该谢天谢地了。"

伊洛瓦依斯卡雅耸着肩膀,激动地在房间里走来走去。

"我不明白,我不明白!"她说,她的手指在她的脸前晃动,"这不行,而且……而且这是胡来。您要明白,这……这比流放都不如,那是一座埋葬活人的坟墓呀!唉,主啊,"她激昂地说着,走到里哈烈夫跟前,在他笑吟吟的脸前晃动手指头,她的上嘴唇发颤,她那尖脸惨白,"喏,您设想一下光秃秃的草原和孤独吧。在那儿,要谈话都找不到人,而您却对女人入了迷!矿场和女人可是两不相干的!"

伊洛瓦依斯卡雅忽然为她的激昂害臊,就转过身离开里哈烈夫,走到窗子跟前。

"不行,不行,您不能到那儿去!"她说着,伸出手指在窗玻璃上很快地划来划去。

她不但凭她的灵魂,甚至也凭她的后背,领会到她身后站着一个无限不幸、走投无路、被大家所抛弃的人;他呢,仿佛没有感到他的不幸,仿佛昨夜哭泣的不是他似的,眼睛瞧着她,温和地微笑。他还不如继续哭泣的好!她激动得在房间里来回走了几次,然后在墙角边站住,沉思不语。里哈烈夫在说话,可是她没听见。她背对着他,从钱包里取出一张二十五卢布的钞票,在手里揉搓很久,回头看一眼里哈烈夫,却涨红脸,把那张钞票塞到他的衣袋里去了。

门外响起了马车夫的说话声。伊洛瓦依斯卡雅一言不发,带着聚精会神的严峻脸色开始穿外衣。里哈烈夫帮她穿,快活地唠叨着,可是他说的每一个字都像重担那样压在她的心上。听不幸的人或者垂危的人说俏皮话,是不会让人高兴的。

等到活人终于变成不定型的包袱,伊洛瓦依斯卡雅就最后看一眼"客房",沉默地站一会儿,慢腾腾地走出去。里哈烈夫也出去送她。……

外边,上帝才知道是什么缘故,冬季仍然在逞威。软绵绵的大雪片像整团整团的白云,在地面上旋转,无休无止,总也找不到安身之处。马匹、雪橇、树木、拴在木柱上的公牛,都是白的,仿佛生了一身柔软的绒毛。

"好,求上帝保佑您,"里哈烈夫把伊洛瓦依斯卡雅搀上雪橇,喃喃地说,"别记住我的坏处。……"

伊洛瓦依斯卡雅没有开口。等到雪橇开动,绕过大雪堆走去,她却回过头来看一眼里哈烈夫,露出那么一种神情,好像有话要跟他说。那一个就跑到她跟前去,可是她什么话也没说,光是隔着长睫毛看他一眼,睫毛上挂着细小的雪花。……

不知是他那敏感的灵魂果真能够领会这种目光呢,还是他的想象力也许欺骗了他,总之他忽然觉得,只要再说上两三句优美而有力量的话,那个姑娘就会体谅他的失意、苍老、苦难,不假思索地跟着他走去,问也不问一声。他伫立很久,就像在地里生了根一样,瞧着雪橇的滑木留下的痕迹。雪花纷纷落到他的头发、胡子、肩膀上来。……不久,滑木的痕迹消失了,他本人浑身是雪,看上去像是白皑皑的悬崖,可是他的眼睛仍然在雪片的云雾里寻找什么东西。

就 是 她！

"您给我们讲点什么吧，彼得·伊凡诺维奇！"姑娘们说。

上校捻着他的白唇髭，清一下喉咙，开口说：

"那是一八四三年，我们的兵团驻扎在倩斯多霍夫城附近。应当对你们说明一下，我的小姐们，那年冬天冷得厉害，没有一天哨兵们不把鼻子冻坏，大风雪不把道路堵死的。凛冽的严寒十月底就开始了，一直闹到四月间。那时候，应当对你们说明一下，我可不是现在这样，活像一根熏黑的旧烟管，而是个翩翩佳公子，你们可以想象出来，脸皮白里透红，一句话，是个美男子。我打扮得漂漂亮亮就跟孔雀一样，花起钱来满不在乎，捻着唇髭，天下再也没有一个准尉像我这么神气。往往，只要我眨巴一下眼睛，磕一下马刺，捻一下唇髭，就连顶高傲的美人也会变成俯首帖耳的羔羊。那时候我爱追女人不亚于蜘蛛爱捉苍蝇，现在，我的小姐们，如果我把当初搂住我脖子的波兰女人和犹太女人一个个举出来，那我敢向你们保证，数学里的数目字还不够用哟。……此外你们还要注意：我当时做团里的副官，擅长跳玛祖卡舞，又娶了个千娇百媚的女人，主让她的灵魂安息吧①。至于我当时是个什么样的调皮鬼，怎样天不怕地不怕，那你们简直没法想象。如果县里闹出什么

---

① 意谓她现在已经死了。

恋爱纠纷,如果有谁扯掉犹太人的长鬓发,或者打波兰小贵族的嘴巴,那大家心里有数:这个人一准是维威尔托夫少尉。

"我做了副官,就有机会在县里各处奔走。我时而骑马去买燕麦或者干草,时而把有毛病的马卖给犹太人和波兰地主,不过,我的小姐们,最经常的却是装着出差,去赴波兰小姐的幽会,或者到有钱的地主家里去打纸牌。……我现在还记得,有一次,那是在圣诞节前夜,我坐着雪橇从倩斯多霍夫城到谢威尔吉村去,是上边派我去出差的。那天气,我跟你们说吧,可叫人受不了。……严寒不住逞威,把树木冻得噼啪地响,连马都咔咔地咳嗽,不出半个钟头,我和我的车夫都变成冰柱了。……光是严寒,不管怎样,总还可以对付,可是你们猜怎么着,半路上忽然起了暴风雪。白茫茫的大雪落下来,在空中打转盘旋,就像晨祷前的魔鬼,风哀叫起来,仿佛它的妻子被人夺走了似的。道路不见了。……不出十分钟,我、车夫、马都浑身是雪。

"'长官,咱们迷路了!'车夫说。

"'哎,见你的鬼!你这个笨蛋,长着眼睛干什么用的?好,一直往前走,也许会碰上一户人家!'

"好,我们走啊走的,转过来转过去,照这样熬到半夜,我们的马才停在一个庄园的大门口不走了,据我现在记得,那是有钱的波兰人包亚德洛夫斯基伯爵的家。我对波兰人和犹太人一概不感兴趣,不过也得说句实话,波兰小贵族倒都是好客的人,而且再也没有比波兰小姐更热情的女人了。……

"我们给让进去了。……当时包亚德洛夫斯基伯爵本人住在巴黎,我们是由他的总管,波兰人卡齐米尔·哈普青斯基接待的。我现在记得,还没有过完一个钟头,我就已经坐在总管的厢房里,跟他妻子有说有笑,喝酒打牌了。我赢了五个金币,灌足了酒,就告个罪,说要睡了。厢房里没处可住,我就给领到伯爵府邸的正房

就 是 她!

去了。

"'您不怕鬼吧?'总管把我领进一个不大的房间里,问道。隔壁是一个又冷又黑的空荡荡的大厅。

"'莫非这儿有鬼?'我问道,听见我的话语和脚步引起低沉的回声。

"'我不知道,'波兰人笑着说,'不过我觉得,这倒是个极其适合妖魔鬼怪流连的地方。'

"我痛饮了一番,已经酩酊大醉,可是,老实说,我一听见这话,却浑身发凉。见它的鬼,看见什么都不要紧,可就是别看见鬼啊!然而这也没有什么办法,我就脱掉衣服躺下。……我的蜡烛微微照亮四壁,你们猜怎么着,墙上满是祖宗的肖像画,一张比一张吓人,另外还挂着古代的兵器、猎人的角笛以及其他奇形怪状的东西。……四下里一片寂静,就跟坟墓里一样,只是隔壁的大厅里有老鼠沙沙地响,家具发出干裂声。窗外正在闹得天翻地覆。……风不知在为谁唱挽歌,树木哭啊叫的,纷纷弯下腰去。不知什么鬼东西,大概是百叶窗吧,吱哩吱哩地哀叫,拍打窗框。除此以外,又加上我头晕,晕得天旋地转。……我一闭上眼睛,就觉得我的床在整个空房里飞翔,跟魔鬼玩跳背游戏。为了减轻我的恐惧,我头一件事就是把蜡烛熄掉,因为空荡荡的房间在亮光下远比在黑暗里可怕。……"

三个姑娘本来在听上校讲话,这时候就向讲话人身边凑近点,定睛瞧着他。

"是啊,"上校继续说,"尽管我极力想睡着,我的睡意却消散了。我时而觉得有贼爬进窗来,时而又听见不知什么人在悄悄说话,时而好像有谁拍我的肩膀,总之我疑神疑鬼,这种情形是大凡神经曾经特别紧张过的人都熟悉的。不过,你们再也料不到,在种种可怕的幻影和乱糟糟的声音当中,我却清楚地听见另一种声音,好像有人穿着拖鞋在走路,发出吧嗒吧嗒的响声。我仔细一听,你们猜怎么样?我听见有人走到我的房门跟前来了,这人嗽一嗽喉咙,推开了门。……

"'谁啊?'我问,坐起来。

"'是我……你别怕!'一个女人的声音回答说。

"我往门口走去。……过了几秒钟,我就觉得有两条女人的胳膊,像鸭绒那么软,搭在我的肩膀上了。

"'我爱你……我把你看得比生命都宝贵哟。'女人的清脆的声音说。

"火热的呼吸扑到我脸上来。……我忘却风雪,忘却魔鬼,忘却世上的一切,伸出胳膊去搂住她的腰……那是什么样的腰啊!像那样的腰,大自然是不会轻易做出来的,至多十年一次。……细得就像是由旋工旋出来的,热乎乎,轻飘飘,活像婴儿的呼吸!我情不自禁,紧紧地把她搂在怀里。……我们的嘴合在一起,热烈而长久地吻着……我凭全世界所有的女人向你们起誓,我到死也忘不了这一吻。"

上校停住嘴,喝下半杯水,压低喉咙继续说:

"第二天我看一眼窗外,瞧见风雪越发大了。……要赶路根本不行。我只好在总管家里坐一整天,打牌,喝酒。傍晚我又到空房子里去,午夜一到,我又搂住那熟悉的腰,……是啊,小姐们,要不是有这种爱情,那一次我就会活活闷死。也许我只能死命灌酒了。"

上校叹口气,站起来,沉默地在客厅里走来走去。

"可是……后来怎么样呢?"一个小姐等得着急,屏住呼吸问道。

"没有什么了。第二天我就上路了。"

"可是……那个女人是谁呢?"小姐们迟疑地问道。

去了。

"'您不怕鬼吧?'总管把我领进一个不大的房间里,问道。隔壁是一个又冷又黑的空荡荡的大厅。

"'莫非这儿有鬼?'我问道,听见我的话语和脚步引起低沉的回声。

"'我不知道,'波兰人笑着说,'不过我觉得,这倒是个极其适合妖魔鬼怪流连的地方。'

"我痛饮了一番,已经酩酊大醉,可是,老实说,我一听见这话,却浑身发凉。见它的鬼,看见什么都不要紧,可就是别看见鬼啊!然而这也没有什么办法,我就脱掉衣服躺下。……我的蜡烛微微照亮四壁,你们猜怎么着,墙上满是祖宗的肖像画,一张比一张吓人,另外还挂着古代的兵器、猎人的角笛以及其他奇形怪状的东西。……四下里一片寂静,就跟坟墓里一样,只是隔壁的大厅里有老鼠沙沙地响,家具发出干裂声。窗外正在闹得天翻地覆。……风不知在为谁唱挽歌,树木哭啊叫的,纷纷弯下腰去。不知什么鬼东西,大概是百叶窗吧,吱哩吱哩地哀叫,拍打窗框。除此以外,又加上我头晕,晕得天旋地转。……我一闭上眼睛,就觉得我的床在整个空房里飞翔,跟魔鬼玩跳背游戏。为了减轻我的恐惧,我头一件事就是把蜡烛熄掉,因为空荡荡的房间在亮光下远比在黑暗里可怕。……"

三个姑娘本来在听上校讲话,这时候就向讲话人身边凑近点,定睛瞧着他。

"是啊,"上校继续说,"尽管我极力想睡着,我的睡意却消散了。我时而觉得有贼爬进窗来,时而又听见不知什么人在悄悄说话,时而好像有谁拍我的肩膀,总之我疑神疑鬼,这种情形是大凡神经曾经特别紧张过的人都熟悉的。不过,你们再也料不到,在种种可怕的幻影和乱糟糟的声音当中,我却清楚地听见另一种声音,

453

好像有人穿着拖鞋在走路,发出吧嗒吧嗒的响声。我仔细一听,你们猜怎么样?我听见有人走到我的房门跟前来了,这人嗽一嗽喉咙,推开了门。……

"'谁啊?'我问,坐起来。

"'是我……你别怕!'一个女人的声音回答说。

"我往门口走去。……过了几秒钟,我就觉得有两条女人的胳膊,像鸭绒那么软,搭在我的肩膀上了。

"'我爱你……我把你看得比生命都宝贵哟。'女人的清脆的声音说。

"火热的呼吸扑到我脸上来。……我忘却风雪,忘却魔鬼,忘却世上的一切,伸出胳膊去搂住她的腰……那是什么样的腰啊!像那样的腰,大自然是不会轻易做出来的,至多十年一次。……细得就像是由旋工旋出来的,热乎乎,轻飘飘,活像婴儿的呼吸!我情不自禁,紧紧地把她搂在怀里。……我们的嘴合在一起,热烈而长久地吻着……我凭全世界所有的女人向你们起誓,我到死也忘不了这一吻。"

上校停住嘴,喝下半杯水,压低喉咙继续说:

"第二天我看一眼窗外,瞧见风雪越发大了。……要赶路根本不行。我只好在总管家里坐一整天,打牌,喝酒。傍晚我又到空房子里去,午夜一到,我又搂住那熟悉的腰,……是啊,小姐们,要不是有这种爱情,那一次我就会活活闷死。也许我只能死命灌酒了。"

上校叹口气,站起来,沉默地在客厅里走来走去。

"可是……后来怎么样呢?"一个小姐等得着急,屏住呼吸问道。

"没有什么了。第二天我就上路了。"

"可是……那个女人是谁呢?"小姐们迟疑地问道。

"这很清楚!"

"一点也不清楚啊。……"

"就是我的妻子呗!"

三个小姐一齐跳起来,仿佛被蛇咬了一口似的。

"这话……怎么讲?"她们问道。

"唉,主啊,这有什么不好懂的呢?"上校烦恼地说,耸了耸肩膀,"是啊,我好像说得够清楚了! 我是跟妻子一块儿到谢威尔吉村去的。…… 她也住在那所空房里,在我的隔壁房间里过夜。……很清楚嘛!"

"哦……"小姐们说着,失望地垂下胳膊,"故事的开头倒挺好,可是结尾,上帝才知道是怎么回事。……妻子。……对不起,这简直没趣味,而且……一点道理也没有。"

"奇怪! 这样看来,你们希望那个人不是我合法的妻子,而是另一个女人! 唉,这些小姐啊,小姐啊! 如果你们现在这样看问题,将来出嫁后会怎么样呢?"

小姐们窘住,开不得口了。她们一肚子闷气,皱起眉头,大失所望,开始大声打呵欠。……在晚饭席上,她们什么也不吃,只顾把面包屑搓成小圆球,沉默不语。

"不,这简直……不近人情!"有一个小姐忍不住说,"既然结尾是这样,那又何必讲呢? 这个故事一点好的地方也没有。……甚至莫名其妙!"

"开头倒还引人入胜,不料……一下子就完了……"另一个补充说,"这纯粹是耍弄人。

"得了,得了,得了……我刚才是开玩笑……"上校说,"别生气了,小姐们,我刚才是开玩笑。那个人不是我的妻子,她是总管的妻子。……"

"真的吗?!"

小姐们忽然高兴起来,眼睛闪闪发光。……她们凑近上校,给他斟上葡萄酒,纷纷对他提出问题。烦闷消散了,就连晚饭也很快就吃完,因为小姐们胃口大开,吃得津津有味了。

"这很清楚!"

"一点也不清楚啊。……"

"就是我的妻子呗!"

三个小姐一齐跳起来,仿佛被蛇咬了一口似的。

"这话……怎么讲?"她们问道。

"唉,主啊,这有什么不好懂的呢?"上校烦恼地说,耸了耸肩膀,"是啊,我好像说得够清楚了!我是跟妻子一块儿到谢威尔吉村去的。……她也住在那所空房里,在我的隔壁房间里过夜。……很清楚嘛!"

"哦……"小姐们说着,失望地垂下胳膊,"故事的开头倒挺好,可是结尾,上帝才知道是怎么回事。……妻子。……对不起,这简直没趣味,而且……一点道理也没有。"

"奇怪!这样看来,你们希望那个人不是我合法的妻子,而是另一个女人!唉,这些小姐啊,小姐啊!如果你们现在这样看问题,将来出嫁后会怎么样呢?"

小姐们窘住,开不得口了。她们一肚子闷气,皱起眉头,大失所望,开始大声打呵欠。……在晚饭席上,她们什么也不吃,只顾把面包屑搓成小圆球,沉默不语。

"不,这简直……不近人情!"有一个小姐忍不住说,"既然结尾是这样,那又何必讲呢?这个故事一点好的地方也没有。……甚至莫名其妙!"

"开头倒还引人入胜,不料……一下子就完了……"另一个补充说,"这纯粹是耍弄人。

"得了,得了,得了……我刚才是开玩笑……"上校说,"别生气了,小姐们,我刚才是开玩笑。那个人不是我的妻子,她是总管的妻子。……"

"真的吗?!"

小姐们忽然高兴起来,眼睛闪闪发光。……她们凑近上校,给他斟上葡萄酒,纷纷对他提出问题。烦闷消散了,就连晚饭也很快就吃完,因为小姐们胃口大开,吃得津津有味了。

题　　解

《复活节之夜》

　　最初发表在一八八六年四月十三日《新时报》第三六三六号上。

　　该小说经作者略加改动（只删去一句），收入作者的小说集《在昏暗中》，一八八七年彼得堡版，此后自一八八八年至一八九九年，该小说集印行第二版至第十三版时未再改动。一八九八年莫斯科识字协会征得作者同意，将该小说印成单行本。

　　后来，该小说未加更改，由作者收入他自编的文集第三卷。

　　有一个与契诃夫同时代的人在文章中引用俄国诗人普列谢耶夫的话，当时普列谢耶夫刚读完契诃夫的小说集《在昏暗中》，得到了这样的印象："我读着这本小书，眼前就隐隐现出屠格涅夫的影子。也是那样恬静的诗的语言，也是那样美妙的景物描写……"而且普列谢耶夫特别喜欢小说《复活节之夜》（请参看德利津著《复兴（契诃夫及其剧作）》，一九二九年七月十五日巴黎版）。

　　俄国批评家梅列日科夫斯基在一八八八年《北方导报》杂志第十一期上发表文章，评论契诃夫的小说集《在昏暗中》（一八八七年版）和《故事集》（一八八八年版）时，指出小说《复活节之夜》

的文笔近似屠格涅夫和波德莱尔①的散文诗,他把修士尼古拉这一形象归入契诃夫的小说《在路上》中里哈烈夫那类失意人之列。一八八八年十一月三日,契诃夫在写给苏沃陵的信中,针对这种评论说:"梅列日科夫斯基把我那个写赞美歌的修士说成失意的人。然而他怎么会是失意的人呢? 求上帝让每个人都能像他那样生活才好:又信仰上帝,又有吃有喝,又会写东西。……把人分成得意的人和失意的人,只不过是用先入为主的狭隘观点来看人的性格罢了。……"

《太太们》

最初发表在一八八六年四月十九日《花絮》杂志第十六期上,有副标题《故事》,署名"安·契洪捷"。后来,该小说经作者删去副标题,作了大量文字上的修改,并更动小说结尾后,收入作者自编的文集第一卷。

契诃夫修改该小说时,将小说中的一个人物叶连娜·叶果罗芙娜取消。未经修改前,小说中写到国民学校督学官傍晚常到那个女人家里去"让他的灵魂休息一下",她也替波尔祖兴说情,要求督学官给他那个职位。

该小说在杂志上发表时,其结尾不是这样。在"他想对教员道歉,把事情的真相原原本本对教员说一遍"后面,小说原是这样结束的:"可是他缺乏勇气对他的下属开诚相见。……他只好说假话,说个没完……到后来,连头发根都羞红,舌头也不灵便,像醉汉一样了"。契诃夫修改时,将小说结尾改成主人公突然大发脾气,意在突出那个文官的软弱,他无力招架那些"有势力的太太",

---

① 波德莱尔(1821—1867),法国颓废派诗人,主要作品有诗集《恶之华》《散文诗集》等。

感到自己有错处,因此才把怒火发泄在毫无过失的教员身上。

托尔斯泰认为《太太们》是契诃夫最优秀的小说之一(请参看本文集第二卷中《假面》的题解)。

《强烈的感受》

本篇最初发表在一八八六年四月二十一日《彼得堡报》第一〇七号《短文》栏内,有副标题《一场小戏》,署名"安·契洪捷"。

契诃夫将该小说删去副标题,在文字上大加修改和增删后,收入他自编的文集第三卷。

契诃夫修改该小说时,删除了人物对话中的粗俗的俚语,例如将"朝自己的脑袋瓜放一枪"改为"对自己放一枪",将"迷上了"改为"爱上了"等。大部分的修改集中在用简洁的描写替换冗长的描写。例如,原来的小说开端,胖子讲到他父亲怎样嘲笑他,他怎样在未婚妻家里流连忘返,度过一个个白昼和傍晚,讲到"跟民事执行吏谈话都比跟幸福的凡人聊天愉快得多",所有这些经作者改成一句话:"幸福的人是最讨厌和最乏味的人"。律师的谈话作过大量的修改。

契诃夫对该小说的结尾也作了修改,从"有些什么样的幻想钻进他脑子里去?"到最后一句是新添的,借以使在拘留所过夜的罪犯的心境同胖子的"强烈的感受"形成更为鲜明的对比。

《熟识的男人》

最初发表在一八八六年五月三日《花絮》杂志第十八期上,原题名是《有点疼痛》,并有副标题《街头的事情》,署名"安·契洪捷"。

一八八六年六月二十三日《每日新闻报》第一六九号转载该

小说,有删节,无署名,但说明原载于《花絮》杂志。

后来,该小说经作者删去副标题,更换题名,作了大量文字上的修改后,收入作者自编的文集第一卷。

契诃夫修改该小说时,更动牙科医生的姓氏(他原姓施泰因芬克尔),仔细校改全文,删去几句话,特别是改动结尾。例如本文第一段,在"怎么办呢?"之前,删掉了如下的几句:"为了打扮停当,走进'文艺复兴'的门,她首先至少得有二十到二十五卢布才成,可是现在,除了她身上穿的旧衣衫和一枚质地很差的绿松石戒指以外,她就再也没有什么值钱的东西了。"

在小说中部,女主人公的内心描写扩大了。原文:"'叫花子……叫花子!'她瞧着镜子里的影子,暗想,'寒碜极了!好,我要走到他那儿去,直截了当地对他说:给我钱!叫他拿出钱来!'"契诃夫把它改为:"万达暗自奇怪:一旦她穿戴得不体面,类似女缝工或者洗衣女工,她就自惭形秽,再也没有那种狂气,那种大胆,而且她私心也不再认为自己是万达,而是从前的娜斯达霞·卡纳甫金娜了。……"

该小说的题材多多少少与俄国作家比里宾向契诃夫提供的题材有关,一八八六年四月六日,比里宾在写给契诃夫的信上说:"应该描写一个正派人,落了魄,到一个朋友家里去借点钱用。看来,这有什么可羞愧的呢?可是他总也说不出口,老是谈别的,结果没提借钱的事就走掉了。"

《幸福的人》

最初发表在一八八六年五月五日《彼得堡报》第一二一号《短文》栏内,有副标题《一场小戏》,署名"安·契洪捷"。

契诃夫将该小说删去副标题,并稍作修改后,收入他的小说集《无伤大雅的话语》,一八八七年莫斯科版。

感到自己有错处,因此才把怒火发泄在毫无过失的教员身上。

托尔斯泰认为《太太们》是契诃夫最优秀的小说之一(请参看本文集第二卷中《假面》的题解)。

《强烈的感受》

本篇最初发表在一八八六年四月二十一日《彼得堡报》第一〇七号《短文》栏内,有副标题《一场小戏》,署名"安·契洪捷"。

契诃夫将该小说删去副标题,在文字上大加修改和增删后,收入他自编的文集第三卷。

契诃夫修改该小说时,删除了人物对话中的粗俗的俚语,例如将"朝自己的脑袋瓜放一枪"改为"对自己放一枪",将"迷上了"改为"爱上了"等。大部分的修改集中在用简洁的描写替换冗长的描写。例如,原来的小说开端,胖子讲到他父亲怎样嘲笑他,他怎样在未婚妻家里流连忘返,度过一个个白昼和傍晚,讲到"跟民事执行吏谈话都比跟幸福的凡人聊天愉快得多",所有这些经作者改成一句话:"幸福的人是最讨厌和最乏味的人"。律师的谈话作过大量的修改。

契诃夫对该小说的结尾也作了修改,从"有些什么样的幻想钻进他脑子里去?"到最后一句是新添的,借以使在拘留所过夜的罪犯的心境同胖子的"强烈的感受"形成更为鲜明的对比。

《熟识的男人》

最初发表在一八八六年五月三日《花絮》杂志第十八期上,原题名是《有点疼痛》,并有副标题《街头的事情》,署名"安·契洪捷"。

一八八六年六月二十三日《每日新闻报》第一六九号转载该

459

小说,有删节,无署名,但说明原载于《花絮》杂志。

后来,该小说经作者删去副标题,更换题名,作了大量文字上的修改后,收入作者自编的文集第一卷。

契诃夫修改该小说时,更动牙科医生的姓氏(他原姓施泰因芬克尔),仔细校改全文,删去几句话,特别是改动结尾。例如本文第一段,在"怎么办呢?"之前,删掉了如下的几句:"为了打扮停当,走进'文艺复兴'的门,她首先至少得有二十到二十五卢布才成,可是现在,除了她身上穿的旧衣衫和一枚质地很差的绿松石戒指以外,她就再也没有什么值钱的东西了。"

在小说中部,女主人公的内心描写扩大了。原文:"'叫花子……叫花子!'她瞧着镜子里的影子,暗想,'寒碜极了!好,我要走到他那儿去,直截了当地对他说:给我钱!叫他拿出钱来!'"契诃夫把它改为:"万达暗自奇怪:一旦她穿戴得不体面,类似女缝工或者洗衣女工,她就自惭形秽,再也没有那种狂气,那种大胆,而且她私心也不再认为自己是万达,而是从前的娜斯达霞·卡纳甫金娜了。……"

该小说的题材多多少少与俄国作家比里宾向契诃夫提供的题材有关,一八八六年四月六日,比里宾在写给契诃夫的信上说:"应该描写一个正派人,落了魄,到一个朋友家里去借点钱用。看来,这有什么可羞愧的呢?可是他总也说不出口,老是谈别的,结果没提借钱的事就走掉了。"

《幸福的人》

最初发表在一八八六年五月五日《彼得堡报》第一二一号《短文》栏内,有副标题《一场小戏》,署名"安·契洪捷"。

契诃夫将该小说删去副标题,并稍作修改后,收入他的小说集《无伤大雅的话语》,一八八七年莫斯科版。

后来,契诃夫将该小说收入他自编的文集第一卷,事前作过文字上的一些修改,删掉若干句子,改动某些文字,例如将"新郎瞪大眼睛说"改为"新郎诧异地说",将"蜷起身子,像是一条蛇,让人踩住了尾巴似的"改为"蜷起身子,好像有谁踩痛了他的鸡眼似的"。

《枢密顾问官》

最初发表在一八八六年五月六日《新时报》第三六五七号上。

契诃夫将该小说略作删削后,收入他的《故事集》,一八八八年彼得堡版,此后该书自一八八九年至一八九九年印行第二版至第十三版,该小说未再作改动。契诃夫删削了一系列细节,特别是删去了斯皮利东给波别季姆斯基量尺寸的场面中的一个细节:"……大家简直不明白他有什么必要从波别季姆斯基劈开的两条腿之间两次爬过去,就跟爬过大门似的。"

后来,契诃夫将该小说再稍作修改和增补后,收入他自编的文集第四卷,例如在小说原文中,枢密顾问官到达庄园时"穿一身茧绸衣服",经作者改为"穿一身白绸衣服"。

《城外一日》

一场小戏

最初发表在一八八六年五月十九日《彼得堡报》第一三五号《短文》栏内,署名"安·契洪捷"。

《在贵族女子寄宿中学里》

最初发表在一八八六年五月二十四日《花絮》杂志第二十一期上,署名"安·契洪捷"。

《在别墅里》

最初发表在一八八六年五月二十五日《闹钟》杂志第二十期上,署名"安·契洪捷"。

一八九九年,该小说未作改动,转载在《意外的礼物》(《闹钟》杂志纪念专刊)上,莫斯科版,附有编者按语:"兹征得文集的作者契诃夫及出版人玛尔克斯①同意,转载于此。"虽然契诃夫确实允许过该小说转载,可是纪念专刊的出版却引起契诃夫的不满,因为事先编辑部未将该小说校样寄给契诃夫,显然契诃夫原打算按他的习惯在校样上进行修改;再者,编者按语中没有指出《在别墅里》是他旧日的作品。他也不喜欢那编者按语(请参看曾担任过《闹钟》杂志编辑部秘书的拉扎烈夫-格鲁津斯基在一八九九年十月二十七日和十二月十二日写给契诃夫的信)。

《闲》

别墅里的爱情故事

最初发表在一八八六年五月二十六日《彼得堡报》第一四二号《短文》栏内,署名"安·契洪捷"。

《生活的烦闷》

最初发表在一八八六年五月三十一日《新时报》第三六八二号《星期六附刊》栏内。

一八八六年六月十一日俄国作家比里宾写信给契诃夫说:"《生活的烦闷》是个精彩的作品。我认为老人们看了这个作品是会不舒服的。它给人留下的印象很强烈。"

---

① 契诃夫的文集的出版人。

《爱情和低音提琴》

最初发表在一八八六年六月七日《花絮》杂志第二十三期上,有副标题《别墅区的幻梦剧》,署名"安·契洪捷"。

该小说经契诃夫删去副标题,并略加修改后,收入契诃夫自编的文集第一卷。契诃夫对原文作了一些文字上的修改,例如拉凯伊奇的谈话中"狂想曲也一气奏完"这一句改为"狂想曲他也拉"。在小说的情节方面,作者改动了一个细节:公爵小姐被盗的本来只有她的外衣和皮鞋,可是经过修改后,她的内衣也被盗走了。

《怕》

最初发表在一八八六年六月十六日《彼得堡报》第一六二号《短文》栏内,有副标题《别墅住客的故事》,署名"安·契洪捷"。

该小说经作者在文字上大加修改后,收入作者自编的文集第二卷。契诃夫在修改中特别注意景物描写,极力将这种描写改得简洁而富有表现力。例如小说原文"……杨树后面,仿佛有个布景师作过安排似的,有一条河像乌黑的钢那样闪闪发光。过了不大的工夫,我的面前便展现出一幅华丽的画面",后来作者改为"……杨树后面有一条河闪闪发光。我的面前,突然间,仿佛有谁施了魔法似的,展开一幅瑰丽的画面"。

《药房老板娘》

最初发表在一八八六年六月二十一日《花絮》杂志第二十五期上,署名"安·契洪捷"。

该小说经作者修改后,收入作者自编的文集第一卷。契诃夫修改时,删去第一句"夜间一点钟",把药剂师的姓特拉赫千堡改为切尔诺莫尔吉克,仔细修改全文,进行一系列删削和改动,补充小说结尾。

军医官和中尉谈话的语气改得温和了,例如"有药房的臭气"改为"有药房的气味","这个调皮的娘们儿,有股撩人的劲儿。她那口牙真好看。……"则被删掉。

契诃夫所做的最重大的增补在于突出药房老板娘的形象特征,例如,原文平淡无奇地写她"……去开门",改为"……赶紧走到门口去开门,她再也不感到无聊,再也不觉得烦恼,再也不想哭了,只是她的心跳得厉害"。

小说结尾,自"'我多么不幸啊!'"起,是添写的,意在描绘那个注定要过难受而单调的生活的孤独女人所感到的苦恼。

《多余的人》

最初发表在一八八六年六月二十三日《彼得堡报》第一六九号《短文》栏内,署名"安·契洪捷"。

契诃夫将该小说作过文字上的修改后,收入他的小说集《无伤大雅的话语》,一八八七年莫斯科版。

后来,契诃夫将该小说又加修改后,收入他自编的文集第一卷。

契诃夫为文集修改该小说时,更换男主人公的姓(他原姓扎依采夫①)和小火车站的名字(它原叫希洛沃②),并大加删削,特别是删去男主人公话语中怪诞可笑的成分,例如"您相信不?我成了疯子!……您不相信?有些时候我在房间里从这个墙角跑到那个墙角,像公鸡那么啼叫。难道这不是发疯?这使您发笑,可是我向您担保,我自己却丝毫也不觉得可笑"。在娜杰日达·斯捷潘诺芙娜讲的话里,作者改换了业余演出的剧本的名字(原先是

---

① 可意译为"兔子"。
② 可意译为"虚弱"。

《贵族人家的丑闻》和《莫契亚》）。

《终身大事》

最初发表在一八八六年六月二十八日《花絮》杂志第二十六期上,署名"安·契洪捷"。

《歌女》

最初发表在一八八六年七月五日《花絮》杂志第二十七期上,原题名是《卖唱的》,署名"安·契洪捷"。

一八九三年该小说经作者修改后,转载在彼得堡"媒介出版社"印行的科学和文学的集子《行程》里,该书的收入是用以资助贫困移民赈济协会的。

契诃夫在修改时,更换题名,删去原文的第一句话:"叶尔莫拉耶夫的'俄罗斯歌咏团'中女高音领唱人巴霞·席席科娃家里出了这样一件事"。小说中原来提到过柯尔巴科夫的职业(小说原文指明他担任民事执行吏),后来,契诃夫把这一点删掉了,并仔细修改了全文。经过修改后,该小说的含意和整个调子就都变了:本来是一个品行轻浮的女人的生活插曲,写得幽默,带点戏谑的色彩,如今却成了用一种不时显得忧郁的抒情笔调描写一个人如何备受压迫,遭到深深的侮辱。小说的结尾改动很大。原文的结尾只有一句叙事性质的话:"……这以后,巴霞再也没有见到他。"契诃夫修改时,重写了结尾:"巴霞躺下来,开始放声痛哭。她已经舍不得一时赌气拿出去的那许多东西,她感到委屈。她想起三年前有个商人无缘无故地把她打一顿,就哭得越发响了。天黑下来了,她就洗把脸,点上蜡烛,然后站在镜子跟前,久久地把额前的头发往上撩。可是那绺头发不听话。"此外,契诃夫还增补了不少文句,借以更深地揭示女主人公的精神世界。

后来,该小说经作者再加修改后,收入他自编的文集第二卷。这一次,契诃夫作了些文字上的修改,并把上次改写过的小说结尾的最后两句话删掉。

托尔斯泰认为《歌女》是契诃夫的最佳作品之一(请参看本文集第二卷中《假面》的题解)。

《教师》

最初发表在一八八六年七月十二日《新时报》第三七二三号《星期六附刊》栏内。

该小说经契诃夫作过文字上的修改和删削后,收入他自编的文集第五卷。

契诃夫修改时,取消小说中的一个人物,即绥索耶夫的助手,教士的儿子卡姆察特斯基,更换工厂主的姓氏(该工厂在原文中叫做"卡林金父子工厂")和绥索耶夫所喜爱的学生的姓氏(他原姓"巴巴金"),减少绥索耶夫的工资(原为七百五十卢布)。

契诃夫还仔细地修改小说全文,主要是涉及勃鲁尼的形象。原文中是这样描写勃鲁尼在宴会上忙忙碌碌的情景的:"他不住斟酒,往盆子里添菜,千方百计讨好客人,逗他们发笑,表示他的友好心情,像狗那样跟他们亲热:他拍他们的肩膀,瞧他们的眼睛,嘻嘻地笑,搓手……"契诃夫把狗的比喻移到句尾,添上"善良的"几个字("一句话,像善良的狗那么亲热"),这就给全句添了柔和的色彩。小说结尾原有绥索耶夫和里雅普诺夫的一段谈话,揭露勃鲁尼的伪善,被作者删掉了。

一八八六年八月四日比里宾在写给契诃夫的信上说:"《新时报》上那篇关于教师的小说,从艺术上来看,是精彩的,不过它给人留下的印象却很沉重。"

《不安分的客人》

最初发表在一八八六年七月十四日《彼得堡报》第一九〇号《短文》栏内,署名"安·契洪捷"。

一八八七年,该小说经契诃夫改动若干标点符号后,收入他的小说集《在昏暗中》,彼得堡版,此后该书在一八八八年至一八九九年间印行第二版至第十三版时,该小说未再改动。

后来,契诃夫将该小说收入他自编的文集第三卷。

《罕见的人》

最初发表在一八八六年七月十九日《花絮》杂志第二十九期上,署名"鲁威尔"。

《旁人的灾难》

最初发表在一八八六年七月二十八日《彼得堡报》第二〇四号《短文》栏内,署名"安·契洪捷"。

《你和您》

一场小戏

最初发表在一八八六年八月四日《彼得堡报》第二一一号《短文》栏内,署名"安·契洪捷"。

《丈夫》

最初发表在一八八六年八月九日《花絮》杂志第三十二期上,原题名是《税务官》,署名"安·契洪捷"。

一八九八年,该小说在修改和增补后,转载在《万人杂志》第十二期上。契诃夫修改该小说时,更换题名,改动某些浮夸的言词,例如将"在城里东奔西窜"改为"跑遍全城",并更换军官的姓氏,在原文中,这个军官姓巴巴希金。契诃夫为了加深男主人公的性格特征而略加增补。例如,契诃夫增写了税务官的过去:"当初他念过大学,读过皮萨列夫和杜勃罗留波夫的作品,时常唱歌,可是现在他只说自己是八等文官,别的一概不提了。"在小说结尾,契诃夫还添写了男主人公对生活的不满:从"同时却又觉得还缺点什么"起,到"啊,那是多么可怕!"止。

后来,契诃夫将该小说略加修改后,收入他自编的文集第一卷。

比里宾读了这篇发表在《花絮》上的小说后,于一八八六年八月十一日写给契诃夫的信上提到他读后的印象说:这篇小说"写得很不错"。

《不幸》

最初发表在一八八六年八月十六日《新时报》第三七五八号《星期六附刊》栏内。

一八八七年该小说由契诃夫略加删削后,收入他的小说集《在昏暗中》,此后该书在一八八八年至一八九九年间印行第二版至第十三版时,该小说未再改动。

契诃夫修改该小说时,删去伊林几句反驳的话,特别是删去了他对索菲雅·彼得罗芙娜所说的话:"叫他见鬼去吧!我们一辈子只干一回错事!管它呢!一辈子只干一回就是!"

后来,该小说经契诃夫再作文字上的修改后,收入他自编的文集第三卷。此外,契诃夫也有所删削,例如原文"随后她懒散地站起来,像两条后腿夹伤的狗似的慢慢走到寝室去",经契诃夫删改成"随后她懒散地站起来,慢慢走到寝室去"。

该小说引起了不同看法。一八八六年八月二十八日,比里宾在写给契诃夫的信上,认为该小说只是"叫爱情那寓有诗意的一面见鬼去吧"这一想法的艺术辩解而已。可是俄国著名作家格利戈罗维奇的想法恰好相反,他在一八八八年十二月三十日写给契诃夫的信上说:"小说《不幸》、《薇罗琪卡》、《在家里》、《在路上》向我说明我早已熟知的事情,也就是说,您的眼界巧妙地抓住了以极其细腻隐秘的方式表现出来的爱情这个主题。"

比里宾的上述那封信还指出该小说的个别缺点:"……那个丈夫给写得漫画化了(他垂下两条腿,对直认不讳的妻子谆谆教诲一番),伊林起初讲的那些话是相当陈腐的(尖刻的批评),总之,男主人公根本没有像您事先对我说的那样引起我的喜爱。"契诃夫写给比里宾的回信没有保存下来,然而契诃夫考虑到伊林反驳的话落入俗套,就把它删掉,这在上文已经讲过了。

《粉红色长袜》

最初发表在一八八六年八月十六日《花絮》杂志第三十三期上,署名"安·契洪捷"。

《花絮》杂志主编列依金收到该小说原稿后,在一八八六年八月十二日写给契诃夫的信上说:"我很喜欢这篇小说,为此我在小说结尾添写了几行,越发加强了小说留下的印象。"该小说发表的时候,篇尾添了列依金加上的几行:"'可是不,我不去。要谈学问上的事,不妨找男人谈呀,'他终于作出了决定。"

一八八六年八月二十日契诃夫在写给列依金的信上说明了他对列依金的增补的意见:"您加长了《粉红色长袜》的结尾。多添一行,就多得八戈比的稿酬,这我倒不反对,然而依我看来,结尾添上'男人'却不合适。……小说里讲的纯粹是女人的问题。……"

该小说这次发表时,删去了列依金在篇尾所作的增补。

《受苦受难的女人》

最初发表在一八八六年八月十八日《彼得堡报》第二二五号《短文》栏内,署名"安·契洪捷"。

该小说由契诃夫作过修改和文字上的润色后,收入他自编的文集第二卷。

契诃夫修改时,更换了女主人公的姓氏(她原姓库德里亚甫采娃),加强她丈夫的上司的讲话口气。

在小说原文里,瓦夏为他妻子表演犹太人生活场面的时候,还讲了他同事的坏话。

该小说开端,描写女主人公的词句原是"……是个年轻而又活泼的太太,有一个丈夫和二十多个崇拜者"。

《头等客车乘客》

最初发表在一八八六年八月二十三日《新时报》第三七六五号《星期六附刊》栏内。

一八九一年,该小说由契诃夫删削和作过文字上的修改后,收入他那本在彼得堡印行的小说集《形形色色的故事》第二版,此后,自一八九二年起到一八九九年《形形色色的故事》印行第三版到第十四版时,一直把这篇小说收入该书。

后来,该小说由契诃夫再作文字上的修改后,收入他自编的文集第四卷。

契诃夫为文集修改该小说时,删去某些自然主义的细节描写,例如描写歌女时,删去"她的漂亮无非在于有个好看的脖子和两条肥腿而已",描写戴高礼帽的人时,删去"……露出流口水的下巴",等等。

《天才》

最初发表在一八八六年九月六日《花絮》杂志第三十六期上,署名"安·契洪捷"。

该小说由契诃夫加以删削,并作过文字上的大量修改后,收入他自编的文集第三卷。

契诃夫修改该小说时,删去女房东的姓氏(本来写明她姓席耳金娜)。在小说原文中,绘画工作者柯斯特列夫讲到他拟定的绘画计划时,把自己比做谢米拉德斯基①。他讲完话后,有一段文字被契诃夫删掉了:"凶狠的批评开始了。三个人争先恐后,一齐向喝了酒的席耳金娜说明,俄国绘画正在蓬勃发展,可是有才能的人都离开了正路:希什金②专画植物,库因吉③着意渲染而牺牲真实,一个马科夫斯基④热衷于漫画,另一个马科夫斯基⑤专画自己的妻子,列宾⑥把现实主义搞得过头了,等等。评判委员会在评判参加巡回展览的画时,态度不公平,观众什么也不懂,等等。这三个绘画工作者信口批评,不住地灌酒,只有鞋匠和画家才能喝得那么多。"

契诃夫对小说有所删削,以减轻对叶果尔·萨维奇的性格描写的讽刺口吻。在小说原文中,叶果尔·萨维奇心情郁闷,因为"谁也不了解他,而且他没有地方可以工作";他喝啤酒,"仿佛这样做算是对全人类的一种恩赐似的",等等。

该小说的题材在某种程度上来自契诃夫对他哥哥尼古拉的生活及其四周的人的观察。尼古拉是个有才能的画家,可是生活散漫。契诃夫在一八八六年三月写给尼古拉的一封信上讲到他对这种生活的态度。

---

① 当时俄国知名的画家。
②③④⑤⑥ 均为当时俄国知名画家,大多属于巡回展览派。

《食客》

最初发表在一八八六年九月八日《彼得堡报》第二四六号《短文》栏内,署名"安·契洪捷"。

该小说于一八八七年收入在莫斯科出版的契诃夫的小说集《无伤大雅的话语》。

一八九一年该小说由契诃夫加以删削后,收入契诃夫的小说集《形形色色的故事》第二版,此后该书在一八九二年至一八九九年间印行第三版至第十四版时,该小说未再改动。一八九四年在莫斯科"媒介出版社"印行一本小说集,内有该小说和俄国作家玛明-西比里亚克的小说《三个朋友》。

契诃夫修改该小说时,删去了作者对读者所讲的一段话:"读者诸君,一个人到了孤苦多病的老年,晚上睡不好,周身酸痛,内心感到秋天的寒意,那么临到早晨醒来,就会感到烦闷。"契诃夫还删去许多譬喻和形容词,例如原文开端,描写左托夫说,他"像空中的月亮那样衰迈而孤单",该小说收入集子时,契诃夫把这个譬喻删掉了。

后来,该小说由契诃夫再加删削,并作文字上的修改后,收入他自编的文集第三卷。

契诃夫为该小说收入文集而继续进行修改。例如"……促使他进行脑力活动"改为"……促使他思考",等等。

《男一号》

最初发表在一八八六年九月十三日《花絮》杂志第三十七期上,署名"安·契洪捷"。

该小说由契诃夫修改,并作文字上的润色后,收入他自编的文集第一卷。

在该小说原文中,男主人公是双姓:"波德查罗夫-包尔达伊斯基",克里莫夫不是图拉省地主,而是退役的军官。此外,契诃夫修改时,把波德查罗夫说的话改得更加装腔作势,特别是在他的话里有好几处插进一句法国话:"Parole d'honneur"(意思是"说实话"),等等。

《在黑暗里》

最初发表在一八八六年九月十五日《彼得堡报》第二五三号《短文》栏内,原有副标题《摘自夏季的回忆》,署名"安·契洪捷"。

一八八七年该小说由契诃夫稍加删削后,收入在莫斯科出版的契诃夫的小说集《无伤大雅的话语》。

契诃夫删削该小说时,除去了某些无助于直接表现小说主题的细节,例如彼拉盖雅原在一个商人家里帮过工,她描写商人的性格说,"他喝多了酒,动不动就胡闹",等等。契诃夫为了使加京的说话口气缓和些,就删去了他对妻子说的话:"喂,躺下,睡你的觉。……"

该小说由契诃夫再加删削后,收入他自编的文集第一卷。

契诃夫修改该小说时,从加京的话语中删去"魔鬼"和"见鬼去"等词。他在小说的最后一句话里只加进了"寂静无声、喁喁私语"几个字,借以更为清楚地表达这个结尾的含意:妻子吓了一跳,怀疑丈夫不忠实于她了。

《小事》

最初发表在一八八六年九月二十日《新时报》第三七九三号《星期六附刊》栏内。

一八八七年,该小说未加修改,收入在彼得堡出版的契诃夫的小说集《在昏暗中》，后来该小说由契诃夫修改标点符号后，收入上述小说集在一八八八年至一八九九年间印行的第二版至第十三版。

后来，该小说由契诃夫作过文字上的修改后，收入他自编的文集第三卷。这次修改大部分是将外来语换成俄语词汇。

一八八七年俄国评论家奥鲍连斯基在《旁观者》杂志第十二期上撰文指出，该小说中公爵的形象在契诃夫的创作中是富有特色的，"这是个头脑不怎么清楚、然而为人善良而正直的落魄地主典型"。

《光明人物》

"理想主义者"的故事

最初发表在一八八六年九月二十五日《蟋蟀》杂志第三十七期上，署名"安·契洪捷"。

《长舌头》

最初发表在一八八六年九月二十七日《花絮》杂志第三十九期上，署名"安·契洪捷"。

该小说由契诃夫略加修改后，收入他自编的文集第一卷。

一八八六年十月二日，俄国作家和《花絮》杂志的编辑比里宾在写给契诃夫的信上，除了称赞该小说外，还说："书报检察官把您的《长舌头》砍了一通！"至于书报检察官删削了哪些字句，就不得而知了。

《生活琐事》

最初发表在一八八六年九月二十九日《彼得堡报》第二六七号《短文》栏内，署名"安·契洪捷"。

该小说由契诃夫加以删削,并作文字上的修改后,收入他自编的文集第三卷。

契诃夫修改该小说时,更换保姆的名字(她原叫奥尔迦),写明阿辽沙的母亲的本名、父名和姓,在小说原文中她被称为"太太",偶尔称为"母亲"。契诃夫还修改了该小说开端第一段的结尾一句,即有关别里亚耶夫和奥尔迦·伊凡诺芙娜的爱情发展的描写,原文是"现在这本书还在拖下去,满是枯燥、冗长和水分,仿佛生命已经枯竭,或者勉强活着,苟延残喘似的",后来改成"现在这本书还在拖下去,没完没了,新奇有趣的东西却一点也没有了"。

《难处的人》

最初发表在一八八六年十月七日《新时报》第三八一〇号上。

该小说由契诃夫修改后,收入他自编的文集第五卷。

契诃夫将该小说大加删削,在文字上作了大量修改,并更改小说结尾。契诃夫取消了该小说的一个重大情节:母亲在父子俩的争吵中进行干预。小说中描写叶夫格拉甫·伊凡诺维奇对儿子勃然大怒的反应和两人争吵的结局与发表在《新时报》时不一样。作者原来是这样写的:

先是叶夫格拉甫·伊凡诺维奇大叫一声:"闭嘴,我对你说!"然后他举起拳头,向儿子扑过去。"这当儿发生了不幸。上帝才知道费多霞·谢敏诺芙娜怎么会插到父子之间来了。父亲也罢,儿子也罢,都没发现她是什么时候走进儿童室里来,在他们之间站住的。父亲的沉重的拳头高高扬起,一下子打在她脖子和肩膀之间。她就举起两只手平稳地晃动着,就跟挨了刀的鸭子晃动两只脚一样,然后她没发出一声叫喊,就倒在一把椅子上了。

"这场可憎的家庭风波就这样不幸地结束了。父子俩忽然沉默下来,扭过身去,背对着背。他们顿时拉长了脸,显出平时那种冷漠的神情。他们站了一会儿,沉默一会儿,就各自走掉了。"

这个插曲决定了小说原文的结尾:

"某些人的生活里常有不幸,例如亲人的死亡、自己受审、身患重病。这类事情猛然间,几乎彻底改变了人的性格、习惯,乃至世界观。彼得眼望着父亲,也是这样,明白他俩经历到的这种沉重的考验,对他俩来说,不会不留下痕迹,白白过去。他们的确感觉到他们有了新的态度和新的天地,把过去忘怀了。……他就暗自祝愿父亲万事如意。

"临到还没完全睡醒的福玛赶车把他送到火车站去,天上下起讨厌的冷雨了。向日葵的头垂得越发低,成垛的亚麻显得越发黑了。大学生从他那竖起的大衣衣领里望出去,瞧着毫无怨言地走向死亡的向日葵,他的头脑里就产生了忧郁的想法。……他暗想:为什么世上的东西没有一样是白白得来的呢?向日葵的生命要经过缓慢的冻死以后才重新获得,要得到春天灿烂的白昼,就先得忍受这种刺骨的冷雨。就连仁慈、温柔和温和的性格,也要通过牺牲和惨痛的教训才能产生呀。

"到了火车站,那儿是一片寂静,万物进入了睡乡。火车缓缓地爬到月台旁边来,就像带着睡意似的。大学生瞧着睡意蒙眬的寂静的空间,瞧着烟囱里冒出来、懒洋洋地盘旋着的黑烟,瞧着列车员,默默地为自己寻找座位。他觉得四周之所以平静、安稳、暖和,所有的乘客之所以能睡得如此酣畅,这都是因为他那可怜的和受了侮辱的母亲的肩膀在酸痛。"

契诃夫取消了小说结尾那种寂静、和平的气氛,换上沉痛的情调:"他不怪罪父亲,也不怜悯母亲,更没受到自己良心的责备。他明白全家人都在经受那样的痛苦,至于这该由谁负责,谁痛苦得重些,谁痛苦得轻些,那就只有上帝知道了。……"

契诃夫在修改该小说时,还删去一些句子,如"大学生想到徒步旅行,就不免考虑到他自己的道路来了","在它们(向日葵)附近,已经没有香瓜和甜瓜了,想当初,它们曾和后者共同享受灿烂的白昼和明亮的夜晚的幸福"。又如,原文"他慢慢地吃着嘴里含着的粥,可是咽不下去",由契诃夫删改成"他再也吃不下去了",等等。

《报复》

最初发表在一八八六年十月十一日《花絮》杂志第四十一期上,原有副标题《生活喜剧》,署名"安·契洪捷"。

一八八七年,该小说未作修改,只删去副标题后,由作者收入在莫斯科出版的契诃夫的小说集《无伤大雅的话语》。

后来,该小说由契诃夫作过文字上的修改后,收入他自编的文集第一卷。

契诃夫修改该小说时,删掉人物对话中的粗俗词句。他还删掉土尔曼诺娃讲到她丈夫的话:"他坐在那儿,输了钱干瞪眼儿……"以及杰格佳烈夫讲到土尔曼诺夫的话:"每逢我讲起这只蠢鹅,我的嗓子眼儿就要发痒。……"等等。契诃夫还更换了商人的姓氏(他原姓杜里科夫)。土尔曼诺夫写的信本来没有错字。

《花絮》杂志编辑比里宾于一八八六年十月八日写给契诃夫的信上,讲到该小说给《花絮》杂志编辑部留下的印象说:"大家都称赞您的小说《报复》。"《花絮》杂志主编列依金从实际考虑出发,对该小说很满意,他在一八八六年十月十二日写给契诃夫的信上说:"《花絮》杂志的订户是一种特殊的订户,专喜欢看幽默作品、快活的小戏之类的作品或者打油诗和逗笑诗。可是我们总也不能满足他们。有人甚至抱怨刊物内容太严肃了。……您最近这篇小说《报复》来得再合适也没有了。它完全投合读者的脾胃。我本来不是一个爱笑的人,可是读到小说结尾却忍不住笑起来。主要的是那个结尾完全出人意外。……"

人们可以推断,列依金把该小说发往印刷厂的时候,大概动手修改过小说。契诃夫为此给比里宾写过一封信,可惜这封信没有保存下来,但一八八六年十月二十日比里宾在写给契诃夫的回信上说:"当然,修改您的文章的不是我。我可不敢那么干,求上帝怜恤吧。关于饮酒的描写,是他自己①动手修改的(大概同时还责备您缺乏生活知识)。"契诃夫的信和小说的原稿都没保存下来,这个问题就无法进一步探讨了。

《在法庭上》

最初发表在一八八六年十月十一日《新时报》第三八一四号《星期六附刊》栏内。

一八八七年该小说由契诃夫在标点符号方面稍加修改后,收入在彼得堡出版的契诃夫的小说集《在昏暗中》,此后该书在一八八八年至一八九九年间印行第二版至第十三版时,该小说未再改动。

一八九五年,该小说转载在莫斯科"媒介出版社"印行的供知识分子读者阅读的作品集《闪光》内。

后来,该小说由契诃夫在文字上稍加修改后,收入他自编的文集第三卷。

托尔斯泰认为《在法庭上》是契诃夫的最佳作品之一(请参看本文集第二卷中《假面》的题解)。

---

① 指列依金。——俄文本编者注

《怨诉》

远方来信

最初发表在一八八六年十月十二日《闹钟》杂志第四十期上，署名："此信经查明，与原文相符：安·契洪捷"。

《统计》

最初发表在一八八六年十月十八日《花絮》杂志第四十二期上，署名"无脾人"。

《求婚》

为姑娘们写的故事

最初发表在一八八六年十月二十三日《蟋蟀》杂志第四十一期上，署名"无脾人"。

《不同寻常的人》

最初发表在一八八六年十月二十五日《花絮》杂志第四十三期上，原标题是《怪僻的人》，署名"安·契洪捷"。

一八九八年，该小说由契诃夫更换题名，加以压缩，并且作文字上的修改后，刊载在《万人杂志》第十二期上。契诃夫修改该小说时，改换了若干用语，例如，将原文"她觉得连空气里也有暴虐和专制的气息了"改成"觉得连空气都沉重了"，原文"由一种不可抗拒的憎恨推动着"改成"对这个人生出强烈的反感"，等等。

后来，该小说由契诃夫略加修改后，收入他自编的文集第一卷。

一八八六年十月二十三日，契诃夫在写给列依金的信上说："我已经把小说《不同寻常的人》寄给您了，可是它似乎写得不怎么成功。……"

一八八六年十一月间,比里宾在写给契诃夫的信上称赞刊载在《花絮》杂志上的这篇小说,说:"……关于助产士的描写,我看了很满意。……"

《我的家规》

最初发表在一八八六年十月二十六日《闹钟》杂志第四十二期上,署名"我哥哥的弟弟"。

《泥潭》

最初发表在一八八六年十月二十九日《新时报》第三八三二号上。

一八八八年,该小说由契诃夫分成两章,在文字上略加修改并删削后,收入在彼得堡出版的契诃夫的《故事集》,此后该小说集在一八八九年至一八九九年间印行第二版至第十三版时,该小说未再改动。

该小说收入《故事集》时,契诃夫压缩了第一章中部的一段话:"她的眼睛一眨也不眨……露出咬紧的牙齿",原文在这后面还有两句:"她的鼻孔张大,翕动,红晕漫上她的两鬓"。此外,作者还作了一些修改。

后来,该小说由作者重加修改并删削后,收入作者自编的文集第四卷。

该小说收入文集时,契诃夫作了些文字上的修改和删削,例如"把脸贴紧中尉的脸"原是"把脸凑近中尉的脸",又如"中尉再一次把马刺碰响,坐下",原文中在这后面还有一句:"露出穿军装的人才有而与平民服装不相称的潇洒风度",等等。

一八八六年十一月五日俄国诗人巴尔明在写给契诃夫的信上

说,沃·米·拉甫罗夫①不喜欢《泥潭》:"……他说:只有为《新时报》写东西,才会写出这样的作品。"

一八八六年十二月间,契诃夫的朋友,女作家基塞列娃在写给契诃夫的信上说:"我个人觉得很懊丧,因为像您这样的作家,也就是天赋特高的作家,却只叫我看'粪堆'。世界上充斥着污秽、坏男子和坏女人,他们产生的印象并不新鲜,然而,另一方面,如果有个作家在领着您穿过臭气冲天的粪堆时,忽然从那儿拣出一颗珍珠来,那么人们会对他多么感激啊。您并不近视,完全有能力找到这颗珍珠,那么又何必专写粪堆呢?请您给我珍珠,好让我四周那些污秽渐渐在我的记忆里消散,这是我有权利要求于您的。……"

契诃夫认为这种对文艺的对象和任务的理解是完全不正确的,他在一八八七年一月十四日写给基塞列娃的回信上说明了自己对艺术家的天职的看法:"文学所以叫做艺术,就是因为它按生活的本来面目描写生活。它的任务是无条件的、直率的真实。把文艺的功能缩小成为搜罗'珍珠'之类的专门工作,那对文艺是致命的打击,如同您叫列维丹画一棵树,却又吩咐他不要画上肮脏的树皮和正在发黄的树叶一样。我同意'珍珠'是好东西,不过要知道,文学工作者不是糖果贩子,不是化妆专家,不是给人消愁解闷的人。……文学工作者应该跟化学家一样客观。他应当丢开日常生活中的主观态度,知道粪堆在风景里占着相当重要的地位,知道恶的感情如同善的感情一样,也是生活里本来就有的。"

契诃夫在这封信里还谈到读者对这篇小说有着截然不同的看法,他说:"您希望我损失一百一十五卢布的收入,希望主编把我

---

① 沃·米·拉甫罗夫(1852—1912),《俄罗斯思想》的主编兼发行人。

羞辱一场[①]。另外却有人，连您的父亲也在内，对这篇小说入了迷。此外还有人给苏沃陵寄去骂街的信，极力辱骂报纸和我，等等。"

《房客》

最初发表在一八八六年十一月一日《花絮》杂志第四十四期上，原题名是《三十一号房客》，署名"安·契洪捷"。

一八九八年该小说由契诃夫更改题名，并在文字上大加修改后，重刊在《万人杂志》第十一期上。

在原文中写明小说男主人公勃雷科维奇是法学候补博士。小说第一句"年纪还轻，却已经谢顶"，在原文中是"此人懒散，精神萎靡"。在修改前，小说中的人物哈里亚甫金说他酗酒的原因是，从他们的乐队席"走到街上，途中要经过一个饮……饮食部……"契诃夫修改小说时，将这些话删掉了。同时，契诃夫对该小说作了增补，例如小说结尾，从"他喝了白酒，头脑里生出种种悲哀的思想"起到"'你一个小钱也别给她！……随她去。'……"止，就是作者加上去的，意在突出勃雷科维奇的沉痛心境。

《不祥之夜》

素描

最初发表在一八八六年十一月三日《彼得堡报》第三〇二号《短文》栏内，署名"安·契洪捷"。

《卡尔卡斯》

最初发表在一八八六年十一月十日《彼得堡报》第三〇九号

[①] 指退稿。——俄文本编者注

《短文》栏内,署名"安·契洪捷"。

一八八七年一月,该小说由作者改写为剧稿《天鹅之歌(卡尔卡斯)》。

《谎!……》

最初发表在一八八六年十一月十五日《花絮》杂志第四十六期上,署名"安·契洪捷"。

一八八七年,该小说由契诃夫收入在莫斯科出版的他的小说集《无伤大雅的话语》,几乎未加改动。

后来,该小说由契诃夫作过删削和文字上的修改后,收入他自编的文集第一卷。

《梦想》

最初发表在一八八六年十一月十五日《新时报》第三八四九号《星期六附刊》栏内。

一八八七年,该小说由契诃夫略加修改后,收入在彼得堡出版的他的小说集《在昏暗中》,此后该书自一八八八年至一八九九年间印行第二版至第十三版时,该小说未再改动。

一八九八年,该小说由莫斯科识字协会印成单行本。

后来,该小说由契诃夫重加修改后,收入他自编的文集第三卷。契诃夫改动了小说中的一个细节:原文中男主人公被判十二年苦役刑,经作者改为七年。

一八八八年十二月三十日,俄国作家格利戈罗维奇在写给契诃夫的信上说:"《梦想》和《阿嘉菲雅》是只有真正的艺术家才写得出来的,《梦想》中的三个人物和《阿嘉菲雅》中的两个人物都是寥寥几笔写成的,而且,也不必多费笔墨,因为那些人物已经栩栩如生,每人的外貌和性格都刻画得很清楚了。每一句话,每一个动

483

作,都使人感觉不到虚假,一切都真实,一切都理应那样。对自然景物和印象的描绘也是如此.寥寥几笔,就叫人像亲眼看见一样。这种善于表达的技巧只有在屠格涅夫和托尔斯泰的作品里才能见到。……"

一八八八年《北方通报》杂志第十一期上,俄国批评家梅列日科夫斯基著文评论契诃夫一八八七年出版的小说集《在昏暗中》和一八八八年出版的《故事集》时,详细研究了小说《梦想》,认为在契诃夫的创作中,这篇小说是极富于特色的:"如果说契诃夫具有一种才能,善于淋漓尽致地描写由自然景物引起的那种梦幻般和音乐般的情绪,那么这丝毫也没有妨碍他理解和深切同情人类生活中极其常见的灰色的一面、日常生活中极其琐细而又迫切的问题、小人物经常遭受的痛苦。"然而,梅列日科夫斯基根据这种正确的观察却得出了不正确的结论,他认为在契诃夫的创作中"对自然界和无限所产生的广泛的神秘感同清醒而健康的现实主义"结合在一起。梅列日科夫斯基这种评论开创了对契诃夫艺术的错误理解,成为象征派评论的特色,俄国象征派理论家安德烈·别雷在一九○四年《天平》杂志第二期上发表的论文就把这一点表现得很清楚。

一九○二年十二月十九日,顿河罗斯托夫地区"顿河语言"协会出版社写信要求契诃夫准许它出版他的某些短篇小说,其中特别提到这篇小说:"……请允许我们印行您的短篇小说《梦想》,莫斯科识字委员会已经印行过了。"但该出版社在契诃夫生前未曾印行。

《磨坊外》

最初发表在一八八六年十一月十七日《彼得堡报》第三一六号《短文》栏内,署名"安·契洪捷"。

《好人》

最初发表在一八八六年十一月二十二日《新时报》第三八五六号《星期六附刊》栏内,原题名是《妹妹》。

该小说由契诃夫加以修改后,收入他自编的文集第六卷。

契诃夫修改该小说时,作了大量的删削,特别是关于作者对勿抗恶学说发表的见解和符拉季米尔·谢敏诺维奇的性格描写。例如,原文"良好的教养也罢,诚实的态度也罢,丰富的学识也罢,都没能帮助他避免犯这种错误。他的错误倒不在于他认定'勿抗恶'是谬论,也不在于他不理解这种学说,却在于他没有考虑他是否有能力充当一个解决这种艰深问题的裁判者。闯入别人的住宅或者拆看别人的信件,是不老实的,不懂医学而给人治病或者事先不熟悉案情就来审判盗贼,也是不老实的,然而,说来奇怪,在社会生活当中,如果有人没作好准备,也不熟悉内情,更不具备学问上和品德上的资格,竟然跑到他们只配做客人的某一思想领域里当起主人来,这倒不算是不老实了"等等,由作者删掉,改成一句话:"这样做很合时宜,……断绝肉食和性爱"。

小说结尾作了很大的改动。结尾处,自"此后我就一次也没有见过薇拉·谢敏诺芙娜了"起,都是作者改写的。原文如下:

"他面前放着两本厚书,刚裁开书页。他贪婪地翻阅,在其中寻找'生活'。

"他只有在书桌上才善于找到'生活',至于他周围发生的种种事情和他心里发生的种种变化,却奇怪得很,一概没有引起他的注意。"

《变故》

最初发表在一八八六年十一月二十四日《彼得堡报》第三二三

号《短文》栏内,署名"安·契洪捷"。

一八八七年该小说未加修改而收入在彼得堡出版的契诃夫小说集《在昏暗中》,该书在一八八八年至一八九九年间印行第二版至第十三版,该小说均未更动。

一八八九年该小说收入在彼得堡出版的契诃夫的小说集《孩子们》,该书在一八九〇年及一八九五年印行第二版及第三版,该小说均未改动。

后来,该小说几乎未加修改而收入作者自编的文集第三卷。

一九〇三年一月二十七日,俄国作家库普林在彼得堡土木工程学院的文学晚会上朗读契诃夫的小说《变故》。同年二月十日,库普林在写给契诃夫的信上提到这件事:"前几天,在一次专为朗读您的作品的晚会上,我读了《变故》。……我读到木马,读到别墅里小猫的生活的时候,觉得听众的情绪高涨起来。然而小猫的悲惨结局却使人扫兴。不过,尽管一般说来,我们的听众,乃至上流的听众,也不免粗俗,临到我朗读到听差报告说,狗把小猫吃掉了,却没有一个人发笑,只有我的下边,消防队乐队的乐师席上,有个人嗤的笑了一声。……晚会取得了巨大的而且是很热烈的成功。"

《剧作家》

最初发表在一八八六年十一月二十七日《蟋蟀》杂志第四十六期上,署名"无脾人"。

《演说家》

最初发表在一八八六年十一月二十九日《花絮》杂志第四十八期上,原有副标题《故事》,署名"安·契洪捷"。

一八九九年,小说《演说家》收入在莫斯科出版的《纪念别林斯基》专集。契诃夫寄去的该小说的手稿保存了下来。契诃夫曾对该小说的原文略加修改,并删去副标题。契诃夫改动了某些用语,例如将"你这个坏东西……"改成"你这个怪人……"(波普拉夫斯基对扎波依金说的话),将"老官僚"改成"年老的文官"(作者的叙述),等等。除了文字上的修改外,契诃夫还更动了一个细节:在原文中,死者是个"庶务官",后来作者把他改成"秘书"了。

后来,该小说收入作者自编的文集第一卷,几乎未加修改。

《灾难》

最初发表在一八八六年十二月一日《彼得堡报》第三三〇号《短文》栏内,署名"安·契洪捷"。

《赶稿》

最初发表在一八八六年十二月八日《彼得堡报》第三三七号《短文》栏内,署名"安·契洪捷"。

《艺术品》

最初发表在一八八六年十二月十三日《花絮》杂志第五十期上,署名"安·契洪捷"。

一八八七年该小说由契诃夫稍加修改后,收入在莫斯科出版的契诃夫的小说集《无伤大雅的话语》,从一八九一年起转载在彼得堡出版的契诃夫的小说集《形形色色的故事》第二版,直至一八九九年该书第十三版止。

该小说收入《形形色色的故事》时,契诃夫作了一些改动,例如将"萨沙眨巴眼睛"改为"萨沙说",将"他手里拿着一个东西,用一张第三百零三号《新闻报》包着"改为"他手里拿着一个东西,用报纸包着",等等。

后来,该小说由契诃夫在文字上重加修改后,收入他自编的文集第二卷。

契诃夫为文集修改该小说时,在医生柯谢尔科夫的谈话中删去医生提到的苏霍罗夫斯基,那是当时的一个画家,常画裸体女人。在小说原文中,医生提到诱惑人的蛇时是这样说的:"慢说是苏霍罗夫斯基,就连诱惑人的蛇精也想不出比这再糟的了。"

从一八八六年十二月十一日《花絮》杂志主编列依金写给契诃夫的信,可以看出在契诃夫寄给《花絮》杂志的小说手稿中,"蛇精"前面原有形容词:"天堂的"①。列依金在信上说:"您最近的这篇小说很逗笑,书报检察官已经检查放行了,只是删掉两处:'天堂的'(蛇不应当说是天堂的),以及'弄得人生出邪念'。这样的小说才合幽默杂志的需要。"

至于书报检察官删掉的第二处原放在小说里的什么地方,就很难断定了。

《庆祝会》

最初发表在一八八六年十二月十五日《彼得堡报》第三四四号《短文》栏内,署名"安·契洪捷"。

契诃夫曾打算利用小说《庆祝会》的题材写一个剧名为《丹麦王子哈姆雷特》的轻松喜剧,由契诃夫和俄国作家拉扎烈夫-格鲁津斯基共同构思。这可以从一八八七年十一月他们两人之间来往的信件中得到证明。一八八七年十一月二十二日,拉扎烈夫-格鲁津斯基在写给契诃夫的信上,叙述了这个轻松喜剧第一幕和第二幕的大纲,其中提到季格罗夫、包尔肖夫、巴别尔曼杰勃斯基,都是小说《庆祝会》里的人物。

---

① 指《旧约·创世记》中伊甸园里那条蛇。

一九一四年彼得堡《精力》第三期上载有拉扎烈夫-格鲁津斯基所写的《契诃夫未写成的小说和剧本》一文,文中谈到契诃夫打算通过轻松喜剧《丹麦王子哈姆雷特》讥笑内地剧团的习气。该文写道:

"第一幕的开端是剧本的排演。最先出场的是两个演员,其中一个是季格罗夫(这是契诃夫小说中的人物),扮演哈姆雷特父亲的鬼魂,他讲起他多次在偏僻的内地小城漂泊。他讲的那番话,总的说来,很逗笑,而且带有纯契诃夫式的特色:'你一到那儿,就在"大饭店"住下,每个边远的小地方都有"欧洲旅馆"或者"大饭店"呢。……'

"第一幕的结尾是出了乱子,闹得天翻地覆。"

这样看来,契诃夫原打算在这个轻松喜剧里放进小说《庆祝会》中的许多东西:题材、人物(季格罗夫、包尔肖夫、巴别尔曼杰勃斯基、剧团经理)、个别的细节(旅馆的名称),另外还有题材的细节(季格罗夫揭露剧团经理的那些话,这是第一幕的基础)。

但是这个轻松喜剧终于没有写成。

《怪谁?》

最初发表在一八八六年十二月二十日《花絮》杂志第五十一期上,署名"安·契洪捷"。

《万卡》

最初发表在一八八六年十二月二十五日《彼得堡报》第三五四号《圣诞节故事》栏内,署名"安·契洪捷"。

一八八八年,该小说由契诃夫在标点符号方面稍加改动后,收入在彼得堡出版的契诃夫的《故事集》,此后该书在一八八九年至一八九九年间印行第二版至第十三版,该小说未再改动。

一八八九年,该小说几乎未加改动而收入在彼得堡出版的契诃夫的小说集《孩子们》,此后,该书在一八九〇年和一八九五年印行第二版和第三版,该小说未再改动。

该小说由契诃夫略加修改后,收入他自编的文集第四卷。

一八九二年,该小说由莫斯科"媒介"出版社征得契诃夫同意略加修改后,收入该社出版的作品集《孩子的心》,此后该书在一八九八年和一九〇三年重版时,该小说未再改动。

该小说收入作者的《故事集》时,作者将万卡的年龄由原来的"八岁"改为"九岁"。

该小说收入作品集《孩子的心》时,出版社将原文中描写"泥鳅"的一段文字简化为:"一条是泥鳅,它得了这样的外号,是因为它的毛是黑的……还因为它生性狡猾。"原文是:"它身子细长,跟黄鼠狼一样,还因为它生性狡猾,不管见到它喜欢的还是不喜欢的人,一概假意亲热。这是一条阴险的狗。"此外,关于祖父的描写:"……一会儿在女仆身上捏一把,一会儿在厨娘身上拧一下",也删掉了。

"媒介"出版社负责人戈尔布诺夫-波沙多夫为了这些修改写信通知契诃夫说:"最尊敬的安东·巴甫洛维奇!由于这本书主要是供儿童阅读的,我们对您的《万卡》作了一些小小的改动,例如修改的第一处[①]就是为了让农村的小读者阅读起来方便些。"

一九〇〇年四月间,戈尔布诺夫-波沙多夫写信告诉契诃夫说,《万卡》收入儿童文学选集《金黄色的穗》,并作了删削。这封信中还写道,小说《万卡》已收入沃斯克列先斯基主编的《新文选读本》,小说中关于万卡在鞋匠家里的苦难生活的描写,如万卡挨皮条的抽打等,被删掉了。"这是我一直到全书印好的时候才见

---

① 指对泥鳅的描写。——俄文本编者注

到的。"戈尔布诺夫-波沙多夫补充道,而且请求契诃夫原谅。可是沃斯克列先斯基主编的《新文选读本》没有收入《万卡》,也许戈尔布诺夫说错了书名,他要说的是另一本书。

在《金黄色的穗》一书中,这篇小说还在另外的地方有删节。

托尔斯泰认为《万卡》是契诃夫的优秀小说之一(请参看第二卷中《假面》的题解)。

《在路上》

最初发表在一八八六年十二月二十五日《新时报》第三八八九号上。

一八八八年,该小说几乎未加修改而收入契诃夫的小说集《在昏暗中》,此后该书自一八八九年至一八九九年间印行第二版至第十三版,该小说均未改动。

该小说由契诃夫略加删节,并改动标点符号后,收入他自编的文集第三卷。

一八八六年十二月二十一日,契诃夫创作这篇小说的时候,在写给《新时报》发行人苏沃陵的信上抱怨说:"必是魔鬼支使我写这个题材的,我简直应付不了。我用了两个星期才算适应这个题材,适应这篇小说。现在我也不知道其中哪儿写得好,哪儿写得不好。真是要命!"

一八八六年十二月二十四日,契诃夫在写给列依金的信上也讲到写作这篇小说的困难。

小说《在路上》发表后的第二天,契诃夫的大哥亚历山大·巴甫洛维奇写信给作者说:"你最近写的《在路上》在彼得堡引起了轰动。"

一八八七年一月二十四日,契诃夫在写给女作家基塞列娃的信上也讲到这篇小说取得的巨大成功:"那么,您觉得我的胆量怎么样？我在写'探讨思想'的东西了,我不怕。这篇小说在彼得堡引起很大的轰动。前不久我还议论过'勿抗恶',①也使得读者惊奇。"

基塞列娃在未写明日期的回信上说："……《在路上》写得热情,真挚,精彩。"

格利戈罗维奇指出小说里关于爱情的细腻的心理描写(请参看小说《不幸》的题解)。

一八八八年,俄国批评家梅列日科夫斯基在《北方通报》杂志第十一期上撰文评论契诃夫的小说集《在昏暗中》(一八八七年版)和《故事集》(一八八八年版),认为《在路上》的男主人公里哈烈夫是契诃夫笔下失意的知识分子的典型形象,责备契诃夫不该同情这个人物。梅列日科夫斯基不理解这个人物性格的基本特征(他的心灵总也不能休息和安定,他不能长久信奉一种学说),却这样评断这个人物："如果您赋予里哈烈夫纯粹天真的卑贱性格,取消那不必要的伪装和想做苦行僧的愿望,您就见到了一种完全是当代的典型,它代表俄国许许多多的'社会活动家',从信奉六十年代激进思想的人起,到宣传'高尚而神圣的奴性'或者'勿抗恶'的人止。"

俄国作家柯罗连科,在一八八八年九月二十四日写给萨拉汉诺夫的信上,正确地评价了里哈烈夫形象的社会意义,他认为:在里哈烈夫这个形象中,"契诃夫很正确地写出罗亭这个旧典型可以说是换了一张新皮,有了一种新的外貌"。

《就是她!》

最初发表在一八八六年十二月二十七日《花絮》杂志第五十二期上,原有副标题《圣诞节故事》,署名"安·契洪捷"。

---

① 见《好人》。

一八八七年，该小说由作者删去副标题后，收入在莫斯科出版的契诃夫的小说集《无伤大雅的话语》。

该小说由作者在文字上略加修改后，收入他自编的文集第一卷。